MEMORY HOUSE
记忆坊文化

孤城闭

GU
CHENG
BI

上

米兰Lady——著

江苏凤凰文艺出版社
JIANGSU PHOENIX LITERATURE AND ART PUBLISHING, LTD

图书在版编目（C I P）数据

孤城闭 : 全2册 / 米兰Lady著. -- 南京 : 江苏凤凰文艺出版社, 2018.5（2024.8重印）
ISBN 978-7-5594-0954-6

Ⅰ. ①孤… Ⅱ. ①米… Ⅲ. ①长篇小说－中国－当代 Ⅳ. ①I247.5

中国版本图书馆CIP数据核字(2017)第189584号

书名	孤城闭（全二册）
作者	米兰Lady
出版统筹	黄小初　沈洽颖
选题策划	北京记忆坊文化
责任编辑	姚　丽
特约策划	暖　暖
特约编辑	单诗杰
责任监制	刘　巍　江伟明
封面绘图	三　乖
封面设计	80零·小贾
版式设计	段文婷
出版发行	江苏凤凰文艺出版社
出版社地址	南京市中央路165号，邮编：210009
出版社网址	http://www.jswenyi.com
印刷	三河市国新印装有限公司
开本	670毫米×970毫米　1/16
字数	608千字
印张	32
版次	2018年5月第1版，2024年8月第7次印刷
标准书号	ISBN 978-7-5594-0954-6
定价	78.00元（全二册）

影视版权抢订热线　010-57194853

目录

序

莫怨东风当自嗟

文／素履无咎

宋仁宗嘉祐辛丑年，画家崔白完成了他的传世杰作《双喜图》，数年后它被收入秘阁，随之是千年世代更替，沧桑兴废，斗转星移。今天，它沉静地躺在台北故宫博物院的藏品库中，是镇馆瑰宝之一，并且出现在几乎任何一部谈及中国宋代花鸟绘画的美术史著作之中。小说《孤城闭》的尾声，正是《双喜图》第一次收入内库的时刻。

那日翰林画院内侍梁怀吉将《双喜图》存入内库，似乎是一个普通不过的内侍黄门，在履行一项普通不过的书画入库的工作，宫墙内桃花盛开，这是神宗熙宁四年的一个宁静的春天。梁怀吉沉默地离开，宫门在他身后掩上，深锁住芳菲深院、缱绻红尘，寂然的背影没入历史的深潭，从此无人相问。

小说《孤城闭》正是把今日享誉于华人世界的传世名画，与湮没在历史中的故国往事联系起来，宛若一条贯穿时光的长廊，径直叩响千年前的那道宫门的门环，带着我们重温那时的昼夜与春秋，目睹那座宫城内外，人们的起居和生平，朝堂上下，他们的抑郁和释怀。

《孤城闭》上半部，始于兖国公主夜叩宫门入诉，为全书设置了悬念，而这个悬念的解开，则主要在下半部：公主与夫婿如何“积不相能”，《双喜图》又如何描述了公主的悲剧，而这看似琐碎的儿女家事，又如何能折射出北宋仁宗时代的政局。

公主拒绝与夫婿同席，却依恋一个内侍，站在历史的彼岸望去，以这一千年以来中国历史的多灾多变，宋仁宗御宇的时代可谓四海升平，他女儿的婚姻实在是无关宏旨的小事，从来为历史学家所忽略，可以安全地归为茶余饭后的闲话，何况这情节在今日无疑也是坊间流传的有趣绯闻，以此题材发展为畅销小说，可以绘声绘色地写畸恋，可以缠绵悱恻地写苦恋，可以讽刺，可以猎奇，可以煽情，然而《孤城闭》却没有走这些容易的途径。

小说的真正关注点并不在于公主的婚恋本身，也并不在于当时朝堂上下沸沸扬扬的议论，它宛如把一滴水珠放在阳光之下，折射出阳光中的七彩，而在这七彩的衬托之下，那滴水珠才格外晶莹。

王安石曾称，宋仁宗为君，“仰畏天，俯畏人”，正是这种谨慎保守的风格，使他左右权衡，为当时唯一的女儿设计了一场看似安全的姻缘——作为帝王，他不希望公主的婚姻破坏他苦心经营的政治势力平衡；作为父亲，则希望爱女能拥有忠心不贰的丈夫。这两个目的他都达到了，然而他的女儿在这场婚姻中奋力挣扎，朝野皆知，几近于丑闻。

但这丑闻并不仅仅是丑闻，它转而变成了对皇室的压力，这依然是宋仁宗时代的特色：强势的台谏制度，使得君主无法像一个普通的父亲一样怜爱女儿，更不可能像一个有权有势的父亲一样，将女儿救出苦闷的婚姻。为着臣子期望的清平盛世的皇家威仪和道德标本，他被困在自己设下的棋局中一筹莫展。

但这僵局并不仅仅是僵局，它转而成为福康公主的生命哀歌。身为帝王唯一的骨血，她幸运地享受着平民女儿一般的家庭天伦之爱，她自然地成长，却突然发现公主这一头衔宛如高墙，将她困在荣耀的孤城中，竟然无法逃脱。纵然锦衣玉食，也无非行尸走肉，尊贵的孤城中唯有梁怀吉安慰她的寂寥，她对他的依恋也终于被公主头衔的尊严所不容，她无法像国人期望的那样成为一个心如止水的贤媛邦姬，一切悲剧最终乃是性格的悲剧，她激烈地抗争、呼救，而竟然无法获救，乃至过早凋零。

正如王安石也不得不承认，在仁宗那个朝代，一时所谓的天下才士，罕有不见被拔举任用的，而这样一个面面俱到的局面，难免不以某些个体的牺牲为代价。亦如小说结尾，欧阳修对梁怀吉所言，“我们都曾被时代误伤”，但是欧阳修依旧欣然于生逢斯世。

我把《孤城闭》看作一种含着眼泪的微笑，或者一种心境清明的饮泣，而最能代表这一意境的，应该是小说贯穿全文的叙述者梁怀吉。他特殊的宦官身份，他正直淡泊的天性，注定了他一生与人世间的辉煌和甜蜜绝缘，他谦卑而安静地旁观着朝堂和宫廷的风雨，专注而深情地陪伴公主。公主在岁月蹉跎中困顿孤城，少女天真曼妙的心事落空，众里寻他千百度，蓦然回首，那人却在，灯火阑珊处。命运促成了爱情，由于他们两人的特殊身份，这爱情沉重到难以为继，最终化为孤独而绵长的守望，室迩人远，人去楼空。

这是一个清平的时代，但和理想永远有一步之遥，而这不可抵达似乎早已命中注定。《孤城闭》中没有彻底奸恶的人物，没有不可饶恕的罪行，哪怕是李玮之母也并未被一味地刻画为一个粗俗的恶婆婆，人人都情有可原，却又互不相让，他们似乎都通情明理，却又顾虑重重，他们良好的初衷、各自的努力却常常造成南辕北辙的尴尬。李玮始终得不到公主的青眼，杨氏始终没有得到一个真正的儿媳，无论家庭细故，还是朝政大事，皆是如此。一个过于精密的平衡局面，往往令局中人举步维艰。

“莫怨东风当自嗟”，《孤城闭》写的是那样一个时代，人文昌盛，言路开明，春风扑面，却难以释怀。作者写那千年前的故事，不取巧，不猎奇，沉静而又不乏同情，宛若清茶，耐人寻味。

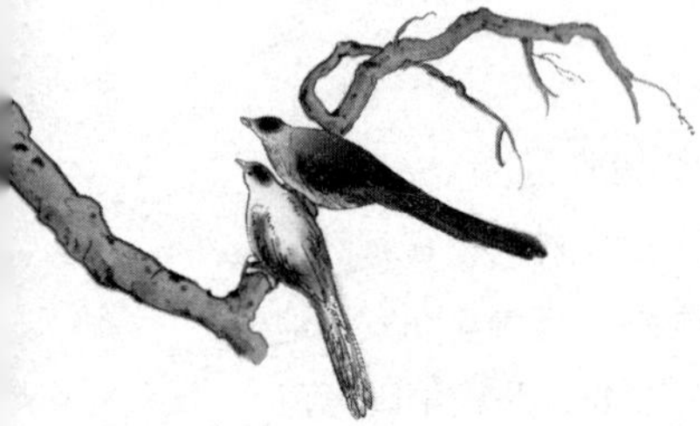

楔子

我为她亲驭车辇，疾行于东京的夜雨中。

“到了么？”她间或在车中问。她的恸哭声迤逦全程，这是夹杂在其间我唯一能辨出的模糊的语音。

“快了，快了……”我这样答，扬鞭朝驾车的独牛挥下。那步态一向从容的畜生舍弃了它一步三叹的习惯，惊恐地奋蹄前奔，车下轴贯两挟朱轮，辘辘地穿行于杳无人影的巷道。

日间繁华的街市蓦然褪色成暗青残垣，于我眼角随风飘远，我们应是行了不少路。无边的雨和着她的悲伤打在我身上，浸透我衣裳，那潮湿蔓延而入，连带着心底也是一片冰凉。

在她的哭声中我渐趋焦灼，而我不敢回顾，只频频加鞭，冀望于速度可以引我们瞬间穿越眼下困境。

曾经往返多次的路途何时变得如此幽长？仿佛抵过我半生所行的路。

她一直哭。

“还没到么？”她又嘤嘤泣问。

我张了张口，却没发出任何声音。刹那间我只觉自己前所未有地虚弱无力，且悲哀地发现其实我并无把握带她渡到这暗夜的彼端。

又转过几重街市，好不容易，我们才驶上西华门外的大道。拨过层层雾雨，那巍峨皇城逐渐变得清晰，琉璃瓦所覆的檐下挂着数列宫灯，砖石间甃的高墙上镌镂有龙凤飞云，这是我们此行的目的地。

西华门早已关闭，守门的禁卫见我有驱车而近的趋势，立即远远朝我呵斥：“何人如此大胆，居然驾车行近皇城门！”

我犹豫了一下，便将车停住。才一回首，欲请她稍候，容我先去通报，却见她已自己掀帘而出，下了车便朝皇城门疾奔而去。

极度的悲伤使她适才毫无整理妆容的心情，还如我们离开宅第时一般，她披散着长发，衣襟微乱，不着霞帔与披帛，连那一件不合时宜的外衣都还是我那时仓促间给她披上去的。

她就这样随性哭着奔向西华门，尚未靠近便被迎上来的两位禁卫拦住，一人抓住她一只手臂，怒喝着要将她赶走，而她也越发癫狂，不知何以她竟有如此大的力量，硬生生地从两人的挟持中挣脱开来，加快步伐跑至西华门前。

她伸出纤小的双手，拼命拍打着紧闭的宫门，和着哭声扬声高呼：“爹爹，孃孃，开开门！让我回去……”

两侧禁卫一片哗然，纷纷赶来驱逐她。她被另两名高大禁卫拖离，而她的手仍尽力向前伸去，想触及那金钉朱漆的冰冷宫门。她不停地唤着父母，有响雷碾过，风雨声显得混浊，她的哭音在其中幽幽透出，无比凄厉。

禁卫把她拖了数十步后停下，把她猛地抛在地上，见她还想站起跑回，其中一位便怒了，一壁斥道：“哪儿来的疯妇敢在此撒野！”一壁倒转所持的戟，将杆高高扬起，眼见就要打落在她身上。

他没有挥下，因我从后握住了他手腕。

禁卫回看，随即怒问：“你是何人？”

我没有回答，目光越过禁卫的肩顾向地上的她。

她半躺着，那么无助地饮泣。面色苍白，瘦弱的身躯躲在宽大的淡色外袍下，像一泊随时会隐去的月光。

更加恼火的禁卫抽手出来就要转而击我，这回却被他同伴喝止。

“且慢！我认得他。”另一位禁卫说。又再上下打量了我几番，才肯定地低声对持戟人说："他是中贵人[1]梁怀吉，以前也曾数次经这里出入禁中的。"

持戟人愣了愣，然后转头看被他们推倒的女子，讷讷地再问："那这位小娘子是……"

我走去将她扶起来，确认她不曾受伤后才转视禁卫，回答了他的问题。

"兖国公主。"我说。

---

① 宦官的称谓：宋代宦官不称太监，总称为内侍、内臣、宦者、中官，宋人不称他们为"公公"，一般称他们的官职，"中贵人"是宫外人对宦官的尊称。

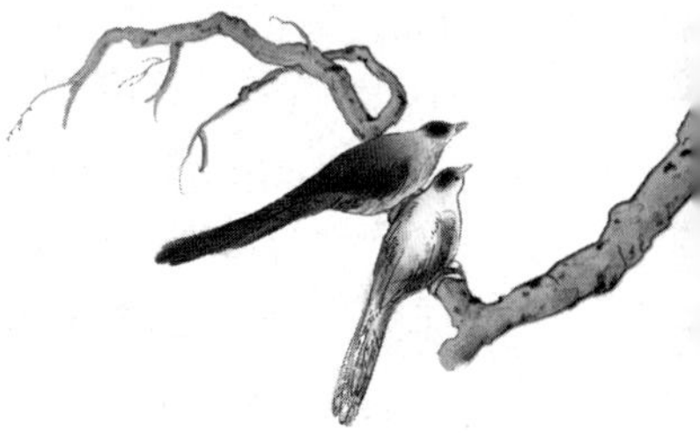

第一章

秋浦蓉宾双雁飞

【壹】禁门

宫门夜开后果异常严重，这点我初入宫时就已知道。

那年我八岁，被族人设法送进了皇宫做小黄门。之前我父亲亡故，母亲改适他人，族中也无人有意收养我，所以这于我，是没有办法的事。

我与其他二三十名同时入宫的孩子一起接受宫廷礼仪规章的教育，涉及重要之处，负责教导我们的内侍殿头梁全一会请两省内侍诸司勾当官[1]来为我们具体讲解。

“皇城诸门一待天黑必须关闭，日出之前绝不可擅开。”说这话的人是勾当内东门张茂则。出入内宫多要经由内东门，勾当内东门掌宫禁人、物出入，对宦官来说，是相当重要的官职。他那时才二十多岁，以此年龄出任此职的人不多，

① 勾当官：即部门的提举官、主管，南宋为避赵构讳改称干当官或干管官。

而他神情淡泊，略无矜色，说话的语气亦很温和。我另留意到，那天前来授课的内臣中，他穿的衣服颜色最为暗旧，像是穿了多年的，然而却洗得很干净。

“若确有要事，必须夜开宫门者，皆应有墨敕鱼符。”张茂则继续解释其下程序，“受敕人要先写下时间、详细事由、需要开启的门名称，及出入的人数、身份，送至中书门下。自监门大将军以下，守门的相关人等阅后要诣阁覆奏，得官家御批，才可请掌管宫门钥匙的内臣届时前来开门。”

入内内侍省副都知任守忠在宫中位高权重，本无须来授课，但适时途经此地，便进来看看。听见张茂则这段话后点了点头，扫视我们一眼，道：“你们都听仔细了，开门时还有讲究呢。”

我凝神屏息，听张茂则讲下去。“开门前诸门守臣要与掌钥匙的内臣对验铜契鱼符。”张茂则扬起一对鱼符向面前分列坐着的我们示意，“铜契上刻有鱼状图案及城门名，每个铜鱼符分为左右两个，诸门守臣与掌钥匙的内臣各持其一。待开门之时，监门官、司要先准备好禁卫门仗，在所开之门内外各列两队，燃炬火，守臣、内臣仔细验明鱼符，确保无误后才能将门打开。鱼符虽合，监门使臣不验便开门，或验出不合仍开，又或未承墨敕而擅开者，皆要受刑律严惩。”

“都记得了么？”任守忠插言问。我们均欠身称是，他一指前列离他最近的小黄门，命道：“你，重述一遍。”

那小孩却略显迟钝，站着想了许久，才结结巴巴地说出两三句，且中有错误。

任守忠一敲他头，怒道：“就这几句话都记不住如何在宫里做事？将来你们中难免会出几个掌管宫门钥匙的，若出了错，那可是要掉脑袋的！”

张茂则从旁补充道：“若不依式律放人出入，轻者徒流，重者处绞。”

小黄门们大多闻之惊骇，左右相顾，暗暗咋舌。

“你出去，在院内跪下思过，今晚的膳食就免了。”任守忠宣布了对那小孩的处罚决定，再环顾其他人，最后选中了我，“你可都记下了？”

我站起躬身，给他肯定的回答，按张茂则原话一一说来：“皇城诸门一待天黑必须关闭，日出之前绝不可擅开。若确有要事，必须夜开宫门者，皆应有墨敕鱼符……若不依式律放人出入，轻者徒流，重者处绞。”

一字不差，自张茂则以下，诸司内臣均颔首微笑。

任守忠也颇满意，和颜问我：“你叫什么？”

“梁元亨。”我答，又加了一句，“元亨利贞的元亨。”

显然这是画蛇添足了。此言一出人皆色变，任守忠两步走至我面前，劈头就给了我一耳光："胆大妄为的小崽子，你不知道避讳么？"

我这才依稀想起，当初爹跟我解释我的名字的时候也曾经嘱咐过，不要当着别人说其中的"贞"字，因为今上[①]讳"祯"，所以"贞"也是要避讳的。

我顿时怔住，不知该如何应对，只默然垂目而立。

任守忠吩咐左右："把他拉下去锁起来，待我请示官家后再做处治。"

我在一间漆黑的小屋里待了两三天，呆呆地躺着，几乎没有进食，好几次昏昏沉沉地睡去时，我以为自己快要死了。

终于有人打开门，久违的光亮如潮水般涌进，刺痛了我的眼睛。

再次睁目，我看见老师梁全一和善的脸。大概是因我与他同姓的缘故，他对我一向很好。

"走吧。"他说。见我无力行走，竟然蹲下，亲自把我背了出去。

我无法抑制的眼泪滴落在他颈中，他若无其事地继续走，也没安慰我，但说："以后可要小心了。犯讳这种事，若是在外头也许大多能被遮掩过去，但在宫里就不一样，微有差池都可能危及性命。是张先生恳请皇后在官家面前为你说情的，这你应该记住……"

我当然会记住。在张茂则再来授课后，我尾随他出去，奔至他面前跪下，叩谢救命之恩。

他微微笑了笑，说："你这孩子，名字太容易引出犯讳的字，还是改一个为好。"

我同意，恭请他为我改名。

他略一沉吟，道："怀吉，你以后就叫梁怀吉吧。"

我认真谢过他。他又问："你是不是念过书？"

我答："以前在家跟爹爹学着识了几个字。"

他颔首，又着意看看我，才转身离去。

【贰】内侍

过了半年，熟识了宫中礼仪后，我们被分散到两省内侍诸司学习新的内容。

大宋内臣分两省：入内内侍省和内侍省。入内内侍省通侍禁中，掌后宫事务，又称后省、北司；内侍省管内朝供奉及宫内洒扫杂役之事，又称前省、南班。

---

① 今上：此处的"今上"指宋仁宗赵祯。

我被归入内侍省管辖的翰林书艺局。因为日后要掌书艺之事，所以有博涉多闻且精于翰墨的内臣向我们授课，除了小黄门们必须要做的洒扫之类的杂役，我所余的时间便在阅读诗书和研习篆、隶、行、草、章草、飞白中度过。

我喜欢书院中宁和的气氛与这种平静的生活，但张承照则不然，平日多有怨言。

张承照是我在翰林书艺局的伙伴，他比我小两月，但早一年入宫，爱在新入宫者面前以前辈自居，常以教导的口吻主动跟我们细谈宫中诸事。其他人很反感他这模样，唯我不多话，每次皆默默聆听，故此我们后来倒成了好友。

他一心想转至入内内侍省，也是由他口中，我才知道了内侍两省的地位原来并不相同。

一日我们二人承命将书艺局誊录的文卷送往中书门下，因相公索要得急，我们一路小跑，经一转角处不慎与从另一侧走来的两名内侍相撞，那两人个头比我们高，只踉跄了两下，而我们则都倒在了地上，文卷也散落下来。

“小兔崽子们，没长眼睛呀？”两人朝我们怒骂。

我没有理他们，只急着去拾文卷，查看是否有污损。张承照闻声颇恼火，爬起来准备回骂，岂料一看清他们服色，立即就气馁了，反倒赔笑道：“是我们不小心，挡了两位哥哥的道，请哥哥恕罪。该打该打！”

言罢自擂一巴掌，又连连笑着躬身道歉，那两人又白我们两眼，才施施然离去。

我不解，问：“你为何对他们如此谦卑？”

张承照冲着两人背影做拳打脚踢状，又狠狠暗唾一口，方才答道：“第一，他们是有品阶的内侍黄门；第二，他们是入内内侍省的内侍黄门。”

我知道我们现在只是尚无品秩的小黄门，内侍黄门要比我们高一阶，但不明白何以入内内侍省的内侍黄门值得特别尊重。

“他们是服侍官家、娘娘、公主的人呀！随便在主子跟前煽煽风，我们可就有好果子吃了。”张承照郁闷地说，“我当年犯懒，没留心学习礼仪，才没被分往入内内侍省。”

从中书门下回来后，张承照向我逐一解释入内内侍省诸司的重要之处：“那些直接入官家寝殿或皇后、诸娘子及公主位伺候的不用说，全是自后省选出。另外后省所辖诸司也都不简单哪：御药院，掌按验医药方书，修合药剂，以待进御及供奉禁中之用，是最受宫中人尊重的，非有功之内臣不能任‘领御药院’；内东门司，掌宫禁人物出入，不但可以限制出行之事，若发现有人携带可疑物品，还可以直接提交皇城司处理或禀告中书门下，有他们监管，连官家都不敢随意赏人财物；合同凭由司，掌禁中宣索之物，给其凭据，凡特旨赐予，则开列赐物名称数量，交付掌御库之司取出，官家赏赐的东西要经由他们兑现，谁敢得罪？龙图、于昌、宝文阁，掌藏祖宗文章、图籍及符瑞宝玩，都是极贵重之物，在那儿任职的内臣自然身份也另有不同。”

“内侍省不也是为官家办事的么？何以定要分两省高下？”我问他。

“大不同，有高下！”张承照迭声说，“看看前省诸司干的都是些什么事：管勾往来国信所，掌契丹使臣交聘之事，虽平日倒清闲，但与宫中人无关，也就无人巴结；后苑勾当官，掌宫中苑囿、池沼、台殿园艺杂饰，以备官家娘娘游幸，在其下任职的人其实也就是一批工匠园丁；造作所，掌制造禁中及皇属婚娶的物器，都是干粗活的；军头引见司，掌供奉便殿禁卫诸军入见之事，相当于带路的；我们所属的翰林院下辖天文、书艺、图画、医官四局，掌观测天象、翰墨、绘画、医药等事，虽说略好一些，但我们书法再好，至多也就是在书院待诏们手下干些誊录的活儿，连内宫的边都沾不到……”

我默然，又听他重重地叹了口气：“而且，两省中人的俸禄也不一样呢。就拿两省都有的供奉官来说，我们前省的供奉官月俸是十千，春、冬绢各五匹，冬加绵二十两，而后省的就有十二千，春绢五匹，冬七匹，绵三十两……若后省的官出了缺，拿前省的补上，那就是升迁了，获补的人通常都会笑得合不拢嘴……你看后省的官儿们穿得一个比一个光鲜……”

“也不是。”我想起一人，“勾当内东门的张先生就穿得很朴素。”

张承照一时也无语，挠头想想，道：“可能是他想攒钱，所以节俭度日。”

经我一提，忽然他又好奇起来，问我：“你知道么？听说你来翰林院是张先生建议的。真奇怪，他对你不是挺好的么？你的名字还是他取的，他为何不让你去后省？”

我略一笑，道：“大概是觉得这里更适合我。我也这样想。”

他鄙夷地摇摇头，瞧我的眼神分明是说“孺子不可教”。

又一年过去后我们同时经恩迁补为内侍黄门。作为内侍，张承照对力求晋升一事相当有诚意，天天都在扳着指头数从现下到内侍极品要经历的官阶：“内侍黄门，内侍高班，内侍高品，内侍殿头，内西头供奉官，内东头供奉官，押班，副都知，都知，都都知……两省都都知……”每次说起“两省都都知”时他都会情不自禁地微笑，仿佛看见了这个内臣极品官职已在向他招手，常看得我也笑起来。

有次我问他：“你为何如此想做两省都都知？”

“有很多很多的钱呀！”他脱口答道，“两省都都知的月俸至少有五十千，是我们的五十倍。”

我不明白何以他对钱这般执着：“我们要那么多钱干什么呢？既不能买田地也不能娶媳妇，更没有后人可交付。”

这倒把他问住了，过了半晌他才道：“且不说钱，做了两省都都知，除了官家娘娘，就没人敢打我骂我了，只有我去打骂别人……我们在宫里辛苦做事，总要图点什么吧？你若不想晋升，又是在图什么呢？”

这次是我默不作声。那时的我每日似乎也只是平淡漠然地过，没有目标，没有希望。

【叁】崔白

十二岁时，我被调入翰林图画院供职。品阶无变化，只是主要工作改为伺候画院待诏们作画和听候画院勾当官差遣。但书艺局的内侍们都很同情我，说这其实是一次降职，画院原是低书院一等的。

我也知道，书画院的人本来地位就不高，虽然其中四品五品的官员也能如普通文官们一般服绯服紫，却不得佩鱼[①]。在世人眼中，书画院的待诏们都属于“以艺进者”，所给予的尊重也有限。而画院中人相较书院的又要逊一筹，诸待诏每次立班，均以书院为首，画院排于其后，只比琴、棋、玉、百工稍好一些。

正经的待诏都这样，其中的内侍自然也就随之被众人眼色分出了新的等级。同样是内侍黄门，但琴院的不如画院的，画院的也就不如书院的。

当时的翰林书画局总勾当官是入内副都知任守忠，张承照遂向我建议：“你去求求张先生，请他跟皇后说说，让皇后命令任都知，将你留在书院吧。”

我不置可否。他又朝我眨眨眼，笑道：“去说，没事儿，张先生是皇后跟前的红人，但凡有他一句话，你就不必去画院了。”

我朝他摇头，否决了这个提议。我并不怀疑张先生深受皇后赏识与信任的事实，但也清楚地知道，擅用皇后对他的重视提出分外要求不是他的作风，上次出言救我只是极偶然的情况，我不想令他再次破例。我从来不敢奢望，亦不欲看到，有人会因我的缘故而向别人恳求什么。

① 佩鱼：五品以上的官员入朝面君出入皇城的信符，按官员级别分别以金、银、铜打造成鲤鱼状，称为鱼符，刻有官员的姓名、官职等基本资料，以袋盛之系于腰间，是官员身份、地位的标志物。

画院画师分画学正、待诏、艺学、祗侯、供奉等五等，未获品阶者为画学生，所作的画供宫廷御用，或奉旨前往寺院道观等特定处作画。这是个更清静的地方。每旬日要取秘阁藏画供画师们品鉴临摹，这天会略有些累，但平日事务不多，大多时候我只须侍立在侧，听画院官员讲学或看画师们作画。

在众画师中，我尤其爱观画学生崔白作画。他是濠梁人，彼时二十余岁，禀资秀拔，性情洒脱疏逸，行事狂放不羁，常独来独往，引画院官员侧目，但他的画中有一缕寻常院体画中少见的灵气，却是我极为欣赏的。

深秋某日，画院庭中落木萧萧，他独自一人就着树上两只寒鸦写生，我立于他身后悄然看，他搁笔小憩间无意回首发现我，便笑了笑，问："中贵人亦爱丹青？"

我退后一步，欠身道："怀吉唐突，搅了崔公子雅兴。"

"那倒没有。"崔白笑吟吟地说，"我只是好奇，为何中贵人不去看画院诸位待诏作画，却每每如此关注拙作。"

我想想，说："记得怀吉初入画院那天，见众画学生都在随画学正临摹黄居寀的花鸟图，唯独公子例外，只侧首看窗外，画的是庭中枝上飞禽。"

崔白摆手一哂："黄氏花鸟工致富丽，我这辈子是学不好的了，索性自己信笔涂鸦。"

我亦含笑道："崔公子落笔运思即成，不假于绳尺，而曲直方圆，皆中法度，怀吉一向深感佩服。"

"中贵人谬赞。"言罢崔白重又徐徐提笔，落笔之前忽然再问我，"难道这画院中还有人曲直方圆尚在法度之外？"

自然有的。但我只淡然一笑，没有回答。

许是自己也有了答案，崔白未再追问，衔着一缕清傲笑意转身继续作画，前额有几缕永远梳不妥帖的发丝依旧垂下，随着他运笔动作不时飘拂于他脸侧，而他目光始终专注地落于画上，毫不理会。

由此我们逐渐变得熟稔，不时相聚聊些书画话题，他看出我对丹青的兴趣，主动提出教我，我自是十分乐意，在我们都有闲时便跟他学习画艺。

一日他教我以没骨法画春林山鹧，画院画学正途经我们所处画室，见挥毫作画的居然是我，大感讶异，遂入内探看。我当即收笔，如常向他施礼。他未应答，直直走至我身旁，凝神细看我所作的画。

自祖宗以来，国朝翰林图画院一直独尊黄筌、黄居寀父子所创的黄氏院体画风，画花竹翎毛先以炭笔起稿，再以极细墨线勾勒出轮廓，继而反复填彩，画面工致富丽，旨趣浓艳。而此刻画学正见我的画设色清雅，其中山鹧未完全用墨线勾勒，片羽细部多以不同深浅的墨与赭点染而成，大异于被视为画院标准的黄氏院体画，立时脸一沉，朝崔白冷道："是你教他这样画的？"

崔白颔首，悠悠道："画禽鸟未必总要勾勒堆彩，偶尔混以没骨淡墨点染，也颇有野趣。"

画学正忽然拍案，扬高了声音："你这是误人子弟！"

崔白不惧不恼，只一本正经地朝他欠身，垂目而立。

画学正强压了压火气，转而向我道："中贵人若要学画，画院中自有待诏、艺学可请教，初学时要慎择良师，切莫被不学无术者引入歧途。"

我亦躬身做恭谨受教状。画学正又狠狠地瞪了崔白一眼才拂袖出门。

待他走远，崔白侧首视我，故意正色道："中贵人请另择良师，勿随我这不学无术者误入歧途。"

我的回答是："若崔公子引我走上的是歧途，那我此生不愿再行正道。"

我们相视一笑，此后更显亲近。在他建议下，我们彼此称呼不再那么客气，他唤我的名字，我亦以他的字"子西"称他。

画学正越发厌恶崔白，屡次向同僚论及他画艺品行，有诸多贬意，崔白也就频遭画院打压，每次较艺，他的画均被评为劣等，从来没有被呈上以供御览的机会。

崔白倒不以为意，依然我行我素地按自己风格写生作画，对画院官员的教授并不上心，每逢讲学之时，他不是缺席便是迟到，即使坐在厅中也不仔细听讲，常透窗观景神游于外，或干脆伏案而眠，待画院官员讲完才舒臂打个哈欠，悠然起身，在官员的怒视下扬长而去。

某次恰逢画学正讲学，主题是水墨画艺，待理论讲毕，画学正取出事先备好的双钩底本，当场挥毫填染，作了幅水墨秋荷图，墨迹稍干后即挂于壁上，供画学生们品评。

确也是幅佳作，画中秋荷风姿雅逸，虽是水墨所作，却画出了莲蓬与叶返照迎潮、行云带雨的意态。画学生们自是赞不绝口，随即纷纷提笔，开始临摹。

画学正以手捋须，扫视众人，怡然自得。不想转眸间发现崔白竟丝毫未曾理会，坐在最后一列的角落里，又是伏案酣然沉睡的模样。

画学正当下笑意隐去，黑面唤道："崔白！"

崔白似睡得正熟，没有一点将醒的意思。画学正又厉声再唤，他仍无反应，我见场面渐趋尴尬，便走近他，俯身轻唤：“子西。”他才蹙了蹙眉，缓缓睁开惺忪的双目，先看看我，再迷糊地盯着画学正看了半晌，方展颜笑道：“大人授课结束了？”

“是结束了。”画学正含怒冷道，“但想必讲得枯燥，难入尊耳，竟有催眠的作用。”

崔白微笑道：“哪里。大人授课时我一直听着呢，只是后来大人作画，众学生都趋上旁观，我离得远，眼见着挤不进去了，所以才决定小寐片刻，等大人画完了再细细欣赏。”

“是么？”画学正瞥他一眼，再不正眼瞧他，负手而立，望向窗外碧空，说，“那依你之见，鄙人此画作得如何？”

崔白仍坐着，懒懒地往椅背上一靠，侧头审视对面壁上的秋荷图片刻，然后颔首道：“甚好甚好……只是某处略欠一笔。”

画学正不免好奇，当即问：“那是何处？”

崔白唇角上扬：“这里。”同时手拈起案上蘸了墨的笔，忽地朝画上掷去，待他话音一落，那笔已触及画面，在一叶秋荷下画了一抹斜斜的墨迹。

此举太过突兀，众画学生失声惊呼，回视崔白一眼，旋即又都转看画学正，细探他脸色。

画学正气得难发一言，手指崔白，微微颤抖：“你，你……”

“啊！学生一时不慎，误拈了带墨的笔，大人恕罪。”崔白一壁告罪，一壁展袖站起，迈步走至画学正面前，再次优雅地欠身致歉。

画学正面色青白，怒而转身，抬手就要去扯壁上的画，想是欲撕碎泄愤。

崔白却出手阻止，笑道：“大人息怒。此画是佳作，因此一笔就撕毁未免可惜。学生既犯了错，自会设法补救。”

便有一位画学生插言问：“画已被墨迹所污，如何补救？”

崔白将画挂稳，又细看一番，道：“既然画沾染污迹，大人已不想要，大概也不会介意我再加几笔吧？”

也不待画学正许可，便从容选取他案上的笔，蘸了蘸砚上水墨，左手负于身后，右手运笔，自那抹墨迹始，或点、曳、斫、拂，或转、侧、偏、拖，间以调墨，少顷，一只正曲项低首梳理羽毛的白鹅便栩栩如生地出现在荷叶下，那笔多添的墨迹被他画成了鹅喙，笔法自然，看不出刻意修饰的痕迹。

画完，崔白搁笔退后，含笑请画学正指正。众人着意看去，但见他虽仅画一鹅，却已兼含焦、浓、重、淡、清等水墨五彩，且和谐交融，活而不乱，用墨技法似尚在画学正之上。那鹅姿态闲雅轻灵，有将破卷而出之感，与之相较，适才画学正所画的秋荷顿失神采，倒显得呆滞枯涩了。

而且他之前未作底本，乃是信笔画来，自然又胜画学正一筹。有人不禁开口叫好，待叫出了声才顾及画学正，匆忙噤口，但仍目露钦佩之色。

画学正亦上前细看，默不作声地木然捋须良久，才侧目看崔白，评道：“用墨尚可，但在此处添这鹅，令画面上方顿显逼仄，而其下留白过多，有失章法。”

“不错不错。”崔白当即附和，漫视画学正，笑道，“我也觉这呆鹅所处之位过高，倒是拉下来些为好。”

瞧他这般神情，众人皆知他此语旨在揶揄画学正，都是一副忍俊不禁的样子。画学正胸口不住起伏，仿佛随时可能厥过去，许是当着众画学生面又不好肆意发作，最后唯重重地拂袖，一指门外，对崔白道：“出去！”

不失礼数地又朝画学正欠身略施一礼后，崔白启步出门，唇际云淡风轻的笑意不减，他走得潇洒自若。

我微微移步，目送他远去。他疏狂行为带来的畅快抵不过心下的遗憾，我隐约感到，他离开画院的日子将很快来临。

【肆】中宫

约莫一月后，画院忽然接到皇后教旨，命选送一批画院官员及画学生所作人物写真入柔仪殿上呈皇后。时近黄昏，待诏、画学正等人不敢怠慢，忙选取出最满意的画作，准备送往皇后寝殿。

那日本无事，画院的其余内侍都已归居处休息，唯我留下值班，教旨来得突兀，于是在画院任职一年多后，我首次接到送画轴入后宫的任务，若在平日，这事尚轮不到我做。

这也是我入宫数年来，初次有自外皇城进入帝后嫔妃所居内宫的机会。翰林图画院位于皇城西南端的右掖门外，在传旨的皇后殿入内内侍带领下，我捧着画轴，自此地始，穿右掖门、右长庆门、右嘉肃门、右银台门，依次经过门下省、枢密院、门下后省、国史院，再过皇仪门，经垂拱门入内宫，绕过垂拱殿和福宁殿，才抵达皇后所居的柔仪殿。

彼时已暮色四合，而皇后不在殿中。据柔仪殿侍女说，皇后去福宁殿见官家去了，不知何时归来。我请入内内侍将画轴送入殿内，因要当面向皇后复命，故也不敢擅离，便立在殿外等待。

一等便是两个时辰。终于皇后归来，我跪下行礼，看见面生的我，她略停了停，侍女向她介绍，她才想起，点了点头，在入殿不久后，命人传我进去。

皇后曹氏穿着真红大袖的国朝中宫常服正襟危坐于殿中，袖口与生色领内微露一层黄红纱中单衣缘，红罗长裙下垂的线条平缓柔顺，无一丝多余的褶皱，白底黄纹的纱质披帛无声地委曳于地，衬得她姿态越发娴静宁和。

在再次朝她行礼后，我趁着直身的那一瞬间，目光掠过她的脸。这僭越的行为源自我对国母真容的好奇，同时也谨慎地把时间控制到短促得不会令人察觉的程度。

她肤色玉曜，眉色淡远，气品高雅，此刻半垂双睫，若有所思，眉宇间也隐有忧色。

殿中内臣将写真画轴一卷卷挂好，皇后从容起身，徐徐移步逐一细看。良久，看毕所有图卷，她对此不置一词，但转身问我："近来画院写真佳作都在其中？"

我称是。她又看了看，似忽然想起，她再问："这里有画学生崔白所作的么？"

我答说没有，她便微微笑了："我想也不会有。据说他画艺拙劣，不思进取，且又狂傲自大，甚至不把画院官员们放在眼里……但这却有些怪了，如此一无是处之人又是如何考进翰林图画院的？"

我略一踟蹰，却还是向她道出实情："自国朝开设画院以来，人莫不推崇黄筌、黄居宷父子画风，每逢较艺，皆视黄氏体制为优劣去取。崔白功底极好，若论双钩工细，绝难不倒他，故此考入画院较顺利。但他性情疏逸，似不甚欣赏黄家富贵，倒对徐熙野逸多有赞誉，平时极爱写生，每遇景辄留，能传写物态，有徐熙遗风。入画院后所作花竹翎毛未必总用双钩填彩，也常借鉴徐熙落墨法或徐崇嗣没骨法，一图之中往往工谨、粗放笔意共存，且设色清雅，孤标高致，颇有野趣。但较艺时，这种画风不能得画院官员认可，崔公子之作每每被漠视，极难获好评。"

皇后颔首，又道："他明知画风不为人所喜，却还依然坚持如此作画？"

我应道："是。他认定之事不会轻易受人影响而改变。"

皇后浅笑道："也是个拗人。可他考入画院也不容易，如此张狂，难道不怕被逐出去么？"

我心知必然已有人在皇后面前对崔白有所攻讦，迟疑着是否与她提及崔白的心态，而皇后温和的语气令我对她很有好感，且她一直和颜悦色地看着我，等待我的回答，这给了我直言回答的勇气："考入画院是崔公子父亲的遗愿，所以他遵命而行，但闭于画院中单学黄氏画风有悖他志向……他的性情也与画院作风格格不入，被逐出画院也就不是他所惧怕的。"

皇后沉吟，须臾，命道："两日后，送一些崔白的画作到这里来。"

我立即领旨，她再端详我，又问："你几岁了，也学过画么？"

我欠身答："臣今年十三。并未学过画，只在崔公子指点下涂鸦过几次。"

"你……叫什么？"她继续问。

"梁怀吉。"我答，这次不再就名字加任何解释。

"哦，我记得你。"皇后薄露笑意，"你原名叫梁元亨吧？如今的名字是平甫改的。"

平甫是勾当内东门张茂则先生的字。皇后对他如此称呼让我有些讶异，随即又觉出一丝莫名的欣喜。我视张先生如师如父，虽然这些年我们见面的机会并不多，但我对他始终怀有无尽的感念敬爱之情。皇后重提改名之事也让我即刻想起她曾对我施予的恩泽，于是郑重跪下，叩谢她当年的救命之恩。

她和言让我平身，还赏了些鼠须栗尾笔和新安香墨给我。我近乎受宠若惊，因她赏我的并不是寻常赐内侍的绫罗绢棉，而是可用于书画的上等笔墨。

她又重新审视那批写真画轴，点出几幅问我作者，命人一一记下后让我携其余的画回去。我遵命退下，在入内内侍的引导下出了柔仪殿，入内内侍向我指指回居处的路，便闭门而归。

他和我都高估了我认路的能力，我又一直想着适才之事，心不在焉地走了许久才蓦然惊觉，身处之地全然陌生，我已迷失在这午夜的九重宫阙里。

我停下来茫然四顾，周围寂寥无声，不见人影，唯面前一池清水在月下泛着清淡的波光，岸边堤柳树影婆娑，在风中如丝发飘舞，看得我心底渐起凉意。我依稀想到这应是位处皇城西北的后苑，于是仰首望天，依照星辰方位辨出方向，找到南行的门，匆匆朝那里走去。

刚走至南门廊下，忽觉身侧有影子自门外入内，一闪而过，我悚然一惊，回首看去，但见那身影娇小纤柔，像是个不大的女孩，在清冷夜风中朝后苑瑶津池畔跑去，身上仅着一袭素白中单与同色长裙，长发披散着直垂腰际，与月色相触，有幽蓝的光泽。

她提着长裙奔跑，裙袂飘扬间可以看出她未着鞋袜，竟是跣足奔来的。这个细节让我意识到她是人而非鬼魅，起初的恐惧由此淡去，我悄然折回，隐身于池畔的树林中，看她意欲何为。

她在池畔一块大石边跪下，对着月亮三拜九叩。从我的角度可以看到她的侧面，但见她七八岁光景，面容姣好，五官精致。

跪拜既毕，她朝天仰首，蹙眉而泣，脸上泪珠清如朝露："爹爹病了，徽柔无计使爹爹稍解痛楚，但乞上天垂怜，让徽柔能以身代父，患爹爹之疾，加倍承受爹爹所有病痛。唯望神灵允我所请，若令爹爹康健如初，徽柔虽舍却性命亦所不惜……"

她且泣且诉，再三吁天表达愿以身代父的决心，我静默旁观，也渐感恻然。这情景让我忆起以前的一些事。

我父亲身体一直较弱，后来更罹患重疾，常常整日整夜地咳嗽，我每晚睡时总能听见从隔壁传来他的咳嗽声。当时年幼不懂事，总觉得这噪音很讨厌，每次被吵得无法安睡了便模糊地想，若有一日他可以安静下来该多好。

竟也有这么一晚，我终于没再听到他的咳声。那夜我睡得无比安恬。次日醒来，一睁眼就看见母亲苍白呆滞的脸，她凝视着我，平静地告诉我："小元，你爹爹走了。"

原来天塌下来就是这样，一切都变了。

从那之后到如今，我常对自己当时对父亲病情的漠视感到无比悔恨，若时光可以倒流，我必也会如眼前的小姑娘一般，跣足吁天，诚心祈祷，希望自己能以身代父。

我想得出神。头上有树叶因风而落，拂及我面，我微微一惊，手一颤，一卷画轴滚落在地。

听见响动，小姑娘警觉回首。我拾起画轴，在她注视下现身，与她对视着，一时都无言。

我不知道她是谁。宫中妃嫔有收养良家子为养女的传统，也会让入内内侍找牙人买寒门幼女入宫做私身[①]，何况还有尚书内省从小培养的宫女，像她这般大的小姑娘宫里并不少，除了听出她名叫徽柔，我不知她身份，只觉无从与她攀谈，虽然我很想告诉她，我衷心祝愿她父亲早日痊愈。

"你是谁？"她问。

我正要回答，却见后苑南门外有人提着灯笼进来。徽柔看见，立时转身朝另

① 私身：宋代俗语，指无职事人。

一门跑去，想是不欲来人发现她。

她这一跑动倒惊动了那人。那是一名内人模样的年轻女子，也随即提灯笼追去，口中高声唤："谁？站住！"

树下的阴影蔽住了我，故此未被她留意到。我看着两人的身影消失在后苑东端，才又循着星辰指引的方向重拾回居处的路。

【伍】徽柔

两日后，我遵皇后吩咐，送数卷崔白的画入柔仪殿请她过目。皇后正在与入内内侍省都知张惟吉闲谈，见我将画送到，便命人展开，与张惟吉一起品评。

那些画是我精心挑选的，主题各异，既有花竹羽毛、芰荷凫雁，也有道释鬼神、山林飞走之类，皆为崔白所长。张惟吉见了目露笑意，似很欣赏，皇后问他意见，他谨慎答道："此人画作颇有新意。"

皇后暂时未语，又再细细看了一遍，目光最后落在一幅《荷花双鹭图》上，唇角微扬，对我道："怀吉，你没说错，崔白长于写生，若论传写物态，画院确无几人能胜他。"

我含笑垂目低首。张惟吉见皇后久久瞩目于双鹭图，遂也走近再看，欲知其妙处。

皇后侧首问他："都知以为此画如何？"

这图画的是荷塘之上双鹭戏水，一只自右向左游，欲捕前面红虾，另一只自空中飞翔而下，长颈曲缩，两足直伸向后。

张惟吉凝神细品，然后说："画中白鹭形姿灵动，翎羽柔密，似可触可摸……的确是难得的佳作。"

"不仅于此。"皇后目示上方白鹭颈部，道，"白鹭飞行，必会曲颈劲缩，乃至下半颈部呈袋状。此前我亦见过他人所作白鹭图，常误画为白鹤飞翔姿势，头颈与双足分别向前后伸直。而今崔白无误，可知他观物写生确是花了些心思的。"

我与张惟吉闻言都再观此画，果然见上面飞行中的白鹭颈部曲缩，几成袋状，不觉骇服。

张惟吉当即赞道："娘娘圣明。崔白能获娘娘赏识，何其幸也！"

皇后却又摇头，叹道："但以他如此才思，如此性情，继续留在画院中倒是束缚了他……有些人，天生就不应步入皇城。"

“把画收好，将来藏于秘府。”她命我道，“至于崔白，我会让勾当官应画院所请，准他离去。”

她对崔白的赞赏，曾让我有一刻的错觉，以为她会因此留下他，故她突然转折的结语让我略感讶异，但随即又不得不承认，这确是个能让画院官员与崔白都觉舒心的决定。我佩服她。

宫人们将画轴逐一卷好，准备交予我带回。我肃立等待间，忽听殿外传来喧哗声，有女子在外哭喊：“皇后，我母女受人所害，你不愿做主惩治奸人也就罢了，何以连官家都不让我见？”

张惟吉蹙了蹙眉，欲疾步出去查看，却被皇后止住，命宫人道：“让她进来。”

极快地，一名云鬓散乱的女子奔入殿内，跪倒在皇后面前，将怀抱的孩子给皇后看，泣道：“幼悟都病成这样了，皇后就不能让官家见见么？”

想是心忧那孩子之病，此女双目哭得红肿，面目甚憔悴，但仍可看出她容貌艳美，若妆容修饰妥当，应属绝色。她所抱的是名三四岁的女童，此刻紧闭双目沉重地呼吸着，小脸上一片病态的潮红，像是高热不退。

皇后和言道：“我已命太医仔细为幼悟诊治，张美人不应带她出来，再着了凉就不好了。官家这几日宜静养，之前已下过令，不见嫔御。”

张美人却摆首：“皇后并非不知，这孩子的病是遭人诅咒所致，太医治标难治本，若要幼悟痊愈，定得处罚害她的小人。妾知皇后不屑理这等小事，不敢以此相烦，但为何妾求见官家一面皇后都不许？”

我曾听人提过，今上最宠的娘子是美人张氏，想必就是眼前这位了。现下她言辞嚣张，咄咄逼人，果然是恃宠而骄的模样，而皇后居然也未动怒，淡然应道：“美人多虑了。而今天气变幻无常，幼悟不过是偶感风寒，服几剂药便会好，与人无关。”

“与人无关？”张美人冷笑，扬手将一物抛在地上，“这东西是昨日自后苑石下搜出来的，妾已命人向皇后禀报过，皇后竟还说与人无关？”

一个布做的小人，身上写有字迹，几枚闪亮的针深深地插入它头胸之间。

这是宫廷中向来严禁的巫蛊之术。见张美人陡然抛出这人偶，殿内宫人都有惊惶之色。

皇后侧目视人偶，没说什么，神色如常。但听张美人又道：“前日夜间，内人冯氏目睹徽柔在后苑湖畔对月祷告，偏又这么巧，昨日就有人在湖畔大石下搜出这物事。冯氏已向皇后奏明，皇后为何不理？适才我亲去询问徽柔，她可是对前晚去后苑之事供认不讳呢！”

徽柔？这名字给我带来的惊讶尤甚于那插针的人偶。我重思张美人的话，迅速明白，她意指徽柔——那个月下祷告的女孩——前夜去后苑是行巫蛊之术，以诅咒她的女儿幼悟。

我犹豫着，不知以我卑贱的身份，是否应该在此时擅自介入这两位尊贵宫眷的交谈，道出我看到的景象。

皇后沉吟，并不表态，宫人们亦屏息静气，唯张美人要求严惩徽柔的含怒哀声在殿中回响：“人证物证俱在，皇后为何还不下令惩治，以肃宫禁？”

终于，对徽柔面临祸事的担忧大过对我自身状况的考虑，那小姑娘单薄的身影和含泪说出的只言片语竟给了我别样的勇气。我略略出列，向皇后躬身：“娘娘，臣有一事，想求证于张娘子。”

我的陡然插言令皇后及殿内诸人都有些讶异，然而皇后还是颔首，允许我说。

我侧身朝向张美人，行礼后低首道：“敢问张娘子，你所指的那位姑娘是名叫徽柔么？”

张美人尚未回答张惟吉便已出声呵斥：“放肆……”

皇后扬手阻止他说下去，但和颜示意我继续。

张美人冷眼瞧着我，唇际古怪的笑似别有意味：“不错，这丫头是叫徽柔。”

我再问她：“冯内人看见她在后苑湖畔对月祷告，可是在前夜子时？”

张美人想了想，说是。

我再转身，对皇后说：“前夜臣送画入柔仪殿，离开时夜已深，因不熟识内宫路，误行至内苑，无意中看见一白衣跣足的小女孩正对月祷告，自称徽柔……此前臣隐约听见更声，应是子时。”

“哦？”皇后问，“她祷告时说的是什么？”

我道出实情：“她说父亲病了，为此再三吁天，愿以身代父。”

皇后薄露笑意：“并无行巫诅咒他人吧？”

我摇头，肯定地答：“没有。因被人窥见，徽柔祈祷后即刻离开后苑，臣并未听见她诅咒他人。”再顾张美人抛在地上的人偶，补充道，“也未见她带此物去，应该不是她放在后苑石下的。”

“一派胡言！”张美人适才稍稍抑止的怒气又被我这一番话激起，“不是她能是谁？谁还会像她那样担心幼悟分去官家宠爱？”

我的思维被她问句搅乱，这才隐隐感觉到，徽柔的身份应不像我此前想得那么简单。

“你分明是受人指使，才罔顾天威，敢做假证！”张美人朝我步步逼近，一抬手，纤长指尖几欲直戳我面，却又暗衔冷笑，目光有意无意地扫过皇后，“说，指使你的是谁？是徽柔，还是另有他人？”

她的盛势令我略显局促，退后两步，但仍坚持道：“臣不敢妄言。句句属实。”

一记耳光闪电般落在我颊上，那一瞬间的声响有她声音的锐利。她收回手，搂紧女儿，朝我高傲地扬起下颌，轻蔑地笑：“现在呢？还是句句属实？”

我漠然垂首。类似的折辱在我数年宫中生涯中并不鲜见，如何悄无痕迹地将此时的羞耻与恼怒化去，是我们所受教育的一部分。就忍辱而言，我尚不是最佳修炼者，做不到主子打左脸，再微笑着把右脸奉上，但至少可以保持平静的表情，沉默的姿态。

“够了。”皇后这时开口，“跟内臣动手，有失身份。”

张美人一勾嘴角，状甚不屑。

皇后一顾我，转告张美人：“他是前省内臣梁怀吉，前日首次入内宫，连徽柔是福康公主闺名都不知道，又能受何人指使？”

福康公主。今上长女，宫中除皇后外最尊贵的女子。

那点疑惑因此消去，心下却又是一片茫然。皇后一语如风，把那人间小女孩的白色身影忽然从我记忆中吹起，让她悠悠飘至了云霄九重外。

回过神来，我伏拜在地，请皇后恕我不知避讳之罪。

张美人在旁依然不带温度地笑，幽幽切齿道：“好一场唱作俱佳的戏！”

皇后说不知者不为过，命我平身，再吩咐张惟吉：“把福康公主请到这里来。”

少顷，但闻环佩声起，殿外有两位成年女子疾步走进。她们皆梳高冠髻，着小袖对襟旋袄，用料精致，一为谯郡青绉纱，一为相州暗花牡丹花纱，有别于寻常女官内人，应属嫔御中人。

她们匆匆向皇后施礼，旋即齐声为福康公主辩白，皆说此事不会是公主所为。其中着青绉纱旋袄者神情尤为焦虑哀戚，施礼后长跪不起，含泪反复说：“徽柔年纪小，哪里会懂这些巫蛊之术！何况她一向疼惜幼妹，绝不会做出这等事。万望皇后做主，还她个清白。”

皇后命内人搀她起身，温言劝她：“苗昭容既相信徽柔，便无须担心。”目示左右，“赐张美人、苗昭容、俞婕妤座。”

后两位娘子亦属今上宠妃，又都曾生过皇子皇女，故其名号我也曾听过。苗昭容是今上乳保之女，福康公主生母，与俞婕妤私交甚笃。可惜俞婕妤和苗昭容所生的皇子先后夭折，今上一直未有后嗣，就连小公主们也接连薨逝，如今官家膝下只有二女：长女福康公主和张美人所生的第八女保慈崇祐大师幼悟。

苗昭容戚容稍减，与俞婕妤先后坐下，张美人在内人劝导下亦勉强入座，但仍是一副不甘妥协的模样，眼瞅着苗昭容只是冷笑。

这时内侍入报，福康公主到。随后公主缓步入内，双目微红，犹带泪痕，但衣饰整洁，垂髫辫发梳得一丝不乱。在众人注目下走近，微垂两睫，头却并未低下，尤其在经过张美人面前时，她甚至小脸微仰，下颔与脖颈勾出上扬的角度，目不斜视，神情冷漠。

走至皇后跟前，公主郑重地举手加额齐眉，朝皇后下拜行大礼，又向母亲及俞婕妤欠身道万福，随后竟垂手而立，对张美人无任何表示，完全视若无睹。

皇后微笑对她说：“徽柔，见过张美人。”

公主口中轻轻称是，却一动不动，毫无行礼之意。张美人剜她一眼，冷道：“罢了，这也不是第一次了……我这卑贱之人原受不起公主这一礼。”

公主听了张美人之话仍无反应，皇后出言问她：“徽柔，你前日夜里去过后苑么？”

她颔首承认：“去过。”

“去做什么？”

公主犹豫，一时不答。皇后再问，她沉默片刻，才又出声，却是轻问：“爹爹……好些了么？”

皇后转视张惟吉，目露宽慰神色。张惟吉含笑欠身，想必是表示公主所言暗合我的证词，可以证实她是清白的。

于是皇后和言再问公主：“你是去后苑对月祝祷，为爹爹祈福吧？”

公主讶然，脱口问：“孃孃怎么知道？”

国朝皇子皇女称父皇亦如士庶人家，为“爹爹”，称嫡母为“孃孃”，位为嫔御的生母则为“姐姐”。

除张美人外，殿内听到我适才所言的人皆面露微笑。张惟吉遂将此前缘由解释一遍，苗昭容闻后转顾我，眼中颇有感激之意，俞婕妤亦舒了口气，与苗昭容相视而笑。

张美人按捺不住，复又起身，指着地上人偶厉声问公主：“这个针扎的人偶又怎么说？为何会正好出现在你去后苑之后？”

公主蹙了蹙眉，微微侧过脸去，毫不理睬。

张美人却不收声，索性拾起人偶，直送到公主眼前：“素闻公主敢作敢当，怎的如今却又一声不吭了？”

公主双唇紧抿，始终当她是透明。张美人继续紧逼追问，皇后见状劝公主道：“若此事与你无关，你就与张美人解释一下吧。”

公主咬唇垂目，良久，才吐出四字：“我不会做。”

“不会做？”皇后语气温柔，意在诱导她多做解释，“不会做什么？”

这次公主却不肯再说了。苗昭容看得心急，从旁连连劝她回答，公主仍一言不发。

皇后无语，张美人一脸怒色，苗昭容劝了一会儿，见殿中人皆不说话，显得自己劝导之言尤为清晰，连忙收声。殿内又沦入一阵难堪的沉默。

最后打破这沉默的，竟然是我。

“娘娘，公主已经回答了。”当这声音响起的时候，其实我与其余所有人一样惊讶：一个微不足道的小内侍，竟然两次擅自插言讨论后宫疑案，哪来的胆量？

可是既然已经开口，我只能硬着头皮说下去：“昔日赵飞燕状告班婕妤祝诅，汉成帝考问婕妤，婕妤回答说：‘妾闻死生有命，富贵在天。修善尚不蒙福，为邪欲以何望？若鬼神有知，不受邪佞之诉；若其无知，诉之何益？故不为也。’臣斗胆，猜适才公主所说‘我不会做’，与班婕妤‘故不为也’之意是一样的。”

我说完，但觉公主侧首凝视我，我与她目光有一瞬相触，但觉她眸光闪亮，浅浅浮出一层笑意，我霎时两颊一热，深垂首。

众人一时皆无言。须臾，才听俞婕妤笑而赞道：“好个伶俐的小黄门，说得真有理呢，必是这样的。”

皇后颔首微笑，苗昭容与张惟吉也和颜悦色地看我，唯张美人越发恼怒，直视我斥道：“你把我比作赵飞燕？”

我一愣。起初只想为福康公主辩解，所以引用班婕妤之事，本无将张美人比作赵飞燕之意，但如今看来，很难解释清楚了。

好在此时外间内臣传来的一个消息拯救了我：“官家醒了，要见福康公主！”

殿中宫眷纷纷起立，皇后携福康公主手，说：“走，去见你爹爹。”二人当即离殿，苗昭容与俞婕妤紧随其后。张美人怔了怔，也连忙搂着女儿赶去。

殿内其余人等也逐渐散去，我呆立原地许久，见无人再管我，才走出殿外，循原路回画院。

【陆】秋和

往后数日，画院的生活波澜不惊，还是一样地过，也没见内宫传来什么重大消息。我忍不住向调入了入内内侍省的幼年同伴打听，他们告诉我，官家龙体逐渐痊愈，因听说福康公主在他不豫时拜月祝祷，愿以身代父，颇为动容，从此越发钟爱公主。张美人在人前虽嚣张，面对官家，却甚知察言观色，如今见他视公主为掌珠，便不好再提巫蛊一说，而且幼悟病情已稍微好转，她也就暂时没再为难公主。

崔白离开画院那日，我送他至宫门。临行前，他引我至僻静处，取出一幅卷轴双手递给我，问："怀吉可否替我将这幅《秋浦蓉宾图》赠予一位友人？"

我想也没想即应承，接过画后才觉得诧异：原来子西在这宫中还另有友人。

展开一看，但见他画的是秋浦水滨，菡萏半折，芙蓉展艳，三两鹡鸰掠水栖于花叶间，其上有秋雁俪影成双，一只引颈向右，一只展翅朝左，相继回旋翩飞。景物意态灵动，设色清淡隽雅。

我不禁赞叹，问他想赠予何人。

他朗然一笑，道："年前官家曾命画院中人共绘一卷行乐图，底本作好后官家却不满意，说：'房样子倒是不错，但里面宫人服饰不是时兴样式。'于是命尚服局司饰司的女官内人为我们讲解宫中服饰特点，并演示发式梳法给我们看。梳头的内人两人为一组，一人为另一人盘发加冠。其中有一个十二三岁的小姑娘，模样玲珑可爱，不知为何，一壁梳发一壁垂泪。我见了觉得奇怪，问她缘由，她说：'今晨我养的点水雀儿死了。'语音轻软，当真我见犹怜。我遂向她承诺，翌日送她一只不会死的雀儿。当晚便画了只鹡鸰，第二天送给她。她很是惊喜，连连道谢。她肤色细白，那时双颊微红，连带着鼻梁中段也带了一抹稚气的胭脂色，若秋晓芙蓉，甚是好看，我便笑问她：'姑娘用的是什么胭脂？化的妆叫什么名字？'她却害羞不答，我也不再追问，但请她以后再保持这种颜色的妆容，我想将她画入行乐图中。以后几日，她果然都着这种妆，直到我画完。"

我颔首道："尚服局司饰司掌膏沐巾栉服玩之事，描画新妆容应也是其职责的一部分。"

崔白笑道："可是我后来才知道，她那妆容可不是描画出来的……尚服局内人来画院的最后一天，她缺席了。我问其同伴，她们告诉我，她虽肤色白皙，异于常人，但也异常敏感，天气变化或饮食不妥都会引起面红现象。我问她妆容那天，她先是去给苗昭容梳头，苗昭容顺手赏了她一个剥开的石榴。她原不能吃这燥火味酸之物，但碍于昭容面子，只好吃了下去，随后便双颊泛红，宛如施了胭脂。"

我有些明白了："那她随后几天，是刻意吃燥火之物以保持妆容供你描绘的？"

崔白点头，叹道："结果火气郁结，令她全身不适，最后终于病倒。自那以后我再也没见过她。对此事，我一直好生过意不去，故如今新绘此图，想送给她，聊表歉意。"

我遂问这姑娘的姓名，崔白说："她姓董，我听其他内人唤她'秋和'。"

我再次承诺一定将画送到。因与他十分相熟，故顺口说笑道："适才见你取出图轴，原以为，这画是送我的。"

崔白大笑："我岂敢不顾中贵人！本想挑幅佳作奉上，无奈看来看去，都没见有不辱清赏的。但此事我一定留心，他日必画一幅好的给你。"

崔白走后，我当即前往尚服局寻董内人，但她此时不在其中。尚服局与尚药、尚酝、尚辇、尚食诸局一样，位于宫城东北，离内侍省不远，我随后又去了几次，却都没找到她。据其他内人说，董内人心思纤细，技艺甚好，故宫中嫔御都爱请她梳头，往往迁延至天黑才回来。

纵然我身为内侍，于夜间去寻一位宫女仍是不好的，替宫外人传递画卷又有私相授受之嫌，也不便留下图轴请别的内人转交，因此这事就暂且耽搁了下来。

一日，画院服役毕，我返回内侍省居处，走至连接内侍省、尚书内省和皇帝阅事之所的通掖门时，见前方有个年纪和我差不多的小黄门，一手揽一锦盒，另一手紧按腹部，弯着腰慢慢倚墙蹲下，脸上表情似不胜痛楚。

我忙走过去，问他有何不适，他说腹痛如绞，恐是肠疾发作。我要扶他去尚药局，他却连连摆手，说："新任的大理评事、国子监直讲司马光有贤名，所以官家命他越次入对，今日在迩英阁听他讲读后龙颜大悦，便赐他一个琉璃盏。赐物凭据交给合同凭由司审核耗了好一阵，我刚才才从御库中取出琉璃盏。现在官家已回福宁殿，司马先生还在迩英阁等候，我本想快步过去给他，怎奈突然犯病……这位哥哥，可否代我把琉璃盏送过去？尚药局就在附近，我自己慢慢走去就行了。”

我有些犹豫，他便不住催我，模样很是焦急，终于我答应，接过锦盒，折向迩英阁。

阁中有一位形容枯瘦的先生端坐着等候。面容甚年轻，应该未至而立之年，但神情严肃，老成持重。见我进来，他抬眼看我，双目炯炯有神。

我迟疑着轻唤一声“司马先生”，见他颔首，才放心走近，躬身将锦盒呈给他。

他转朝福宁殿方向，拜谢如仪，这才接过，徐徐打开锦盒。

盒盖开启那一瞬，他忽然怔了怔。我见他神色有异，遂引首朝盒内看，旋即如罹雷殛，呆立在原地，手足无措。

里面的琉璃盏釉色明净，光艳晶莹，但，已经裂为两半。

脑中短暂的空白过后是纷繁杂乱的念头：不是我，不是我，我一直稳捧锦盒，未曾跌落过……刚才竟然忘了问那位小黄门的名字……找到他也无用，我根本无法证明琉璃盏在交给我之前便已碎了……

此时阁门豁然大开，一下涌进数名内侍，最后进来的，是入内内侍省副都知任守忠。

任守忠双手负于身后，慢慢踱至我身边。

“好小子，打碎了官家御赐的宝物……”他阴沉着脸说，忽地侧首，目示左右内侍，立即有人上前将我押跪在地上。

任守忠再朝司马光欠身，道：“宫中旧例，内侍损坏御赐大臣之物，听任大臣区处。这小子是打是逐，先生只管吩咐。”

我完全无力辩解。感觉又回到了幼时，被锁进黑屋的那次。视线模糊，思绪淡去，呼吸的空气中充满死亡的气息，我低首呆呆地凝视窥窗而入的夕阳余晖，不确定是否还能看见明天光亮的日头。

漫长的等待，终于，有声音响起。

“放了他。”司马光说。

“什么？”任守忠一愣，只疑听错。

“放了他。”司马光重复，声音更加清晰，语气异常平静。

任守忠皱眉，仍难以置信：“就这样放了他？损坏御赐之物，判个死罪也不为过。”

“玩赏之物岂能贵过人命。”司马光淡淡说，“这位中贵人年纪尚小，无意中跌碎琉璃盏，不为大过。”

任守忠做为难状：“可是，官家……”

“官家若问起，请以两句话答之。”司马光略顿了顿，道，“玉爵弗挥，典礼虽闻于往记；彩云易散，过差宜恕于斯人。”

大理评事属京城初等职官，才正八品，对见惯了宰执大臣的内侍首领任守忠来说，也许根本微不足道，司马先生语调平和，容止温雅，并不以势凌人，但寥寥数语，竟有奇异的力量，听上去感觉是一言既出，不容抗拒。

任守忠反复打量司马光，几番欲言又止，最后终于悻悻退去。

阁中只剩我与司马先生，我含泪下拜：“司马先生救命之恩，怀吉感激不尽，将永世铭记。”

他双手搀起我，微笑道：“不必如此……只是日后要更谨慎些了。”

我颔首：“怀吉谨记先生教诲。”

“怀吉？”他沉吟，随即问，“你可是翰林书艺局的中贵人梁怀吉？”

“是，我曾在书艺局做过几年事，后来被调到了翰林图画院。”我回答，又诧异道，“先生怎知……”

“我听孙之翰先生说起过。”他说，看我的神情越发和善。

前年冬我尚在翰林书艺局供职，其中一项工作就是誊写往日诸臣奏议，以供秘阁编辑入库存档。谏官孙甫[①]因天降赤雪，国中又有地震之灾，曾向皇帝上疏，直指张美人宠恣市恩，祸渐以荫，不顾嫡庶贵贱之别，用物过僭，导致天变示警。

他在文中引用《唐书》中宰相张行成劝谏唐高宗远女色小人的词句：“恐女谒用事，大臣阴谋，宜制于未萌。”一时笔误，把其中“谒”字写成了“遏”，我在誊录时发现，私下把此字改正，后来秘书省复审原文与誊录稿时见此改动，问孙甫意见，孙先生连称“惭愧”，承认是自己笔误，对我擅作主张修改他文字不仅不以为忤，还大为夸赞，向不少人提起过。

“中贵人读过《唐书》？”司马先生问我，语气隐含赞赏之意。

我略微踌躇，之后低首答：“贾相公编修资善堂书籍时，向翰林院内侍讲读经史子集，我去旁听过，借阅了一两部诸臣奏议中提得多的书……”

资善堂是国朝皇子读书处，宰相贾昌朝曾在编修资善堂书籍时召集一些文臣为翰林院内侍讲课，想让其参与修书工作。但后来谏官吴育进奏反对，说此举是

① 孙甫，字之翰。

“教授内侍”，容易招致阉宦干政之祸，于是今上罢止内侍课程。

自那时起，是把内侍培养成好儒学、喜读书的文人，还是让他们保持无知无识的天子家奴状态，一直是朝中两派争论的一个话题。

听我提及这一旧事，司马先生笑容微滞，沉默片刻，才道：“书不必多读。宦者要务是侍奉天家，字略识得几个，能供内廷所用也就够了。”

我点头称是。他注视着我，又问：“你多大了？”

“今年十四。”我回答。

他颇感慨，轻轻摇头，叹道：“可惜。”

我自然明白这“可惜”的意思。若我不是已然净身的内侍，他必会劝我多读书，日后做国家栋梁，可惜我一入宫门，人生就此注定，于国于家无望了。

我想任守忠应该是上奏官家了的，但未见官家下令对我施以刑罚，内侍省只扣了我三月俸禄略作惩戒，这对我来说几乎毫无影响，因为我长年居于宫中，基本没有需要用钱之处。数年的月俸积攒下来也有不少，有时候我会枯坐着对着满匣银钱发愣，回想以前和将来的生涯，觉得自己根本一无所有，穷得只剩下钱了。

琉璃盏的事我告诉了好友张承照。张承照一直在书艺局供职，耳闻目睹之下对众大臣秉性脾气相当了解，听后啧啧叹道：“好在你遇到的是司马光，这个小时候就知道砸瓮救人、出了名的大好人，若是遇见了吴育那样的刺儿头，不死也得掉层皮。上次他又和贾相公在朝堂上争执，两人吵得那叫一个厉害，只差没挽袖子动手了。急得官家几次三番想走下御座劝解，后来被任都知拦住……”

说到这里，他眉头一皱，忽然意识到一个问题：“听你刚才说，司马先生刚打开盒子，任都知就带人进来了？”

我说是，也隐隐感到这里有什么不对。

“哪有这么巧的事！他任都知又不是迩英阁的押班，整天都候在那里，却为何你们刚发现琉璃盏碎了他就领人来把你拿下？这事，分明是有人给你下套。”

我默然不语，张承照又问：“是不是你最近得罪什么人了？”

有么？想来想去，能称上得罪的，也只有张美人。

我把福康公主之事一说，张承照便惊得两目圆睁：“你拆张美人的台，还拿她比作赵飞燕？宫里人谁不知道她是个睚眦必报的主儿呀！”

我说：“我既看见了当时情形，不说出实情，难道任由张美人冤枉公主么？”

张承照叹气：“公主是官家爱女，别说事不是她做的，即便她真害了张美人，你道官家又会把她怎样么？主子斗来斗去，吃亏的总是底下人，这种情况你就不该说话。”

我垂目受教，并不反驳，只说：“我没想那么多。”

张承照无奈地看着我，做出怜悯的表情：“怪不得你在宫里越混越糟。”

他是指我从书院被“降职”到画院的事，并断言我还会被排挤，但后来的结果令他大吃一惊：一月后，我被调到枢密院内侍班，做文书整理和传递工作。

枢密院位于宫城西南，与中书门下及三司一样，是最重要的中央机构，中书主民，枢密院主兵，三司主财，在这几处为朝廷重臣干文字活几乎是所有识字的翰林院内侍的愿望，所以我这次调职，无异于一次高升。

后来我得知，是司马光先生向与他相熟的枢密副使庞籍推荐我的，说枢密院主军机要务，文字越发错不得，而我功底不错，足以胜任相关工作。

由是我对司马先生更加满怀感念，对他的崇敬与感激之心一直保持了很多年，尽管后来有一天，他在皇帝面前以“罪恶山积，当伏重诛”为我作评，我对他亦了无恨意。

【柒】和亲

再次听人提及福康公主，竟是在枢密院中。

这年春末，契丹重兵压境，国主遣宣徽南院使萧英及翰林学士刘六符来朝致书，向大宋索求“关南地”瀛、莫二州。

瀛、莫二州是燕云十六州的一部分，当年被“儿皇帝”石敬瑭割让给契丹，周世宗时期收复，国朝接管至今。多年来契丹一直欲令大宋“归还”二州，澶渊之盟真宗皇帝许以岁币，契丹遂放弃索地，但如今旧事重提，度其使臣语气，有必得之势。

诸臣廷议，不许割地，决定借和亲与契丹言和，许大宋宗室女与契丹皇长子梁王耶律洪基，以化解索地之事。

选定的宗室女是信安僖简王允宁之女。

官家派知制诰富弼为接伴使，贾昌朝馆伴，将契丹使臣迎至使馆相与斡旋。

契丹使臣本也有和亲之意，但一听今上将晋封宗室女为公主嫁梁王，萧英即面露不悦之色：“大宋皇帝不是有亲生女么？听说那福康公主美得很哪，我国臣民十分仰慕。”

富弼解释说帝女尚幼，成婚须在十余年后。刘六符笑道：“梁王也才十岁，倒与福康公主年纪相当，就等上十年也不算什么。既是和亲，自然要以两国皇帝亲生子女成婚才显亲厚。梁王是吾皇长子，贵国皇帝仅许以宗室女，莫非是嫌鄙国国小民弱，配不上么？”

富弼与贾昌朝于朝上奏明此事，今上当即拒绝，无论如何不肯以福康公主和亲。遂命富弼出使契丹，与其国主面谈，许增岁币，但一定要推却公主和亲之事。富弼也答应，说：“主忧臣辱。臣此去除岁币外，决不妄许一事。”

启程前，今上授富弼为礼部员外郎、枢密直学士，他却而不受。散朝后，富弼再往枢密院中与诸臣商议出使细节与和谈内容。议事毕，众人出宫，他还留在院内，冥思苦索应对之计。

忽有后省内侍至，带来一批笔墨宝玩之物，皆御库珍品，说是官家特意赏赐给富弼的。

适逢我在院内值班，富弼拜谢后命我接过御赐物，复又闷闷坐下，锁眉沉思。

我已大致了解此事经过，从侍奉诸枢密大臣时听来的只言片语和誊写的部分文书中，故明白富弼所忧何事。此时看手中珍品，心念一动，遂把其中御赐之墨选出，搁在最醒目的地方，才端过去置于富弼身边几上。

近年宫中例赏诸臣之墨，乃歙州李墨。歙州李氏是制墨世家，其墨坚如玉，纹如犀，丰肌腻理，光泽如漆，故天下闻名，被列为贡品。赏赐大臣的李墨皆置于紫檀匣中，匣上雕工精美，有御库纹章。但如今赐给富弼的却非李墨，而是置于豹皮囊中的西洛王迪墨。

物品搁置，略有些动静，富弼侧首看，亦觉出此异处，便拈起一块王迪墨细看。

“如今李墨不作贡品了么？”他问我。

我知此中缘由，遂一一道来：“李墨还是贡品，但因今年紫檀断货，无以为匣，李氏请易以桂匣，官家不许，说例赏大臣的李墨皆以紫檀盛之，若易以桂匣，恐群臣有恩遇衰减之疑虑，故索性不取。西洛王迪墨只用远烟鹿胶，有龙麝气，也是难得的好墨，且以千金豹囊盛之，颇有野趣，官家遂命今年御赏换王迪墨。”

富弼道：“世人多爱李墨，若因匣舍之，岂非与买椟还珠是一个道理？”

我应道：“怀吉斗胆，请问学士，歙州李墨是你最爱的墨么？”

富弼笑道：“那倒不是！我独爱柴珣东瑶墨。”

“正是这样。”我继续说，“李墨虽好，但并非无可取代，也有人更爱西洛王迪墨、柴珣东瑶墨、宣州盛氏墨，或东山陈氏墨。玩物喜好，因人而异，但有御赏御赐一说，世人便喜求李墨，那紫檀的匣子，更被人格外看重，略一亮出，人便知是御赐物，若赐李墨不予紫檀匣，势必有人无端猜疑，倒不如另易别家名墨了。”

“不错，不错，朝中同僚虽喜求李墨，但多有不用者，倒是那紫檀的盒子，没有人不喜欢的。”富弼连连点头，很是赞同，“还曾有人玩笑说，不如请官家只赐紫檀匣给我们，另赐银钱若干，让我们自买喜欢的名墨放进去吧……”

他开颜笑，心情转好，我亦浅笑，不再说话。

须臾，他笑容消退，似陡然想到什么，拍案道：“是了，是了，以前怎没想到？”

他起身，朝我郑重一揖：“多谢中贵人提醒。”

此后他出使契丹，对其国主说，皇子公主性情未必相合，结婚易以生衅，夫妇情好难必，人命修短或异，公主和亲所托不坚，以后易生变数，不若增金帛之便。况且，据南朝嫁长公主故事，资送不过才十万缗，即便皇帝嫁其亲生女，亦不会超此数额，远不及岁币大利。

契丹国主本也意在多得金帛，听说公主资送不过十万，遂同意接受南朝岁增银十万两，绢十万匹的建议。于是两国相互遣使再致誓书，不再提和亲及割地之事。

富弼出使归来月余，有位三十余岁的妇人自内宫来，自称是福康公主乳母韩氏，温言对我说：“富学士不辱使命，官家很高兴，着意嘉奖他，他却向官家提起受你启发之事。官家又告诉了皇后和苗昭容，皇后也称赞你，但又说：‘这孩子聪明，若留在枢密院久了，怕是台谏又有话说，不如调到后省吧。’苗昭容便请她让你来服侍福康公主，说你两次助公主离困境，也是缘分。皇后便让我先问你意见，若你愿意，即可调去……好孩子，你愿意么？”

我答应了，没有太多犹豫。

不久后，我正式调往入内内侍省，升一阶，成为内侍高班，入苗昭容位，服侍福康公主。

我的居处也从前省搬到了内宫。搬家那天，张承照来送我，握着我的手依依惜别，叮咛复叮咛：“苟富贵，勿相忘。”①

---

① 注：与契丹议和亲之事时福康公主年仅四岁，本文根据情节有所改动。若干年后，曾经的梁王耶律洪基登基为帝，因疑其妻与伶官赵惟一私通，他赐死了皇后萧观音。如果福康公主当年嫁过去，应该会是一场更大的悲剧。

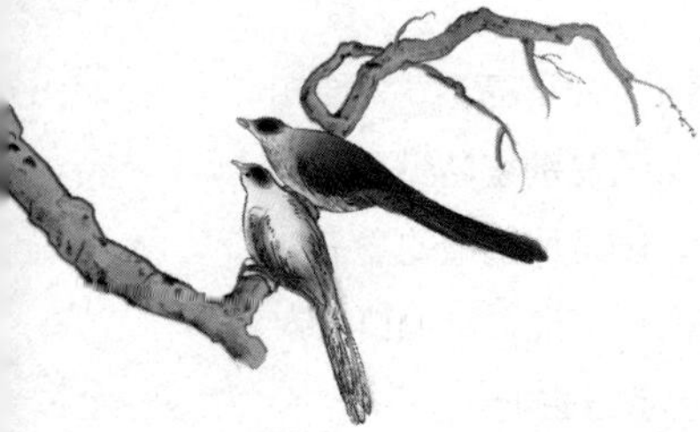

第二章 恁时相见已留心

【壹】簸钱

福康公主随苗昭容居于仪凤阁中。我初次进去时，公主正与三位与她年龄相仿的女孩围坐于厅中瑶席上簸钱为戏，抛散开来的铜钱叮当作响，小姑娘们目光随其起伏，笑语不断。

领我进去的韩氏见她们玩得正在兴头上，便示意我不可打扰，轻轻带我至一侧站定，再目示公主身边那三位衣饰不俗的女孩，低声说明：“公主对面，年纪稍长那位，是皇后的养女范姑娘。其余两位是张美人的养女，左边是周姑娘，右边是徐姑娘。她们都是公主的玩伴。”

我留意记下，再看公主，此刻簸钱正轮到她抓子，她喜滋滋地双手把铜子聚拢，攥在手心里，再朝玩伴笑说：“这轮我们加到三个筹码吧！”

旁观的苗昭容听得笑起来：“这里输得最多的就是你了，还敢加筹码。”

“这次一定不会输了。”公主似信心满满，连声催促玩伴下注。

范姑娘笑道：“好，三个就三个吧，只是公主输了别哭鼻子。”

随即搁下三个铜钱在席上，周姑娘与徐姑娘相继下注，也都笑道：“又要赢公主这许多，叫人怎么好意思呢？”

簸钱是大宋女孩儿闺中常玩的游戏。游戏者每轮握四五枚铜钱于手中，手心向上，拇指和食指拈起一枚钱，其余几枚搁在手心中簸一簸，以调整其位置角度，然后抛起所拈那枚，再翻转手背将余钱撒下，接住落下的铜子后，再度高高抛起，这次手在落子的间隙迅速拨弄翻转地上数子。这种调整铜钱正负面的程序可重复，其间要把铜子聚拢到一手可覆盖的位置。最后一抛，手要立即向上翻转，压下抛出的子，让所有铜钱皆被覆于手掌下，然后请同伴猜铜钱正负数量，以结果对错定胜负。关键在于手指动作须灵活，拨弄铜钱的速度要快，令同伴眼花缭乱而做出错误判断。

在四人中，公主看起来最小，听旁人语气，像是输惯了的，但这时面对母亲与玩伴质疑既不生气也不反驳，只笑吟吟地说了声“等着瞧”，便簸了簸手中钱，开始游戏。

众人凝眸看，但见她抛子、拨子的动作都稀松平常，速度也不快，便又逐渐笑开来：“原以为公主有何绝招……”

“好了！”公主忽然一声轻呼，最后一抛，压下子后竟双手一齐覆在铜钱上，因动作过猛，连带着上身也向前倾，像是一下扑了过去，完全破坏了刚才的雅坐姿势。

众人忍俊不禁，厅中一片笑声。公主并不着恼，仍是紧按铜子，环顾玩伴，认真地催促：“快猜呀！”

“哎呀，适才光顾着笑去了，最后一着没细看。”范姑娘笑道，“像是二正三负。”

周姑娘接着猜：“是三正二负吧。”

徐姑娘另有想法：“一定有四个正的，只有一个子儿我没看清楚。”

“那到底是什么？”公主追问。

徐姑娘想想，道：“那我就猜四正一负吧。”

公主双眸闪亮，唇角微抿，带出一抹有所克制的得意笑容，仍不揭晓结果，转首看厅中诸人：“你们呢？猜对了有赏。”

众人也笑着顺势去猜，有与三位姑娘答案一致的，也有说四负一正或全正全负的，几乎把所有可能出现的结果都猜了。

我一直未说话，但最后她的目光落定在我身上。

“哦，怀吉，”她竟然一下唤出我的名字，且语气那么自然，像我与她是相识很久的，“你来了！”

我走近几步，拜见公主，兼向三位姑娘问安。

“平身平身。”公主含笑说，我第一次听到宫中贵人把如此矜持的两个字说得这样欢快，“怀吉，你也猜猜。”

我并没有细看她最后拨钱的动作，所以对她手下的铜子正负没有清晰的概念，但注意到此时她压住铜钱的双手不是并列平放的，而是一手交叠在另一手上，且上面那只手的手背微微拱起。

于是我有了一个与众不同的答案：“臣不知具体正负数，但知其中一枚钱应是非正非负。”

“啊。”她愕然问，“你怎么知道？”

她手松开，下面那只手的虎口间夹了一枚竖着的铜钱，正是非正非负。

我微笑作答：“臣也是猜的。”

她也不再追问，开心地笑着对姑娘们伸手：“你们都猜错了，拿钱来！”

苗昭容故意责备她：“哪有用双手夹钱的理！你坏了规矩不说，还好意思问姑娘们要钱。”

范姑娘也笑说：“正是呢，这钱不能给你。”

言罢作势要收回做筹码的铜钱，公主一急，扑过去伸出双手又是抓又是扫，一壁抢钱一壁笑：“放下放下！都是我的！”

大家也只是逗她玩，最后都让她把钱抢到手。

公主把钱拨拢到自己面前，十分满意地看着点点头，然后转而对我说：“怀吉，这些钱赏你了。”

我垂目道：“臣刚才只猜中一枚，并未全中，不该得赏钱。”

她想了想，说：“也是。”把钱往同伴处一推，笑道：“那你们分吧，我不玩了。”随即站起，蹦蹦跳跳地靠近我，“你跟我来，我有话要问你。”

说完自己先朝外走，我尚未移步，已有四五位内侍内人欲跟上，公主止步回首，命令他们：“都不许动！只准怀吉跟着我。”

宫人们面面相觑，公主毫不在意，转身过来一拉我的手：“走吧。”

我颇尴尬，欲缩回手，又恐对她来说这是失礼的行为。尚在犹豫间，已被她拉着出了阁门。

她拉我到后苑瑶津池畔才停下，双眸清亮，好奇地问我：“班婕妤是谁？”

这突兀的问题令我一怔，才意识到这问题跟我为她作的辩词有关，不禁笑了笑：“公主听过的贤媛故事里没有她么？”

“没有。”她摇摇头，“我后来问过姐姐，她不晓得。再问嬢嬢，嬢嬢却又说我这一辈子都不会遇到班婕妤那样的事，所以没必要知道。最后我问爹爹，爹爹倒反问我：‘昨儿说给你听的魏国大长公主事迹记住没有？先写一遍给爹爹看看。’”

魏国大长公主是太宗皇帝女，今上姑母，福康公主祖姑，贤良淑德，无可指摘，是诸文臣反复赞颂的国朝女子典范，那些描述她如何孝顺、贤惠、明理、仁慈的故事自然是很多的。

“那公主写了么？”我问。

她居然肯定地答：“写了。”

看见答案显然在我意料之外，她得意地笑：“我写了几个字而已：魏国大长公主好，甚好，非常好。”

我无语，艰难地把想笑的欲望抑制在大内礼仪下。

她跑到池畔白玉桥的台阶上坐下，让目光可以与我平视，再吩咐我：“快说班婕妤的故事给我听。”

我迟疑片刻，最后还是慢慢向她讲述了一些班婕妤的事，关于她的才德，避辇，秋扇，《怨歌行》和《长信宫怨》，也略提到一点赵飞燕。

“原来是这样。”听完后她若有所思地点点头，忽又似恍然大悟，“你说张娘子是赵飞燕没错啊！”

我一惊，却又不知该对她如何解释此中不妥处，只得低声说：“公主慎言。”

她笑，没有掩口，露出几颗珠贝一般的细牙，整整齐齐，很是可爱。

跟我偶尔接触到的小宫女们真是大不一样，礼仪教化似乎并没在她身上留下太多痕迹，安然坐在太液芙蓉未央柳中，她享受着喜怒哀乐形于色的自由。

“怀吉，你刚才讲了半天故事，渴不渴？”公主忽然问。

“臣不渴……公主想喝水么？”我立即站直，准备回去取水。

“别走别走！”她忙制止我，“犯不着咱们亲自去。”

我左右看看，见周围并无他人。

她朝我眨眨眼，依然是唇弧弯弯，别有意味。

我还在琢磨她的意思，她却已站起转身朝桥中跑去。跑到中央，竟做出要翻越石桥栏杆的姿势。

我立即过去想拦住她，不料只那么一瞬，已有三四个人像平地冒出似的，抢在我之前冲过去拉她离栏杆。

其后还不断有人赶到，有拿衣物的，有拿巾栉的，有拿点心的，有拿时鲜果品的……自然也少不了拿水壶茶杯的镣子[1]。

原来这就是公主出行的排场。之前他们隐藏在公主看不见的地方。

公主站定，施施然转身，挑眉目指镣子，又对我笑笑。这次神情却有些无奈寂寥。

【贰】今上

次日我在仪凤阁见到了司饰内人董秋和。

她来为苗昭容理妆。那时天刚破晓，苗昭容尚未晨起，她便已在阁内院中等待。阁中老宫人唤她名字，请她进来，她只是浅笑，轻声说："再等等吧。"

身着圆领青衫，足穿弯头鞋，腰系红鞓带，头上戴着未铺翠的黑色漆纱软翅女巾冠子，秋和做最寻常的女官打扮，白皙的脸上也素净无妆，唯在双鬓边贴了一对月牙状的白色珠钿。

她身形纤柔细瘦，手托奁盒立在院内紫竹旁。霜枝雪干，烟薄景曛，初冬的晨光又抹掉这画面一层颜色，使这景象宛若一幅淡墨挥扫的写意画。

待苗昭容与公主起身，我接秋和入内，因有旁人在侧，我未及与她提崔白之事。

她为苗昭容梳好头，取出一个青心玉板冠子加上，苗昭容对镜细看，面露喜色，问她："这个冠子可有名么？"

秋和颔首，说："名为掬香琼。"

"好名字。"苗昭容道，"这冠子颜色素净，也不大，简洁精致。不像张娘子常戴的那些，动辄长宽两三尺，也亏她顶着不嫌累。"

秋和微笑，但不接话，端详镜中昭容面容，说："今日苗娘子衣裙和冠子颜色都素淡，可在眉心加个艳色花钿。"

苗昭容说好，她便从奁盒中取出薄薄一片蔷薇状面花，轻轻贴在昭容两眉之间，再取出妆笔，在其上填彩描金。

奁盒一开，满室生香。公主闻见，跑过去拈起一片玩："这面花儿好香。"

---

① 镣子，即司茶者。

苗昭容也道："这味儿挺好，是用什么做的？"

秋和答说："用甘松、檀香、零陵、丁香各一两，藿香叶、黄丹、白芷、香墨、茴香各一钱，碾为细末，用蜜调和，灌到蔷薇花模子里，待干后脱出，再在花片上抹一层脑麝便成了。"

公主插言问："秋和，这是你新近调出来的么？"

"是。"秋和回答，又补充道，"我已试过，不损肌肤的。"

公主走到她身边，牵起她袖子就往里看，羞得秋和缩手，问："公主看什么？"

公主道："你每次给娘子们用妆品之前都要自己先试，偏偏你皮肤又细薄易敏，上次为俞娘子试香脂，弄得手腕上红肿一块，好几天才消掉，我要看看这次又肿了没有。"

苗昭容听了也关切地问："可又伤了你皮肤？"

"没有，没有。"秋和牵袖掩好手腕，说，"真的没有。这次一试就好了，并无红肿现象。"

刚才那一瞬想必公主已看清，便也不再追问，亲昵地拉起秋和的手，说："一会儿你留下来，等我读完书，咱们一起簸钱玩。"

苗昭容见她犹豫，便也劝道："这两日俞娘子身上不大好，想是没心思怎么装扮的了，回头我让人去向她告个假，你今儿就留在这里吧。"

秋和最后答应，苗昭容便遣了人去俞婕妤处。须臾，为公主授课的尚宫至，公主往书斋，又命我和秋和随侍。

尚宫这日教授的是《女则》和《国史》，公主有些心不在焉，秋和神情却很专注，显然内容她是听得明白的。

课程结束，公主立即牵了秋和跑回厅中，又开始簸钱玩，但才坐下片刻，便听内侍进来报说官家驾临，已至阁门外。

阁中诸人皆起立，分列左右迎接官家。

这是我首次于近处见到今上，以前只在大祭与朔朝册命等典礼上见过他处于高远御座上的一点身影，着绛纱袍，戴通天冠，加白罗方心曲领，正襟危坐，不苟言笑，像所有皇帝肖像一样让我印象模糊。

他此时约三十四五岁，这日衣着随意，穿的是白色大袖襕衫，领、袖、裾饰以黑色缘边，足着乌靴，头束软纱唐巾，腰系五色吕公绦，外披鹤氅，眉目清和，容止雅致秀逸如文人名士。

今上从后苑信步来，甫进阁中，让人平身后即连称口渴，命速进熟水。苗昭容亲自进水，今上接过，连饮数杯。

公主见状奇道："爹爹刚才在外何不取水喝？以至现在这样渴。"

今上说："我回头看了几次，都不见随侍镣子。当时任都知在，若我追问，他必小题大做，即刻拿人抵罪，所以我索性忍渴而归。"

随今上同来的入内供奉官王昭明忙自责："臣见官家屡次回顾，都未明白官家之意，实在该死，请官家责罚。"

今上笑而摆手："你又不是我，我不说，你怎知道？这事别提了，以后也别告诉守忠，以免镣子受罚。"

苗昭容闻言笑道："官家一向如此。昭明跟妾说过，有天早晨官家告诉他，晚上睡不着，觉得饿，很想吃烧羊。昭明问何不降旨取索，官家却道：'听说禁内之人索要什么，传到宫外去，人们都竞相模仿，便成一时风气。我担心如果开口要烧羊，从此后国人每夜都会屠宰大量羊来做夜宵，那就大大害物了。'唉，宽厚待人，兼怜苍生固然是好，但竟然为此甘愿忍渴挨饿，做皇帝做到这份上，也算奇了。"

今上微笑道："身处帝王家，一举一动都有示率天下的作用，凡事要三思，万不可因一时之欲即恣意而为。有时一点貌似不伤大雅的小事，常人做了便做了，但若我们去做，结果往往会弄得难以收拾。"

言罢问公主："徽柔，这话可记下了？"

公主猛点头，今上遂笑而转视昭容，留意到她眉间花钿，便随口称赞："今日这面花儿不错，画得细致，香味也不俗。"

苗昭容笑道："妾也这样说呢……是秋和新做的。"

"哦，秋和……"今上朝一旁侍立的秋和看去，淡淡笑着略一端详，再问公主，"徽柔，秋和手腕上有无新红印？"

公主回答："看过了，没有。"

"再去看看她耳后。"今上凝视秋和，目色温柔，"这次她一定是抹在那里试的。"

公主果然过去查看，随即笑道："爹爹说对了，秋和右耳后有块指甲大的红印。"

秋和已是大窘，略略退后深垂首，讷讷道："官家，秋和非有意……"

"不必解释，我明白。"今上说，"这些香料用得多的东西，少有一次便能调好的，你总会反复试……只是如今你手下也有几个女孩子了吧，何以现在还是在自己身上试？”

秋和轻声答道：“她们年纪尚幼，用香料总是不好的。”

今上闻言又笑了：“你自己也才多大呢……满十四了么？”

秋和略显犹豫，却也只能如实答：“还差两月。”

今上颔首，道：“回头我告诉楚尚服，让她调两个十六七的内人给你使唤，试香药之类的事就命她们做吧。”

秋和拜谢，却未顺势接受：“秋和谢官家恩典。只是秋和肤质不好，对香药敏感，故最适宜充当试药者。香药若秋和都可用，便不会有损诸位娘子肌肤。如果换别人试药，她们肤质若强过娘子，香药的些微毒性没在她们身上显现出来，给娘子们用了岂非大大不妥？还望官家收回成命，试药之事还是交给秋和做吧。”

今上叹叹气，转首对苗昭容笑道：“这可如何是好？咱们想帮她也帮不上。”

苗昭容笑而看秋和：“这孩子，看来非得请官家把你调离尚服局才行了。”

秋和忙摆首：“不，不，我不是这个意思……”

今上与苗昭容相视而笑，亦不就此话题谈下去，转言道：“快起来。我见席上有铜钱，你与徽柔刚才是在簸钱么？继续玩吧。”

秋和再次谢过官家，起身还席，公主也过去，又开始与她簸钱。

秋和手异常灵巧，动作优美轻柔。公主撒子时总是哗啦啦地弄出很大声响，而她则不，每次抛撒接子声音都清脆而不刺耳，纤手翻飞如蝴蝶，那沉甸甸的铜钱在她的挑拨下竟也有了落叶般的轻盈，随她手势起伏，上下飘游旋舞，把一串单调重复的动作演绎得很是好看。

今上坐在一旁抬眼漫看，间或与苗昭容闲聊三五句，眸光却总会悠悠回转到那两个簸钱的女孩身上，唇角含笑，目中脉脉，尽是爱怜。

这日他也曾注意到面生的我，经苗昭容介绍，他很快记起富弼一事。

“怀吉，这名字不错。”他微笑着问我，“是你原名还是入宫后改的？”

“入宫后改的。”我回答，又补充说，“这名是张平甫先生给我取的。”

“茂则？”今上语气有些异样，然后是一阵短促，但足以令我察觉的沉默。

我心下忐忑，不知哪里答错，但今上旋即神色如常，温言道：“既来了这里，旁的事不必再管，少结交苗娘子阁分外的人，只服侍好公主便好。”

我答应，他遂让我退下，未再说什么。

晌午过后，秋和欲告辞，却又被苗昭容的几名侍女挽住，纷纷要向她学新发式，秋和少不得一一教她们，半日时光又这样消磨过去。苗昭容留她在阁内用晚膳，待她终于可以回居处时天已尽黑。

我主动请命送她出门，迅速回房取了崔白的《秋浦蓉宾图》藏在袖中，再提了灯笼带她离开。

走出嫔妃宫院门，见四下无人，我才取出画轴，告诉她崔白离画院时所托之事。她接过画轴，面呈浅笑，目中却有泪盈眶。

“崔公子……还会回来么？”她低声问我。

我从她略带颤音的话语里闻到忧伤的味道，这令我有些不知所措，为了不致她失望，我只能答：“也许……以后会吧。”

她勉强笑笑，谢过我，然后匆匆道别，紧搂着画轴离开，一转身，右臂即微微一抬，应是在拭泪。

此后秋和仍是经常来仪凤阁，亦常去俞婕妤处，皇后偶尔也会叫她过去。终日这样忙碌，破晓前便入内宫，往往又要到天黑才归，难怪以前总寻她不到。

某日又在仪凤阁待到很晚，依然是我送她出内宫。她那时显得十分疲惫，面色青白，走路也略有些摇晃，我问她要不要歇歇再走，她说不碍事，连催我回去。我最后虽停步，终究有些担心，一直目送她。

她走到皇仪门前，终于支撑不住，身子一软，倒在地上。

我飞奔过去，见她意识模糊，左右又无内人经过，我便抱起她，欲送她去尚药局。

那是一段较远的路程。其间经过内东门司，恰逢张茂则先生自内走出。

他看见我们，颇惊讶，问了缘故，然后以两指探秋和脉搏，须臾，道：“倒无大碍。你这样抱她去尚药局太辛苦，不如进来，我给她施以针灸，应该很快会好。”

带我们到内东门司厢房内，他取出一盒金针，略加几针于秋和头、颈处，不过片刻秋和神色便已缓和。张先生温言嘱她勿紧张，继续施针，待一炷香燃尽，才拔出金针。

秋和面色好了许多，屈膝施礼道谢，张先生道：“董内人无须多礼。你只是劳累过度，睡眠不足，才有如此症状。往后要注意休息，多保重。”

秋和低首答应。张先生又道：“听楚尚服说，你夜间回尚服局后还要调制妆品，教导小宫人，这样歇息时间便没多少了。我明日向皇后说明，请她只让你在后宫做半日事吧。”

秋和含泪拜谢，张先生避而不受，让我送她至居处。

送秋和归来，我再入内东门司，张先生尚在洗针消毒，未曾离去。我向他道谢，他微笑道："举手之劳而已，况且又不是为你施针，何必谢我。"

我赧然低头笑，问他："先生学过医术？"

"我年少时在御药院做过事。"他轻描淡写地说。打量我服色，又含笑道："不错，进阶了。恭喜。和你一起进宫的那些小孩子，很多没你有出息。"

我谢过他，踟蹰半晌，再问他："可是，对我们来说，进阶升职就是有出息么？"

他微微蹙眉："你这孩子，在想什么？"

但他语气中并没有斥责的意思，更接近温和的询问，故此我有了勇气问他我思索多年的问题："进阶升职就是我们入宫后的目标么？那么升职又是为了什么？"

他一怔，暂时没回答，我便再问："先生你现在是内西头供奉官，勾当内东门，掌宫禁人物出入和机密案牍的内外传递，是宦者中的高官了，但你依然衣着简素，食不重味，待人也和蔼宽厚，并不像别的位高权重者一样以打骂下属为乐，那你的乐趣在哪里？你有愿望么？你最大的愿望是什么？"

他沉吟良久，最后说："你的问题，或许将来有一天，我会给你答案。但现在，你只须做好官家和苗娘子让你做的事，别的，不必想太多。"

【叁】夜语

"哥哥。"

清眸不染半点尘埃，公主满含期待地这样唤我。我猝不及防，丢盔弃甲。

她是在央求我为她捉刀代笔，写她父亲命题的文章，论"君子所性，仁义礼智根于心"。

她是我见过的最聪明的小姑娘，却无耐心读那些儒家经书，而今上对她学业颇关注，常过来查看督促，往往留下一堆作业命她完成，初时不过是抄写经书兼练字，到后来便要求吟诗作文了。

有次我见她要抄写的内容太多，她写得辛苦，遂趁旁人不在，悄悄为她写了几页。模仿他人笔迹誊写的工作于我来说轻而易举，公主见了大喜，从此一旦作业稍多，她便来求我为她代笔。

我为她写了两三次便不肯再写，反复向她解释翰墨之妙与文章精义非自己钻研领悟不可得。她连称知道，却又说只此一次，下不为例，磨我答应了，但很快又会有下一次。

这次竟是纯粹的捉刀。终于我下定决心，冷对她请求，无论如何不再答应。

她双目一瞬，命侍儿取茶去，书斋中只剩我与她二人，她挨过来，两手一牵我袖子，轻声唤："哥哥。"

我的心，犹如被她手指轻轻挠了一下，骤然收缩。

她满意地欣赏我几近怔忪的表情，然后垂下眼睫抿去笑意，拉着我衣袖摇了摇，又做哀求状："哥哥，就帮我写这一次好不好？我保证这真的是最后一次了。如果晚膳前再不写完，又要被爹爹骂。"

我能说什么？此情此景，哪怕是她叫我去死，我亦会欣然领命。

我默默坐下，她欢笑着如一只小雀儿般扑腾着跳来跳去，为我铺好歙州澄心堂纸，在端溪龙香砚中磨好廷珪四和墨，再亲手递给我一支宣城诸葛三副笔，最后自己搬来个紫花墩，爬上去跪坐在上面，双肘支在书案上，笑吟吟地侧首看我写字，且不时称赞。

这声"哥哥"就此成为我无法摆脱的魔咒。公主喜欢用它令我俯首遵命，但有时也会莫名地这样唤我，不带任何目的。

偶尔当着旁人面她也会叫我"哥哥"，起初诸宫人大惊失色，说尊卑有别，要她改口，但苗昭容倒不以为意，说："当年官家在春宫，也爱唤服侍他的内侍周怀政为哥哥呢。无他，对臣下略表亲近而已。"

"公主无兄长，官家的养子十三团练也已出宫外居，她多少是有点寂寞吧。"韩氏私下对我说。

今上无子，曾将汝南郡王允让第十三子鞠育于宫中，赐名宗实，授岳州团练使，故宫中人常称其"十三团练"。后来因苗昭容生下皇子豫王昕，今上遂命宗实归藩邸，后来皇子夭折，今上亦未再召宗实回宫。

"十三团练在宫中时，公主便称他为哥哥。你与十三团练差不多大，她见了倍感亲切，才这样叫你吧。"韩氏说，但又道，"不过，我们身份卑贱，受贵人尊称是要折福的。官家做皇太子时，周怀政是主管东宫事务的入内副都知，常侍官家左右，官家便戏称他为哥哥。有一次，周怀政见官家在练字，便上前请官家赐他一幅御书，官家一时兴起，写了几个大字给他——'周家哥哥斩斩'。本来是一句戏言，未承想数年后周怀政与人密议，欲谋杀相公丁谓，请寇准为相，奉真宗皇帝为太上皇，传位于太子，也就是如今的官家。此计未成，周怀政终被斩首。官家可谓一语成谶。也有人说，周怀政受官家尊称而不知避忌，迟早会遭天谴。"

我明白她言下之意，后来也曾向公主表达过希望她不再这样称我的意思，她却不管不顾，依然是想唤就唤，我亦不再多言，甚至有点庆幸于她的我行我素，因为每次听她唤我哥哥，我会感觉到一种隐秘的温暖。

公主听尚宫授课，总要我旁听，课后如有不明白的便会问我，我的学业也借这种特殊的方式得以延续。

一日夜半，我就着烛光看书，忽听有人在外轻轻叩门。原以为是催我睡觉的宫人，开门一瞧，发现竟是公主。

分明又是趁服侍她的内人们睡着了溜出来的，她仅着中衣，足裹白袜，但未穿鞋，在这寒冷的冬夜。

我一惊，问她："公主为何这时出来？"

她笑笑："我饿了，你有没有吃的？"

不待我回答，她已跑进我房间，好奇地左右打量。

我迅速找出最新的冬衣披在她身上，但是否留她在此，却让我颇为难。

我已升至入内高班，故有单人独寝的房间。深夜与公主独处一室，无论如何都是大大不妥的。

我竭力劝她回去，说我这里并无糕点，若回去唤醒内人，自然想吃什么都可以。她却说："爹爹平日总叫我体谅下人，别太过劳动他们。若我唤醒她们，她们势必会大费周折地跑去御膳局传膳，那我岂不有违爹爹教训？本来我想，饿就饿吧，像爹爹那样，忍一忍也就过去了，谁知肚里像有只鹧鸪，一直咕咕叫，就是过不去呀。所以，我只好悄悄跑出来找你。"

我问她何不取她房中常备的点心，她说吃腻了。我啼笑皆非，想问她怎知我这里就会有她想吃的东西，但一转念，意识到她总有她自觉有理的理由，也就按下不提，从桌上拿起两枚小芋头，问她："公主吃这个么？"

那是岭南小芋头，仅比青枣大一点。身为内侍，平日睡得比主子晚，御膳局会备一些点心给我们，我入宫前在家常吃芋头，故选此物夜间充饥。

她不认得，问我这是什么。我不觉意外，因她素日所食皆精细物，即便吃芋头也是吃精制的芋头糕点或芋泥羹，这种未剥皮的状态她从未见过。

我告诉她此物名字，说这是我这里唯一可食的东西，她欣然答应品尝，于是我抱了褥子铺在门前廊下，请她出去坐在那里，再用被子将她包裹严实，以防她受冻，然后在她身边坐下，开始为她剥芋头。

剥完一个，我递给她，见她被我裹得像只大粽子，全身唯有头部能动，此刻两眼大睁，转动着黑亮双瞳，看看我，又再看看我手上的芋头。

我忍不住一侧首，让蔓生的笑意融于这无边夜色里。

公主挣扎着想从被子中伸出手去接，我怕她因此着凉，连忙止住，把芋头递到她嘴边，她低头一点点吃，像小鸟儿啄米。

她很快吃完一个，称这最简单的食物很美味，我便继续剥给她，那时她便安静地在一旁看。

空中淡淡飘着雪，我此时穿的是深青衣服，心念略动，伸袖出去，承接了几片散碎白雪，微笑问公主："公主知道雪花有几角花瓣么？"

她即刻答："六角！"

我说不尽然，引袖至她面前让她自己数。她看了看，惊讶地低呼一声，从包裹着她的棉茧中猛地抽手出来，一把抓住我附有雪花的衣袖，另一手指尖在其上轻点，口中念念有词："一，二，三，四，五……"

"有五角的。"她得出结论，又埋头再数，少顷，又愉快地发现，"还有三角四角的！"

我笑而不语，牵被角掩好她的手，再喂她吃剥好的芋头。雪花在我青衫袖上衍化为几点薄薄的潮湿，我并不觉冷，纵然现在是深寒天气。

须臾，雪霁云散，隐去的月亮又出现在天际。雪后月光格外清明，把从我们身上扫落的影子交叠在一起。她看看影子，又看看我，不时莞尔一笑。本来是二人的相对无言，却丝毫没有尴尬的感觉。

我爱看公主的明亮笑颜，就这样为她服役也令我满心喜悦。在这清凉的暗夜，她比那一弯上弦月更像是我唯一的光源。"怀吉，"公主忽然问我，"你为什么会到宫里来？"

我一怔，不知该怎样向她说明我家中那种复杂的状况，后来只简单地说："因为我家穷。"

"什么是穷呢？"她困惑地问。

我才意识到她目前所受的教育中还未仔细解释过贫穷的概念。

我先给了她一个最直白的答案："就是没有多少钱。"

"我也没有多少钱啊！"公主感叹，"姐姐每天只给我十二个铜钱，要是我簸钱输光了她就不再给了，如果我赢了，也会把所有的钱都赏给和我玩的人，最后手中还是没钱，那我是不是很穷呢？"

"哦，不是……"我开始认真思考这个词该如何诠释，"穷，就是穿不暖，吃不饱，可能连饭都没的吃，只能天天吃芋头……"

“可是芋头很好吃呀……”公主不解，这样打断我，“我以后要天天吃芋头。”

显然刚才举错了例子。我无语。从来没想到要解释清楚一个词的意思会这样难。

思量许久后，我这样告诉她：“如果有一些东西，你有，甚至有很多，但是别人没有，他们又很需要，那他们相较于你，就是穷的。比如说，公主有很多好看的衣裳，但是你的小丫头们没有，那就可以说她们比你穷。”

也许这个例子还是不够好，但除此之外，我暂时想不到还可以拿什么她见过和能感知的来解释给她听。她是出生以来皆生活在皇宫中的金枝玉叶，不可能见过真正与贫穷有关的景象，不会知道何谓衣不蔽体，何谓饿殍遍地。

她想了想，然后说：“我好像有点懂了……就是说别人家有很多衣裳，很多芋头，但你家没有那么多衣裳给你穿，也没那么多芋头给你吃，所以只能把你送进宫里？”

我苦笑：“算是这样吧。”

“那我就明白了！”她高兴地宣布，又继续跟我说她的心得，“秋和比我穷，因为我有大把玩儿的时间，她却整天在干活，几乎没有自己的时间；范姑娘、周姑娘和徐姑娘也比我穷，因为我有母亲在身边，而她们的生母在宫外；俞娘子比我姐姐穷，因为姐姐有昭容名号，她没有，只是婕妤，所以月钱和节庆例赏都没姐姐多……那么，张娘子要比孃孃穷很多，因为孃孃有皇后名位，她没有。上次她想在她的车上用皇后辇上的红伞，增加兵卫数到皇后的定额，结果被大臣们骂死了……”

说到这里她不禁笑了笑，但随即又黯然道：“可是，爹爹经常去张娘子阁中，一般只在每月朔望才去孃孃的柔仪殿，这样说来，孃孃又比张娘子穷了。”

这个话题我难以插言，只能保持沉默，而公主也不像是要等我开口，自己又说了下去：“爹爹呢？爹爹一定也有他穷的地方……哦，对了，经常数落他的大臣们几乎都有儿子，他却没有……”

我越发不能发表意见。最后，她终于提到了自己：“其实，我也很穷啊，我的眼睛很穷……服侍我的丫头们虽然没有我那么多的衣裳，但她们以前在宫外见过好多有趣的东西，说给我听，我都不知道……除了皇宫，我只去过宜春、玉津、瑞圣、琼林这四座园林和金明池，从来没逛过瓦子夜市，也不知道什么是酒店茶肆……我很想去州桥夜市尝尝当街水饭和玉楼前的獾儿野狐肉，也想去朱雀门看看旋煎羊白肠和砂糖冰雪冷元子怎么做，还想去相国寺烧猪院看看那个卖炙猪肉的大和尚……”

本来她前面的话颇感伤，但最后一句听得我笑了起来。相国寺烧朱院有个法号为惠明的僧人，冲破清规戒律，开了个卖猪肉的铺子，据说味道很好，其中炙猪肉尤佳，远近闻名，如今世人皆称烧朱院为“烧猪院”。按理说宫眷有前往相国寺进香的机会，只是如果要见那位荤和尚倒确实有点难。

“有什么好笑的呀！”公主蹙蹙眉，很不满，“难道你入了宫，还能想出去就出去，想见谁就见谁么？”

这我还真是无言以对。自从入宫后，我的确再没出去过，那些市井瓦肆，人间烟火，留在我记忆中的印象已经越来越模糊。

“唉。”公主叹了叹气，十分烦恼，“怀吉，我们都被困在这里了。”

【肆】云影

次年春，张美人的女儿幼悟病势加重，到了四月，太医表示回天乏术。今上忧心如焚，先封幼悟为邓国公主，过了几天又晋封为齐国长公主，位列福康公主之上。但这样的冲喜仍未能驱病消灾，不久后，噩耗遍传中外：齐国长公主薨。

听到这消息，福康公主立即哭了起来。她虽然厌恶张美人，但对张美人的女儿和养女毫无敌对之意，甚至还很喜欢跟她们玩，对幼妹的殇逝，她是真的感到伤心。

她泣不成声地对我说：“我想去看看幼悟。”

我犹豫，想起了那次巫蛊事件。

她显然能看出我在想什么。“哥哥。”这次她这样称我，显得尤为严肃，“我从来没有诅咒过幼悟。”

我颔首，对她呈出一丝温和笑意：“我知道。”

但是张美人未必会知道。当我把公主的意思转告苗昭容，请她指示时，昭容也叹道：“徽柔这时候去，可不等于是自己撞到张娘子刀尖上么？”

她暗托王昭明询问今上意见，今上命公主翌日再去，并为幼悟服缌麻。

幼儿未满八岁夭折，属于无服之殇，家人本无须为其服丧。官家要求皇长女为幼女服缌麻，其实于礼不合，显得幼悟丧礼尤为崇重，也颇委屈福康公主，但公主并无怨言，次日果然服缌麻前往临奠。

张美人的翔鸾阁院内青烟袅绕，一群僧人列坐诵经，张美人守在幼悟灵柩前，想是之前已哭得太多，此时双目红肿，神情呆滞，毫无生气。今上伴于她身边，不时出言安慰，但自己也忍不住频频拭泪。

当张美人看见苗昭容与福康公主时，像是蓦地苏醒过来，勾着唇角冰冷地笑："第三次了，你们还不满意么？"

我跟着公主进去，听见这话，一时未解，尚在琢磨，张美人凌厉的目光已朝苗昭容母女直劈了过去："安寿死了，宝和也死了，现在你们连幼悟也不放过！我知道你们恨我，那就让官家杀了我好了，为什么要害我的女儿？"

安寿公主和宝和公主是皇第三女与皇第四女，为张美人所出，此前也都先后薨逝。听张美人意思，像是怀疑这三个女儿皆死于非命。既有布偶之事，她遂把所有怒气都倾于公主及苗昭容身上了。

她越说越愤怒，起身直朝公主冲了过来。今上忙离座拉住她。

公主眼泪夺眶而出，连连摇头，道："我没有害过幼悟，我没有害过哪位妹妹……"

张美人完全不听她分辩。公主的出现给了她宣泄怒火的理由，她继续哭骂，诅咒所谓害她女儿的人，骂了一会儿又悲从心来，回身依偎着今上，开始一桩桩地回忆三个女儿临终前的事。

随着倾诉的持续，她的表情渐趋缓和，语调也开始变得柔和："……幼悟很乖的，怕我伤心，最难受的时候也不喊疼，见我落泪，就伸出小手来帮我擦，说：'姐姐别哭，面花儿掉了。'……到了后来，连气都喘不过来了，小脸通红，还努力朝我笑……我就这样抱着她，抱着她，她脸贴在我胸前，手还抓着我的衣缘，身子却越来越凉……"

今上搂着她，轻轻侧过身去，背对着我们，我们暂时看不到他神情，但见他两肩微微颤动，应是在强忍悲声。

张美人最后的话听得我也眼角湿润。除却外表那一层张狂，此时的她亦不过是个悲伤的母亲。

公主拭着泪，走上前去，欲燃香拜祭，张美人却又在一旁冷冷开口："公主请回，我想幼悟现在不会想见你。"

公主挨近她两步，仰面看她，带着一向不施于张美人的诚恳："张娘子，我……"

她应是想向张美人解释什么，但张美人立即打断她，毫不留情地下逐客令："出去！"

公主含泪看今上："爹爹……"

今上叹气，挥手道："你回去吧。"

公主仍不走，泣道：“爹爹你听我说……”

“滚出去！”张美人又怒了，盯着公主的缌麻之服看了看，又道，“这丧服也不必假惺惺地穿了。你就算穿十重斩衰，又能赎清你的罪孽，换幼悟回来么？”

这句话略略激起了公主的情绪，她站直，蹙眉冷道：“我没做过你说的事，无罪可赎。”

“够了，徽柔！”今上忽然扬声呵斥，“出去，快出去！”

公主愣愣地看看父亲，见他面色冷峻，浑不似平日慈爱模样，她双睫一低，又有两串泪珠坠出，一转身，快速跑了出去。

我与韩氏及一干仪凤阁的宫人相继奔出，追到翔鸾阁外，公主止步回头，怒喝一声：“都站住！跟着我的统统斩首！”

众人无奈停下，公主又继续朝前跑。这时韩氏拉拉我衣袖，朝公主的背影努努嘴，我明白她意思，迅速追过去。

后宫也就这般大，她跑来跑去，最终还是又来到了后苑，倚着一块山石坐下，放声痛哭。

我知她满心委屈，现在哭一哭倒是好的，便没去劝她，只站在她身后默默看着，她很快发现，又站起来跑到另一处坐下，继续哭。我再跟过去，她也知道，这次只瞪了我一眼，没再换地方。

她哭了许久，且是毫不顾忌姿容的小孩哭法，涕泪交流，又没带手绢，便引袖来拭，很快袖子湿了半截。待她又要拭鼻涕时，我走到她面前，弯腰伸手把自己干净的袖子送至她眼底。

她看看，也不客气，拉起我袖口就擤了擤鼻子。

那鼻子拭得如此坦然，惹得我笑。

她“哼”了一声，眼睛乌溜溜直瞪着我，问：“你干吗像个影子似的跟着我？”

“……我不是像影子。”我这样回答她，并没考虑多久，“我就是公主的影子。公主在哪里，我就在哪里。”

她先是盯着我默默看半晌，再仰首望天，忽然双眼一亮，跳起来跑到无花影树荫的空旷处，并腿站直，双手亦垂于身侧，抬头平视我，尽量保持不动，说：“你看地上！”

她身前身后一片金色阳光，并无阴影。原来现在日头高照，恰逢正午，她以这种收缩的姿态直立，自然是几乎看不见影子的。

“影子在哪里？怀吉在哪里？”她笑问。

我朝她微笑，并不回答。

“笨呀！”她为我下结论，随即告诉我她认为合适的答案，“你可以这样说：‘影子在公主脚下，怀吉在公主心里。’”

她在阳光下天真无邪地笑着，并未留意到我彼时的震惊。我想她根本没觉出这语意里的暧昧，只是当一个事实来陈述，例如，云朵浮于烟波上，杨花飘在宫墙里。

带公主回到仪凤阁，她午后回房小憩，苗昭容召我去厅中，问我公主在后苑时的细节，我说了一些，至于“影子”一节，自然略过不提。

当时俞婕妤也在，听后叹道：“这回可真委屈公主了……苗姐姐你脾气也忒好了，若换作我，被张娘子这样冤枉，恐怕是忍不住的，倒要反诘她一下：‘你怀疑我，我还怀疑你呢！自从你得宠以后，怎么这宫里新生的孩子没一个长大的？’”

苗昭容笑笑，道：“难道她发疯，咱们也跟她一般见识么？话说回来，她也可怜，女儿生三个没三个，心情自然好不了，话说得难听点，我们也就暂且忍忍吧，犯不着这时候跟她争辩。”

“心情不好就可以乱咬人了？”俞婕妤不以为然，又道，“我家崇庆没了的时候，我可没想到张口乱说她是被人害死的。”

崇庆公主是皇次女，俞婕妤所出，也是幼年夭折。

苗昭容闻言黯然道：“可不是么，最兴来薨时，我哭得多伤心，但也没疑心是旁人下毒手……”

最兴来是皇子豫王昕小字。苗昭容生皇子时，今上曾梦见神人相告“最兴来”三字，故以此为皇子小名。豫王资质端硕，今上非常喜爱，可惜未过半年即薨，今上与苗昭容悲痛欲绝，至今念念不忘。

一提儿子，苗昭容泫然欲泪，俞婕妤忙赔笑道：“好好的，我说这些干什么？倒惹姐姐难过。”

苗昭容叹道：“不关你事。我们姐妹同病相怜，说什么彼此都明白，无须解释。”

俞婕妤点头称是，感叹道：“都是服侍官家的人，怎的差这么远？宫里像她这样嚣张的主儿也只此一家别无分号了。我就不明白，官家身边有聪慧贤淑的大家闺秀，也有温柔和顺的小家碧玉，却为何如今偏偏宠这么个俳优出身的破落户？虽说她是有几分姿色，可又能美到天上去么？”

张美人的身世我也曾听人说过。她父亲张尧封进士及第，但早卒，母亲将她托付给张尧封的从兄张尧佐抚养。张尧佐后来要去蜀地做官，称路途遥远而不肯携从弟的几位孤儿孤女同行。张美人母亲无以谋生，无奈之下将女儿卖给魏国大长公主家为歌舞伎，自己改适蹇氏，又生了个儿子。大长公主将张美人送入宫，纳于禁中仙韶部。那时张美人年纪尚幼，宫人贾氏见了喜欢，便把她收作女儿来抚养。张美人做了几年俳优，直到后来在章惠太后[①]宫遇见今上。现在既有宠，今上与她都不再提这俳优生涯，对外声称她是先帝沈婕妤的养女，但宫中人自然不会忘记，私下常如俞婕妤这样，称她为“俳优出身的破落户”。

“你入宫比我晚一些，早年的事可能不知道，这里有个缘故。”苗昭容向俞婕妤解释张氏得宠原因，“有次她跳舞给章惠太后看，太后觉得她生得可爱，便留她在身边。官家小时为章惠太后抚育，对她极为孝顺，成年后亦不忘晨昏定省。张娘子那时年纪小，比如今的徽柔大不了多少，有一天发现她养的小白兔死了，喉头有伤，半身是血，她哭得死去活来，后来有人对她说，兔子可能是被老鼠咬死的，正巧那时有只小耗子从她脚边跑过，她见了怒从心起，提着裙子满地跑，一定要去把那小耗子踩死。官家此刻恰好进来，见这情景，从此便对她上了心，待她稍大些，便纳了她。”

俞婕妤恍然大悟，笑道：“原来官家就是喜欢她这点小性子。”

苗昭容略一笑：“或许在他眼里，这便是宫中女子少有的真性情吧……后来又有人跟张娘子说，那小兔子其实是被嫉恨她的小姑娘杀死的。此事不知是真是假，不过这以后，张娘子的疑心病便生了根，稍有不顺意处，便怀疑有人害她。现在女儿没了，她不疑心反倒怪了。”

俞婕妤想想，又道：“但先前，她确实在后苑搜出个布偶……”话未说完又忙转而言道，“她这么张狂，想必宫里怨恨她的人确也不少。惹出这种事，说到底，还是因她自己不懂事。”

苗昭容摆摆首，低叹道：“谁知道呢……”

此时昭容又留意到我，遂吩咐道：“刚才官家遣人来问公主好些了没，你去张娘子阁中回禀官家吧。”

我颔首答应。俞婕妤见她们聊张美人事时我一直侍立在侧，特意微笑叮嘱

---

① 章惠太后即真宗杨淑妃，与章献明肃刘后一起抚育仁宗赵祯。仁宗称刘后为“大嬢嬢”，杨妃为“小嬢嬢”。章献遗诰命仁宗尊杨太妃为皇太后。景佑三年薨，追谥为庄惠皇后，之后改谥号为章惠皇后。

道："可别向旁人提起我与苗娘子说的话。"

我尚未回答，苗昭容已先开口对婕妤说："这你大可放心。别看这孩子年纪小，却比很多老宫人都还稳重呢。又一心一意地服侍徽柔，我只把他当自己人。"

我再至翔鸾阁，张美人已不在院内，应是哭得久了，被人搀扶入内休息。今上见我进来，立即招手命我靠近，细问我公主情形，状甚关切。

这时有一群内侍列队而入，皆手捧数匹紫罗。今上转朝院内做法事的僧人，道："众僧各赐紫罗一匹。"

宫中做法事，众僧例赏有定制，紫罗不在其中，应是今上推恩特赐的。

僧人们纷纷谢恩。不想今上话锋一转，竟认真嘱咐他们："来日你们从东华门出宫，须多留意，要把紫罗藏在怀里，别让内东门司的人看见，否则，台谏会有文字论列。"

众僧答应，相互转顾间却不禁流露出诧异神色。两侧宫人自然知道今上一向是怕谏官的，听见此言，都有些想笑，但偷眼望去，发现今上神情不对，那笑意便硬生生地被吓了回去。

他本来对众僧说话是和颜悦色的，但提及"内东门司的人"时目色便冷了下去。语罢，脸上仍清冷萧索，犹凝寒霜。

一听"内东门司"我立即想起了张茂则先生。联系此前我在今上面前提到他时今上的沉默，我暗暗有些疑心，张先生令官家不快，莫不是因为他掌宫禁人物出入，见官家多赏了人财物，便去告诉谏官?

内东门司离中书门下及诸馆阁很近，要与外臣联系非常容易。可再一细想，今上却也不是经常随意破格特赐财物予人，张先生应该也不会为这种事惹皇帝不快。我这样疑心，相当幼稚。但官家不喜张先生，又是为何?

尚在胡思乱想，没听见今上唤我。直到他略略提高声音再唤我名字，我才如梦初醒，肃立听命。

"走，去仪凤阁，我看看徽柔去。"他说。

【伍】酿梅

回到阁中，两位娘子仍在内饮茶，见今上进来，忙起身相迎。

今上问公主情形，苗昭容答说："适才在午睡，现已醒了，但还赖在床上不肯起。"

公主年幼，今上一向与她亲近，尚无诸多顾忌。听昭容这样说，便顺手从几上拿了一碟御膳局新进的端午香糖果子酿梅，说："我去跟她说说话。"

昭容答应，唤了我与一位名叫嘉庆子的小侍女，命我们在公主门边伺候。

"嘉庆子"原指唐时洛阳嘉庆坊内生长的李子，果实甘鲜有盛誉，故称嘉庆李，传至国朝，嘉庆子便成了蜜饯李之美名。公主有四大小侍女，都是七八岁，名字皆为公主所赐，全以她喜食之物为名，其余三位分别名叫笑靥儿[1]、韵果儿和香橼子。

嘉庆子是今年新来的，初次入阁时公主在喝粥，韩氏请公主为她赐名，公主看了看，问她姓什么，小丫头回答说姓姜。彼时公主口中正嚼着一片辣脚子姜，一听便乐了："那你就叫辣脚子吧！"

苗昭容听了含笑反对："她若真改这名儿，以后怎么出去见人？"

公主倒也没坚持，说："那我再想想。"

我见她眼睛滴溜溜地在满桌小菜上打转，皆是莴苣、麻腐、姜豉、辣萝卜、芥辣瓜儿、生淹水木瓜之类，最后又瞟向一旁的鳝鱼包子，担心她又给人家小姑娘取出个艳惊四座的名字，遂借换空碟杯盏的机会，把一碟嘉庆子搁到她面前。

果然这激发了她的灵感："你就叫嘉庆子好了，我可爱吃了。"

公主爱吃甜食蜜饯，但如今正在换牙，苗昭容很少给她吃，今上此时取酿梅是为哄她开心。

公主躺在床上，此刻显然是醒着的，听见父亲进来，立即转身朝内装睡。

今上在她床头坐下，把酿梅递到她鼻下，微笑唤她："徽柔，看爹爹给你带了什么来。"

公主一动不动，也不答应。今上便又笑说："是刚做的端午酿梅，蜜都从梅皮里流出来了，再不吃，搁久了味儿可不好。"

酿梅是时令香糖果子。端午前都人以菖蒲、生姜、杏、梅、李、紫苏切成丝，以糖蜜渍之，纳入梅皮中制成，味道酸甜清香，公主向来大爱，况一年中只有端午前后可得，偏偏苗娘子又不多给，所以此时今上施于她的是莫大诱惑。

公主肩微微一动，心里定是在痛苦挣扎，但最后终于把持住，竟无反应。

今上叹了叹气，似自言自语："睡得真熟啊……"随即转头唤嘉庆子过来，把手中碟子递给她，说，"酿梅赏给你了，你自己吃，或与笑靥儿她们分都行。"

---

① 宋代有一种糖蜜面食名叫"笑靥儿"。

嘉庆子很高兴地接过，然后才想起要行礼谢恩，今上笑着挥手："罢了罢了，快去吃吧。"

再看看公主，见她并没有睁眼的意思，今上便起身，口中道："公主既然还睡着，那我先回去了。"

一壁说，一壁轻轻走至一侧帷幕内，隐身于其后。

公主许久没听见动静，略略转过身来，右眼先睁一条缝儿，没见着今上，遂睁大双眼坐起来，确认父亲不在眼前，一掀被子跳下来，鞋都未穿便跑到门边探头往外看。

没见今上身影，她转首问我："爹爹走了？"

我微笑低头。

"哦……"她以为我是在点头，目光随即黯淡下去，很是失望。

此时今上大笑着现身，公主见了，一声惊呼，迅速跑回，蹦到床上拉被子紧紧蒙住头，只见被下微微颤动，也不知公主在哭在笑。

今上过去强拉开被角，公主被迫露出小脸，但仍紧闭双眼，嘴也紧紧抿着，表明她不想与父亲说话。

"嗯，别笑，千万别笑，"今上隐去笑意，故做严肃状，对公主道，"否则缺牙儿要漏风了。"

公主再也忍不住，哧的一声笑开来，眼睛也终于睁开，看着今上驳道："爹爹小时候的缺牙儿才漏风呢！"

今上笑，问她："不生爹爹气了？"

"嗯……"公主犹豫着，这样答，"我要想一想……"

"呵呵。"今上掠掠公主的额发，柔声道，"今日徽柔没有错。爹爹对你说话大声了一点，但绝对不是骂你。你八妹妹没了，张娘子心里不快活，容易迁怒于人，她说不想见你，你就暂时顺着她意思先回来吧。人失去至亲的时候，就像患重病时，见不得一点不顺心的事，这种时候，她不会听你解释的，你多说一句话，都可能让她更难过，所以最好别违她意，回避一下总是好的。"

公主便问："她既然不想见我，那爹爹为何又要我服缌麻过去？"

今上无奈地笑笑，道："身处帝王家，一举一动都为天下人所关注。面对红白喜事，寻常人的喜怒哀乐或可深藏于心，未必溢于言表，但我们不行，我们必须按臣民的意思，去悲，去喜，且将这悲喜示于天下人。无论张娘子是否要你去，你都必须临奠，服缌麻，以令臣民看见皇长女对幼妹的深切哀思。张娘子虽说不想见你，但你若不去，她会更疑心前事，说你心虚或狷狂。何况，你本来自己就想去的，不是么？”

公主点点头，黯然道：“是，幼悟没了，我也很伤心……”再看父亲，伸手去摸他的眉眼，公主又问，“爹爹好些了么？这几日眼圈都黑了。”

今上叹道：“爹爹还好。最伤心的人自然是张娘子，哭得什么似的，原来一个人的眼中可以蓄这么多泪……所以，你最近别再惹她生气，就算她对你说难听的话，也暂时忍忍，实在气不过，就深呼吸一次，想想，如果你是她，是不是也会这样。多这样想，也就不会生气了。”

公主答应，忽然再问父亲：“爹爹，那些大官儿经常数落你，也不见你生气，是不是也是这样深呼吸，想一想，然后忍住的？”

今上一愣，旋即笑开颜：“是呀是呀，经常是这样……不过，有时也会忍不住，还是很生气，恨不得一头撞在龙柱上。”

公主闻言也笑出声。今上刮刮她鼻子，问：“现在不生气了吧？”

公主笑着跪坐起来，一把搂住父亲的脖子，在他耳边清楚地说：“爹爹，其实我早就不生你气了，刚才只是不好意思跟你说话……就算爹爹真骂我也没什么……爹爹骂我，我是会难过，但如果爹爹骂我后自己会好受些，那我愿意被爹爹骂……如果爹爹和我之间一定有一人会难过，那就让我难过吧。”

这几句话听得今上颇为动容，不禁搂紧公主，对她说：“爹爹不会让徽柔难过……你是爹爹的好女儿，你要什么，爹爹就给你什么，只要爹爹给得起……”

“那……我要酿梅！这个爹爹一定给得起。”公主喜形于色，顺势提出要求，“一碟不行，至少要两碟！”

今上摆首笑，立即吩咐我去取两碟过来。

公主从我手中接过一碟酿梅，捧在怀里一颗接一颗地吃，间或抬眼看父亲，见他始终含笑看着，便又道：“爹爹，我还想请你答应一件事。”

“哦，什么？”

“以后我生气时，你再带好吃的过来，如果见我不理，或说不要，你千万别放弃，一定要硬塞给我吃。”

【陆】诗帖

每年端午，诸文臣会如立春时一样，进献新作诗句，以供宫人贴于帝后寝殿及诸夫人阁分门帐之上，春词称为御春帖子或春帖子，端午词则为端午帖子。

端午前三日，曹皇后铺陈诸臣帖子于柔仪殿，召后宫嫔御与公主入内观看品评，并分赐众人。

公主看了一遍，然后笑问皇后：“孃孃觉得谁的帖子好？”

皇后双睫微微一低，好似目光在叹息：“今年范相公与苏子美不在，自然是欧阳修一枝独秀了。”

她意指缺席的是原参知政事范仲淹与原监进奏院、大理评事、集贤校理苏舜钦，这二人都是文采斐然的诗词大家。范仲淹庆历年间积极推行新政，也激化了朝中党争，与杜衍、韩琦、富弼等主持新政的大臣一起，相继被罢免外放。苏舜钦本为范仲淹所荐，虽非宰执重臣，但少年能文章，诗名满天下，主持进奏院事务，议论稍侵权贵。去年秋，进奏院举行祠神赛会，苏舜钦循前例用卖进奏院故纸的钱开席会宾客，结果被御史中丞王拱辰等以监守自盗的罪名弹劾，最后遭除名勒停。

眼下端午帖子自然不乏工丽精巧的，但内容大都为歌功颂德的奉承文字，少了范相公与苏子美，言之有物，暗寓规谏之意的诗也少了。一一看去，确实是龙图阁直学士、右正言欧阳修的最为出众。他与蔡襄、余靖、王素同列，是深受今上重用的四大谏官之一。

“欧阳修？我记得他。”公主指着其中一帖子说，“我也认得他的字。上次立春时爹爹捧着一副御春帖子反复读，很喜欢，就问身边人是谁写的，听说作者是欧阳修，爹爹就命人把他给宫中各阁分写的帖子全取了过来，逐一细看，还让我背，说篇篇有立意，举笔不忘规谏，真不愧为侍从之臣。”

皇后微笑颔首，注目于公主所指的帖子，又再拿起细看，状甚感慨。

我在她身后举目望去，但见那帖子是为皇帝阁写的，诗曰：“楚国因谗逐屈原，终身无复入君门。愿因角黍询遗俗，可鉴前王惑巧言。”

公主见皇后对这帖子如此上心，不免好奇，问她：“孃孃，这诗有何妙处？”

“哦，没什么。这帖子上的字写得很好，所以我多看了一会儿。”皇后没跟公主详细解释，轻轻放下帖子，又和言问公主，“徽柔，你喜欢哪一首？”

“这问题爹爹回来肯定会问我，所以我先选了首短的，容易背的。”公主笑指一首欧阳修的皇后阁词，念道，“椒涂承茂渥，嫔壶范柔仪。更以亲蚕茧，纫为续命丝。”

念完又自取一副，递给苗昭容，说：“姐姐看这个好么？”

那首是为夫人阁写的：“仙盘冷泛银河露，纨扇香摇绿蕙风。禁掖自应无暑气，瑶台金阙水精宫。”

苗昭容亦说好，笑道："看了这词，真觉得周身清凉，也不必饮冰了。"

皇后顺势把帖子赐她，再继续分赐帖子给诸妃妾。张美人这几日闷闷不乐，未亲自过来，皇后也未多问，自选了几副命人给她送去。

最后领帖子的，是两位面生的美人。苗昭容不认得，遂问皇后："这两位娘子是新近入宫的么？"

皇后道："不错。她们是祁国公王德用进献的，望能长侍官家，以广皇嗣。官家已收在身边，只是名位还有待议定。"

苗昭容上前，拉着两位小娘子的手细看，连声称赞，又问名字，并把手腕上两股端午五色合欢索退下来给她们戴上。二美人推辞，苗昭容笑道："按理说初见两位妹妹，应备一份厚礼才对，只是今日偶遇，没特意准备，只得把这合欢索给你们，讨个吉利。妹妹若不收，一定是看不上我这点薄礼了。"

二美人遂收下合欢索。其余众夫人见此情景也都纷纷过来赠她们见面礼。那两位小娘子有些受宠若惊，顾盼间却又神采飞扬，颇有喜色。

不想这厢正在姐姐妹妹地攀谈，那边却见今上近侍王昭明从崇政殿匆匆赶来，禀道："适才官家吩咐，王德用所进女口各支钱三百贯，立即由内东门出宫，不得拖延。"

殿中众人大感诧异。皇后亦颇意外，问："官家为何传此口谕？"

王昭明道："知谏院王素知道了王德用进女口一事，今日面君进谏，一定要官家把王家小娘子退回去。官家答说那些女子在身边服侍，已很亲近，再试探着问王素可否让他将她们留下。王素却正色道：'臣正是怕陛下与她们亲近，所以要论上一论。'官家便也没再多说什么，把臣唤了过来，命臣速来传口谕，要两位小娘子即刻出宫。话刚一说完，官家的眼泪便掉了下来。"

诸夫人听了，相互传递着眼色，多少都有点幸灾乐祸。皇后依旧是那样，沉默的时候看不出任何情绪，须臾，才道："官家认为谏臣所言有理，却也不用如此快地下令吧。何不先入禁内，慢慢遣她们出去？"

王昭明答道："王素也这么回官家呢，不过官家则说，虽然他身为皇帝，但人情与民无异。如果先入内宫，见小娘子们哭着不愿离去，只怕自己也就不忍心赶她们出去了。"

皇后略一笑，道："好，知道了。"

二美人一听此言，心知昭阳路断，即将被赶出宫，立时大哭起来，连连叩首请皇后开恩留下她们。

王昭明见状催促道："请皇后尽快送她们出宫。官家还让王素在崇政殿等着听消息呢，臣见她们走了才好回去报讯。”

皇后颔首，唤任守忠。任都知不消皇后再开口，早已一声令下，让人把二美人拖了出去。

片刻后，内东门司张先生遣内侍来报，说二女已出宫，王昭明遂回崇政殿复命。众人再等半晌，才见今上缓步回来，神情悲戚，目中犹有泪痕。

【柒】司饰

五月五日端午节，又名“浴兰令节”，自五月一日及端午前一日，东京街道上处处可买到桃、柳、葵花、蒲叶与佛道艾，端午那天家家铺陈于门首，与粽子、五色水团、茶酒一起供养，又以艾蒿编成人形或虎形，钉于门上，取镇邪驱恶之意，士庶人家递相宴赏。

宫中也是这样。诸阁门皆悬艾人艾虎，又取紫苏、菖蒲、木瓜，并切为茸，以香药相和，用梅红匣子盛裹，与百索艾花、银样鼓儿花、花巧画扇、香糖果子、粽子、白团一起，列为端午供养之物。

此外，内司还以菖蒲或通草雕刻天师驭虎像立于禁中，以五色染菖蒲悬围于左右，又雕刻生百虫铺于其上，再以葵、榴、艾叶、花朵簇拥，五彩缤纷，大如上元节扎的山景花灯。

那日大内热闹非凡。内侍换上夏季罗衫纱袍，宫娥头戴花团锦簇的内样花冠，手中捧着帝后分赐诸阁分、宰执、宗室的百索彩线、细巧镂金花朵、银样鼓儿、糖蜜韵果、巧粽、五色珠儿结成的经筒符袋、御书葵榴画扇、艾虎及纱匹段，熙熙攘攘穿梭于宫苑殿阁之中。而后苑葵榴斗艳，栀艾争香，有奉召入宫的皇亲宗室于其中击球射柳，也有宫眷在旁投壶斗草，一派升平景象。

我于这日结识了十三团练赵宗实。他也是十四五岁的少年，温和沉默，略有些腼腆，见了长辈话并不多，通常是问一句答一句，在皇后面前亦很拘谨，似乎有点怕她，见了苗昭容倒还好些，因他小时在宫中，常获苗昭容照料。公主很喜欢他，一见他便连声唤“十三哥”，奔过去问长问短，他见了公主也很高兴，说起话来显得轻松许多。

大概是爱屋及乌的缘故，十三团练对公主的侍从亦很友善。午后他与几位宗室子玩一种名叫“击丸”的游戏，数来数去少一人，便看着一旁随侍的我，问：“你过来跟我们玩吧。”

我有些惶恐，说自己不会，他却毫不介意，拉我入场，说：“我教你。”

击丸近日才在京中兴起，玩时先在地势起伏有变化的旷地上画一球基，分别以离球窝数十步到百步为距，再挖一定数量的球窝，参赛者轮流以顶端为勺状的木棒击大如鸡卵的玛瑙球，以击球入窝棒数最少的一方为胜。

初时我不懂技巧，不是选错了球棒便是动作角度不对，球被击得忽远忽近，就是不入球窝。而十三团练极有耐心，慢慢讲解，甚至手把手教我，最后我渐渐得法，能勉强应战了。

这日入宫来的贵戚女中有皇后另一位养女，国朝名将高琼的曾孙女，皇后亲姊的女儿滔滔。高姑娘幼时被皇后选入宫，与十三团练一起同养于禁中。当时宫中人都称十三团练为“官家儿”，称高姑娘为“皇后女”。因二人同年，又性情相投，帝后都有意撮合他们。今上还常指着高姑娘逗十三团练说：“皇后女可以做你新妇么？”后来因豫王出生，十三团练被送还汝南郡王邸，高姑娘也随后出宫归本家，皇后才又收养了范姑娘。

十三团练与我击丸时，高姑娘与公主同坐于一侧观看，目光始终落在十三团练身上。十三团练有时也会悄悄看她，若四目相触，他们又似被陡然灼烫一般，迅速转首回避，面上有绯色，唇角却又都是微微上扬的。

端午皇帝照例不视朝，今上本也在后苑与皇亲叙谈，忽闻内侍传报说有数名谏官求见，有要事禀奏。今上虽不大乐意，但终究还是换了赭黄龙袍、平脚幞头，束上红带与犀金玉环，穿戴整齐去垂拱殿接见他们。

此去良久仍不见归。天色渐暗，快至开宴时辰，皇后便唤来几个年轻嫔御，命她们去今上寝殿福宁殿候着，若见官家回来更衣，即迎至后苑入席。

公主听见皇后这样吩咐，遂自己请命，要去福宁殿等父亲，皇后也答应，让她与几位娘子一起去。

我随公主同去。在福宁殿又等了一会儿，才见今上匆匆赶回，额上满是汗珠，边走边命殿内小黄门：“快去请李司饰过来。”

尚服局下设司宝、司衣、司饰、司仗四司，每司各有两名女官主管。主管司饰司的女官中有一位姓李，擅长以导引术梳发，姿容也颇出众，人称“梳头夫人”，常为官家梳头，极得今上宠信。

蒙官家宣召，李司饰迅速过来，为他分发梳头。嫔御列侍左右等待，公主亦在内旁观。

其间公主问今上：“爹爹为何这时梳头？”

今上叹了叹气，道：“适才几个谏官一直在冲着我讲大道理，我欲早走，便对他们笑着说：‘众卿之意，朕已知晓，容节后再议。’不想刚一转身，还没迈步，袖子就被一个官儿拉住了，一迭声地说：‘陛下一定要听完臣等谏言……’我想抽回袖子，他却还不松手，我便只好回去坐着，一直听他们讲完，偏偏其中有一位体味甚重，现今又是大热天……直熏得我脑疼耳热，头皮发麻，所以必要梳梳头才能清醒一些。”

众嫔御听了皆大笑，纷纷问：“那他们是为什么进谏？什么话这么长，半天说不完？”

今上不答，只说：“也没什么，你们无须知道。”

有位娘子眼尖，窥见今上袖中有章疏，便趁其不备，倏地抽出，笑说：“他们的话一定写在这上面了，官家赐我们看看吧。”

其余娘子亦上前争抢章疏，笑闹不已，都要先翻开来看。今上起初欲制止，无奈还在梳头，头发在李司饰手上，不好动弹，只得摇头叹息。

娘子们争来争去，谁都不得先睹。最后抽出章疏的那位扬声道：“好了好了，谁也别抢了，我们请公主宣读，大家一起听吧。”

众人都觉这主意不错，遂把章疏交到公主手里。

公主接过，翻开，一字一字地数着，开始念：“臣伏闻陛下以灾变频数，已降诏敕，敷求谠言……”

今上苦笑道：“他们说今年雨水成灾，近日国中又有地震，乃阴盛之罚……你直接念最后那几行吧。”

公主点头，跳过中间段落，念后面最重要那几句：“宫掖之间，女御之众，岂无繁冗，徒在幽闭？望选其无用之人，放令出外，以消阴盛之变。”

此语一出，殿内嫔御霎时哑口无言，显然不曾料到台谏所论事会与己有关。惴惴不安的心绪浮在眸光里，她们都试探着偷眼看今上，唯恐一个不妥，自己便沦为了章疏中的“无用之人”。

今上却也缄口，未曾发话安慰她们。公主眼波回旋于父亲与嫔御之间，有点好奇，有点懵懂，努力思索的神情使她显得相当可爱。

须臾，一声轻笑划破此间沉默：“官家把这些乱说话的官儿逐出几个，耳根不就清净了？”

此言出自李司饰。在众女讶异的注视下，她漫绾皇帝长发，徐徐道：“如今京师富人手上有了几缗钱，都要多纳几房妾媵，天子纵有些嫔御，又岂容他外臣指三道四？两府两制，家中各有歌姬舞伎，官职稍如意，往往增置不已。官家根底只剩有一二人，他们就说阴盛须减去，倒只教他们这帮子人风流快活！”

她说的话想必众嫔御中是有人想附和的，但又都知官家一向善待谏官，李司饰语锋却直指诸臣，故不敢贸然开口，一个个着意看今上脸色。

而今上直坐着，目光落在面前镜中，淡淡凝视李司饰，眼底波澜不兴，难以窥知他心思。直至头发梳好，始终未发一语。

李司饰未觉有异，取了幞头为官家加上，站在他身后，一双凤眼懒洋洋地斜睨向镜内今上清隽的脸，又问："官家真要按他们说的做么？"

今上道："台谏之言，岂敢不行。"

李司饰又笑笑，一边漫不经心地收拾奁具，一边说："若果真要裁减宫人，请以奴家为首。"

她自然不会想出宫，这样说，无非是自恃得宠于官家，刻意凌蔑台谏议论罢了。

今上闻言遽然起身，冷面下令："请司宫令携宫籍过后苑。"

言罢拂袖入内更衣，留下一干嫔御面面相觑。

待与众人到了后苑，皇后命开宴，今上却示意暂且延后，先让总领尚书内省的司宫令奉上宫籍名册，自己御笔亲点，在其上勾画。良久，降旨："自司饰李氏以下三十人尽放出宫。"

旨意既下，皇后再请今上入席，今上却不应，但问："她们出宫了么？"

皇后叹息，转而命任守忠即刻遣那三十人出宫。待内东门司回奏宫人悉数离宫，今上才入席进膳。

经此变故，席间笑语略有些滞涩，无人敢就此发问。

面对满座宗亲贵戚，今上才薄露笑意，逐一问候位高行尊者，与年幼者也多有交谈，皇后亦从旁引导话题，气氛方又活跃起来。

此间皇后命人奉上定额外礼品若干，再分赐宴中众人。其中有几斛广州进献的番商没官珍珠，净白莹润，形态正圆，各斛珠子大小各异，按顺序看去，依次增大，但每斛内的却又匀净如一。

众人啧啧赞叹，几位嫔御忍不住托起珍珠细赏，爱不释手。

张美人心情郁结，恹恹地在阁中躺了十数日，今夜也是勉强来的，肤色苍白，容颜消瘦，走起路来颤巍巍，有西子捧心之态。但此刻见了珍珠，原本死水一般的眸心也漾起一层涟漪，轻飘飘地走了过去，莲步依依，在斛珠左右流连。

但见珠光映亮她憔悴容色，今上似有些感伤，当即宣布："这几斛珠子赐予张美人。"

待到曲终宴罢，宗室贵戚皆离去，只余公主与几名亲近嫔御在侧时，皇后问今上："梳头夫人是官家所爱，官家却为何将她列作第一名，遣她出宫？"

今上答道：“此人劝我拒谏，岂宜置于左右。”

皇后淡然笑，略略欠身：“陛下圣明。”

诸嫔御亦随之称颂，唯苗昭容随后笑道：“但如今逐了梳头夫人，司饰一职出了缺事倒小，可又要麻烦皇后费心想，该换谁为官家梳头了。”

俞婕妤道：“尚服局不是还有位陈司饰么？”

苗昭容摆首道：“陈司饰的妆品制得倒是好，可惜不会导引术，梳的发式也不见佳。”

“给我梳头的丫头倒还不错。”原本沉默的张美人忽插言道，“会导引术，头发也梳得好，手脚轻，梳完发丝都不会掉几根。”

有意无意地掠官家一眼，张美人又补充道：“就是官家见过的许静奴，今年十六岁了。”

“妾倒也有个人选，想推荐给官家。”俞婕妤朝今上微笑，又转向皇后说，“还须皇后定夺。司饰内人顾采儿，十八岁。最近是她在为妾梳头，手艺自不必说，最重要的是人品好，极稳重，说话行事绝不会像梳头夫人那样轻佻。在官家左右侍奉的人，模样出众自然是好，但最怕有色无德。”

“呵。”张美人嗤笑，冷瞥婕妤，意极轻蔑。

苗昭容轻摇团扇，此刻不紧不慢地开口：“妾也想到一人。心思细，技艺好，为人更是极妥当，官家皇后都是认得的。”

皇后很快明白她所指：“秋和？”

“正是。”苗昭容手执团扇朝皇后欠身，道，“秋和虽然年纪还小，但精通导引术，清晨经她梳一次头，整天都神清气顺。给妾梳发，又常有奇思妙想，做的发式新颖别致。至于人本身，官家皇后都看在眼里，妾也就不多说了。”

皇后没表态，转顾今上，问他：“官家意下如何？”

今上沉吟，最后如此决定：“让这三人均做准备，随后两月依旧为娘子们梳头。七夕那天，我看谁给娘子梳的头好，便升谁为司饰，选作梳头夫人。”

【捌】盗甥

自端午前观诸臣帖子后，我一直寻思着要去通读一遍，再选取其中佳句誊录背诵，但节后事务繁杂，直至六月末才抽出空来去书艺局找张承照，问他要书院存档的端午帖子。

他很快找来给我，还与我一起誊录。我抄写时随口问他：“近日欧阳学士可有新作？”

“欧阳修？”张承照道，“他最新的文章可不就是那篇为杜衍、韩琦、范仲淹、富弼等人说话的章疏么？这下可捅了马蜂窝了，惹来好大麻烦，非但乌纱难保，肩上脑袋是否能留下都还另说呢，估计最近是绝无心思吟诗填词了。”

我十分吃惊：“端午时不还好好的么？这却从何说起？”

“从何说起？论起来，这事还有好几拨缘头呢，咱一桩桩地数吧。”张承照开始向我细述欧阳修之事。

原来五月间，欧阳修曾上疏论杜衍、韩琦、范仲淹、富弼等人不该罢，说：“此四人者，可谓至公之贤也。平日闲居，则相称美之不暇，为国议事，则公言廷争而无私。以此而言，臣见杜衍等真得汉史所谓‘忠臣有不和之节’，而小人谗为朋党，可谓诬矣……一旦罢去，而使群邪相贺于内，四夷相贺于外，此臣所以为陛下惜也。”

公然指排挤庆历新政大臣的一派为“小人”“群邪”，而恰恰这些人又是如今当政者，故为日后事伏下一脉祸根。

欧阳修妹夫张龟正早卒，无子，只有一个前妻所生的女儿。欧阳修之妹携此女归娘家，由欧阳修相助抚养。当时此女七岁，待其将至及笄之年，欧阳修把她嫁予族兄之子欧阳晟。但张氏出嫁五六年后却与家仆陈谏私通，不久事发，被鞠于开封府右军巡院。

权知府事杨日严以前守益州时，欧阳修曾经上疏论其贪恣，杨本就怀恨在心，因此伺机报复，使狱吏对张氏严加拷问，诱她提及欧阳修。张氏惧罪，为求自保，说了许多未嫁时与欧阳修之情事，且有不少丑异细节。

杨日严据此上报，谏官钱明逸遂上疏弹劾欧阳修，说他私通外甥女，且欺诈侵吞此孤女家财。军巡判官孙揆奉命再审，觉得张氏说法未必属实，大概也因对欧阳修心存敬意，便未再生枝节，只追查张氏与陈谏私通案。这种处置方式令宰执大臣大怒，命太常博士苏安世重审此案，意在一举除掉欧阳修。

“欧阳学士真与外甥女有私么？”我问张承照，觉得此事匪夷所思，“张氏供词怪异。说是为求自保，但与舅通奸之罪尤甚于私通家仆，说出来非但不能为自己开脱，反倒又添了一道重罪。莫不是屈打成招吧？”

“保欧阳修的人也这样说，但是……”张承照随即起身，道，“你等等，我再找首词给你看。”

他在一堆文卷中翻找，最后抽出一张录有一阕《望江南》的纸，递到我眼前。

我展开一看，但见词曰：“江南柳，叶小未成荫，人为丝轻那忍折，莺怜枝嫩不堪吟，留取待春深。十四五，闲抱琵琶寻，堂上簸钱堂下走，恁时相见已留心，何况到如今。”

张承照跟我解释说：“这是欧阳修的旧作。外甥女一事传开后，又被钱明逸族人钱勰翻了出来，笑指这词说：‘张氏到欧阳家时年七岁，正是女儿学簸钱时。’”

“钱明逸、钱勰……”我又觉有异，“他们姓钱，可是吴越王钱俶的后人？”

张承照点头：“没错。欧阳修在编修《五代史》，听说对吴越王有诸多贬词，钱家后人早对其不满。”

我想了想，又问：“那《望江南》真是他写的？他承认是他旧作？”

张承照答说：“没承认，可也没否认，应该算是默认吧。”

我无语，反复看手中词，目光徘徊于末几句上：堂上簸钱堂下走，恁时相见已留心，何况到如今……

我心里微微一动。记得初入公主阁时，她也正在簸钱。原以为只是不经意地一瞥，但她那天真娇俏的容止好似已由此烙入我心，以至现在一见“簸钱”二字，浮想起的便是她语笑晏晏的模样。

“也许，欧阳学士与张氏，只是有情无奸吧。”我叹道。

“有情无奸？”张承照提高语调重复这话，带着莫可名状的兴奋，揶揄我，“说到底，我们不过是碰不到女人的小黄门，你能知道什么是情，什么是奸？”

我顿时像被人劈面掌了两下嘴，脸上火辣辣的，垂下眼帘，无言以对。

这引得张承照拊掌大笑：“原以为你进了后省，见了大世面，又被娘子们调教，应有不少长进，没想到现今面皮还是这样薄。”

我勉强一笑，只盼将话题自我身上引开：“那官家呢？他怎样看欧阳修之事？”

“听学士们说，官家也很恼火。原本，他是很欣赏欧阳修的才气的，重用他为谏官不说，还特意嘱咐我们，一旦欧阳学士有新作，无论是否属内制，都要找来上呈给他。如今出了这事，官家自不免震怒。据说在朝堂上乍闻此事，官家的脸色唰地沉下来，半晌没发一言。”说到这里，张承照反问我，“你见官家的机会可不少，怎没见他提起？”

我摆首道：“我是在公主身边伺候，这类事，官家怎会跟公主提及。”

“那也没跟娘子们提起？”张承照忽又来了兴致，“你有没听说，张娘子可能也会向欧阳修的井中砸块石头？”

"张娘子？"我诧异道，"应该不会吧。出了梳头夫人的事后，皇后还特意告诫众夫人勿涉政事，何况张娘子与欧阳修应无嫌隙吧？"

张承照嘿嘿一笑，问我："你还记不记得，当年张娘子生八公主时，欧阳修曾上疏，名为《论美人张氏恩宠宜加以裁损》？"

经他提醒我才想起，确有此事。那时八公主幼悟降生，官家命于左藏库取绫罗八千匹。时逢严冬，染院工匠为完成皇命，不得不于大雪苦寒之际敲冰取水，染练供应。欧阳修得知后立即上疏，不但谴责此事，更进而提出内降张美人亲戚恩泽太频，认为这是"有污圣德之事""难避天谴"，希望官家防微杜渐，早为裁损。

依张美人秉性，对此耿耿于怀并非不可能。我问张承照："虽则如此，但张娘子身在后宫，欲插手此事必为官家所忌，她又能如何干涉？"

"你难道不知么？"张承照一指中书门下方向，"贾相公认了张娘子的养母做姑姑。"

张美人的养母名为贾成，亦居于宫中，仗恃美人得宠于上，便狐假虎威，言行甚嚣张，宫中人称"贾婆婆"。宰相贾昌朝与其同姓，遂认她为姑姑，平日多有往来。这事我是知道的，只是没将之与欧阳修的事联系在一起。

"张娘子想做那么一点点事大可不必自己出手，通过贾婆婆知会贾相公一声便行了。"张承照说，"这次贾相公对欧阳修这样狠，未必没获张娘子授意吧？听说现在贾相公在向官家请求，要他派王昭明去与苏安世共审欧阳修的案子，这个点子，只怕也是张娘子出的。"

王昭明？我暗暗感叹，欧阳学士真是祸不单行，往日为人狷介，得罪的人不少，如今身陷困境，那些潜在的落井下石者便一个个迅速浮出水面了。

此前欧阳修任河北都转运按察使，今上欲令近侍王昭明同往，共监河北水利漕运，欧阳修却坚决拒绝，说侍从之臣出使，向来无内侍同行的例子，"臣实耻之"。今上亦从其所请，没让王昭明去。这对王昭明来说，显然是件难堪之事，如今贾昌朝要求派他去审案，分明是想让他公报私仇，令欧阳修万劫不复。

我问张承照："官家会让王先生去么？"

张承照笑道："你问我？我还想问你呢！瞧你这入内高班怎么当的？自己后省的事都不知道，还跑来前省问我！"

我赧然笑，发现自己对这类事还真是后知后觉。宫中风云变幻，我却反应迟钝，居然稀里糊涂地做到入内高班，也算是异数了。

抄完端午帖子，我向张承照道别，准备回仪凤阁，他坚持要送我，直送我到内东门。自从我调到后省之后，每次来看他，都会感到他对我态度友善更甚以往，带有种微妙的殷勤。我不禁想，他实在是个很适合在宫中生存的人。

我们在内东门司附近偶遇适才提到的贾婆婆。彼时她自外归来，在内东门前下轿，尾随她的小黄门过来相扶，掀帘时莽撞了些，手无意中碰到贾婆婆头上沉重的冠子，立马就被她甩了个大耳刮子："作死的小泼皮！敢情你娘生你时手没包好，生下你这犯羊痫风的贱爪子！"

那小黄门不敢争辩，立即跪下谢罪。贾婆婆却还不解气，一壁骂骂咧咧，一壁伸出留着二寸长指甲的手去掐那小黄门耳朵。小黄门疼得伸脖皱眉，龇牙咧嘴，但还是竭力笑着，道："是小的不对，婆婆容小的自己掌嘴，别折了婆婆的指甲。"

他这一抬头，我倒愣了愣，认出他正是当初要我代送琉璃盏的小黄门。

贾婆婆终于松手，小黄门继续跪着，开始一下一下打自己的脸。贾婆婆不再管他，自己往内宫走，其间经过我身边，瞥了我一眼。我朝她略略躬身，她若无其事地笑笑，道："哦，是梁高班……代老身向福康公主请安。"

她扭动着臃肿的身躯扬长而去。待其行远，我走到仍在跪地掌嘴的小黄门身边，说："她走了，你回去吧。"

他仰首看我，当即大惊失色，爬起来一溜烟地跑了。

张承照见状问我原因，我遂告诉他此人即给我琉璃盏之人，张承照叹道："幸亏你现在跟了个好主子。你有公主护着，公主有官家护着，她们才会放过你……瞧在咱们兄弟一场的分上，日后公主阁中若有差事做，你便荐我过去吧。这前省真是越待越没劲了。"

第三章 无端又被东风误

【壹】花冠

所谓的欧阳修“盗甥”之事被当作一桩艳事丑闻，逐渐流传到禁中，成为千百宫眷茶余饭后消磨时光的闲散话题。有次苗昭容也饶有兴味地向今上提起，问他是否会让王昭明去审案，不料今上脸色遽变，敛去笑容，漠然不语，苗昭容遂不敢再问。我留意观察，仍不闻此后进展，想是今上尚在犹豫。

七夕将近，诸位向今上推荐司饰的娘子越发关注冠发妆容事宜。国朝女子皆爱戴花冠，平日发髻倒梳得简单，但约发的冠子则一定要绚丽夺目，尤其是节庆之时，常簇插花钗雪柳黄金缕，满头珠翠争济楚。

一日秋和给苗昭容梳妆毕，恰逢俞婕妤过来。婕妤打量昭容一番，笑道：“姐姐请恕我直言。秋和这发样儿梳得自然是好，可就是配的冠子素了点，没有让人眼前一亮的首饰装点。”

苗昭容也看看俞婕妤的头冠，叹道：“我也在犯愁呢，不知该找些什么珠宝来做冠子。我瞧你这花冠上的珠子虽不错，但若翔鸾阁那位用上官家赐的番商珠子，怕是风头不免要被她抢去。”

俞婕妤道：“可别提了。自从上次官家赐她珠子后，宫里嫔御都托内司的人去外面买，京中豪门贵戚见了，也都争相抢购，结果一月之内珠价就翻了十倍。就我头上这几颗破珠子，竟值八百缗钱呢。”

苗昭容以纨扇掩口，惊讶道：“八百缗？莫不是疯了！”

“如今真是这个价。”俞婕妤撇撇嘴，又道，“若八百缗钱能买到好的也就罢了，可惜虽花了高价，买到的珠子成色始终不如那位的，到了七夕，拿什么跟她比？”

苗昭容低首沉吟，须臾，再对婕妤说：“比珠子只怕比不过她了，不如我们另寻些好的，翡翠、玳瑁、象牙之类，私下让内司访求成色上佳的买了，到时做成冠子戴出去，未必会输她珠冠。”

俞婕妤点头道：“姐姐说得有理。这次多花些钱无所谓，要买就得挑最好的，一定不能输给那位，否则，我们只能又眼睁睁地看着她安插个狐媚子在官家身边。”

苗昭容深以为然，微笑转头问秋和：“秋和，依你之见，什么珠宝做冠子更衬我？翡翠如何？”

秋和却不回答，敛眉低首，一下跪倒在昭容面前，道：“望娘子三思，切勿求购贵价珠宝为饰。”

苗昭容诧异道：“这却为何？你且起来，慢慢说。”

秋和依旧跪着，说：“京城之人，从富豪之家到坊间平民，莫不视宫内取索为一时风尚。但凡听见宫眷求购什么，便追随抢购，以致物价腾涌。张娘子爱吃江西金橘，此事传到民间，金橘之价立即疯涨，听说现在一斤的价钱已足买八斤羊肉。若苗娘子再高价求购珠宝，无论是翡翠、玳瑁还是象牙，国中此物价格必涨，上有违君意，下有碍民生，故万万不可行，望娘子收回成命。”

苗昭容略想想，对俞婕妤笑道：“这孩子的话听起来有几分道理。官家一向要我们节俭，若知我们的首饰花了大价钱，恐怕不会欢喜。”

俞婕妤未有异议，却又蹙眉说：“但七夕那日，张娘子势必会以番商珠子为饰，我们就算找出手头最好的首饰，跟她的相比，也难免逊色。”

秋和应道：“七夕之试，意在选会梳头者，娘子们未必需要用贵价首饰。官家发式，与娘子们不同，不必戴花俏冠子。秋和以为，届时为娘子梳好头即可，至于冠子，实乃装饰之物，选些绫罗绢花，甚至彼时鲜花都是好的，若用无价之宝，倒是喧宾夺主了。”

听得二位娘子连连颔首。俞婕妤亲自伸手把秋和扶起来，含笑道：“好姑娘，多亏你提醒。你说这些话，也不防着我，可见心里是极坦荡的。”

秋和拜谢，却又是大窘，讷讷地不知怎样应对。倒是苗昭容从旁笑说：“咱们都是一家人，谁荐的人做梳头夫人都一样，防你做什么？”

次日，苗昭容让秋和梳了个不加冠子与假发的小盘髻，秋和手执菱花镜站在她身后，让她先后看了，昭容却又不放心，唤我过来，道：“你是个男孩儿，且帮我看看，这发样儿好么？”

她不经意的一声“男孩儿”，让我心里一暖，鼻中竟有些酸楚。

我着意细看她发髻，欠身道：“这发式颇有新意，未见宫中人梳过，官家见了定会说好。”

昭容略显犹疑，再问：“不戴冠子官家看了会喜欢？”

我回答说：“臣以为，董内人言之有理，官家要选的是会梳头者，不是会做精巧花冠者，故不必在冠子上多下功夫，让董内人把发式梳妥帖就行了。”

苗昭容再看看镜中的自己，旋即笑道：“那好，我就听你们这一回。只是不加冠子，这妆容就一定要画得精致方可了。”

我没有附和，但说：“官家爱以导引术梳头，因此手法可以按摩头皮，理通经络，以健体强身。七夕之试，仅看冠发是看不出内人导引术高低的，所以这几日娘子梳头不妨多理经络，好生将养休息，七夕只着淡妆，官家看见娘子的好气色，自然会知道这是董内人导引术的功效。”

七夕那日，今上带宫眷驾幸金明池琼林苑。

琼林苑在顺天门大街，面北，与金明池相对。大门牙道两侧皆古松怪柏，中隐石榴园、樱桃园之类，各有亭榭。太平兴国元年，皇帝以三万五千兵卒凿金明池，引金水河中水注之。池上有三桥，朱漆阑楯，下排雁柱，中央隆起，若飞虹之状。桥尽处五殿相连，立于池中心。每年花季，这里柳锁虹桥，花萦凤舸，遍开素馨、茉莉、山丹、瑞香、含笑、射香等，闽、广、二浙所进南花，又有梅亭牡丹，胜景不可悉数。

今年花朝节，因官家忧于朝中事，八公主又病着，故无心绪驾幸池苑。直到七夕，听说琼林苑从太平兴国寺取来培育的秋季牡丹开花了，才临时决定游幸赏花，且于此地选取新任司饰。

今上携皇后与公主先入金明池中正殿。殿中设朱漆明金龙床，河间云水戏龙屏风，两侧各列数十盆琼林苑移来的各色牡丹，姹紫嫣红，繁花似锦，开得好不热闹。

少顷，诸嫔御车辇到，娘子们皆着盛装，相继入内。相较发式的娘子中最先进来的是俞婕妤，但见她梳了个朝天髻，双髻当额并立，微微后倾，其上加了个大旋心罗绡冠子，罗绡相旋卷合如花瓣，分四五旋，花瓣边缘深红，颜色向内渐渐变浅，中心接近浅白。冠子广及半尺，高及五六寸，虽未用任何珠玉，但仍有盛大艳丽之感。

今上见了颔首微笑："俞娘子这冠子不错。"

俞婕妤一顾身后内人，喜道："这是采儿为臣妾做的。"

内人顾采儿上前拜见官家。她姿色平平，并无惊艳之处，但应对沉静，言谈举止颇合时宜。

今上又赞她两句，再赐俞婕妤坐，静待另外两位娘子进来。

苗昭容随即进殿。她采纳了秋和与我的建议，梳了个状如玉兰花苞的发髻，青丝回旋，光泽可鉴，并未加冠子，仅在侧饰以一小朵槐树花叶攒成的花球，妆容也素净，面白无瑕，不着花钿，双颊只略施胭脂，带一抹若有若无的红晕，看上去清淡雅致。

众嫔御见她居然未戴冠子，大为讶异，皆转顾官家，等他表态。

今上端详良久，最后含笑赞道："这发样儿梳得好，昭容今日气色也佳，看上去倒似回到了十五六做女儿时。"

苗昭容十分欣喜，忙唤了秋和过来，双双拜谢。

于是众人对张美人妆容更为好奇，皆引首举目望向殿外，等她进来。

张美人迁延许久方才入内。待其身影出现在殿中，又是满座皆惊。

她头上约发珠冠广五寸，高盈尺，漆纱为底，罗绡为叶，大叶中叠细叶二三十重，上又耸大叶如楼阁状，每叶上络以金线，缀以雪白的番商珍珠，根据叶子大小依次递增，冠顶上的大如龙眼。

但众人最感惊讶的倒不是这奢华珠冠，而是她身上穿的真红穿花凤织锦褙子。

今日中宫戴缕金云月冠，前后加白玉龙簪，衣红褙子。

嫔御逢节庆宴集，出门之前必会先遣人打听这日皇后服饰是什么颜色，以避免与其同色。而今张美人公然选穿真红褙子，实是僭越无礼之举。

张美人在众人瞩目之下仍不疾不徐，施施然进到殿中，淡扫皇后一眼，再盈盈下拜，毫无惭色。

皇后并无愠容，端然坐着受她一拜，然后微微一笑：“张娘子的冠子真精致，叫什么名儿？”

张美人傲然答道：“叫冠群芳。”语罢，两剪秋水潋滟一转，顾向今上，像是静候他夸赞。

而今上凝视着她，不动声色。须臾，徐徐抬手，以袖掩面，道：“满头白纷纷，更没些忌讳。”

显然全没料到是这结果，张美人一时愣住。众目睽睽，而今上再不顾她，她不由得低首，面颊泛红，像身上褙子的颜色褪到了脸上。

“官家恕罪……”她低声说，“容臣妾告退，往偏殿更换冠子。”

“去吧。”今上颔首，又加了一句，“顺便把衣裳也换了……今日这颜色并不衬你。”

张美人答应，后退数步，再一转身，快速走出大殿。为她梳头的内人许静奴本来跟在她身后随之下拜，原本一脸自信，想是欲等美人介绍后再面谢天恩，哪知竟有这变故。静奴面容姣好，今上却只瞟她一眼，毫无与她对话之意，这使得她现在手足无措，不知当退当留。尴尬地独自跪了片刻，终于忍不住爬起来，惶惶然跑出去追张美人。

苗昭容与俞婕妤遥遥对望，眼角眉梢皆带喜色。嫔御中有人以扇蔽面，有人将脸略转朝殿外，有人低声咳嗽，这些衍生的小动作亦都是为掩饰抑制不住的笑意。

今上再与皇后及众夫人闲谈，聊些关于牡丹的散碎话题。等了半晌，终于又见张美人进来，这次换了紫褙子，珠冠已除，只绾了个简单的盘福髻。或许是有几分赌气，发上未着任何饰物，绷着脸，下拜后不发一言。

今上一笑：“张娘子这发髻好看，簪朵花更妙。”旋即走到一株千叶紫牡丹“叶底紫”旁，亲自摘了一朵，簪在张娘子发上。

娘子们见了都夸说很美，张娘子才神色稍霁。俞婕妤既见气氛转好，也敢开口说笑：“都说官家偏心，果不其然，有好的花儿朵儿都给了张娘子！”

今上笑道：“你戴着那么大的花冠，若给你花，又该簪到哪里去？”

俞婕妤闻言，竟当众两下摘掉冠子抛给顾采儿，然后一摊手，说：“现在我可没冠子了。”

今上摆首笑，去摘了朵“倒晕檀心”给她簪在头上：“此花外沿深色，近萼反浅白，深檀点其心，可不跟你那冠子相似么？”

随后又选了朵“潜溪绯”换了苗昭容头上的槐花球，道：“这花映得面色更好。”

其余嫔御见状都围聚过来要求官家赐花，官家一一答应，给每人都簪了一朵。最后，到殿中开得最繁盛的千叶魏花旁，细细挑了朵好的，走回御座，簪在一直坐在那里含笑旁观的皇后的冠子上。

公主见了喜欢，也拉着父亲的袖子说要花戴，今上便牵着她走下来，摘了朵“姚黄”[①]。公主还是垂髫幼女，头发上插不住那么大的花，便接了拿在手中把玩。

殿中一片其乐融融和美景象，皇后遂于此刻问官家司饰之事：“这新司饰，官家可选定了？”

此言一出，适才笑语声又瞬间消散，众人皆屏息凝神静待今上的答案。

“选定了。”今上说，目光迂回于董秋和、顾采儿和怯怯地躲在张美人身后的许静奴面上。

“即日起，以尚服局内人……”今上眸光在秋和脸上略滞了滞，但终于掠了过去，转向另一位，“顾氏为司饰，掌朕巾栉之事。”

答案揭晓，殿内有大半人愕然无语，连顾采儿也怔怔地并无反应。

听适才今上对几位娘子发冠的评语，应是秋和当选才较为合理，何况秋和容貌远胜采儿。

但起初略显紧张的秋和此时面色反而和缓下来，舒了口气，如释重负。

零零星星地，渐有人道好，祝贺顾采儿，采儿这才谢恩答礼。皇后问今上因何判定顾氏胜出，他只简单答：“采儿做的冠子用料俭朴，却不失天家贵气，发式也梳得好。”

【贰】七夕

此后帝后及众宫眷过琼林苑赏当季秋花，黄昏时登金明池宝津楼开宴。

这类宫中私宴，嫔御照例会自出银钱备几道菜肴供官家品尝。今日献的主菜是二十八枚江南新运至京城的一品新蟹，个大膏肥，被蒸得色泽金红，置于白瓷碟中，十分好看。

岂料今上一见之下竟皱起了眉头，唤来任守忠，问：“如今这时节，京中竟

① 欧阳修《洛阳牡丹记》：钱思公尝曰：“人谓牡丹花王，今姚黄真可为王，而魏花乃后也。”

会有此物？其价几何？”

任守忠躬身道：“每枚千钱……这是娘子们的一点心意，节前特意嘱咐御膳局找来进献给官家的。”

今上怫然不乐，环顾众嫔御，问：“这一下箸便费二十八千？”

众嫔御无言以对。今上搁箸，并不食蟹。皇后见状，命内侍将蟹撤下，官家才肯进膳。

帝后坐于殿中御座上，两侧嫔御座席依次分列，公主席位在今上之侧，虽离他最近，但并不相连，中间约有五六尺的距离。趁娘子们凝神看席间歌舞之际，公主弯腰低首，向父亲那边探身，压低了声音轻轻唤：“爹爹……”

今上见她做此神秘状，不由得微笑，亦向她侧身，低声问：“何事？”

公主用她耳语般的声音继续说：“我知道你为什么不吃螃蟹。”

“哦？”今上故意挑挑眉角，问，“为什么呢？”

“我回头再告诉你。”公主抿嘴一笑，迅速坐直，然后转首对身后侍立的我说，“怀吉，给我剥个菱角。”

晚宴后，有内侍入报说水殿前乞巧彩楼已扎好，于是今上牵了公主，并带那几位皇后与张娘子的养女前往。

下楼时今上再提公主宴上所言，公主道：“爹爹不吃螃蟹，不是因为螃蟹不好吃，而是觉得太贵。如果吃了，传到宫外去，今年螃蟹还会更贵。就像爹爹说张娘子的冠子不好，其实不是冠子不好看，而是上面的珠子太贵……”

“好了好了……”今上含笑打断她，“心里明白就好，不必说出来。”

公主笑着点头，又道：“女儿有一事想问爹爹，望爹爹如实回答。”

今上许她说，公主遂问：“今日采儿、静奴与秋和，谁给娘子梳的发样儿好？”

今上正欲开口，公主却又止住他，认真补充道：“爹爹一定要说实话。”

今上微笑，回首看看身后，见只有王昭明和我紧跟着，其余众人尚离得远，便弯腰低声对公主说出了实话：“秋和。”

公主嘟嘟嘴，不满道：“那爹爹为何不让秋和做司饰？嬢嬢、姐姐和我都喜欢秋和，难道爹爹不喜欢她么？”

“嗯……喜欢。”今上笑笑，依然牵着公主手缓步走，语调温和从容，“但是，徽柔，我们越喜欢一个人，就越不能让别人看出我们喜欢她。将对她的喜爱形之于色，就等于把她置于风口浪尖上，让她成为众矢之的，明枪暗箭会接踵而至，终将害了她。”

公主蹙眉思索，又问："爹爹是怕尚服局的内人嫉妒秋和？"

"呵呵。"今上一抚她头发，"也许。"顿了顿，又说，"这话你且记住。真的喜欢一个人，就别对他太好，别让他人发现，甚至，也不要让他自己觉察到你有多喜欢他……"

"哦……"公主似懂非懂，想了想，还是问出来，"为什么不能让他知道呢？"

今上微笑摇头，讳莫如深："我回头再告诉你。"

七夕之夜，京中贵家多以雕木彩缎结成一座彩楼立于庭中，名为"乞巧楼"。其上铺陈花瓜、酒炙、笔砚、针线，以及着彩衣的泥孩儿"磨喝乐"，夜间男童裁诗吟咏，女郎穿针呈巧，焚香列拜，称之为"乞巧"。

今上命结彩楼于水殿前。檐下宫灯高悬，天上星河璀璨，池中秋水波光粼粼，且又有宫人以黄蜡铸为凫雁、鸳鸯、龟鱼、莲荷之类，皆彩画金缕，点燃顶端灯芯后置于池水中任其漂去，谓之"水上浮"，与满穹星月相映成趣。

公主先点了几个水上浮，又拿起磨喝乐玩，嫌其中的女孩儿衣裳不好看，遂对众女伴说："我们给磨喝乐换几身衣裙吧，看谁做得最好看。"

女伴们答应，各拿了一个磨喝乐，又纷纷取出罗帕、绢花等可用布片为这泥偶做装饰。公主则命人从池中摘了朵荷花，自己拆了几片花瓣，在那女孩儿腰上围了一圈，以丝带系好，扬手给众人看。皇后与几位嫔御在侧，皆赞她有巧思。

待到了乞巧时辰，公主拿起七孔针，不一会儿便穿好线。众夫人又赞她，她却一摆手，直言道："这孔快有铜钱眼儿那么大，线穿不过倒比穿过要难。"

闻者无不笑。乞巧用的针是特制的，并非平常用的缝衣针。针体扁平，上有七孔，但针眼极大，虽乞巧需要引线从七孔中依序穿过，但对八九岁的女孩来说相当容易。

待女童们皆穿好针，公主率众焚香列拜于彩楼前。仪式结束，她意犹未尽，问皇后："孃孃，这就没事做了么？"

皇后含笑道："昔日我在娘家时，还玩过一种游戏。先许个愿，然后拿一枚铜钱侧立着，以指去弹，让它转动。待其扑下，若正面朝天，此心愿即可实现。"

公主听了立即说要试试，皇后遂让人分一些铜钱给公主及众女童。不料公主第一次便得了个负面的。她连声道："这次不算！"接着再试，但连试三次竟无一次是正面朝上。

旁观之人皆觉不祥，虽然脸上仍带笑，但都有些尴尬。公主却无不悦之色，忽然站起来，跑到一旁的千枝灯前，取下一支宫烛，滴了几滴蜡油在一枚铜钱的背面，然后用另一枚的背面与其相对贴上去，这样两枚黏合，左右都是正面了。

她得意地用此钱再试。纤指一弹，那厚厚的铜钱笨拙地转，最后静止后还保持着侧立的状态，竟未扑倒在地。

苗昭容见状笑道："这却该算什么呢？"

皇后看见，亦笑道："真巧呢。我十八岁那年，也曾玩出过这样的结果……不过那钱可只是一枚。"

众人好奇问："那皇后许的是什么愿？可实现了？"

皇后却不肯再说，默然低首，但唇角微扬。

苗昭容顿悟："十八岁的姑娘能有什么心愿？当然是希望嫁个如意郎君了。"

娘子们当即明白，皆含笑看皇后，唯公主还愣愣地问："然后呢？"

"然后……"今上忽地开口，柔和目光触及皇后，微微一笑，"没过多久，我即下旨，召你孃孃入宫了。"

"原来如此。"公主拍手笑，"那是好兆头了！"

众娘子也笑而叫好。皇后浅笑着，头却越发低垂，并不敢再看官家。

她这年二十九岁，但这飞霞扑面的神态却似闺中少女，这般温柔，大异于我往昔所见那冷静淡定、含威不露的中宫形象。

"徽柔。"今上于此时唤公主，将众人注意力引回至公主身上，"既有好兆头，且说说你许了什么愿。"

"呀！"公主圆睁双眼惊呼一声，随即又噘起了嘴，很是懊恼，"刚才我完全忘记许愿了。"

今上让公主许愿再试，苗昭容却道："她这么糊里糊涂冒冒失失的，再试下去不定又生出什么花样，不如改玩别的吧。"

昭容大概是担心公主再测出不祥之兆。今上听了颔首同意，公主却又犯愁："但可玩的都已玩过了，还能做什么呢？"

我看着仍在她手里的那对铜钱，忽想起欧阳修那句"堂上簸钱堂下走"，心中有一模糊的念头倏地闪过。

"公主。"我欠身向她建议道，"不妨召董内人来，簸钱为戏。"

公主明眸闪亮，笑道："好啊，她最近一直在准备梳头的事，很久没与我簸钱了……快叫她过来。"

我答应，亲自去找秋和。

秋和那时独自立于水殿一侧栏杆边，凝视水中闭合的荷花蓓蕾，目光脉脉，微衔笑意。

不知这槛外流水承载着何等赏心乐事，她神思游离于周遭宫阙盛景之外，我连唤她三声，她才惊觉回首。像是被我窥破了什么秘密，她羞赧低眉，听了我转告的话便匆匆赶到公主身边去。

彼时更深露重，今上命众娘子先回苑中歇息，再带了皇后、苗昭容、公主及几位姑娘入殿，命于御座下方设瑶席，以备女孩们簸钱。

这次公主要求分组来玩，她与秋和一组，另一组是范姑娘与周姑娘，综合每组两人成绩为最后结果。两位姑娘不依，说秋和技艺最好，谁与她同组必然取胜。公主也坦然承认，道："我就是想赢呀。平日都是你们取胜，今日过节，你们好歹也放我一马，让我高高兴兴扳回一局吧！"

姑娘们既见她这样说，也就笑而应允，四个女孩儿各据一方，开始簸钱。

簸钱声悦耳如铃动，姑娘们笑语间于其中。把钱舞得最好看的自然还是秋和。每次抛接动作皆如行云流水，连对手都为她叫好。我知道在这个游戏中她是绝对的主角，必将赢得旁观者的特别关注。

我悄然观今上，见他的确更关注秋和，即便钱不在她手中，她只端然静坐，他的目光都未曾移开。

留意到这个细节的并非只有我。

教坊乐师隐于殿中帘幕之后奏乐助兴，一曲既终，有内侍过来问皇后以下该奏何曲目，但听皇后指示道："《望江南》。"

我不禁举目望向她，不想她竟也在看我，目光相触，她从容微笑，我低首欠身，但觉自己这一副心肠已被她看个通透。

今上始终漫视秋和，似乎对皇后适才说的曲目名并未上心，直到乐声响起，他才逐渐觉察，略略坐直，闲散笑容淡去，应是想起了欧阳修之事。

曲声清婉，绕梁不绝，一直奏到第二叠。我随这乐声，于心中低吟欧阳修词，待吟至末句"何况到如今"时，忽闻今上开口："昭明。"

王昭明立即答应，肃立听命。

"欧阳修的案子，你去监勘吧。"今上道。叹了叹气，他又补充道："可要勘查仔细了，别冤枉了谁。"

王昭明一凛，应已明白今上之意，忙跪下接旨，郑重道："臣必慎重监勘，不敢有辱君命。"

此夜簸钱，自然是公主与秋和大获全胜。范姑娘与周姑娘要数筹码给她，她却而不受，道："爹爹会给我彩头，你们不必出了。"

今上闻言笑道："我可不给你。此番虽赢了，却不是你的功劳。"

公主顺势为秋和请功："没错，全靠秋和我才能取胜。那爹爹就多赏些东西给她吧。"

今上颔首，温言问秋和："秋和，你想要什么？"

秋和只是低头摆首，说："公主肯屈尊与奴婢游戏，于秋和已是莫大福分，岂敢再邀功请赏。"

"你跟她玩，无异于做她师傅，是在教她技艺，有功岂可不受禄。"今上道，也不再听秋和推辞，转顾皇后，微笑问，"咱们该赏她什么好？"

皇后亦笑道："她这师傅对公主一向尽心尽力，臣妾一时也想不到赏什么好，就怕给的东西她不喜欢。不如官家让她说出自己的心愿，官家若能做到，就帮她实现，如此可好？"

今上连声道好，问秋和有何心愿，秋和踟蹰，最后还是轻声道："奴家暂未想到……"

"那我今日且给你这一承诺。"官家说，"将来你想好了就告诉我，只要我能做到，就助你达成心愿。"

秋和举手加额，郑重下拜谢恩。再次起身时目中有微光闪动，恬静神情里透着几分不张扬的喜悦。

我猜她一定是有心愿的。因获皇帝的承诺，她的未来开始有了一抹亮色。

我很乐意看到这个结果。有希望的人生总是快乐的，她日后应该会过得开心些了。

到了八月，欧阳修的案子终于有了结果。在查看苏安世与王昭明审案结论，再与宰执商议后，今上下旨，降欧阳修为知制诰、知滁州。与此同时，也降苏安世为殿中丞、监泰州盐税，逐王昭明出京，监寿春县酒税。

不久后，审案经过传至禁中：王昭明前往开封府狱，见苏安世所勘案牍皆指欧阳修乱伦盗甥，即骇然道："昭明在官家左右，但见官家无三日不说欧阳修。如今省判所勘，是为迎合宰相之意，异日官家若不悦，昭明性命必难保。"

苏安世道此事既属实，今上应不会怪罪，王昭明则问他欧阳修是否已认罪。苏安世答说："他拒不认罪，不如锻炼。"

所谓"锻炼"，是指严刑拷问，迫人认罪。王昭明连连摇头，肃然道："官家令我监勘，是要我秉公处理，以尽公道。'锻炼'？这是什么话！"

苏安世闻之大惧，不敢再论“盗甥”，但劾欧阳修用张氏资金买田产立户之事。今上随即以此罪名为欧阳修结案。贾昌朝等人自然不满，无奈君意已决，无法改变，遂以苏安世、王昭明审案不力为由，坚持要今上惩罚这二人。最后今上妥协，做了上述决定。

王昭明出宫那日，我立于西华门内目送他。

长年折腰侍立，他的背已直不起来了，就这样弓着缓步朝外，他数步一回头，不时举袖拭泪，意极凄恻。

待他走出门，沉重的宫门随即徐徐合拢，我才想起现在又到了禁门关闭的时候。举首望天，看头上乱云逐霞，昏鸦飞过。如此良久，心情亦随那轮暗红残阳一点点沉了下去。

【叁】观音

秋和十五岁时，皇后让她做了中宫司栉内人，专掌皇后发饰妆容事宜。此前苗昭容曾告诉皇后秋和力劝她勿买珠宝之事，皇后感叹：“我只知她爱读国史，却没想到她还会顾及民生。六宫之中，有她这般见识的女子实不多见。”遂有了擢升之意。

“秋和这丫头，将来一定会有出息。”苗昭容如此断定。

公主听见，问母亲：“姐姐是说秋和日后可能会接替楚尚服，领尚服局事么？”

苗昭容笑笑，未置可否。

我隐约猜到苗昭容所言“有出息”的意思，但觉得那未必是秋和的愿望。

自那次送她回去之后，她亦待我如手足，有了几分亲近感，与我说的话逐渐多了起来。若来仪凤阁，依旧是我送她出去。

得知她被迁为中宫内人那天，仪凤阁中的人都向她道喜，她只是微笑，并没有特别欢喜的表情。

我送她出门，她似有心事，低着头，在宫墙两侧所植的槐树下踏花而行，神思恍惚。我忍不住问她：“秋和，你有烦心之事？”

“哦，没有。”她答，继续走，步履轻缓，像是怕惊动了那一地落花。好一会儿后，才犹犹豫豫地停住，转首问我：“怀吉，你可有心愿？”

我一怔，沉默片刻，再这样答：“看着公主无忧无虑地长大……如果这能算心愿的话。”

这答案可能在她意料之外，她先盯着我看许久，最后温柔地笑了："当然，你可以一直陪在她身边的。"

见她提起心愿，我忆及今上的承诺，于是也问秋和："那你的心愿又是什么呢？"

"去年七夕之后，很多人问过我，我一直没回答。"秋和浅笑道。我立即觉得自己多事，何必问她这样私密的问题。不想她竟然肯跟我说："但是我可以告诉你……出宫，总有一天，我会向官家请求，请他允许我出宫。"

我茫然问她："你不喜欢留在宫里？那为何不现在跟官家说？"

秋和不答，静默地立在微风吹落的槐花雨中。须臾，仰首，半眯着眼，透过头顶枝丫花穗看万里碧空，一层黄黄白白的花瓣自她漆纱冠子上簌簌飘下。

我见她神情专注，亦抬头去看，但见天上有雁字成行，自宫城上方飞过。

"怀吉，崔公子……是否还在京中？"她吞吞吐吐地问，说完即低首垂目，满面晕红。

我顿时明了，她的愿望跟崔白有关。

我坦言告诉她，自调入后省后，少有机会跟画院的人联系，实不知崔白近况，她便又问我可否代为打听。我答应，问她："你可有话要转告他？"

她下意识地绞着衣袖一角，声音轻如蚊鸣："他上次送我的画……那幅《秋浦蓉宾图》……上面的大雁……请帮我问问他……那大雁……"

见她如此情形，再回忆《秋浦蓉宾图》上细节，我这才想到，雁被称为"德禽"，一夫一妻，配偶如逝其一，终身不再嫁娶。《仪礼·士昏礼》曰："昏礼下达，纳采用雁。"取其对配偶坚贞节义之意，以讨阴阳往来，妇从夫随的吉兆，故国朝婚姻礼俗，仍以雁为信物。崔白画上有双雁，以他那疏逸洒脱的性情来看，赠此画给秋和，未必没有暗示婚约的心思，至少，也是表明有意于她。

崔白容貌英俊，举止大有才子气，年轻女子倾心于他不足为奇。今观秋和态度，显然已对其情根深种，既打听崔白行踪，应是想找他问明心意，若他确有求亲之心，她是可以自请出宫，与他为偶的。

想明白了这层意思，我立即对秋和说："我这就去找人问，一有消息就告诉你。"

我先去画院查到崔白当初留下的京中住址，又托张承照找可以出宫采办物品的前省内侍去打听，可惜后来张承照带来的回音并不佳：崔白早已离京，说是要周游天下名山大川以写生作画，无人知道他何时归来。

我转告秋和这结果，她自然是失望的，于是我忙向她承诺，一待崔白回来就与他联系，秋和连声说没关系："现在留在宫里也好，我很喜欢摆弄这些花儿粉儿和香料，若出宫了，上哪里找这许多去？"

这倒也不是托词，看得出秋和是真爱做司饰的工作，我们觉得烦琐无趣，她却可以自得其乐。这也使她的等待显得不是那么枯燥而漫长，我乐观地想。先在宫里做几年她想做的事，然后再走出皇城，嫁得如意郎君，在相夫教子中过完余生，秋和这样善良的女孩应该有如此完美的生涯。

庆历七年，十三团练与高滔滔姑娘年十六，今上与皇后谈到二人幼年婚约戏言，顾及自己无子，很是感慨，遂提出官家为十三、皇后为滔滔主婚，使相娶嫁。于是宫中之人开始筹备这"天子娶妇，皇后嫁女"的大喜事。

高姑娘尚未行笄礼，既议妥婚事，便定于这年寒食前一日行礼。是日，皇后率执事宫嫔亲临高氏府第观礼，公主本也想去，无奈此前着了凉，只得待在阁中养病，无事可做，十分烦闷。

午后阁中宫人依风俗以枣面为饼，用柳枝串了，插在门楣上，公主见了也要去插，却又被苗昭容喝止，公主便又闷闷地躺下，状甚可怜。

韩氏向苗昭容建议去请范姑娘过来跟公主玩，苗昭容说今日皇后去观高姑娘笄礼，范姑娘应该也随她去了，韩氏却摆首道："我听说范姑娘这几天身上不大方便，不能观嘉礼。"

苗昭容闻言挑了挑眉："葵水？"

韩氏说是，苗昭容有些惊讶："她也还不大吧……"

韩氏笑道："娘子天天看着，所以觉得不大，其实范姑娘比公主大四岁，今年十四了。"

"唉，不知不觉地，这些小姑娘就长大了，可见我们也老了。"苗昭容感叹，然后唤我过来吩咐道，"你去问问范姑娘，看她是否愿意过来陪公主说说话。"

我领命，随即前往中宫找范姑娘。

这日因皇后出行，大批侍从随侍，故柔仪殿留守的宫人不多，显得冷冷清清。我往范姑娘阁中去，却没见到她，她的侍女一指柔仪殿正殿，说她在里面添香药，我便又朝正殿走去。

正殿前竟连个值守门禁的内侍都没有，我隐隐感到有点不妥，但还是缓缓走了进去。

殿内似乎并无人影。锦幔低垂，四壁无声，先见着的是七宝御榻夹坐中那两尊金狻猊，二兽皆高丈余，几缕翡色轻烟自兽口中悠悠逸出，飞香纷郁。

自明日寒食起，京中要断火三日，故今日是节前最后一次焚香，用量比平日多，除二尊金兽外，殿中画梁上又垂下两壁鎏金银香球，球体为镂空精雕，中间可开合，内置香药，球体下部有燃炭，由细银链悬挂着，在两侧锦幔前密密地垂了一层，流光溢彩，有如珠帘。

温暖的芬芳气息悄无痕迹地自鎏金银香球内飘散开来，是上品凌水香，花气百和旖旎，在这寂静空间中萦纡旋绕。我来过柔仪殿多次，却从未感受过如此奇异的氛围，便似中蛊一般，于这温香氤氲处徐徐移步，无声地继续前行。

忽然，左边的帷幔动了一下，几个银香球相互碰撞，发出细碎的银铃声，悦耳如乐音。我略略转向声源处，探首去看。

银球珠帘内影影绰绰，隐约有两个人，我凝神望去，先辨出范姑娘的身形。她一手托盛着香药的匣子，另一手执银匙，身边有个银香球正开着，待她朝内添香。

但她此刻已无暇做此事。

有一男子正轻搂着她的腰，低首吻她。

适才的银铃声应是这突发事件引起的，陡然发生于范姑娘以匙添香时，故她几乎还保持着此前的动作。

那男子先是一点一点啄她的唇，范姑娘身体微微颤抖，大概是有些受惊，但终究没有推开他，于是男子开始深吻她。

他们隐于帘幕后，侧身对着我，我所处之地离他们尚有段不短的距离，且之前我未发出过任何声响，所以他们并未意识到我的存在。

这一幕令我异常惊惶，此刻只想迅速逃离。我从未见过这等男女情事，何况……何况是他们。

为避免被他们发现，我缓缓后退，移步无声，却恐他们听到我不安的心跳声。好容易挨到门边，才蓦地转身出门，仓皇朝外跑去。

刚奔出大殿院门外，忽见前方纱笼前导，绣扇双遮，两列宫人拥着一步辇迎面而来，依稀是中宫的仪仗。我越发想快步跑开，不想甫一转身就听见有人呵斥：“大胆！皇后驾到，竟不见礼！”

我只得停下，面朝皇后行礼如仪。

皇后彼时正跟随行的司宫令谈笑，见我这失礼举动面未改色，依然笑着，从步辇上下来，问：“怀吉，怎么这样急？赶着回去么？”

我无意识地答是，旋即又觉不对，连忙改口说不是，一时之间又想不到如何解释，面热过耳，汗出如雨。

皇后见状亦觉有异，凝眸问我："你是从柔仪殿出来么？"

我颔首称是，皇后遂又问："谁在里面？"

我迟疑了一下，然后只说："范姑娘。"

"观音？"皇后问。"观音"是范姑娘的小字。

我再说是，不敢多吐一个字。

皇后默然。半晌后才又问："还有谁在里面？"

我无言，纵然明知不回答皇后问话为大不敬，却也不敢再开口。

皇后此时却已猜到："官家？"

我深垂首。

皇后是何表情，我并不知道，我能感知的只有双目余光处，她衣裳的一角。周围的人也是一片静默，这时光仿佛凝固了一样，除了夹道宫槐上的鸟儿还在婉转地叫。

有一颗水珠滴落在皇后面前的地上。是下雨了么？我还在想，却见皇后下裳微微一旋，飘离了我的视线。

"听说，后苑的花儿，正开得，好……"皇后一边朝外走一边说，声音语调仍是平稳的，只是多有停顿。

司宫令忙跟上，接着道："是啊，桃花李花，金蛾玉羞都开了，娘娘不妨去看看。"

两列宫人沉默着逐一从我眼前经过，尾随皇后往后苑去。最后，有一人在我面前停下。

我抬头，看见秋和含泪的眼。

"怀吉。"她低声对我说，"快去找张茂则先生，请他到后苑来。"

我答应。秋和拭了拭眼角，快步跟上皇后侍从的队列。

我朝内东门司跑去。离开之前，看了看地上那一滴已渗入地砖的水珠痕迹，再仰首望天……晴空澄净，毫无雨意。

找到张先生，我极简略地把经过告诉他，提及柔仪殿事时只说了句"官家与范姑娘在殿中"，而他已明白一切，不待我说完，即展袖而起，大步流星地往后苑去。

我略微踌躇，最终还是跟着他去。待到了后苑，见皇后正徘徊于花影之间，目光游移于花叶之上，但眼神空洞，对这满园芳菲，显然视若无睹。

张先生走到她身边，欠身轻唤："娘娘。"

"哦，平甫……"皇后见是他，声音竟有些颤抖。这让我忽然想起了公主。她有时候在苗昭容那里受了委屈，常会赌气不说话，但若我过去劝他，她便会带着哭音叫我的名字，随后往往是一场痛哭。

"娘娘，孟春之月你率六宫献于官家的穜稑之种已长出青苗，何不去观稼殿看看？"张先生建议道，语意温和。

皇后怔忡着凝视他，片刻后终于微微笑了："好，去观稼殿。"

后苑一角建有观稼殿，每年孟春，皇后会率六宫嫔御选取九谷穜稑之种献给皇帝，皇帝随后再亲耕籍田于观稼殿下，待秧苗长出，便可于殿上观赏。

皇后徐徐登上观稼殿，我没有再跟过去，只悄然立于稻田一隅，远远地看她。

苑圃有专人侍弄，此时秧苗郁郁青青，长势喜人，若从殿上俯览，新秧盛景一定如侍从之臣所言，"苒苒香塍色，油油瑞亩烟"，我想，皇后见了，心中多少是会有几分愉悦的。

皇后端然立于大殿正中，一袭袆衣，翟文赤质，白玉双佩。她俯视足下苒苒青禾，神态渐渐平复如常，依然那般庄静宁和。有风吹过，鼓起她深青大袖，她微微仰面，九龙四凤冠上的十二株首饰花轻轻颤动。闭上眼睛，她露出了一缕恬淡笑容。

而张先生一直隐于她身后廊柱之侧，安静地凝视她，很长的时间内不语亦不动。

他穿着皂色衣袍，看上去仿佛只是一道颀长的影子。

【肆】祈雨

不过半日，范姑娘的事已遍传六宫。此前宫中养女多有为今上所纳者，但那些都是先帝后妃收养的，在晚一辈的小姑娘中，按宫中传闻说，范姑娘是第一个"得幸于上"的，故娘子们相互打探着消息，都在等着看皇后如何处理。

从观稼殿归来，皇后又恢复了那喜怒不形于色的国母常态，有条不紊地如常处理后宫事务，然后在晚宴上向今上描述高姑娘笄礼情景，再若无其事地提起范姑娘，说范姑娘年岁渐长，而她不再舍得让养女出宫，故请今上把范姑娘收在身边，以使她们无分离之虞。

一席话说得镇定坦然，倒令今上有些尴尬，但最后还是顺水推舟地"从其所请"。

于是皇后另拨阁分给范姑娘居住，阁中宫人增置不少，再与司宫令、尚宫等商议相关事宜，选择吉日以待今上正式加封。

六宫哗然，议论纷纷，关于此事缘由经过也演绎出许多版本，其中有种说法是，皇后收养范姑娘，本就欲以她分张美人之宠，范姑娘“勾引”今上，也是皇后授意的。很多人听说了我曾窥见一点柔仪殿中事，都兴致勃勃地问我，我缄口不答，他们又央我至少描述皇后得知此事时的神情，问我彼时她是否很得意，我一概无回应，连对苗昭容都只说“不曾看见”。

此事是否在皇后意料之中我并不清楚，唯一可以肯定的是，那一滴水珠不是天落的雨。但我不会把这一点向别人说起，我想现在的皇后也不屑于向旁人辩解和证明什么。

尚未加封，今上已常去范姑娘阁中，关于她的名位，宫中人也有诸多猜测。今上纳嫔御，一般是初封御侍，略微看重点的同时封县君或郡君，不在五品内命妇之列，日后再慢慢迁升。但如今宫里传言说范姑娘是良家子，且又是皇后养女，所以帝后均有意给她较高品阶，一开始便会封她为才人或贵人，甚至，有可能是四品的美人。

提起这事时，众娘子中倒有大半人是眉飞色舞的，几乎像是乐观其成，原因不难猜到，她们都等着看新美人压倒旧美人。

张美人被这些传闻弄得坐立不安，常守在朝堂殿后以待今上，次数多了今上忍不住直说，要她不必再来。消息传开，又沦为了六宫笑柄。

想必张美人也没放弃寻求对策。那几天她阁中人特别忙碌，常见贾婆婆或她阁内宦者出入内外宫城之间，沉着脸，行色匆匆。

“她又想去找贾相公商量了吧。”苗昭容私下说，“可这次官家纳新宠是皇后建议的，范观音出身又好，就算贾相公进谏，官家也有理由拒绝，不加理睬。”

她的话本没错，但自去年冬天延续至今的大旱令此事又有了变数。

为人君者一向畏惧天灾，每逢灾变，必有大臣上疏要求皇帝自省其身，说是他施政行事有错，才引发天变。

时值三月仍不降雨，官家因此忧心忡忡，不但避正殿，减常膳，还频频在宫中祈雨，用尽各种祈雨术，乃至率宫人及众宦官燃臂香祈祷，却始终未见天降甘霖。

宰相贾昌朝此时进谏，称宫中女子过多，请出宫人以弭灾变。今上亦答应，回宫后又命取宫籍，选了些不甚亲近者欲放出宫。

这日宫中仍有祈雨仪式，今上照例亲书祝辞，提笔时，张美人忽上前道："臣妾听说祝辞应以祈祷者之血书写，才足以表其诚意。臣妾多年来深受陛下眷顾却无以为报，今日祈雨，但请陛下用臣妾之血，以成全臣妾为君分忧之夙愿。"

话音未落，便亮出一刃匕首，朝自己左臂上划了一刀。

见鲜血淋漓，今上大惊失色，一把抓住她手臂，捏住伤口，呼人来包扎。张美人却轻轻推开他，坚持要人拿杯盏来，滴了些血在内才肯包扎伤处。

今上大为感动，连声安慰并嘉奖，张美人只是笑笑，说："但能为陛下分忧，臣妾些许血肉何足惜也。"随即柔声催他快写祝辞。

这日仪式的最后一步是召来放令出宫的宫人，再表今上接纳谏言裁减宫女的诚意。待尚宫逐一点名，让这些宫人行过拜别礼之后，张美人却又颤巍巍地站起来，朝今上下拜，道："此番大旱延续时间之长极为罕见，若所出宫人只是可有可无者，难示陛下及六宫祈雨诚意。臣妾养女徐氏，一向为臣妾所钟爱，但如今既天降灾变，臣妾愿割舍母女之情，放徐氏出宫，唯望能以此感天意，求得雨水，为君国消灾。"

她一说完，又有两位平日跟她过从甚密的娘子亦出列下拜，表示愿让自己养女出宫。今上沉吟，良久不发一语。其余在场的嫔御凡有养女者都如坐针毡，片刻后，又有娘子跪下附议，这一来，陆陆续续又跪倒一片，都表示愿舍养女。其中一定有大半人本无此心，但这等场面，若不随众表态会显得自己不肯做半点牺牲，便好似不忠君爱国了。

张美人见状淡淡一笑，抚着胸口微微喘着气对今上道："恭喜陛下，如今六宫齐心，皆愿舍养女出宫，上天必有感应，定会早降甘霖。"言罢，悠悠转首看皇后，轻声问，"皇后，臣妾没说错吧？"

皇后未答，但转朝今上，欠身道："陛下，如今臣妾仅有一名养女在宫中，是去是留，但凭陛下做主。"

今上默然负手望天，面色凝重。半晌后才说："待朕明日与宰相商议后再做打算。"

与贾相公的商议结果可想而知。在贾昌朝极力赞成乃至怂恿下，今上下旨，再放皇后养女范氏及张美人养女徐氏以下十数名少女出宫。

最后的拜别礼气氛极为凄惨，好几对母女相拥着泣不成声，范姑娘在今上面前行完礼后又奔去扑倒在皇后足下，伏拜泣道："孃孃，是我错了……"

皇后把她拉起来，为她拭着泪，思来想去，欲言又止，最后只余一声叹息，含泪把她搂在怀里。

轮到徐姑娘行礼时出了一点意外。她本来呆呆地跪下了，贾婆婆见她没再动，便从旁提醒她拜别今上，岂料她忽然激动起来，转身膝行几步，一把抓住张美人裙裾，大哭道：“姐姐为何要赶我出去？”

张美人吓了一跳，待反应过来，遂做哀伤状道：“姐姐也舍不得你，但若不舍亲厚者出宫，这雨……”

“不是！姐姐根本不喜欢我！”徐姑娘根本不想听她说，且哭且诉，“你最喜欢的还是幼悟……自从你生她之后，几乎没正眼看过我……我想，幼悟没了，你应该会对我好些了，可是你还是不待见我，对周妹妹都比对我好……”

“幼悟……”张美人像是被这个名字刺了一下，低声念着这两个字，突然两手抓紧徐姑娘手臂，几乎是在狠狠地掐着她，目露凶光，“是你，原来是你……”

徐姑娘痛得尖叫起来，拼命挣扎。贾婆婆见事态不妙，忙过来拉开她们，自己把徐姑娘箍在怀里，一面用手捂住她口，一面掩饰道：“这孩子太伤心，脑子有点不清醒，这礼暂且免了吧。”然后频频朝张美人使眼色。

张美人一怔，逐渐冷静下来，又勾出薄薄一点笑意，轻声对徐姑娘说：“傻孩子，姐姐不喜欢你，还能喜欢谁呢？你且回去，日后姐姐再去看你。”

贾婆婆得张美人授意，半抱半拖着徐姑娘往外走，徐姑娘挣扎着摇头，被掩住的口中“呜呜”有声，却吐不出一个字，眼泪顺着贾婆婆的指缝一径流了下来。

相对而言，范姑娘等人倒走得平静，无人反抗，但个个掩面而泣。她们乘车出宫门，一行十余辆宫车，香尘滚滚，哀声迤逦，就这样一路驶出皇城去。

看着她们渐行渐远，我蓦然忆起，这宫里的女子离开皇城时竟都是哭着出去的。

或者，总有例外吧。我想。

比如秋和，将来她出宫时必是满心欢喜，因为她期盼的人生像一轴画卷，那时才在她面前缓缓展开，内藏多少良辰美景、赏心乐事，正待她逐一细品。

再比如公主，她生于宫中，却不会终老其中，总有一天，今上会为她觅个驸马都尉，风风光光地送她出宫……本朝士人，通雅博畅者众，皇帝身处庙堂之上，终日见的，无不是一时俊彦，日后为独生女儿择婿，不知又会选何等出类拔萃者……公主出降时，心中一定也是喜悦的吧……

我目眺远方想得出神，没留意到有人靠近，直到她以手在我面前晃了数下我才有所反应，定睛一看，却是秋和。

“你愣愣的，在想什么呢？”她浅笑着问，因刚才为范姑娘哭过，现在她眼眶仍是红红的，“为何叹气？”

“啊？”我惘然反问，“我叹气了么？”

范姑娘等人离宫数日后仍不见落雨，今上一怒之下把贾昌朝罢为武胜节度使、判大名府、兼河北安抚使，将其贬放出京城。

宣布罢相前一天，贾婆婆在内外宫城中辛苦奔波，最终无功而返，关于贾昌朝罢相的细节倒被关注她这阵忙碌的人抖了出来。

原来今上放出宫人后未等来甘霖，遂私下与台官李柬之讨论，李柬之道：“陛下几乎已行过所有祈雨之法，唯汉灾异册故事中‘册免三公’一节未行。”

因范观音之事，今上本已对贾昌朝相当恼火，听了此言越发有了罢相念头，于是再问御史中丞高若讷意见，高若讷亦直言：“阴阳不和，责在宰相。”

谏臣洪范附议，且提及贾昌朝多次在朝堂上与吴育争吵之事，说：“大臣不肃，则雨不时若。”

今上拍案而起，当即命锁院草诏，让翰林学士院写罢相之制。

翰林学士院若逢起草诏书等重大事机时，必先锁闭院门，断绝外界往来，以防泄密，是为“锁院”。贾婆婆原收买了一两个皇帝身边服侍的内侍，此刻内侍见今上召诸臣讨论贾昌朝事，立即通知了贾婆婆。

贾婆婆与张美人十分焦虑，有意联系贾氏党羽，但此刻已散朝，那些臣子皆已离开宫城。贾婆婆遂找了个借口欲出宫门，不料被张茂则先生拦住，说时辰已晚，此刻出宫不能在宫门关闭前回来，故现在绝不可出去。贾婆婆悻悻而归，后来跑到翰林学士院门前观望，却又被守门侍卫赶了回来。好容易等到天亮，再去学士院，但见院门大开，学士承旨高举制书在她眼睁睁注视下扬长而去，入垂拱殿面君。约莫半个时辰后，已罢了相的贾昌朝垂头丧气地自殿中出来……

而自他罢相后，雨就淅淅沥沥地连下了好几天。

这些事被娘子们描述得绘声绘色，听者通常皆大笑，唯有次公主听后幽幽问：“那范姐姐还会回来么？”

苗昭容不答，唤来嘉庆子跟笑靥儿，让她们陪公主去院中蹴秋千去。

“以祈雨为名送出去的，哪还能回来呢？”公主走后，苗昭容才道，是对周围几位娘子说。

俞婕妤也叹道：“想想观音这孩子也可怜，伺候过官家的女人谁敢娶？日后只能做姑子了。”

“可不是么。”苗昭容漫不经心地拨了拨身边插瓶的花，“就像一株好好的桃花，今春刚开出第一朵，就被人砍下当柴烧了。”

【伍】曹郎

随着高姑娘婚期临近，公主的亲事也成了宫中人的一大话题。她今年十岁，到了可以议婚之时。这几日，到苗昭容阁中来的娘子们在聊了几句高姑娘妆奁仪仗之后，几乎都会提及公主，问苗昭容：“官家将择哪家公子为驸马？”

苗昭容只是摇头：“我也想知道，可谁能猜到官家怎样想？反正总不能指望他挑个状元郎。”

国朝风尚与隋唐不同，婚姻不问阀阅，士庶通婚渐成风俗。因本朝尤重士人，满朝朱紫，皆是书生。许多卿相权臣本出身寒微，但可以借科举跻身清贵宰辅之列，所以上至世家望族，下至士绅富豪，无不爱以进士为婿。乃至每届放榜之时，家有适龄女之人常守在榜下等待，满城争抢绿衣郎[①]。

本朝宰执若有女也多在青年进士中择婿，甚至嫁女予状元，例如前参知政事薛奎就先后把两个女儿嫁给了状元及第的王拱辰，而他另一位女婿则是与王拱辰同年登科的欧阳修。

但皇帝反倒不能择状元进士为婿。因前代外戚多预政事，常致败乱，故国朝祖宗家法待外戚尤严，不授实权于外戚，仅养以丰禄高爵，而不使其有弄权擅事的机会。若与皇家宗室联姻之前，此外戚家中已有人为官掌实权，通常也须先行免职，再授虚衔。状元进士是日后宰辅人选，自然不能与皇室联姻。今上面对满朝青年才俊，亦曾笑对后妃说：“都说皇帝女不愁嫁，我看却未必。若我要选个绿衣郎为驸马，他必宁死不从，台谏也要骂我毁人前程。”

如今皇室娶妇嫁女，多选于先帝章献明肃皇后刘氏指示的“衰旧之门”，即其祖本为开国元勋，但后人却不再为公卿大夫之世家，再或者，非出自名门的布衣卿相三代之后亦可，但前提都是其族人没在当朝身居高位。

当然，就算选择驸马的范围缩小到衰旧之门和布衣卿相之家，堪与公主为偶的优秀少年也并非没有。

一次苗昭容出言试探今上择婿之意，今上如此说：“待十三回宫复面拜门，

---

① 宋朝进士着绿袍，故称“绿衣郎”。

戚里入贺时，我让你见一人。”

女婿婚礼之后回新妇家，复拜岳父岳母，称为“拜门”，若次日即往，则为“复面拜门”。高姑娘出阁，是以“皇后女”身份，用半副公主仪仗，从宫中往夫家去，故十三团练次日会回宫复面拜门，而那日宗室外戚会入贺禁中。听今上言下之意，似驸马会在戚里中选。

后来苗昭容把今上答复告诉了俞婕妤，婕妤笑道：“官家所指，莫不是曹郎家的大公子？我听皇后说那日曹郎会带他家两位公子入宫，其中大公子与公主同年，才貌正相当。”

苗昭容喜不自禁，双手合十，道：“阿弥陀佛，若是曹郎公子就好了！”

“曹郎”是指大宋开国元勋曹彬的孙子，皇后之弟曹佾。他性情和易，通音律，善弈射，诗文翰墨都是极好的。

而且，他容貌极美。皇后气质如深谷芝兰，不以无人而不芳，但仅论面容，却非令人一见惊艳那种，而曹佾之美则无人会漠视。他肤色白皙，头发是奇异的绀青色，隐隐透出点红意，人谓神仙中人。虽然容颜秀丽，却又并非文弱，他骑射舞剑身手敏捷，举止疏朗潇洒有豪气。

自少年时起，他常于宴集之际出入禁中，嫔御宫人见之无不喜，皆争擘珠帘看曹郎。我初见此盛况时曾想，《世说新语》“容止”里写的那些美人亦不过如此吧。

他名列后族，却毫无骄矜之色，双目清澈，似眼空四海全无欲。据说今上首次与他交谈时发现他喜读老庄，唯言清静自然，无为治政，于是今上甚喜，多有赏赐，他亦不惊不喜，只稽首道谢而已。故今上也常对人赞他，说：“曹郎的好性情、美仪度，将来是可以载入国史的。”

曹佾刚至而立之年，膝下有二子，长子名评，次子名诱。曹评年方十岁，小小年纪文才武艺已大有乃父之风，爱读文史书，又写得一手好字，尤善射，夜间灭烛后挽弓亦能中的，宫中多有耳闻，故苗昭容满心欢喜，期待择他为婿。

这年初夏，十三团练与高姑娘奉旨完婚。既是“官家儿”娶“皇后女”，自然盛况空前，东京臣民涌上街头，万人争睹仪仗行幕。

次日十三团练携新妇回宫复面拜门，宗室外戚亦各携家眷入贺禁中。皇后坐在后苑水榭中接见戚里，御座前垂着珠帘，苗昭容母女列坐于帘后皇后之侧。

因有择婿一说，我对曹佾父子更为留意。虽然曹佾是皇后亲弟，皇后对他却并无特殊之处，依然是隔着珠帘，二人之间的距离约有二丈开外，说的无非是嘘寒问暖的话。皇后问，曹佾在外作答，他意态温雅，声音也不大，但吐字清楚，珠帘内外之人皆可听见。

曹评与曹诱随父同来，因二子年幼，皇后便把他们召入帘内，温言询问学业之类事，二子从容对答，言谈举止颇有大家气。苗昭容一直很关注两位小公子，待皇后问完话后又唤他们至身边，左右细看，喜上眉梢，命内人取出早已准备好的礼品给他们，却被皇后止住。

皇后微笑道："他们是小男孩儿，成日里蹦蹦跳跳的，给他们戴这些金锁玉坠只怕会糟蹋了，随意给他们些糖吃也就罢了。"

随即命人奉上给两位内侄的赏赐——真是糖，两个乳糖狮子，这礼比给别家孩子的薄了许多。

昭容又细问二子生辰，见曹评比公主大两月，便要公主唤他哥哥，公主点头，唤他"曹哥哥"，曹评当即欠身施礼，口中仍很恭谨地称她"公主"。公主笑笑，又唤曹诱为"曹弟弟"，曹诱很伶俐地立即称她为"公主姐姐"。听者皆笑，气氛十分融洽，那一刻我本以为，公主的美满姻缘已由此定下。

十三团练与高姑娘在前殿拜见今上后过来，皇后留他们在水榭中叙谈，见离开宴尚有些时间，而我在周围内侍中年龄与两位小公子最接近，便让我带他们在苑中游玩，稍事休息。

这日后苑射柳、击鞠、击丸等场地皆已准备好，以供宗室贵戚游艺。击丸场内彩旗飘飘，两位小公子驻足观看。我见他们似很感兴趣，便叫人取来几套大小不等的球棒，让他们各自选了入场击丸。

他们先未分组竞赛，只是随意挥棒击丸，我默然旁观，发现他们技艺纯熟，显然是经常玩这游戏的。过了一会儿，他们渐觉无趣，便问我是否会打，我这两年来陆续打过多次，说会，他们遂建议我入场与他们分组作战。我见场中只有我们三人，便道："若要比赛，至少还须一人。"

"我来！"这时忽听场外有人说，我转首看去，发现竟是公主。

她不待我们回答已跑入场内，站到我身边，笑对曹家公子说："曹哥哥和曹弟弟一组，我和怀吉一组。"

曹评有些迟疑，曹诱年纪小，没那么多顾虑，倒是拍掌叫好："原来公主姐姐也会击丸！"

公主很自信地朝他一笑，像是一切尽在掌握，然后对我说："给我选根球棒。"

我低声问她："公主会打这球？"

她亦压低了声音："你可以教我。"

在她对某事充满兴致时要她放弃是很困难的。再一想，虽说曹家公子是男子，但毕竟年纪尚幼，何况这种运动玩者之间不会有身体接触，宫中女子偶尔也会玩，所以我最后答应，去选了根球棒递给她。

若分组而战，每组三击之内如将球击入相应球窝，即判得一筹，最后依据各组得筹数分胜负。公主刚开始的表现自然是惨不忍睹，一棒下去，根本没碰到球，旁边无辜的草倒被铲去了一大块。再后来，球虽然是击到了，但她睁大眼睛就是没在前方找到球的落点，因为球落在了她的身后……

这样比赛自然无法展开，于是我们三人都围拢至她身边，各自开口教她基本技法，从站姿、握棒手势到挥棒动作和击球接触面的角度，一一纠正。好在公主的领悟力尚算不错，不久之后打得渐有些样子了。

引臂向上，球棒伸至右肩上方，下挥，球棒杆面直触玛瑙球一侧，倏地击出球后球棒顺势上扬，自左上方收回脑后，画出流畅圆弧……在做对了所有动作后，公主打出完美一击，玛瑙球如流星飞过，远远地落在球窝附近。

我们齐声叫好，公主十分惊喜，乐呵呵地跑过去，又用刚才的姿势挥棒，动作快得让我无时间跟去提醒她，因球离球窝距离很近，这次根本没必要挥棒，只须换支球棒推击……

结果，一棒挥出，玛瑙球又凌空飞旋，越过球窝，直奔场外而去。

我大感不妙，瞧那球所落之处，应是行人往来的通道。

公主应也觉出这点，匆匆朝那边奔去，我亦随即赶去查看。她先跑至场地边缘，那里是个小山丘，她止步，在山坡上朝下看场外小路，像是看见了什么，站着一动不动。

我提着球棒疾步过去，在她身后停下，目光迅速往下一扫，果然见有一人似被球击中，正揉着额头愣愣地向上看。

那是个大约十三四岁的少年，身材不高，但很壮实，长着一张朴实如农家孩子的脸，皮肤微黑，双颊红扑扑的，略厚的嘴此时半张着，呆呆地盯着公主看半晌后，他把目光挪到了我身上。

我暂时未猜出他的身份。他的模样大异于曹氏公子那样的世家子，但身上穿的是很贵重的童子攀花纹绫袍，且今日入宫，似乎也应属戚里中人。

"这位公子，刚才那球可伤着了你？"我问他。

他像是花了点时间琢磨我的话，又揉了揉额头，才指指身侧地面，讷讷道："球落在那里，再弹起来，碰到我的头……没事，没事……"

“手放下来让我看看。”公主此时开口，有点命令的意味，“流血没有？”

那少年摇摇头，乖乖地垂下手，公主探身仔细看看，放心了：“还好，只是有点红。”

见我也舒了口气，公主毫无顾忌地笑指少年说：“你看他像不像只傻兔子。”

我这才注意到，那少年头上戴着个棉布风帽，如朝天幞头那般竖着一对翅脚，但因是布做的，显得格外厚重宽阔，看上去确有几分像兔子耳朵。

我未接公主的话，低首向少年稍微解释一下适才击丸情形，并代公主道歉，而他像是并不关心我所说的内容，倒似对我手里的球棒大感兴趣，定定地凝视许久。

他那专注的神情引得我也不禁垂目看了看球棒。那球棒下部呈钩状，整体看上去有如长柄木勺，棒身有金饰缘边，顶端缀饰玉器，倒是很耀目。

“这位哥哥不如上来，与我们一起击丸。”忽闻曹评如此说。他也带着弟弟赶了过来，站在我身边俯视山坡下的少年，目光很温和。

那少年沉默着反复打量曹氏兄弟和我，又看看公主，犹豫不决。他站的位置是个风口，被吹了许久，他忍不住打了个喷嚏，喷出些清涕，他当即抬手一勒，用手背把鼻涕抹去。

公主眉尖微微一蹙。

这时有内侍匆匆跑来，冲着少年道：“李公子，原来你在这里！李夫人正在四处找你呢，要带你去见皇后和苗娘子……”

少年“哦”了一声，即被内侍牵引着带走。尚依依不舍，他一步一回头。

公主转身，对我们道：“别管他了，我们继续打球。”

曹评有很好的风度，完全放弃了自己游戏的乐趣，全心教公主击丸，故此公主心情大好，直到晚宴时，还频频转朝曹评所坐的方向，微微笑。

但苗昭容此刻神情却大异于日间，黯淡了面色，任这席间歌舞升平、觥筹交错，她都全无笑意，一味低着头，对曹氏公子，亦无心再看。

宴罢回到仪凤阁，苗昭容让内人带公主回房，自己怔怔地在厅中坐下。韩氏见她神色不对，遂小心翼翼地问：“娘子为何不乐？”

一听这话，苗昭容的泪水立即如决堤之水涌了出来：“我还能乐得起来么？官家要把公主嫁到他那卖纸钱的娘舅家去！”

我从旁听见，亦惊异难言，全没想到会是这结果。

“卖纸钱的娘舅”是指今上生母章懿皇太后李氏之弟李用和。

今上是由章献明肃皇太后刘氏及章惠皇太后杨氏抚养长大，但生母却是刘太后的侍女李氏。当年刘太后为真宗皇帝嫔御时，宠冠六宫却无子。有次真宗偶至刘氏处，见李氏秀美，肤色白皙，便令其侍寝，李氏因此有娠，生下皇子。刘氏把李氏之子抱来养育，对外宣称是自己生的，李氏也不争名分，默处于先朝嫔御之中，缄口保守这个秘密，直到临终都未与今上相认。

李氏病危时，刘太后授意今上将其晋位为宸妃。李氏入宫那年其弟李用和仅七岁，长大后过得穷困潦倒，在京师以凿纸钱为业，那是为世人所鄙的卑贱职业之一。后来刘太后派人于民间寻访到他，赏了他一个官做。

直到刘太后过世后，燕王才告诉今上关于生母的真相。今上大悲，不视朝累日，下哀痛之诏自责，追尊李氏为皇太后，并厚赏李用和，为其加官晋爵。如今李用和的官衔是彰信节度使、同平章事，虽说是虚衔，无一点实权，但所获俸禄待遇与宰相一样，也足以看出今上待李氏之厚，在外戚中首屈一指。

但是，御赐的尊贵并未提升李国舅在宫人心中的地位。许多人私下聊起他，仍会说他是卖纸钱者，每每以鄙夷的语气谈及他的"骤得富贵"。他与夫人入禁中，常有一些不合时宜的举止言语，总会为宫人所诟病。

"今日官家命李国舅和夫人带他家二公子李玮来，引入帘内见皇后和我。"苗昭容拭着眼泪没好气地对韩氏说，"那孩子十三岁，长得傻头傻脑的。皇后问他现读什么书，他先是说了个《千字文》，想了半晌，又说在看《孝经》。说话慢吞吞的，官家听了却喜欢，居然说他'占对雍容'，赐他座，又赏他东西吃，他跪下拜谢，官家又夸他懂事，说他'举止可观'。我见他额头上红肿了一块，问是怎么回事，他说是在后苑散步时撞上了槐树……"

韩氏听了诧异道："走路也能撞到树上去？这孩子可真呆。"

苗昭容越发气恼，继续道："官家让他退去后问我觉得李玮如何，我想，这孩子呆成这样还能长这么大也不容易，且说些好话吧，便笑着对官家夸了他几句，岂料官家大喜道：'原来你也喜欢他。那可正好，我想选他做驸马，把徽柔嫁给他。'"

韩氏摆首叹息："我的天，官家千挑万选，最后竟挑到这么个家世的这么个人……皇后也是这意思？"

苗昭容道："起初我还以为官家是在说笑，反复问他，他竟正色说确有此意。那一刻，连皇后都怔住了。我想她也是不大情愿的，但看官家那么严肃，谁又敢多说什么呢？"顿了顿，昭容又开始呜咽起来，"我听了这事心里便闷得慌，宴席间，偏偏又听到李国舅夫人在对她身边的曹夫人高谈阔论，眉开眼笑的，说她娘家今年做生意赚了多少钱。曹夫人好涵养，只是微笑。可是，天哪，想起那国舅夫人是我将来的亲家母，那时我直想一头撞死在殿上！”

韩氏亦唉声叹气，陪着苗昭容垂泪，须臾，又满含希望地说了一句：“或许，官家只是一时兴起这样说说，等过两天回过神来，就不会再提这事了。”

或许，过了两天，就没人再提这事。我也这样盼望。

那李玮绝非公主佳偶。我得此结论，倒不是因鄙视李氏门第。通过苗昭容言语，可猜到李玮是今日公主玛瑙球碰到的那位少年，他们的不相宜，早已显示在公主微蹙的眉尖。所以，如今只能希望那只是今上一时戏言。

但是，这年五月丙子，我们等来的是今上的旨意：以东头供奉官李玮为左卫将军、驸马都尉，选尚福康公主。

宫中人的反应是在意料之中的。

“她们私下窃笑说，日后宫中做法事可不必再差人去买纸钱了，李驸马家自会进贡。”苗昭容有次向今上哭诉，“妾就是想不明白官家为何选这女婿，曹郎家的大公子才貌双全，年岁又与公主相称……”

那时今上自布了一棋局，正独坐端详，听了苗昭容此言，他以二指拈起一枚棋子，徐徐落在棋盘中。

“你定要天下戚里皆姓曹？”他淡淡道。

【陆】填词

以前，今上未与诸臣商议而直接宣布一道旨意时，总是有人反对的。众臣通常会分成两派，一派赞同，一派反对。也有另一种情况——两派一起反对。但是在选择驸马的问题上，诸臣的态度竟然空前地一致，几乎所有人都毅然表示陛下英明，做了最正确的事。原先习惯上疏指责今上行差踏错的谏臣们也纷纷上表称贺，说陛下选李玮尚主以宠荣舅家，是报章懿皇太后顾复之恩，“天下闻之，莫不感叹凄恻，相劝以孝”。由此今上对此婚事的态度愈加坚定，不容后宫议论，但，许是为安抚苗昭容，他将她迁为正二品第三位的淑仪，不久后，还把她的好姐妹俞婕妤晋位为充仪。

公主自然知道父亲已为自己选定了驸马，但众人当着她的面是不会说李玮短处的，我也没告诉她李玮便是那日她见过的“傻兔子”。而且，这时的她还不清楚婚姻的概念，似乎觉得驸马仅仅是以后她在宫外宅邸里的管事之人。所以，“姐姐，我出降时你能跟着我出宫居住么？”她问母亲，这就是她最关心的问题。

苗淑仪黯然道："不行。姐姐是你爹爹的娘子，不能再出宫居住。"见公主十分失望，她又微笑着把公主搂在怀里，安慰道，"但是，你的乳娘和嘉庆子、笑靥儿她们都可以跟着你出去，你过的日子不会有太大变化的。"

"怀吉也可以跟我去么？"公主问。

苗淑仪一愣，但随即又笑了："哦，当然，怀吉当然可以跟着你去。"

公主安心地笑了笑，依偎着母亲思量半晌，又问："那我还可以留在姐姐身边多久？"

对这问题，苗淑仪也无把握准确回答："这要看你爹爹的意思……等你长大吧。"

公主再问："几岁算是长大了呢？"

苗淑仪说："十五六岁吧。"

"那我十五六岁时就必须出降么？"

"不一定，若你爹爹肯留你，可以再等一些时候。"苗淑仪抚着女儿的面颊，感叹道，"但是，最晚不能超过二十岁……过了二十，就是错过了婚期的老姑娘了。"

"二十……"公主计算着自己可留在母亲身边的时间，结论令她满意地笑了，"那还有十年，很长呀，有这么长的时间，我都可以再从头活一遍了。"

日子长了，多少有些关于驸马的闲言碎语传到她耳中，偶尔，她也有点小忧虑。

"听说李玮长得不好看，还特别笨呢。"她跟我说。对父亲给她择的驸马都尉，她总是直称其名，毫不避忌："十三岁了还在看《千字文》，真是笨死了！"

我希望她向好处想："如今驸马一定看过许多书了。"

她表示前景不容乐观："就算他吭哧吭哧地背完《千字文》，还有一大堆孔孟经书等着他啃呢。就他那脑子，想必总得学个二三十年吧。"

翻着我找来给她看的诗集辞章，浏览上面本朝名士晏殊、范仲淹、欧阳修、苏舜钦、梅尧臣等人的佳句，她很烦恼地叹气："光经义都够他折腾了，一定没时间再学诗赋……是铁定不能与我吟诗填词的了。"

我不由得失笑。她最后认真地说出的那句话在我听来实在很诙谐。

她知道我笑的原因，瞪了我一眼："你是笑我不会吟诗填词么？"

"哪里。"我昧着良心说，"公主诗词双绝。"

估计是我的表情实在不诚恳，她决心与我较劲："你且出个题给我，我现在作给你看。”

我见她很有兴致，也就遵命，选了个简单的词牌给她：“就请公主填一阕《忆江南》吧。不须填整阕，我起个头，公主与我对上两三句也就是了。”

她颔首答应。我瞧她这时穿着的是件粉色轻罗单衫，便随意起头道：“单衫薄……下一句公主可自选韵脚。”

“单衫薄……”她喃喃重复，然后屈指数着什么，不时望望上方，口中念念有词。

我见了觉着奇怪，遂问她：“公主在数什么？”

“别吵！”她很不满我打断她思路，“我在校验下句的平仄呢。”

等待的时间很长，我悠闲得只好坐下，开始煮水点茶。

“有了！”当银汤瓶中水冒出第一串鱼目泡时，她终于想出一句，“双袖拥衾寒……单衫薄，双袖拥衾寒……怎样？”

银瓶瑟瑟，声如风雨初过。我一面提瓶熁盏，使茶盏温热，一面如实作答：“只是格律不错而已。”

“只是不错？”她眸光一黯，想了想，还是锲而不舍地欲要我赞她，“你常跟我说写诗词要有感而发，我确实是有感而发呀。这两句我是说，上次那个很冷的晚上我们在檐下说话，我只穿着中衣，冷得抱着被子……”

我把碾好的茶末置于盏中，听她提及往事，心襟一漾，动作略有停顿，对她说话的声音柔和了一些：“好吧，这句挺好。”

她很开心地笑了：“接下来那句我也想好了……珠阁拢香风脉脉。你且对这句。”

我注少许热汤于盏中，将汤瓶搁回茶炉上，再调匀茶末，这期间忆及那一轮上弦月，想好一句：“太阴流霭影翩翩。”

语罢，建议公主道：“最后那句只五字，还是公主对吧。”

她也答应，垂下两睫凝神想。很快地，汤瓶中水汽蒸腾，鱼目蟹眼连绎迸跃，她此刻又睁大眼睛盯着我，笑吟吟地就要开口。

我对她这回对句之迅速深感怀疑，止住她先道：“公主可想好了？最后这句虽短，却是《忆江南》的点睛之笔，一定要言简意赅方可。”

她不住点头：“赅，可赅了。我这一句，完全能概括那天晚上之精髓。与这相比，之前那几句全是废话。”

我提瓶执筅，准备注汤击拂，听她这样说便顺势应道：“如此，臣洗耳恭听。”

“珠阁拢香风脉脉，太阴流霭影翾翾……”她先重复前两句以酝酿语感，然后得意扬扬地公布她最后的点睛之笔，“檐下芋头圆！”

手一颤，银瓶泻汤洒满几，我忍俊不禁，索性推开茶具，大笑开来。

见我这般反应，她嘟嘴蹙眉做愠色，拍案道：“大胆！你敢嘲笑公主？那天我就记住芋头了，把它填进词中去有什么不好？”

我笑了好一会儿才勉强忍住，站起来对她躬身一揖，故做严肃状，道：“臣不敢嘲笑公主，只是觉得，那芋头不是圆的。”

“这不是为了押韵嘛……”她解释，还在认真地思考，“或者，我换一个字……还有什么字能跟芋头配呢？”她看着我，小心试探着，“甜？……咸？……酸？”

强行抑制住那快奔涌而出的笑意，我还是正色作答：“回禀公主，若圆芋头与酸芋头不可得兼，臣宁舍酸芋头而取圆芋头。”

她大喜：“我就说嘛，还是信手拈来的好。”

虽然几欲晕厥，我仍竭力撑着，欠身对她说：“臣还有一事启奏，望公主准奏。”

她很大方地一挥手：“说吧。”

“臣……想笑……”三字甫出，我已坍坐下去，伏案大笑。

她像是有些着恼，扑过来打我，但才不轻不重地拍了两下，自己也忍不住笑了起来，拉我的衣袖遮住脸，咯咯地笑不停。

就这样每日看她语笑嫣然，但觉光阴流连，岁月静好，这无忧的生活好似可以无止境地延续下去。有时我也会想到她那已订的婚约，想到她的出降可能会是这美好日子的终结点，但那时候我与她一样，总觉得十年的时间很漫长，漫长得仿佛那一天永远不会到来。

【柒】飞白

自公主定亲后，每逢节庆，除宫中例赏外，苗淑仪与李国舅家还要互赠礼品。庆历七年岁末，苗淑仪见我年岁渐长，且又是公主身边祗应人，便把送正旦礼往驸马家的任务交给了我。

虽有一面之缘，驸马李玮见了我并无多做表示，仍是很沉默，国舅欠安，在内休息，倒是国舅夫人杨氏颇热情，请我坐，让人布茶，自己在我对面坐下问长问短，盯着我看了半晌后又笑道：“梁高班好个人才，若不说起，谁能看出是个小黄门呢？”

我哭笑不得，只能权当她是在赞我，稍留片刻，便起身告辞，匆匆离开了李宅。

见时辰尚早，我便循着上次问到的崔白住址一路找去。原本没存望找到他，只想记下他家所在位置，以后有机会再来，却不想刚至他家门前，门忽然自内开启，一人昂首阔步出来，宽袍广袖，头系幅巾，正是崔白。

我们意外相见均大喜。他忙请我入内，两厢寒暄之后他又取出近日画作，一一铺陈开来给我看，说：“这几年寄情山水，略有所得，若非盘缠耗尽，只怕还不会此时归家。”

我想起秋和之事，担心崔白已有家室，便有意探问：“子西畅游天下，嫂夫人是独守家中，还是随你同去？”

崔白大笑：“我这里哪有什么嫂夫人，只有一段竹夫人！”

我闻言低首笑。竹夫人是夏季床席用具，用竹青篾编成，或用整段竹子做成，通常为圆柱形，供人睡时抱着取凉。崔白如此说，是表明尚未成家。

“我早有意遍游天下，好几年的时间都花在路上，近日才归，故至今未娶妻。”崔白随即解释说。

我再问他可有婚约，他说没有，我便放下心来，提及秋和，问他当初赠《秋浦蓉宾图》给秋和，可是有意于她。

崔白亦坦然承认：“当初赠她此画，确是为表思慕之情。但后来细想，又觉此举甚是鲁莽。我只是一介布衣，既无高官厚禄家世门第相衬，她又身处深宫，原不敢冀望今生结缘，只盼她不因画中‘雁聘’之意觉我唐突，让那画儿常伴她身边，对我而言，已是于愿足矣。”

我向他细说秋和得宠于帝后，且获今上承诺之事，再问崔白可有意以她为妻，崔白很是惊喜：“若董姑娘不嫌我身无功名，陋室清寒，待她出宫后，我必三媒六聘，迎娶她过门。”

我微笑说秋和必不会计较身外物，崔白越发欣喜，取了笔墨，当即亲书娶妇纳采之前所用的草帖子，序三代名讳及自己生辰八字，托我转交给秋和。

回到宫中，我很快找到秋和，转告崔白答复，再把草帖子交给她。秋和开颜笑，连连道谢，旋即却又担心：“但是，就这样突兀地跟官家说我想出宫，他会答应么？”

我想了想，建议她先跟皇后说：“你在皇后身边服侍这许久，她也喜欢你，一定会为你着想。你且跟她商量，请她向官家说吧。”

秋和依言而行。两日后她来找我，步履轻快，神采奕奕，显然事情进展很顺利。

“我试探着跟皇后说我想出宫。”她红着脸告诉我，“她很诧异，说我年纪尚小，是不是家里出了什么事，才急着回去。我说不是，然后，她一下就猜到，屏退了所有人，再问我是否有……有意中人了……”

“你承认了？”我问她，若非看她现在心情好，定会为她担心这后果。不消听她回答已可以想到，她一向不会说谎，迟早会承认的。

秋和低声道：“我只是埋下头，窘得恨不得钻到地里去。皇后安慰我，说无妨，有事就告诉她，她会尽量帮我。我便断断续续地说了一些，原来她知道崔白，一听便笑了，说：‘那人确有才气，与你倒是相配。’”

我心下仍有些忐忑：“知道你与子西曾有来往，皇后没多说什么？”

秋和摇头，说：“后来她有好一阵子没说话，默默地不知道在想什么。后来再看我时是微笑着的，说：‘这世间最难得的是两情相悦又心无芥蒂。你是个好孩子，我会成全你。’”

听了这话，我亦为她松了口气：“既是这样，她已同意放你出宫了吧？”

“同意了，只是不是现在。”秋和道，“皇后说，因我未至往昔宫女出宫的年岁，家里又无大事，若此时单单放我一人出宫，坏了规矩，宫中必有流言。不如等到明年乾元节，官家原定于那时再放一批宫人出去，她会在此前向官家说明，向他提当年承诺，请他把我的名字列入离宫之人名单中。”

乾元节即四月十四，今上生日，离现在不过五月时间。几年都过来了，再多等这些日子应是无碍的。我恭喜秋和，但觉她婚事已尘埃落定，我也如了却一桩心事般轻松愉悦，眼下要做的，只是趁送上元节礼往驸马家的机会再传佳音予崔白。

“怀吉，宫外是什么样子？”秋和忽然含笑问我，又道，“我四岁便入宫，除了自宫中去几处园林时，从宫车帘幕后窥见的两壁红墙碧树，我完全不知道东京的市肆城郭究竟是何模样。”

我一时不知该从何说起，也不想告诉她我此前的宫外之行其实如同梦游。那一幕幕市井民俗、人间繁华，仿若一幅长篇绘卷，我看在眼里，却感觉魂灵游离于外，像是再也无法融入其中。

“出宫后你自己去看吧。”最后，我如此回答，“以后有子西陪着你，你想去哪里都是不难的。”

每年正月十五上元节东京夜间总是特别热闹，太宗皇帝曾下诏节日前后燃灯五夜，到如今张灯时间远不止五夜，自正月初起东华门外的灯市便已经开始张罗了，大小花灯多达数百种。

最壮观的灯市景象是在宣德楼前，那里会列出大型山棚彩灯，山礬上画神仙故事，做成神仙、神兽状的偶人手指能出水五道，手臂亦可摇动，彩灯点亮时左右金碧相射，锦绣交辉，景观灵动。左右城门上又各以草把缚成戏龙之状，用青幕遮笼，其中密置灯烛数万盏，随龙体蜿蜒，灯火交映时如双龙飞走。其余巨型龙灯与花状华灯不可胜数，游人车水马龙，不可驻足。

上元那日，今上率宫眷驾幸宣德楼观灯，宫中张凤烛龙灯，灿然如画，奇伟万状，依稀如宫城外灯展盛况。

庆历八年为闰年，有闰正月。今上正月时观灯颇有兴致，欲于闰正月十五再在禁中张灯，重现上元盛景，便在月初一次宴集上与众宫眷提起。

张美人先叫好，众娘子亦表赞同，连公主都拍着手笑道："好啊好啊，上个月的花灯我还没瞧够呢！"

皇后却肃然起身，朝今上下拜道："上元本是一年一度的节日，本无必要一年中相庆两次，且每次张灯花销甚巨，若再行一回，实属铺张之举。陛下常戒我等用度勿侈靡，若张灯之事传至宫外，上行下效，劳民伤财，岂非更有悖陛下圣意？故臣妾斗胆，望陛下收回成命。"

今上此前的笑容似被皇后寥寥数语冻住了，表情略显僵硬，沉默良久他才又微笑开来，双手搀起皇后说："多谢皇后直言进谏。朕这念头是欠斟酌，张灯之事不必再提。"

到了闰正月十五那一天，宫中果然无特别的庆祝游幸之类事，今上只召了皇后、公主，及几位亲近的嫔御入福宁殿，品鉴书待诏李唐卿所撰的飞白书。

飞白为八体书[①]之一，始于蔡邕，工于王羲之父子与萧子云，大盛于本朝，笔画线条扁平，中间夹有丝丝白痕，若丝发露白，笔势飞举。要使枯笔生飞白，在书写过程中须严格控制好力度，露白处太过稀疏或粗阔都是不可取的，而笔画中以点最难工。

今上对骑射击鞠等事并无多大兴趣，平日唯亲翰墨，尤擅飞白，见李唐卿所撰飞白书皆选带点之字，共计三百点，且每字写法均不同，三百点各具形态，不由得目露嘉许之色，指着李氏飞白问公主："徽柔，这字写得如何？"

---

① 宋人所指的八体书是古文、大篆、小篆、隶书、飞白、八分、行书、草书。分类见唐人张怀瓘《书断》及宋周越《古今法书苑》序。下文中，"净"的繁体写法是"淨"，其中三点也可写为二点。

公主瞠目道："原来飞白的点可以有这么多种写法呀！飞白以点画象物形，他写出这三百点，可以说是穷尽物象了吧。"

今上含笑不语，命取笔墨，随即提笔亲书一"清"字，依然是飞白，苍劲浑朴，其中三点奇绝，又出李唐卿三百点之外，旁观者无不赞叹。

此字写罢，今上并不搁笔，而是二指衔笔往皇后处一送，目蕴邀约意。

皇后欣然接过，揾墨提笔，在"清"字之后再书一"净"字，迹婉势遒，而两点又有不同。

众人叹服，齐声道好，而今上则未开口，含笑走至皇后身后，微微俯身，右手把住皇后握笔的手，引她运腕，二人面颊于此间轻轻相触，待旁观之人回过神来，纸上那"净"字二点之间又多了一点。

那一点势若飞旋，更在此前五点之上。

点罢这一笔，今上并未立即松手，犹握着皇后手，侧头温柔地看她。而皇后亦转顾他，夫妇相视一笑。

今上此刻凝视皇后的神情，是我从未见过的。在我印象中，他亦未曾用这种目光看过苗淑仪等嫔御。"温柔"二字其实并不足以形容此状，他与皇后相视之际，目色澄净，眼底通明，仿佛都能探到彼此心里去，那一笑又如此默契，似多少深意尽在不言中。

于是，忆及当年公主夜语所言皇后事，我不禁想，其实皇后未必是那么"穷"的吧。

但随即想起此前今上纳范姑娘之事，以及他反问苗娘子的"你定要天下戚里皆姓曹"，我又有些糊涂，看不懂他对皇后到底是何态度。

皇后似乎一直以来都不曾获过盛宠，甚至今上当初想立的皇后也不是她，这在宫中并非秘密。

今上的原配皇后郭氏为章献太后选立，今上并不怎么喜欢。当时今上专宠另一位美人张氏，张氏薨后又宠尚、杨二美人，郭后愤懑，与二美人屡有争执。一次，尚美人在今上面前对皇后有抵触之语，皇后大怒，上前批美人颊，今上为美人遮挡，郭皇后收手不及，不慎误批今上脖颈。那时章献太后已崩，今上再无顾忌，遂怒而废后，诏封郭氏为净妃、玉京冲妙仙师，赐名清悟，出居宫外。

群臣反对今上在现有嫔御中选立继后，说以妾为妻，嫡庶倒置，万万不可。废后不久，今上诏聘曹彬孙女入宫，但并未立即封后。那时今上属意于一位绝色美人，寿州茶商陈氏女，但诸臣接连上疏，不许今上"以贱者正位中宫"。

陈氏女父亲号"子城"，"子城使"原是衙吏侍卫职官名。当时的勾当御药院宦官阎士良求见今上，问他可知子城使是什么官，今上说不知，阎士良遂道：“子城使，乃大臣家奴仆官名。陛下若纳奴仆之女为后，岂不愧对公卿大夫？”今上醒悟，命陈氏女出宫，最后选立世家女曹氏为后。

“皇后的飞白是入宫后才练的。”苗淑仪后来告诉我，“偶有服侍官家写字的机会她就睁大眼睛默默地看，回到自己阁中便夜以继日地反复练习。有天官家经过她居处，见她正在房中挥毫练飞白，字也写得洒脱可爱，官家一时有了兴致，手把手再教她。几天后，便诏立她为皇后了。”

帝后的情意生于飞白中，故在今上看来，皇后最动人心处，是现于挥毫之时吧。

此后三日，今上皆留皇后宿于福宁殿中。

听到这消息，我竟然有些开心。

今上肯接纳皇后谏言，又与皇后日益亲近，那么将来皇后跟他提秋和出宫之事，他应不会拒绝。

上元节前我已转告崔白皇后的答复，目前看来，一切水到渠成，似乎所有事都在朝着那个预定的方向完美地进展着。

但不知为何，还在这样想着时，我的心忽然毫无理由地“怦怦”跳了几下。

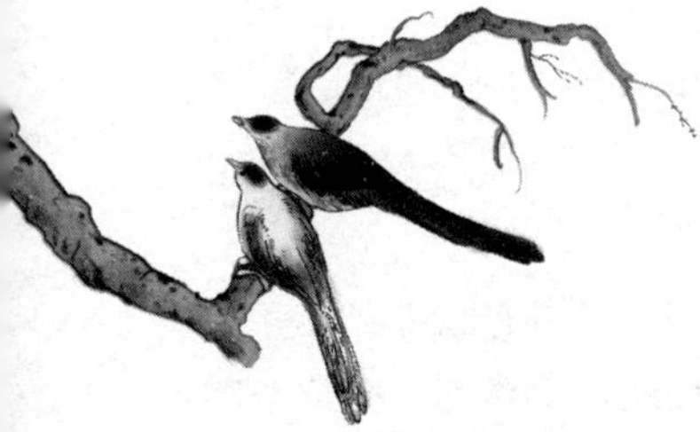

第四章 沧浪之水濯我缨

【壹】宫乱

这日夜半，我蓦地醒来，惶惶然坐起，但觉心跳不已，似日间那般悸动不安。还在思量可是做了什么噩梦，一阵异常的杂乱声响已如潮水般从窗外浸涌而入。

那声音窸窸窣窣，似铜壶煮水，将沸未沸。仔细分辨，这动静又可分好几重，有远处多人喧嚣声，亦有墙外迭沓的脚步声，间或还杂有疾驰而过的马蹄声……

马蹄声？我顿时警觉。这是后宫，平日里连车舆轿子都不能入内，策马穿过更是被严禁的。

我迅速披衣起身，一面戴幞头系革带，一面开门而出，直奔到阁门处，略略开启，朝外望去。

东边福宁殿方向有火光晃动，且有人呼喊叫嚣，声音纷繁杂乱，隔得远了，听得并不清楚，而穿着不同服色衣袍的宦者不时自我眼前经过，都提刀持棒，其间有大珰[①]骑马，匆匆朝福宁殿驰去。偶闻两三人对话，似在说“皇后促召两省都知”之类。

我身后阁中也陆续有人奔到院内，连苗淑仪也牵了睡眼惺忪的公主出来，苍白着脸问我怎么回事，我摆首说不知，仪凤阁提举官王务滋当即快步至门边，自己探首去看。

此时一名福宁殿近侍飞驰而来，一路大声疾呼：“皇后口谕：诸娘子闭阁勿出，阁中宦者持械拱卫，不得擅开阁门！”

王务滋闻言迅速号令阁中内侍寻可用器械守卫于院内，再命我带两名小黄门前往福宁殿：“一则探听消息，二则……若有变故，务必参与拱卫官家寝殿，力保帝后周全。”

我答应，带着小黄门奔向福宁殿，仪凤阁门两翼一合，旋即紧闭。

刚至福宁殿前，便撞见业已赶到的张茂则先生。他策身下马，迅速朝殿内走去。我立即疾步跟上，问他：“张先生，出了什么事？”

他神色凝重，并不停步，一壁走一壁简单作答：“一些崇政殿亲从官越过延和殿入禁中，现正在福宁殿后。”

皇帝视事之所的亲从官属禁卫，非内侍，是不能入禁中的，何况是在夜间。听这语意，竟像是亲从官谋逆，欲图不轨。延和殿位于福宁殿北面，即今上寝殿之后，如此说来，这些贼人现在与帝后不过一墙之隔。

“有多少人？”我问张先生。

他说：“尚不得而知。”

我随他进入殿内，见帝后坐于御座中，均已穿着整齐，唯皇后未戴冠子，只随意绾了个发髻，式样虽简单，却仍是一丝不乱。先行赶到的都知、押班们有些立于殿中，有些在殿外观望，大概因不知贼人数目，暂不敢轻举妄动，只紧守住通往延和殿的两侧后门，严密监视。

皇后见张先生进来，原本紧锁的眉头有一瞬的缓和，立即命锁闭大殿院门，然后看着张先生，唇动了动，正欲对他说些什么，这时忽闻殿后响起一声女子惨叫，音极凄厉。

今上一听，悚然动容。而那声音不断传入，呼痛惨哭，一声强过一声，今上遂转首问身边近侍何承用：“贼子开始伤人了么？”

---

① “大珰”是对高品阶大宦官的一种代称，也常称“贵珰”。

何承用走到殿外观望一下，回来禀道："官家勿忧，这只是附近阁中的宫人在打她养女。"

皇后当即拍案怒斥："贼人已在殿下杀人，你还敢在这里口出妄言，欺君罔上！"

何承用大惧，立即跪下谢罪。皇后不再理他，但吩咐张先生道："平甫，你带人去找些桶盆容器，盛满水来，越多越好。"

张先生亦不问原因，立刻答应，示意我随他出去，又命身后侍从随行，再号召殿外众人找来容器后汲满了水，一一置于墙边檐下。

我看着殿后不断晃动的火炬红光忽然领悟，皇后是怕贼人纵火。

果然，片刻后，贼人不得殿门而入便开始纵火，点燃延和殿与福宁殿之间廊檐下的帘幕，火焰一路蔓延，烧至福宁殿外沿，幸而诸宦者早有准备，一齐持水往墙内外抛去，迅速扑灭了周遭焰苗。

灭火后大殿内外烟雾缭绕，众人相继奔走善后，大殿正门外却像来了另一群人，大力叩门，又是一阵嘈杂。

殿中人相顾变色，只疑是贼人绕到了正门外，而此时门外传来一声娇呼："官家，臣妾在此，请开门！"

大家皆能听出是张美人的声音。今上神色舒缓，当下命人开门放她进来。

张美人带了一群宦者入内，到殿中后直趋上前，扑倒在今上膝下，泣道："臣妾护驾来迟，请官家恕罪。"

今上双手搀起她，温言问她："你来做什么？这里危险，皇后不是让你们闭阁勿出么？"

张美人噙着两目热泪，殷殷道："官家若身处险境，臣妾岂敢闭阁偷生？官家有难，臣妾决不坐视不顾，但求生死相随，请官家容我侍候在侧。"

这话听得今上状甚感慨，引袖为张美人拭泪，又让她在身边坐下，与皇后一左一右，竟似并列一般。

张美人颇自得地瞥瞥皇后，再命自己带来的宦者在殿外守卫。皇后也未计较，只问近处的任守忠："贼人既不来攻门，人数应该不多。可否先遣一些内侍绕至殿后与贼人周旋？"

任守忠面露难色，道："但如今福宁殿中内侍不过数十人，贼人是亲从官，手中有兵仗，如若他们人数众多，怕是……"

"娘娘。"这时张先生举步上前，道，"臣愿前往。"

皇后未置可否，容色萧索地朝他略一勾唇角，但那幽凉神情只是一闪而过，她复又端坐着，命身边侍女取来一把剪刀，自己持了一扬手，转顾殿中内侍，严肃地说：“愿意先去擒贼的，且过来让我剪发为识。明日贼平加赏，就以你们现在剪下的头发为证。”

内侍们左右相顾，仍有些踟蹰。我默默走过去，在皇后面前跪下，低首取下幞头。

一阵短促的静止后，皇后解开我发带，剪下一绺头发。

跟我来的两位小黄门也相继过来跪下，请皇后剪发，随之效仿的宦者越来越多，最后几乎殿内所有青壮年内侍皆已剪发明志。

皇后再一顾张先生，对已剪发的内侍说：“你们且随张茂则去，一切皆听其差遣。”

大家齐声答应，张先生拜别皇后，率众而出，走至门边，又转身问皇后：“那些贼人，是否皆须生擒？”

皇后道：“他们若束手就擒，便留活口，若负隅顽抗，格杀勿论！”

今上听见“格杀勿论”四字，不由得微有一惊，侧首看她。而皇后薄唇轻抿，目色冷凝，意态坚决。那神情看得我都心下一凛。素日见皇后，但觉她薰然慈和，望蔼高华，真乃邦之媛也。现今观其行为态度，才想到她是将门出身，发号施令既有将帅般的镇静从容，也有其冷面决绝之处。

张先生先分一拨人绕到崇政殿及延和殿后面的迩英殿，守住出口，再带我们先到通向延和殿的一侧小门，监听半晌不见门外有动静，遂命人登墙观望，听回复说并不见贼人，这才小心将门打开。

门外院中果然无贼人身影，只有一个被砍去半边手臂的宫人晕倒在地。张先生让人把宫人抬走，再目示延和殿，道：“贼人可能躲在其中。”

延和殿门窗紧闭，里面看上去黑漆漆的，也不闻有声响，但那气氛却很诡异，像是暗示其中危机四伏，透着几分莫名的恐怖意味。众人驻足，不再前进。

张先生低目沉吟，再回首问一位福宁殿内侍：“上月福宁殿前山棚彩灯上生烟用的烟花，现在还有么？”

内侍回答：“应该还有，我这就去找。”

他迅速找来许多烟花，张先生分与几位下属，命他们潜行至延和殿窗下，点燃烟花，戳破窗纱，把冒着浓烟的烟花掷入室内。很快地，一些稀稀疏疏的咒骂声和咳嗽声自内传出。

张先生闻声释然：“人并不多。”当即提刀阔步过去，一脚踹开了门。

此后进行的其实并不能说是一场恶战。说来可笑，其中的贼人竟然只有四个，浑身酒气，像是喝醉了。因张先生一人先进去，遭到了他们突然的围攻，左肩被贼人兵戟刺了一下。好在我们紧跟而入，人数又比他们多了许多，所以混乱的打斗并未持续多久，最后只有一名贼人趁乱逃逸，其余三人被几位持刀宦者当场诛杀。

其间张先生不是没高声提醒要留个活口，但那时众人的紧张情绪像是刹那间有了宣泄的机会，逮住贼人只管大力打杀，并不听张先生所言，最后那三人的尸首血肉模糊，体无完肤。

之后众宦者仔细辨认回想，认出打死的这三人是崇政殿亲从官颜秀、郭逵、孙利，而逃跑的那位名为王胜。张先生命人将三人身上所带之物尽数搜出，拿回去上呈帝后。

这些物品中，有一件女人用的抹胸，绣工精致，不像坊间所制，且其中藏着一页书信。皇后展开读后怒不可遏，立时唤一侍女名字："双玉！"

那名叫双玉的女子本是近身服侍皇后的内人，此刻早已是脸色煞白，虚脱般地跪倒在地，伏在皇后足下哭道："娘娘饶命，我什么都不知道……"

"这信是你写的，竟约贼人何日何时在何处见面。"皇后把信抛到她面前，冷道，"你与他暗通款曲许久了吧？果真什么都不知道？"

双玉拼命摇头，道："我真的不知道……奴婢该死，年前偶经崇政殿时与颜秀相遇，一时糊涂，受他引诱……但我真的没想到他如今为何会做出这等事来……我真的毫不知情……"

"你确实该死。"皇后现在语调渐趋和缓，但语意并不柔软，"就算你对颜秀谋逆之事并不知情，但与禁卫私通已是重罪，按律当诛。"

双玉惊恐，朝皇后磕头磕到头破血流，请求皇后宽恕，皇后仍肃然端坐着目视前方，根本不垂目看她。

一旁的张美人倒看得轻笑出声："双玉，皇后不像官家那么心软，磕头没用的。"

这提醒了双玉，她忙转朝今上，连声哀求他饶命。今上看她哭得梨花雨重，颇有不忍，便对皇后说："看在她服侍你多年的分上，暂且饶她这次吧。"

皇后不答，起身入内，片刻后回来，已换了褕翟之衣，戴着九龙四凤冠，作庄重的朝会装扮，再朝今上下拜："内人袁双玉私通侍卫，秽乱宫禁，按律当诛。请陛下许臣妾依宫规处决袁氏。"

今上道："虽则如此，法规终究为人所定，亦可稍作变通。双玉原很谨慎，入宫多年不闻有过，而今只是一时糊涂才犯此罪。不如改以廷杖痛打，已足以惩戒。”

皇后摆首说不可：“如此无以肃清禁庭。”

今上尽量微笑着，起身去扶她，试图好言劝解：“皇后请坐，此事还须从长计议……”

皇后不受他碰触，略略退后避开，欠身道：“袁氏罪行明确，并无冤屈，而今众目睽睽，皆已看见，若陛下饶恕了她，开此先例，日后再难管束六宫之人。望陛下以大局为重，当机立断，下令赐死。”

双玉一听“赐死”，哀声更甚，膝行几步上前拉着今上衣裾，颤抖着边哭边恳求：“陛下救救奴家……”

今上叹气，再请皇后坐，要与她慢慢再议，皇后坚持肃立于今上面前，既不入座也不出声。

今上不禁有些恼火，一指双玉冷睨皇后，道：“她伺候你许多年，你纵养个猫儿狗儿，到如今多少也有些感情了吧？为何对她毫不宽容，决绝至此？”

皇后略略欠身，一字字清楚地答道：“陛下，正是因为她在臣妾身边多年，犹做出这等事，臣妾才更不能饶恕她。”

今上默然，皇后亦再不说话，一人坐着一人站立，就这样两厢静静对峙。旁人自不敢插嘴，到最后，连双玉都不敢再哭，只神色呆滞地跪在今上面前，殿中人如上元节后山棚彩灯上的人偶一样安静晦暗，不言不语，一动不动。

不知僵持了一个或是两个时辰，直至黎明破晓，晨光逐渐把大殿内景抹亮，何承用才轻轻挨到今上身边，躬身提醒：“陛下，已到早朝时辰了。”

今上徐徐起身，终于对皇后妥协：“好，双玉任凭你处置。”语罢拂袖而出，连朝服都未换便向视事之所走去。

皇后转身恭送，待不见今上身影，再向任守忠下令：“把袁双玉拖下去，诛于东园。”

【贰】暗流

那日皇后最后所下的教旨，是命负责拱卫宫城的皇城司继续搜寻逃跑的王胜，而这次她强调：“务必生擒，须留活口。”

回到仪凤阁中复命，免不了被阁中诸人围住盘问，要我细说夜间之事。待终于无人再发问，已将近晌午，因惦记着张先生伤势，我未等进膳便前往他居处探望。

他肩部已包扎好，没躺着歇息，而是站在窗前朝外眺望，眉间似有忧色。见我进来，他才坐下与我叙话，我问他伤情，他只以淡淡一句“不妨事”一笔带过，也不聊昨夜之事，闲散地问我近况，但其间仍不时向外看，若有所待。

闲聊了一刻后，有个内侍黄门匆匆进来，我依稀认得他是在朝堂上立侍的宦者。他瞥我一眼，再询问地看张先生，意甚踟蹰，我知他有要事告诉张先生，遂退避至较远处，他才低声对张先生说了一席话。

张先生默默听着，不露喜怒，待内侍语毕，方开口问：“近日在翰苑儤直的学士是谁？”

翰苑即翰林学士院。国朝有翰林学士宿直制度，让学士夜间于翰苑值宿，以备临时受命草制，连日值宿则称为“儤直”。

内侍说出近期儤直者的名字：“张方平。”

张先生点了点头：“知道了。”

内侍拜别退去。张先生沉思片刻，抬目看我，告诉我：“官家对辅臣言及昨夜事，泫然泪下。”

我一惊，有不祥预感一掠而过：“是因皇后拂圣意之事么？”

“官家倒未多说此事。”张先生说，“他感叹的，是遣谕娘子闭阁勿出，而张美人直趋上前护驾这点，对张美人多有褒词。”

“那辅臣是何反应？”我随即问。

“辅臣大多随其落泪，只有同平章事陈执中毅然无改容。枢密使夏竦顺势倡议尊异张美人，迁其位分，而枢密副使梁适说当务之急是速查宿卫谋逆之事，尊异可日后再议。”张先生很冷静地向我复述适才听到的内容，“至于昨夜宫中事，夏竦请求官家命御史与宦官在禁中勘鞫，参知政事丁度则说宿卫有变，事关社稷，坚持请付御史台审理，彻查皇宫内外主谋从犯等所有党羽。二人从清晨争到午时，最后官家接纳了夏竦意见。”

御史与宦官在禁中勘鞫的多为宫人所犯案件，而御史台审理的一般是大理寺难以判决的重大疑难案件和承诏审理的重大刑狱。张先生说完，暂未就此事表态，我想他是在等我说出自己看法，遂试探着说：“夏竦似意指主谋出自宫中，丁度则认为事关外臣，所以……”

张先生不语，静静注视我良久，然后说：“怀吉，你可以为我做点事么？”

“当然可以。”我不假思索地回答。

“你们阁中有将要测墨义的小黄门么？”他问我。

墨义原是科举考试的科目，要求士子笔答经义。国朝规定，小黄门年满十二岁，若要迁升内侍黄门以上职位，应先测墨义。

我回答说有，张先生便起身，走至书架前，取出一册《汉书》，翻至其中一页递给我："你找个懂事的小黄门，让他带几本经书和这册《汉书》晚间去翰苑找张方平学士，先请教他经书中的几个问题，然后再翻到这页，随意寻个词句问他。"

我接过一看，见那页是《汉书·外戚传》中的一章，讲汉元帝的冯婕妤以身为君当熊的事：元帝带众嫔御幸虎圈观斗兽，其中有熊跃出虎圈，攀槛欲上殿，扑向御座。左右贵人傅昭仪等皆惊呼窜逸，唯冯婕妤挺身向前，当熊立住。待武士趋近，将熊格杀后，元帝问婕妤："猛兽前来，人皆惊避，你为何反向前以身当熊？"冯婕妤答说："猛兽攫人，得人便止。妾恐熊至御座，侵犯陛下，故情愿以身当熊。"元帝嗟叹，从此格外敬重婕妤。

起初我不明白张先生为何要人翻这页给张学士看，盯着那章琢磨半晌，留意到最后一句："明年夏，冯婕妤男立为信都王，尊婕妤为昭仪。"这才恍然大悟，虽然冯婕妤舍身护君，但事后皇帝并未对她有所尊异，她后来被尊为昭仪，是因其子封王的缘故。

于是，我大胆问张先生："先生是担心官家突然迁升张美人么？"

张先生淡淡一笑："若仅如此，倒不是太糟，怕的是有人借题发挥……但其余事态进展尚不明朗，如今我们暂且先做这事，旁的等等再说。"

我颔首答应。心中略有些惶恐，却又隐隐感到欣喜，因张先生既委我以此事，应是相当信任我。最后我忍不住问他："先生为何肯告诉我这些事？"

他说："那天，见你急急忙忙地跑来告诉我范姑娘的事，我便知道你是很关心皇后的。"

我低首，倒有些难为情，把书收好，便向他告辞。临行前无意中发现他那染血的衣袍已被洗得干干净净，此刻正晾在院中，认得那是件他穿了很多次的旧衣，昨夜被贼人刺破，染了血污，而他仍不弃去，遂好奇地问他："先生，这衣袍我刚进宫时便见你穿过，你一直留到现在，有好些年了吧？"

"十三年五月零二天。"他异常精确地回答。

我惊愕之下记住了这个准确的数字。回去后查宫中年谱，推算出他初获此衣袍的时间是景祐元年九月十七日，那是今上诏立皇后曹氏的日子，想必这衣袍便是那天皇后例赐宫人内侍时给他的。

两日后，皇城司兵卫于内城西北角楼中捕获王胜，而勾当皇城司、入内副都知杨怀敏竟不顾皇后获贼勿杀的旨意，命众兵卫当场将王胜肢解。

几名御史与宦官受命在禁中勘鞫此案，因四名贼人皆已身亡，死无对证，未查出主谋，便定了负责禁中宿卫的皇城司几位主管宦官的罪。勾当皇城司本有两位，一是杨怀敏，另一位名为杨景宗。贼发之夜，杨怀敏正当内宿值夜，本应罪加一等，但奇怪的是，杨景宗与皇城使、入内副都知邓保吉等人一样，均被贬放出京，而杨怀敏虽降了官，却被留在宫中，仍充内使。

娘子们私下议论此事，把原因归结为他们所事的主子不同，杨怀敏平日常鞍前马后地为张美人效劳，而杨景宗与邓保吉却是亲中宫的。有次我还听见王务滋向苗娘子禀告探来的消息，说杨怀敏原与夏竦过从甚密，夏竦早替他安排妥当，教他如何应对，故御史审问的时候，一点也得不着逆证。夏竦又称当晚是杨怀敏事先发觉事变，应当从宽处置。于是，倒显得杨怀敏的罪比众人轻了。

当然，这个结果并不能令所有大臣接受。御史中丞鱼周询、侍御史知杂事张昪与御史何郯一起上奏弹劾杨怀敏，要求今上给其贬谪的处分，直斥杨怀敏容纵下属杀死贼人，以图灭口，欲轻失职之罪。又指出杨怀敏事发时正当内宿，有旷职重罪，而今邓保吉等人例授外任，杨怀敏却独留京师，“刑罚重轻，颇为倒置，中外闻见，尤所不平”。

何郯更向今上暗示夏竦庇护杨怀敏一事：“兼恐曾与交结之人，密为营救，妄称怀敏有功，不可同等黜降。伏望特排邪议，一例责授外任，以协公论。”

最后，今上采纳其谏言，降杨怀敏为文思使、贺州刺史，贬出京师。

皇后像当日承诺的那样，对参与擒贼的宦者论功行赏，或赐财物或迁官，连我都被迁为内侍高品，这对十七岁的内侍来说，是难得的恩遇。然而，张先生首先入屋擒贼，对他的加赏结果却迟迟未传出。我着意打听，得到的答案是皇后未敢自己做主，探问今上意思，而今上漠然道：“迁宦者供奉官以上职位，须与宰执商议。”

想必今上对与宰执议此事缺乏兴趣，故一路耽搁了下来。不过如今张先生所关心的倒不是这个。

自他受伤之后，我每日皆去探望他，见他居处常有御前内侍出入，应该都是向他通报与皇后相关的信息。

他托付的《汉书》一事，我早已办妥。据我遣去的小黄门说，张方平果然盯着冯婕妤那一页看了许久。我告诉张先生这结果，他只颔首，这几天亦未让我再做什么。

某日下午，我再去看张先生，见他正自居处出来，不知要往哪里去，行色匆匆，神情焦虑，大异以往。

我讶然唤他，他点点头，却没有停下来的意思。而此时有宦者自禁中来，叫住他传谕说，官家请他入内与勘鞫案情的御史再述擒贼细节，以便论功加赏。

张先生驻足，对传谕宦者说："官家旨意，茂则不敢违。但现下身着便服，就此面见御史乃失礼之举，请先生先回，容我入内更衣，少顷自会前往。"

那宦者衔笑看他，似有所准备："御史已等待多时，若不见我带回张先生，恐怕会怨我失职。先生且去更衣，我就在此等着。还望先生体谅，莫让御史久候。"

张先生无奈答应，转侧之间朝我一瞬目，示意我跟上他，我便随他进去。到了室内，他即压低声音告诉我："大事不妙。同知谏院王贽上疏说，贼人与皇后阁宫人有染，宫乱根本或在其中。他请今上追究此事，恐怕要怂恿今上起诏狱锻炼，以动摇中宫。"

我大惊，不知道说什么好，最后只问出一句："王贽是什么人？"

"夏竦的走狗，贾婆婆亦与其有来往。"张先生回答，再问我，"你能认出首相陈执中与御史何郯么？"

我点头说："宫中庆典时远远见过。"

张先生迅速找出一卷文书递给我，嘱咐道："今上密召夏竦、王贽，现正在迩英阁议事，若有不妥，下令锁院草诏都有可能。这是当年今上废郭后时我誊录下来的废后诏书，你拿着，去中书门下前等待，今日何御史在那里与陈相公讨论皇城宿卫之事，将近黄昏时他们必会出来，你便跑过去，佯装跌倒，把诏书掉在地上展开，让他们看见。若他们问起，你就说是夏枢相要你找来给他的。"

第一次面临制造关于政治的谎言，我目瞪口呆。张先生见了似很有歉意，拍着我肩说，"抱歉，请你做这样的事……但若你明着跟他们说皇后的事，对你或皇后都不好。"

"那，那为何要说，夏枢相……"我结结巴巴地问。

"陈相公与何御史皆不齿夏竦为人。"在更衣出门前，张先生只以此句作答。

我依言行事，在中书门下前等到陈执中与何郯，却没想到与他们一同出来的竟还有枢密副使梁适，便略为犹豫，但随即想起张先生说过梁适建议暂缓议尊异张美人一事，何况据国朝传统看，枢密使与枢密副使通常是不和的，于是我如计划般奔去故做跌倒状，手中诏书滑出展开，果然引起了他们的注意。

他们缓步围聚到诏书旁，垂目一看，皆有些惊讶。陈执中当即问我："你携这文书故纸做甚？要去何处？"

我低首作答："是夏枢相要查看，命我从史馆找出来，一会儿须给他送去。"

三人相互转顾，暂时都没说话，而他们在这瞬息之间交换的眼色已让我觉得不辱使命。

"夏枢相现在何处？"后来陈执中问。

我告诉他："在迩英阁面圣。"

我想这一句已足够，便迅速站起，拾了文书，匆匆奔离他们视线。

后来，我隐于迩英阁附近，看着夏竦、王贽出来，再如愿地见到陈执中、何郯与梁适前来求对于上，并相继进去。

我回到仪凤阁，但终究是寝食难安，便又寻了个借口出去。路过柔仪殿时忽闻秋和从后面唤我："怀吉，这么晚了你要去哪里？"

我停下回首看她，原本盈盈笑着的她却被吓了一跳："怎么了？你脸色这样难看。"

我迟疑，最后还是简略地跟她说了今日之事，嘱托她若有大事发生，务必近身随侍皇后。

秋和怔怔地，好半天才反应过来，落泪如散珠："怎么会这样……"

我想安慰她，又觉无从说起，许久后才道："别哭了，让皇后看见不好。你且回去，我再去打听。有相公进谏，事情应该不会无转圜余地。"

再去迩英阁，见里面仍是灯火通明，想必君臣还在讨论皇后之事。再往张先生处，许久后才等到他回来。

他一见我便问："给他们看了么？"

我点头，把经过说了一遍。听到三人入对迩英阁，他才像是略松了口气，带我入内坐下等消息。

我们先是枯坐着，默默无言，须臾，我试探着问张先生："夏竦为何企图动摇中宫？"

"你以前听说过夏竦的事么？"他问。

我如实作答："只听说过他的头值两贯文。"

听了这话，张先生不由得解颐，我亦随之笑，气氛才稍好些。

原来夏竦曾经统师西伐，初到边陲时满腔壮志，想迅速杀元昊灭夏国，遂揭榜塞上悬赏："有得元昊头者，赏钱五百万贯，爵西平王。"元昊听说此事，便使人入边城卖荻箔，佯装遗失，而荻箔一端系了元昊放的榜文。城中宋人拾了展开看，但见上面写道："有得夏竦头者，赏钱两贯文。"夏竦得知，亟令藏掩元昊榜文，无奈这事早已传开，沦为国人笑柄，宫中亦常有人说。

"夏竦作词空谈凉州曲，却无经世大才，且又嫉贤妒能。"张先生从头细说此间缘由，"前些年，范仲淹范相公率一批贤臣名士行新政，夏竦那时本已被今上任命为枢密使，但遭到台谏弹劾，说其阴险奸猾，在对夏战事中畏懦苟且，今上便将他改知亳州。那些谏官多属新政一派，夏竦怀恨在心，唆使内臣蓝元震向今上进谗言，指范仲淹、欧阳修、余靖、尹洙等人为朋党，互相提携。但今上并不怎么理睬，他便又设了一计，陷害新政大臣。那时国子监直讲石介写了一篇广为流传的《庆历圣德颂》，把今上起用新政大臣称为'众贤之进'，而把夏竦与枢密使无缘说成'大奸之去'。夏竦自然因此痛恨石介，而他对新政大臣的陷害就从石介入手。"

"石介？"我听过这名字，略略知道一点，"是说他与富弼通信，作废立诏草么？"

张先生叹道："那自然是假的。庆历四年，夏竦唆使家中一位通文墨的侍女模仿石介笔迹，篡改了石介致富弼的书信，将信中'行伊、周之事'改为'行伊、霍之事'。伊指伊尹，周指周公，原都是辅佐天子的贤臣，但被他一改，周公便被改成了霍光，那可是曾废立国君的权臣。然后，他还伪作了一份废帝诏书的草稿，说是石介为富弼撰写的，故意流传出去，并命人奏报于今上。"

这自然是为人君者最忌讳的事。我开始明白为何今上后来不像起初那般维护新政大臣。

"其实今上亦不信富弼会做此事，但难免心里会留下一点阴影。"张先生继续说，"如此一来，不单富弼，连范仲淹见状亦不敢自安于朝，都自请离京外任。石介被贬为濮州通判，未赴任便去世了。不久后，王拱辰等人又借苏舜钦进奏院事件制狱锻炼，将支持新政的一干馆阁贤俊尽数贬谪，也借此影响到苏舜钦岳父、宰相杜衍，致使其罢相。韩琦上疏为富弼说话，也被罢去枢密副使之职。再往后，连欧阳修、蔡襄、孙甫等谏官亦被人各寻了借口，相继外放，新政至此不了了之。去年，夏竦终于得偿夙愿，回来当上了枢密使。"

听张先生叙述旧事，我才对庆历新政理出了一道脉络。之前只觉新政大臣们文采出众，才华绝世，就算为其仕途浮沉扼腕叹息，亦仅仅是读其诗文之余的一点单纯感伤，却没想到那些才子吟风弄月的绝妙好辞背后，竟隐藏着这许多刀光剑影的党争故事。

但我还是没有即刻意识到此中关节："可是，夏竦矛头指向中宫，与这些事有何关系？"

"你没看出么？"张先生一语点明，"中宫对新政大臣颇为同情。"

我立即想到欧阳修之事，心下顿悟，不过仍有疑问："但皇后平日并不妄议政事，夏竦在外如何得知？"

"一定要议论政事才能看出她态度？"张先生道，"她一举一动皆为人所瞩目，平日对谁的春帖子多看了几眼都会很快被人传到宫外去。"

略作思量，张先生又告诉我："她读苏舜钦的诗，品欧阳修的词，赏蔡襄的字，听说范仲淹写了《岳阳楼记》，便命人找来给她看……何况，杜衍杜相公家的女公子，后来的苏舜钦夫人，原是她未嫁时的闺中密友。"

【叁】心愿

联系这前因后果，我不禁感叹："原以为，夏竦此举只是为阴附张美人，博个拥立之功，却不承想个中因由这般复杂。"

"中宫废立，事关社稷，从来都不是帝王家事……"张先生徐徐展开我交还给他的废后诏书，问我，"你知道郭后为何被废么？"

我以宫中定论答之："因她与嫔御争宠。"

张先生摆首："因争宠触犯龙颜，那只是一个小小诱因。国朝惯例，皇帝决策，若事关中宫，必须先与宰执商议。若宰执不同意，皇帝很难擅作主张。"

我第一次意识到这听过多次的废后事件还有更深的背景："这么说，是吕相公……"

"没错，她得罪了当时的宰相吕夷简。"张先生再述前尘往事，"明道二年，章献太后崩，在她垂帘整整十一年后，今上才获亲政。今上随后与吕夷简商议，要罢黜所有太后党羽，吕夷简亦为他出谋划策，并拟定了要罢免的大臣名单。今上回到禁中，将此事告诉了郭皇后，郭后反问他：'难道就他夷简一人不附太后么？不过是他机智，善应变，在太后与官家面前都会做人，所以倒混了个周全。'于是今上决定连吕夷简也一齐罢去。次日，吕夷简在朝堂上听内臣宣布被罢官员，陡然听见自己的名字也被唱出，很是惊骇，却不知原因。他素与入内都知阎文应有来往，听阎文应说出缘由，从此便对郭后不满。仅过了半年，今上又复其相位。后来，今上因尚美人之事向他抱怨皇后善妒，他与阎文应便颇说了些推波助澜的话，郭后随即被废……如今夏竦情形与吕夷简相似，有个同情新政大臣的中宫在君王之侧，他难免会担心，何况他与杨怀敏勾结，杨怀敏或曾在他面前编派中宫什么，也未可知……另外，听在枢密院伺候的孩子说，平贼次日，枢密院官员提起皇后前夜临危不乱，指挥若定，都有赞誉之意，唯夏竦干笑，说：‘中宫颇有章献帘后风仪。’”

我听出这言下之意：“他不但怕皇后现在进言干政，还怕她将来效章献故事，垂帘听政而重用新政大臣？”

张先生看着我，道：“慎言……如今官家圣体康宁。”

我一惊，忙低首不语。

张先生又道：“你适才说的，夏竦意在阴附张美人，这原因也有。张美人通过贾婆婆拉拢夏竦与王贽，对他们多有馈赠，而夏、王二人性本贪婪，且又顾忌中宫，因此两方一拍即合。”

我回思事件经过，越想越觉惊心：“平贼事后，夏竦坚决反对让御史台在外审理此案，而杨怀敏又将最后一个贼人杀掉灭口……或许，连当晚杀死前三个贼人，也是他授意的……难道这起事件，根本就是夏竦一手策划的？”

“他有这个动机。”张先生道，“甚至皇后阁中那个侍女，也可能是他授意贼人去勾引的，以获得制狱动摇中宫的理由……依我看，皇后当时便意识到了是受人陷害，所以坚持要杀掉双玉，否则，能轻易受人引诱的女子意志本就薄弱，锻炼之下，什么供词说不出口？”

“原来如此……”疑问有了合理解释，我这才从乱麻般的案件中抽出些头绪。

张先生黯然一叹，又说：“但这也只是我的猜测，苦无证据上呈官家。”

“今上圣明，对欧阳修的案子都看得很清楚，肯定不会冤枉皇后的，何况，还有陈相公他们为皇后说话……”我想令张先生宽心，但提及陈执中，忽然又有了个问题，“不过，先生为何认为陈相公一定会为皇后说话？据我所知，他并不属新政一派。”

“当然，他反对新政。”张先生答道，“但是，他更厌恶夏竦。”

他继续为我释疑：“夏竦守西疆时，今上任命陈执中为陕西安抚经略招讨使，而陈执中与夏竦论议不合，最后势同水火，竟各自上表朝廷，自请辞职。先前今上召回夏竦，原是要拜为宰相，与陈执中同列，而众谏官、御史都说二人素有嫌隙，不可使之共事，这才改任他为枢密使。因此，夏竦若要阴谋改立中宫，陈执中必不会坐视不理。”

我随即也想到，陈执中虽然反对新政，但一向清廉自重，他看不惯夏竦亦不难理解。以前还曾听今上对公主夸过陈执中忠诚，不以权谋私，说他女婿求他赏个官做，而他回答："官职是国家的，又不是卧房笼箧中物，哪能随意给自己女婿！"今上对此大为赞赏，所以虽然谏官屡次进言，说陈执中不学无术，非宰相之材，今上仍坚持以他为相，但对众臣说："执中不会欺瞒于朕。"若他进谏，今上必会慎重考虑。

联想到何郯，我顺势追问张先生："那么何御史呢？他与夏竦又有何过节？"

"他倒不是与夏竦有私人恩怨，而是一贯正直敢言，又曾为石介辩诬。"张先生再论何郯旧事，"去年，夏竦想进一步构陷富弼，便进谗言说，石介并没有死，而是受富弼指使诈死，悄悄前往契丹密谋起兵，富弼则为内应。随后还建议开石介之棺验证。当时台谏都不敢多说什么，而何郯则在今上面前极力为石介辩解，并抨击夏竦的险恶用心……加上这次看他论杨怀敏之事，我想他心如明镜，一定知道此中曲直，所以才敢寄希望于他。"

"还有张学士……"我再问。

张先生一哂："当年你做我学生，可没像如今这般勤学好问。"见我有惭愧状，他亦不再说笑，继续解释，"张方平当年本来也是赞成施行新政的，只是介入不深，才得全身而退。他也是中宫潜在的支持者，若今上决定锁院草诏，无论是废立中宫或尊异张美人，他必会先进谏。"

事隔多年后再次受教于张先生，我听得频频点头，忍不住又问："那梁适呢？他为何也不附和夏竦决议？"

张先生不直接答，反问我："我且问你，当初我并未嘱咐你把诏书也给梁适看，你为何在他在场时也把诏书展开了？"

我把当时的想法告诉他："我听人说过，国朝以来，枢密使与枢密副使常不相谐，例如真宗朝，寇准与王嗣宗，王钦若与马知节，莫不如此……"

张先生颔首，说："你既知道，何必问我？"

我先是一愣，旋即与他相视而笑。国朝皇帝一向注重权力制衡，为防两府宰执专权，通常两府次要职位不会让宰执朋党出任，因此宰相同平章事与副相参知政事，枢密使和枢密副使，往往分属朝中不同的派别。

此夜最后的结果并未影响到我们这一瞬的好心情。少顷，有内侍从迩英阁来，通知张先生说："陈相公、梁枢密与何御史此刻方离开迩英阁，天色已晚，禁门关闭，不便出宫，今晚将宿于翰苑。请张先生在内东门司略作记录。"

张先生答应，似不经意地问了一句："他们去翰苑，须锁院么？"

内侍回答："不必，只是在翰苑住宿，并不草诏。"

次日晨，秋和来找我，忧思恍惚，双目犹带泪痕，但嘴角是含笑的。

"怀吉，刚才我去福宁殿求见官家……"她说，"他告诉我，其实，他并不曾想改立中宫。"

得到这个明确的答案，我自然欣喜，但也注意到秋和古怪的表情，对她探到今上真话的途径深感怀疑，遂问她："你是怎样问他的？为何他会坦言说这话？"

秋和尽量保持着笑容，慢慢告诉我："我向他提当年的承诺，要他实现我的愿望。他问是什么，我说，我的愿望就是，看着皇后长伴官家身侧。"

"啊……"我很难形容这时的心情，虽然完全可以理解她的善意，并认为她做了适当的选择，但还是不禁为她感到惋惜，"你的愿望呢？你真正的愿望就这样放弃了？"

她摇摇头，恻然道："再说吧……我想想，别再问我……"

她转身，轻轻朝外走，魂不守舍的样子。走到阁门边，似想起什么，又再回首，踟蹰着说："后来，官家要我转告张先生一句话，我不知当不当说。"

"哦，是什么？"我问。

"他说：'传语张茂则，连日奔波，辛苦了。'"秋和复述，又补充道，"他说这话时，表情很平和，不像在生气，但也没有笑意。"

现在，我终于明白了为何今上不喜张先生。犹豫再三，最后还是代秋和把这话转告给他。而张先生状甚平静，毫无寻常人听见君王警告会有的惶恐，只以三字从容作答："谢官家。"

见我讶异，他唇角微扬："是不是觉得我很厚颜，竟不去伏拜谢罪？"

我难以回答，只是摆首。心下甚是佩服他还能这样镇定，若换了旁人，听今上这话，岂还敢安于宫中？

他默默看我许久，忽然问了一个貌似与此无关的问题："郭后是怎样死的，你知道么？"

"病卒。"我说，思量着，又加上以前听见的传闻，"有人说，是阎文应毒死的。"

张先生摇头，说："她是被活埋的。"

这大概是几天来听到的令我最感震惊的事。一时间全无反应，只失了礼数地盯着张先生直愣愣地看。

“废后，对今上来说，原出自一时之愤，事后他也曾后悔过。”张先生告诉我，“有一次，他游后苑，看见郭后用过的肩舆，顿时有念旧之意，颇为感伤，便填了阕词，遣小黄门到郭后居住的瑶华宫，将词赐给她。郭后依韵和之，语甚凄怆。今上看得难过，又派人去，向她承诺会召她回宫。吕夷简和阎文应听说后都很害怕，担心郭后将来报复。而这时，郭后偶感风寒，阎文应率太医去诊视，不知怎的，那病倒越治越重了。没过几天，阎文应宣告药石无灵，净妃病卒。”

这些我以前也曾听人讲过，遂问张先生：“宫里人不是说，是阎文应在药里下毒害死的么？”

张先生道：“毒是下了的，但下的是慢性毒药，只加重郭后的病情，一时却未致死。也许他是觉得若下重药毒死，症状太明显。那时今上在南郊致斋，即将归来。阎文应怕他回来后会探望郭后，便在郭后尚未气绝的情况下，将她强行抬入棺木收殓。”

我想象着郭后彼时感受，不寒而栗，转言问他：“先生又如何得知此事？”

张先生回答说：“那时我在御药院做事，有一天奉命送药给郭后，到了她居处却见院中已设了棺器，一干内侍宫人正在灵前哭泣。阎文应抹着眼泪过来跟我说，郭后昨夜已薨。见我犹疑，他便命人开棺给我验视。当然，这时郭后已被收敛好，像是以正常姿态安睡着，但仍蹙眉颦目，似不胜痛苦。我目光无意间掠过他们掀起来的棺盖，竟看到上面有指甲抓过的几道痕迹……我顿时大疑，遂借口说贵重药物既已送来，不便退回，不如放入棺内陪葬。于是趁置药之机略略揭起郭后的衣袖，发现她手指瘀血乌紫，皮肤指甲破损，想来是在棺中拼命挣扎时抓伤的……”

“不必再说了。”心里难以承受此间惨状，我忍不住直言打断张先生的叙述。

张先生便沉默不语。须臾，我再问：“先生既看过郭后遗容手指，后来没被阎文应陷害么？”

“我估计，他是有这个心的。不过，他很快便自身难保，顾不上整治我了。”张先生说，“虽然他说郭后是病卒，但宫里朝中莫不疑心，遂有了他下毒的传言。有谏官请今上推按郭后起居状，细查此事，但今上虽然悲伤，却未应允谏官所请，只吩咐以皇后礼仪葬郭后。阎文应曾在今上宿斋太庙时大声呵斥医官，谏官见今上不欲追查郭后死因，便另借此事弹劾他。于是，今上将阎文应外放出京。不久后，阎文应死于岭南。”

“那你将此事告诉过官家么？”我问他。

“没有。他既不欲追究，我何必多事。他自有他的原因，我们也不必再去揣测圣意。”张先生答道，再转视中宫的方向，目色凝重，“但自那之后，每次一触及那废后诏书，我便会提醒自己，绝不能让这事发生在如今的皇后身上。”

“所以，”他再看我，淡淡道，“受些冷眼，算不得什么。只要我还在这宫里，尚有一口气，便会做我应该做的事。”

我很想问他，若真的因此触怒今上，岂不有被逐出宫的危险？但终究还是没问出口。再一想，这么多年，今上虽然不喜欢他，却也一直容忍着，想必他们之间是有某种默契的吧。

【肆】取舍

今上没有废后，全赖陈执中、何郯、梁适谏言，这是后来流传的说法。

据说，那夜君臣细论皇后阁中事，何郯劝谏说：“中宫仁智，内外交钦。所谓宫乱起自皇后阁中，须制狱锻炼，这是奸人之谋，有意中伤中宫，觊图非分。陛下不可不察。”

今上再问陈执中意见，陈相公也称不可制狱勘鞫中宫，且持议甚坚。今上反复又问，一旁的梁适倒不耐烦了，直言道：“陛下废后，一次已够，岂可再来第二次？”

他语气凌厉，声彻迩英阁内外，闻者无不变色。

今上默然，遂按下制狱之事不提。众人见他采纳谏言，这才告退。今上独留梁适，特意向他承诺说：“朕只欲对张美人稍加妃礼，本无他意，卿可安心。”

当晚三人去翰苑，遇见戆直的学士张方平，将此事一说，且提到今上所说“稍加妃礼”一节，张方平当即便称不可，力劝陈执中道：“汉朝冯婕妤身当猛兽，并不闻元帝因此对她有所尊异。况且皇后有功却尊嫔御，自古皆无这道理。如果相公同意迁张美人为妃，将来天下人论及此事，必会将罪责全归于相公。”

陈执中深以为然。此后今上再提尊异张美人之事，他只是不答。

于是这月里，宫中并未听到张美人升迁的消息，倒是关于张先生的旨意终于下达：内西头供奉官、勾当内东门张茂则迁领御药院。

领御药院，就宦官而言，这是很重要和尊贵的职位。

御药院即宫中御用药房，是最重要的内廷官司，掌按验医药方书，修合药剂，以及药物的管理进御等事。皇帝所用药品是由御药院制成后进奉，责任重大，因此任领御药院的宦官非寻常之辈，朝廷规定，入仕三十年以上内臣，十年未升迁并屡立劳绩者才可入选。

而通领御药院的勾当官平日所掌并不仅仅是医药之事，还兼供职皇帝行幸扶持左右、奉行礼仪、御试举人、传宣诏命及奉使监督等事。另外，还会在皇帝坐朝时，侍立左右或殿角，以供随时召唤。

出任此职的内臣被视作皇帝近习亲信，这工作也充分地为他们提供了向上晋升的机会。许多押班、都知，乃至两省都都知皆曾任过此职。

因此，我对张先生的升迁颇感意外，虽然他符合入选御药院勾当官的三点规定。私下猜测，也许这并非今上本意，是陈执中或梁适等人决定的吧。但，也仅仅是猜测而已。

然而最出人意料的关于升迁的消息来自秋和。今上与中宫商议后，命司饰顾采儿代领尚服局，以接掌多病的楚尚服的工作，而秋和则被迁为司饰，继顾采儿之后，成为新任梳头夫人。

“这事，是那天官家与你定下来的吧？”我问秋和。

她自然知道“那天”是哪天，黯然颔首。

如此一来，她出宫之日更遥遥无期了。我在心里叹气，实在为她与崔白之事觉得遗憾：“你愿意么？”

她抬目看我，双眼空蒙：“我也说不清楚……那天，我以愿望为代价，求他让皇后长伴他身侧，他最后那样说，算是答应了吧……然后，他很无奈地笑着叹息，说：‘怎么连你都在为她奔走？我身边原本就围满了她的人。’我低头不敢接话，他又说：‘以前我每次出行，左边是杨景宗，右边是邓保吉，走不上几步，迎面撞见的又是张茂则……凡我所为，事无巨细她都知道……我被她困在这里了。’”

我被她困在这里了？我微微睁大眼睛——这话好生耳熟。

“‘你也是她的人么？’官家问我。”秋和接着说，“他那么好脾气地跟我说话，声音柔和得像四月的风，不知为何，却听得我心里很是难过……见我不答，他又说：‘你可以到我身边来么？让我不至于太孤单。’”

“什么？”我蹙眉问，“他说孤单？”

“如果我没听错的话，他是这样说。”秋和似乎有些困惑，但语气是肯定的，“那时我也只疑是听错，抬头看了看他，见他目视窗外，但眼神空洞，像是什么也看不见，眉间竟有些忧伤意味……我想不明白，脱口问他：‘孤单？真的么？有那么多娘子在身边，官家还会孤单？’”

如果是我，也会想这样问吧。我没掩饰我的好奇：“他怎么回答？”

“他像是瞬间回过神来，对我笑笑，轻声说：‘假的。’我又低首无语，他却这时倾身过来，在我耳边说……”秋和面色如胭脂扫过，声音越发低了，“他说：‘那只是我好容易才想出来的借口，为了让你不再把铅华香药往皮肤上抹。’”

我一下想起在仪凤阁初见今上时，他对秋和的着意关注，依稀可以理解秋和的迷惘。纵然不喜欢这样的男子，但这样的细心与关怀，是世间女儿都难以抵御的吧，这时候向他表示拒绝一定是很艰难的事。

“我想拒绝的，可是……”秋和犹豫着，难以准确描述当时心情。

“我明白，不必多说了。”我和言再问她，“那么，皇后知道你的决定么？”

秋和点头：“官家向她提调我过去的事。她随后私下问我是否愿意去，说若我不愿，她会如约在乾元节将我放出宫。但是，怎么可以？如此一来，官家必会追问原因……我怕他和大臣们知道，皇后阁中除了双玉，还另有宫人曾与外人……来往。”

这倒是应该考虑到的。若他们知道此事，事态发展会更糟。

我可以猜到她给皇后的回答：“你对皇后说你改变主意了？”

“对。”秋和恻然一笑，“我跟她说，是我自己想做梳头夫人，不想出宫过苦日子。”

重臣进谏力保皇后，只是向夏竦展开反击的开始，宫乱事件的最终结果是夏竦罢枢密使，判河南府。

这年四月，御史何郯上疏弹劾夏竦，直指“其性邪，其欲侈，其学非而博，其行伪而坚，有纤人善柔之质，无大臣鲠直之望，事君不顾其节，遇下不由其诚……”，再提他与内臣杨怀敏素日勾结，宫乱时曲为掩藏之事，说如今杨怀敏既已罢黜，而夏竦独留京师，仍身居高位，“中外之心，无不愤激”。恳请今上弃用夏竦，“上为社稷之谋，下慰臣庶之望”。

他估计到夏竦可能又会拿今上忌讳的“朋党”一点做文章狡辩，事先便在章疏中说明：“臣料夏竦知臣上言，必是指臣为矫诬，目臣为朋党。然竦明有过恶，安得谓之矫诬；臣素无附丽，何以谓之朋党？竦若犹饰其过，臣请面议其辜，仰祈圣明，俯临肝胆。”

继他之后，又有多名言官上疏论夏竦奸邪。正巧那时京师有地震现象，于是今上夜间御便殿，召来翰林学士张方平，对他说："夏竦奸邪，以致天变如此。请学士为朕草制，将他外放出京。"

张方平大喜，请撰驳辞，欲在制书中直斥夏竦之罪。今上想想，最后叹道："还是给他留点面子吧，且以'均劳逸'的理由草制，别提他过错。"

虽给夏竦留足了面子，但夏竦仍心存侥幸，负罪不去，上疏乞留京师。何郯便又怒了，再次进言："朝廷进退大臣，恩礼至厚，竦之此拜，已极宠荣，安可更不顾廉耻，冒有陈请？况竦奸邪险诈，久闻天下，陛下特出圣断，罢免枢要，中外臣子，莫不相庆，固不宜许其自便，留在朝廷。孔子谓远佞人，盖佞人在君侧，则必为政理之害。其夏竦，伏乞不改前命，仍指挥催促赴任。"

"后来，今上在内东门便殿召见何郯，何郯仍极力争辩，意态激扬，表示此事毫无商量余地。"张先生从我手中收回存档的章疏副本，告诉我，"今上便揶揄他：'古时有碎首谏者，卿亦能做到么？'何郯则回答：'古时君不从谏，则臣有碎首；而今陛下受谏如流，臣何敢掠其美誉，而将罪过归于君父！'"

听得我不禁笑了："他这话说得好，既避开碎首威胁，又给了今上接纳谏言的台阶。"

张先生亦笑："不错，今上听后欣然纳谏，不改前命，坚决将夏竦外放到河南去了。"

有一事，是我近几日经常思索的，遂此时拿来请教张先生："先生，今上是否也看出了夏竦陷害中宫的险恶用心，这次外放，表面上看是今上为言者所迫，但其实，是他顺势借此惩戒夏竦？否则他是可以像坚持留用陈相公那样，把夏竦留下的。"

张先生没有明确作答，但说："你没听他说，'夏竦奸邪'么？孰是孰非，谁能骗得了谁，不过看他怎样取舍罢了。"

【伍】小宋

端午节前，我寻了机会出宫去找崔白，告诉他秋和之事。这于我而言，是比当年测墨义犹难数倍的任务。起初是我给了他希望，现在又亲自告诉他希望的破灭，这令我万分惭愧。吞吞吐吐地向他简述了一下事情经过，还未提及今上对秋和青眼有加这一点，而这已让我很长时间内不敢抬首看他。

"没关系的。"反倒是崔白和言安慰我，"你一直尽心尽力地帮我，即使事不谐，亦不是你的过错。是我福浅，原难求董姑娘这样的如花美眷。”

我唯望时间能让这段姻缘有再续的可能：“或者，再等等，等官家淡忘闰月之事，皇后或可再请他放董姑娘出宫。”

崔白略一笑，道：“怀吉，如实说，自议婚约以来，我常惴惴不安，但觉喜从天降，又进展得太顺利，反而不像我这落魄穷徒一贯的命数呢。何况，她居于深宫，过惯了锦衣玉食、无忧无虑的安稳日子，就如九天仙女一般，日后若嫁了我，只能长年守着一个仅识丹青的呆子，为柴米油盐犯愁，纵她无怨言，我亦难心安。如今她既获晋升，想必会有更好的前程，我又何苦拖累她。”

我想说一些劝解的话，但这向来非我所长，思量半晌，只说出一句：“董姑娘并不会那样想。”

“我知道。”崔白说，目光漫抚面前壁上挂着的一幅远峦烟水，须臾，徐徐吟道，“刘郎已恨蓬山远，更隔蓬山几万重。”

这是本朝翰林学士宋祁借李商隐的诗，化用在一阕《鹧鸪天》里的词句。

宋祁字子京，与其兄宋庠同年登科。当年若按礼部所奏，应是宋祁第一，宋庠第三，但章献太后不欲令弟名列于兄之前，乃擢宋庠为状元，而置宋祁为第十。如今兄弟二人同在朝为官，世人呼宋庠“大宋”，而宋祁则为“小宋”。

宋庠明练故实，清约庄重，宋祁文藻胜于其兄，但喜宴游，好风月，一向倜傥佻达，这阕《鹧鸪天》记录的便是他一次艳遇。

那日宋祁策马过京中繁台街，恰逢皇后率众宫人自相国寺进香归来。小宋引马避于街道一侧，绣縠宫车迤逦而过，其中一辆经过他面前时，有内人自车内褰帘，两痕秋水在他脸上盈盈一转，笑对同伴说：“那是小宋呀！”

语罢绣帘复又垂下，宫车辘辘，不停歇地往宫城驶去。虽只惊鸿一瞥，宋祁却已记住那内人丰容玉颜，婉转清音，归家后当即提笔，写下一阕《鹧鸪天》：“画毂雕鞍狭路逢，一声肠断绣帘中。身无彩凤双飞翼，心有灵犀一点通。金作屋，玉为笼，车如流水马如龙。刘郎已恨蓬山远，更隔蓬山几万重。”

此词都下传唱甚广，乃至达于禁中。今上听见，遂问当日那内人乘的是第几车子，何人呼小宋。最后有内人怯怯地站出来跪下，说以前曾在侍宴时，见官家宣翰林学士进来，左右内臣相顾低语：“这是小宋。”后来在车子中偶然遇见，一时兴起，便呼了一声。

今上随后召来宋祁，从容语及此事。宋祁惶惧告罪，今上却笑道：“你词中但恨蓬山远，依朕看来，这蓬山离你倒不远。”旋即把那内人赐给了他。

这事已与“红叶题诗”的逸事一样，成为宫城内外争相传颂的佳话。宫中的妙龄内人与宫外文臣名士之间，本来便易生一种相互仰慕的微妙关系，而这个故事在其中推波助澜，也给了他们些许良缘可结的暗示，但是……

“蓬山，并不是离谁都不远。”结局圆满的佳话没有妨碍崔白的判断，他很清醒地这样说。

我想他可以隐约感知今上对秋和的情意，从我刻意淡化的只言片语中。

夏竦虽已离京，谏官王贽却还在朝中。这年九月，他再向今上提张美人“护驾有功”之事，称当使张美人进秩，以示今上赏罚分明。

今上自然有此意，怎奈群臣反对，且又须皇后同意，一时难以下旨，没想到最后竟是皇后松口，在重阳节宴集上当众对今上道：“张美人侍奉官家多年，曾育有三位公主，而位低秩微，多年未迁。今既有功，不妨进秩为妃，以表陛下抚慰嘉奖之意。”

今上默然凝视皇后，而皇后仪态安娴，目中波澜不兴。众人屏息静观，许久后才听今上道：“那日贼人作乱，全仗皇后指挥调度护卫，若要嘉奖，理应皇后为先。”

坐在一株白色檀心木香菊之旁，皇后唇角微扬，笑容如那秋花清淡：“承蒙陛下眷顾，臣妾身为国母，名位已隆，无可复加。况陛下以臣妾为妻，臣妾原无以为报，为陛下做的只是分内事，又岂敢邀功请赏。”

于是这年十月，今上进美人张氏为贵妃，并决定择日为她行册礼。

受命为张美人写册妃诰敕的翰林学士，便是文藻华美的“小宋”宋祁。

此前国朝从未有嫔御进秩为妃时行册礼之事，惯例是命妃发册，妃辞则罢册礼。因册礼规模盛大，人力财力皆花费甚巨，国朝嫔御多知韬晦之道，亦不爱借此招摇，惹宫人及诸臣非议，故均辞而不行。宋祁可能理所当然地认为这位新晋的贵妃也会这样想，所以未按行册礼的程式，先听阁门宣读册妃制词，受命而写诰敕，将诰敕送中书，结三省衔，再呈官告院用印，然后才进呈贵妃，而是不待到行册礼之前听宣制词，先就把诰敕写好，也不送中书，自己径取官告院印用了，封好后即送交贵妃。

显然他犯了个错误：并不是所有妃子都不想行册礼。

欲行册礼的张美人见这重要的诰敕像个土地主新纳的小妾一样，简简单单地就从后门随意送进来了，不由得勃然大怒，把诰敕掷于地上坚决不受，又向今上哭闹着诉说小宋怠慢之罪，磨得今上答应，让宋祁落职知许州。

小宋落职细节传出，中外嗟叹，而美人张氏即在这一片叹息声中开始了她越发骄恣的贵妃生涯。

宫中娘子们面对张氏的骤然迁升，自然也是啧啧称奇。大家均猜到她迟早会进秩，但没想到竟会从四品的美人一下进至一品贵妃。贵妃为四妃之首，地位仅次于皇后，今上多年以来皆虚四妃位，诸娘子最多只进至二品，现在竟如此擢升张氏，以致许多长年位列张氏之前的嫔御，例如福康公主生母苗淑仪和夭折的皇长子生母俞充仪，名位转瞬之间倒比她低了。

娘子们不满之下更关注张贵妃晋位内幕，不久后就有人探听到，自夏竦离京后，张氏与王贽联系更为频密，私下赐给王贽的金币数以巨万计。晋位事成，张氏得意扬扬，乃至在向人提及王贽时公然说："那是我家谏官。"

这桩贿赂朝中官员的丑闻遍传六宫，到最后无人不晓，想必也曾反传入张贵妃耳内，但她并不以为耻，倒是像有意挑衅示威于诸娘子一般，请求今上让王贽在行册礼时为她捧册宣制。

后妃册礼是应有官员捧册，今上遂将此事付中书省讨论，中书诸官员本不齿王贽，便奏说，按旧仪，捧册官员职位必在待制以上，王贽并不具备这资格。今上将中书所言转告张贵妃，张贵妃却借机乞求今上升王贽的官，今上竟也同意，把王贽迁为天章阁待制，令其在册礼上为贵妃捧册。

但与此同时，他也升何郯为礼部员外郎兼侍御史知杂事，且在朝堂上对何郯明说原因："卿不阿权势，故越次用卿。"

也许是为补偿皇后，今上陆续将后族戚里中多人改官迁封，许其厚禄，何郯为此进谏，说朝廷爵赏，本以宠待劳臣，非素有勋绩，即须循年考。今无故迁升后族，属非次改官，恐近戚之家迭相攀缘，人怀异望。

今上回应道："戚里无勋绩，但皇后有德行，这是推恩亲族之举。"遂不改前命。

帝后的关系也是六宫之人关注的焦点。自宫乱之事后，今上与中宫未曾同宿，而在张贵妃册礼那天，一些小迹象令娘子们对他们的近况有了诸多猜疑。

那日清晨，帝后分别自福宁殿和柔仪殿起身，露面于众人之前时均眼周青郁，眼帘微肿，皇后虽以脂粉掩饰过，但仍可看出些异状。在帝后携张贵妃过紫宸殿接受群臣表贺时，一则昨夜发生在柔仪殿的事被当作趣闻，开始悄悄在后宫流传。

据柔仪殿宫人透露，昨夜三更后，今上命近侍往柔仪殿传宣皇后。当时皇后已睡下，听说此事，着褙子起身走至寝殿门边，但不开门，只于门缝中问福宁殿内侍："官家传宣有何事？"

内侍回答说："官家夜半醒来，独自坐着饮酒，不觉饮尽，便遣臣来，问皇后殿有酒否，可否携一些过去。"

皇后却不奉召，但说："此中便有酒，我亦不敢再拿去给官家。夜已深，奏知官家且歇息去。"

语毕即遣内侍回去，连开门见内侍都不肯。

这事被公主默默听在耳中，夜间宫眷观宴于升平楼，公主竟拿来直问父亲："昨夜爹爹想喝酒，该问御膳、司酿的人要，那么晚了，为何偏偏要传宣孃孃送去？"

宫人们窃笑，皇后正襟危坐，宛如未闻，而今上面有窘色，低声咳嗽两声，想想才道："既已夜深，自不便劳动许多人……"

公主追问："就算不想劳动下人，宫中娘子这样多，阁中都存了不少酒，爹爹为何又单问不常喝酒的孃孃要？"

今上一时语塞，张贵妃见状，把话头接了去："臣妾娘家又送来一些上好的羊羔酒，下次若官家想饮，只管差人来取便是。"

今上尚未答，公主已先开口，对张贵妃道："谁不知道张娘子阁中酒多？爹爹不问你要，自然有他不要的道理。"

张贵妃顿有愠色，似想唇齿相讥，但转眸间见今上正在观察她反应，遂又按下怒意，强颜笑道："公主说得是。"

夜宣中宫之事在娘子们看来，是今上欲向皇后示好的讯息，借酒说话，无非是抹不开那点面子，怎奈皇后并不顺势接受。

"看那眼睛，他们应该都是一夜无眠吧。"俞充仪次日在仪凤阁中与苗淑仪说，"这情形，竟像小夫妻闹别扭，真是何苦呢！"

苗淑仪微笑道："他们面上一直相敬如宾，但私下这点别扭，十几年来一直都有。有时候，连我都看不透。"

公主闻见她们议论，又挨过来想仔细听，被苗淑仪点了下额头："你这丫头，上次在晚宴上傻乎乎地乱问你爹爹什么，让他好半天下不了台！"

公主嘟嘴道："我才不傻呢！我是看张娘子嚣张，才故意那样说给她听的。"

【陆】沧浪

此后皇后对今上，依然是客气恭谨，敬而远之的态度。平日她勤于处理六宫事务，恩威并施，由此宫禁肃然，再无出什么乱子，唯张贵妃每每有意挑衅，要求搬入更为豪奢的宁华殿，妃妾居处称“殿”已是僭越，而她更常越过皇后，自己向两省六局发号施令，以致宁华殿饮膳用度供给皆逾于中宫。不过皇后处之裕如，无所不容，任张贵妃如何无礼都未有怒意。

直到这年十二月里，我才又见到皇后有哀戚神色现于眉间，却不是因张氏之事。

那日黄昏，公主照例去柔仪殿做晚间定省，我随侍同行，入到殿中，见皇后正独坐着看案上一卷文书，转首看我们时，目中莹然，有泪光闪动。

公主吃了一惊，忘了行礼，先就疾步过去关切地问：“孃孃，怎么了？”

皇后拭了拭泪，然后浅浅一笑，拉公主在身边坐下，沉默地半拥着她，良久后才道：“孃孃一位好友的夫君上月去世了……她夫君蒙冤而亡，她还年轻，几个孩子都没你大……”

“蒙冤而亡？”公主诧异道，“那孃孃将冤情告诉爹爹，请爹爹为他昭雪呀。”

皇后恻然笑笑，只拥紧公主，并不接话。

许是意识到此中自有为难处，公主双睫一垂，亦有些黯然。依偎着皇后，转眸指着案上文书，她又问：“这是她给孃孃的信么？字写得真好看。”

那其实不像一封信，纸张尺寸和字体都比寻常尺牍要大。我隔得远了，看不清楚具体写的是什么，但觉那字横斜曲直，钩环盘纡，作的是草书，颇有气势。

皇后未以是否作答，但问公主：“你能认出这是谁的字么？”

公主仔细看看，道：“这字写得像新发的花枝一样，很是漂亮，可又与爹爹给我看的名家法帖不同……不好猜呢。”

“此人不以翰墨自夸，但世人争传其残章片简，秘府所藏反而少了，难怪你认不出。”皇后和颜对公主说，再一顾我，道，“怀吉，你在书艺局做过事，也过来看看吧。”

我遵命走近，低首一看，见其上写的是一阕《水调歌头》：

“潇洒太湖岸，淡伫洞庭山。鱼龙隐处，烟雾深锁渺弥间。方念陶朱张翰，忽有扁舟急桨，撇浪载鲈还。落日暴风雨，归路绕汀湾。丈夫志，当景盛，耻疏闲。壮年何事憔悴，华发改朱颜。拟借寒潭垂钓，又恐鸥鸟相猜，不肯傍青纶。刺棹穿芦荻，无语看波澜。”

这字体是我曾见过的，暗度这词意，与我猜测的那人境况亦相符。环顾左右，见周围只有二三位皇后的亲近宫人，遂开口道：“这字如花发上林，月滉淮水，应是出自苏子美醉笔之下。”

皇后称是，告诉我：“上月他写下这阕词，不久后病逝于苏州。”

“苏子美？是他死了？”公主大感意外。

皇后颔首，怅然道：“想想真是令人叹惋，这世上竟再没有那怒马轻裘，汉书佐酒的人了……”

这句话中有一典故。苏舜钦有诗名，其岳丈杜衍有政声，当世名卿皆喜与之交游，并如晋人称乐广卫玠那样，形容这翁婿二人为“冰清玉润”，以谓翁婿皆美。据说舜钦年轻时在杜衍家居住，每晚要独自饮酒一斗，且不须下酒菜。杜衍听了不信，让人去看，那人回来说，舜钦是一壁看《汉书》一壁饮酒，看至精彩处便击节赞叹，自言自语地评论一两句，再为此满饮一杯。杜衍听了笑道：“有如此下酒物，一斗不足多也。”后来汉书佐饮便成了苏舜钦一段广传于天下的佳话。

苏舜钦的早逝令公主不解，对皇后道：“我听爹爹说，那些外放的官儿都过得很逍遥呢，到处游山玩水，然后题诗撰文，又是《岳阳楼记》又是《醉翁亭记》又是《沧浪亭记》的，弄得天下人都争相传诵，把纸价都哄抬起来了……苏子美不是去苏州建了座沧浪亭么？怎么这样早亡？成日与鱼鸟共乐，难道还不开心么？”

皇后问她：“徽柔，你知道他修筑园林为何以‘沧浪’为名么？”

公主想了想，最后还是摇头：“又与哪部典籍里的词句有关么？”

此刻但闻有人自殿外进来，一边走，一边清吟作答：“沧浪之水清兮，可以濯我缨；沧浪之水浊兮，可以濯我足。”

我们回首一看，发现竟是今上，于是皆肃立行礼。

他既吟“沧浪”之句，想必是听见我们此前对话了的。未经传报，我们都不知他走近，也不知他听了多少，我不由得有些担心，微微转目看皇后，见她略显犹豫，但还是没有把案上那阕词撤下。

今上径直走至案边坐下，拿起苏舜钦遗词细看，阅后未显愠怒之色，但长叹道：“舜钦归隐水乡，希望能像鼓枻渔父那样豁达，以泉石自适，觞而浩歌，安于冲旷。但此词又说‘丈夫志，当景盛，耻疏闲’，可见终究是放不下。”

皇后立于今上身侧，保持着一点距离，目光安静地落于足前地面，应道：“他以沧浪亭向天下人表示自知进退而安于冲旷，沃然有得，笑闵万古，可最后，却还是宁以一死露其心声：安能以皓皓之白，而蒙世俗之尘埃。”

今上有好一阵的沉默，然后似向对皇后解释一般，说：“当年虽将他削籍为民，说永不叙复，但后来……我在今年赦宥罪人的郊赦文中加了一条：监主自盗情稍轻者许刑部理雪。怎奈言者反对为其昭雪，说郊赦之敕，先无此项，这是挟情曲庇苏舜钦，皇帝不能以片言破律……两月前，我下旨起复舜钦为湖州长史，想先让他在外做官，慢慢再调回京中，以免台谏说太多话，未料他如此傲气，宁死都不赴任。”

公主在一旁听到这里，忍不住小声嘀咕：“在那些山清水秀的地方做官有什么不好啊，难道非要回到京中和官老头们吵架才开心么？”

我拉了拉她衣袖，暗示在此时说话并不妥，她对我撇撇嘴以表不满，但倒是不再出声。

皇后朝今上欠身，温和应道：“舜钦未必存心不赴任，或是天命如此，莫可奈何。陛下圣明，舜钦泉下有知，亦会上体宽仁，自知感涕。”

今上无语，细阅那阕《水调歌头》，再问皇后：“这是杜夫人呈交给你的么？可还有信件？”

皇后答道：“她托人将这词交到我弟弟手中，然后我弟媳带入宫来给我，除此以外并无信件。受托之人也曾问她可还有信函要转呈于上，她说：‘仅以此词表明心迹足矣。吾夫屈于生，犹可伸于死。’”

今上听着，目光游移于苏舜钦笔迹之上，思量许久后，做了个决定：“日后舜钦长子年岁够了，我会荫补个官职给他。除了按例抚恤的银钱，再赐杜夫人一些财帛吧。”

皇后摆首道：“我弟弟曾遣人送钱给她，她谢绝不受，说上呈遗词不是为乞怜求财，唯望官家肯一顾，对范相公、富彦国、韩稚圭与欧阳永叔等外放文臣多加顾惜，以后安葬子美，若尚能蒙他们赐篇墓志，她这一生便再无所求。”

今上未置可否，默默卷好遗词，自己携了起身而去。

这是我首次见皇后在今上面前论及臣子之事，不免有些为她担忧。如此公开表露对新政大臣的同情，一向反感后宫涉政的皇帝看了，不知会做何感想，何况那些大臣皆是他亲自下旨贬逐出京的。

但结果大出我意料。

次年改元“皇祐”，今上先于春正月加封在青州救灾有功的知青州富弼为礼部侍郎，继而一并加富弼与知定州韩琦为资政殿大学士，此后又以“推恩执政旧臣”为由，为包括庆历新政大臣在内的旧年宰执迁官加爵，迁知杭州范仲淹为礼部侍郎，已致仕的杜衍为太子太保。一时物议喧然，台谏纷纷进言，但今上并不理会，只说这是朝廷宠念旧臣，特与改官，勿以常例视之。

谏官反对的声音源源不断地通过朝堂上的内侍传到禁中，最后连素日不议政事的娘子们都在窃窃私语：“官家要让那些新派大臣回来么？”

这讯息一定又令张贵妃与贾婆婆坐立难安，宁华殿的人再次忙碌起来。而今上与中宫的关系倒如窗外那愈显明丽的天色一般，渐渐地破冰回暖，除了礼节性的见面，两人相互探访的次数也开始逐步增多。

一日我路过内东门小殿，忆起张先生所说的，何郯在此回答今上“碎首进谏”诘问的事，忽然想到，皇后未在今上面前对苏舜钦遗词稍加掩饰，可能便是抱有碎首进谏之心吧。幸而她与何郯一样获得了完美的结果，所进的谏言委婉而有效，令今上不但“嘉纳之”，连带着对她的态度也比以前好了。

胡思乱想地，又心生一奇怪的念头：今上对新政大臣的态度，倒与对中宫的情形很有几分相似呢。

国舅李用和有恙在身，庆历八年岁末病势加剧，今上曾亲临其宅第探望，并再为其加官晋爵，但国舅的病仍未痊愈，时好时坏。皇祐元年春，苗淑仪闻说国舅又不大好，遂自己备了一些补品药物，命我送去。

那日国舅气色极差，常咳嗽得气都喘不过来。我见状不妙，忙回宫请了太医去给国舅看病。诊脉治疗期间我一直侍立在侧，怕有何不妥，不敢擅离。待国舅病情渐趋稳定，面色好转时，我才发现时辰不早，已过了禁门关闭时。

无可奈何之下，我只好接受国舅夫人杨氏的建议，在李宅中小憩，等到明晨再归。

她热情地为我备好客房，但我毫无心情安睡。这是我自入宫以来首次在外过夜，满心忐忑，只想早些回去。宫门四更开启，我刚过三更便已起身，盥洗之后即匆匆赶往宫城。

大内正门宣德楼列有五门，门皆金钉朱漆，壁皆砖石间甃，镌镂龙凤飞云之状。每日四更，诸门启关放百官进入上早朝，京城官员多乘马而来，故都下有歌谣称“四更时，朝马动，朝士至”。

百官进宫城须以官职官阶为序。因四更时尚未天亮，宰执以下官员皆用白纸糊烛灯一枚，以长柄揭于马前，并在灯笼纸上书写其官位名字。入城前，官员会依顺序围绕聚首于宫门外，马首前千百灯火闪动如星河，这景象被称为“火城”。

皇城外还设有一“待漏院”，供早到的亲王驸马及朝廷重臣休息。这天是朔日，宫中有大朝会，在京官员皆会入宫，但现在，显然我来得太早，宫门还未开启，也没见到火城盛况，待漏院也冷冷清清，唯见宫门前有灯光一点，一位乘白马的官员正在宣德楼的雕甍画栋下静默地等待。

我略微靠近他，见他身披黪墨色凉衫以御风尘，内穿朱衣朱裳绯罗袍，加白罗方心曲领，佩银剑银环，足着白绫韈、皂皮履，是四品官员的朝服装扮。

他原本侧脸朝着宫门，似感觉到我走近，他徐徐转首，犀角簪导三梁冠下呈现的是一副清俊的容颜。

他并不是很年轻，约有三十多岁，但身姿秀异，勒马立于曲尺朵楼、朱栏彩槛的背景中，任清幽夜风吹动他的凉衫广袖，眉间衔一抹郁色，萧萧肃肃，竟有谪仙一般的风致。

我在宫中，常见的是宰执大臣，三品以下官员认识得不多，故不知他是何人，不过既然四目相对，亦未敢忘了礼数，当即朝他长揖为礼。

他淡淡一笑，在马上欠身还礼，再看我时的目光是温和的。

此后两厢无言。还在猜他的身份，却见他马首前的白纸烛灯悠悠晃动着开始转向我这边，我定睛一看，目瞪口呆。

上面写着他的官衔和名字——礼部侍郎、知瀛州：王拱辰。

这个名字，如果在五年前说出，听者多半会问："是那个十九岁及第的状元吧？"

但五年后的今天，关于这个名字的诠释有了变化，众人——例如我——首先的反应是："是那个陷害了苏子美的小人么？"

在进奏院事件之前，王拱辰作为寒门士子苦读诗书而致身清贵的典范，常被人以欣赏与羡慕的口吻提及。他幼年丧父，由寡母辛劳抚养成人，其下还有数名弟妹，家境十分贫寒。好在他敏而好学，天圣八年举进士，且为第一名，当时他才十九岁，是国朝史上最年轻的状元。今上钦点他为状元，他却在殿上辞而不受，说殿试的题目他不久前做过，考试不是临场发挥，故不敢以此窃取状元头衔。今上听了，大赞他诚信，坚持以他为状元，此后多年，对他宠渥有加。

而他的仕途原本一帆风顺，几乎是所有士人梦寐以求的模式：十九岁及第，二十八岁做知制诰，三十岁做翰林学士，这被士人视为最能彰显文士身份与荣誉的"两制"官职，他刚至而立之年便已皆除了。三十一岁出任御史台台长——御史中丞，如果未有苏舜钦一案，他应该还会继续平步青云。可惜后来他虽除去了苏舜钦与一大批当时的馆阁俊彦，并致使杜衍罢相，却也因此为公议所薄，大概今上对其也有了些别的看法，借故将他外放，出知郑州，随后徙澶、瀛二州。这几年来他始终不得还京，今日虽来参加朝会，但官衔未改，应该只是回京述职的。

据说他在贬逐苏舜钦等馆阁名士后，曾喜形于色地说："吾一举网尽之矣。"以前但闻其名不见其人，因他所做那事太不光彩，在我想象中，他的外表应该如夏竦那样，目含酒色与戾气，乃至如王贽，獐头鼠目，神情猥琐。而如今，实在很难把眼前这清雅温文的士大夫跟那句得意忘形的"一举网尽"之语联系起来。

但这名字还是泯去了适才见他风仪时油然而生的一点仰慕之情，我默然退后，远远避开，与他分守于宫门两侧，继续等待。

此后不断有朝士策马而来，在依序排列之前，通常会三三两两地聚在一起寒暄言笑几句，唯独不与王拱辰叙谈，连过去向他略表问候的都少。我静观许久，才见有人过去笑着与他说了几句话，着意辨认，发现竟是王贽。

围聚至宫门前的烛笼越来越多，如萤火飞舞，星河流光。四鼓更声响，百官都排列好了，几位宰相执政这才款款引马而来。待宰执马至正门前，火城灭烛，禁门开启，百官以官职高低为序，依次进宫城。

我从旁等待，须百官皆入城后才好过去。无事可做之下目光还是常停留在王拱辰身上。

终于轮到他启步，他引马向前，身后却有个骑着一匹枣红色高头大马的四品官，疾步过去与他抢行。二马相撞，王拱辰坐骑一踉跄，几乎将他颠落于地。他一拉缰绳，好容易将马稳住，但腰间所搢的朝笏却滑了出来，落于马下。

我想那四品官应是故意的，因他只微微一回首，笑对王拱辰说："抱歉。"旋即施施然离去。

王拱辰勒马停步，沉默地立于原地。周围的人都在看他，有些一壁侧首看，一壁自他身边经过，有些干脆停下来，好整以暇地等着看他如何下马拾笏。无人有助他化解此间尴尬的举动和言语。

而他只是默然垂目，像是被冻结于马上一般，良久不动。

我知道对他而言，此刻是否下马去拾笏皆为难事。有点同情他彼时处境，遂走过去，从他马下拾起了笏，双手举呈给他。

他讶然看我，略微动容，亦以双手接过，微笑道："多谢中贵人。"

我含笑以应："举手之劳，侍郎不必介意。"

他又微微俯身道："敢问中贵人尊姓大名？"

我说："小人贱名，不敢有辱侍郎清听。"

然后我倒退回避，请他前行。他亦不再多问，朝我拱手以示道别，在众人瞩目之下，迅速恢复了先前神态，从容策马入城。任身后一干人等如何窃窃私语，他都未有一次回顾。

【柒】连襟

这年春天，仪凤阁中有位内侍黄门因病迁出，苗淑仪欲让后省再补一个进来，我想起张承照的嘱托，便向她推荐，很快张承照便从前省调了过来。

有次我向张承照提起王拱辰，问他王侍郎是否回京述职，张承照回答说："他在瀛州守边疆，略有些功劳，所以官家召他回来，加了翰林侍读学士和龙图阁学士的官衔。现在还未让他回瀛州，看这意思，像是欲留他下来做京官，但朝中有不少人反对。"

我一下想起那日火城中他受百官冷眼的情形，遂问张承照："当初被他弹劾的那些新派大臣不都还未回京么？按理说，朝中应有不少反对新政的人，怎的他们也排挤王拱辰？"

张承照道："谁让他跟个墙头草似的，左右摇摆呢？他年轻时多蒙吕夷简提携，原是追随吕相公的，吕相公罢相后，他又跟后来推行新政的那些大臣多有往来。官家第一次欲任夏竦为枢密使时，他率御史台与谏官一起拼死进谏。官家听得心烦，转身想走，结果被跪在地上的王拱辰一把拉住后裾，死活不让他走。官家无奈，只好接纳他们谏言。所以，虽然王拱辰最后跟新政大臣彻底决裂，狠狠整治了苏舜钦等人，但夏竦余党也不待见他，这样朝中两派都得罪了，弄得里外不是人。他被外放后再回京述职，新党旧党都看他不顺眼，一些跟红顶白的人也跟着起哄，所以颇受人排挤。"

这里有个我百思不得其解的问题："那王拱辰为什么会与新政大臣彻底决裂？我听说，他与欧阳修还是连襟，怎么连这点亲戚关系都不顾了，闹得这样僵？"

"哈哈，就是这个欧阳修把他逼疯的！"张承照一向喜欢打听大臣私事逸闻，听我提连襟之事，越发来了兴致，"王拱辰和欧阳修在各自娶薛家女之前就认识了，两人以前关系还挺好的，一起去赶考，有饭同食，有衣共穿。欧阳修文才更为出众，那次科举，在殿试前的国子补监生、发解、礼部试中皆是第一名，所以很是自信，对状元头衔志在必得。殿试以后，欧阳修给自己做了身新衣裳，准备唱名之后穿，结果被同住的王拱辰先拿来穿了。估计他也是无心，还对欧阳修笑着说：'穿了你这衣裳一定能中状元，且让我也穿穿吧。'没想到第二天唱名，得状元的竟真是穿了新衣的王拱辰而非欧阳修。此后二人虽说都不再提关于新衣的戏言，但只怕心中都会有些不自在。”

从这些年二人文章诗词来看，确是欧阳修远胜王拱辰，因一场殿试与状元失之交臂，且之前又有新衣戏言，欧阳修难免会略微介怀吧。我暗自叹息，又听张承照道：“王拱辰向官家坦承此前做过殿试的题目，虽然官家未夺他状元头衔，但欧阳修一定更不服气。而且关于王拱辰之前得到试题的途径，多年来也有很多说法，其中一种说，试题是欲拉拢王拱辰的官员透露给他的，例如吕夷简之类。后来王拱辰确实依附吕夷简，欧阳修势必更加鄙夷他。后来范仲淹执政，欧阳修就相与追随，与王拱辰更加疏远了。”

想起那层姻亲关系，我再问张承照：“他们既都娶了薛奎的女儿，平日过从甚密，纵再有嫌隙，也应该缓和些吧？”

“非也非也，不但没缓和，还更糟了呢！”张承照连连摇头，笑道，“欧阳修娶的是薛奎家的四女公子。王拱辰先娶三女公子，未过几年这位夫人去世，薛家爱惜王拱辰人才，不舍得让他给别家做女婿，便又把五女公子嫁给他做续弦。欧阳修当时便作了首诗‘道贺’：‘旧女婿为新女婿，大姨夫作小姨夫。’这诗迅速传开，弄得天下人都知道王拱辰娶了小姨子。后来有一次，欧阳修去好友刘敞家做客，也邀王拱辰同去。刘敞当着满座宾客的面讲了个笑话：从前有个老学究教小孩儿读书，读到《诗经》中‘退食自公，委蛇委蛇’这句时，特意告诫学生说：‘这里的蛇要读姨的音，切记。’次日，这学生在上学路上看乞儿耍蛇，不觉忘了时间，很晚才到学馆。老学究追问缘由，学生回答说：‘我刚才在路上看到有人弄蛇，便驻足观看，见他先弄了大蛇，又再弄小蛇，故误了上学。’”

最后那句话里的“蛇”张承照均发“姨”音，讲到这里，他自己先就忍不住，直笑弯了腰。

我可以想象王拱辰听见这笑话时的心情。虽仅有一面之缘，但已可觉察到他生性内向敏感，折腰拾笏之辱他尚且不能接受，又岂能忍受世人拿他闺门之事取笑。

“咦？这事如此可笑，你怎么没笑？”张承照诧异地问我。

出于礼貌，我对他笑笑，没有回答，继续问他：“欧阳修那时笑了么？”

“当然笑了。”张承照说，“满座宾客都在笑，他哪会不笑！也因这一笑，王拱辰自然对他更有怨气，说不定，还会觉得是欧阳修故意带他去让众人嘲笑的吧。后来行新政时，欧阳修做谏官，频频向官家上疏检举朝中小人，乃至抨击御史台官员，说台官‘多非其才，无一人可称者’。既然说无一人称职，自然也包括当时做御史中丞的王拱辰。这些年来，欧阳修与他那一干才华横溢的朋友没少拿王拱辰的文笔说事，明里暗里常讥笑他这状元名不副实，这次欧阳修更公开在章疏里这样说，所以王拱辰大怒，横下心要跟新派大臣们作对。奏邸之事后他笑着说出‘一举网尽’的话，也许是觉得多年的怨气一下子出尽了，他能不高兴么？这一网打尽的不仅是支持新政的馆阁才俊，也是一直以文字刺激他的欧阳修的朋友们……第二年，欧阳修盗甥一案之前，他便先指示曾经的下属刘元瑜弹劾欧阳修，说他与馆阁之士唱和，阴为朋比。现在想来，外甥女之事，只怕他也曾暗中做过点什么。”

“那么苏子美呢？”我又问他，“虽然他主持进奏院事务时可能有议论侵及御史台的时候，但似乎并未攻击过王拱辰本人。如今大家都说王拱辰弹劾苏舜钦主要是为令杜衍罢相，但若无私怨，王拱辰怎会对今上让苏舜钦削籍为民的决定都不满，坚持请求今上杀了他？”

张承照点头道：“是呀，我也觉得奇怪呢！其实他们以前私交也不差，也是结识多年的了。当年苏舜钦进馆阁做集贤校理，还是王拱辰附范仲淹议，联名荐举的呢……讥讽王拱辰的话，苏舜钦似乎也没说过，但王拱辰一定要拿他开刀……”他想了想，忽然倾身过来略微靠近我，笑道，“有次我因公去翰苑，见学士们正聚坐闲聊，正说到王拱辰害苏舜钦的事，有位学士说：‘他对苏子美这样狠，莫不是子美与他有杀父之仇，夺妻之恨？’大家听了，都哈哈大笑。”

我没有再接他的话。回忆王拱辰风仪，只觉十分惋惜：外表那么清雅脱俗的人，竟陷入意气之争，放不开那点心胸，终致为公议所薄。面对如今的处境，不知他会否因当初的一念之差而后悔过。

仲春十五日为花朝节。在张贵妃建议下，今上命皇后率众宫眷赴宜春苑赏花，并请外命妇同往，午间赐宴于苑中。

这日席间，张贵妃对一位默默坐着、神情寂寥的官员夫人尤为关注，特意遣身边内侍过去问候夫人，宴后赏花，又邀那夫人同行，并亲手摘下一枝瑞香花，插在夫人冠子上，和颜悦色地与她交谈，和蔼友善的神情简直令那夫人受宠若惊。

张贵妃娘家的几位诰命夫人常入宫，我是认得的，而今日这位夫人却很面生。贵妃少见的待客热度令我觉得异常，于是让张承照去打听那夫人的身份，他很快带回答案：“那是王拱辰家的薛夫人。”

我明白了张贵妃的用意。

不久后宫中发生的一件事从另一角度证实了我的猜想。

那天公主说想吃青梅果子，而仪凤阁中已没有了，张承照遂自己请命前往御膳局取。过了好半晌才回来，呈上青梅后即不住以袖拭眼角。

公主讶异道："你怎么掉眼泪了？"

张承照闻言，"扑通"一声跪倒在公主面前，哭道："臣没用，在外受人欺负，给公主丢脸了。"

公主便问他："谁欺负你了？"

张承照道："适才臣从御膳局取青梅回来，途经内东门，见前面有几名小黄门推着个小车堵在门前，走得慢腾腾的。臣担心公主久等，便好声好气地跟他们说：'几位小哥可否略走快些，或先让我过去。'谁料他们跟吃了火药似的，回头就骂了臣几句。臣还想跟他们讲道理，就说：'我是遵福康公主之命出去办事的，公主还在等着我复命，还请小哥通融一下，让我先过去。'哪知他们竟大声嚷嚷：'我们可是为张贵妃做事。公主怎么了？公主能大过贵妃？说起来，贵妃还是公主的娘呢！'"

公主一听，顿时无名火起："放肆！他们真敢这么说？"

张承照啄米似的不住点头："是，是，确是这样说的。臣听了也生气，就跟他们理论，说公主连对苗淑仪都只称姐姐，她张贵妃哪来的福分敢说是公主的娘。他们说不过臣，竟想动手打臣，臣一着急，手挡了一下，不小心把一个车上的箱子碰倒，掉了下来。这时贾婆婆从宫内赶来，正好看见，顿时恶向胆边生，噼里啪啦批了臣的面颊数十下，说：'这里面装的可是连宫里也没有的宝贝，砸碎了你十条贱命也赔不起！'"

"啊？她竟敢打你？"公主蹙眉怒道，"这个肥婆子，越来越可恶了。"

"可不是么！"张承照声泪俱下，"臣受点委屈倒没什么，只是看他们如此蔑视公主，实在是咽不下这口气。他们今日敢打臣，明日还不知会对公主怎样呢……"

公主受他一激，当即拍案而起，正欲说什么，我止住她，道："公主，暂且忍忍，想想官家教你的话。"

她一愣："什么？"

我提醒她："深呼吸。"

公主不由得失笑，怒意退了些去。

我转首对张承照道："他们虽蛮横，但你也未必无一点错吧？必是你看他们只是小黄门，用呵斥的语气命他们让道，才激起他们不满的。"

张承照有一抹转瞬即逝的羞赧，然后还想狡辩，我扬手示意他闭嘴，道：“我请求苗娘子调你过来，可不是想让你为公主惹是生非。后宫与别处不同，一点小事，都可能闹得无法收拾。若你不知收敛，妄图借公主声势四处招摇，不如从哪里来回哪里去吧。”

这是我首次以如此严厉的语气跟他说话。他愣怔了好一会儿，才转头看公主，哀求道：“公主……”

公主此刻似乎也明白了，作势深呼吸，然后笑对张承照道：“爹爹让我生气的时候深呼吸，再想一想。现在我想通了，不生气了。”

张承照颇失望，也不再哭了，看看公主，再转顾我，忽然又说：“其实，我是想起当年张娘子和贾婆婆陷害你的事，才更咽不下这口气。大家都是辛苦为公主做事，凭什么要被她们打来骂去往死里整呀！”

公主听了这话，眼睛又睁大了：“你说什么？张娘子和贾婆婆陷害过怀吉？”

张承照立即响亮地说是，我想制止他，但公主却转而命我住嘴，令张承照说下去，于是他不顾我阻拦，把当年琉璃盏之事一五一十地全告诉了公主。

公主听后很安静，没有明显的怒气，垂下眼帘思索片刻，忽然追问张承照今日之事：“贾婆婆说你碰倒的箱子里装的是宫里也没有的宝贝，你可知道是什么？”

张承照回答说：“后来她打开查看过，是一个酱红釉色的大花瓶。”

“酱红釉色？”公主想想，道，“莫不是定州红瓷器？听说定窑瓷器红色的极少，烧制不易，颜色深浅极难把握，所以很贵重。爹爹不欲宫中用物过奢，已下令不许定州进贡红瓷器。张娘子这花瓶又是从何而来？”

张承照道：“瞧那架势应是从宫外运来的……也许是她那从伯父张尧佐寻来讨好她的吧。”

公主不语，眼眸悠悠转动着打量四周，须臾，笑着吩咐张承照：“你去后苑给我摘一束梨花，然后再找个白色的粗瓷花瓶插上。”

张承照愣了一下：“用白色的粗瓷花瓶？”

“对。”公主道，“花瓶越难看越好……最好有破损的缺口，如果没有，你就砸一个出来。”

张承照迅速摘来梨花，但寻那符合公主条件的花瓶倒颇费工时。最后终于跑出去，在一个厨娘的房间里找到了，砸好公主需要的缺口，欢欢喜喜地插上梨花献给公主。

公主把这花瓶摆在阁内最显眼的地方，以致今上一进来时就发现了。

“这梨花开得倒好，只是瓶子不配。”今上说，“花跟瓶子都是白的，但又不是一个色调，花儿雪白，越发显得瓶子脏，且又有缺口，甚是碍眼。快去换一个吧。”

“女儿哪有可换的花瓶！”公主没好气地回答，“爹爹明明有好的定州红瓷花瓶却不给我。”

今上奇道：“爹爹哪里有定州红瓷花瓶了？福宁殿你常去，难道曾在那里看见过么？”

“福宁殿是没有，但宁华殿有呀！”公主拉着父亲的袖子嗔道，“爹爹偏心，赐定州红瓷花瓶给张娘子却不给女儿，女儿当然只好随意找个破花瓶来插花了。”

今上眉头一皱：“宁华殿有定州红瓷器？”

公主点头：“是呀，很多人都看见了。”

今上骤然起身，迈步出门。公主追过去，待不见父亲身影，即回头顾我，俏皮地朝我吐了吐舌头。

翌日，宫中所有人都听说了今上在贵妃阁中怒砸定州红瓷器的消息。

据说今上一进宁华殿贵妃阁即四处打量，似在找寻什么。后来看见张贵妃刚摆出来的红瓷花瓶，问她此物从何而来，张贵妃回答说是王拱辰所献，今上大怒，斥她道：“我曾告诫你勿通臣僚馈送，你为何不听！”言罢即提起柱斧将花瓶砸碎。张贵妃吓得花容失色，跪在地上谢罪，今上便让她跪着，好半天后才让她起来。

“爹爹会这样生气，我都没想到。”公主后来对我说，“其实我只是想让他骂张娘子奢侈，会引来宫中人效仿，不许她用那花瓶，给她添添堵，也给你出出气。”

我为她拈去附在她眉梢的一点飞絮：“公主不必为臣做这些事。琉璃盏之事已经过去很久了，何况当时，也并未对臣造成什么不良影响。”

公主摆首道：“可是，一想到她那样欺负你，我就很生气，比她欺负我时还生气。”然后，她一握我的手，认真地说，“以后谁再欺负你，一定要让我知道。我知道你会深呼吸，可是我就是想保护你。”

【捌】朝报

三天后，张承照把一份朝报送至我面前，很高兴地告诉我：“官家让王拱辰回瀛州了。”

朝报是由进奏院编辑的新闻文卷，记录皇帝近期的诏旨、起居，官吏的任免，臣僚的章奏、战报等，经枢密院审核后，进奏院再传抄誊写，报行天下，传给朝中诸司及各地官员阅览。

我展开今日这份一看，见上面所列昨日新闻中第一条便是："礼部侍郎、翰林侍读学士、龙图阁学士王拱辰离京，兼高阳关路安抚使，仍知瀛州。"

这倒是在我意料之中。今上既然已知他向张贵妃进献定州红瓷器之事，盛怒之下必不会再留他做京官。

真是可惜，他其实并不像个佞臣。我心下感叹。也许是孤立无援的情况下见张贵妃主动示好，故投桃报李，何况他一定知道此前所为会在中宫心里留下何等印象，于是以一份厚礼流露他对后宫之主的倾向，怎奈做得太明显，犯了今上大忌。

朝报所载消息极为简略，章奏也只取几句重要的。再往下看，大多是某人罢去，某人迁除，某人入对之类，稍微特别一点的，是关于殿试的消息："上拟于三月乙巳，御崇政殿，试礼部奏名进士。"下面罗列了礼部奏名前十名进士名单。

张承照凑头过来，一边瞟朝报，一边观察我脸色，须臾，道："现在的朝报都不好看了，什么事都用一笔带过，毫无细节。如果是苏舜钦提举进奏院时，写王拱辰离京这条，一定会在下面叙述今上怒砸定州红瓷器的事。这礼部奏名的进士，也多半会在每人名字下面附加一两句介绍……"

他这话倒没说错。当年苏舜钦主编朝报，对重大事件叙述甚详细，语言简洁，但又能讲清前因后果，有时甚至于后附以评论，不过也因此被人弹劾，说他妄加议论于朝报内，然后上进呈皇帝，下传播四方，既是越次言事，也是企图为君代言。最后今上命中书门下与枢密院拟定朝报模式，进奏院不得妄改，于是朝报便成了如今这样简单的样子。而苏舜钦被构陷到除名勒停，"永不叙复"的地步，其中一部分原因，也是他主持朝报工作，遴选新闻及章奏内容倾向新政一派，从而得罪了不少人。

我搁下报纸，问张承照："你怎会拿到今日的朝报？"

他笑道："我今日有事去找在进奏院侍奉的兄弟，见他正在整理朝报，准备发送到诸司。我瞥见上面有王拱辰的消息，想你一定感兴趣，就顺了一份来。"

我不禁一笑，却还是没忘告诫他："以后别再随意拿了，我们现在在后宫做事，被人知道我们看朝报可不好。"

他摆手道："你放心好了，以我的身手怎会被人发现？只要你不说……"

话音未落，却闻一人陡然推门进来，扬声笑道：“我可发现了！”

我们都有一惊，好在很快发现进来的是公主。

她快步走到我面前，伸手问我要朝报：“给我看看，否则我就告诉别人。”

我只得把报纸给她。她垂目一阅，先就看到王拱辰那条。看完，她有些困惑地问我：“这个王拱辰是不是好人？爹爹跟我说过他请辞状元之事，直夸他诚信，但他送张娘子那么贵重的花瓶，又不像是好官干的事呀……”

世道人心，在她如今那一双清澈的眼眸里只有黑白两色，对朝中士大夫，她也只会用“好官”或“坏官”来加以区分。所以她的问题令我颇为踟蹰，一时难以寻到合适的解答方式。

倒是张承照先开了口：“公主，听说官家这两日让你背诵《岳阳楼记》和《醉翁亭记》？”

“是呀。”公主很苦恼地说，“好难背啊。我背了一天，似乎记住了，但睡了一觉后起来，发现那《岳阳楼记》我脑子里只得一句‘先天下之忧而忧，后天下之乐而乐’。《醉翁亭记》更惨，只记得太守乐来乐去，为什么乐却怎么都想不起来了……爹爹还要我明日背给他听，怎么办？我好想撞墙呀！”

张承照躬身倾听，不住做同情状，但随后说出来的话对公主来说简直像是威胁：“公主多保重，背书也不能累着，否则明天怎么继续背《沧浪亭记》呢？”

公主大惊：“还要背《沧浪亭记》？”

张承照道：“不错，臣琢磨出官家给公主背诵的文章是怎么选的了。”

公主忙追问：“那是怎么选的？”

张承照一指朝报上王拱辰的名字：“这王拱辰害了谁，官家就让你背谁的文章。”

公主愕然。张承照又继续解释：“当年王拱辰弹劾范仲淹的朋友滕宗谅，说他贪污公使钱，令他谪守巴陵郡，折腾来折腾去，最后把范仲淹也贬到邓州去了。第二年滕宗谅修好岳阳楼，便特意请范仲淹写了《岳阳楼记》。然后王拱辰又指使下属和朋党弹劾欧阳修，一次没参倒，又来第二次，终于把他贬到滁州去了，结果欧阳修在那里写下了《醉翁亭记》……所以接下来，官家一定会让公主背《沧浪亭记》，因为苏舜钦跑到苏州去写这篇文章，也全拜王拱辰所赐。”

公主听了，一声叹息：“这王拱辰真讨厌。”

张承照立即点头应道：“确实讨厌。若他没鼓捣出这么多事，公主现在哪还需要背这些文章呢？所以公主应该清楚他是好官还是坏官了吧？”

公主笑道："害我背这么多文章，当然是坏官了！"

这理由听得我忍不住笑，但还是向公主说明："公主，大臣的好坏不能用让你背书的多少来区别，人之善恶也不是仅以一两事就可以判定的。何况恶人一生中可能会做几件好事，而好人这辈子也难保不会做出一点伤害到别人的糊涂事。王拱辰勤学、诚信，这些都是他的长处，以前曾有一些为人称道的政绩，请辞状元和引皇帝袍裾进谏甚至已传为佳话，但后来对新派大臣的攻击，尤其是进奏院一事他做得过分，既属朋党之争，也是为泄私愤，害了大批馆阁名士，现在和将来，都会有很多人因此骂他。"

公主好奇地问我："时不时地听人说起进奏院之事，但我一直不知道那究竟是怎么回事。王拱辰是怎么害苏舜钦等人的？"

"臣以前在前省伺候，常听文臣议论，这事来龙去脉臣很清楚！"张承照不待我回答，即兴高采烈地开口对公主道。

公主也就吩咐他："那你说吧。"

张承照便开始叙述："当年范相公招引一时才俊之士，聚在馆阁……公主知道馆阁是做什么用的么？"

公主道："馆阁就是史馆、昭文馆、集贤院和秘阁，在其中供职的人负责修史、修书和管理书籍文献等，有时也会向爹爹讲解经义。"

"不仅如此，"张承照解释说，"馆阁还兼训生徒，是朝廷储材擢用之地。任馆职的人，往往几年后即可致身两制，做知制诰、中书舍人或翰林学士，再往上升，还有可能入二府，做宰相或枢密使。也正因这样，要入馆阁异常艰难。通常是取进士前五名，放到外地先做几年官，前三名一任回，四五名要经两任，回到京中，经朝廷重臣荐举，再由皇帝下旨召试，又考一回，过关了才能入馆阁任职。当然，除此外还有岁月酬劳，特恩除职的，但本朝礼眷文士，官家尤其重视科举，如今非进士出身不能得美职，所以馆阁中人也由此分出了等级，进士出身又经召试的自视甚高，往往比那些特恩除职的狂傲放浪。"

公主微笑道："苏舜钦那些人，一定是考进去的进士了？"

张承照点头，继续说："对。苏舜钦原是相门世家子，他的祖父苏易简是太宗朝的状元，官至副相参知政事，父亲苏耆官至工部郎中，而他的外公王旦是真宗朝宰相。他原本因父荫获得过一个县尉的官职，但他不屑为些末微官，辞职而去，参加贡举，中了进士。后来经范仲淹荐举，应召试获馆职，除集贤校理，监进奏院。入馆阁后他结交的朋友大多都是像他那样考进去的有才望之人。这些人都支持范相公国策，虽然皆是君子党，但素日疏狂惯了，指点江山，睥睨权贵，又常嘲讽御史台官员不学无术，越发激怒了与范相公、杜相公失和的王拱辰。何况馆阁为储材之地，现今与他作对的士人，很可能是日后的朝廷重臣，所以他一直想把馆阁名士贬逐出京，但苦于未觅到对策，直到后来进奏院开秋季赛神会……”

“是每年春秋两季京城里的人开的那种赛神祭祀会么？”公主问。

张承照道：“是。都人借此开宴聚会原是习俗。苏舜钦那时就按进奏院惯例卖了一批故纸，自己又出了十千钱，准备宴请他那些馆阁名士朋友……”

“是只请考进去的那些吧？”公主笑道。

“没错。”张承照顺势奉承，“公主真是冰雪聪明，一猜就中！当时有个太子舍人，名叫李定的，也想参加进奏院的赛神会，但被苏舜钦一口回绝，还笑对他说：‘食中无馒罗毕夹，座上安得有国舍虞比？’馒罗毕夹，是蕃人羊彘肉饼；国舍虞台，指的是国子监博士、太子中舍、虞部、比部员外这些用来荫补高官子弟的官职。言下之意是，我们宴会只请清流雅士，你这样像蕃人肉饼那样上不得台面的高官子弟就不必参加了。”

公主大笑：“把人比作蕃人肉饼，这让李定脸往哪儿搁呢……他咽不下这口气，一定会报复了。”

张承照拍掌道：“可不是么！李定怀恨在心，虽未去参加赛神会，却在宴席中安插了眼线。那些馆阁名士也不谨慎，酒酣之时，史馆检讨王洙命人召两军女妓杂坐作乐，殿中丞、集贤校理王益柔更即兴作了首《傲歌》，诗中有两句说：‘醉卧北极遣帝扶，周公孔子驱为奴。’”

公主听后顿现怒色，斥道：“想让皇帝去扶他？这也真不像话！”

张承照旋即自掴一耳光，道：“臣一时不慎，直言转述，请公主恕罪。”

这一句公主听了尚且恼怒，今上闻说时的心情可想而知了。我此时欠身，劝公主说：“此乃王益柔少年狂语，原是无心之过。”

好在公主急于听以后的事，倒没就此多做计较，摆手说：“算了，反正后来他也吃到了苦头。承照继续说吧。”

张承照遵命，又道：“李定的眼线刚听到这句就出去告诉了他，李定当即去找王拱辰，转述此事。王拱辰迅速入宫面圣，举报进奏院之事。官家大怒，立即命皇城司去捕捉宴会上的人。当时汴京街道上都是手持兵器、骑马疾驰去捕人的内侍，臣民不知道发生了什么事，满城喧然，大呼小叫的声音连宫中都能听到。”

“全捉到了？”公主睁大眼睛问。

"那当然。"张承照眉飞色舞地说，"那些馆阁士人都是书生，哪能反抗！不一会儿就全被抓到牢里去了。然后王拱辰率御史台弹劾苏舜钦监主自盗，王益柔谤讪周孔，王洙等人与妓女杂坐之类，要求官家一一治罪，甚至请官家诛杀苏舜钦和王益柔。而韩琦力谏，说陛下即位以来，未尝做过诛杀士大夫这样的事，一旦遽如此，必将惊骇物听。"

公主点头道："他们虽然是狂妄放肆了点，但也不至于要让他们掉脑袋。"

张承照道："公主真不愧是皇帝女，与官家想的一样。后来官家将苏舜钦除名为民，其余名士皆贬官外放，馆阁顿时为之一空，好长一段时间内要修书、修史、解经都找不到合适的人，朝报也停了许久。因一时找不到那么多进士中出类拔萃者补入馆阁，官家又有意惩才士轻薄之弊，王拱辰之党遂承意旨，援引了几个朴纯无能之人进去……"

公主忽然双目一亮，问："那个杨安国，就是这时候补进去的么？"

张承照笑而颔首："对，对，那个活宝就是这时补入馆阁的。"

我一听杨安国名字，也不禁想笑。这人才疏学浅，言行鄙朴，每次为今上讲读经义，常杂以俚下廛市之语，以致宫内侍臣中官，一见其举止，已先发笑。一日，他为今上讲解"一箪食一瓢饮"，操着满口乡音说："颜回甚穷，家中只有一罗粟米饭，一葫芦浆水。"另外一次，又讲《论语》中"自行束脩以上，吾未尝无诲焉"一句。脩是干脯，十条为一束。古人相见，必执贽为礼，束脩乃贽之薄者。这句话原是说："从带着束脩薄礼来求见的起，我从没有不与教诲的"。而杨安国的解释则是："官家，昔日孔子教人，也须要钱的。"今上闻言一哂。翌日遍赐讲官，其余众人皆恳辞不拜，唯杨安国坦然受之。这些事早在宫内传为笑谈，连今上在为公主讲解《论语》时也曾含笑提及。

"此中可笑之人不只有杨安国，"张承照又道，"馆阁内剩下的彭乘也是个妙人啊！进奏院之事后，翰林学士出了个缺，官家想从馆阁文臣中选一个补进去，实在找不到太好的，就挑了年纪最大的彭乘。后来他为官家拟文章诰命，遣词用句尤为可笑。有次一位守边关的元帅请求朝觐，官家召来彭乘，跟他说了自己的意思，让他草诏回复，后来彭乘在批答之诏中这样写：'当俟萧萧之候，爰堪靡靡之行。'"

公主大为不解，颦眉问我："这句话好晦涩，是什么意思呢？怀吉你能懂么？"

我微笑道："臣也只能猜测。或许他是想说，等天气凉了便可启程。"

张承照笑道："就是这意思。官家的原话是：'等到秋凉时，你就回来吧。’这诏书传出后，生生笑倒了几个翰林学士。那彭乘还挺爱用这一句式的呢。后来大臣田况知成都府，那时西蜀正在闹灾荒，田况刚入险峻的剑门关即发仓赈济，然后上表待罪，彭乘又拟诏批答说：‘才度岩岩之险，便兴恻恻之情。’又成一时笑料。今年彭乘得病死了，他的同僚王琪为他写挽词，还忍不住讥笑了他一下，在挽词中写道：‘最是萧萧句，无人继后风。’”

公主伏案笑了半晌，才道：“原来这几年翰林学士中也混有这样的乌合之众。追究起来，也是那王拱辰的错。”

也正因这点，令王拱辰更为天下才子名士所指摘。国朝颇重文章词学之士，鉴于真宗朝馆阁中有不少学识浮浅之人，今上特意指示：“馆职当用文学之士名实相称者居之。”为此提高入馆阁的条件，一时所选皆为天下精英，故本朝人才辈出，许多大臣既有政声，亦有文名，足以流芳千古，为国名臣。而进奏院之事导致馆阁取士原则更改，虽多了纯朴持重之人，但殊无灵气，凡解经，不过释训诂而已，更有杨安国彭乘之徒混迹其中，长此以往，于国于社稷总是不利的。

但这些话我只是在心里想想，并未跟公主说。她与张承照笑语一阵，忽然又问：“但那王拱辰为什么有这么大的权力，想害谁就害谁呢？”

“因为他那时是御史中丞，就是负责监察百官的呀。”张承照回答，“御史台的职权是纠察百官，肃正纪纲，规谏皇帝，参议朝政和审理刑狱。朝廷还规定，御史若百日内不指摘时政，即罢为外官。就算王拱辰与别的官儿没私怨，他也得找人来弹劾，所以没事千万别得罪御史……说起百日言事的规矩，朝中还另有个笑话：御史王平上任将满百日，还未言事。同僚都很惊讶，但想一想，又说：‘或许王御史是有待而发，若进言，必是论大事。’有一日，终于听说他进劄子弹劾了，大伙奔走相告，一起悄悄找来他的劄子拜读学习，却见他所弹的竟是御膳中有发丝之事。他的弹词还这样写：‘是何穆若之容，忽睹卷如之状。’”

刚一说完，张承照自己先就大笑起来，而公主未完全明白，一边吃青梅果子一边转而问我：“他的弹词是什么意思？”

我含笑答：“他是说，皇帝正准备进膳，御容多么肃穆庄重，不料忽然看见一根头发丝在碗碟中安然盘卷着。”

公主当即开口笑，不意被未咽下的青梅呛了一下，连连咳嗽。我正欲过去照料，张承照已抢在前头为她轻拍背部，并端茶送水。

公主喘过气来，道：“以前馆阁中人说台官不称职，原来并非无理指责呀！”

张承照应道：“那是！若不是台官自己确有不足之处，欧阳修与他那些馆阁朋友也不至于频频拿这点说事。”

公主又笑道：“说起来，云娘关注的事也跟王御史差不多呢。如果我不好好吃饭，她就会向我姐姐进言弹劾。等下回，我也让爹爹封她做御史。”

云娘即她的乳母韩氏。很快联想到苗淑仪，公主又说：“姐姐也是呀，如果觉得我不听她的话，就会去向爹爹或孃孃弹劾我……不过她的官儿比云娘大，就封她做御史中丞吧。”

我闻言低首笑，公主看着我，故做严肃状：“你笑什么？你也常干坏事，有时我不想写字读书，你也会去告诉我姐姐……可以算是个侍御史知杂事。”

我收敛笑意，朝她毕恭毕敬地躬身，道：“公主，请恕臣直言。臣窃以为，公主迁臣为翰林学士更为妥当。”

“为何？”公主问。

我回答：“因为臣要随时准备应对公主垂询，为公主讲解经义，更每日值宿，不时受命为公主代拟内制文章诗词……”

“咚”，一声轻响，是公主把一枚青梅掷到我两眉之间。“你又在拿我取笑！”她嗔道，但那一抹佯装的怒意，很快消失在其后笑靥中。

我抚着眉心只是笑。她凝视我片刻，忽然说：“不过，怀吉，你那么好学，如果没有入宫，今年你十八岁，也可以去考状元了吧？如果举进士，要做翰林学士真是不难的。”

我笑容消散，心中五味杂陈，不辨悲喜。

公主再展开那张朝报，看着上面的奏名进士名单，又微笑道：“但是如果那样，我就不会认识你了。或许只能在爹爹御集英殿召见新科进士时，登上太清楼远远地看你一眼，在心里想：‘这个状元郎还挺好看的。’如此而已。”

第五章 神仙一曲渔家傲

【壹】状元

公主设想的这情景，果真发生在三月，当然，那好看的状元郎并不是我。

崇政殿殿试后数日，今上御集英殿，此次贡举的最终结果便在那里唱名宣布。按惯例，彼时后宫女子可以随皇后登上与集英殿相邻的太清楼，一睹新科进士风采。

那日太清楼上布彩幕珠帘，皇后御座设于楼东，公主坐在她身边，宫眷于其后依序列座，唯张贵妃授意亲从内侍另设座于太清楼西侧，彩幕绣扇，色彩样式皆与皇后所用的相近，从楼下望去，似两宫并列。

此次入宫参加唱名仪式的举子约有四五百人，分成两列进来，陆续在集英殿前站定肃立，皆着白色襕衫，青天丽日下，满目衣冠胜雪。

唱名时辰到，礼乐声止，举子与旁观诸人皆屏息静气，等候殿内的皇帝拆号宣布进士名。

少顷，今上亲自宣读的状元名字经由六七卫士齐声传胪，响彻大殿内外：“进士第一人——江夏冯京。”

举子队列内漾起一阵涟漪般的轻微骚动，之后有一位年轻士子自内走出，不疾不缓，迈步朝殿中行去，身形秀逸，意态从容。

太清楼上的宫嫔大多按捺不住，纷纷倾身向前探视这新科状元，无奈隔得略有些远，他不久后又进到集英殿中，具体眉目宫嫔们不及看清，忍不住相互顾问：“你看清楚状元郎的模样了么？”

此刻在皇后身边侍立的内殿承制裴湘笑道：“这位状元郎的仪容相貌，可能是国朝有史以来的状元中最好的。”

裴湘是本朝最有才华的宦者之一。他的养父，真宗朝内侍裴愈善吟咏，有诗名，裴湘本人亦爱读书，再经裴愈悉心培养，少年时文采已堪比进士，如今在秘阁供职，负责图书校理，职务几近文臣。明道年间，今上御便殿，试进士诗赋，一时兴起，遂命一旁伺候的裴湘做试题。裴湘欣然领命，一挥而就。阅读其诗赋后，今上嗟赏，左右中人亦为之动色。从此后但凡殿试，今上都会命裴湘在侧伺候，不时为他查看进士试卷，传报答题内容。因此新科进士的情况，裴湘也相当了解。

他这句话，激起女子们一片嬉笑惊呼，个个眸色流光，越发好奇了。苗淑仪从小在宫中长大，看过好几届的进士，这时开口问裴湘：“比起十九年前的王状元如何？”

她是指王拱辰，如今距他天圣八年及第时已有十九年。

裴湘答道：“王侍郎那时才十九岁，虽然俊秀，但略显瘦弱青涩，似一株青竹。现今这位冯状元比他那时稍长几岁，丰姿秀美而无清寒气，立于众举子中，如盛开的唐棣般炫目。”

皇后听了微笑道：“裴承制书画皆佳，形容起人来也跟作画似的。”

“臣惶恐……”裴湘含笑欠身，“臣只是如实回答苗娘子问话……冯状元才学也是极出众的，在殿试之前的乡举、礼部试中皆为第一，加上今日唱名结果，那是真正的三元及第了。”

三元及第的状元国朝史上原只有四人。听他这样说，众女子对后来的进士唱名也不怎么关心了，聚过来只管问裴湘状元之事。籍贯、年龄、出身、殿试的诗赋内容都问过后，有一个大胆的内人脆生生地问了一句：“状元郎可有家室？”

众人哄堂大笑，惊得司宫令忙示意：“噤声！被举子听见有失体统。”

娘子及内人们勉强抑住笑声，一壁拿那位提问的内人打趣，一壁又都挑眉勾唇看裴湘，等着听他回答。

而裴湘的答案没令她们失望："冯状元几年前曾娶过一位夫人，但夫人早亡，此后便一直未娶。"

"哦……"内人们应道，听起来像是松了口气。

看得公主不禁笑起来，低声对我说："人家是否有家室，与她们又有何关系？她们又不能嫁给他，为何如此关心？"

我笑而不答。素日与内人们相处久了，可以隐约猜到她们的心思。她们固然自知不会与状元结缘，但面对一个赏心悦目的男子，总是会希望他尽可能地保持单身状态，以给她们更多憧憬的空间。

进士前五人由今上亲自拆号宣布，其后由宦者分批唱名，待唱名至第五甲毕，入殿的士人执敕黄再拜，殿上传胪再曰："赐进士袍、笏。"

赐予进士的绿袍、朝笏积于集英殿外两庑下。前五人随状元先出殿门，在宦者帮助下先加一领淡黄绢衫，再着绿罗公服，系淡黄带子，接过白简朝笏。随后数百名士人相继过来，于廊上争取袍笏，皆不暇脱白襕，直接加绿袍于其上。乱成一团，全没了前五人的从容，看得宫嫔们又是一阵笑。

待士人披衫系带毕，宦者前引至殿上谢恩。须臾，又见状元率众进士出来，由宦者引至太清楼前，向皇后行礼。

那宦者带他们过来后未做太多指示，我一瞥西侧张贵妃那端，有一瞬曾疑心状元辨不出皇后的位置，因两侧彩幕仪仗差别甚小，不熟悉宫中仪制的人未必能分清。但状元冯京只是举目淡看楼上一眼，即转朝东侧，率众下拜。

苗淑仪大概与我想得一样，此刻见他辨出皇后方位，即笑道："这状元郎倒有眼色。"

裴湘微笑道："若东西嫡庶之分都不知，那便枉做状元了。"

皇后含笑示意侍从传谕免礼，又吩咐取龙凤团茶饼角子以赐状元及众进士，并以七宝茶赐尚在集英殿中的考试官知贡举、翰林学士赵㮣。

进士礼毕，逐一退去，而状元冯京一直停留于原地，待其余人等皆散去后才起来，朝皇后再拜，平身后再退几步，才转身走。

这期间珠帘后的年轻内人们挤在栏杆处看得双目含情，两颊绯红，见状元离开都有怅然若失之状。公主个头小，此前又多少有些矜持，未挤到前面看，而此刻见状元要走了才着了急，倾身朝栏杆处，以手中纨扇玉柄挑开珠帘朝状元望去。

大概太过慌张，她手一颤，纨扇滑落，悠悠坠下，在空中画了几个圈，又被风吹向前，落在了冯京的身边。

冯京止步，回首朝楼上看，追寻纨扇飘落的轨迹。他唇角衔笑，有片刻的静止，为楼上的人提供了一幅可仔细端详的如画景象。

相较十九年前的状元王拱辰，冯京之美更带有温度。前者清冷如从月光中走出，而后者笑容和雅明净，融有他坦然的自信，一袭淡黄绢衫绿罗衣，被他精致眉目、翩翩仪度赋予了华丽的质感，可以让观者联想到一些令人愉悦的意象，例如陌上杨柳杏花雨，春风得意马蹄疾。

扇坠之时，公主稍有一惊，向后缩回手，但终究还是好奇，复又以手拨开两缕珠链，目光轻轻巧巧地落在楼下男子美丽的脸上。

冯京微微仰首，斜睨向太清楼上帘动处，柔和笑容带一点疏懒意味，半眯着眼睛，不知是在回避金色日光，还是在享受它的照拂。

四目相触，公主宛如被灼了一下，立即垂手，让珠帘蔽住自己适才半露的面容。这仓促举止又招致宫嫔笑，她竟也没有如往常那样辩解反驳。

楼下的冯京笑吟吟地拾起纨扇，低首端详。一手持扇柄，一手轻抚扇面，像是想抹去他头上皂纱重戴[①]与冠缨落在扇面上的影子。

楼上的公主默默地直视前方，晃动着的水晶珠帘应着春阳流光溢彩，在她面上留下一道道晕色陆离的光影，而她的双颊就在这漫不经心曳动着的光影中一点点红了起来。

皇后遣了内人下去，向冯京敛衽为礼，请取回纨扇。冯京躬身，双手举扇齐眉，将扇子交给内人，然后朝皇后方向再施一礼，徐徐退去。

内人上楼来，把纨扇转呈公主，公主却不接，退后一步，道："外人碰过的，我不要了。"

俞充仪闻言笑道："哎哟哟，公主何时开始如此在意男女大防了？"

众人随之大笑。公主又羞又急，低声道："懒得理你们！"旋即一拉我的手，"怀吉，我们走。"牵着我快步下楼避入后苑。

我一壁走一壁留意看她，见她双目莹莹，面上犹带绯色。

这是她首次真正意识到男子之美吧。我怅然想。扇坠之事，若是在唐代，兴许倒会成一段佳话——那时的状元，是可以尚公主的。

转顾被她牵着的我的手，联想起那柄因被冯京碰过而被她遗弃的纨扇，一个原本模糊的念头此刻变得无比清晰：她并不在意与我有肢体接触，固然是没把我

---

① "重戴"是一种头冠，折上巾又加以帽，多为皂色，方形、垂檐，紫丝组为缨，是宋代新科进士配绿衣的冠子。

当外人，但，更重要的是，也没把我当男人。

我仰面朝着间有植物香气的三月空气深呼吸，尽量睁大眼睛，没让公主觉出我眼角的潮湿。她对我做出亲密举动，却让我如此难受，这是第一次。

唱名仪式结束后，皇帝会照例赐进士酒食，再赐状元丝鞭骏马，然后从金吾司拨七名禁卫、两节前引，护卫状元回进士聚集的期集所。是日黄昏，帝后则携宫眷观宴于升平楼。

而帝后刚至楼上，尚未开宴，即有内侍进来，向今上禀报状元遭遇："官家，适才有东华门外禁卫报告，说状元才出东华门，便有一群豪门奴仆骑着高头大马，团团围住冯状元，不由分说，就上前簇拥着状元，强令改道，也不知把状元引到哪里去了。"

今上瞠目："岂有此理，光天化日的，竟公然在宫门外劫持状元！可知是哪家奴仆？"

内侍迟疑未答，倒是一旁的张贵妃颇不自在，轻咳一声，朝今上欠身道："官家，先前臣妾伯父曾派人来跟臣妾说，因赞赏冯状元风采，故想请他去家中一叙。那些奴仆，想必便是他家的。虽然奴仆鲁莽了些，但伯父邀请，全出于善意，宴罢必会好好送他回去，请官家勿为状元担忧。"

张贵妃说的"伯父"即其从伯父张尧佐，算起来是她父亲家族中与她血缘最近之人。这些年张贵妃得宠，屡次为张尧佐讨封赏，使其官运亨通，三月中刚拜了权三司使，执掌财政大权，引得朝中官员侧目。张尧佐方负宫掖势，气焰大炽，如今强邀状元至其府中，自不会只是简单的把酒叙谈。

今上显然也明白，略微沉吟，再问贵妃："你那些从妹，有几个正待字闺中吧？"

张贵妃赔笑道："官家说得是，还有四个尚未出阁。"

今上淡淡一笑，浅饮杯中酒，不再多说。

张贵妃着意看他神色，试探着请求："官家，既然状元宴饮于臣妾伯父家中，可否赐些御酒给他，以示特恩宠异？"

今上瞥她一眼，似笑非笑地说："亦无不可。"

张贵妃大喜，忙唤内侍精选御酒佳肴，送至张尧佐宅第。

其间众嫔御默默看着，都不多话，宴罢才聚在一起私聊，很是鄙夷张尧佐行径，说他定是想仗势逼婚于状元，既为女儿谋佳婿，又想拉拢这将来的朝中新贵，令其成为贵妃羽翼。

公主听得一二句，也很担心，悄悄问我："冯状元会答应么？"

想起日间状元参拜中宫的情形，我未多犹豫，给了她一个明确的答案："不会。"

翌日传来的消息证明我判断不差。张尧佐夫人一大早即入宫见张贵妃，据见到她的人说，当时她紧绷着脸，满面寒霜。

她向贵妃哭诉的状元拒婚之事经由宁华殿的宫人迅速流传开来，去掉张夫人粉饰之词，事情经过应是这样：张家奴仆簇拥冯京至张尧佐宅第后，张尧佐与王贽笑脸相迎，邀他入席，再由王贽做媒议婚，欲请冯京娶张尧佐之女。张尧佐甚至还取出以前皇帝所赐的金带，令人强行束于状元腰上，说："圣上亦有指婚之意。"又过片刻，宫中内侍持酒殽来，像是证实了"指婚"一说。但冯京并未点头应允，张尧佐等得着急，索性把为女儿准备的奢华奁具一一列出，指给冯京看。冯京笑而不视，解下金带还给张尧佐，道："婚姻之事，须承父母之命。如今家慈不在都中，京不敢私订终身，还望张司使海涵。"

张尧佐说无妨，只须差人去冯京家乡，请老夫人允许便妥，冯京却笑道："前日家慈使人传信，说已为京议妥一门婚事。京不敢有违母亲之命，但请张司使令择高门，莫因京这寒微鄙陋之人误了女公子好年华。"

张尧佐问冯母所聘是谁家女子，冯京说自己亦未尽知。张尧佐明白是他故意推辞，却也莫可奈何，最后只得放他回去。

此后几日，今上很快以一纸诏令表示了对此事的真正态度：以天章阁待制、吏部郎中王贽知洪州。

拒婚之事越发令状元冯京美誉远扬，据说连宫外百姓听闻后都赞叹不已，许多豪门世家更遣媒人每日在冯京居所前守候求见，而他每次出去，总会被几个绣球砸中冠服，因此今上不得不增多兵卫为其护卫。

不久后，我与公主在金明池边目睹了全城追捧状元郎的盛况。

那日，公主祖姑魏国大长公主在家中沐浴时不慎滑倒，伤及右肱。其子差人来报，今上听说后即命皇后带公主与苗淑仪前往大主宅探视，我随公主同去。

魏国大长公主贤良和淑，一向待下人宽厚仁慈。见今上派来的内侍责其侍者奉主不周，立即对皇后说："我已六十二岁了，早衰力弱，本不便行动，不慎滑倒，原非左右之过。请官家与皇后勿责罚他们。"

皇后遂令内侍勿责怪侍者，不再追究其责任。大主唤过公主，问了近况，又温言嘱她将来要善待驸马及其家人，孝顺舅姑，敬爱夫君等。公主一一答应，但神情却不甚严肃，像是不怎么上心。

离开大主宅回宫，公主与皇后同乘一辆车舆，我乘马伴行于车舆边，苗淑仪宫车相随于后。刚行至金明池，却见大道前方人头攒动，熙熙攘攘，车水马龙，皇后车舆竟被堵住，不得前进。

皇后唤近侍前去打探。须臾，那近侍回来，道：“今日琼林苑开闻喜宴，宴罢状元及众进士出来，在苑外等候的都人一拥而上争睹其风采，更有不少富家出动择婿车，所以把整条金明池前道路全塞住了。”

每届进士唱名后数日，皇帝都会赐“闻喜宴”于琼林苑，宴请新科进士，并遣内侍及部分官员作陪。而那日都人亦会闻风而动，守于道上观看。家中有待嫁女儿的人往往会备车马过来，见有年轻进士便上前攀谈相邀，甚至强拉入车回家议婚，这类车辆便被称为择婿车。

往日宫眷出行，必是游人注目的焦点，尤其是皇后车舆，行于道上时臣民虽恭敬地避于两侧，但都会忍不住抬头举目去探看，纵然很难一睹国母容颜，但看清车驾仪仗也是他们很期待的事。可今日景况大异，塞道之人竟不立刻避开，且并不怎么打量皇后仪仗，而是一个个翘首向车舆前方望去，似有所待。

内侍开道不易，车驾移动困难，时停时行地又磨了一会儿。后来，闻见前方另有呵道声起，游人渐渐被摒开，终于让出条道。而数名快行禁卫迎面走来，手持书有皇帝钦点状元诏令的敕黄开道，其后黄幡杂沓，多至数十百面，各书诗一句于上，迎风招展。掠过如云簇拥者，但见状元冯京缓缓策马而来，依然着黄衫绿袍，头戴方形垂檐皂纱重戴，左右两紫丝组为缨，垂结于颔下，衬得他颜如冠玉。

冯京见到皇后凤舆，立即下马，步行走近，在舆前郑重下拜。

两名随行内人轻轻拨开凤舆绣帘，让隔着一重纱幕的皇后可以看清面前景象。

看了看冯京，再转顾他身后与他同行的其余进士，皇后温和地问他：“状元郎，你的簪戴宫花呢？”

幞头簪花谓之簪戴。新科进士闻喜宴上，皇帝会遣中使赐宫花，令进士簪戴而归。现在闻喜宴已散，一行绿衣郎皆簪有宫花，唯冯京重戴上空空如也。

冯京低首道：“适才有人自街边楼上抛些什物下来，碰到臣冠子，把上面所簪的宫花打落了……”

“嗯？”皇后讶异道，“竟有人敢掷物击打状元郎？”

这时有名为状元呵道的内侍上前跪下，含笑向皇后解释：“娘娘，打中状元郎冠子的，是后面楼上一位姑娘抛下的绣球。宫花被绣球打落，尚未坠到地上，已被街边围观之人争抢而去。”

我举目一望，见街道两侧的楼上确有许多豪家贵邸所设的彩幕，想必那些妙龄女子便隐于其中纵观状元，这一日下来，冯京不知要被绣球打中多少回。

“状元郎好风采。”皇后亦不禁笑，然后吩咐身边内人，将车舆檐下的牡丹花摘一朵下来，给状元簪上。

皇后出乘所用之舆檐子稍增广，花样皆龙，三月中仍按汴京清明、寒食、花朝节风俗，在顶上以杨柳杂花装簇，四垂遮映。现下所用花朵皆是今日于御苑新摘的，虽经半日，仍很娇艳。

那垂于檐下的牡丹花是千叶左花，色紫叶密而齐如截，亦称为“平头紫”。内人摘了一朵簪于冯京重戴之侧，冯京微微一笑，朝皇后再拜谢恩。

皇后含笑命他平身，待他避到一侧，即令起驾回宫。绣帘垂下，车舆启行，而公主却还悄悄地褰起窗边帘幕，睁大眼睛看冯京，唇角浅浅地扬起生动的弧度。

似认出了与他有半面之缘的公主，冯京莞尔，向她略略欠身，优雅的风度依旧无懈可击。

回到宫中，皇后与公主、苗淑仪先去福宁殿，向今上复命。说完魏国大长公主之事后，皇后又提及冯京，把万人争睹状元、绣球打落宫花等情景都说了，听得今上大笑，连连摇头道：“游个街都引出这许多事，以后可不能再点这么俊的秀才做状元了。”

话虽如此说，但他眼角唇际皆笑意，像是故意向外人抱怨自己优秀孩子那些不算缺点的缺点，语气中有出自父母之心的宠溺。

大概是联想起了驸马李玮，苗淑仪状甚感慨，瞧着今上，半真半假地说：“官家也觉得冯状元不错吧？他若给个唐朝的皇帝遇见了，多半能被封为驸马呢。”

今上微笑着，也半真半假地回答：“我倒也想封他做驸马，但哪有第二个女儿？纵有，论抢绿衣郎做女婿的本事，我也比不过京中臣民，尤其是朝中那些老头儿，实在争不过他们呀！”

公主一直沉默地听，并没有插嘴，或许是源自由冯京唤醒的，少女的羞涩。回到仪凤阁中后，她安静地坐在秋千上低着头思量许久，忽然叹了口气，问我：“那个李玮，是不是真的又笨又丑？”

【贰】清歌

我没有直接回答公主的问题，只说：“听说驸马近日苦读诗书，颇有所得。”

这些年来，苗淑仪一直很注意防止公主与李玮相见，每次李玮入宫，一定不许公主前往他出现之处。皇祐二年，国舅李用和病卒，今上有意让公主随他临奠于李宅，苗淑仪坚决反对，说公主尚未过门，若先往夫家，恐惹外人非议，最后终于求得今上收回成命，只让公主行服于禁中。

苗淑仪一片苦心，唯愿公主不至于太早对那不相宜的驸马感到失望。到后来，她甚至对阁内宫人下了禁令，不许在公主面前提及驸马李玮。

“娘子这又是何苦呢？”韩氏曾劝她说，“现在不让公主知晓驸马模样，将来她下降之时陡然看见，岂不更难受？”

苗淑仪愀然不乐，道：“拖得一日是一日吧。下降之前不知道，还有几年无心无思的好日子过，若是现在便知，以后公主必定一想起李玮那样子就烦闷，小小年纪就愁容惨淡的，我瞧见更不知会多难过。”

我不敢妄做论断，说苗淑仪这话是否正确，不过每次被公主问到时，我也习惯往好处说，对驸马短处只字不提。

冯京中状元后，援例被外放一年，以将作监丞通判荆南军府事。一年的任期，其实是非常短的，这是给予进士第一人的特殊恩遇，对其余进士是以三年为一任。但这一年对公主来说显然很漫长，在此期间，她再无窥帘遥望那悦目男子的机会。当然她不会经常流露对冯京的情愫，但有时候，她会长久地凝视珠帘，间或怅然叹息。

皇祐二年的上元节，宫中有几条以大臣名字制的灯谜，其中有一句谜面为“行尽天涯遇帝畿”。公主看见，双目一亮，立即指着说：“是冯京！”

话甫出口，她已觉不妥，悄然看我一眼，羞红了脸。

我取下宫灯上写着谜题的纸条，交给身边小黄门，命他去为公主取彩头，再若无其事地对公主说：“恭喜公主，猜对了。”

她再次见到冯京，是在皇祐三年正旦，朝廷举行大朝会之时。

那日皇帝御大庆殿，接见各州进奏官吏及诸国使臣。朝会场面浩大，有着甲胄的四名武士立于殿角，称“镇殿将军”，殿庭列法驾仪仗，文武百官皆着冠冕朝服立班于大殿内外，诸州进奏吏各执方物入献，而契丹、夏国、高丽、南蕃、回纥、于阗、真腊、大理、大石等国的使臣也会各携贡品随班入殿朝贺。

公主以想看看那些“长髯高鼻、奇形怪状”的外国使臣为由，求得今上允许她躲在御座屏风后窥看朝仪，而我知道她真正的目的是看外任归来的冯京。

冯京归来后通过召试入了馆阁，如今的官职是直集贤院，品阶尚不足以于殿内立班，故公主只能在他随馆阁诸班入殿朝贺时短暂地看他一眼。

绯罗袍，皂缥襈，白罗方心曲领，冯京的朝服与周围馆阁之士一样，但在这来朝班廷中，仍耀目如麒麟凤凰。

公主没有失望，回到禁中时仍在微微地笑。

但她的笑容很快地消失在当日禁中晚宴上。

朝贺毕，皇帝会赐宴于大殿，而皇后会于后苑便殿宴请同日入贺的命妇。开宴前内外命妇依序相继出列拜贺皇后，其中有位夫人甚年轻，容止温雅，看模样应不会超过二十岁，且是此前未曾入过宫的，皇后初见她时就着意看，宴席之间仍频频转顾，立侍的入内都知张惟吉发现了，便躬身解释："那是直集贤院冯京的新婚夫人富氏。"

我随即看公主，见她适才喜悦的神情已被这句话瞬间抹去，脸色渐渐黯淡下来。

皇后听张惟吉的话后更为留意，让他把富夫人请到御座前，问："夫人可是富侍郎之女？"

富夫人低头承认是富弼之女，皇后浅笑开来："难怪我觉夫人面善，原来是像晏夫人。"

富弼的夫人是前宰相晏殊之女，此前曾多次入宫，故皇后有此语，意指富弼妻女容貌相似。

两侧的嫔御听了都转首看富夫人，笑问她年方几何，与冯京何时成婚之类，富夫人红着脸一一回答，诸夫人又纷纷向她道贺说恭喜，唯张贵妃在一旁不冷不热地插了句嘴："难怪最近没听说冯学士再出去帮人相亲了，想必是被富夫人管住了吧。"

张贵妃暗示的是去年朝中流传的一则趣事：直集贤院祖无择貌丑，年过四十仍未娶妻，后来相中一位姓徐的美丽女子，便遣媒议亲，但那徐姑娘坚持要先见祖无择一面才予以答复。祖无择心知徐姑娘见到自己后必不会允婚，遂央求刚入馆阁的同僚冯京代他相亲。冯京应他所请，施施然扬鞭跃马，在徐姑娘家门口掠过，徐姑娘只看了一眼便芳心暗许。祖无择的媒人指着冯京身影告诉她："这就是祖学士。"徐姑娘窃喜不已，立即答应了婚事。岂料婚后发现新郎货不对板，徐姑娘大怒，立即写了封"休夫书"抛给祖无择，然后收拾妆奁回娘家去。

张贵妃重提此事，自然语意刻薄，但诸夫人闻后大多都忍不住笑了，窘得富夫人深垂首，不知如何是好。俞充仪见状，悠悠瞥张贵妃一眼，再对富夫人笑道："帮人相亲倒没什么，只别被人拉去议亲便好。"

张贵妃当即面色一沉，锐利目光直刺俞充仪，而俞充仪佯装未觉，从容不迫地理了理鬓角的花钿。

皇后此时开口对诸夫人道："富夫人年轻，又是初次入宫，听不惯你们这样的玩笑话，以后可别说了。"

诸夫人欠身称是。皇后又微笑看富夫人："不过夫人以后也须规劝冯学士，以后切勿再代人相亲。虽然他原出于好意，欲为同僚定良缘，但对人家小娘子而言，此举是刻意欺骗误其终身，无异于恃美行凶了。"

恃美行凶？这倒是个别致的说法。我再顾公主，见她怔怔地，大概也在想皇后的话。

富夫人欠身答应，皇后让她入座，继续观宴。而公主忽然起身，朝外走去。我如常跟随，到了殿外，她转首盯着我，含怒道："我要去更衣，不许跟着我！"

她已有泪盈眶，泫然欲坠。

我默然止步。她引袖拭泪，迅速跑离我视线。

我回到殿中。这室内依旧是衣香鬓影，歌舞升平，此刻与皇后叙话的是几位外戚夫人。皇后向李用和夫人杨氏问过了李玮近况，又转而问自己弟妇，曹佾夫人张氏："许久不见两位哥儿了，他们一向可好？"

张夫人微笑应道："还是如往常一般，胡乱读几页书，射几支箭罢了，没什么出息。托娘娘福，官家皇恩浩荡，前些天进大哥为供奉官，今日夫君也带大哥入宫来朝贺谢恩了。"

皇后目露喜色，道："大哥既也来了，何不让他到此让我见上一面？"

张夫人道："臣妾也想让他来此拜谢娘娘，只是他现在十四岁，半大不小的，亦不好当着诸位夫人之面入见。适才臣妾让他朝贺仪式结束后先在后苑殿廊下候着，等宴罢，经娘娘宣召再进来。"

皇后笑道："你这样安排自然妥当，只是让大哥在外枯等，岂不饿坏了他？"随即转顾张惟吉，让他差人送些膳食给曹评。

皇后继续和言问候戚里及重臣夫人，但我已无心再听，盯着千支宫烛，默默数着火焰跳动的次数，以此判断公主离开的时间。

而她一直未归。终于我放弃等待，唤了两个小宫女，起身出门去寻找她。

宫女寻遍了附近内室，都不见公主在内。我不免忧虑，立即回仪凤阁寻找，亦不见她身影。当下大急，疾步奔走于大内殿阁间，一心只想寻她回来。

过了许久，直到宫中华灯高悬，山棚光焰辉煌，仍未见公主一丝踪迹。我最后走到后苑，颓然坐在瑶津池畔，怔忡着凝视山棚灯火映于水中的倒影，不知何去何从。

而此刻，忽见池上清波动，一叶扁舟自荷莲垂杨处划出，激起的微澜揉碎了水中华灯金碧光影，轻悠悠地推那小舟游至水中央。

舟上有两人。舟头坐着一位少女，处于舟尾的则是名少年。那少年闲把木棹，一壁徐徐拨水，一壁扬声唱道："画鼓声中昏又晓，时光只解催人老。求得浅欢风日好。齐揭调，神仙一曲渔家傲。"

唱至这里，他轻俯身，自水中托起一盏宫人所放的莲花状小水灯，微笑着递给面前少女，然后接着上阕唱："绿水悠悠天杳杳，浮生岂得长年少。莫惜醉来开口笑。须信道，人间万事何时了。"

月下烟敛澄波渺，那少年独倚兰棹，清歌缥缈，十四五岁光景，却已是剑眉星目，楚楚风流年少。

而那少女幽幽注视着他，除了接过小水灯之时，一直静默地坐着，并不说话。当波光灯影晃到她面上时，可见她目下有泪痕闪动。

我悄无声息地站起，立于堤柳下，等少年把舟划到岸边，然后向那少女欠身，温言道："公主，该回去了。"

公主站起来。那少年敏捷地跳到岸上，把舟系好，再伸手给公主欲扶她。

几乎与此同时，我亦向公主伸出了手。

她犹豫了一下，最后选择让我扶。

待公主上了岸，我朝那少年一揖，道："多谢曹公子。"

【叁】燕射

我没有问她遇见曹评的细节，她也没告诉我，回仪凤阁的途中我们一先一后沉默地走着，彼此离得这么近，却又隔得那样远，进入阁门前，不曾有半句对话。

我完全可以想到曹评一曲清歌会给她留下怎样的印象，所以，当听到她央求今上允许她去南御苑看契丹使者射弓时，我一点也不觉奇怪。

每年元旦契丹使者到阙，朝见毕，翌日诣大相国寺烧香，第三日诣南御苑玉津园射弓，朝廷会选能射武臣伴射，并就彼处赐宴。因后族曹氏原属将门，族中子弟皆善骑射，伴射之臣便常从曹氏中选，最近几年，此任务屡次交给曹佾或其从弟曹偕。曹评年岁渐长，且又一向精于骑射，迟早是会出任伴射之臣的。此番公主请往南御苑，应是曹评曾告诉她，初三那日他会随父同去。

今上禁不住她苦苦哀求，勉强同意，但命她于射弓场旁边的楼阁上看，不得现身于射弓场内外，以免被外人看见。

玉津园位于南薰门外，建于后周，又经国朝皇帝修缮，而今规模宏大，除了长五百丈，宽三百丈的射弓场外，园内亦设千亭百榭，中有水滨，林木蓊郁，芳花满径，更置有一“养象所”，其中养有数十头大象及各类珍禽异兽，因此公主平日也爱去观赏。

燕射那日，公主清晨即往玉津园，早早地登上射弓场边上楼阁，坐于帘幕后等待。须臾，契丹使者与大宋伴射之臣相继入射弓场，领衔伴射的是曹佾，他身后跟着一裹青色头巾，穿白色青缘窄衣，系束带，着乌靴的少年，公主一见即往珠帘前又靠拢了一些——那是曹评。

契丹使者头顶金冠，后檐尖长，状如大莲叶，服紫窄袍，金蹀躞。曹佾则着幞头，穿窄衣，着丝鞋，腰系银丝束带。白皙清美的容颜，加以他温和淡泊的目光，这一身射弓装束竟被他穿出了文士衣冠的雅致。

少顷，两列内侍前引，十三团练赵宗实随后而至，作为今上所遣东道主，登上射弓场主座高台观战。使者与曹佾各自率众朝高台行礼，再两厢对拜后，十三团练命内臣宣皇帝旨意，赐弓矢御酒，契丹使者立左足，跪右足，以两手着右肩拜谢。两国臣子对饮御酒，礼乐声起，大宋招箭班十余人着紫衣幞头列于垛子前，行过仪式后分守两侧，静候使者发矢。

垛子有十座，靶面着红，均画一黑色侧面虎头，以虎目为靶心。契丹使者按例是用踏弩射。一位裹无脚小幞头，穿锦袄子的契丹人先行上前，踏开弩子，舞旋搭箭，自己先瞄准中间靶面，窥得端正了，才过与使者。使者略看了看，便发矢射出，正中靶心。

观者击掌道好，然后均转顾曹佾，等他应对。

本朝伴射是用弓箭。曹佾从容上前，引弓搭箭，几乎未作停顿，一箭如电闪过，直透虎目。

招箭班齐声喝彩，围观的宋人更是欣喜，连声道贺，战鼓狂擂，乐声大作。

契丹使者亦拊掌相赞，曹佾欠身道谢，略无矜色。然后使者笑吟吟地又跟他说了什么，且手指身后随从，似有一些建议。隔得远了，公主听不见他们对话，很是着急，遂对我说：“怀吉，你下去听听他们说什么，回头上来告诉我。”

我答应，嘱咐随行的张承照和众侍女伺候好公主，便下楼前往射弓场。

待走到场边，已有一名契丹青年自使臣侍从群中走出，身材高大，气宇轩昂，手挽一轮雕弓，似准备射垛。使臣注视曹佾，像是在等他答复，而曹佾沉吟着，一时未表态。

我问一位旁观的内臣目前状况，他回答道："契丹使者说每年射弓模式单一，皆由大使、副使与大宋伴射发矢，几年来都不过是这几个熟悉的人，今日不妨改改，听说大宋少年多有善射者，不如便全换年轻后生来较量切磋。他自选一契丹后族中人，名唤萧榿，看样子是个神箭手。换人倒也没什么，但他又点名要十三团练应战……"

十三团练平日喜读书，偶尔游戏也不过是弈棋击丸之类，并不擅长骑射。契丹使者恐怕亦有耳闻，这样说，多半是有意为难，存心挑衅。

见曹佾未接受这建议，使者又向高台上的十三团练施礼，一再邀他下场应战。而十三团练两眉微蹙，状甚不怿，并未答话。场内的萧榿等得不耐烦，便用契丹语朝自己国人高声说了一句什么，周围契丹人闻之皆笑。宋人相互转顾，都想知道他说的是什么，最后一位大宋通事低声告诉众人："他说十三团练不但不会射弓，连勉强应战的胆子都没有。"

话音未落，即闻大宋伴射队列中有一人朗声说了几句话，说的竟也是契丹语。我与众人一样，惊讶之余定睛看，发现说话的是正徐徐步入场内的曹评。

通事大喜，忙给大家翻译："曹公子说，十三团练今日是做燕射东道主，穿的是广袖长袍，不便射弓，而他骑射技艺多蒙十三团练指点，算得上是十三团练的弟子，故想请缨代师应战。"

契丹使者尚在犹豫，曹评又向他说了些话，通事继续翻译："他说萧榿是契丹后族中人，而自己是大宋皇后侄子，出面伴射应不至辱没契丹使者。若一战告负，再请十三团练更衣应战，亦未为晚矣。"

话已至此，契丹使者不好拒绝，便颔首答应。曹评上前与萧榿见礼，请他先射，萧榿却道："你既会骑射，那咱们便各自乘马射柳吧。"

曹评未有异议，回首吩咐侍从准备场地，并将他的火赤马牵来。

招箭班诸人迅速按规则悬两行柳枝于场内，树枝上系丝帕为识，其下削一小段树皮，令呈白色，以为靶心。

射柳定胜负，结果分三等：驰马以无羽横镞箭射柳枝，射断其柳，又以手接住，跃马驰去者为上；断而不能接去者次之；若射中而柳枝未断，与未射中者一样，皆为负。

曹评依旧请萧榿先行。萧榿也不客气，上马后引弓瞄准，几乎在放箭的同时即一夹马腹，风驰电掣一般向前冲去，在柳枝坠地之前伸手一捞，握于手中，再扬起示众。

这一系列动作完成得顺利流畅，看来就算曹评同样能做到断柳接持，也不过是打个平手，故契丹人皆有喜色，宋人表情则略为凝重。

而曹评引马向前，神态自若地挽弓、瞄准、放箭、跃马，最后也是稳稳地将柳枝接在手中，看起来与萧桤动作略相似。

宋人欢声雷动，纷纷向曹氏父子称贺。最后契丹使者也过来，干笑着对曹佾道："曹公子好身手。这一局是大宋胜了。"

萧桤颇不服气，用汉话高声问："我们都接住断柳，只能说打平，怎可说是大宋胜了？"

使臣回首，冷冷道："你没看见，曹公子引弓时用的是左手么？"

萧桤一愣，仍不肯认输，嘀咕道："若是他与别人不同，一向擅用左手呢？"

曹评闻言微微一笑，道："那我换右手再射一次如何？"

萧桤一挥手："罢了罢了，咱们再比试一局。蒙眼射垛，怎样？"

蒙住双眼后放箭射垛是一项绝技，非神射手不能为。宋人听后皆关切地看曹评，而他并不退缩，欣然应战："好，那这一局，就比这个。"

这次萧桤做了充分准备，仔细选好弓箭，走到引弓处，先行瞄准测试，如此三番后再让人以黑巾蒙住双眼，缓缓将弓拉满，一箭射出，果然正中靶心。

仿佛又是契丹占了先机。曹评在给予萧桤的喝彩声中缓缓走到引弓处，事关大宋荣辱，旁观者自然都为他捏了把汗，但他表情平静，看不出一点紧张的意思。

提弓站定，他示意侍者蒙上他双目，连先瞄准测试的步骤都省了。契丹人一片哗然，越发盯牢他，看他如何发挥。

先微微扬起下颔，任清风拂面，蔽目巾带的末梢随着他脑后散发向后飘动，他秀秀颀颀地立于这万众瞩目处，沉默着良久不动。似从风声中听出了令人愉快的韵律，渐渐地，他唇际逸出了一丝笑意。

当旁观者尚在困惑地看他笑容之时，他蓦然抬手挽弓，瞬间拉满，以迅雷不及掩耳之势将箭发出。

出乎所有人意料，那一箭远离标靶，高高地朝天飞去。

想必那电光石火的一刹那，大家都以为是他失手。但，也只是一刹那而已。很快地，空中传来一声飞鸟哀鸣，然后，有什么东西坠到了射弓场内。

招箭班的侍者迅速跑去，将那物体高高举起——那是一只孤雁，被曹评的箭贯穿的空中飞雁。

片刻的沉默之后，场外又鼓乐齐作，一片欢腾。契丹人面上尚存惊悚之色，而宋人拊掌相庆，纷纷聚拢来向曹氏父子道贺。曹评摘下蔽目巾带，浅笑着对阴沉着脸的萧禧拱手："承让。"

萧禧一嗤，道："我们先前说的是射空中的鸟儿么？"

"不错，是犬子坏了规矩。"曹佾此时开口，对契丹人说，"本应射的是垛子靶心，他却往别处射，既未曾中的，便是输了。此番射弓，大宋契丹目前各胜一局，是打了平手。"

十三团练认可了他这说法，客气地笑赞萧禧几句，然后代皇帝赐了萧禧及曹评一些珠宝杂缀的闹装、银鞍马与金银器物。萧禧面色稍霁，亦与曹评一起上前谢恩。

当曹评离场更衣时，玉津园中内臣皆聚至沿途两侧，朝他欢呼称贺，我从中辨出一个熟悉的女子声音，循声望去，竟见公主站在前方人少处，穿着一身小黄门的衣袍，长发也严严实实地束在了幞头里，看上去就像个面目清秀的小内侍。

我立即快步走到她身边，轻拉她衣袖。她回头看我一眼，笑容不减，毫无离开的意思，也没对我多做表示，依旧转首去看渐渐朝她走来的曹评。

曹评容貌与其父颇相似，但眉宇间多了几分少年独有的勃勃英气。此刻他含笑前行，举止疏朗大方，也不失世家公子的端雅气度，但走至公主身边时忽然童心乍现，侧首向她瞪眼吐舌，扮了个鬼脸。

公主亦不示弱，鼓起两腮，手指推鼻尖向上，给他瞧了个猪鼻子。

然后两人相视而笑。其间曹评并未停步，在向公主扬扬眉后，径直往更衣的殿阁去了。而公主目送他，面上犹带喜色。

射弓之后，按例于玉津园中赐宴，由十三团练及曹佾等人作陪。公主说午后要去养象所看珍禽异兽，便留于楼台之上独自进午膳。御膳局奉上的膳食她尝了两口便说不好，坚持要我亲自去厨房吩咐厨子做她爱吃的菜。我只得遵命前往，临行前看了看她尚穿在身上的小黄门衣袍，一点疑惑一闪而过，但终究还是没问出来，只对她说："公主，这衣服还是换了吧。"

她颔首答应："即刻就换……你快去吧。"

我的预感是正确的：当我回来时，公主已不在楼上。

我问阁中侍女，她们讷讷地说，公主带着张承照出去了，此外不许任何人跟着。

我出去寻找，刚至楼下便见张承照哼着小曲回来。迎面撞见我，他一惊，低头想溜，被我扬声喝止。

我问他公主现在何处。大概是我神色语气太过严厉，他眸光甚至有了惊恐的意味，没怎么拖延便供出了公主所在的位置。

“与曹公子在一起？”我问。

他瑟缩着低下头。我一把推开他，阔步朝他所说之处走去。

【肆】红梅

闵河水岸，梅枝叠影处，少年解下所披的白鹭缞，搭在身边少女肩上。

“别着凉了。”他微笑说。

他里面穿的是红梅色大袖夹袍，有茜色织锦衣缘，转侧间露出领口袖下的一痕白纱中单。原是艳丽的色调，但他容颜光洁明亮，意态爽朗清举，宛如怀蕴日月之光，与这艳色交相辉映，倒令人全不觉此中有脂粉气。

少女侧首一笑以应，披好那细羽精织的白鹭缞，一身雅素，唯面颊微红，像是任春风把周围千瓣红梅的粉色吹到了脸上。

这是我在玉津园闵河边找到公主与曹评时看见的景象。

他们背对着我，并肩坐在河堤木道上，面前一脉碧水，身后万树红梅。

红梅露蕊，原是玉津初春绝景。这种梅花粉色中带一抹紫意，花繁如杏，香亦类杏，原出自姑苏，后经晏殊移植至京城，而今都中所有不过二三处，玉津园内的经南人侍弄，开得最好。今年天气回暖甚早，元月刚至，河堤两岸已颇有春意，云锁嫩黄烟柳，风拂红蒂雪梅，加上这一对粉妆玉砌的小儿女置身其间，此景更好似一幅精心描绘的丹青画卷。

先前的焦虑和一丝莫名的恼怒于此刻悄然淡去，我止步，默然立于他们身后不远处的树荫下，并没有开言打扰他们。

他们专注于愉快的交流，对我的到来浑然未觉。

曹评大概也是自宴席间溜出来的，携了一盘食物，此时搁于身畔。他选了一块烧炙而成的带骨之肉递给公主：“公主尝尝这个。这是契丹的貔狸肉，京中很少见。”

公主没有立即接，先低首闻了闻，然后说：“有一点膻味。”

“这貔狸是羊乳饲养长大的。”曹评解释，又劝她，“其实膻味并不重，你且尝一口，肉很肥美。”

他把肉块送至公主嘴边，公主皱着眉头咬了一口，咀嚼了几下便绽露笑颜：

"是很香呢。"

于是接过去，很快吃尽骨上的肉。曹评又递给她一个饭团："这是御膳局按契丹食谱，用白羊髓和糯米饭做的。"

公主说饭团大了，曹评便掰开与她分食，待公主吃完后，又取了一块腊肉状的东西给她："这是契丹人用海东青捕猎的天鹅制成的腊肉，和貔狸肉一样，是此次契丹使者带来进贡的。"

公主又开始品尝天鹅腊肉。其间曹评倒了一杯羊乳给她，她腾不出手，便只低头，就着曹评手中杯盏喝了。

喝完又专心致志地开吃，一副津津有味的模样。曹评盯着她看了半晌，忽然转首对着碧水烟波笑开。

公主咽下口中食物，愕然问："怎么了？"

曹评笑道："前晚我请你吃点心，你不肯吃，我还以为你胃口不好……"

公主羞得耳根都红了，抛下还剩半块的天鹅肉，低声道："我不吃了。"

"公主别介意，我不是笑你。"曹评略敛笑意，温和地向她解释，"我是看你爱吃我带给你的食物，所以很开心……有时我带美食给家里那些侍女，她们明明很喜欢，但当着我的面却把食量装得跟猫似的，只肯零零碎碎地咬一点两点，我瞧着讨厌。"

他又拈起一块鱼片递与公主，公主却还是不肯接，他便把鱼片塞进自己嘴里，嚼了两下后吞下，又取了些食品大口吃了，再对公主道："看，我吃得已经比你多了，若我再笑你，你笑回我便是。"

公主闻言笑，这才接过了他再次递来的鱼片。

他们继续吃契丹美食，且不时说笑，发出的笑声惊动了栖息于水岸的白鹇素雉，纷纷掉首看他们，然后三三两两地展翅飞，这情景令他们觉得有趣，更是欢声笑语不断。

我牵了牵唇角，亦想随他们笑，却终究未能笑起来。

眼前所见，明明是满园春景，我却犹如独处落木风中，任它吹得心底一片荒芜。

最后，我还是没有上前惊动公主，而是默默退至梅林前的小径上，见有人来，便上去与其闲谈，并把他们引开，以使他们不致发现河堤边坐着的人是曹评与公主。

约莫过了一个时辰，他们才起身离开。我回避至隐蔽处，目送他们分头归去，然后再缓缓走回公主所在的楼阁。

"怀吉，你去哪里了？"公主一见我即问，怯怯的语气中有关切，也有点忐忑意味，像是怕我询问或责备。大概是张承照跟她说过什么。

如今她仿佛把我当成了监视她的家人。这念头让我品出一丝苦涩，但我努力未让其形之于色。

"臣去园中寻公主，但一直没找到，走得累了，便在梨花园中的亭子中小憩，不觉睡着，适才醒转，想到公主应该已归，便立即回来了。"我对她说了一个无恶意的谎言。

"哦。"公主松了口气，随即吞吞吐吐地说，"我去看大象了……一个人……看完大象又看天竺国的狻猊……还有犀牛……和神羊……"

她似乎并不习惯在我面前说谎，声音越来越小，脸也难以遏止地红了。

我朝她微笑，以柔和的表情安慰她："嗯，臣怎么没想到呢？公主本来就说过要去看大象的。"

【伍】鞭春

虽然张承照抵死不认账，但我仍可肯定让公主穿小黄门的衣服溜出去是他出的主意。

他迅速得到公主信任，靠的就是察言观色的能力，与怂恿公主随心而行的话语。我曾私下责备他，语气不自觉地越来越重，最后听得他叹了口气："小时候被那些高我一阶的内侍黄门骂，我才认识到了什么叫官大一品压死人。原以为我们是兄弟，你跟他们不一样……"

我一怔，渐渐回想起小时我被人欺负时他维护我的事，便沉默下来。

他又提及公主："公主穿小黄门的衣服出去玩，不过是偶尔为之的小事。且行动谨慎，也无人发觉。就算被人发现了，她又没跑出宫去，顶多被官家娘娘说几句罢了，能惹来多大麻烦？官家那么疼公主，莫说她只是在宫院里走走，就算她一时兴起，放把火把皇宫烧了，官家也绝对不会真的责罚她……这就叫骨肉至亲！张贵妃得宠吧？但行动稍有差池官家都会给她脸色看，让她下跪谢罪。而公主，你什么时候见官家当真对她动怒了？公主伤个小指头都会让官家心疼半天的呀……"

我不想听他谬论，打断他："此事并非像你说的，只是公主在宫里走走那么简单。你让她乔装去见外人，若被人——尤其是台谏——知道，会给她和官家带来多大麻烦？何况，她是已经定了亲的女子……"

"唉，说过多少次了，不是我要她乔装的。"张承照相当小心地继续回避着教唆公主的罪名，"你又不是不知道，公主若想去做什么，十头牛也拉不转。再说了，她只是想在出嫁前多见几个顺眼的人，你又何必总是阻拦呢？想想咱们那位驸马爷，那可真够寒碜的，公主嫁过去后铁定是笑不起来了，何不让她现在过得开心些呢？"

最后这一句令我良久无语，好半天后才道："公主太过率真，若与曹公子接触太多，恐怕以后难以收拾。"

张承照一摆手："嗨，青天白日的两个小孩见见面能出什么大乱子？你还道他们有本事私奔呀？"见我不答，他忽然别有意味地笑了笑，刻意压低了声音，躬身侧首盯着我，试探着说，"我知道，你服侍公主多年，忽然见她跟别人亲近，心里总会有些不是滋味……"

我霍然而起，紧抿着嘴，冷冷视他。他被吓得噤声，低首再不敢看我。

既厌恶张承照暧昧的猜测，也愤恨自己竟对这话有如此强烈的反应，我拂袖而去，难以抑制胸中翻涌着的千般情绪，漫无目的地在宫中疾步走，简直想迈步狂奔。

后来回过神，是因为听见了公主的声音："怀吉，怀吉，你怎么在这里？"

这个问句把我的思绪从混浊状态沉淀下来。我发现此刻身处福宁殿之前，而公主朝我迎面走来，脸上带着明净笑容，不待我回答，便扬手让我看她握着的一个精致小匣子："你猜这是什么？"

我深吸气，尽量让面部不那么僵硬，再轻声应道："看样子，匣子里盛的应是块古墨。"

"没错！是爹爹刚才赐我的李超墨。"公主笑着靠近我，又道，"伸出手来。"

我不解她何意，但还是依言伸手给她。

她把那块南唐古墨放在我手心，道："赏给你了。"

我不免惊异。如此贵重的古墨宫中库存不多，想必公主也是费尽口舌才能求得今上同意赐给她，而她竟这样随随便便地转赐给了我。

略一思忖，我猜到此中关节："公主又是想让臣做什么事么？"

"绝对不是，我可不是要你为我做任何事！"公主立即否认，但随后她再一开口，我便知道我所料不差。

"不过，哥哥。"她小心翼翼地微笑着，以商量的语气跟我说，"我想立春那天去先农坛看鞭春……"

“鞭春”原是古仪，出土牛以送寒气，以示送寒迎暖，劝耕以兆丰年之意。国朝此仪尤其隆重。立春前一日，开封府会进黄泥塑的春牛及耕夫、犁具等物入禁中，宫内以鼓乐相迎。立春之日，宰执率百官、亲王、贵戚入贺，聚于观稼殿前设的先农坛前，依序各具彩杖，环击春牛三次，以表劝耕，故名为“鞭春”。

那日有官衔的贵戚亦会参加仪式，公主必定想借机再见曹评。那是男子聚集的大典，宫眷不能参加，公主这样说，多半是想求我允许她再次乔装去看。

她求了我好几天，信誓旦旦地保证绝对不会被人发现：“因为那天我可以像别的小黄门那样着彩衣，戴鬼面，有面具遮着脸，谁会知道我是公主呀？”

后来我问她：“公主何必要经臣允许？像上次那样把臣支开，再悄悄跑出去，臣也是没法干涉的。”

“嗯……我不会再那样做了。”她有点腼腆地微低螓首，道，“我怕你会不高兴……”

听见这话那一瞬的感动，成了我答应她的理由。

那天她果然着五彩花衣，戴了个咧嘴大笑的鬼面，装扮成迎春牛的小黄门去看了鞭春仪式。我可以随众一起旁观，但自始至终，都尽可能地跟随着她。

不过，她没有如愿见到曹评。在她张望许久后，我过去告诉她刚刚打听到的消息：“契丹使者今日离京回国，曹公子随国舅出城相送，不会参加鞭春典礼了。”

虽然隔着面具，我仍能感觉到她深重的失望。

她呆立片刻，低声说了句：“我没说要见他。”然后，继续举目看众人击打春牛。

那泥做的春牛高四尺，身长八尺，象征四时八节；尾长一尺二寸，象征十二个月。牛身上还绘有四时八节日期时辰图纹，旁边则置耕犁等物。鞭春用的彩杖又称春杖，以五色彩丝缠成，每个官吏持两条，依官品顺序环击春牛后再围聚拜祭焚香，而最后的仪式是击碎春牛，众人争抢春牛土，且以抢得牛头并载之以归为大吉，此谓之“抢春”。

而今观礼者众，大多又都是位尊年高者，因此后来的抢春一节皆是由年轻官吏及宗室、贵戚子弟参与，年长者仅旁观而已。

礼至抢春时，春牛坛下已聚满了跃跃欲试的青年，个个都看着春牛摩拳擦掌，只待司仪发令。就在此刻，有个着红梅色襕衫的十七八岁男子忽然发力，从人群后方拼命挤到了坛下第一排。这迅猛动作激发了被挤开者的不满，皆对他推推攘攘，而他张开两臂努力招架，毫不退让，红着脸，喘着气，两眼直愣愣地紧盯牛头。

我看清他面容后即暗觉不妙——那是驸马李玮。许久不见，他模样并无太大变化，只是高了一些，也略胖一点，更显壮实，在周围一群宗室贵戚子映衬下，不免透着几分粗蛮之意。

正想劝公主回去，她却已留意到李玮。李玮那衣袍的颜色简直令她愤怒："这么丑，皮肤这么黑的人竟也敢穿红梅色衣服，真是东施效颦！"

我哑然失笑。立春日的仪式与寻常大典不同，气氛轻松，亦不要求所有官吏都穿朝服，年轻的宗室贵戚子是可以随意选鲜艳的衣裳穿的。李玮也许只是碰巧选了红梅色，燕射那日他又不在，倒不一定是为效仿曹评。

但话说回来，他穿上这颜色衣袍的效果实在与曹公子相差太远，公主因此迁怒倒也不难理解。

打量李玮半晌，公主忽又自言自语地说："这人还挺面熟的，我是在哪里见过呢……"

担心她认出这没给她留下好印象的"傻兔子"，我当即对她道："公主，时辰不早，我们回去吧，否则苗娘子又要四处寻你了。"

而她面具下露出的清亮眼眸此刻正盯着李玮，带些探究意味地思索着，她回绝了我的建议："再等等，我想多看一会儿。"

我只好期望李玮不会在随后的活动中暴露身份。

但是，他的表现实在太醒目。春牛砸碎后，待司仪一声令下，他便朝着春牛头直冲了过去，左突右挡，挤倒了好几个人，终于挨到牛头近处，也顾不得多想便腾身向前，直直地扑了过去，把牛头压在身下，环臂紧紧搂住。此后再有人来，无论怎样生拉硬拽他都决不松手，为保住战果，任凭别人如何践踏他衣袖袍裾，亦不于此刻站起。

那牛头此前已有个身手敏捷者碰到，原是已双手捧住的，不料被他当面这一扑，那人竟被生生撞开，朝后摔了一跤，站直后一脸怒色，似想开骂。

我细看之下认出，此人是张贵妃的从弟，张尧佐之子张希甫。

李玮这时抬了抬头，张希甫发现是他，忽然一哂："原来是李驸马。难怪了，既把凿纸钱的力气都使出来了，叫我们怎么敢跟你争呢？"

这句话说得颇分明，坛上众人闻声大笑，皆不再与李玮争牛头，各捡了几片春牛土即纷纷散去。

李玮见周遭无人，才徐徐站起，犹紧抱着牛头，惶惶然四顾，像是怕再有人来与他争夺。

更糟糕的是，他现在的模样惨不忍睹：红梅色衣袍被踩得皱皱巴巴，满是脚印；头戴的幞头碰落在地上，早被众人踩扁；头发散乱，脸上多处泥污，额上有撞破的血痕……

我转顾公主，不知该怎样对她说。而她这期间一直静默地站立着旁观，像是隆冬冰雕一般，连眼珠都没转动过。

须臾，她才缓缓开口："我想起来了，他是那只傻兔子。"

我触触她的肩，想带她走："公主……"

她轻轻挣脱开来，问我："他就是李玮？"

我无法再对她隐瞒，终于点了点头。

她一低首，两滴泪珠从目中涌出，滑过面具五彩斑斓的笑脸，无声地坠落于地上。

【陆】驸马

"天下好男儿那么多，为何爹爹给我选的驸马却又呆又傻？"

公主在苗淑仪面前泣不成声。

苗淑仪一时无措，来不及细问她是怎样出去看见李玮的，亦顾不上责罚我等随从，短暂的愣怔之后即一把搂紧女儿，陪她垂泪，含怨道："谁让你爹爹视你如珠如宝呢？章懿太后生前，他未曾唤过她一声母亲，知道真相后却也晚了，天人永隔，他无法再向太后尽孝，只好竭尽所能补偿舅家。高官贵爵也封了，金银珠宝也赏了，犹觉不足，那他所能给的最珍贵的宝贝，也就只有你了。他要借你这天子女儿的下降，令舅家成为天下最富贵的家族。"

"如果我真是个珠宝也就罢了，任他送给谁都无怨言，因为没有眼睛，也没有心，分不出美丑，也辨不出贤愚。"公主泣道，"可是谁让我生为一个有知觉的人……我要去跟爹爹说，我不喜欢那傻兔子李玮，不要他做驸马。"

苗淑仪摆首，劝公主说："别去跟你爹爹争，没用的，这事都决定好几年了，当时都无人能令他改变主意，何况是现在。若你去向他哭闹拒婚，他一定会觉得你是看不起李家，是对章懿太后大不敬。这些天朝中杂事多，你爹爹本来就心绪欠佳，你万万不可再跟他提这事，徒惹他难过。"

"那就没办法了么？"公主依偎在母亲怀中，不断涌出的泪令苗淑仪衣襟都湿了一片，"我不想下半辈子每天都看见那张又黑又丑的脸。"

苗淑仪凄然长叹，一边以丝巾为公主拭泪一边柔声安慰她："离你二十岁还有六年呢，且等等看吧，或许这期间发生什么事，让你不必嫁他，也未可知。”

这时提举官王务滋进来，令她们的话题暂时中断。

“李都尉差人给公主送来一份礼物。”王务滋欠身禀道。

跟在他身后的小黄门高举一个托盘上前两步。那托盘上有锦帕盖着，其中有物体高耸，见那形状，我隐约猜到了是什么。

经苗淑仪授意，王务滋掀开锦帕，一个土牛头呈现于阁中人眼前。

“这是李都尉在今日抢春中夺得的牛头，特意让人送入禁中，祝公主平安康宁，永享遐福。”王务滋解释说。

公主与苗淑仪相顾无言。须臾，公主对王务滋命道：“扔出去。”

王务滋一愣，不知该如何应对。

公主又一字一字加重了语气：“把这牛头扔出去。”

王务滋低首称是，但并未有遵命的举动。

这时苗淑仪开了口：“李玮送这个来也是出于好心，公主不喜欢也不必糟蹋，不如转送给官家，他必定会很乐意收下呢。”

于是这牛头便被如此处理了。从下次公主见父亲时今上的表情看来，苗淑仪没猜错，这礼物确实令他很开心，连赞李玮有心，公主也懂事，时刻惦记着爹爹。

公主听了母亲的话，暂时没向今上提起自己对婚事的不满，却因此消沉了几天，全不见此前活泼之态，经常独坐着发呆，有时还会悄悄抹泪，不知是想起了她厌恶的驸马，还是注定无缘的曹评。

令她再次展露笑颜的人，竟是张承照。

那日我见公主依旧郁郁不乐，便建议她去阁中园圃看新开的百叶缃梅。经我多方劝说，她才恹恹地起身，张承照忙于前引路，与我一起陪她出去。

百叶缃梅亦名黄香梅或千叶香，花朵小而繁密，花心微黄，梅花叶多至二十余瓣，虽不及红梅艳美，但别有一种芳香，随和风飘于阁中，沁人心脾。

这香味似乎给了公主一点好心情，她立于殿庑下，倚着廊柱，神态恬静，半垂着眼帘，看园圃中的侍女嘉庆子和韵果儿剪插瓶的花。

她行动无声，亦未开口。那两位侍女剪梅枝之余正闲谈得开心，未曾发觉公主到来，兀自聊个不停。

嘉庆子说：“我曾悄悄地跑到大殿外看过李驸马，说实话，他那模样真比学士们差远了，穿上朝服也不像官儿。”

韵果儿道：“他本来就不是官儿呀，他不用像别的官员那样管事的，只领俸禄就好了。”

嘉庆子困惑地说：“驸马都尉不是从五品的官么？既有个官名，总得管点什么吧？”

韵果儿笑道：“驸马都尉本来就是个虚衔，官家不会让他干涉朝政的，要说管点什么……那就是管做公主的夫君喽！”

公主听到这里，眸光便黯了。

我轻咳一声，那两位侍女回头看见我们，大惊失色，忙过来向公主请安，一径低垂着头，不敢看她。

公主冷冷地，并不说话。张承照见状，上前几步斥那两个小姑娘：“背着公主瞎议论什么呢？还净胡说……驸马都尉哪里是公主的夫君！”

公主听他这话，微微转首看他：“那驸马都尉是做什么的？”

张承照向公主躬身，响亮地回答：“回公主话，驸马都尉中‘都尉’的意思其实是‘提举公主宅’，就是帮公主看家护院的，而‘驸马’本义为驾辕之外的马，现在指帮公主驾车，陪公主出行，或四处奔走为公主跑腿的人。总之，驸马都尉就是服侍公主的品阶稍微高一点的家臣，任由公主驱使，招之即来，挥之即去。”

听得嘉庆子和韵果儿忍俊不禁，悄悄引袖遮着嘴笑，而公主似乎对这解释很满意，亦随之笑了笑。

张承照见公主如此反应，越发来劲，又道：“公主下降绝非民间女子出嫁。民女出嫁要拜见舅姑，日后更要小心侍奉舅姑，须比对自己父母还要孝顺，说不定，还要受兄嫂和小叔子、小姑子的气。但公主下降可不是给驸马家做媳妇。何谓‘下降’？就是说公主像九天仙女一样，降临凡间，被驸马家请回去供奉。公主进了驸马家门，他们全家的辈分都要降一等，公主不必事驸马的父母如舅姑，只当他们是兄嫂就行了，也不必拜他们，反倒是公主在画堂上垂帘坐，让舅姑在帘外拜见。那些哥哥嫂子和小叔子、小姑子更别提了，就等于是公主的侄儿侄女，他们来向公主请安时，公主若高兴，就赏他们个笑脸，若是不高兴，都不必拿正眼瞧他们的……”

我蹙眉瞪了张承照一眼，示意他闭嘴，他这才住口不说了。而公主倒听得颇有兴致，追问道：“真是这样么？怎么爹爹都没跟我提过？”

张承照道：“千真万确，国朝仪制就是这样规定的，‘尚主之家，例降昭穆一等以为恭’。官家没跟公主说，大概是觉得还没到时候吧……反正还有好几年，早着呢！”

听了张承照这番话后，公主的心情渐渐好起来，似乎又把与驸马的婚约抛到了脑后，继续享受她婚前愉快的少女时光。

我想她自己其实也明白驸马都尉的含义并不是公主家臣，她现在的年龄也令她有了探究婚姻奥秘的兴趣，我甚至在经过她窗前时听见过她与侍女认真地讨论嫔御"侍寝"与得宠之间的关系，但如今，她显然很愿意躲在张承照对驸马的贬义诠释之后，刻意忽视将来李玮会扮演的真正角色。毕竟，接受一个不喜欢的人做"提举公主宅"要比接受他做自己的丈夫容易得多。

【柒】蜀锦

这年上元节，今上率后妃公主驾临宣德楼观灯。与往年一样，依然是楼上龙灯凤烛，楼下火树银花，但当张贵妃现身于御座之侧时，她那一袭锦衣，竟使这些原本堪与月争光的华灯黯然失色。

张贵妃着大袖长裙，绛罗生色领，加霞帔，悬玉坠子，这些都与往日常服并无异处，不同的是她外面所披的褙子。那褙子是以一种罕见的纹锦裁成，柔和垂顺，颇有质感，紫红底色，其上有用金线织成的灯笼纹样，中间杂以莲花图案。整幅纹锦色彩绚丽，在灯光映照下灿然夺目，令人不可逼视。

国朝崇尚俭素，真宗曾下诏禁止以织金、金线捻丝装著衣服，并不得以金为饰。如今这禁令虽有松动，但就算在宫中，以金线织锦裁衣者仍很稀少。众嫔御一向关注彼此服饰，今见张贵妃如此盛装，越发好奇，许多年轻娘子皆过来细看，口中不住赞叹，甚至以手去抚摸，目露艳羡神色。

苗淑仪与俞充仪虽未上前打量，却也频频侧首去看，后来俞充仪忍不住问同来的秋和："张娘子的褙子用的是什么衣料？那纹样瞧着倒新鲜。"

秋和答说："看样子像是蜀地的灯笼锦……妾也只是听楚尚服说起过，一直无缘见真品，不知有无猜错。"

张贵妃从旁听见，颇有自矜之色，对秋和道："董司饰果然有见识，这正是灯笼锦。"

秋和浅笑着朝她略略欠身，并不答话。

今上原本只是默然看着，听张贵妃说出这话才问她："灯笼锦并非宫中之物，你从何处得来？"

张贵妃转身向他，旋即低眉顺目地轻声回答："这是文彦博知成都时让人织的，后来回京，他夫人便送了一些给臣妾。"

两年前，灾异数见，河决民流，宰相陈执中遭演官弹劾，说他无所建明，只知寄望于卜相术士，陈执中遂以足疾为借口辞职罢相，出知陈州。而现在做宰相的是“大宋”宋庠和曾平叛有功的文彦博。

文彦博与张贵妃之父是故友，这在宫中尽人皆知。张贵妃父亲张尧封曾经是文彦博之父文洎的门客，张贵妃这些年致力于拉拢朝臣，欲得士大夫相助，遂借这层关系与文彦博论世交，认文彦博为伯父，并常与其夫人联络，透露朝中信息给她，以助文彦博晋升。

文彦博知成都后回朝，不久后拜参知政事。后来弥勒教徒王则在贝州起兵造反，今上因贝州临近京城而深感忧虑，某日曾在宫里对后妃说：“朝中执政大臣，无一人站出来为国家分忧，日日上殿面君，却都没有灭贼平叛之意。”张贵妃立即差贾婆婆出宫去把这话告诉了文彦博。文彦博次日上殿即请命前往贝州破敌，今上龙颜大悦，任命他为统军，率重兵围攻王则。后来果然擒敌平乱，今上便论功行赏，拜文彦博为相。

“你跟文家倒真像一家人，有什么好处都不忘给对方留着。”今上似笑非笑地对贵妃说。

张贵妃倒不紧张，微笑应道：“文相公虽与臣妾父亲有旧，但既为国重臣，臣妾安能差遣得动他？臣妾所有，皆属陛下。文相公让夫人送此礼，明里是给臣妾裁衣，实则是自置蜀地方物以奉陛下，以表忠君之心。说起来，臣妾获赠灯笼锦，全拜陛下所赐。臣妾感激涕零，无以为报，唯有再拜谢过。”

语罢即朝今上盈盈下拜。今上亦端然受了，再扶她平身，对她笑了笑，和言叮嘱：“这衣裳虽好看，但织金镂花，太过奢侈。穿过今日，以后就别再穿了。”

张贵妃连声答应，再瞧瞧周围那些本等着看她被今上斥责的嫔御，眼波一转，甚是得意。

虽今上命她以后不得再穿灯笼锦衣，但这并未影响到她现在展示新衣的心情。此后不断轻移莲步，在宣德门楼台上走来走去，如此片刻，忽又停在苗淑仪身边，侧首端详苗淑仪长裙，徐徐道：“苗娘子这裙子上的花朵儿倒很别致。”

那裙子上绣的是数朵千叶莲。苗淑仪明白她意思，遂笑而应道：“妾不知贵妃今日穿的褙子上有莲花纹样，择衣不慎，有所僭越，望贵妃恕罪。妾日后出门之前必会打听清楚，不会再犯这样的错误。”

张贵妃佯笑道：“我只是赞苗姐姐这花样好，并无他意，姐姐别误会了。”

一壁说着一壁又缓步走开，移至一侧人少处，倚着栏杆悠悠看楼下山棚彩灯、五夜车尘。

显然适才她对苗淑仪的示威引起了公主的不满。公主侧目瞪贵妃半晌，然后唤过张承照，命他俯首，在他耳边说了几句话。张承照听得捂嘴一乐，随即点头，轻手轻脚地后退着下了楼。

我低声问公主让他去做什么，公主说：“我有些冷，让他去取披风来。”

当然，这绝非真话，她双眸里有藏不住的笑意。但我没追问，何况，很快地，我看见了答案。

几枚名为“火蜻蜓”的烟花从宣德楼下倏地飞起，接连扑向张贵妃驻足的角落。惊得张贵妃尖叫着后退躲避，但还是有两枚火星溅到了她身上。

结果是那蚕丝金线织就的灯笼锦上被烙出了两个破洞，在褙子肩上，相当醒目。

这期间公主表现得很无辜，甚至在张贵妃躲避火蜻蜓时亦随她惊呼，自己也抱头掩面跑来跑去做回避状，连连叫道：“啊，啊，好害怕！”

最后，当她看见张贵妃捂着心口，盯着灯笼锦上的破洞，一副惊魂未定的模样时，她停下来，转身背对着众人，将额头抵在我胸前，无声地笑弯了腰。

【捌】仙韶

三月间，宫外传来魏国大长公主病危的消息。

魏国大长公主是太宗皇帝第八女，也是真宗兄弟姐妹中唯一在世者，一向为今上所敬爱。她虽贵为皇女，但贤淑恭俭如《列女传》中人物，下降驸马李遵勖后孝顺舅姑，尊重夫君，且善待驸马姬妾，视庶子一如己出。

后来驸马李遵勖与大主乳母私通，事发后有言官建议严惩驸马，乃至取其性命。真宗犹豫，便先把大主召来，试探着说：“我有一事想跟你说，但又担心……”话尚未说完，大主已惊觉，立即问：“李遵勖没事吧？”一壁说着，一壁泪流满面，哭倒在地上。真宗因此饶恕了李遵勖，只降他为均州团练副使。

驸马病卒后，大主从此不御华服、簪花饰，平日着意抚育驸马诸子，常诫他们以忠义自守，因此，从皇帝至满朝士大夫，无不盛赞其贤德，今上更每以她为例，教导公主守法度，戒骄矜，将来宜备尽妇道，爱重夫君，以为天下女子典范。

这次刚一听说她病况，今上即遣勾当御药院张茂则带太医前往大主宅诊视，自皇后、贵妃、公主以下，皆至其第候问，进拜用家人礼，皇后亲自奉药茗以进大主，态度恭谨宛若大主子妇。

太医回奏说大主病势不妙，今上当即车驾临幸大主宅。此时大主病重，已不能视物，今上大悲，含泪上前亲舐姑母双目，左右人等见状皆掩泪感泣。

今上后来转顾大主子孙，问他们有何愿望，意在为其加官晋爵，大主却在病榻上告诫其子："岂可借母亲之病而向官家邀赏？"今上又赐白金三千两，大主亦坚辞不受。

回宫之后，今上下令募天下良医，承诺若能治愈大主即授以官。并赐大主宅御书金字："大悲千手眼菩萨。"又命公主手抄经书百卷为大主祈福……但这些举措都未能延续大主生命。数日后，魏国大长公主薨，今上亲临其宅第哭奠，辍视朝五日，追封大主为齐国大长公主，谥号议定为"献穆"。

为表哀思，今上甚至还下诏命乾元节罢乐，宰臣皆反对，说圣诞罢乐大不吉，今上才不再坚持。

因大主薨逝，四月中的乾元节也不像往年那样热闹，虽然礼仪程序一样不差，但皇帝神色萧索，其余人亦不好如以往那般喜气洋洋、笑逐颜开。

天子诞节，按例是宰臣率文武百僚列班于紫宸殿下，拜舞称贺，然后宰臣捧觞入殿敬贺皇帝万寿。礼毕，皇帝赐百官茶汤，随后移驾入禁中，那时皇后已率众命妇于福宁殿内外恭候。待皇帝入殿，命妇拜而称贺，宰臣夫人亦有捧觞入殿向皇帝贺寿之殊荣，且要以红罗销金须帕系天子臂上，以表祝福。此后夫人再拜退出，燕坐于殿廊之左，随即乐声起，开御筵。

这日行捧觞之礼的宰臣夫人是文彦博夫人。捧觞祝酒之后，有内臣奉上红罗销金须帕，文彦博夫人接过，依仪系于今上臂上。待她系好后，今上向她提了一个她始料未及的问题："这罗帕，可是灯笼锦裁的？"

文夫人先是一愣，旋即面红耳赤，欠身道："臣妾惶恐……"

今上微微一笑，和颜道："无妨，夫人请入席。"

文夫人拜谢，低首退去。

此后开宴，每行一盏酒皆有笙琶歌舞及杂剧曲子助兴，但今上看得意兴阑珊，侧首对皇后道："献穆公主仙逝未久，再听这些教坊舞曲，总觉得过于喧嚣。"

皇后建议说："或暂停合奏，单命一二人吹奏箫笛，如此，既有乐声，亦不至于太喧嚣。"

"箫笛……"今上沉吟，似想起了什么，他开始展颜浅笑，"记得有一年乾元节，曹郎亦曾在殿上以龙笛吹奏《清平乐》，杜姑娘以箜篌相和。笛声清越悠扬如竹下风，箜篌空灵清冷如冰川水，两种乐声时分时合，配合默契，甚是悦耳，真有余音绕梁之感。”

皇后亦微笑道：“那时臣妾弟弟还只是个十几岁的少年，现在已不便上殿为陛下演奏。何况，此间亦再难觅杜姑娘……”

今上颔首，怅然道：“是啊，如今想来，唯可感叹此曲只应天下有了。”

一旁侍立的入内都知张惟吉听见，含笑轻声道：“曹郎虽不便再上殿，但他家大公子如今年纪也不大，刚满十四而已，若于殿上演奏，或许亦不致太失礼……元旦宴集中，皇后命臣送膳食给在外等候的曹公子，臣在后苑找到他时，见他正坐在一块山石上吹笛，那笛声听上去倒比教坊乐工吹奏得清灵呢。”

公主照例坐在帝后近处，一听提到曹评，她双眸便如春阳映照下的碧湖水，光采熠熠，顾盼生辉。此刻越发关注今上表情，她一瞬不瞬地盯着他，等待他反应。

今上对这建议也有几分兴趣，遂问皇后：“评哥今日入宫了么？”

皇后答道：“来了，现随他父亲燕坐于紫宸殿下。”

今上即命立于他身侧的任守忠差人去请曹评，想了想，又问张惟吉：“教坊中的女子，谁的箜篌弹得最好？”

张惟吉道：“仙韶副使卢颖娘的箜篌曲尚可一听。”

于是今上命人于殿中设箜篌，宣卢颖娘入内，稍后与曹评合奏。

须臾，有内臣将教坊箜篌移至大殿一隅。那箜篌高三尺许，形如半边木梳，黑漆镂花金装画为饰，张二十五弦，下有台座。

卢颖娘与曹评先后入殿，朝帝后施礼，领命奏《清平乐》后，二人退至一旁，低声议妥乐章配合细节，然后各自归位。卢颖娘跪于箜篌之后，低首敛眉，交手准备擘弦，而曹评接过御赐的横八孔龙笛，一手持了微笑着立于殿中，未先吹奏，静待箜篌声起。

静默片刻后，卢颖娘十指一旋，一串如美玉相击、雪山流泉的乐音随即响起，《清平乐》这支被教坊笙琶奏过多次的曲子，此时经箜篌演绎，听来格外清婉出尘，仿若云外天声。

曹评待她奏完一段，才从容引笛至唇边。箜篌声暂停，另一脉宛如被清风拂起的悦耳旋律随之袅袅浮升于大殿空中，像金兽口中逸出的淡淡一缕凌水香，那乐音仿佛带着清晨花木味，宁和舒缓地漫漫延伸，迂回舞动着，着意聆听之下，会觉得心思亦随之飘浮在云端。

一叠奏罢，二人开始合奏，箜篌笛声交织迭现，似芙蓉泣露，香兰迎风，听者皆屏息静听，时而如触和风细雨，时而若沐冷月幽光。

而且，不仅乐音动人，奏乐的这两人也是极美的。曹评风仪自不必多言，那卢颖娘也只十六七光景，身姿窈窕，青山远黛，眉目含情。曹评按笛间隙屡次转而顾她，而她也几番偷眼看曹评，与其目光相触，便有绯色上脸。

不过这情景令公主蹙然不乐，到最后索性转首不再看曹评，低目抿唇，颇有几分怒意。

一曲奏毕，今上笑赞："评哥小小年纪，竟把你父亲的绝技都学了大半。与颖娘这一曲奏得不错，有些空山凝云的意思。"

殿中众嫔御皆随之称赞，唯公主一言不发。其间曹评多次看她，像是等待与她示意，但她始终冷面端坐着，目视前方，倔强地不肯再看他一眼。

此后一连数日，都不见她再提曹评或与其相关的事，直到有一天，她信步走到瑶津池边，惘然举目看远处烟柳，半晌后，忽然转身对我说："我想学箜篌。"

第六章 珠阁无人夏日长

【壹】御史

我把公主的意思转告了苗淑仪，她对此一哂：“她能好好学么？肯定是胡乱学两天后就抛在脑后，再也不碰了。”

话虽如此说，她还是向皇后提了这事，于是皇后命人选了位善于弹奏箜篌的老乐师向公主授课。而结果大出苗淑仪意料，自从开始学习后，公主无一日不练习，且视为最重要的事，几乎所有空闲时间都用在箜篌上，因此，数月后她已弹得似模似样了。

初时，公主对音准不甚敏感，有次独自练习时，我在旁略作提醒，说有几根弦似乎未调好，她便一点点调试，让我帮她听。后来每次练习之前都要先让我确认音准，我为求方便，就找了支笛子，学了基本音阶，她调弦时吹相应的音给她参考。公主对这种校音法很满意，又兴致勃勃地建议我学吹笛子，以便将来给她伴奏。

我知道她很期待有一天能与曹评合奏，在此之前或许会把我作为练习的对象。就我而言，这样的初衷并不令人愉快，但还是接纳了她的建议，向乐师学习吹笛。

只要她开心就好。

今上对公主的箜篌技艺很感兴趣，几次三番想看公主演奏，但公主一直不答应，若练习时今上忽然驾到，她也会立即停止，不让父亲听见她不成熟的乐曲。

“等女儿自觉弹得略可入耳了，就会请爹爹来听的。”她对今上说。

皇祐三年八月，苗淑仪生日那天，在母亲要求下，公主终于鼓足勇气，准备在仪凤阁午宴后为父亲演奏箜篌。

但那天直等到正午，仍不见今上驾临。几个过来向苗淑仪贺寿的娘子等得久了，都左右相顾，颇为疑惑。最后俞充仪忍不住说出来：“莫不是散朝后又被宁华殿请去了吧？”

苗淑仪勉强笑道：“昨日官家答应要来看公主弹箜篌的……纵不给我这点面子，女儿的事他还是会在意的。”

尽管这样说着，她看上去也不甚放心，还是唤来了张承照，让他去这日今上视朝的垂拱殿看看。少顷，张承照回来，说官家仍在殿内与群臣议事。

苗淑仪松了口气，笑对诸娘子说：“不知那些官儿又不许官家做什么事，拖了这许久。”

张承照接话道：“臣见张贵妃遣了个小黄门在垂拱殿屏风后候着，恐怕今日所议之事与她娘家有关。”

娘子们当即交换了个眼色。

“难不成，她又唆摆着官家升她伯父的官，今日又害得官家在殿上被包拯喷了一脸的唾沫？”俞充仪随后说。

听得众娘子都笑了起来。

张贵妃从伯父张尧佐此前被任命为三司使，掌财政大权，诸臣大为不满，言官因此屡次上疏。去年八月，侍御史知杂事何郯以侍奉年老母亲为由，自请出知汉州。临行前上疏弹劾张尧佐，说他骤被宠用，只缘后宫之亲，不是真有才能。三司使位高权重，再往上升，便是二府宰执之位。何郯指出，用张尧佐至三司使，已是预政事，若进处二府，必将难平天下之议。最后他劝今上以社稷为重，对张尧佐应像对李用和那样，仅以富贵处之，而不假以权，勿因宠一人而失天下之心。

今上遂有了罢张尧佐三司使之意，张贵妃窥知他意思，便又代伯父讨官，想让今上封张尧佐做宣徽使。

宣徽使也是个极重要的官职，位于枢密使之下，枢密副使之上，总领内诸司、殿前三班，及内侍之名籍、迁补、纠劾等事务。还掌郊祀、朝会、宴享供帐之仪，内、外进贡名物，也是由宣徽院检视。这是个位尊俸高的美差，而且可以借总领内诸司的机会干涉宫中事，这也是张贵妃极力劝今上封她伯父做宣徽使的原因。

后来今上终于应允。宣布迁官诏令那天，张贵妃直送他至大殿门前，抚着他背千叮万嘱："官家今日不要忘了宣徽使。"今上亦连声答应，在殿上宣布罢张尧佐三司使之职，改封他为宣徽南院使、淮康节度使、景灵宫使和同群牧制置使。不想刚一降旨，即激起一场轩然大波。

多名官员在殿上表示反对，今上置之不理。退朝之后，御史中丞王举正留前来上朝的诸司百官面谏皇帝，并率所有御史台官员及谏院谏官上殿廷诤。

诸司向来是轮班上殿议事，并非人人每日皆到，这次台谏联合集体上殿廷诤是百年难逢的非常之事。今上本已很恼火，而王举正与御史包拯、殿中侍御史张择行、殿中侍御史里行唐介及谏官陈旭、吴奎却还轮番上前，高声劝他收回成命，大有不达目的不罢休之势。其中包拯措辞尤为激烈，直斥张尧佐"鼻羞不知，真清朝之秽污、白昼之魑魅"，又对今上晓之以理："爵赏名数，天下之公器，不当以后宫缗戚、庸常之材，过授宠渥，使忠臣义士无所激劝。"

他一口气便洋洋洒洒说了数百言，且情绪激动，边说边上前，逼近御座，唾沫星子直溅到皇帝脸上。今上不便躲避，众目睽睽之下，连以袖遮挡都不好为之，只得强忍着。好容易等他说得告一段落，才拍案而起，抛下一句："今后台谏上殿须先报中书取旨。"即冷面离去。

张贵妃之前遣了小黄门在殿后探伺，故此已知包拯犯颜直谏的事，忙迎出来向今上下拜谢罪。今上此时才举袖拭面，责备她道："适才包拯冲上前来说话，直唾我面。你只管要宣徽使、宣徽使，却难道不知包拯是御史么？"

这话一出口，又成了遍传天下的名言。今上此后宣布免去张尧佐宣徽南院使与景灵宫使之职，亦为他从谏如流的美名补充了个例证。除此之外，这事也让娘子们在谈起张贵妃的时候多了条笑料。

但此刻在仪凤阁中，张承照又说了两句话，令娘子们的笑容瞬间凝固："俞娘子说不定还真猜中了。臣刚才去垂拱殿，靠近大殿屏风时，曾听见殿上大臣反复提到'宣徽南院使'，似乎也有人在说张尧佐如何如何，兴许，官家在重提迁张尧佐为宣徽使的事。”

【贰】廷诤

苗淑仪颇诧异，问张承照：“上次那宣徽使的事闹得这样大，官家怎么还会旧事重提？”

张承照目示宁华殿方向，道：“一定有人在他耳边吹风呗。”

苗淑仪再问：“这回可又是全台全院的官儿上殿反对？”

张承照摆首道：“臣也想帮娘子看看，怎奈走入大殿后门，刚一靠近屏风，就被那里守着的内侍殿头呵斥出来了……可张贵妃派去的小黄门却还在那里……”

苗淑仪想想，对公主道：“徽柔，你带怀吉和承照去垂拱殿，等你爹爹退朝就接他过来。”

公主答应，唤我一起出门。苗淑仪对张承照使了个眼色，后者心领神会地颔首，躬身后退而出。

走到院中，犹听见身后有娘子抱怨：“这回可别真被她得逞。若她伯父做了宣徽使，往后我们岂不是连选谁使唤、迁谁留谁都要看她脸色？”

垂拱殿前后皆有门，御座之后有影壁，左右设屏风，皇帝及殿中内侍由后门出入禁中。公主带我与张承照进至一侧屏风旁等待，那里的内侍殿头见是公主亦不好阻止，倒是公主见张贵妃的小黄门仍守在那里，不觉有气，压低声音斥他道：“你在这里做什么？可是想探听朝中之事？”

小黄门惊骇，连称不敢，迅速退了出去。

这时忽听殿上有人提高了声音：“陛下！张尧佐自罢宣徽使，方逾半年，且还端坐京师，以尸厚禄，本已为千夫所指，今陛下复授其宣徽之职，天下物议腾沸、益增鄙诮，若制命实施，必将有损圣德。若陛下不纳臣尽忠爱国之请，必行尧佐滥赏窃位之典，臣即乞请陛下将臣贬黜出京，以诫不识忌讳愚直之人。”

他扬声说出这些话，竟大有以自贬要君之意。公主听了立即靠近屏风，透过缝隙往里看，旋即回头跟我们说：“这人是谁呀？还真把乌纱帽给摘下来了。”

我与张承照也去看了看，见那人四十余岁，穿的是御史中丞的服色，想必便是王举正了。此刻他跪于殿中，已除下幞头，高举过顶，闭目低首，静候今上表态。

而今上仍保持着温和的语调，安抚他道：“朕知卿贤直，但有谏言，从容道来便是，何必如此。尧佐之事，朕适才已反复解释过，这次虽授他宣徽南院使之职，但同时让他出外知河阳，所谓除宣徽使，不过是贴职以奖其劳绩，出知在外，亦无法干涉朝中及宫中事，众卿或可安心。”

他语音才落，便又有个官员站了出来，秉笏躬身，正色道：“陛下，宣徽之职仅次于二府，不计内外。张尧佐怙恩宠之厚，凌蔑祖宗之法，妄图非分，屡次向陛下讨职求赏。若除宣徽南院使，今虽出领外镇，将来亦必求入觐，即图本院供职，以至使相重任，陛下不可不察。”

这人一身绿色公服，显然品阶不高，年纪也不大，看样子似乎是个御史台微官。刚才张承照向公主低声介绍过王举正，现在公主又问这绿衣官员，张承照却也不认识，遂转首请教一旁的内侍殿头，那内侍殿头犹豫了一下，还是回答了：“那是殿中侍御史里行唐介。”

公主打量了一下殿上官员，又问：“包拯是哪位？”

内侍殿头答道：“如今御史台未经中书上报请得皇帝旨意便不能全台上殿，只能按日轮班，故包拯未能一起上殿。”

今上沉吟片刻，然后回应唐介道：“此次迁官，朕之前与中书商议过，宰执亦觉并无不可。”

唐介随即上前一步，道：“张尧佐比缘恩私，越次超擢，享此名位，已为过越，倘不抑止，恐怕日后国朝亦有国忠杨妃之祸。若迁官出自宰执之意，此乃其不念祖宗基业之重，有顺颜固宠之嫌，理应论罪而责之。”

见今上一时并不答话，唐介从袖中取出一册章疏，双手奉上，道：“之前臣等入白中书，请全台上殿，宰臣文彦博不许。臣自请贬放于外，彦博亦不报。如此蒙蔽圣聪，以求自保，足见其奸佞。臣拟了一份劄子，请陛下过目。”

今上示意身边侍立的张茂则下去接过劄子。张茂则转呈今上，今上展开一看，旋即大有怒意，将劄子掷于地上，不再细阅。

唐介却并不惊慌，自己过去拾起劄子，展开后朗声念道：“文彦博专权任私，挟邪为党，知益州日，诈间金奇锦，入献宫掖，缘此擢为执政；及恩州贼平，卒会明镐成功，遂叨宰相；奸谋迎合，显用尧佐，阴结贵妃，陷陛下有私于后宫之名，内实自为谋身之计……”

今上扬声喝止，唐介竟毫不理睬，一径念了下去：“自彦博独专大政，比所除授，多非公议，恩赏之出，皆有夤缘。自三司、开封、谏官、法寺、两制、三馆、诸司要职，皆出其门，更相援引，借助声势，威福一出于己，使人不敢议其过……”

今上再次拍案命道：“住口！”唐介仍然恍若未闻，继续照着劄子高声朗读：“臣乞斥罢彦博，以富弼代之。臣与弼亦昧生平，非敢私也……”

“里行”即实习之意，殿中侍御史里行资格卑浅，论其品阶，连从七品的殿中侍御史都不如。唐介品低位卑至此，竟不惧天威，公然触怒皇帝，这般表现直看得殿上人瞠目结舌，连屏风外见惯台谏奇言怪行的殿中内侍们都按捺不住好奇之心，一个个围聚过来，争相朝殿内探看。

而今上气得抚于案上的手都在颤抖，忽一挥袖，直指唐介道：“你这微末台官一年前才从外地迁补入京，竟敢如此肆意妄为，攻击大臣，咆哮殿堂，就不怕被贬窜流放么？”

唐介面无丝毫畏惧之色，仰首徐徐读完最后几句，从容合上劄子，才对今上道：“臣忠义激愤，就算异日受鼎镬之刑亦不会躲避，又岂敢辞贬窜之责？”

今上当即唤几位宰相执政出列，目示唐介，对他们说：“唐介论别的事朕尚可容忍，但现在竟说彦博是因贵妃才得执政，这是什么话！”

而唐介未待宰执应声，即指着其中一位着紫袍，系金带，悬金鱼的大臣道：“彦博宜自反省，若我所言之事属实，请自对主上讲明，不可欺君罔上！”

那位大臣便是文彦博。他仪容庄重，面色黝黑，往日亦颇有政声，倒委实不像个奸佞小人。此时受唐介指责，一时也未应声，只秉笏朝今上欠身拜谢。

枢密副使梁适看不过去，便出言呵斥唐介，道：“朝堂之上，岂可任你胡言乱语！难道宰相是要经你御史举荐才能当的么？还不速速下殿思过！”

唐介却坚持立于殿上不去，反而扭头气势汹汹地顶撞梁适：“我犯上直言，意在为国纳忠。而你等小人实与彦博为一丘之貉，狼狈为奸，顺承帝意以邀宠。若圣德有损，国家有变，你又承担得起这等罪责么？”

公主看得咋舌，轻声对我道：“爹爹现在肯定又想一头撞在龙柱上了。”

就在这时，但闻殿上传来一声脆响，我们不免惊诧，忙侧首去看——原来是今上拂落了面前案上的青瓷笔架。

“来人。”他盛怒之下反倒镇静下来，声音冷冷地，“把唐介押下，送御史台纠劾。”

两名殿外侍候的禁卫应声进来，走到唐介身边，欲挟持他出殿。唐介一振衣袖避开，略一冷笑，转身自己阔步出门。

殿中的王举正似还想为其辩解，但刚一开口，唤了声“陛下”就被今上扬手止住，喝令道：“你也出去！”

王举正默然，将手中乌纱搁于地上，拜退而出。

文彦博待二人离去后，朝今上再拜，道：“台官言事，是其职责，望陛下宽待唐介及王举正，不因此事加罪于他们。”

今上不答应，顾左右道：“今日当制的中书舍人是谁？快召来为朕草制：殿中侍御史里行唐介责授春州别驾。”

春州地处岭南，乃穷山恶水之地，放逐到那里的官员多有死于任上者。

这时今上意态坚决，怒不可测，群臣都不敢再进谏。片刻后，坐于大殿一隅执笔记录君臣言行的修起居注官员搁下手中笔，起身，缓缓走到殿中。

此人长身美髯，举止温文，我一看即认出他是多年前见过的蔡襄。在因新政风波外放数年后，他和当初奏邸一案中被逐的大部分馆阁名士一样，又被召回朝中了。

“陛下。”蔡襄欠身道，“唐介确实狂直，今日言行甚为无礼。然容受臣子尽心谏言，是帝王盛德。陛下一向从谏如流，善待言官，故臣斗胆，望陛下矜贷唐介之罪，从轻发落。”

今上却不欲再多言，说了声“退朝”便起身入内。

公主立即后退，立于垂拱殿后门之外，待今上出来后便迎上前行礼问安。

今上见她，蹙眉问道：“你怎么在这里？”

公主微笑道：“爹爹忘记了么？今日说好要去仪凤阁看女儿奏箜篌的。”

“哦。”今上记起来，但脸上满是疲惫之色，“可否改日再去？爹爹很累。”

公主有些失望，但仍点头答应：“那爹爹先回去歇息吧，何时想听了，再告诉女儿。”

今上颔首，匆匆向福宁殿走去。公主目送他，忽然又开口唤了声“爹爹”。

今上回首：“还有何事？”

公主以手抚胸，巧笑倩兮：“深呼吸。”

今上错愕，旋即反应过来，看着女儿，终于展颜笑了。

【叁】绝句

这次台官的谏言未能奏效，今上还是坚持除张尧佐宣徽南院使，不过同时命他出知河阳，因此张氏对朝廷与宫中的影响也有限，娘子们虽然仍不满，但倒也不似以往那样多有怨言。

因御史中丞王举正等人连续上疏抗争，说对唐介处罚太重，所以今上把外放唐介的地点改了改，从春州改为相对好一些的英州。十月中，我又从张承照那里听到一个消息：今上命张茂则护送唐介去英州。

我很惊讶，立即去找张先生。那时他正在收拾行装，亦证实了这个消息。

“官家为何会下这命令？”我问张先生，“贬放臣子，并无遣中使护送的惯例。”

张先生告诉我：“英州虽不若春州恶弱，但仍处岭南，官家担心唐介水土不服，死于道上，所以命我沿途护送，着意照料，让他平安到任。”

此刻我更关心的是张先生。岭南山邈水远，世人皆畏其水土，虽名为护送，但张先生将面临的危险并不比唐介少。

心中有千言万语，最后却只化为很简单的一句：“先生多保重。”

他完全明白我心思，微微一笑：“别担心。我是做了三十多年内臣的人，没那么矜贵。”

唐介与张先生启程后没几天，今上出人意料地，又下了一道诏命：宰臣文彦博罢为吏部尚书、观文殿大学士、知许州。

有人说这是文彦博因灯笼锦事不敢安于相位，故自己请辞，今上顺势答应；也有人说这是今上在贬放唐介之时就做的决定，争执的双方均罢之，以示公允。无论是怎样，效果都不错，平息了诸臣关于宰臣交结后宫的议论，世人皆赞陛下英明。

一日我随公主去福宁殿见今上，彼时皇后也在，正与他垂目同赏案上的一幅画。行礼之后，公主兴致勃勃地也过去看，一见即睁大了眼睛：“是唐介！”

我略微靠近，抬目望去，发现那上面画的果然是唐介的头像。

“徽柔也认得他？”今上问。

“哦，不是。”公主忙否认，手指画卷上的字，说，“画上写了他的名字。”

今上一笑，对皇后说：“这次选的画待诏不错，据说也只见过唐介两次，竟绘得颇为神似。”

公主很好奇地问父亲：“爹爹让人绘唐介头像，是准备挂在天章阁么？可是听说他的官很小呀……”

天章阁中挂着国朝历代名臣头像，但以唐介的官位品阶，显然是无资格入选的。

今上笑而不答，唤了名近侍过来，一顾唐介头像，吩咐道：“把这画送到宁华殿，让贵妃挂在阁中。”

我于一旁听着，面上虽不会流露任何情绪，心下却是暗暗称奇，几乎怀疑那日在垂拱殿所见，皇帝怒责唐介的景象是错觉。

而这之后，皇后微笑着，向今上表达了她关于唐介的一点意见："陛下英明仁厚，爱惜言官，虽问了唐介无礼犯上之罪，却仍嘉其忠直，既为其画像，又特遣中使护送，力保其周全。但台谏官贬黜，向来无此体例。一旦唐介因霜露之病死于道路，四海广远，此中真相又不可家至户晓，倘若死讯传来，臣民忆及唐介死时有陛下所遣之人在侧，恐怕有人会就此妄自猜疑，徒使朝廷负谤于天下，或将有损陛下清誉。"

今上思忖片刻，然后笑了笑："亦有两位臣子这样跟我说。既然皇后也想到了，可见这点顾虑确有道理。"

他很快下旨，命人追回行至半途的张茂则。而此后唐介也平安到任，任职仅月余，今上又将他徙为金州团练副使、监郴州酒税，让他彻底离开了岭南。

皇祐四年的上元节宫中气氛比往年略有不同。

今上召回了在庆历八年宫乱事件中被贬黜出京的内臣邓保吉，虽未立即恢复他入内副都知之名位，但对其好言抚慰，承诺日后会加以升迁。

邓保吉原是真宗朝老内臣，为人和善温厚，在宫中人缘颇佳，与张惟吉、张茂则、裴湘等人皆为好友，而他另一旧友，已致仕的内臣孙可久闻讯后亦从宫外赶来与其相聚。

上元节午宴上，今上特赐几位老内臣坐，宴罢赐茶汤，留其闲谈。因邓保吉此前曾任颍州兵马钤辖，而欧阳修前两年移知颍州，两人多有往来，故今上频频问他欧阳修之事。邓保吉一一回答，还让人取来笔墨，写下一些记得的欧阳修新近诗作给今上看。

今上阅后嗟赏不已，又唤过公主，让她留心品读。

以后的话题就集中于诗词上。除裴湘外，孙可久也是个善吟咏，有诗名的风雅内臣。与宫中最常见的宦官不同，他赋性恬淡，对钻营与晋升并无兴趣，才逾五十即乞致仕。而今出宫外居，都下有居第，堂北有小园，城南有别墅。每逢良辰美景，便以小车载酒，优游自适。

读完欧阳修诗作，今上笑对孙可久说："听说孙翁出宫后常与名士唱和，可否也赐新作一观？"

孙可久忙称"不敢"，又道："今日臣入宫，先往禁中走了一圈，看了看诸阁门前的春帖子。阅后实在汗颜，学士们诗作实乃字字珠玑，佳句频出，尤胜前几年。臣纵胡诌过几首歪诗，此刻也全被吓回去了。”

裴湘闻言笑道：“孙先生过谦了。不过今年春帖子确实好看，皆因官家开恩，把前些年外放的文臣召回好几个，故春帖子佳句也增了不少。”

孙可久顺势感叹皇恩浩荡，今上捋须浅笑，道：“奉承话就不必说了。孙翁难得入宫，今日就为朕写副春帖子吧。”

孙可久想了想，又看看身后站着的裴湘养子裴珩，再应道：“官家有命，臣自不敢违。见今日情景，倒也有了一联，只是尾联尚未想好。听说阿珩由楚老悉心教导，诗也作得极好，不如便请他为我续这两句吧。”

楚老是裴湘的字。裴湘听了这话连连摇头，道：“阿珩哪会作诗，平日胡诌的不过是几句顺口溜罢了。”

今上却对孙可久的建议大感兴趣，即命裴珩与孙可久联句。裴珩还只是个十五岁的少年，性情率真，亦不推辞，落落大方地颔首答应，对孙可久道：“请先生先作首联。”

孙可久笑着提笔，在纸上写了两句：“振鹭于飞绕紫宸，吹笙鼓瑟玉醪醇。”

“振鹭于飞”借《诗经·周颂》之典，意谓君子来朝，迎之以礼，用在这里，有赞赏皇帝善待贤臣之意。

今上看了颔首嘉许。孙可久随即把笔交到裴珩手中，裴珩略作沉吟，便一挥而就。

公主守在旁边，一壁看着，一壁随之念出这尾联：“无人更进灯笼锦，红粉宫中忆佞臣。”

【肆】皇孙

公主声音不大，却也足够令周围的人听清。紧随其后的，是一阵微妙的沉默。围观诗作的人唇边的微笑都还维系着，却暂时未有任何言谈，一个个有意无意、或明或暗地，目光都掠过了侍坐于今上身侧的张贵妃。

张贵妃肯定也听见了裴珩的诗句。若是以往，对冒犯她的小黄门，她也许会出言斥责，也许会示意身边的内侍代她责罚，但此刻，面对这空前的当面嘲讽，她竟然一时没对裴珩有任何动作。在冷冷地瞥了裴珩一眼后，她开始定定地注视着今上，以此间沉默代替她的申诉和请求。

而今上居然没有看她。或许看了，但用的只是心里那只眼睛。他不愠不怒，安然自若，目光从诗笺上徐徐移至裴珩脸上，面色像是被那少年黑白分明的双眸映亮，他最后唇角上扬，引出一抹和煦如暖阳的笑意。

“好诗。”他说。

他是真的笑纳了裴珩的诗句，甚至在裴湘代子请罪的话只说出几字时便止住他，继而命人取什物赏赐裴珩和孙可久。于是先前暗暗为裴珩担心的内臣们皆松了口气，跟着今上展颜笑，公主亦很开心，亲自铺纸要裴珩再写一副春帖子。

包括今上在内的众人公然渲染着这此间和乐气氛，均像是视张贵妃如透明。她铁青着脸枯坐片刻，最终用衣袖拂倒了面前杯盏，以打断殿中笑声，然后她在众人瞩目之下站起，未施礼告退便漠然走出大殿。

今上亦没就此说些什么，只让人把杯盏碎片收拾干净，再对执笔侧首关注着他的裴珩笑笑，温和地吩咐：“继续写。”

裴珩的诗句很快流传到宫外，颇得士大夫赞赏，都下也有人将这诗编成歌谣传唱，未过许久，又传到宫中。鉴于今上已公开表示过对这诗句的宽容，宫人们亦无顾忌，因此一时间，禁中飘满了“无人更进灯笼锦，红粉宫中忆佞臣”的歌声。

最后倒是皇后对这首歌下了禁令。“文彦博施政多有可称道处，而且，听说灯笼锦是他夫人自作主张献给贵妃的，他本人之前并不知晓。这两句诗写得过了。”她后来说，从此不许宫中人再唱这歌。

张贵妃并未因此承她的情，对皇后依然时有冒犯之举，而灯笼锦之事后，面对今上不可捉摸的态度，她显得更加患得患失。

大概出于对失宠的恐惧，早在皇祐二年，她就请今上纳了她的第八妹，封为清河郡君，但这个妹妹沉默寡言，并不怎么得宠，于是，皇祐四年，她又把刚至及笄之年的养女周姑娘送到了今上面前。

周姑娘单纯善良，且又是今上亲眼看着长大的，因此倒是颇得今上眷顾，受封为安定郡君。但张贵妃此后情绪却变得极不稳定，若今上数日不见周姑娘，她会建议他多去看她，而一旦今上当真临幸了，她又常常会无名火起，不时打骂下人，甚至借故怒斥周姑娘。

这样日复一日的忧虑烦躁状态也逐渐摧毁了她的健康，才满三十，已是百病缠身，容色颇为憔悴。

两年后，年号改为“至和”。每年元月初七，皇后养女、京兆郡君高姑娘都会带她和十三团练的儿女入宫来探望皇后，这年也不例外，清晨即入宫，与皇后相聚一天。

高姑娘已育有二子二女，其中两位公子先后由今上赐名为仲针和仲明，一个七岁，一个五岁，生得极可爱，眉目之美尤甚于十三团练，公主非常喜欢，每次他们入宫，公主都会去与他们一起玩很久。

这两个孩子容貌不无相似之处，但性格却迥然相异。每次入宫，略小一些的仲明总是乖乖地待在皇后身边，或者任由娘子们抢着抱来抱去，从来不哭不闹，也很安静。而仲针则活泼很多，总是四处寻找可以拨弄玩耍的东西，一刻也闲不住，且极讨厌人抱他，从刚学会走路时起就是这样，若有娘子抱他，不管是谁，他一概挣扎着下来，一定要自己走。

这次一碟蜜饯又使他们流露出了不同的个性。

皇后于殿中赐他们每人一碟蜜饯果子，梨干、胶枣、桃圈、乌李、沙苑榅桲、漉梨、林檎干之类，还配有几块西川乳糖、狮子糖和霜蜂儿。公主看见，就故意笑着向皇后怀中的仲明伸手："仲明，把你的果子给姑姑好不好？"

仲明此刻正拈了一颗乌李准备塞进嘴里，见公主这样说，立即就把那乌李递给了她。公主接过，当真自己吃了。仲明看见，又抓了一把蜜饯给公主，此后犹觉不足，索性扑向案上，把整个碟子都往公主面前推。

"全给我？"公主指着蜜饯说。

仲明点点头，对姑姑微笑。他有一双安宁柔和如平湖秋水的眼睛。

公主笑着抚抚仲明的脸颊，拈了一枚桃圈喂他，然后又转身去逗他哥哥："仲针，你的蜜饯也给姑姑么？"

结果惨遭拒绝。停止分拆锦幔边的一个鎏金银香球，仲针回头，盯着她直说："仲明不是把他的蜜饯都给了姑姑么？"

"不够呀。"公主笑说，"姑姑小时候都吃不到蜜饯果子的，所以现在要多多的。"

"为什么吃不到？姑姑是公主，想要多少就有多少呀。"仲针问。

公主回答："因为翁翁不许姑姑吃。"

"翁翁为什么不许？"

"因为那时姑姑在换牙，他怕姑姑吃了蜜饯牙长不好。"

"哦，那我也不能给姑姑。"仲针很严肃而坚定地表明了他的态度，"蜜饯吃多了牙会黑，姑姑是女子，牙黑了不好看，所以我不能给你。"

这话一出，旁观的殿中人都笑了。公主亦笑个不停，对仲针招手道："你个鬼灵精！快过来，让姑姑拍你两巴掌。"

苗淑仪听了自己先就作势拍了公主一下，笑道：“你还真好意思呢，十七岁的大姑娘了，还跟小侄儿争果子吃！”

这期间不断有向皇后请安的娘子进来，见高姑娘母子在都很欢喜，纷纷留下与他们闲谈。今上退朝后亦赶来，与皇后一起含饴弄孙，共享天伦之乐，看上去十分愉快。

张贵妃一直没露面，将近午时才姗姗而来。皇后见了亦赐她坐，且让孙子孙女向张贵妃见礼。

诸子施礼如仪，口中唤的是“张娘子”。今上听见，便对他们说：“都是一家人，别那么生分，日后就唤张娘子为‘小娘娘’吧。”

京中孩子称祖母为“娘娘”，这也是高姑娘子女对皇后的称呼。皇后见今上这样说，遂目示张贵妃，让怀中的仲明先唤她。

仲明犹豫了一下，终于还是依照帝后的意思唤了一声：“小娘娘。”

张贵妃微微一笑，又看向另一侧的仲针，若有所待。

仲针亦在看张贵妃，与她目光相触，遂开了口，声音清晰响亮，但唤的却还是：“张娘子。”

张贵妃笑容淡去，今上亦蹙了蹙眉。高姑娘轻轻拉了拉仲针衣袖，低声纠正：“是小娘娘。”

仲针却摆首，朗声对今上说：“在这宫里，仲针只有一个翁翁，当然也只有一个娘娘。天下没有‘小皇后’，仲针也不会有‘小娘娘’。”

【伍】履道

这句话无疑激起了一阵不小的波澜，但在帝后未改容的情况下，照例悄无声息地隐没于各人心底。

今上没有再勉强仲针唤张贵妃，他沉默着，面色倒仍然是柔和的。

高姑娘知趣地拉过此前在一旁与秋和玩翻绳花游戏的两个女儿，在她们耳边低声嘱咐，于是两位小姑娘上前向张贵妃行礼，口中都道：“小娘娘万福。”

张贵妃见状，起初僵硬的表情才略为松动，若有若无地笑了笑，淡淡吐出一个字：“乖。”

然后，她徐徐起身，朝皇后一拜，道：“皇后，十日后是臣妾母亲生日，臣妾拟于明日前往相国寺进香，为母祈福，望皇后恩准。”

皇后和颜道：“贵妃为母行孝，自然无有不妥，我稍后会命司舆为你备好车马，明天一早便可出行。”

“谢皇后。”张贵妃说，但她看皇后的眼色却很冷漠，令人觉察不到半点谢意。

此后，她又提出一个要求：“臣妾车辇所的伞扇羽仪均已陈旧，尤其是那一品青伞，颜色最为暗旧，若明日出行再用，恐会招致路人指点，有损皇家威严。因此，臣妾想借皇后车舆上红伞一用，望皇后亦开恩许可。”

后妃车舆仪仗有定制，红伞仅皇后能用，张贵妃所提的是一无礼僭越的要求。而且，这并不是个新议题。她以前就曾向今上请求允许她用红伞，今上命群臣商议决定，结果几乎遭到所有人反对，最后只许她用青伞。明明已有定论，她却于此时旧事重提，很像是对皇后的公然挑衅。

“红伞？”皇后沉吟，看了看今上，她出言问他，“官家以为如何？”

未待今上开口，张贵妃便已先代他作答：“臣妾昨日已问过官家，官家让臣妾来问皇后，说皇后许可便好。”

皇后再转视今上，未见今上否认，遂做了决定。唤过张惟吉，她吩咐道：“一会儿你去跟司舆说，明日张娘子车马配红伞。”

张惟吉面露难色：“娘娘……”

皇后微笑着，像是鼓励地，对他点了点头。

其余宫中人默默看着，都不敢妄发一言。未承想，最后竟是仲针表示了异议。

“翁翁。”他问今上，“红伞是任何人都可以用的么？”

今上一时未答，仲针便又说：“上次臣随娘娘去金明池，见她车上红伞很好看，就问姑姑，何不也用这颜色的伞，结果被她骂了，说红伞只有皇后能用……姑姑说错了么？”

众人屏息静待今上回答，而公主在这一片静默中悄悄对仲针眨了眨眼，赞许地笑了。

“她没说错。”今上终于表态，转顾张贵妃，又道，“国家文物仪章，上下有秩，你若公然张红伞出行，必不为外廷官员所容，徒惹物议罢了。皇后好意，你且谢过，明日出行仍用青伞。”

皇后身边近侍，自张惟吉以下，闻言均拜谢今上：“陛下圣明。”而公主看见张贵妃此刻表情，差点笑出声来。我适时送上一杯新点的茶，她接过以袖掩面做饮状，但颤抖的双肩仍泄露了她此时情绪，终于点燃了张贵妃的怒火。

“官家。”张贵妃略略提高了声音，当众质问今上，“为何你一而再，再而三地容许人羞辱我？如今，从你的女儿、孙子、姬妾，到宫中最卑贱的小黄门，谁都可以拿我取笑作乐，我成了这宫中最大的笑柄！”

今上没有接她话头，只和言道：“你近日身子不大好，是不是有点累了？早些回去歇息吧。”

张贵妃却摆首，拒绝循他铺设的台阶而下。她胸口起伏明显，应是在压抑怒气，但收效甚微，两目泛出了泪光，她继续直言：“所谓三千宠爱在一身，其实只是个笑话。十几年来，我得到了什么？不过是三千粉黛的妒忌和朝廷百官一次又一次的指责。你金作屋、玉为笼地把我困在这座皇城中，只许我和我的家人眼前富贵，但我真正想要的，你却从来不给我……”

今上并不回应，但问身侧的张茂则：“最近为贵妃视诊的太医是谁？”

张先生报上太医名字，今上道：“撤了，换个高明的来。”

张贵妃听见，冷笑道：“我没病！入宫二十多年来，我从没像今天这样清醒过……你纵容台谏斥责我，以致芝麻大的官，都敢指着我的鼻子骂我是败坏国家的杨贵妃！而那些稍微跟我露过好脸色的大臣，你都会将他们贬放出京。贾昌朝是这样，夏竦、王贽是这样，王拱辰是这样，连对文彦博也是这样……皇后一派的官员内侍你倒是着意关怀，先前外放的也要一个个召回来。如今，邓保吉都回来了，但杨怀敏呢？你却又为何不召他回宫？”

她停了停，先看看张茂则，然后再顾未发一言的董秋和，忽又说了一句无礼至极的话：“你还真给皇后面子，连她的两个心腹你都欣然笑纳，一个随你上朝堂，一个陪你上龙床……”

秋和脸色苍白，无意识地勒紧了刚才闲缠在左手手指上的丝绳。

今上亦忍无可忍，幡然变色，扬声喝道：“来人！”

任守忠立即趋上待命。皇后似看出今上的意思，一按他手背，摇了摇头。

今上一怔，神色渐缓和。“请贵妃回寝殿歇息。”他以平和语气命令任守忠。

任守忠答应，上前欲扶张贵妃，张贵妃猛地挣脱，一指皇后，凝视今上，声泪俱下：“这一场仗打了十几年，我终于还是输给她了……你让你的嗣子娶她的养女，生下的长孙也只认她为祖母。有朝一日，若那刚才羞辱过我的孩子坐在了紫宸殿上，届时他又会怎样对待我？”

见今上蹙眉不语，她又目指皇后：“你总说她宽厚端庄，对我屡次退让，要我谢她。可是你有没有想过，吕后在刘邦生前，面对戚姬，摆出的不也是宽厚端庄的姿态？而一旦儿子即位，她就把戚姬残害成了人彘！”

这时公主起身，上前数步，对张贵妃道：“张娘子，我倒也想问你，你有没有想过，刘邦的姬妾不止戚姬一人，为何只有她落得个做人彘的下场？”

“她能有什么错？”张贵妃道，“不过是因她最得宠，所以招致吕后嫉恨。”

公主摆首，道：“如果不是她怙宠上僭，曾三番五次地怂恿刘邦废嫡后太子，改立自己儿子为嗣，又岂会令吕后愤怒至此？履道坦坦，幽人自吉。如果你没做错事，又怕什么报应？”

张贵妃侧目怒视她：“公主，你也是庶出，我与你母亲是一般人。你却为何全帮皇后说话，处处凌蔑于我？”

公主应道：“我看不起你，不是因为你的嫔御身份……狭隘的心胸承载不起日益滋长的欲望，所以处处可笑。”

“欲望……”张贵妃重复着这词，又反问公主，“难道公主就没有欲望？设法寻求自己想要的东西，又有什么错？”

这问题让公主有一瞬黯然，但很快又抬起眼帘，她清楚作答：“我也有想要的东西，但那不涉及权柄社稷，不过是一个寻常女子最简单的愿望。而你才为贵妃，就费尽心机地为自己和家人谋利求封赏，多年以来，还一直企图培植党羽密谋废立之事，异日若为国母，必会极天下之养以填一己欲壑，这也是我鄙视你，群臣斥责你，和爹爹尊皇后而抑制你的原因。”

这话令张贵妃怔忡半晌，后来，她幽幽地笑了：“好个志向冲淡的公主！但是，我不妨现在告诉你，将来你一定会发现，你那寻常女子最简单的愿望有一天也不会为世人所容，你这样的性子，也一样会让你落得个群臣怒斥、帝后抑制的下场。”

言讫，她傲然仰首，转身离去，在将出殿门时又回头，朝着公主诡异地笑。

“你可以把这看作是我的诅咒。”她说。

这日夜间，宁华殿传来张贵妃急病发作的消息。今上匆忙赶往探视，张先生也带着不同的太医去了好几次。出入宁华殿的人都面色凝重，且不时有贵妃哭喊声隐隐自内传出，宫中人都觉出事态严重，苗淑仪遂命张承照带两个小黄门去彻夜守候打探。

翌日清晨，张承照才回来，回禀道：“刚才任都知从宁华殿内出来宣布：贵妃张氏薨。”

宫内大多数人都认为张贵妃是自杀，有人说她服毒，也有人说是吞金，不能即死，所以哭闹了许久。也有少数人猜测是皇后所为，不过，我看不出皇后在这种情况下有任何谋害张贵妃的必要。

后来遇见张先生时，我还是未能免俗，像所有好奇的宫人那样，问他张贵妃的死因。

他给了我一个简单而透彻的答案：“绝望。”

【陆】追尊

王拱辰与冯京，本朝风姿特秀的两位状元，一位服紫，一位服朱，各秉白笏，分守于白玉栏杆琉璃瓦的福宁殿前，神情肃穆地等候皇帝召见。

任早春清冷的风吹拂着他们的曲领大袖，他们均目视前方，保持着长久的静默，在一种类似对峙的氛围下，甚至连眼睫都未曾有过一瞬的颤动。

这幅奇异而优美的画面下，隐藏着张贵妃以她的生命为代价引发的，与皇后最后的战争。

张贵妃薨后，今上颇为感伤，宣布当日辍朝，在宁华殿悲悼不已，还向人叙述夜贼入宫，贵妃赶来护卫，以及久旱之时刺臂血书祝辞之事。宁华殿提举官、入内押班石全彬乘机建议今上在皇仪殿为张贵妃治丧。

国朝仪制规定，皇后薨逝才可治丧于皇仪殿。石全彬此举其实是建议今上追册张贵妃为皇后。

消息传开，大内哗然。皇后在世而追尊贵妃为后，无异于公然损及当朝国母的颜面尊严。

这日辍朝，二府宰执不得入内，禁中可能就此事发表意见的，唯有两名因公事值宿的官员——翰林学士承旨王拱辰和同修起居注冯京。

因与张贵妃有来往而被外放的官员中，只有王拱辰一人后来被召回京城，任翰林学士承旨。冯京这几年则一直任馆职，一年前新除同修起居注，随从皇帝出入，负责记录皇帝言论行止，修成起居注以送史馆修实录与正史，这是只有进士高等、制科出身之有才望者才能拜的官职。由以上两点也能看出今上对这两位状元确是另眼相待。

张贵妃噩耗传至翰苑，王拱辰立即上疏要求追尊贵妃，而在起居院中的冯京听见这消息，亦当即拟了章疏，称追尊之事不可行。待今上回到福宁殿后，两人齐齐来到大殿前，各自请求皇帝赐对。

我承了苗淑仪之命，往来于诸阁间，帮她传递消息，彼时路过福宁殿，正好看见二人对峙的景象。

问过殿前宦者，我知道他们的章疏早已传交至今上手中，但今上迟迟未宣他们入内。而冯京与王拱辰像本朝每个言官那样，均不缺乏坚持的耐心，分守在殿前东西两端，于绝对的静默中剑拔弩张。

又过半晌，殿中才有内侍出来，宣王拱辰入对，而对冯京和言道："陛下口谕：今日辍朝，不必劳动冯学士执笔，请学士回院休息。"

冯京却不领命。目送王拱臣入内后，他蓦然在殿前跪下，一字一字，扬声道："臣冯京恳请皇帝陛下赐对。"

福宁殿中一片静寂，并无任何回应。

冯京继续跪着等待，直到我离开，他亦无放弃的意思。

我此后随公主与苗淑仪去柔仪殿探望皇后，也留于其间静候消息。须臾，张惟吉含泪进来，向皇后禀道："官家接受了王拱辰的建议，欲追册张贵妃为皇后，已命他待明日与宰执商议后写诏令。"

"这怎么可以！"公主当即起身，"我去跟爹爹说……"

"徽柔。"皇后唤住她，摇了摇头，"不要反对。这是张贵妃生前最大的愿望，也是你爹爹可以为她做的最后的事，他不会改变主意的。"

公主蹙眉道："但是，嬢嬢……"

苗淑仪也朝她摆首，劝道："只是虚名而已。人都没了，何必跟她计较这许多。"

张惟吉随即告诉皇后，冯京还跪在福宁殿前，但今上始终拒绝召见。

从柔仪殿出来，我折向福宁殿，果然见冯京还跪在那里，在渐暗的光线下，他像一尊着了衣袍的石像。

片刻后，有一女子身影缓缓靠近他，青衣绿锦，白玉双佩。他感觉到，侧首一看，立即转身伏拜："皇后殿下……"

"冯学士回去吧。"皇后说，面上有温和浅淡的笑容，"多言数穷，不如守中。"

冯京默然。少顷，他朝皇后再拜："臣谢殿下教诲。"

礼毕，他终于站起，徐徐退去。

也许是得知皇后到来，今上自福宁殿内走出，步履异常迟缓。立于正门前，他徐徐抬目看阶下的皇后，神情疲惫，黯淡无神的面容显得格外苍老。

帝后遥遥相望，彼此都无言。刚才王拱辰与冯京之间的静默隐带金戈铁马般的对抗意味，而此刻帝后目光交汇于这两厢无语间，空旷的院落中只印有他们两道孤单的影子，这景象萧萧索索，一片苍凉。

这日夜间，我前往翰苑，尚在犹豫是否进去，王拱辰却已在内窥见了我身影，高声问：“谁在那里？”

我自一丛翠竹后现身。他看清楚我容貌，竟能认出：“原来是你，中贵人！”

当日我给他留下的印象应不算太糟，他迎了出来，目中颇有喜色，甚至请我入内坐。我略一笑，应道：“中官入玉堂坐，于礼不合。”

他笑意微滞，沉默下来。

我看看他手中犹持着的笔，道：“在下斗胆，请问王翰长[1]，今日倡追尊之事，是为礼义，还是为仕途？”

王拱辰打量我，淡淡问：“中贵人任职于皇后殿中？”

我摆首否认。他亦不追问，说：“我也知道，张贵妃无德，今上所举功绩亦不足以令她封后，皇后在而倡追尊之事，不符礼制道义。”

“那是为仕途了？”我问。

他徐徐摇头，道：“中贵人也以为我是个只知曲承帝意的小人么？”

我淡笑不答，但说：“王翰长聪明睿智，自不会看不清日后政局。”

他亦浅笑，道：“张尧佐无才无能，贵妃薨后，张氏衰败是必然的。今上始终眷顾皇后，皇后又有十三团练为子，日后必将坐享太后之福。”

“既如此，王翰长为何还要提议追尊贵妃？”我再问他。

他坦然告诉我答案：“为报她瑞香花之恩。”

见我不语，他继续说：“她想要什么，就会为之努力，一定要达到目的，这点，我很佩服她。我前半生，常常瞻前顾后，喜欢的东西也不敢力争到底，以致失去了很多……所以，现在我愿意代她争取，以她想要的皇后名位，向她的坚持致敬。”

“不惜以前程为代价？”

他这样答：“我常做出错误的决定，在面临抉择的时候，也不在乎多这一次了。”

我再无话说，最后向他道谢：“多谢王翰长坦诚相告。”

他对我呈出一抹友善笑容：“拾笏之恩，拱辰亦没齿难忘。”

【柒】温成

这一日，关于张贵妃治丧事宜，宫中几位都知曾有过一场争论，其中多数认

① 翰林学士承旨位在诸翰林学士之上，故名“翰长”。

为今上既有追册的意思，不若即将张贵妃灵柩移往皇仪殿，而张惟吉力排众议、强烈反对，说此事须翌日与宰臣商议后再定。

文彦博罢相后，今上又把陈执中召了回来，已复其相位。次日在朝堂上，王拱辰力争于群臣之前，坚持请求治丧于皇仪殿。陈执中见今上也有此意，最后终于点头许可，让参知政事刘沆为监护使，与石全彬等人负责处理丧礼事宜。

当这消息传到禁中时，张惟吉老泪横纵，望正殿方向顿首叩头，直叩得额头上血迹斑斑。

"陛下！"他哭泣着，高声质问，"不能正嫡庶，何以严内外、正威仪、平天下？"

为张贵妃之事抗争的远非他一人。次日今上宣布辍朝七日，四日后，追册张贵妃为皇后，以后又陆续下诏令，为其立小忌、立祠殿，皇后庙祭享乐章。这些决定中的每一条都遭到以台谏为首的大部分臣子的反对，进谏的章疏络绎不绝地被上呈今上，但也许正如皇后所言，今上觉得这是他可以为贵妃做的最后一件事，所以并不理睬这些反对者，唯一采纳的，是枢密副使孙沔关于张氏谥号的修改意见。

起初今上为张氏赐谥为"恭德"，显然这美谥与她生平所为严重不符，群臣嗤之以鼻。后来孙沔找了个令今上易于接受的理由来进谏："太宗四位皇后的谥号皆用'德'字，乃是从其庙谥。今恭德之谥，又是以何为依据？"最终今上从其所请，将张氏的谥号改为了不温不火的"温成"。

因谏言不被接纳，多名台谏官自请补外。而其后张氏丧礼越制，两名礼院官员，同知太常礼院、太常博士、集贤校理吴充与太常寺太祝、集贤校理鞠真卿为此将奉行丧仪的礼直官移交开封府治罪，因此激怒了负责治丧的执政刘沆等人，于是建议今上，以吴充知高邮军，鞠真卿知淮阳军。

不久后，一份写有冯京消息的朝报在后宫被众人悄悄传阅：直集贤院、判吏部南曹、同修起居注冯京落同修起居注。

此中细节也不难打听到：他此前上疏论吴充等人不该被贬黜，言辞直切，说吴充等人所为是为维护礼法仪制，并无过错，反而是温成丧礼逾制，显得今上薄于太庙而厚于姬妾，大损圣德，应追究治丧者之罪。执政刘沆大怒，立即请求今上外放冯京知濠州，但这次今上却不答应，说："冯京直言论事，又有何罪？"所以只暂时解除了他同修起居注的职务，不让他做这期间的实录。

但对这位当年轰动东京城的状元郎，今上始终有一种如对子弟般的爱惜之心。不过数月后，又复其原官，仍命他执笔再修起居注。

整个至和元年，宫廷内外都笼罩在温成之死引发的一系列事件阴影中。十月间，对皇后忠心耿耿的老内臣张惟吉与世长辞。为此难过的并不仅仅是他长年守护的皇后，也不限于裴湘、邓保吉、张茂则，和我这样的同僚、朋友或下属，还包括曾经拒绝听他劝告而坚持追册张贵妃的皇帝。

听到张惟吉去世的消息那天，今上也泪流满面，亲往临奠，并将张都知的谥号定为“忠安”。

关于朝中大臣，这年中最好的消息大概就是欧阳修奉召返京了。

至和元年九月，今上迁外放多年的欧阳修为翰林学士，兼史馆修纂。

我于至和二年元月初才见到他。那天我与张承照因故外出，路过翰苑时正巧遇见他托着一卷文书出来，张承照忙低声唤我看，目指他说：“那就是欧阳修！”

如果说王拱辰给我留下的印象是清寒，冯京是秀美，那么这位我仰慕已久的名士又该用什么词来形容呢?

沧桑。

是的，经年风霜已染白了他两鬓，双眉微垂，眉心有两三道抹不平的皱纹，令他在如此平静的状态下都像是在蹙眉叹息。

他目不斜视地自我们面前走过，步履平缓，面上有明显的眼袋，眼睛又是凹陷的，目中亦有神采，却又并不像冯京那样的明亮，或唐介之类的年轻台谏官那般锐利，是一种不露锋芒的光彩，像泛着微光的古井水。

待他走远后，我问张承照：“欧阳学士今年多少岁？”

他望天数指算了算，说：“好像是四十八岁。”

“才四十八么？”我觉得诧异，“看上去竟如此苍老。”

“是啊，他老得挺快的。”张承照说，“听说他去年回京述职时，官家见他两鬓斑白，脸上满是皱纹，当时就忍不住要落泪了，一迭声地问他：‘卿今年多少岁？在外几年？’不久后便召他回京，现在升他做翰林学士，对他挺好的，这不，看样子是又召他去便殿了……他还手举文书，不知道拟的是什么诏令。”

后来我们得知，欧阳修那日所举的并非诏令，而是他自己上呈皇帝的谏言章疏。此前今上宣布要朝诣祖宗山陵，而群臣看出他其实意在借此致奠温成陵庙。欧阳修虽已不属言官，却还是特拟了章疏论此事，说今上圣德仁孝，不可使中外议者谓皇帝意在追念后宫宠爱，托名以谒祖宗，亏损圣德，“陛下举动为万世法，亦不可不慎。”

而这次进谏也为今上嘉纳，此后今上朝诣山陵时，过温成庙而不入。

至和二年的端午节前，今上命翰苑词臣写端午帖子时也为温成阁写几副。这时王拱辰已被迁为三司使，不在翰苑中，而翰林学士们面面相觑，都不愿为温成阁写。后来给其余阁分写的都呈交入宫了，而温成阁的却迟迟未进。今上因此不怿，学士们听见，又不免惶恐，但就是没灵感提笔去写。最后，是欧阳修接过了这任务。

他写的帖子很快被送至后宫，宫中人皆围观争睹，见他为温成阁写了四首，前三首是：

密叶花成子，新巢燕引雏。君心多感旧，谁献辟兵符。

旭日映帘生，流晖槿艳明。红颜易零落，何异此花荣。

彩缕谁云能续命，玉奁空自锁遗香。白头旧监悲时节，珠阁无人夏日长。

但我想，他真正想表达的意思是在第四首中：

依依节物旧年光，人去花开益可伤。圣主聪明无色惑，不须西风返魂香。

第七章 落花风弄清秋雨

【壹】颖娘

一些关于公主的微妙变化，也始于至和二年。

立夏那天，我清晨照例去公主房前，准备待她梳洗后随侍左右，笑靥儿却出来告诉我，公主一早便起身，芳水沐发后去了阁中后院花圃边，练习箜篌。

我随即去后院找她。尚未入内，便已有一段行云流水般的箜篌乐声随风而至，迎面飘来。

那声音婉转悠扬，且含情带韵，如诉心事，听得人幽思飘浮，天地也变得通明澄静，连树上枝头的鸟儿都好似忽然忘记了鸣唱。

自有了箜篌以后，公主与我之间，好像不再是无话不谈，她习惯于把一部分秘密编织进箜篌曲中，以至我每次听她弹奏，都仿佛是在不自觉地揣摩她心思。

我放缓步履，轻轻走近。

她在芍药花圃的白玉栏杆前。身披广袖纱罗单衣，腰系纯红石榴裙，沐后的长发半湿，犹未绾起，直直地倾散于身后，末梢蔓延至褶裥红罗裙散开的裙幅上，纯黑青丝曲出柔和优美的弧度，她跪坐在乌漆镂金的箜篌之后，低眉擘弦。

她专注于乐曲的演绎，未曾理会我的靠近，直到一曲奏罢，才徐徐站起，侧身看我。

“怀吉，你来了。”她对我笑，身段玲珑，花容绰约。

我的目光越过她投向其后的花圃——那里的芍药纯红鲜艳，像她石榴裙的颜色，正开得如火如荼。

她这年十八岁。以前总觉得她的童年很漫长，虽然也曾想过她会有成人的一天，却未料到这一天会如此迅速地到来，我尚无心理准备，她便已陡然长大了。

她的箜篌已练得很好，好到足以把乐曲演奏作为一个珍贵的礼物，在特别的日子、公开的场合献给父母。例如这一年十月，皇后生日那天，对公主所呈的寿礼，皇后唯一笑纳的，便是她的箜篌曲。

温成追册一事风波渐平，今上似乎又觉出了对皇后的歉意，有意补偿，近来对她很好。那日的寿宴，今上特意邀请了众多后族亲眷出席，其中包括曹佾父子。

寿宴设于后苑群玉殿，后族男子与宫眷之间垂帘相隔。行过数盏酒后，有内侍唱喏迎公主，公主盛妆入内，在帘后奏响箜篌曲。

她选择演奏的是《清平乐》。当她十指初旋，擘出第一串乐音之时，帘外的曹评便微微睁目，抬眼朝公主所在之处望来。

我想公主应该知道曹评此刻在看她，而她并没有转顾他的意思，垂下双睫，依然有条不紊地拂弦，唇边隐约有微笑，却是矜持而冷淡的。

这几年中，公主与曹评在几次宴集及游苑之时也曾有过见面的机会，但公主一概避开，再不见他。我都未想到她竟会如此倔强，当初曹评不过多看了卢颖娘几眼，她从此便与他形同陌路。

如今公主这一曲《清平乐》弹得柔美淡雅，比当年卢颖娘的演绎尚多出几分清贵之意。曲终，众人皆赞不绝口。公主起身拜谢，说出对皇后的祝辞后便告退更衣，携我及两名侍女出殿。

当走到瑶津池边时，前方不远处忽然传来一阵笛声，俨然也是《清平乐》。公主一怔，不由得朝那方向前行数步，像是在探寻什么。

那边湖石堆叠的假山后露出一角衣衫，是雅致的天水碧色。随着公主的接近，着碧衫的人也移步出来，在澹澹清风中横吹龙笛，广袖飘飘，一双美目似笑非笑地看向公主，目光和着笛中旋律，袅袅地拂过公主眼角眉梢。

我在心里暗暗叹息。这男子如今风致尤甚当年，对公主来说更危险了。

在公主失神的凝视下奏过一叠，曹评按下龙笛，微笑问她："一别近五年，公主一向可好？"

公主一咬唇，不答，转身想走。

"公主。"曹评唤住她，略略靠近她，很优雅地侧首欠身，轻声道，"臣有一事百思不得其解，望公主赐教。"

公主犹豫，但终于还是有了回应："何事？"

"为何自四年前的乾元节后，公主对臣，皆避而不见？"他仍很温雅地微笑着，但这问题却提得很直接。

公主双目蒙上了一层泪光。她保持着背对他的姿态，以不令他发现她彼时的动容。在沉默片刻后，她疾步走开，最后遗他的，是一个无声的答案。

公主更衣后回到殿中，有意无意地朝男宾座席上扫了一眼。我知道她想找什么，但曹评却不在那里。

我悄悄退出。不久后回来，低声告诉她曹评的去向："曹公子还在瑶津池边，坐在柳树下看着远方出神……下雨了，他亦未有躲避的意思。"

公主端然坐着，好似并未听见我的话。过了许久，她才终于转头唤我，轻声吩咐："让人送把伞给他。"

这一声吩咐显示她终究没把他当路人，我从中感觉到，这一对小儿女的情事——如果可以把那些若隐若现的情愫归为情事的话——还有延续的可能。而几天后，一件意想不到的事亦证明了这点。

那天，原本会准时前来向公主授课的老乐师没有来，进入仪凤阁求见公主的竟是她一向厌恶的卢颖娘。卢颖娘告诉公主，老乐师今天病了，所以特派她来，向公主告假，若公主有需要释疑之处，便请问颖娘。

公主冷着脸，说今日无问题请教，让颖娘回去。颖娘答应，退至门边，公主却又将她唤住，道："罢了，既然来了，你就奏一曲给我听听吧。"

颖娘答应，回来坐定，含笑问："公主想听什么呢？"

公主道："《清平乐》。"

颖娘笑道："皇后寿宴上，公主一曲《清平乐》技惊四座，若奴家再奏此曲，岂非班门弄斧、东施效颦？"

"哪里。"公主冷道，"四年前的乾元节上，颖娘你与曹大公子那一曲《清平乐》奏得才叫技惊四座。你琴艺之妙，姿仪之美，皆令众人倾倒。我如今再奏此曲，才有东施效颦之嫌呢。”

“公主切勿如此说，折杀奴家。”颖娘忙欠身拜谢，然后，她说出了一点当时不为人知的真相，“说来惭愧。那次奴家承命与曹大公子合奏《清平乐》，事出突然，奴家仓促之下亦未做好准备，只在演奏前与曹公子商量了几句，配合细节也是为他所定。合奏时奴家又很紧张，多次出错，不是忘了按曹公子的编曲方式变调，便是箜篌龙笛分合处忘了配合，以致他频频顾我，暗示提醒，奴家羞愧难当，越发错得多……”

她尚未说完，公主已睁大双目，一手抓住她手臂，声音微微颤着，问：“是你弹错了，他才看你？”

颖娘颔首，微笑道：“是。这一曲能弹下来，全赖曹公子配合掩饰。”

“原来，是这样……”公主放开颖娘，怔怔地盯着她看了半晌，忽然开始笑，直笑得埋首于臂间，伏案不起。

颖娘赧然道：“奴家滥竽充数，公主见笑了。”

“哦，我不是笑你……”公主还是伏在案上，但侧头看她，双眸如星，皆是喜色在闪动，“谢谢你，颖娘。你的胭脂颜色真美，衣裳上的兰麝味儿也很香。”

【贰】酬唱

曹佾夫人张氏每月都会入宫来探访皇后，最近这一次，她带了二女儿同来，而曹二姑娘在谒见皇后时，提出求见公主一面，以向她请教关于箜篌的问题。皇后自然许可，即命内人带她来到仪凤阁。

曹二姑娘比公主小一些，十五六岁模样，甚是开朗活泼。进来之后与公主聊个不停，无非是说初学箜篌的感受与困惑之处，公主便请她先弹奏一曲，而她则说自己琴艺粗浅，羞于令众人耳闻，请公主屏退左右。公主也答应，让众人退下，只留我在身边。

“怀吉懂音律，你若弹得不对他也能指出。”公主向曹二姑娘解释。

曹二姑娘颔首，笑道：“我知道，梁先生不是外人。”

这一句话，令我觉出她醉翁之意不在酒。果然，她随后所做的并不是弹箜篌，而是从带来的一个锦囊中取出了一把油纸伞。

“大哥让我将这伞还给公主。”她说。

那确实是皇后生日那天我命人送给曹评的伞。公主也未多在意，只瞥了一眼，让我接过，道：“一把伞而已，何必巴巴地麻烦你送回来。”

“大哥说，公主既没说过这伞是送给他的，便只能当作是借的，自然要归还。”曹二姑娘回答，然后朝公主眨眨眼，带着一抹颇可玩味的别样笑容，又道，“我大哥粗枝大叶的，借别人的东西常有损坏的时候，公主不妨检查一下，看这伞是否还完好无损。”

公主有几分疑惑，才又从我手中接过伞，徐徐撑开。

伞，还是那伞，但确与之前略有些不同——伞面上密密地，布满了用针刺出的字。公主举伞对着门外光源处，光线透过针孔，那些字就明亮地显现出来了。

上面所写的，是一阕《渔家傲》：

槛外斜晖笼碧树，扶澜引棹逐箫鼓。红袖闹蛾雪柳缕，飘飖举，听我歌尽神仙句。

影落上林春日暮，罗衣挽断留不住。却恨年来琼苑聚，子不语，落花风弄清秋雨。

这把寻常的油纸伞，因为这一点用心的损坏，成了公主爱不释手的宝贝。在随后几日内，但凡闲暇时，她不是把这伞抱在怀里抚摩，便是悄悄来到无人的庭院，将伞撑开，举向空中，让金色阳光透过那千百个细孔，在她的身上洒下一层金沙般的亮点。

她微笑着，一边阅读上面的词句，一边转动着伞柄，让金色光点在她周遭飞舞回旋，自己也随之慢慢旋转，白色的褶裥罗裙下摆亦翩翩展开，像一朵盛开的夕颜花。

这种时候，我通常是隐藏在廊柱之后，做她正午时的影子，安静地陪伴着她，却不让她感觉到我的存在。

我猜她会对曹评的试探有所回应。某日午后，她把自己一人锁在书房里，过了许久都未见出来。我奉茶去，敲了几次门，才见她慌慌张张地来开，手上犹有墨迹。

我请她饮茶，再一顾室内，发现纸篓里塞满了写过的纸。趁她低首喝茶时，我拾起一个最上面的纸团，展开看。

她惊叫一声，仓促之下泼翻的茶汤打湿了衣裳亦不顾，匆匆扑来就要抢我手中纸。我浅笑着，一壁招架一壁继续看。

很明显，她是在填和曹评的词。那纸上写着的，是一阕未完成的《渔家傲》：

倚梦复寻梅苑路，上林花满胭脂树。坐看白鹇天外舞，朝又暮，歌罢问君归何处。

数载断弦知几杼，乐章吟破三更鼓……

见她还在努力地争夺，我朝她一笑："别抢了，公主大作，臣已拜读。"

她这才泄气，停手不争了，闷闷地坐下来，有几分恼怒，亦有几分羞涩，她扭头朝一侧，赌气不看我。

我重又细读一遍她的词，再看她生气的样子，渐觉自己适才举动太过无礼，遂和颜对她说好话："公主这词写得不错呢，臣默诵之下，但觉含英咀华，余香满口。"

她瞪我一眼："一看你的笑就知道你这话说得没诚意。"

这句话引出了我真正的笑意。我温柔地注视她，但觉她轻颦浅笑无处不动人，连那瞪人时的小白眼都是极可爱的，所以，被她鄙视嗔怨着都成了件幸福的事。

"为什么这样看着我？我脸花了么？"她问，很不放心地用手摸了摸脸，结果倒真把手上的墨迹沾了些到脸上。

"嗯，是有一点。"我说，然后牵出自己白色中单洁净的袖口，为她拭去那点污痕。

这个动作化解了她恼怒之下对我产生的敌意，她垂下两睫，很忐忑地问我："我的词，还是写得很糟糕么？"

我摇摇头，鼓励她："现在写得比以前好多了。"

她很开心地笑了。我亦随她微笑，再指那张展开的纸："继续写完吧。"

"唉。"她颓然叹气，"后面几句怎么想都不满意，所以写到这里就停下了。"

"又在考虑选圆芋头还是酸芋头？"我问。

她哧地笑出声来。大概想起幼时填词的事，觉得不好意思，她双手掩面笑，笑着笑着，手指又微微张开一些缝隙，笑得弯弯的眼睛从中窥视着我。

我含笑看她，想起她的词，略一沉吟，再取过了笔，将她残句续完：

也拟仿伊宫徵误，周郎顾，相思只在眉间度。

写罢，我搁笔，任她看。她阅后双目闪亮，似感满意，但悄悄瞟我一眼，双颊却又红了，目示最后一句，低声道："可是，可是……"

我和言建议："公主若觉'相思'一词太直白，改为'离思'亦无不可。"

"改什么改……"她红着脸说，"我又没说要用……我那词也只是写着玩的，不是要给谁看……”

说到最后，她声音听上去像嘀咕。扯下案上的纸，她又把它揉成一团，但这次却没有仍到纸篓里，而是捏在手心，轻轻地跑出了书房。

我缓步到窗前，怅然目送她远去，再举头望天际——那里有白艳艳的日头，可是我心里却开始飘雨。

【叁】情事

后来我没再问公主关于《渔家傲》的事，但毫无疑问地，那阕词一定送到了曹评手中。她会设法做到，或许通过曹二姑娘，或许命张承照传递——他总是会全无原则地竭力做一切可以讨好公主的事……想到这里，我有些鄙夷自己：其实我为公主续词不也是件无原则的事么？明知道她与曹评不会有结果，任其发展会很危险，却还是这样为她推波助澜。

我难以解释自己的行为，也不愿深想，怕探寻下去，会触到自己无法接受的原因。

这年十二月，今上决定车驾幸学，即驾幸朱雀门外的国子监，祭祀孔子、视察学舍并听讲书官讲经。

国朝崇尚儒学，注重生徒教育，这是个每年都会举行的仪式，但这次，公主竟然提出随行前往，去听著名的国子监直讲胡瑗讲经。今上立即回绝，称女子入国子监祭祀听讲前所未有，万万不可行。公主再三央求，说可以不参加祭祀仪式，而且车驾幸学，皇帝所到之处皆有御幄遮蔽，圣驾歇泊之所又设御屏与黄罗帏帐，若隐于其中，不必担心被人窥见，讲经时她坐在御屏后面，不让人知道就是了。

今上仍摆首不允，公主嘟嘴盯着父亲看了半晌，忽然叹了口气，黯然道：“女儿此生最遗憾的事，就是未能生为男儿身，在名师指导下学习经义韬略，为日理万机的父皇分忧。”

这一语正中今上心病，他眼圈倏地红了，悄然侧首点拭眼角后，他终于松了口：“好吧，你随我去。但行动举止一定要谨慎，切勿失礼于文宣王位前。”

胡瑗是国朝最著名的夫子，现任国子监直讲，平时主管太学，学生多达三四百人，凡讲学，常有外来请听者，最多时甚至会达上千人，讲殿内坐不下，生员们便在户外站着听。他教人有法，弟子中登科及第者众，近年来礼部所取的进士，十有四五是他的学生。而这些学生衣服容止往往相似，以至行于道上，观者虽不相识，但一顾即知他们是胡瑗的弟子。

但公主此番坚持要前去听讲，应该不是真想一睹胡瑗名师风采。

国朝京师官办学府分两处：国子监和太学。太学招收八品以下官员子弟及庶人之俊异者，国子监则为七品官以上子孙求学受业之所——而曹评，是国子监生员。

那日今上果然携公主同往国子监，乘辇入门后，便让公主先去后殿歇泊处休息，然后今上升正殿，诣文宣王孔子位前，三上香，跪受爵，三祭酒，再拜。一一礼毕后才入幄更衣。

公主这日穿圆领青衫，戴漆纱女巾冠子，打扮得毫不张扬，看上去就像个普通的女官，且又行走于御幄中，因此倒未引人注目。

今上换了冠帽，穿红上盖罩衫，加玉束带，着丝鞋，再升讲殿正堂坐，其后有御屏，公主便坐于御屏后，我侍立于她身边。

随行宰臣及执经官、讲书官、诸国子监官员、学生相继拜奏："圣躬万福。"然后皇帝赐坐，众人应喏，除执经官、讲书官外，各自就座听讲。

诸生员皆着一式的白色襕衫，于大殿内外席地而坐，随皇帝宰臣恭听今日讲书官胡瑗讲经。我入殿时留意观察，见曹评位置在殿外廊下。

胡瑗这年六十三岁，皓发长眉，容止端庄，一身绯色公服洁净平整，几乎无一点皱褶。据说他虽处盛暑，讲经时亦必一丝不苟地加中单、着公服，坐于堂上，以严师徒礼仪。此刻甫开卷展经，殿内殿外已是一片宁静，自今上以下，无不正容端坐，屏息恭听。

他今日所讲内容为《易》之章节，开篇明义，再由浅入深，循序渐进，讲解形式颇为生动。我在御屏后听得入神，欲更清晰地听，不自觉地上前了几步，竟走至屏风前，与今上御座颇为接近。

侍立于御座边的张茂则看见，侧首示意我入内，今上却微笑，手指御座旁，朝我颔首，暗示我可以在这里听。

也许是爱屋及乌，一直以来，他对我都颇有善意。我欠身以谢，留在了他身边。

此时胡瑗讲到了乾卦，一视面前经书，他朗声念原文："乾，元亨利贞。"

此言一出，满座臣子士人相顾失色，连今上亦有惊讶神情——胡瑗竟然不避今上名讳，高声念出了"贞"字。

最感震惊的人，应该还是我。童年那次最灰暗的记忆，也是源自直言道出的这个"贞"字。

面对千百道惊愕目光，胡瑗不慌不忙，但对今上一拱手，以四字解释：“临文不讳。”

然后，他从容不迫地继续讲解：“元者，善之长也；亨者，嘉之会也；利者，义之和也；贞者，事之干也。君子体仁足以长人，嘉会足以合礼，利物足以和义，贞固足以干事。君子有行此四德者，故曰乾，元亨利贞……”

又毫不避讳地连说了三次“贞”字。

今上垂目想想，最后选择摇头微笑，并特别转顾我，笑意略略加深。

他可能也是想起了当年我因犯讳受罚之事。我再次向他欠身致谢，亦微笑着，心中对他不无感激。

那年任守忠甫升职，待下属尤其严苛，抓住我不避上御名一事，欲杀一儆百，后经张先生相助，请皇后进言官家，宽恕了我。后来我做了入内内侍，常见帝后，此事他们也曾提起过，但都是轻描淡写地用以说笑。今上一向宅心仁厚，不会真的因此为人定罪，今日对胡瑗也是这样，世人眼中的重罪，他只是一笑而过。

我站直，继续听讲。约莫半个时辰后，胡瑗掩卷小憩，今上赐讲师、众臣及生员茶汤，并特取了一盏，示意我奉与公主。我接过，回到御屏后，却不见公主在那里。

“公主回后殿更衣了。”侍候在屏风后的嘉庆子告诉我。

我略感不安，问她：“公主是一人出去的么？”

嘉庆子回答：“带着韵果儿和香橼子去的。”

我搁下茶汤，先绕至殿外查看——曹评果然已不在那里。

速往后殿，并不见公主在内，我继续疾行于国子监房舍之间，去寻找她。

此时，连负责洒扫的杂役都站在讲殿外听讲，院中空空荡荡，十分安静，连个可以询问的人都没有。走至竹林掩映的藏书院，才终于见到韵果儿和香橼子的身影。

她们坐在藏书院外的花圃边簸钱玩，见我过来，立即肃立，大概是被我的脸色吓坏了，她们表情怯怯地，唤了声：“梁先生。”

“公主呢？”我问她们。

她们犹豫着，最后一个转首视院内，一个轻声答说：“公主在里面看书……”

我走进院中。房舍正厅的门是虚掩着的。我思忖许久，终于还是缓步入内。

正厅无藏书，但两侧都有深长的房间，排满了一列列的书架。光线幽暗，又有书架遮挡，并不见公主身影。

我凝神细辨，依稀听到左边房中有细微的声响，便轻轻地朝那侧走去。

随着我的移动，鳞次栉比的书架徐徐自我身侧退去，空气中飘浮着陈年故纸的旧墨香气，几块光斑从排列有序的小窗中投入室内，我依次穿行于其间，任那些零碎的光亮掠过我的脸，心情与此刻的视线一样，忽明忽暗。

后来，我看见他们，着青衫的少女与白衣士子，站在房间最深处，展开一轴横幅手卷，一人手持一端，手卷刚好蔽住了他们的脸，像是在一起阅览。

但是真遗憾，他们不是那么用功的学生。他们的手在颤，以致手卷向下滑，慢慢露出了他们的脸。

他们向对方侧首，闭目，面含微笑，轻轻浅浅地，两唇相触，没有持手卷的手交互缱绻于彼此腰际。

我不似多年前撞见柔仪殿中事那般惊讶。心中的猜测尘埃落定，人倒也随之复归安宁，只是一时无所适从，默然伫立于被他们忽略的空间中，许久才觉衫袖微凉。

最后我决定悄然离去。但甫一转身，即意识到今日公主与曹评的任性会招致多么严重的后果。

有两个人，无声地立于我身后——一脸冷肃的大宋皇帝，和相从随侍的张茂则。

【肆】孤寒

他们为何会在这里？是听见了御屏后我与嘉庆子的对话，还是适才我匆匆出外的异常举动引起了他们的怀疑？

这些疑问在我脑中一闪而过，但已不及细想。我朝今上下跪，向他投去恳求的目光，不过，不是为了我自己。

今上毫不理睬，阔步从我身边走过，猛地从公主与曹评手中抽出手卷，一扬手，“啪”的一声，掷砸在一侧的书架上，手卷随即重重坠地，发出的声响在这原本幽暗宁静的藏书之所中格外惊心。

这起突发事件令那一对年轻的恋人有短暂的愣怔，旋即反应过来的是曹评。他迅速跪倒在今上面前，拱手道：“姑父，今日之事，是臣唐突，与公主无关。臣甘领任何惩罚，但请姑父勿责罚公主。”

公主上前两步，然后下跪，有意无意地略略遮挡住曹评，对父亲说：“爹爹，不关他的事，是女儿约他出来的。”

“你约他出来的？”今上冷问，“怎么约的？”他转首顾我，又问，“是你么？”

我尚未开口，张先生已从旁为我辩解：“陛下，若是怀吉代为公主牵线，适才他外出找公主，神情不会如此焦虑。”

公主亦出言护我：“跟怀吉无关，他根本不知道这事。”

今上似乎也不想把关注的重点引到我身上，他眉头微蹙，双唇紧抿，寒冷的目光复又回落到曹评脸上。

我注意到他双耳已尽红——他愤怒至极时，便会有这样的现象。

“茂则。”他盯着曹评，用一种抑制过的低沉声音向张先生下令，“出去，找两个皇城司的人进来。”

他的意思是唤皇城司侍卫过来，把曹评押下治罪。

“陛下，此事万万不可！”我朝他下拜，恳请道，“切莫让外人进来，否则公主清誉将毁于一旦。”

张先生亦向他躬身，劝道：“陛下，现二府宰执与众文臣皆在国子监中，若陡然召皇城司中人入内，群臣必会问明因由，此事传出亦必惹物议，台谏会群起弹劾，追究相关者罪责，将来殃及的恐怕不仅仅是公主与曹公子二人。”

今上不置可否，而胸口明显而徐缓地起伏着，像是在调整呼吸，竭力避免怒火的爆发。

张先生见状，又轻声建议：“现在，胡夫子应该继续讲经了，陛下请回讲殿吧。若离席久了，会有人四处寻找。”

今上仍沉默着，片刻后，终于开口，对曹评道：“我现在不处罚你，是因为暂时没想到，什么样的刑罚才足以惩戒你的罪过……你好自为之。”

“是……”曹评勉强牵出个黯淡笑容，伏拜，“谢姑父。”

今上此前一直待曹氏族人不错，特许曹评等人私下对他行家人礼，称他为姑父。但如今，听曹评再这样唤，倒又引起了他的别样情绪。

“姑父？”他冷笑，转而问张先生，“她知道此事么？”

张先生一怔，立即下拜：“陛下，皇后对此事一无所知。”

在这微妙的时刻，张先生如此迅速地回答也显得不太明智。今上目中寒意加深，诘问他：“你还是每日都会去见她么？以至她知道什么，不知道什么，说什么，想什么，你都一清二楚？”

张先生不敢再答，只是沉默。

再次冷冷扫视一遍这一地跪着的人后，今上拂袖，转身离去。

待他出门，张先生才站起来，扶起公主和曹评，对曹评和言道：“曹公子快随我回去听讲，别被人瞧出异状。”

然后，他又嘱咐我：“怀吉，你先在这里陪公主，稍待片刻，你们再出去。”

回宫后，今上立即将公主禁足于仪凤阁内，并把韵果儿和香橼子逐到被废后妃居住的瑶华宫服役，但对我，一时倒未有任何处罚。

我跟苗淑仪说了国子监内发生的事，也略略谈及公主与曹评之前彼此的好感，但隐去他们几次独处和填词唱和的细节不提，只说他们是在宴集上见过，然后偶遇于藏书院中。

这已足以令苗淑仪大惊失色。她先是连声责我不看牢公主，然后又匆匆去找皇后商议。回来时她一脸愁容，说：“皇后知道此事后去福宁殿求见官家，但官家怒极，拒而不见。”

公主被关在房中，整日茶饭不思，不是悲声痛哭就是长久地凝视窗外发呆。有时我进去，端茶送水给她或劝她进膳，她一概不顾，只拉住我问：“曹评怎样了？”

我说不知，她的泪便又会落下来：“他是不是死了？爹爹说不会放过他的……”

为了安抚她，我答应设法去探听曹评的消息。

我找来张承照，让他找个借口出宫，去曹佾宅中问询。他回来后，连连咋舌，道：“不得了，我还没走近他家大门口，便看见周围有好些皇城司的人，只好折回来了……不过他们穿的都是便服，可能官家只是想监视看管曹评，但也不欲被外人知道。”

我趁这时候问他：“公主与曹评互通音讯，你有没有插手帮她？”

他惊跳起来：“没凭没据的，你可不能冤枉人！”

我冷笑：“公主与曹评在国子监见面，你事先是知道的，所以那天你借故不去，就是怕事发后逃不了干系。”

他还是不承认，那激烈的否认却颇不自然。我没再追究下去，此时要担心的事太多，顾不上追究这事，何况，对公主与曹评的事，我自己也并非问心无愧。

公主不吃不喝，很快变得极为虚弱。直到皇后亲自来探望，温言劝慰下，她才勉强喝了点粥。

"嬢嬢。"她粥未喝完，又是泪落涟涟，"爹爹会怎样处置曹哥哥？"

皇后拥着她，轻拍她背，和言道："没事的……嬢嬢会劝你爹爹，他不会有事的……"

但事实上，今上最后会做怎样的决定，她亦无把握。自公主的房中出来后，我听见皇后对苗淑仪说："我弟弟得知此事后密传章疏入内自劾，要求解官待罪，但官家烧毁了章疏，没有搭理，恐怕也是不想此事传开……我也下令，不许宫人议论官家对公主的禁足令，否则严惩……只是要劝官家息怒，还须再等等。这几日很多臣子上疏，请他立皇子，他本来便很烦闷，龙体也欠安……"

自八公主薨后，这十几年来，今上嫔御非但没诞下一个皇子，甚至连个公主也没有再添。十三团练虽说是皇帝养子，但因今上始终希望后宫产子，所以一直未正式下诏确认十三团练的皇子身份。而今诸臣见皇帝春秋渐高，又无亲生子，遂频频上疏请立皇子，今上始终拖延着，这也成了个令他倍感困扰的心病。

随后传来的另一个不好的消息是，今上不再令张茂则上朝侍立或跟随扶持，日常左右伺候者，换成了与皇后接触不多的入内都知史志聪和副都知武继隆。

任苗淑仪如何哀求，一连十余日，今上都未见公主一面。但就在苗淑仪快绝望时，史志聪忽然来到仪凤阁，通报说："官家要来看公主，请苗娘子准备接驾。"

随后他述说了此事原委：

最近御史中丞张昪常上疏弹劾二府重臣，这日今上召他入对，问他："卿本孤寒，却为何屡次言及近臣？"

张昪再拜，答道："臣非孤寒，陛下才堪称孤寒。"

今上问何解，张昪道："臣自布衣致身清近，曳朱腰金，家有妻孥，外有亲戚，而陛下内无贤臣、外无名将，孤立于朝廷之上，回到后宫，亦只有一二后妃相对，岂非孤寒？"

今上因此郁郁不乐。回到寝殿，默思半晌后决定亲往仪凤阁探望公主，遂先命史志聪来传口谕。

苗淑仪举手加额拜谢不已，很庆幸张中丞的话让官家想起了与公主的血脉亲情。然后她四处张罗，命人收拾阁中房间，又命韩氏和众侍女去为公主梳洗打扮。

但公主一概拒绝，恹恹地躺在床上，满脸泪痕。

今上驾临时，公主仍未起身。今上犹豫了一下，最终还是进入她房间探视。

见公主脸色苍白，憔悴不堪，今上当即便有泪堕睫。他转首悄然抹去，再走到公主床边坐下，微笑着唤她："徽柔，爹爹来看你了。你好些了么？"

公主茫然看了看他，模模糊糊地唤了声"爹爹"。

今上答应，略有喜色。

公主渐有意识，勉力坐起，却对父亲说了这样一句话："我不要嫁给李玮。"

今上黯然，但亦不驳斥，回头命韩氏取过一碗粥来，自己接了，对公主温言道："你很久没进食了吧？来，先喝了这粥，喝完我们再说。"

他亲持了调羹，一勺一勺地喂公主，公主貌甚平静，也一口一口地咽下。待喝完粥，今上搁下碗后，公主又立即重申："我不要嫁给李玮。"

今上叹了叹气，像是欲劝说："徽柔……"

公主却打断他，问了她最关心的问题："你把曹评怎样了？"

今上握住她手："徽柔，你听爹爹说……"

公主忽然向他伸出双臂，像儿时那样搂住父亲脖子，将下颔轻点在他肩上，阻止父亲说出下面的话后，她自己也许久不语。

这个亲密的动作似乎令今上有些感动，亦轻轻搂住了女儿。

我站在今上身后，从这个角度，可以看清公主的脸。

这时，她适才失神的眼睛闪出一点幽光，带着一抹奇异的冰凉笑意，她坚定而又清楚地在父亲耳边说："爹爹，如果你杀了曹评，我就杀死你唯一的女儿！"

今上的背部立即剧烈地一颤，像是被人猛拍一掌，又好似发生了突然的呕吐。但他随即又安静下来，不再有异常的反应。继续搂着公主，过了片刻才缓缓放开，然后，一言不发地，转身向外走。

我留意到，在出门的过程中，他一直以袖掩着口。

我跟在他身后，一直送他出阁门。他步履飘浮，有些踉跄，我去扶他，被他挥袖推开。就在这一刹那，我发现，他唇边赫然有鲜红的血痕。

我尚在犹豫是否此刻出言提醒跟他同来的内侍，他已双足一软，在我面前倒了下去。

【伍】违豫

今上被迅速送回福宁殿。当苗淑仪带着我赶去谢罪时，他已经醒来，身边聚满了张茂则带来的太医，皇后也在殿中。

彼时皇后亲自盛了碗汤药，送到他面前，正想劝他饮，却被他抬手一挡，药碗打翻，药汁泼了皇后一身。

“我没病！”他恼怒而不耐烦地说。

皇后默然，暂时未顾及更衣，只示意内人先将汤药撤去。

苗淑仪战战兢兢地上前，下拜代女请罪。今上略扫她一眼，仅答以二字：“罢了。”再顾我，问，“你跟徽柔说了我的事么？”

我想他指的应是晕倒在仪凤阁外的事，遂答道：“官家走后，公主复又躺下歇息。臣想待公主醒来，再告诉她此事，届时她一定会过来向官家请罪。”

今上摆首，道：“让她好生将养，不要告诉她。”

后来那几日，今上仍拒绝服药，而气色与精神都越来越差了。

未过许久，新年又至。按惯例，国内朝中发生了不吉的大事，次年都要改年号。“至和”如今看来，显然是个不祥的年号，改元两年，以张贵妃薨为始，又以今上违豫而终，因此，这全新的一年，又换了个全新的年号——嘉祐。

但这新年号并未立即给皇帝带来好运，他的病在新年之后倒有了加重的趋势。

嘉祐元年正旦，今上御大庆殿，观大朝会。百官就列后，内侍卷起御座前的珠帘，让诸臣面见皇帝，今上却在此时暴感风眩，冠冕欹侧，倒向一边。观者大惊，左右侍者忙再垂帘，以指掐今上人中，方才令他苏醒。复又卷帘，匆匆行完礼后，众宦者把他扶回了寝殿。

贺岁之后，契丹使者入辞，朝廷照例置酒紫宸殿赐宴。而当使者入至庭中时，今上忽扬声疾呼：“速召使者升殿，朕险些就见不着他们了！”随后说话亦语无伦次，众内臣心知今上疾病发作，立即扶他入禁中，而由宰臣以今上名义下旨谕契丹使者，说前夕宫中饮酒过多，今日不能亲临宴，遣大臣就驿赐宴，仍授国书。

从那日起，今上便缠绵病榻之上，不能视朝。经宰执要求，改为二府官员赴离禁中最近的内东门小殿起居，每日清晨，在那里见今上一面。

公主的情形也不妙。她还是呈半绝食状态，我与韩氏只能在她迷迷糊糊的时候哄她喝一点粥，日子久了，她也像是患了重病的模样。苗淑仪请了太医来，开了几服药，但公主更是宁死不喝，终日不是哭就是昏睡，没有半点神采。

我一筹莫展之下忽然想到张先生给秋和施针灸的事。虽然公主与当时秋和的状况不同，但针灸兴许也能为她唤回一点精神，而且张先生在御药院多年，医术应也很高明，问问他意见总是好的。

但连续两天，我找了好几次，从御药院直寻到福宁殿，都没见到张先生。后来我觉得奇怪，问一个御药院的小黄门张先生的去向，他不认识我，很警惕地打量着，问："你是石都知的下属么？"

石都知是指石全彬，张贵妃当年的亲信，贵妃死后，今上将他迁为了副都知。

虽说我与张先生相识多年，但平日若无大事，我们私下来往并不多，所以他手下的宦者未必每人都认得我。面对这个小黄门的问题，我摇头否认，告诉他："我是梁怀吉。"

"哦，原来是梁高品，我知道你。"他一下子放心了，微笑着告诉我，"张先生出宫了。"

我追问："去哪里？"

他回答："我也不知道。他在宫门关闭前会回来，你到时再来吧。"

我黄昏时再来，果然等到张先生。他风尘仆仆的，目中布满血丝，应是最近奔波劳累所致。

他看见我，即带我入他处理公务的内室，问："是公主的事么？"

我颔首，将公主情形描述给他听，问他可否施以针灸，他说："公主这是心病，针灸作用不大……你回去告诉她，她一定会有机会再见曹评，所以现在要好起来。多进食，自然会康复。"

"这……是骗她么？"我疑惑地问。

他淡淡一笑："不算骗她。他们不会如愿以偿，但一定会有再见一面的机会。"

见他无意详细解释，我也没再就此问下去，但忍不住对他出宫的原因表示了好奇："先生出宫，是跟今上病情有关么？"

他沉默许久，终于还是向我透露了一点："我去见了十三团练和富相公。"

现在的宰相是两位以前被外放的大臣，富弼和文彦博。

半年前，宰相陈执中遭御史弹劾，先论其允许逾制追封温成之事，又指他纵容姬妾殴打婢女致死，"进无忠勤，退无家节"，甚至还有人说他与自己女儿私通。这骇人听闻的事不知是真是假，但种种原因相加，最后终于导致陈执中罢相。

那时几乎所有人都以为今上会借此机会擢用王拱辰。因他倡议追册温成之后，便被今上迁升为三司使，如以往言官在弹劾张尧佐时所说的那样，三司之位，离二府仅一步之遥。

但今上又做了一个出人意表的决定，宣布以富弼与文彦博为相，迁王拱辰为宣徽北院使、判并州。

富弼早有贤名，若不提灯笼锦之事，文彦博亦属良臣，故士大夫听见这消息皆相庆于朝。

现在听张先生提起十三团练和富相公，我已可猜到此间缘由：今上不豫，皇后与诸臣必须要考虑储君之事，而十三团练皇子身份并未确立，异日有变，须获宰相支持才能即位。故张先生连日奔波，应是为皇后传报消息，请富弼同意将来十三团练即位，同时也让十三团练做好登基的准备。

“这是皇后的意思？”我试探着问。

“富相公与皇后皆有此意。”张先生说，顿了顿，又道，“其实，现在今上若能自己决定，也只会是这样的结果。”

【陆】针灸

回去后，我按张先生的说法，对公主说她与曹评会再有见面的机会。她一听便有了反应，满含希望地问：“真的么？”

我颔首：“张先生跟我这样说……应该是皇后告诉他的。”

这句话像她妆台上的镜子，把帐帷外光源折射到了她黯淡已久的双眸中。她睁大眼睛问我可知这机会在何时，旋即又感羞涩，迅速低下两睫蔽住眸光。

我递上铜镜，浅笑道：“皇后纵让曹公子明日即来见公主，公主也愿意就这样见他么？”

她从镜中看见自己憔悴容颜，吓得惊叫一声，一把推开镜子不敢再看。

我适时地把膳食和汤药送至她面前，这次她没有拒绝。在以前所未有的认真态度进餐服药之后，她怀抱着一枕关于未来的美好梦想沉沉睡去。

四更时，有人叩阁门。我那时已醒来，启步去看，见是中宫遣来传讯的宦者。

“皇后请苗娘子速到福宁殿，有要事商议。”他说，一路跑得面红耳赤，这内侍看上去亦很紧张。

苗淑仪闻声而出，与我对视一眼，目中满是惊惶之意。

“是……官家？”她声音颤抖着问。

“官家又晕倒在殿中。”内侍低声道，“太医投药、灼艾均未能令他苏醒。”

苗淑仪越发着了慌，对我说：“怀吉，快，跟我去看看。”

待我们赶到福宁殿时，大殿中已聚满了人。除了皇后和跪了一地的太医外，还有几位都知、副都知和张先生，以及这两年来常侍奉今上的安定郡君周氏和清河郡君张氏。

我还发现了秋和。她站在殿内帷幕后面，离其余人很远，姿态一如既往地不张扬，像一道淡墨勾勒的影子。

我过去问她此间状况，她压低声音道：“最近官家见宰执本是在五更之后，但今日官家很早便起身，召我过来梳头。梳好后，石都知赶在史、武二位都知之前进来，接他去内东门小殿，一面扶着他走，一面跟他说话。官家刚走到殿门边，忽然重重地喘气，抚着胸口，像是很痛苦。待我跑过去时，他已经晕倒在地。”

“石都知？”这几日陪官家赴内东门小殿见宰执的不应该是石全彬，他却为何今日一早赶来？我轻声问秋和：“你听见他跟官家说了什么话么？”

秋和道：“起初他说的无非是些嘘寒问暖的话，后来走远了，我便听不见了。刚才皇后也问过石都知，他说只是跟官家交流养生之道，并不曾敢多说什么。”

我抬头看看石全彬，他面无表情地垂目站着，脸上看不出一丝异状。

这时俞充仪也赶到了，皇后遂开言对苗、俞二人道：“官家骤然晕厥，药石无灵，太医束手无策。适才茂则建议施以针灸，但须在脑后下针，太医无一人敢如此治疗。茂则在御药院多年，亦学过医术，此前曾给人治过这种病，为免延误治疗时机，遂自荐为官家施针。不知二位意下如何？”

二位娘子面面相觑，一时未应，而石全彬倒从旁开了口：“脑后穴位非同小可，若稍有闪失，轻则失明，重则不堪设想……娘子请慎重考虑。”

听了这话，二位娘子更不敢轻易表态，面露难色，默然不语。张茂则见状，上前对她们说：“娘子请放心，这种症状臣并非首次见到，亦曾多次为患者于脑部施针，从无失手。若针灸之后伤及官家，臣愿领凌迟之刑。”

石全彬漠然顶了他一句：“咱们这种卑贱宦者的命能跟至尊天子的相提并论么？”

也许是怕他们冲撞出火气，俞充仪立即于此时对皇后道：“妾与苗姐姐都只是官家嫔御，事关重大，皇后在上，不敢多言，但请皇后做主。”

苗淑仪也附和道：“对，对。请皇后决定，我们听命就是了。”

“如此说来，你们对针灸一事并无异议？”皇后问。

二位娘子愣了一下，但还是颔首称是。

皇后再顾周、张二位郡君："你们也是后宫娘子，说起来，也属皇帝家人，对我的决定可觉有不妥之处？"

虽然很犹豫，二位郡君最终也表示同意皇后决定："一切但凭皇后圣裁。"

于是皇后当即对张先生下令："茂则，入内室，以针灸为官家治疗。"

张先生领命，正欲入内时听见武继隆吩咐左右关闭福宁殿前宫门，他当即转身，朗声道："事无可虑，为何要掩宫门，以使中外生疑？"

武继隆一噤，旋即又命去关宫门的内侍回来。

经皇后允许进内室的人少了一些，除了张先生，只有苗、俞、周、张四位娘子和要为官家解开发髻的秋和。

我与其余众人在厅中等待。张先生开始治疗，未知结果如何，卧室内外都是一片寂静，无人有一点多余的举动，我也保持着静止的站姿，好似拈着金针刺向今上脑后的不是张先生而是我自己，生怕动一动，便会刺破那根非同小可的续命丝。

后来打破这死水般沉静状态的，是一声惊呼。仿佛是在毫无准备之时乍见恐怖景象，那人的声音中充满了极度的惊恐与不安。随后响起的，则是两三声女子尖叫。

我不及思索，立刻奔入卧室，见今上披散着头发站在床前，手握一柄利刃，直指他面前的张茂则。地上，散落着金针数十枚。

而张先生静静看着他，右手兀自拈着一枚长针。

几位娘子被吓得面无人色，已缩至室内一角，只有皇后朝今上迎了上去。

"官家，茂则是在为你治疗……"皇后尝试着向他解释。

今上丝毫听不进去，手臂一横，利刃又对准了皇后。

"你如此迫不及待地想让我死么？"他缓缓说，看着皇后，适才面对张先生时的怒色消去了少许，目中泛出一层泪光，"我以你为妻，让十三娶滔滔，你犹未安心……好，那我就带着你的人上朝堂，你想知道什么，我就让你知道……你给我绳索，我便甘领束缚，这还不够么？可你为何还不放心，私下做出这许多事来，宁愿相信那个阉人都不相信我？"

"是我不相信你么？"皇后此刻亦颇为动容，有泪盈眶，"你如果相信我，会让我这二十二年来如履薄冰，随时准备应对一场又一场突如其来的奇耻大辱么？但凡你对我多点信任，你我夫妻何至于此！"

今上身体微颤，恍恍惚惚地凝视着皇后，须臾，恻然一笑，摆首叹道：

"二十二年，真无趣……"

语音未落，已扬手，转腕，把手中的刀对准了自己……

我意识到他想做什么，立即几步抢过去，欲止住他。怎奈所处位置离他有些远，眼看着他手挥下，正恨自己力不能逮时，忽有一人从今上左侧冲去，在他利刃触及身体之前抓住了他的手。

竟是秋和。那画面有一瞬的静止，令我发现以上印象不甚准确。确切地说，是秋和冲过去，一手抓住今上的手，另一手……牢牢地握住了那片锋利的刀刃。

艳红的血从秋和的手中潸潸而下，滴落在此时宁静的空间，一点一点坠地，发出轻微的声响。

今上和众人一样，惊讶地看着她，那短暂的一瞬未有任何反应。直到我从他手中夺过刀，他才重又有了意识，推开上前相扶的侍者，阔步奔出殿外。

而秋和像是这时方觉出那钻心的痛楚，弯着腰将手压于怀中，抑制不住的呻吟和零碎哭音从她咬紧的牙关逸出，她身子一斜，倒于地上。

苗淑仪与俞充仪忙上前扶她坐起，皇后当即命后面赶来的邓保吉："快宣外面的太医进来，给董娘子包扎！"

虽然处于这混乱状态中，我仍注意到了，她刚才称秋和为"董娘子"，且说到这三字时，特意加重了语气。

今上跑出福宁殿后石全彬、武继隆等人已去追他，甚至连周、张二位郡君都奔了出去，而现在，皇后再顾张先生，吩咐道："平甫，你快去看看官家……"

张先生答应，立即去追。我也紧跟在他身后，循着今上奔跑的方向，一路赶去。心跳异常地快，有模糊的预感：那未知的前方，还有更大的风波会袭来。

这预感没错。今上的目的地是内东门小殿。时值五更，宰执已进殿，我们追上他时，他已握住了出来接驾的宰相文彦博的手，扬声说出一句话："皇后与张茂则谋大逆！"

【柒】燕泥

周围宰执闻之色变，唯文彦博容止平和，但问今上："陛下何出此言？"

今上抚胸，急促地喘着气，断断续续地说："他们与大臣……密谋，要让十三……做皇帝……"

当说到"与大臣密谋"时，他恍恍惚惚的目光不经意地掠至文彦博一侧的富弼身上。富弼一凛，唇动了动，似欲说什么，但那话语终于还是未能出口，他最后朝今上垂目欠身，保持沉默。

“他们想……杀了我……用针……用针刺入我脑中……”今上语音越来越弱，身体也不住向下滑，左右内侍忙上前搀扶，而后今上闭着双目，呈半昏迷状态，口中呓语喃喃，皆零碎纷乱不成句。

文彦博命人先扶今上入内东门小殿休息，再传太医，然后一顾面前众人，问此间缘故。我见张先生默然不语，便赶在石全彬等人开口前对文彦博说：“适才官家晕厥，寻常投药灼艾法无效，张先生建议以针刺脑后穴位，众太医不敢行此术，张先生为免延误治疗时机，才自荐施针，并非如官家所说，是欲伤及龙体。”

一旁的安定郡君亦证实：“确实如此。张先生施针片刻后，官家醒来，侧首看见张先生正拈针要刺他头部，便很惊惶，把脑后扎着的针拔了，迅速起身，持刀相向……可能误以为是张先生……”

她于此止住，未说下去，但语意已很清楚。文彦博沉吟，再问清河郡君：“是这样么？”

清河郡君颔首：“不错。针灸之前，张先生不许人掩宫门，若有异心，当不会如此坦然。”

清河郡君一向温厚良善，侍奉帝后态度恭谨，与其姊大大不同。如今听她这样说，我亦稍感安心。

清河郡君又朝文彦博一福，道：“官家违豫日久，望相公为天子肆赦消灾。”

文彦博亦向她一揖：“这是宰臣职责，彦博敢不尽力！”

然后，文彦博转朝张茂则，道：“以后侍奉主上，勿令他看见金石兵刃，针灸用的针也暂且收好。”

张先生恻然一笑，未曾答话。

此时有内臣自殿内出来，对文彦博道：“官家又在唤相公。”

于是文彦博与其余二府官员皆入内面圣，而适才扶今上进殿的石全彬则又出来，直直地走到张先生身边，道：“适才官家指你谋逆，虽此事未必属实，但为避嫌疑计，平甫可否容我等往你居处一观？”

这意思是要搜查张先生居处，看是否有谋逆的证据。

武继隆见张先生仍沉默着，便也对他说：“我们共事多年，自知你当不至此，但官家既那样说了，宫中人多嘴杂，难免有妄加猜议的。最好还是让我们去看看，将来若有人胡说，我们也好为你辩白。”

张先生僵立于萧瑟寒风中，目光散漫落于前方不确定的某处，良久后，才开了口："茂则但凭二位都知处置。"

对张先生那清和雅静的居处而言，此番搜查无异于一次空前的浩劫。二位都知带来的小黄门翻遍了房间每一个角落，以致满地狼藉，凌乱不堪，没有一件什物还在它原来的位置。

不过他们没有找到一件足以证明张先生有谋逆之意的证据。本来我担心他们会翻出一些臣子的章疏副本，或者那卷废后诏书，但也没有。

转念一想，自迁领御药院之后，张先生跟随官家上朝，大小政事皆听得清楚，原无必要再存章疏，而那卷诏书，张先生想必已倒背如流，平贼一事后他越发谨慎，应该也不会留在房中。

其间搜到卧室时，石全彬曾发现三个加锁的大箱子，要张先生打开，张先生却不愿意，说："茂则敢以性命保证，这里面只是些私人物品，绝无违禁之物。"

石全彬根本不信，见张先生执意不开，即命人强行撬开锁，冲上去查看，旋即失望——其中所藏的，只是千百卷写满字的纸张，只字片言，不像尺牍那样具体言事，没有明确的意义，皆作飞白书，功力不等，纸张新旧不一，应是练字之后留下的废纸。

石全彬犹未死心，把每一卷都展开看过了，却还是没发现有任何谋逆之语。于是，只得朝张先生勾了勾嘴角："原来平甫亦爱翰墨。"

一无所获之下，抄检的人搜去了张先生房中所有的刀刃利器，包括裁纸用的小刀和针灸用品，最后石全彬说了声"得罪"，即扬长而去。

待他们走后，张先生弯下腰，开始一卷卷地重新将那些飞白残篇收入箱中。我和他身边的小黄门从旁相助，四五人一齐动手，却也过了数刻才完全收拾好。

我们欲继续为张先生整理被翻乱的什物，他却摆首，道："我乏了，想休息一下。你们先回去吧。"

他面色暗哑，两眸无神，确似疲惫至极。我们遂答应，退出屋外让他休息。

我准备回去，走了几步后忍不住回头，见张先生正自内关门，手扶房门两翼，在合拢之前，他侧首朝中宫的方向望去，目中泪光一点，意态苍凉。

我一怔，隐隐觉得此中有何不妥，却又说不上来具体是何感觉。最后还是转身，慢慢走了出去。

行至内东门下时，上方忽有什么东西坠了下来，打中我的幞头之后滚落于地。我垂视地面，看见一小块泥状物，再抬头观望，发现那是门廊梁上旧年燕巢散落的燕泥。

就在这刹那间，我悚然一惊，立即掉头，飞速朝张先生居处跑去。

他房门紧闭，我高声呼唤而不见他应声，于是更不敢耽搁，退后两步，纵身一踢，破门而入。

奔至内室，果然见到了我猜想的结果：梁垂白练，而张先生头颈入环，已悬于梁下。

我当即上前，一面托抱住他双足一面扬声唤人来。周围内侍顷刻而止，见此情景皆是大惊，忙七手八脚地把张先生解下，扶到床上，又是掐人中又是按胸口，须臾，见张先生咳嗽出声，大家才松了口气。待回过神来，又有人跑出去找太医和通知在内东门小殿的宰执。

太医很快赶到，救治一番后宣布张先生已无大碍，开了方子，又嘱咐了这几日照顾他的细则，再收拾医具，回去向宰执通报详情。

张先生苏醒后，平日服侍他的小黄门皆泪落涟涟，问他为何出此下策。而他黯然闭目，侧首向内，并不说任何话。

少顷，有立侍于内东门小殿的宦者来，传讯道："文相公请张先生至中书一叙。"

我与此前闻讯赶到的邓保吉扶张先生起身，左右扶持，引他至中书省。这时其余两府官员大概还在内东门小殿中，中书内唯文彦博一人，一见张先生，他即出言问："你做过主上所指的谋逆之事么？"

张先生摇了摇头。

文彦博又再质问："既未做过，你为何在此非常时期行这等糊涂事，让人以为你畏罪自裁？"

张先生垂目而不答，邓保吉见状，遂代为解释："因为官家语及皇后，平甫或许是自觉连累了中宫，所以……"

文彦博摆首，对张先生道："天子有疾，所说的不过是病中谵言，你何至如是？"

见张先生仍不语，文彦博容色一肃，振袖指他，厉声道："你若死了，将使中宫何所自容？"

张先生立时抬首，似有所动。与文彦博默默对视片刻后，他向面前的宰相深深一揖，适才被损伤的咽喉发出残破低哑的声音："茂则谢相公教诲。"

文彦博点点头，唤过门外侍者，命道："去请宫中众位都知、副都知过来。"

很快地，众大珰接踵而至。文彦博目示张茂则，当众说：“今日之事已查清，所谓谋逆，是天子病中谵言，并非实情，茂则无罪。请都知告诫左右，勿妄做议论，日后若有流言传出，定斩不贷！”

他神情严肃，顾眄有威，众大珰不敢有违，皆伏首听命。

文彦博再看张先生，面色缓和了许多，和言叮嘱他道：“以后你还是去主上身边伺候，务必尽心尽力，毋得辄离。”

张先生颔首答应。文彦博又召史志聪至面前，道：“请都知禀告皇后，两府宰执想设醮于大庆殿，昼夜焚香，为君祈福。望皇后许可，于殿之西庑设幄榻，以备两府留宿。”

设醮祈福应该只是个借口，文相公必是见上躬不宁，故欲借此留宿宫中，以待非常。

面对这个要求，史志聪迟疑着应道：“国朝故事，两府无留宿殿中者……”

文彦博便又横眉，朗声道：“如今事态不同寻常，岂能再论故事！”

史志聪大惊，忙唯唯诺诺地答应了，领命而去。

文彦博这才挥手，让众人退去。

【捌】素心

皇后教旨很快下达，同意两府于大庆殿中设醮祈福。于是文彦博立即调度指挥，设下道场，备好幄榻，与几位宰执宿于大殿西庑。在与文彦博独对深谈后，富弼称病告假出宫，表明不预此间政事。

他此举自然是为避嫌。今上提及皇后与大臣密谋，旁观者恐怕都会猜到这“大臣”是谁。皇后倾向于新政大臣，这是朝廷宫中之人多少都可感知的，即便今上说那句话时没看富弼，大家联系前后因果，亦能想到是他。

对张先生，我始终有些放心不下，怕他此后还会再寻短见，因此次日一大早，我就去他居处看他。而我到达时，他已不在房中，只有一位小黄门在内为他打扫房间。

“梁先生早！”大概是因我昨日行为，他对我十分友好，一见我就微笑行礼，不待我询问，便告诉我，“天还没亮，张先生就已去福宁殿伺候官家了，现在不在这里。”

我仍有点担忧，问：“昨晚，没再出什么事吧？”

“张先生很好，昨晚遵医嘱饮粥服药，并无异状。我不放心，通宵守着他，也没见他有何不妥。”他说，然后看着我，顿了顿，似乎在思忖什么，终于还是决定告诉我，“但如果说不寻常的事，那还是有的……夜间，皇后曾过来看他，带着邓都知。那时张先生已经闭门安歇，邓都知陪皇后站在院内，开口通报，要他出来接驾。可张先生并不开门，穿戴整齐后在门后跪下，说自己已无大碍，不敢有劳皇后垂顾，请皇后回去。皇后走近一些，说：‘你且开门，让我看看，我便回去。’张先生却不答应，只顿首再拜，扬声说：‘皇后教诲，臣已铭记于心，往后必尽力服侍官家，绝不会有一丝懈怠。’皇后听了，不再说话。然后张先生又说了句：‘臣恭送皇后。’便伏拜于地，久久不抬头，直到我告诉他窗棂上已不见皇后影子，他才缓缓起身。”

我听后，不知说什么好，一时只是沉默，目光漫无目的地飘游于室内。最后，案上供着的一枝蜡梅引起了我的注意。

那蜡梅素黄粉妆，晶莹剔透，色如蜜蜡，呈半透明状，而花心又是洁白的。虽不若红梅艳美，但清芬馥郁，尤过梅香。这时房中已被那小黄门拭擦得窗明几净，花香与未干的水汽相融，越发显得幽雅清新。

见我关注蜡梅，小黄门随即解释：“这花是今晨皇后命人送来的……这种蜡梅是张先生最喜欢的花。”

我点点头，再问他：“这种蜡梅叫什么名字？”

他回答说：“素心。”

张先生闭门不见皇后的原因可能很复杂，而我只能猜到最浅显的一层：避嫌，不让窥探他们言行的人找到他们私下“密谋”的证据。

所以我很佩服皇后，在这样情形下去探望张先生，是需要勇气的。同时我也感慨于张先生闭门不出的决心，拒绝他素心维系的人的探视，需要另外一种勇气。

显然有人一直在紧盯着他们，否则张先生去找十三团练与富弼的事今上也不会知道。因此，虽然张先生与皇后并未见面，但我还是担心此事被跟踪窥视他们的人看到，并借题发挥。

确实有人这样做了，但结局很悲惨，弄巧成拙，丢了性命。

这日上午，关于文相公开了杀戒，下令处斩一位告密者的消息传遍了整个皇城。

那人深夜求见宿于大庆殿西庑的宰执，举报“谋逆”之事。文彦博一听，即命人磨浓墨于盆，再呼那人过来，亲自执笔浓涂其面目，让人看不出他本来的容貌，待到禁门开启后，唤来侍卫，命将此人押至东华门外处斩。

故此，无人知道告密者是谁。两天后，有人悄悄说，石都知手下的小黄门好像有一个不见了。我不认识那据传失踪的人，不知是真是假，但无论如何，以后宫禁肃然，再无关于“谋逆”的言论流传。

自公主病后，我每日皆会随苗淑仪入省中宫，向皇后禀报公主病情。但有一日，我与苗淑仪正欲出门，却见中宫遣人来传讯：“皇后决定闭阁吃斋写经，为官家祈福，直到官家痊愈视朝。这期间免去宫中诸人定省问安，自今日起，苗娘子暂时不必去柔仪殿了。”

苗淑仪诧异道：“吃斋写经，为官家祈福也不必不见其他人吧？皇后这决定却是为何？”

来者并不敢回答，匆匆告辞而去。但官家违豫，宫中的娘子们忧虑之下越发竖起了耳朵，对一点点风吹草动都是极为敏感的。随后而至的俞充仪告诉了苗淑仪她打听到的消息：“有两名司天官当众说，夜观星象，看出天子违豫，国家将有异变，若皇后效章献故事，垂帘听政，便可保国泰民安。他们还拟了状子交给史都知，要他转交文相公。”

苗淑仪听后微有一惊：“朝中那些大臣最厌烦人提起章献太后当年垂帘听政的事呢。皇后听政，他们能答应么？”

俞充仪道：“现在还不知道文相公是何态度。听说他对史都知笑了笑，然后把状子收了，没多说什么。”

苗淑仪低声问：“这两个司天官是什么来头？以前跟皇后可有接触？”

俞充仪摆首道：“谁知道呢？但前两天，这两人请武都知带他们进大庆殿，候在两府聚集的地方，举着状子对宰执说，国家不应该在北方凿河道，改变黄河流向，以致天子圣体不安。这矛头明显是指向富相公，因为那条河道是富相公决定开的……如此看来，他们应该不是亲中宫的人吧。今天听见他们建议皇后听政的事，我还道是他们忽然转性了，又想讨好皇后了呢……”

苗淑仪再问：“那皇后宣布闭阁不出，不见宫中人，就是因为这个？”

俞充仪道：“没错。听说今晨邓都知挺高兴地告诉她此事，没想到她那时脸色就变了，立即让人传令，说闭阁吃素写经，既不出去也不见闲人，摆明了不想涉政。”

苗淑仪似乎有点明白了：“这两人莫不是想在这节骨眼上火上浇油，引起大臣对皇后的反感吧？”

俞充仪微微一笑，讳莫如深。

苗淑仪尚有个疑问："但司天官应与皇后没什么见面的机会吧？为何要这样针对皇后？难道是有人指使？"

这也是我想问的，但俞充仪没能回答她的问题，最后做出合理解释的人是张先生。

当我把司天官请皇后听政的事告诉从福宁殿回来的他时，他讶异之下略有些不安，忙问我："皇后是何反应？"

我据实告知，他才松了口气，道："若她露出半点喜色，便中小人奸计了。"

他随即告诉我，现任北京留守的贾昌朝素来厌恶富弼，又与武继隆有来往，此前司天官就运河之事抗言，应是贾昌朝假武继隆之手安排的。因此，他们再请皇后听政绝非出于好心，若皇后流露出垂帘之意，一则会引起宰执警惕，二则，若今上痊愈，得知此事，对皇后必会更加防备忌惮，甚至会有更严重的后果。

【玖】康复

次日，文彦博召那两名司天官入大庆殿西庑问话，不知他与二人说了什么，最后二人出来之时，殿外宫人发现他们满脸惊惧，几乎是抱头鼠窜而归。

之后，文彦博又聚两府官员于大殿内，将二人状子示众，同列官员一见即大怒，高声质问，声彻内外："这等鼠辈竟敢妄言国家大事，其罪当诛，何不斩之？"

而文彦博则应道："斩了他们会令此事彰灼，内外议论的人多了，徒使中宫不安。"

这时众宰执已知中宫态度，想必对她亦有好感，于是皆点头称是。

此番议论不避殿内侍者，因此很快传至后宫，当然，这种情况很可能也是宰执有意为之。随后他们更召司天官入殿，文彦博当着众都知及内外侍者的面，公开宣布了对二人的处罚决定："此前朝廷凿河道，使河水自澶州商胡河穿六漯渠，入横陇故道。你们说这是穿河于正北方，使圣体不安，那如今就烦劳你二人前去测量，看六漯于京师方位是否真是正北。"

这是借测量方位之名将二人贬放了。司天官闻之色变，频频转顾武继隆，望他能代为求情。武继隆也以宫中天文事尚须这两位司天官主持为由，恳请文彦博留下他们。

文彦博诘道："他们欲染指的，恐怕不仅仅是天文事吧？此二人官小职微，本不敢辄预国事，如今这般僭越言事，必是有人教唆的。"

武继隆默然不敢对。于是那两名司天官便被逐出京师，送去测量六漯渠了。

文彦博对"谋逆"及司天官之事的处理令宫中人啧啧称奇。本来有灯笼锦的事在先，众人皆以为他是温成一派的人，却没料到他会如此维护中宫。

"你说，文相公会不会知道了皇后禁止宫人唱'红粉宫中忆佞臣'的歌，所以才投桃报李？"张承照问我。

我不认为这是主要的原因。其实文彦博的才能与行事作风与皇后倒颇有几分相似之处。以我的理解，他以前与张贵妃往来，是张氏主动示好，何况有层世交的因素在内，他亦不便拒绝，但就这二位后妃本身而言，应该是大度睿智的皇后更易获他的欣赏与尊重。两个智慧秉性相近的人常会惺惺相惜吧，尤其是不同的性别抹去或淡化了竞争关系的时候。

另外，他一开始就不把皇后联络未来储君的事当谋逆看待，可能是因为他亦觉得此时考虑储君问题是适当的，皇后并没做错。后来，宫中有传闻说，其实文相公也在暗中准备，起初便已与富相公议妥，今上若有不测，就让十三团练即位，甚至，他让翰林学士把即位诏书都拟好了，自己随身携带，以待非常。

这个传闻后来也无法证实，因为今上的病终于有了起色。

公主自肯进食后，身体一天天好起来，不久即能下床走动。有一次，她犹豫再三，然后忐忑地问苗淑仪，如果她现在去向父亲请安，他会不会不理她。

一直没人告诉她今上病情，因为众人既要遵皇帝命令，也要顾及今上违豫的消息会对公主造成的影响。那时公主自己也景况不佳，而且今上的病说起来跟她也有一点关系。

如今见公主精神渐好，苗淑仪蓄了许久的眼泪终于夺眶而出，啜泣着告诉了女儿今上的情形。

公主听后既震惊又伤心，立即赶去福宁殿见父亲。那时今上仍在闭目睡着，公主跪在他病榻前，轻轻唤他："爹爹。"

今上徐徐睁开眼，迷茫地盯着女儿看了半晌才认出来，向她伸出一只手，喃喃唤道："徽柔……"

公主双手握住他的手，温言应道："爹爹，徽柔在这里。"

今上反握女儿的手，枯瘦的手背上青筋凸现，那么用力，像是欲抓住唯一可维系生命的东西。青白干裂的嘴唇缓缓颤动，他看公主的眼神空蒙而悲伤："徽柔，爹爹只有你了……"

公主微微仰首，好似要让眼泪倒流入心，再压抑着哭音，尽量对父亲微笑：“爹爹，琼林苑、宜春苑的花儿又开了，你快好起来，带女儿去看。”

从此公主每日大部分时间皆在父亲身边度过，与众嫔御及秋和一起精心侍奉他饮食起居，后来今上情绪渐趋稳定，但精神始终不佳，且不时有晕厥状况发生。

文彦博与几位执政每日入省福宁殿，在今上神思清宁时于病榻前奏事，今上说话很困难，大抵只是首肯而已。

文彦博见太医疗法收效甚微，便亲自过问治疗细节，多次与太医及御药院宦者研究方剂疗法。有一次，他忽然想起张先生针灸之事，在细问张先生针灸详情及对今上病情的看法后，他又召来众太医，与他们商讨继续用针灸术为今上治疗的可行性。

众太医谨小慎微地表示，针灸理应有效，但穴位微细，一丝错不得，须精于此术者施针方可。他们相互推辞，都不愿意出面主治，最后张先生第二次主动请缨：“若相公信任茂则，茂则必将尽力而为，以求主上早日康复视朝。”

在慎重考虑后，文彦博答应了他的请求，但此刻面临的最大问题是今上是否愿意配合。

为此张先生求见公主，将情况一一告之，恳请她说服今上同意治疗。

公主这时已知今上指皇后与张茂则“谋逆”之事，便很踟蹰，对说服今上这点并无把握。我明白她的顾虑，遂建议道：“每日黄昏后，官家都昏昏欲睡，神思恍惚，不怎么认得人。若张先生此时蒙面入内为他施针，他未必会知道是谁。这期间公主守护在官家身边，不时安慰，或可令他接受治疗。”

这事便如此进行了。在张先生进今上寝阁之前，公主已轻言细语地劝过父亲接受她寻来的民间良医治疗，说那人行的是灼艾法，但须在脑后轻刺两下，就像蚊虫叮咬一般，有些肿胀，却不会太疼。今上迷迷糊糊的，随口答应了，公主遂让张先生入内。

张先生蒙着脸，跪下请安。自缢之后，他声音尚未复原，很低沉沙哑，今上应该没听出是他，但看了看他蒙住的脸，显得有些困惑。

公主立即向他解释：“爹爹，此人多年前在军营中犯过点小事，受了黥刑，脸上有疤，为免爹爹见了不安，所以女儿让他蒙面进来。”

今上点点头，按公主的请求，俯身躺下，闭目。

当张先生的金针刺入他脑后时，今上忽然一震，睁大的双目中有惊惧之色，动了动，似想翻身而起。

公主及时按住了他，一手抚他背，一手握他手，和颜安慰他："爹爹，女儿在这里，女儿在这里……"

今上的呼吸在她的温言安抚下逐渐平缓下来，公主继续轻声说："没事的，再过一会儿就好了，爹爹马上会好起来……"

在公主语音构筑的宁和氛围中，今上又闭上了眼睛，静静俯卧着，以一位病人所能呈现出的最佳状态去配合张先生的治疗。

然后，寝阁内的时光仿佛凝固了，几乎所有人都保持着静止的姿势，包括病榻中的皇帝和他身边的侍者，以及坐在不远处珠帘外的宰执与皇后。旁观者连眼波都锁定在今上一人身上，只有张先生针尖的微光、起伏的手势，尚在这无声空间中流动。

当最后一针拔出后，张先生退后，示意公主扶今上翻身仰卧，今上却瞬间睁开了眼睛，自己撑坐起来。

起初眼中阴翳已消散，他看上去双目清明，颇有神采。环顾室内事物后，他微笑对公主说："好惺惺。"

这话是指耳目明晰，头脑清醒。珠帘内外的人闻言都喜形于色，纷纷下拜祝贺，唯张先生一言不发，趁众人笑语间悄悄退了出去。

翌日，今上圣体康宁，起身行动，甚至不须人搀扶。宰执入见，他亦能从容出言应对，连日重病竟似减去了大半。

往后几日，公主仍旧侍奉于父亲身侧。一日清晨，今上饮下公主奉上的汤药后，忽然问她："那天为我治病的黥卒在何处？不妨召来，我要赏他些东西。"

公主迟疑，道："他现已不在宫中……"

"哦，那他在哪里？"今上追问，又道，"无论他身在何处，都要把他找来。既立下如此大功，不能慢怠了他。"

"是……"公主答应着，但也许是在想如何应付父亲这要求，她脸上神情颇不自然。

今上一直观察着她，不由得一哂："那人，是茂则吧？"

公主愕然，一时不知如何回答好。而今上并非真是在等她答案，自己说了下去："当他用针刺入我脑后时，我立即意识到施针的人是他，因为针刺那同一个穴位的感觉我永远不会忘记。我很害怕，差点又想起来抗拒，但是，徽柔，你告诉我你在我身边……你是我唯一的女儿，你一定不会害你爹爹……想到这里，我略感安心……"

说到这里，他又自嘲般地笑笑，道："其实，那时我也有个现在想起来很可笑的疑问：万一你是在跟着张茂则害我呢？后来转念再想，如果你都在琢磨着害我了，那我活在这世上还有什么意思？是好是歹何必再管，不如就任你们摆布了吧。所以，我最后完全没反抗……”

这些话，他一直在笑着说，却听得公主很难过，此时不禁唤了声“爹爹”，似想解释什么，今上却以指点唇，示意她勿言，再微笑道：“什么都不必说，你想说的，爹爹全知道。”

公主挨近父亲，抱住他右手臂，带着一抹恬静笑意，将头倚在了他肩上。

今上亦衔笑安享着这一刻宁和时光，须臾，侧首顾我，温言吩咐：“怀吉，你去请茂则过来。”

待张先生入内，今上对他道：“彦博向朕夸赞你在朕寝疾之时扶卫侍奉之事，且你又以金针治好朕此番重疾，朕理应论功行赏。今迁你为入内内侍省押班，往后皇帝殿阁百官进见，常侍于朕左右，所辖事务，可上殿进奏……”

他话音未落，张先生已顿首再拜，道：“陛下，扶卫侍奉，乃臣分内事，未获陛下许可便施针灸，更是犯上重罪，陛下宽仁，未追究臣罪责，臣已感激涕零，岂敢再邀功请赏，安处要近！臣入侍天家三十多年，一事无成，反受国厚恩，屡获升迁，实在惭愧。因此，臣恳请陛下，以臣补外，授臣外官末职，放出京师。臣伏蒙圣恩，必将恪忠职守于外郡，力求略为君父分忧。”

【拾】折翼

今上不是没有出言挽留，但张先生一再坚持，考虑两日后，今上从其所请，传诏：内西头供奉官、勾当御药院张茂则转宫苑使、果州团练使，为永兴路兵马铃辖。

“先生此去，几时归来？”我私下问他。

他唯一笑，并未回答。

然而他表现得像是不打算回来了。他取出所有积累未用的俸禄分给下属，那是很大一笔钱，但多年来只被他堆在角落里，成千上万缗，竟似从未蒙他细看，大多连包装上的封条都没拆开过。

与钱一起被他馈赠予人的，还有许多帝后赏赐的布帛珠宝古玩，最后他房中变得空空荡荡，连好点的家具什物也都被人取去了，而他要带走的行囊中，除了公务文件，便只有几件换洗衣服和几缗必要的路费。

他没有忘记我，启程前一天特意请我过去，精选了几块上等古墨、端溪砚，以及他珍藏的龙凤团茶给我。我谢而不受，看看他内室尚保留着的那三口大箱子，道："这些箱子，先生也带走么？若要留于宫中，便交予怀吉暂时保存吧。"

他明白我的意思，道："怀吉，谢谢你。我也想把这些箱子托付于你，但不是请你保存，而是想请你代我把它送给一个人。"

我颔首，请他明示："送给谁呢？"

"官家。"他说，又补充道，"等我走后再送去。"

我回阁中时他送我至门边，我问他翌日何时出宫，他浅笑道："很早，你这些日子也累坏了，多歇歇，别来送我。"

我没有坚持说要去送他，并非真想偷懒或心态凉薄，而是很害怕又经历那种离别场面——宫墙禁门两相隔，故人天涯远。

此刻想到他即将远行，且前途茫茫，不知何年何月才能再见，我已异常难受，随即朝他屈膝，含泪行庄重的四拜礼以告别。

他以手相扶，和言嘱道："你也多保重。"

当我转身欲离去时，他忽然唤住了我，垂目思量须臾，再注视我，道："你少年时，曾问我，我的乐趣在哪里，最大的心愿是什么。现在，我可以回答你。"

"我最大的心愿，是做个正常的男人……但此生注定是无法实现了。我们这样的宦者，所能拥有的理想和身体一样，是残缺的。"他平静地说，徐徐侧首顾室内——案上花瓶中仍供着那枝现已枯萎的素心蜡梅，"不过，我找到了一个值得的人，她近乎完美无缺，应该拥有圆满的人生。我希望助她实现她所有的心愿，乃至为她死，为她生……如果说我的生涯尚有乐趣的话，那这就是了。"

为她死，为她生……我琢磨着这句话，黯然想，他确实是做到了。

"可是，"我对他如今的决定仍感不解，"既如此，先生又何苦自请补外？远离她身侧，将来如何再助她实现心愿？"

"现在，我必须离开。"他未尝讳言，"我离她越近，她最珍视的那人就离她越远。"

次日晨，我照常随公主定省中宫，着意观察皇后表情，并未找到一丝特别的情绪，例如忧郁哀伤之类。

她沉静依旧，显然不曾出去送别张先生，甚至在与我们的言谈中也没提到他一句，只是和颜说着常说的话，细论今上日常喜好，叮嘱我们照顾好他。

不过这一天，她的殿阁中飘满了素心蜡梅香。

当我把那几个装满飞白故纸的箱子送到福宁殿时，殿前桃李花次第新开，已是春意盎然。

我带着运送箱子的几名小黄门轻轻走近，透过那红红白白的深浅花枝，见今上倚坐于廊下临时设的软榻上赏花，着纶巾，披鹤氅，虽形容清减，但神情清朗，意态闲适，已不见病颓之状。

而秋和此刻伴于他身边，想是今上要查看她手心伤势，她侧跪于软榻旁，将手伸至他膝上，今上托了，以指轻抚那些伤痕，不胜怜惜。

有风乍起，秋和的绫纱长裙与轻罗对襟旋袄较为单薄，受凉之下，她忍不住打了个喷嚏。未及告罪，今上已展开鹤氅，揽她入怀，为她蔽风。

这情景令我放缓了步伐，略为延迟，才走了过去。

秋和一见我，立即站起，退至今上斜后方，绯色满面。

我向今上施礼如仪，然后转朝秋和一揖："董娘子……"

自皇后呼她为"董娘子"之后，所有宫人都明白了此中深意。在今上违豫、皇后闭阁期间，秋和便以嫔御身份侍奉于今上病榻前。如今，今上已改她为御侍，封号是"闻喜县君"，她宫籍上的名分已正式从女官转为了天子嫔御。

看来她始终未适应这新身份，见我施礼，她下意识地敛衽还礼，浑然忘记她现在也是我的主子了。

为免秋和尴尬，我没有多看她，旋即命小黄门搁下箱子，向今上说明了张先生献礼之意。

"这其中，是何物？"今上不解地问。

我托词说不知，今上遂命人打开了箱子。

那千百卷飞白残篇被取出，相继展现于今上眼前。细看数十卷后，他的表情亦从起初的迷惘，随后的惊讶，逐渐转化为最终的黯然神伤。

这也证实了我心底的猜测，关于这些墨迹出自谁笔下。

在十几二十年的漫长岁月里，她躲在他看不见的殿阁中，一笔笔地写，而另一个他，悄然立于她身后，一卷卷地收……此间隐事，欲说还休，倒是这一堆故纸，虽然永远保持着沉默的姿态，却可被视为最值得信任的知情者，铁证如山，胜过旁人千言万语。

"守忠。"今上后来开言，唤过殿前侍立的任守忠，"你折些花枝给皇后送去，为我传几句话：今日风和日丽，玉宇清澄，想必晚间夜色亦好，何不同往后苑水殿，共赏松间明月？”

这是个完美的结局，我庆幸未负张先生所托，遂告退离开，多日来黯淡的心情终于因此蒙上了一抹亮色。

出了福宁殿宫门，忽听见秋和唤我。讶然回首，见她已跟了过来。

“我送送你。”她轻声说。

我忙应道：“不敢烦劳董娘子。”

她低首，道：“私下听你这样唤我，我真难受。”

我无语。好半天，才问她：“秋和，你快乐么？”

她踟蹰良久，这样回答：“官家对我很好。”

我点点头，目光落到她袖下半掩着的手上：“你的伤好了么？”

她徐徐伸出受伤的左手，掌心向上，朝我展开：“你是说这个么？”

她莹洁如玉的手心和指腹上多了两道丑陋的伤痕，虽已结疤，但疤痕翻卷突出，触目惊心。这已经是不错的结果了，当日看她伤势，很多人都以为她会断指。

面对她的问题，我颔首称是。

她淡淡一笑：“这，是折断的翅膀，好不了了。”

我一怔，没立即明白她的意思。

她举目追寻天边雁字，怅然道：“怀吉，我被困在这里，再也飞不出去了。”

【拾壹】繁塔

违豫风波平息后，李国舅夫人入宫，向今上暗示李玮及公主年岁渐长，到了该完婚的时候。今上遂下令拨资修建公主宅第，交由李玮监工，稍后再议婚期。

不久后，一些唯恐天下不乱之人把一份朝报刻意“遗失”在仪凤阁门前，上面载有谏官范镇弹劾驸马李玮的章疏内容：“驸马都尉李玮家指使小底，已至四五十人，门下出入举人，皆豪室子弟侥幸无赖者。又修建主第，功役过甚……李玮年少，正当向学，而多使侥幸无赖之人在其左右，修建居室，复大僭奢，非所谓纳之于善也……”

这份朝报后来被送到我手中，当时张承照在我身边，凑头过来看了，笑道：“这些事其实是驸马的娘上次入宫时显摆出来的。听说她向官家夸她儿子，说他往来无白丁，朋友都是豪门世家子弟，李玮跟他们交际，服饰用度都不输给他们，出入有好几十人前呼后拥，俨然也是个翩翩贵公子……她还特意向官家多讨了块地，说是驸马想在公主宅里建个击丸场，官家也还真答应了。”

我问张承照：“这些事，宫中人常议论么？”

“可不是么。”他说，“国舅夫人刚走，官家身边的人就暗暗笑开了，说她家凿的纸钱变成了真银子，就不知道该怎么花了，恨不得贴在脸上，堆到身上，让所有人都看见。”

我点火焚烧这份朝报，再告诫他：“别在公主跟前议论这事，不能让她听见。”

他连声答应。但知道此事的人不少，想必也有几个长舌的对公主透露了一些消息，往后几天，公主明显比以前抑郁，除定省帝后之外皆闭门不出，经常怔忡不语，有时抚擘箜篌，弹着弹着就有泪珠零落。

官家康复后，所有人都默契地不再提公主拒婚及曹评之事，就像这事从未发生过，包括公主自己，所以她对那桩婚姻的不满只能转化为沉默的悲伤，蚕食着她的快乐与健康，让她一天天地憔悴下去。

苗淑仪看在眼里，很是心疼，却也无计可施，只能终日求神拜佛，烧香祷告，每次口中念念有词，却听不清她具体是在说些什么。

有一天，她对公主说，今上和公主卧病期间她曾去天清寺，在定光佛舍利前许愿，祈祷夫君女儿早日痊愈。如今心愿实现，应该前去还愿，公主亦应跟她同去，以示虔诚感恩之心。

公主对此事毫无兴致，但架不住母亲劝说，终于同意随她前往。

天清寺建于后周世宗时期，中有一名为兴慈塔的寺塔，供奉定光佛舍利，但都人俗称其为繁塔。塔身甚高，东京有民谣曰：“铁塔高，铁塔高，铁塔只打繁塔腰。”

我与几名内侍、内人随苗淑仪及公主沿着繁塔内道盘旋而上，上攀许久才至佛龛前，此时透窗俯瞰，所见景象真如苏舜钦咏繁塔诗中所说：“车马尽蝼蚁，大河乃污渠。”

参拜舍利之后，公主转顾四周，发现内壁镶有彩绘佛像砖，其中有一组帝释乐人砖，描绘乐伎演奏琵琶、法螺、羯鼓、铜钹、排箫、横笛等乐器的场景，皆线条流畅，意态灵动，栩栩如生。

公主渐被吸引，逐一细看，而苗淑仪则道：“这里太高，风又大，我有点犯晕，先下去了。”

公主闻言想跟她走，苗淑仪却又摆首，道："你既爱看这些砖画，就稍留片刻，看个清楚吧。我先去寺中大殿烧香，你一会儿跟怀吉下来就是了。"

言罢她带着其余侍从及作陪的方丈僧人离去，临行前暗暗朝我使了个眼色，目指公主，似有所嘱托。我想总不过是要我照料好公主，遂欠身颔首，示意遵命。

公主继续看乐伎砖画，最后目光长久地停留在画着吹横笛乐伎的那块上面，大概想起以往故事，她幽思恍惚，没有在意后来塔中木道上又响起的脚步声，直到有一人走到她身后，开口唤她"公主"时，她才蓦然惊觉。

转首那一瞬，她不知是悲是喜，脸上的笑容绽现之后又隐去，一把抓住来者的手腕，像是想确认他的存在，又像是怕他突然消失。双目含泪盯牢他，她哽咽着轻声道："曹哥哥……你好不好？"

曹评微牵唇角，却是笑意惨淡。许久不见，他瘦了许多，眼周发黑，目光无神，远非以前那意气风发的模样。

此刻他轻轻抽手，避开公主的碰触，再退后两步，欠身道："托公主福，臣很好，谢公主挂念。"

他的举止和语气带有明显的疏离感，令公主不由得愣了一下。我疑心这是因我在场，他有顾虑，遂避至门外，但也不敢走远，便在门边侍立等候。

因距离尚近，他们此后的对话仍能听见。随后先开口的仍是曹评，他礼貌而平静地跟公主说："公主，臣此次是来向你辞行的。臣将前往汜水，为曾祖守墓，以后恐再无拜谒公主的机会，故今日前来道别，望公主多珍重……"

他尚未说完，公主已十分震惊，颤声问："你要离开京师？为什么？是谁让你去的？爹爹么，还是孃孃？"

曹评道："公主别猜了，臣是心甘情愿去的，并非为人所迫。"

公主并不相信，声音里已带了哭音："你为什么要走？再等等，我会想办法的……等爹爹身体再好些，我会求他成全我们……他对我很好，一定会答应的……"

"公主。"曹评打断她，反问道，"你能确定姑父会同意你的请求么？你能保证此前发生的那些不好的事不会重演么？"

公主无言以对。曹评叹了叹气，继续说："臣以前也曾像公主一样，以为姑父宠爱公主，姑母又是皇后，若我们争取，姑母从旁相劝，姑父一定会答应我们的请求。可是，如今再看，是我们把此事想得太单纯了。"

公主还是沉默着，曹评又道："那天从国子监回去，我把我们的事告诉了父母。我母亲大惊失色，哭着直骂我不懂事，我父亲倒没惩罚我，只说了一句：‘如果官家肯把公主许给你，十年前他就已这样做了。’然后，他转身去书房，写下了请求解官待罪的章疏……此后我家就被皇城司的人监视着了，出入的每一个人都会遭到盘查……姑父不豫，乃至说出‘皇后谋逆’之语，我们族人得讯，上下惶恐不安。在族长询问之下，父亲说出我的事，族长又悲又怒，不顾重疾在身，亲自拄着拐杖走到我面前，说：‘此番若有差池，且不说你曾祖戎马一生换来的曹氏百年尊荣将毁于你手，连曹氏上上下下数百条人命是否能保全都还不知呢！’”

“爹爹不会那样做的！”公主驳道，“他那次说的只是病中谵言……”

“病中谵言其实跟酒后醉话一样，多多少少都能流露一些内心的想法吧。”曹评道，他的语调一直是波澜不兴的，应是这些天想了很多，此时对公主说的只是心下得出的定论，“我也是那时才知道，原来姑母并不似我曾经以为的那样，深得姑父信赖，稳坐中宫，不可动摇。而我的孟浪行为更加深了姑父对姑母的误解，说不定，他会认为是姑母让我来引诱公主的吧……”

公主连声否认：“不，爹爹不会有这种想法……”然而，她那不假思索的话语却显得十分虚弱无力。

“你听我说完，公主。”曹评止住她，此时声音很柔和，相较之前的客气疏离，多了几分温度，“我从未想到，我的家族会因我的行为受到如此大的影响……家中长辈焦虑愤怒，父亲愁眉不展，母亲终日哭泣，兄弟被禁足于家中，而曾帮我送伞给公主的妹妹被仓促地许给一个她不喜欢的人，因为我父母认为，异日若有不测，那人的家族可以保全妹妹的性命……但是最难过的人，应该还是姑母，我无法想象面对姑父‘谋逆’的指责，她在宫中会是怎样一种艰难处境。”

在停顿片刻之后，他又说：“我想，公主这期间的感受，只会比我更差吧。所以，公主，现在一切已经过去了，那就保持现状，我们别再错下去，不要再影响到那些我们所爱的人。”

“那么你所爱的人，包括我么？如果保持现状，我就要嫁给那个愚笨恶俗的李玮了，届时我又该怎样活下去？”公主当即问他。

曹评不语。而此时公主情绪驿动，忽然满怀希望地说：“或者我们逃走，我们从这里逃走，到没有人能找到我们的地方去……”

“公主！”曹评朗声唤了她一声，以提高少许的音调暗示她冷静。然后，他说了一句令公主彻底沉默的话：“我很喜欢公主，但是，我更爱我的家人。”

语音由此而尽，塔内青烟幽浮，槛外云水空流，我凝神倾听，却只闻见一些被剪碎的风声断断续续地穿过了佛龛前的静穆时光。

后来响起的，是一声膝盖点地的声音，曹评朝公主下拜："臣祝公主平安康乐，寿考绵鸿，永享遐福。"

礼毕，他阔步出门，在下楼之前，他朝我深深一揖，道："梁先生，以后请多费心，照顾好公主。"

【拾贰】取暖

再见到公主的时候，她已走至塔外危栏边，立于猎猎风中，垂目视下方万丈红尘，衣袂翻飞，摇摇欲坠。

我立即过去，一把握住她手臂，拉她转身。

她无神的眸子似乎在看我，但眼神空茫，分明视若无睹。

"公主，该回去了。"我轻声对她说。

她点点头，很安静地任我扶着她下楼。

回宫的路上，她依然很安静，没有说一句话，也没有流一滴泪，回到阁中便径直去房中睡下，仿佛只是累了，需要稍加休息而已。

苗淑仪见她睡了，才悄悄问我繁塔中之事，显然她是知情的。我把二人对话粗略说了，她叹道："这样也好。须曹评亲自跟她说才能让她死心，否则，指不定什么时候她又要跟她爹爹闹去。"

"曹公子这次去，是皇后安排的么？"我问苗淑仪。

她说："是皇后与官家商议决定的。此前曹评向他们请罪，官家见他醒过神来了，便同意他再见公主一面，跟她说清楚。"

说到这里，苗淑仪又拍着心口道："谢天谢地！公主好歹是懂事了，听了曹评的话也没哭没闹。本来我心里七上八下的，就怕她一时受不了又闹出什么事来……这事就这样过去了，真是佛祖显灵，阿弥陀佛！"

但我不这样认为。我知道公主对曹评的感情，也就明白曹评的话伤她有多深。而她平静到连泪都未落一滴，实在太不寻常，倒让我很是担忧。

因此，我特意叮嘱夜间在公主房中服侍的嘉庆子和笑靥儿，一定要多留意公主举止，切勿松懈。

她们答应得好好的，但后来，我担心的事还是发生了。

半夜里，那两位侍女来敲我的门，带着哭音说："我们一不留神睡着了，然后，然后……”

那一刻，仿佛心跳瞬间停止，我问她们：“公主怎样？”

她们说：“不知道……不在房中，也不在阁内院中……不见了……”

我立即开了阁门，冲入无边的夜色中去寻找她。

夜间通往外宫城及几处大殿的宫门已关闭，所以搜寻的范围缩小了许多，未过许久，我在瑶津池边找到了她。

她浑身湿漉漉的，抱膝坐在池边岸上，埋首于臂弯中，长发逶迤于地，在幽凉夜风中瑟瑟发颤。

有人简略地跟我说了此中情况：她投水，好在被夜巡的内侍看见，立即救了上来。此后不断有听见动静的内侍和宫人过来，又是扶她又是给她披衣物，但她激烈地挣扎着，拒绝任何人靠近，就那样坐着，连内侍送上的衣袍也被她远远抛开。

我走过去，伸手扶她，她感觉到，看也不看即扬手朝我脸上批来。

我未躲闪，生生受了这一耳光。她这才抬眼看我，旋即怔住。

“怀吉……”她呜咽着唤，双睫下泪光漾动，像在外受了委屈的孩子终于见到了家人。

我朝她微笑，俯身，和言道：“公主，我们回去吧。”

她哀伤地低下头，不说话，但也没有流露反对的意思。

我伸出双臂托抱起她，向仪凤阁走去。她依偎在我怀中，埋首于我胸前，身上那冰冷湿意透过我干爽衣裳蔓延至我肌肤，我不动声色，搂紧了她，此刻心情也跟她犹在滴水的长发一样，沉重而潮湿。

忽然，两滴有热度的液体渗入我胸前衣襟，正好是心脏的位置，我不由得一颤，像是被灼了一下。

其实那两滴水珠所带的，只是一种正常的温热。

今上得知此事，未及天亮便已赶来。

那时公主已换了衣裳，躺在床上，无论苗淑仪如何询问劝解含泪抚慰，仍是一言不发，听见父亲来了亦未起身，而是转侧朝内，闭目做熟睡状。

“徽柔……”今上轻声唤公主，未等到公主回答，他亦未再唤，在她床边坐下，他对沉默的女儿说，“你一定在怨我，为何要拆散你和曹评，让你嫁给李玮吧……记得很多年前，我曾告诉你，我们越喜欢一个人，就越不能让别人看出我们喜欢他。将对他的喜爱形之于色，就等于把他置于风口浪尖上，终将害了他。

如今对曹评，何尝不是如此呢？他聪明、多才、善射，还懂契丹语，将来可以做个优秀的大宋使臣，在必要的时候出使契丹。但是，如果你流露对他的感情，要求取消婚约嫁给他，他立即会沦为台谏诸臣口诛笔伐的对象，大臣们会说他是个罔顾道义国法与君国尊严的轻薄狂徒，要求爹爹严惩他，他的前程和你的清誉一样，都会因此尽毁……就算爹爹不顾一切，保他周全，且把你嫁给他，难道又会是个好结局么？本来他身为后族中人，发挥才能的空间就有限，不能领文资职位参议政事，也不能领军挂帅掌兵权。出任使节是曹氏男子所能做的最重要的事，但如果曹评成了驸马都尉，皇帝女婿身份特殊，连出使这种事也不便做了。而且，满朝臣子都会紧盯着他，如果他对朝政多议论一句，在家多见两名朝士，都会遭到台谏弹劾。好男儿难免有大志，不会长期耽于闺房之乐，曹评若娶了你，日子长了，只怕也会为无法施展满腔抱负而感到惆怅遗憾吧？与其将来因此生怨，何不现在放弃，给爹爹留个可用之材？”

一语及此，他不禁叹息：“国朝的驸马都尉，本不是给才士做的。做公主夫婿的人，不需要有经天纬国的才能，更不需要有治国平天下的雄心，你真要嫁个栋梁之材，反倒是毁了人家前程。驸马都尉只要能一心一意待你，伴你无忧无虑、平安喜乐地共度此生，便已很好了。所以，一个善良、稳重、待人诚恳的驸马会比胸怀大志的才子更适合你……至于为什么选李玮……爹爹曾经告诉过你，爹爹是不孝的，章懿太后生前，爹爹见过她多次，但未有一次把她当作母亲看待，反而每每端然稳坐，受她所行的大礼……那时，我以为，她不过是父亲的众多嫔御之一……她是那么善良，从来没有提醒或暗示我什么，每次见我总是低着头，除了行礼时说的套话，并不会再多说什么。只是在她离宫为先帝守陵那天，拜别之后，她才抬起头深看我一眼，神态温柔，目中也没有眼泪，但是那一刻，她那十几年深锁的悲伤像一阵微风，随着她的眸光一下子拂上我心头……我有这样奇怪的感觉，但还是让她离去了，后来才知道，我当时所犯的，是一个天大的错误……而今的李玮，有与章懿太后一般的性情，虽然相貌并不相似，但他那双眼睛却和太后一样，会在沉默中向人流露他的善意……他是个善良的人，一定会对你好的，徽柔，他会全心待你，尽他所能照顾你，让你拥有平静安宁的生活。”

他停下来，着意看公主，但公主还是纹丝不动，没有一点回应之意，今上垂目，黯然又道：“你不喜欢他，是嫌他愚笨吧？可是适当的愚笨对做皇帝女婿的人来说，未必是坏事……当年我还跟你说过，真的喜欢一个人，甚至也不要让他自己觉察到你有多喜欢他。你问为什么，我那时没告诉你，现在，就一并说了吧……天家儿女，离权柄太近，所以，如果有人接近你，讨好你，你要先想想，他们这样做，究竟是因为喜欢你本人还是喜欢你身后的权柄……那些长伴你身侧的人，愚笨一些倒也罢了，没有玩弄权术的能力，便不会影响到国家，即便他偶尔动点小脑筋，你也可一眼窥破，任他小打小闹，你只当是看戏。但若你亲近的是个有七窍玲珑心的聪明人，便要随时打起十二分精神，稍有不慎，天知道他会利用你的爱恋做出什么事来……因此，你越喜欢他，就越不能让他发现……你并不太会控制自己的感情，那不如一开始就找个愚笨的人吧……”

最后这几句，他说得颇感伤，越说声音越低，几至不闻，神思也渐趋恍惚，不再等公主反应，他徐徐站起，摇摇晃晃地朝外走。

我忙上前扶他，搀着他一路送出仪凤阁。

“明日，你遣个车去瑶华宫，把韵果儿和香橼子接回来。”出了阁门后，他如此吩咐我。

我忙谢恩。他漫视着我，微微笑。

他和善的态度令我忽然有了请他释疑的勇气：“臣也是近身随侍公主的人，公主有过，臣难辞其咎。当初，官家为何没像处罚韵果儿和香橼子那样，把臣调离公主身侧？”

“如果你都离开她了，她会更难过吧。”今上这样说。然后，在我怔忡凝视下，他拒绝了两侧内侍的搀扶，也不愿上步辇，执意拖着沉重的步伐，慢慢朝福宁殿走去。

今上走后，苗淑仪又在公主房中守了会儿。折腾了大半宿，她也两眼红肿，十分疲惫憔悴，而今见公主始终不动，也道她是睡着了，反复嘱咐侍女守护好公主后，这才在韩氏搀扶下回房休息。

我不敢辄离，与嘉庆子和笑靥儿守在公主卧室外间。她们也劳动半晌了，又担惊受怕这许久，现在才安静下来，闷坐片刻后，嘉庆子垂下眼睑，头鸡啄米似的一点一点，而笑靥儿也禁不住打起了哈欠，但甫一张嘴便已惊觉，忙向我告罪。

我让她们先去睡，说我一人守着便好。她们迟疑，但在我坚持下，还是去一侧的隔间睡了。

这时，外面开始下雨，我步入里间，检查纱窗是否关好。窗棂开合间，风露沾衣，寒意浸骨，我寻思着公主罗衾是否足以御寒，便上前探视，却见她双肩轻轻颤动，虽仍朝内，不让人看见她表情，但有压抑过的啜泣声传出，应是在暗自落泪。

我微微弯腰，伸出右臂，把袖子引至她面前。

回来后，我换过衣裳，这袍袖相当干净，还熏有一层衣香。

她感觉到，睁眼看了看，旋即又闭上了双目。

“公主不用么？”我含笑道，“不能再用枕头被子拭鼻涕了——全湿了。”

有那么短暂的一瞬，她大概在思考是继续忧伤地哭泣还是还我以颜色，最后终于还是忍不住，给了我一个带哭音的“呸”。

我再次递上衣袖，她亦不再拒绝，拉过去擤了擤鼻子。然后，她转头看我：“你为什么还在这里？”

我回答：“守着你。”

“谁要你守着！”她蹙眉道，“有什么好守的？”

我想了想，决定跟她说实话：“臣怕公主再寻短见。”

“我死不死，跟你有什么关系？”她没好气地说，“我死了，不会对你有什么坏处。你可以继续留在这里服侍姐姐，也可以调去别的阁分服侍别的娘子，再或者，申请去秘阁管理你喜欢的书画……好的去处多了，不会妨碍你高升。”

“公主说得没错。”我应道，“可是，若公主没了，臣上哪儿再去找个会写千疮百孔诗词的主子，以改她作品为乐呢？”

公主啼笑皆非，最后选择拍了我一下表达她的恼怒：“大胆，你敢嘲笑公主！”

这句熟悉的话令我们立即回忆起年少时的游戏场景，我们两厢对视，我见她目光渐渐变得柔和，想必我也是。

“我是说真的。”我在她床头坐下，看着侧卧于我身边的她，探寻映在她眸心的我的影子，缓缓道，“给你改诗词，是件很愉快的事……不仅是改诗词，教你读书，回答你的问题，乃至为你捉刀代笔写字作文，都是愉快的……当然，以前做得多了，偶尔会觉得有些烦，但现在想来，连那种不堪其烦的感觉都是快乐的……我想一直守在你身边，为你做所有你想让我做的事。下雨了，为你撑伞；起风了，为你添衣；你读书时，我为你点茶；你弹箜篌，我就为你吹笛；你笑，我就在你身后陪着你笑；若你哭了，我可以随时为你递上一段干净的衣袖……这些事中的每一件，于我而言都是快乐的，所以我很害怕有一天会看不见你，因为届时你带走的，会是我所有的快乐。”

她怔怔地听我说完，顷刻间已泪如雨下。

她这时的眼泪令我手足无措，想自己为她拭泪又怕唐突了她，惶惶然站起，问：“公主，臣说错了话么？”

“哦，没有。”她哽咽着说，“我只是有点冷……”

“臣去取被子来。”我马上说，转身欲走。

“怀吉！”公主忽然唤我，当我回顾她时，她撑坐起来，含泪的眼睛幽幽凝视着我，向我伸出一只手，“哥哥，抱抱我……”

短暂的犹豫后，我复又在她身边坐下。她倾身过来，环抱住我，将一侧脸庞依偎在我胸前，聆听着我的心跳声，安宁地闭上了眼睛。

我亦渐渐拥紧了她，前所未有地觉得安稳和悦，仿佛她终于填补了我残缺的生命，半世虚空，终于在这种两人相依的温暖里找到了意义。窗外风雨如晦，但就在这幽暗光影中，我心里那双迷茫多年的眼却开始变得通透明净。

【上部完】

MEMORY HOUSE
记忆坊文化

孤城闭

GU CHENG BI

下

米兰Lady——著

江苏凤凰文艺出版社
JIANGSU PHOENIX LITERATURE AND ART PUBLISHING, LTD

图书在版编目（C I P）数据

孤城闭 : 全2册 / 米兰Lady著. -- 南京 : 江苏凤凰文艺出版社，2018.5（2024.8重印）
ISBN 978-7-5594-0954-6

Ⅰ. ①孤… Ⅱ. ①米… Ⅲ. ①长篇小说－中国－当代 Ⅳ. ①I247.5

中国版本图书馆CIP数据核字(2017)第189584号

书　　名	孤城闭（全二册）
作　　者	米兰Lady
出版统筹	黄小初　沈沧颖
选题策划	北京记忆坊文化
责任编辑	姚　丽
特约策划	暖　暖
特约编辑	单诗杰
责任监制	刘　巍　江伟明
封面绘图	三　乖
封面设计	80零·小贾
版式设计	段文婷
出版发行	江苏凤凰文艺出版社
出版社地址	南京市中央路165号，邮编：210009
出版社网址	http://www.jswenyi.com
印　　刷	三河市国新印装有限公司
开　　本	670毫米×970毫米　1/16
字　　数	608千字
印　　张	32
版　　次	2018年5月第1版，2024年8月第7次印刷
标准书号	ISBN 978-7-5594-0954-6
定　　价	78.00元（全二册）

影视版权抢订热线　010-57194853
江苏凤凰文艺版图书凡印刷、装订错误可随时向承印厂调换

目录

第八章 十二阑干闲倚遍

【壹】贡举

嘉祐二年，公主年届双十，依大宋风俗，若女子过了这年还不出阁，便属婚嫁失时的老姑娘了。故此，今上开始命人准备公主下降之事，婚期定在下半年，而之前会先晋封公主，对其母苗淑仪，也会推恩进秩，迁其位分。

苗淑仪有望成为继张贵妃之后首位致身四妃之列的嫔御，这是目前愁眉深锁的她唯一稍感期待的事。自那日今上对公主一番长谈之后，公主不再对父亲为她安排的婚姻表示反抗，但随着婚期一天天临近，她情绪越来越低落，苗淑仪曾惊喜地向她提及今上欲风风光光地为她举行晋封册礼，这是国朝公主从未有过的殊荣，却都无法激起她一丝喜色。

今上没有忽略她的郁郁寡欢，也曾关切地问："徽柔，你不高兴么？"

而公主只是摆首，轻声回答："不过是终日无事，有些闷罢了。"

今上便微笑着建议道："今年宜春苑的花开得好，你去看看吧。"

于是三月里，今上命邓保吉拨了数十名皇城司侍卫，与公主平日的仪仗侍从一起，护送公主往宜春苑。

树疏啼鸟远，水静落花深，宜春苑还是旧时模样，新莺掠过柳梢头，千树杨花满路飞。但这喧嚣春色却点不燃公主眸中一点微光，她独立于苑中赤阑桥头，漫视足下一渠春水，长久地保持静止的姿态，任影飘池里，花落衫中。

正午时，她转身看我，道："我们回去吧。"

归途并不太顺畅。行至繁台街时，前方有人聚集喧哗，周遭路人多驻足围观，以至道路堵塞，虽侍从连声呵道，车马仍不能行。

邓保吉已复勾当皇城司之职，今日也随侍而行，见状立即引马过去查看。须臾，邓保吉回来，朝公主禀道："是一群落第举子围住了欧阳内翰[①]，出言诋斥，不许他走。"

听了这话，公主褰帘，与我对视一眼，大概也明白了此间状况。

这年正月，今上命翰林学士欧阳修权知贡举，做本届贡举的主考官。近年来，太学士子爱写险怪奇涩的文章，引来学者效仿，乃至在国中成一时风尚，号为"太学体"。据说欧阳修很厌恶这种文风，决意痛加裁抑，批阅试卷时，若见"太学体"，一概弃黜。所以，礼部贡院省试结果一出，举世皆惊，之前时人推誉者皆不在中选之列。而今廷试已毕，考官选取的进士名单已上呈皇帝，最后结果明日将在宫中唱名宣布，欧阳修已解除锁院状态，现在应是刚散朝回来，那些落第举子可能算好了时间，故意候在这里刁难他。

"怀吉。"公主吩咐我，"你去看看。"

我答应，即刻策马赶去。

此时欧阳修已被举子重重围住，虽有几名随从及街卒逻吏护卫，无奈闹事的举子人数众多，都竭力上前想靠近他。随从卫卒只能环聚于他所骑朝马周围，尽量不让举子碰触到他。

举子有的怒发冲冠，有的目意轻蔑，有的含笑嘲讽，正你一言我一语地说得热闹：

"太学体既无骈文刻板堆砌之感，又不平铺直叙，流于平淡，遣词用句皆有新意，足可体现士子才思，有何不妥？如此文风，举世推崇，却为何独不容于内翰？"

"贡举是为天子选可用之才士，不是任你欧阳内翰挑门生，你岂可因一人好恶而弃黜世人公认的太学才俊？"

---

① 内翰是对翰林学士的尊称。

“听说，欧阳内翰在锁院期间常与其余几位考官王珪、梅挚、韩绛、范镇吟诗作乐，再加上小试官梅尧臣，唱和之下作的诗都够出一本集子了。如此耽于酬唱，我们的试卷可又稍加考校，仔细看了么？”

“据说几位考官酬唱之时佳句频出呀。欧阳内翰你曾形容考场情景‘无哗战士衔枚勇，下笔春蚕食叶声’，而梅圣俞如此描述贡院景象：‘万蚁战时春日暖，五星明处夜堂深。’啧啧，你们以五星自比，而以我辈为蚕蚁，足可见试官谦德！”

……

此类话语此起彼伏，而欧阳修始终保持缄默，勒马而立，并不回应。

少顷，又有一人开始质疑他的学问：“礼部试中，内翰你出的题目是‘通其变而使民不倦’，这倒奇了，我怎么记得，《易传》里这句话原文是‘通其变使民不倦’呢？”

此言甫出，便有人接话：“这何足为奇，如今谁不知道，‘试官偏爱外生而’呀！哈哈……”

周遭举子闻之皆笑，欧阳修神态尚算镇定，但面色也不禁微微一变。

欧阳修确实喜欢在文中用“而”字。他曾应人所托，作了一篇《相州画锦堂记》，其中有一句是：“仕宦至将相，富贵归故乡。”写罢寄出，其后推敲之下又觉不妥，便派人快马追回原稿，修改后再送上。来人阅了改稿，发现他只是将以上那句改为“仕宦而至将相，富贵而归故乡”。

当然，此刻举子提这个并非意在讨论他在文字上的偏好，而只是借“外生而”的谐音，暗示他私通外甥女的传言。

这一语立即把举子的兴趣引到了他闺闱事上，有人笑问张氏近况，有人开始吟唱那首《望江南》，然后，欧阳修正前方一位褐衣士人拔高声音，唱起了一阕《醉蓬莱》：“见羞容敛翠，嫩脸匀红，素腰袅娜。红药栏边，恼不教伊过。半掩娇羞，语声低颤，问道有人知么？强整罗裙，偷回眼波，佯行佯坐。更问假如，事还成后，乱了云鬟，被娘猜破……”

这词语意丑秽，描写男女偷情之事，而那褐衣人一壁唱着，一壁引臂跷手，做女儿娇羞推脱状，越发引得众人谑笑。而唱到后面，有好几人扬声相和，看来这词并非此时新作，应是传唱了一段时日的。

“这词也是欧阳内翰填的？”围观者中有人问。

褐衣人停下来，笑道：“若非‘天赋与轻狂’，谁能解词中境界，长是为花忙？”

“天赋与轻狂”与“长是为花忙”是欧阳修另一阕《望江南》中的词句。听这人言下之意，竟是指适才唱的那首艳词也出自欧阳修之手。

欧阳修两眉微蹙，但一时也未出言驳斥。众人笑声益炽，我正思量着如何为欧阳内翰解围，却有一青衫士人先站了出来。

此人二十上下，身材颀长，眉疏目朗，面容清瘦。唇角向右微挑，带着若有若无的笑意，他走到褐衣人身边，问道："阁下可是铅山刘几？"

铅山刘几，这名字我也曾听过，在礼部省试之前，他作为擅长太学体的优异生徒，被视为状元热门人选，而考试之后，世人如此惊讶，有一半也是因为看到他的落榜。

褐衣人也不掩饰，扬了扬下颔，傲然笑道："正是区区。"

"失敬失敬。"那青衫士人含笑施礼，缓缓又道，"刘兄这一阕《醉蓬莱》词意旖旎，柔媚婉转，堪称花间佳作，足以流芳后世，又何必将此词归于欧阳内翰名下，令他人掠美呢？"

刘几颇为疑惑地上下打量他，正欲作答，却又被那人出言止住："此词在下看来，已臻完美，但刘兄一向谦逊，这几日仍反复推敲，多次问人意见，不巧问及我同年好友，这位同年又拿来问我，我拜读之下大为叹服，珠玉在前，自不敢再妄改一字……"

刘几闻言倒没反驳，只是冷笑而已，想必这《醉蓬莱》如那士人所指，是出自刘几笔下，故意令人误会是欧阳修写自己情事的。

见刘几无语，那士人又悠悠走至适才质疑欧阳修写错试题的人跟前，道："贡举试题，虽每句皆须有出处，但并非每次都要按原文列出，一字不差。在'通其变使民不倦'中加个'而'字，意义未改，但诵读之下语气更为舒缓，抑扬顿挫，更能体现诗赋音律之美，有何不可？"

略等一瞬，不闻听者分辨，他又转视周围士人，朗声道："昔西昆鼻祖李义山诗文誉满天下，一日拜谒白乐天，谈论文体诗风，颇有自矜之色。其间问及白乐天奇思妙喻从何而来，乐天答道：'某作诗为文不求奇思，唯望其辞质而径——质朴通俗，浅显易懂，令人一目了然；其言直而切——直书其事，切近事理，让闻者深诫；其事核而实——内容真实，有案可稽，使采之者传信；其体顺而肆——文字流畅，易于吟唱，可以播于乐章歌曲。'义山闻之，惭愧而退。而如今，自五代以来，文教衰落，风俗靡靡。圣上慨然太息，欲澄清弊端源头，招来雄俊魁伟敦厚朴直之士，罢去浮巧轻媚丛错采绣之文，为此晓谕天下，而士人不深明天子之心，用意过当，每每雕琢语句，为文奇涩，读或不能成句。连通顺直切尚不能做到，更遑论其他？西昆余风未殄，太学新弊复作。欧阳内翰亲执文柄，决意一改考场弊端，必得天下之奇士以供天子擢用，此乃恭承王命，顺应帝意之举，又何罪之有？”

刘几此刻嗤笑，侧目反诘道：“兄台处处为欧阳内翰辩解，想必也是他所招的‘天下奇士’中的一位了。不知明日唱名，位在几甲？”

那青衫士人笑而应道：“省试之前，我居于僻远之地，此番应举，是首次进京。乡野之人，消息闭塞，欧阳内翰欲革太学之弊，我也是省试之后才知道，考试时用的是一贯文风，并未曲意迎合，与欧阳内翰更是素昧平生，今日偶经此地，才得一睹内翰真容，而举子人数众多，内翰更不会知我姓甚名谁。省试时我与诸位兄台一样，试卷经弥封糊名及誊录，无从作弊。虽勉强获礼部奏名，参加了廷试，但对明日唱名结果亦无把握，或与诸位兄台一样落榜，亦未可知。”

【贰】文法

大概这“落榜”二字正中落第举子痛处，他们皆对那青衫士人怒目而视，其中有人不惮以恶意猜测他目的：“若你们此前素昧平生，那现在你主动为考官辩护，必是想讨好他，相与结交，求他让你高中了！”

青衫士人摆首道：“唱名放榜虽在明日，但如今进士名次已定，岂会再更改？我若有心结交内翰，早在贡院锁试之前便上门拜谒，又岂会等到现在？”

众举子哪里肯听他解释，纷纷道：“谁知你此前有没有上门拜谒过他？”

“若是作弊明显得尽人皆知，那就不叫作弊了。”

“纵然你们此前不曾来往，日后若同朝为官，必定也会结为朋党。”

举子们越说越激动，竟转而围攻那青衫士人，开始对他推推攘攘。

我见势不妙，立即扬起马鞭，“霍”地挥下，重重击打在路边的杨树上，朗声喝道：“住手！”

举子们闻声一愣，都停下来，侧首看我。

我环顾他们，道：“君子无所争，其争也君子。诸位皆是读书人，却在这里诋斥师长，围攻同年，岂非有辱斯文？”

他们都诧异地上下打量着我，估计是在猜测我的身份，一时无人回应，于是我继续说：“子曰：‘君子之道四焉。其行己也恭，其事上也敬，其养民也惠，其使民也义。’而今诸位鬨聚喧哗于街市，难称操行恭谦；公然出言诋斥师长，对尊者更有失敬礼。诸位应举，无非意在日后出仕，辅佐君王，为民求福祉。但若现在连‘行己也恭，事上也敬’也做不到，将来何谈‘养民也惠，使民也义’？”

有一人反驳道：“事上也敬之‘上’，是指君王、圣上，你岂可以考官代之？”

我答道："考官是考生之师，而师与天地君亲同列，应受天下士子尊崇。若不尊师，其为人亦难孝悌。有子曰：'其为人也孝弟，而好犯上者，鲜矣；不好犯上，而好作乱者，未之有也。'若不懂尊师孝悌之道，那离犯上作乱也不远了。"

这时刘几一声冷笑，走至我马前，道："先生衣冠，似属宫中物？"

我欠身道："在下的确任职于宫中。"

刘几斜睨我，道："中贵人引经据典，在下佩服。不过，我也想到一句圣人的话，用来形容中贵人，倒十分贴切。"

我知道他不会有好话，但还是颔首："愿闻其详。"

他骤然振臂指我，厉声道："巧言令色，鲜矣仁。"

不待我有所反应，他又连声道："你这样的阉宦，平时奴颜媚骨惯了，满口说着讨主子欢喜的话，内则邀宠于君王，外则献媚于大臣，为求私利，毫无气节，居然还敢引用圣人语言来指责天下士人！"

他周围的举子旋即附和，都掉转矛头指向我：

"黄门内侍也敢妄读圣人经书？"

"小小阉宦，读书意欲何为？莫不是想蠹政害物？"

"前代内臣，恃恩恣横，我等还道国朝引以为戒，不会有如此祸事，但你这小黄门今日已敢攻击士子，将来涉政殃民也可想而知了。"

"汉有天下四百年，唐有天下三百年，其亡国之祸，皆始于宦官。我朝太宗皇帝有明训，不许宦官预政事。贡举选材擢用，亦是政事一种，而你公然非议应届举子，已是干政，为防微杜渐，现将你就地诛杀亦不为过！"

他们相继迫近，步步紧逼。我不觉引马退后，面对如潮的斥责声，我头晕耳鸣，脸颊灼热，难以抑止的羞耻感与身上的冷汗一样，一层层自内渗了出来。

忽然，有人在我身后不远处扬声喝道："邓都知，把这些犯上作乱的家伙统统抓起来！"

那是公主的声音。我惊讶回首，发现她已从车中下来，不知何时走到我身后，没有侍女羽扇遮挡，只戴着个帏帽蔽住了面容。

跟着她过来的邓保吉领命，引臂一挥，守候于不远处的皇城司侍卫立即跃马赶来。数十骑兵过处烟尘滚滚，马嘶犬吠，行人惊呼，一阵短暂的喧嚣之后，率众闹事的十来名举子已被押跪在地上。

刘几等人不服，跪着拼命挣扎，愤愤道："我们只是想向考官讨个说法，怎能说是犯上作乱？"

公主一指我，道："你们冒犯了他就是冒犯了我，冒犯了我就是冒犯了我爹爹，冒犯了我爹爹就是犯上作乱！”

刘几一愣，问：“你是谁？”

这时邓保吉从旁解释：“这是福康公主。”

欧阳修听见，立即下马过来施礼，周遭百姓听了也陆续下拜，闹事的举子大多缄默不语，只有刘几还在含怒质问：“今上礼眷文士，从不滥加刑罚，而今公主为私怨泄愤，如此折辱我等，既有违君父教诲，更有悖君子仁恕之道！”

公主笑道：“我不是君子，是女子，就是你们圣人说，和你们一样很难养的女子。”

刘几还欲争辩，公主杏目一瞪，先就压制道：“再说废话，我立即让他们把你押到大理寺问罪！”

刘几怒而低首，再不说话。

我见状欲出言劝解，但刚开口，就被公主止住：“你呀，什么都别说了……刚才还费那么大力气跟他们讲道理，没用吧？还不如我以直报怨来得干净利落……这些人，书越读得多就越刁钻，若你的道理讲得通，他们也不会去围攻欧阳内翰了……”

她的话还未说完，却闻马蹄声又起，我们放眼看去，见是一匹适才未系牢的马突然发力狂奔，跑得极猛，一脚踩死了一只卧于街道上的黄狗。

欧阳修见了，若有所思，随即上前朝公主一揖，道：“请公主允许臣对众举子说几句话。”

公主颔首答应，欧阳修遂转朝众举子，手指那条适才被逃跑的马踩死的狗，道：“刚才的情景，各位贤俊应该都已看见。各位既有心借贡举出仕，将来便很可能会入馆阁修书治史。修但请各位试书此事，一言以概之。若贤俊用语比修的说法言简意赅、通顺直切，修明日便辞去翰苑之职，自请外放，再不预文教之事。”

众举子左右相顾，略有喜色。沉吟片刻，一人先开口回应：“有黄犬卧于道，马惊，奔逸而来，蹄而死之。”

欧阳修不动声色，很快另一人又给出第二种说法：“有犬卧于通衢，逸马蹄而杀之。”

欧阳修仍不语，转顾其余人，于是又有人说：“有马逸于街衢，卧犬遭之而毙。”

欧阳修浅笑道：“若这样修史，万卷难尽一朝之事。”

刘几闻言，扬声说出了自己的答案：“赤骝逸，逾通衢，卧犬殂。”

此言甫出，便有人嗤笑出声，循声望去，见是刚才那位青衫士人。

刘几怒道：“我这话很可笑么？”

青衫士人含笑欠身："哪里。我只是乍闻太学体佳句，喜不自禁，不慎形之于色罢了。"

刘几"哼"了一声，道："想必兄台另有佳句，在下洗耳恭听。"

青衫士人道："欧阳内翰早已胸有成竹，我自不敢班门弄斧，还是请内翰指教吧。"

欧阳修再问周围士人可还另有说法，而那些人大概见刘几都已说过了，便不再多言，都道请内翰指教。

于是，欧阳修徐徐说出了自己的答案："逸马杀犬于道。"

六字言简意赅，颇类太史公笔法。在一瞬的静默后，公主先开口道好，围观的人群中也逐渐响起一片拊掌喝彩之声。

欧阳修再转朝刘几，和言道："出仕入朝，无论任馆职还是做言官，无论修史还是写章疏，都应谨记'文从字顺'四字，行文须简而有法、流畅自然，既不要浮靡雕琢，也不应怪僻晦涩。质朴晓畅，方能准确达意，让人易于理解。言以载事，而文以饰言，最重要的是，要言之有物，言之有道。道胜者，文不难而自至。道理说清楚了，不须着意雕刻，便自有文采辉光。"

刘几默然，似有所动，垂目沉吟，也不再争论。其余举子亦如是，都怔怔的，似乎还在想欧阳修所说的一席话。

欧阳修又代举子向公主求情，请公主放了他们，公主虽不悦，却还是依言命皇城司侍卫放人。

待闹事举子相继退去后，公主问欧阳修："他们如此冒犯你，怎能不稍加惩戒？"

欧阳修道："治民以刑罚，虽能使民知有畏，但其心无所感化，于君国无益，不若晓之以理，齐之以礼，道之以德，令其感而自化。"

公主道："虽如此，但此番内翰得罪的举子太多，未必个个都能受内翰感化，只怕还会有人伺机生事。我还是拨一些侍卫护送你回家吧。"

欧阳修施礼拜谢，公主微笑道："内翰无须多礼。若真要谢我，以后就少写些诗文吧。"

见欧阳修不解，我遂于一旁含笑解释今上要公主背诵他大作之事，欧阳修顿悟，不由得解颐，向公主欠身道歉。

公主连连摆手，笑道："我是说笑的。朝中这么多大臣，我最爱看的还是内翰你的诗词文章。"

待送走欧阳修，公主上车后，我忽又想起那位青衫士人，立马四顾，见他展袖阔步，已走至数丈之外，忙策马追去。待驰至他身边，我下马，拱手道："秀才妙论，在下深感佩服。秀才尊讳，可否告知在下？”

那士人微笑还礼，道：“学生眉山苏轼。”

我亦告诉了他我的姓名，再道：“我尚有一事，想请教苏秀才：适才你所说李义山拜谒白乐天之事，出处为何？”

苏轼大笑，大袖一挥：“何须出处！”

原来果真是他杜撰的。我未免一笑。

“千百士子在侧，竟只有你一人质疑，足见先生高才。”他笑道，又稍作解释，“论事作文先有意，则经史皆为我所用，何况亦真亦假的典故乎！”

【叁】册礼

回到宫中，公主先就在父亲面前告了落第举子一状，把他们围攻欧阳修之事说了，也叙述了欧阳修出题经过，只是略去她威胁刘几等人一节不提。邓都知闻后与我相顾而笑，但也都没多嘴补充这点。

今上获悉欧阳修之事，不由得叹息：“这些落第士人忒也嚣张了。攻击考官，这并不是第一出。据说欧阳修前日刚从贡院回到家里，便有人从墙外扔了一卷文书到他家院中，他拾起一看，发现竟是一篇《祭欧阳修文》……”

公主扬眉道：“这等闹事的举子，不如抓一个来，杀一儆百，至少，也打断他一条腿，或关他个一年半载的，估计他们就老实了。”

“如此，他们更会口诛笔伐，连朝中大臣也会帮腔，把你爹爹形容成欲钳人口舌、焚书坑儒的暴君。”今上笑而摆首，谆谆教导，“女儿呀，这世上有两种东西万万碰不得，见了也要绕道走，一种是马蜂窝，另一种，就是扎堆的读书人。”

公主瞬目想想，忽地笑弯了腰：“真是呢，今日欧阳学士的模样，可不就像是捅了马蜂窝么！”

笑过之后，她也没忘为欧阳修说话：“欧阳学士此番得罪之人太多，明日唱名，又有一批参加了殿试的举子会落榜，难保这类事日后不会重演。爹爹总得想个法子，别让他再被马蜂蜇呀！”

今上思忖着，微笑：“嗯，我一直在想。”

次日唱名，我们才发现，他为保护欧阳修，做了一个多么非同寻常的决定：这年凡参加殿试者皆赐进士及第，不落一人。

因此，数百人名字一个个唱出，令这次唱名仪式显得尤为漫长。太清楼上的宫眷看得兴味索然，好几位打着哈欠，低声抱怨说站得太累，而且，今年状元容貌并不怎么出色。

本届状元是建安章衡，他年约三十，老成庄重，但论容止风度，自然远不及昔日冯京。

就公主与我而言，唱名中亦有意想不到的亮点：进士第二人，是前一日曾为欧阳修辩护的那位青衫士人——眉山苏轼。

公主看来对他也颇有好感，所以在众进士于太清楼前拜谢皇后时，她特意命人多赐块饼角子给他。

皇后见状问："徽柔也听过苏轼文名么？"

公主说没有，也许一时也不好细说前因，便很简单地找了个理由："我瞧他顺眼。"

这一语立即引来宫人笑，她也懒得辩解，心中无所私，神色倒相当坦然。

皇后含笑，亦顾苏轼，道："这苏轼才思敏妙，文风跟欧阳学士有相似处。他有个弟弟，名叫苏辙，今日也是一同中举了的。如今兄弟俩在京城已颇有声名，你爹爹前几日看过他们的殿试文章后喜不自禁，特意跟我说：'欧阳修果然慧眼识人，本届贡举选出了不少文章才学之士，其中有一双兄弟，名叫苏轼、苏辙的，皆为宰执之材，苏轼文章更为可喜。只是我年事已高，也许用不上这二位相材了，不过把他们留给后人，也不错呢。'"

公主奇道："爹爹既如此喜欢，为何却不点苏轼做状元？"

皇后道："这我也不知道，回头你自己向你爹爹打听吧。"

后来，公主果真问今上此事，今上笑叹："这事说起来竟是个误会。殿试的试卷由考官先阅，再按考官建议的名次呈上来给我审批。起初欧阳修批阅殿试文章，见了苏轼文章大为赞赏，有意定他为第一人，但那时试卷糊名，他不知道作者是谁，又觉此人文风正好是自己喜欢的那一类，担心这文章是出自他的门生曾巩笔下，若点为状元，恐日后惹人非议，便抑为第二，另取了章衡的文章排在第一。我阅卷时，虽觉第二人的文章好过第一人，但转念想，欧阳学士既这样定，必有他的道理，若非有大不妥，还是尊重他的意见吧。所以，最后还是按欧阳学士的建议定的名次，委屈苏轼做了榜眼。岂料唱名后，进士入殿谢恩，我见欧阳修盯着苏轼，一脸愕然，问他原因，他才低声告诉我此事，我们相顾无语，都颇感遗憾……"

国朝公主初封以二字美名，下降或新帝即位，推恩进秩之时改封以国名，礼遇俸禄皆有所增加。这年六月，今上晋封福康公主为兖国公主。这时的欧阳修是最受今上重用的翰林学士，继知贡举之后，今上又对他委以重任，命他兼礼部侍郎，率礼院诸博士，为公主册礼和婚礼拟订仪制。

之所以要重拟婚礼仪制，是因为今上欲以前所未有的盛大规模和庄重古礼嫁女儿，而公主册礼细节更是必须着意设计的，因此前国朝没有一位公主曾行过册礼。

故此，公主行册礼之事不可避免地受到了大臣批评，尤其是在今上晋封苗淑仪为贤妃，贤妃辞册礼，而今上从其所请之后。

翰林学士胡宿为此进言："陛下即位以来，累曾晋封楚国、魏国二大长公主，都不曾行册礼，今施于兖国公主，是与大长公主相踰越。何况贤妃亦蒙殊典进秩，若不行册礼，母子之间一行一不行，礼意尤不相称。书于史册，后世将有讥议，必定会说陛下偏于近情，亏圣德之美。"

但这一次，今上并未接纳他的谏言，仍命筹备公主册礼，毫不掩饰地把他对女儿的偏爱明示于天下。

很快到了七月丁酉，兖国公主受册这天。

按制订的新仪，是百官拜表称贺于文德殿，户部侍郎、参知政事王尧臣与枢密副使、礼部侍郎田况任册使，自文德殿奉册印至内东门，此前由任内给事的入内都知前往仪凤阁，请公主服首饰、褕翟之衣，册使再于内东门宣布奉制授公主册印，内给事再奉册印入内，捧册印跪授公主，公主拜谢受册印，升位受内命妇贺，然后前往帝后殿中拜谢父母。

那日宫中内命妇早早地来到了仪凤阁外，依次排列好，等候公主出来，于庭中受册印，入内都知也准时来到阁中，宣请公主服首饰、褕翟，而之后公主久久未现身，都知诧异之下又扬声再请两遍，却也未见她有何反应。

苗贤妃在庭中统领内命妇，不便擅离，遂目示我，让我进去看看。

我入内之前先问了公主门边侍立的侍女，她们说公主早已梳妆好，但不知为何，又懒懒地躺下，也不肯着礼衣钗冠。

公主穿着衬褕翟的素纱中单，侧身朝内躺在床上，发髻由司饰精心梳过，倒仍是一丝不乱。

我过去轻声唤她，她也没有转身，只是闷闷地说："我不想行册礼，你出去跟他们说，让他们散了吧。"

我自然未从命，道："公主欲免册礼，之前便应力辞。而今诸臣及命妇皆已就位，公主闭门不出，是失礼之举。"

"你道我之前没有力辞过么？是爹爹怎么都不同意。"她侧首看我，两眸黯无神采，"我就是不想出去，你让他们走，我不管了，大不了，回头你帮我写个谢罪的章疏交给爹爹。"

我微笑道："臣只是伺候公主起居的内侍，草拟章疏不在微臣职责之中。"

"咦？你不是曾请我迁你为翰林学士么？"公主起身，对我敛衽做万福状，道，“烦请梁内翰为本位草拟一篇谢罪表。”

我就着她话头应对：“公主诏命于理不合，臣不敢代拟表章，谨封还词头，望公主恕罪。”

她拊掌笑：“你连朝中大臣那点臭脾气都学会了！”

我但笑不语。她犹不死心，忽然又道：“你不是说，为我捉刀代笔写字作文都是快乐的么？你还说，你愿意为我做所有我想让你做的事……”

自那天晚上跟她说出这些话后，我们的关系有了一些微妙的变化，似比以前更亲近，但彼此又都默契地不再去讨论这事，这是她首次提及当日我的言语。随着这话重现，雨夜中两人相依的暖意好似春风拂过我心头，那恬淡的喜悦如酒一般令人微醺，幸而，我残存的理智尚能提醒我拒绝她的诱导。

“哦？臣这样说过么？”我若无其事地反问。

“当然，你当然说过！”她立即肯定。

我薄露笑意：“臣何时说的呢？”

“那天晚上，下着雨，我在哭，后来你进来……”她微怔，大概意识到了什么，便住口不说了，莹洁如细瓷的面上有一层绯色隐隐透出。

我故意忽略了她的异样，轻描淡写地说：“是么？臣不记得了。”

然后转首唤来门边的笑靥儿和嘉庆子，吩咐道：“服侍公主更衣。”

“我说了要更衣么？”公主不满地顶我这一句。

我含笑应道：“兖国公主册文是欧阳内翰写的，臣猜公主一定会有兴趣出去听听。”

“总不过是一些溢美之词罢了，有什么好听的呢？”公主叹了叹气，虽这样说，却还是任侍女将她扶到梳妆台边，戴上九翚四凤冠，饰以九株首饰花，再穿上大袖连裳的深青褕翟，系白玉双佩，加纯朱双大绶……

终于将那一层层隆重的服饰披戴上身，她对镜自顾，忽然朝镜中身后的我笑了：“瞧我这样子，像不像七夕那天任人摆布的磨喝乐？”

我无言以对。

她转身正视我，以平静的语气说出一句令人感伤的话：“他们也把我当泥偶，包装成一个花花绿绿的大礼物，然后，就该拿去送给那傻兔子了。”

【肆】出降

嘉祐二年八月戊申，兖国公主出降。那日凌晨，秋和亲自为她化盛妆，以螺子黛画出倒晕眉，将金缕翠钿贴在她两侧笑靥处，两弯月牙真珠钿饰鬓角，颊抹斜红，额绘鹅黄，一笔笔勾勒好了，再在两眉间加一朵精心攒成的云母南珠花子。加上戴九翚四凤冠和金箔点鬓的时间，仅头部的装饰，就花费了两个时辰，这其中，也有不少的时间是用来掩饰公主眼周异样的痕迹。

而公主很配合地坐着一动不动，直到严妆之后穿好褕翟，系上金革带和绶玉环，目光才越过侍女宫人搜寻到我，问："好看么？"

无懈可击的妆容美轮美奂，只是那沉重钗冠和多层礼衣束缚得她举步维艰，姿势僵硬，使她成了我此生所见最华丽的磨喝乐。

好看么？我还是对她笑，说："当然。"

欧阳修与礼院诸博士拟订的公主婚仪颇循古制，令驸马家用雁、币、玉、马等物，陈于内东门外，再由入内内侍送入禁中。清晨驸马李玮乘马而来，至东华门内下马，礼直官引其入内，立于内东门外，躬身西向，以待公主。

公主先往福宁殿拜别父亲。今上自己兀自悄然拭泪，却还是微笑着连声劝公主："别哭别哭，秋和今儿给你化的妆很美，可别哭坏了。"

此时公主的卤簿、仪仗已陈于内东门外。从福宁殿出来后，公主在数百宫人簇拥下，缓缓来到内东门，升厌翟车。

厌翟车驾赤骝六匹，车厢是赤红色，饰以次翟羽，御尘的布幔幰衣是紫色，垂红丝络网、红罗画络带、夹幔锦帷。车厢内外有金饰，间以五彩，两壁有纱窗，四面雕有云凤、孔雀，刻镂龟文，顶轮上立着一只金凤，横辕上则立凤八只。车内设红褥座位，有螭首香匮，设香炉、香宝。整个车身金碧辉煌，精致得像个精雕细琢的首饰盒。

美丽的磨喝乐在左右侍女搀扶下进入这个首饰盒，门帘随即垂下，完成了礼物的最后包装。

俟公主升车，李玮再拜，先引马还第。待吉时到，公主车驾启行。仪仗行幕最前方，有街道司兵数十人，各执扫具和镀金银水桶，前导洒注，称为"水路"。其后是两列着紫衫，戴卷脚幞头的侍者，担抬着公主那数百箱嫁妆。之后跟着的，是数十名乘马的宫嫔，皆着红罗销金袍帔，戴真珠钗插、簇罗头面，两两并行于道路左右导扇舆，这一行列名为"短镫"。再往后，便是数十名陪嫁随侍的宫人内侍和公主及后妃车马。

公主厌翟车前后用红罗销金掌扇遮簇，方扇四面，圆扇四面，引障花十枝，烛笼二十盏，行障、坐障各一。皇后乘九龙檐子亲送公主，苗贤妃与宫中有品阶的内命妇亦乘宫车紧随其后。车马队列浩浩荡荡，绵延数里，一路行去，京中人潮涌动，观者如堵。

此前我亦获推恩进秩，阶官升至内侍殿头，帝后商议后决定，给予我一个新的职务——勾当兖国公主宅，统领公主陪嫁宫人内臣，及掌管公主宅内具体事务。此刻我着青色公服，骑马行于公主车驾之侧，许是服色与前面着褐衣的内侍不同，我引起了围观者的特别关注。

“这位郎君穿青绿衣袍，莫不是驸马？”有人指着我这样问。

国朝男子婚礼礼服是用与自己品阶相称的公服，若无官，便穿绿袍，故这人有此猜测。

立即有人驳斥他：“好没见识！驸马都尉是从五品，应该穿红袍。这小郎君细白面皮，脸上无须，多半是服侍公主的黄门官儿。”

问话那位越发好奇地盯着我嬉笑，道：“原来是个阉人！看他眉清目秀的，可惜了……”

我置若罔闻，略略挺直了腰，目不斜视，面不改色，继续策马前行。

仪仗队列前进徐缓，迁延一个多时辰，才至公主与驸马的新宅第。李玮早已在大门前等候，俟公主降车，有赞者上前引驸马向公主长揖为礼，迎接公主入内，公主行至寝门前，李玮又揖，并导之升阶，请她入室盥洗。

公主重理妆容之后，婚礼掌事者请公主与驸马对位而坐，李玮又再向公主一揖，才与公主同坐，对饮三次，再拜，然后接受皇后所赐的御筵。

御筵共九盏，一一行过后，皇后与诸内命妇惜别公主，起驾回宫。公主最难舍苗贤妃，一路追至院中，拉着母亲衣袖泪落不止。苗贤妃亦很伤心，但也只能含泪带笑安慰她说日后可经常回宫，母女见面并不难。在内臣催促下，贤妃咬牙推开公主，疾步出门，匆匆上车而去，没有再回顾女儿。

公主悲泣不已，几欲哭倒在地上。乳母韩氏忙着力相扶，我亦想上前搀扶，不料有一妇人倏地闪出，抢在我之前从另一侧挟住了公主。

那是公主的婆母，国舅夫人杨氏。

“公主莫再哭了。如今你虽与苗娘子分开，但既进了我家门，便同我的女儿是一样的，我会像你娘那样，好好疼你。”杨夫人笑对公主说。

公主呜咽着，蹙眉看了看她。杨夫人盯着她面容，摇头道：“啧啧，哭成这模样，胭脂都花了……”

一壁说着，一壁牵过袖子，就要去给公主拭泪，公主厌恶地决然侧首避过，她却还不放弃，依然笑着说：“满脸都是泪，来，娘给你抹干净……”

公主左右躲避，颇有怒意。我立即唤过几名侍女，命她们扶公主入室补妆。此时有一人阔步赶来，对杨夫人一揖，道：“国朝仪制，公主见舅姑是在三朝后，夫人此刻不宜与公主叙谈。”

说话的，是公主宅都监，我年少时的老师梁全一。他这些年在前省供职，已升至供奉官。公主出降，照例要选老成持重的供奉官级内臣去做公主宅都监，职责是指导公主与驸马行止，观察他们起居状况，定期通报皇帝。梁全一品行出众，有良好声誉，今上选择公主宅都监时，觉得在后省供奉官中无法觅得合适人选，我便向他举荐梁先生，今上亦欣然接纳，很快下令，任命梁全一为兖国公主宅都监。

现在杨夫人听梁都监这样说，只好作罢，悻悻退往后院。心里大概很不自在，她边走边道："这皇家规矩就是多，娶个媳妇，当家姑的想早些看看都不成……"

相较杨夫人过度的热情，驸马李玮表现得相当稳重，略显拘谨，一举一动都完全听梁都监与赞者吩咐。此后在与公主行同牢礼时，连咬那一块羊肉时他都很是小心翼翼，不时看赞者，像是担心所咬的幅度不符仪制。

而公主在此过程中一直面无表情，且不曾抬眼看看她对面的夫君。

我与随行的宫人内臣始终侍立在公主身边，直到夜间新人入寝阁，才相继入席，领受公主喜宴。

忙碌了一整天的宫人们此刻终于松懈下来，一个个笑逐颜开，又是猜拳，又是祝酒。真是灯红酒绿，觥筹交错，独我在其中心不在焉。

我凝视公主新房的方向，却又不敢就此深思。为掩饰此际的失神，我揽过一大杯嘉庆子此刻斟满的酒，仰首饮下。

这个干脆的饮酒动作引发众人一片喝彩，张承照当即又上前敬我一杯，我亦不推辞，含笑一饮而尽。这越发激起了他们探试我酒量的兴致，几乎每人都斟了酒请我饮，我来者不拒，喝下面前每一杯，转侧之间见梁全一对着旁人敬的酒面露难色，便走过去，接过那酒，笑对敬酒的人说："梁都监不能多饮，这酒我代他喝了。"

于是，我又多了一重继续痛饮的理由。但其实，我并不是一个善饮的人。数十杯醇酒入愁肠，终于换来我意料中的大醉。

公主现在……怎样了？

在那烈烈酒意蔓延入脑，抹去我最后的意识前，我模糊地想。

【伍】初夜

这一夜不曾安稳深眠。脑海中掠过的零碎梦境杂乱无章，一副副似是而非的景象晦暗不明，像少时我在画院整理的画学生笔下的底本草稿。唯一清晰的是心底灼热狂躁的感觉，仿佛有烈火在燃烧我的五脏六腑。我在这混沌梦境里奔跑，直到有一种清凉的湿意碰触到我脸部发烫的皮肤。

那清凉触感持续了许久，一点一点，好似盛夏山间偶遇的泉水迸到了眉间。

我在这令人愉悦的凉意中睁开眼，面前一段红袖拂过，继而映入眼帘的是公主美丽的容颜。

“你醒了？”她微笑说，又用手中的棉质巾帕拭了拭我的额头。

瞬间的愣怔之后我迅速坐起，转首一顾，见我身处公主宅内自己的房间榻上，天色还只蒙蒙亮，庭户无声，而房中除了公主，便只有服侍我的小黄门白茂先侍立在门边。

我在剧烈的头痛中艰难地思索，渐渐想起昨天的事，不免又是一惊，未及行礼，先就问：“公主，你为何来这里？”

“哦，我想看看你，就来了。是小白给我开门的。”她说，把巾帕投入身边的一盆凉水中，拧了拧，又展开要给我拭面，自然得像这是平日常做的事，“怎么喝了这么多酒？脸都烧红了，一定很难受。”

我一把按下她的巾帕，低声道：“公主，你大喜日子不应擅出寝阁。快回去吧。”

“回去？你要我回去守着那傻兔子么？”她黯然道。见我无语，她忽又一挑眉尖，笑道：“你知不知道我这新婚之夜是怎样过的？”

这问题让我难以作答，我低下头，并不接话。她浅笑着，压低了声音说：“我事先嘱咐了云娘和嘉庆子她们，就睡在我卧室外面，如果李玮对我无礼，我开口呼唤，她们就立即进来。不过，那傻兔子还真是傻，见房间里只剩我们两人，倒比我还紧张，站也不是，坐也不是，手脚也不知该往哪里摆好。我就对他说，我不习惯与别人共用衾枕，让他取一套被褥，在帐外另选一处铺了睡。他也没意见，抱了被褥在窗边地上铺好，就在那里睡下了。”

“这一夜，驸马是在地上睡的？”我讶异之下脱口问。

公主颔首：“不错。”

我沉默许久，才说出一句：“公主何苦如此。”

“卧榻之侧，岂容他人鼾睡？”她这样应道。

这原本是太祖皇帝的名言，当年他出兵围攻南唐，南唐后主李煜乞求保全家国，他便如此回应。如今公主这样引用，未免显得有点不伦不类，我听后不禁一笑。

“驸马是公主的夫君，并非‘他人’。”我对她说。

“他就我而言，从头到尾都是一个陌生人。”公主道，凝眸看我，话锋一转，又指向了我，“我以为，告诉你这事，你应该会感到高兴。”

我颇感窘迫，侧首看窗外：“这与我有什么关系？”

“没关系么？”她反问，亦侧身过来，一定要直视我的眼睛，然后笑道，“我一不留神，发现有人昨晚喝了闷酒。”

心中的防御工事不堪这一击，我节节败退。

理智在提醒我公主的做法是不对的，从她对驸马的态度，到目前在我房中的言行，我应该劝阻、制止。但是，如果说我没有因此感到一点愉快和温暖，那也相当虚伪吧。

明知延续目前的话题会是件危险的事，却又硬不下心来请她出去，我回眸触及她目光，于这矛盾感觉中对她涩涩地笑。

“你出来找我，驸马知道么？”我问她。

“不知道。我出来时，他睡得像只猪一样。”她回答。在我注视下，她的轻松笑意逐渐隐去，继续说：“他还真是‘鼾睡’呢。昨晚我和衣躺下，过了很久才勉强睡着，但半夜又被李玮的鼾声吵醒了。我睁大眼睛，借着龙凤烛光打量那陌生的环境，才渐渐想起我嫁给了那个睡在地上的人，再也回不到父母身边了。

“他的鼾声一阵响过一阵。我轻轻走到他身边，仔细看他。见他是一副脑满肠肥的样子，无心无思地睡得正熟，嘴还没合拢，流出的口涎在窗外映入的月光下发着晶亮的光……

“我默默地在他身边站了好一会儿，想着这就是将要与我共度此生的人，以后几十年中，每天都要与他朝夕相对，那么这一辈子，又还有什么是值得期望的呢……我转头看窗外夜色，觉得这天再也亮不起来了。”

她的语调平静，目中也未盈泪，然而此时说出的话却比日间与母亲离别时的悲泣更令我感伤。

“那一刻我真想回到十年前，做回一个没有烦恼的小姑娘，在这样的月夜，和你吟咏‘檐下芋头圆’。”她勉强笑了笑，“所以，我想来找你，看你还有没有月光下的小芋头。”

我无奈地对她笑：“真抱歉，现在我这里没有芋头。”

她摇摇头：“无妨。看见你，就会有还在家中的感觉。”

我很想拥她入怀，安慰她，回应她，告诉她我此刻那些细微复杂的感受。然而，感觉到室内逐渐明晰的晨光，我终于什么也没做，最后只另寻话题，和言建议道：“公主宅花园中花木繁盛，清晨空气清新，公主不如移箜篌去那里练习，或可稍解心绪。”

公主同意，于是我请她先往园中。待她离开，我随即披衣加冠，稍事盥洗后手持横笛出了门，才发现白茂先不知何时已远远避了开去，此时正立在庭中，看见我便迅速过来请安，问我可有何吩咐。

小白这年十二岁，聪颖灵秀，爱读书，行事也稳重。我让他去找人移筌篌去花园，然后自己朝园内走去，边走边想，他还真是个聪明孩子。

很明显的，公主与驸马的第二夜也是这样过的。翌日公主的侍女窃窃私语，甚至笑说地上太凉，不如给驸马搬个软榻搁在公主房间的角落里。

关于公主这闺房中的细节以不可思议的速度传开，成了宅中内人侍者的主要话题。当然，最关心这对新人相处状况的尚不是他们。

“国舅夫人在后院数落驸马呢。”午后张承照颇有些幸灾乐祸地向我报告他看到的情景，“说他乾纲不振，连老婆都不敢碰，真不是男人。说得冒火，还伸手去拧驸马的耳朵，嗓门也越来越大，听得周围的小丫头们都偷偷地掩口笑。”

我迟疑着，向他提了一个问题：“那驸马是何反应？”

“唉，咱们这李都尉是个闷葫芦，还能怎样？”张承照笑道，“无非是捂着耳朵一味低头听老娘教诲，半天没吭声。”

杨氏与李玮虽是母子，外貌与性格却都大大不同。李玮朴陋敦厚，杨氏却是面尖唇薄，目中透着几分精明气。李玮全盘接受公主的一切安排，而他母亲对此应该不会袖手旁观。

这个猜测很快得到了证实。这日晚膳后，我与梁全一正在商议公主与驸马三朝拜门时的礼仪行程，韩氏于此时进来，取出一段白绫，低声告诉我们：“这是国舅夫人刚才交给我的，要我铺在公主的床上。”

我与梁都监相视一眼，一时都无语。

虽然身为内侍，我却也听说过市井百姓在婚床上置白色布帛，以验视新妇贞洁的习俗，可这一细节并不适用于公主婚礼。

“你可曾跟国舅夫人解释过，公主下降，无此仪制。”梁都监问韩氏。

韩氏叹道：“当然说了，但她笑着说，她万万不敢质疑公主节操，只是民间习俗如此，也是李家家规，此前为驸马的哥哥娶嫂子，也都是这样做的，公主既然嫁入李家，按李家的家规行事，并不为过，就算官家知道，应该也会应允的。说完，硬塞在我手中，说了声她明天来取，便走了。我实在不知该怎样做，便只好来找你们，请你们出个主意。”

我也相信她此举并非质疑公主节操，而只是借此逼宫，欲令公主就范，希望造成既成事实的结果。但以公主性情，又岂会甘受她摆布？

于是，我开口对韩氏道："不能让公主知道此事。她必会认为这是对她的侮辱，若因此与国舅夫人伤了和气，后果不堪设想。"

"但是，"梁都监沉吟着，道，"国舅夫人已明令把白绫置于婚床上，若不这样做，她一定会反复要求，甚至亲自向公主提出，若不先跟公主说明，届时事态恐怕更加难以收拾。"

他说得自然也有道理。我唯有叹息："但要将这事跟公主说明，谈何容易。"

"不必为难，我已经知道了。"公主声音在窗外响起，随后裙幅一旋，她已出现在门边。

我们来不及显露太多惊讶表情，一个个迅速起身，向她行礼。

她面上仍是淡淡的，并无羞恼愤怒的模样，只径直走到韩氏面前，朝她伸出手："把白绫给我。"

韩氏依言递她以白绫，她接过，垂目打量，唇边勾起了一丝嘲讽笑意。

翌日公主回宫拜门，在父母面前不露一点情绪，对驸马亦未冷眼相待，尤其在面对父亲询问时，更是连称一切皆好，令今上怡然而笑，像是松了口气。

然而，一俟回到公主宅中，这段婚姻中的隐忧很快显露。

从宫中回来，公主依国朝仪礼，在宅中画堂垂帘端坐，接见舅姑。

国舅已过世，如今要见的其实也只有杨氏。杨夫人早已穿好礼服，着盛装，欢欢喜喜地进来，在帘外朝公主福了一福，说了两句吉利话，便赶紧嘘寒问暖："公主这几日在我家过得可还习惯？在宅中伺候的下人可还称公主心？若他们有何不妥公主尽管告诉娘，娘该打的打，该骂的骂，一定会调教好了再给公主使唤。"

公主暂未理她，侧首一顾身边的张承照，问："堂下说话的是何人？"

张承照躬身回答："回公主话，是驸马都尉的母亲杨氏。"

"哦，原来是杨嫂子。"公主做顿悟状，再对堂下道，"赐阿嫂坐。"

"阿嫂？"杨夫人嘀咕着重复了一遍这个称呼。

张承照走至帘外，笑对杨夫人道："国舅夫人，尚主之家，例降昭穆一等以为恭。如今说来，你是公主的嫂子，切莫再对公主自称'娘'，乱了辈分。"

杨夫人略有愠色，梁都监见状对她好言解释："国朝仪制是这样规定，夫人想必以前也曾听人说过吧？礼仪如此，不便擅改，其中不近人情处，还望夫人海涵。"

杨夫人勉强笑笑，道："我知道。对公主自称'娘'无非是想让她觉得亲切一些，像是在母亲身边。既然公主不乐意，我改过来就是了。"

"国舅夫人果然明理。"张承照衔着他那不甚严肃的笑容，又提醒她另一点，"还有一事，也望夫人稍加留意：修建这公主宅的土地和一切花销费用，都是官家赐的，这宅第本是官家赐给公主的陪嫁物之一，公主是这里的正主儿，并非住在国舅夫人家里。国舅夫人原是客，随驸马住在这里，若觉有任何不适之处，倒是可以随时跟公主提出，公主必会尽心为夫人安排妥帖。"

杨夫人的脸色越发沉了下去，却又不好反驳，只得恨恨地应道："如此，老身先谢过公主，公主费心了。"

公主闻言一哂："阿嫂不必客气。"旋即又吩咐左右，"赐国舅夫人见面礼。"

随后两列内臣各托礼品，络绎不绝地从门外进来，将礼品一一摆在画堂中。

公主赐舅姑之礼不薄，有银器三百两，衣帛五百匹，妆奁数匣，礼衣一袭，名纸一副，藻豆袋一个……这些都是仪制中规定的礼品。但最后内臣送呈入内的，是一个红锦覆盖着的托盘，暂时看不出其中所盛何物。

每送入一个礼物，都有内臣高声唱出名目，而当送来这最后一个时，内臣噤口，没有再唱名。

这时公主褰帘而出，缓步走至杨夫人面前，再掀落托盘上的红锦，让杨夫人看到其中的礼品。

杨夫人转头看了，立时变色——那是一段白绫，洁净得跟她送到韩氏手中时一样。

"我为阿嫂准备的这礼物，阿嫂可还满意？"公主低目问杨夫人。

不待她回答，公主即牵起白绫一角，大袖一挥，白绫如虹，在空中舒展开来，旋出波纹状优美的弧度，再袅袅落下——其中每一寸都是洁白的，没有任何被别的颜色污染过的痕迹。

看白绫的末端扫过杨氏惊愕的脸，公主的目光徐徐上移，盯牢她的眼，挑战般地，对她呈出了冷淡笑意。

【陆】纳妾

杨夫人自然无法忍受新妇对自己的态度，次日便入宫，求见帝后。

梁都监见势不妙，亦随后入宫，望能在杨夫人抱怨诉苦之下为公主稍加解释。我在公主宅中静候消息，不免也有些忐忑，不知杨氏会在帝后面前怎样形容公主。

将近黄昏时，梁都监与杨夫人一齐回来。杨夫人面色不佳，未按仪制向公主行昏时礼，便径直回自己房中去了。而梁都监则先找到我，叙述了宫中情形。

“杨夫人入宫时，恰逢官家下朝回来。那时官家手握一卷章疏，忧思恍惚，郁郁不乐，杨夫人向他嘘寒问暖，他也未听进去，杨夫人连唤几声他才有反应，虽勉强笑了笑，但还是一副愁眉深锁的样子，开口问杨夫人的第一句话便是：‘公主一切可好？’于是杨夫人大概也不敢随便抱怨公主了，只唯唯诺诺地说一切都好，宅中也平安无事，她是专程来向帝后谢恩的。

“倒是皇后看出了杨夫人入宫是有话要说。待官家离开后，她和颜对杨夫人说，公主原是官家独生女儿，一向受父母宠爱，比起寻常人家的女子，性子难免要强几分。若有言行不当之处，还望国舅夫人多体谅，她日后也会多加劝导，让公主收敛性情，秉持妇道。杨夫人听了思前想后，欲言又止，最后终于什么也没说。皇后又赐她珠宝绸缎若干，再请苗娘子过来，与她略坐了坐，便让她回来了。”

听了这话，我方才放下心来，松了口气。梁都监没有忽略我这一刻的释然，着意看我，道：“虽则如此，但公主与驸马是夫妻，这样长期下去，终究不妥……你是公主近侍，不妨寻机会多劝劝她，既然已成婚，这夫妻相处之道还是应耐心经营。平日在公主面前，切勿说驸马短处，若她有怨言，你也要多为驸马辩解。主子夫妇岁月静好，对我们做侍者的内臣来说，才是福分。”

我默然受教，颔首一一答应，但亦不想就此问题与他继续讨论。须臾，问了他另一事：“今日官家不怿，先生可知是何缘故？”

梁都监道：“我后来问了随官家上朝的邓都知，他告诉我，今日欧阳修上疏请皇帝选宗室子录为皇子，在朝堂上公开说，以往官家未有皇嗣，但尚有公主之爱，上慰圣颜。如今公主既已出降，渐簉左右，则皇帝万几之暇，处深宫之中，谁可与语言，谁可承颜色？不如于宗室之中，选贤良可喜者，录以为皇子，使其出入左右，问安侍膳，以慰悦圣情。官家听了沉默着未表态，偏还有好几位臣子附和，都请他正式下诏选立皇子。官家始终未答应，亦没有了好心情，一路回到禁中，眉头都是皱着的。”

三朝之后，公主干脆请李玮搬出公主寝阁，于别处独寝。韩氏担心驸马难以接受，在得到梁都监默许后，特意去跟李玮说，国朝有规定，驸马须先经公主宣召才可与公主同宿。李玮也未多问，从此后便与公主分居，独处一阁，每日晚间与公主共进晚膳后即回自己房中，并不打扰公主。

杨夫人看得气闷，常旁敲侧击地说家里不像娶了新妇，倒像是请了一尊神来。公主也未与她计较，不理不睬，只当是耳边风。最后还是杨氏沉不住气，索性到公主面前，直接提出要为儿子纳妾："驸马原本有两个屋里人，但我怕公主进门后见了不喜欢，便都卖了出去。可如今驸马房中没了持帚的人，乱糟糟的，毕竟不像话。公主矜贵，我原不敢以这等事烦请公主操心，想自己去寻个丫头放在驸马房中，做些洒扫侍奉之事，不知公主意下如何？"

韩氏瞠目，道："公主出降才几天，夫人就要为驸马纳妾？"

公主向她摆首，示意她不必去争，再平静地答应了杨夫人的要求："如此甚好。阿嫂尽管去寻合适的人，将来那小娘子的月钱由我来给。"

杨夫人果然立即开始行动，物色适当人选。最后她看中了一名自幼养大的侍女，十六岁的春桃。春桃容色可人，性格也温顺，岂料一听杨夫人说要将她纳为驸马妾室，她竟泣不成声，跪下不住哀求，怎么也不肯答应。

杨夫人劝了春桃几次，都不见她回心转意，不由得大怒，竟把她拉到公主寝阁近处，公然指桑骂槐："你进了我家门，我把你好吃好喝地供奉着，却没想到竟养出个忒有脾气的祖宗！我儿子是国舅爷生的，皇帝的血脉里还有几分是与他相同的呢，哪里配不上你这个贱人？你还真把自己当回事，眼睛生到头顶上，谁都难入你这仙女儿法眼！你既存心到我家当烈女，老娘就成全你，今日就地打死，明日再请官家给你立个牌坊……"

她边骂边打，鞭声霍霍，疼得春桃不住尖叫痛哭。我听得不安，转顾公主，刚唤了一声"公主"，她便已明白，吩咐道："怀吉，你去把春桃带到这里来。"

我当即出去，命人拖住杨氏，又让两名侍女扶起春桃，把她引至公主面前。

春桃战战兢兢的，跪在公主膝下，仍轻声啜泣。公主好言抚慰，亲自查看她伤势，再命人取良药，炖补品，好生为春桃疗伤。

春桃感激不尽，向公主连叩了几个头。公主扶起她，微笑道："你不想做驸马的妾，是顾忌我吧？其实无须担心，你服侍好驸马，也等于是为我尽心做事，我会善待你的。"

春桃拼命摇头，依旧泣而不语。

"难道你不答应，不是因为这个？"公主奇道，见春桃不答，她很快又有了新的猜测，"那你是厌恶驸马，所以才不想嫁他？"

"不，不！"春桃忙否认，低声道，"驸马和善，待奴婢一向是很好的。"

公主笑了：“既如此，你嫁他又有何不可？”

春桃踟蹰难言，头一脉低垂，又开始落泪。

见她这等形状，公主忽然领悟：“哦，你一定是有心上人了！”

春桃双颊红尽，越发深垂首，双手不停绞着衣带，沉默不能语。

公主遂屏退左右，只留我和韩氏在身边，再含笑对春桃说：“别害怕，你且把隐情告诉我，我一定会帮你。”

春桃犹豫许久，在韩氏随后的鼓励下，终于说出了此中缘由。原来她此前回家探望双亲，曾偶遇姨母家的表哥，后来接触了几次，两人渐生情愫，私订终身，表哥亦开始做生意挣钱，想早日为她赎身，缔结良缘，不料如今杨夫人要她做妾，所以她宁死不从。

公主安静倾听，听到最后，也许联想起自己往日之事，目中亦浮起了一层水光。

“我来为你赎身。”她对春桃做出承诺，“你的心愿，我来为你实现，一定会让你从这宅子里出去，嫁给你喜欢的人。”

然后，她遣人去请杨夫人。杨氏不久后入内见公主，随她同来的还有驸马李玮。

公主开门见山地提出要为春桃赎身，对杨夫人说，无论当初是花多少钱买春桃，她都会付十倍的钱给杨夫人。

杨夫人闻之冷笑，道：“这丫头我已经养了十年了，为调教她，花的心血不知有多少，哪里是钱可以计算的！公主想买，我可不愿意卖。如今她生是我的人，死也是我的鬼。她不肯做妾，我也不会放了她，我倒要看看，这小贱人有什么三头六臂，敢跟我斗！”

公主也不客气，直言道：“今日请阿嫂来，不是要跟阿嫂商量。我是这公主宅的主人，宅中所有奴婢应由我处置，是放是留，由我决定。我已同意让春桃归家，现在不过是知会阿嫂一声，明日就让她出门。钱我已备好，取不取就是阿嫂你自己的事了。”

杨夫人愈加恼怒，回应的语气更是咄咄逼人：“这丫头是我真金白银买来的，卖身契还在我那里，怎的忽然就成公主的人了？公主说宅子是你的，我都认了，却没想到连个奴婢公主也要抢我的，说出去也不怕人笑话！今日我就把话搁在这里了，春桃是我的人，公主无权为她做主。公主若有不服，尽管去找人评理。相信就算是告到官家那里，他也不会觉得公主有理。”

“够了！”此前一直沉默不语的李玮陡然开口，对他母亲道，“我又没说要纳妾，你逼春桃做什么？公主要让她走，就让她走吧，有什么好争的？”

杨夫人惊诧不已，少顷，才回过神来，立时怒斥儿子：“老娘操这么多心为的是什么？还不是为你这混账东西！如今你倒好，娶了新妇忘了娘，对她唯命是从，也不想想人家有没有把你放在眼里……”

李玮不愿听她唠叨，站起身就朝外走去，杨氏犹不解气，一路追出去，亦步亦趋地跟着李玮，不时拍打他几下，继续喋喋不休地斥骂着。

我与公主都以为杨氏不肯放人，会让春桃的赎身变得有些棘手，但结果却出人意料。

晚膳时，李玮来得比往常晚，也略显疲惫。见了公主，他从袖中取出一卷文书递给她，讷讷地说：“这，是春桃的卖身契。”

【柒】古墨

次日，春桃收好公主赐还的卖身契，回到父母身边。临行前拜别公主，公主命人取出一百缗钱给她，还叮嘱说日后若遇难事便回来说，她自会相助。春桃自是千恩万谢，含泪跪下磕头，反复表达感激之情。公主扶起她，笑道：“不必谢我。看到自己能促成一桩好姻缘，说不定我比你还开心呢。”

这让她保持了一整天的好心情，如此愉快地绽露欢颜，在她出降后，还是第一次。

晚间，她把自己带来的侍女召集到面前，对她们说：“你们服侍我许多年了，如今也都到了可以出嫁的年龄，若有意中人，尽管告诉我，我会让你们回娘家待嫁，并给你们准备一笔不薄的嫁妆。”

侍女们纷纷道谢，但暂无一人申请归家。公主再问，亦只有香橼子站出来，吞吞吐吐地说：“奴婢并无意中人，但家中父母年事已高，奴婢又无兄弟，姐姐皆已出嫁，所以……”

公主了然，不待她说完便道：“好，那你回家吧。我多赐你些钱，供你买几块田地或做点小生意，日后再招个上门女婿，与你一起侍奉父母。”

香橼子大喜，再三谢恩。之后又有两名小丫头表达了想归家之意，公主均同意放人，且厚赐财物。待到无人再表态，公主又重申了想给予她们自由的意思，并许了她们一个长期承诺：“无论何时，只要你们寻到了合适的人，或思念父母想回家，都可以跟我说，我都会立即放你们出去。”

众侍女皆有喜色，齐齐拜谢，对公主善行称颂不已。待她们退下后，我含笑问公主：“公主把她们都放走了，以后谁来伺候公主呢？”

“不是还有你么？”公主作势瞪我一眼，然后，又黯然叹息，“我希望她们每人都可觅得如意郎君，将来离开公主宅，相夫教子，过快乐的生活，不要像我，一辈子被困在这里，不得脱身。”

没想到她今日的愉悦会终结于这个关于困境的话题，我笑容亦随之凝结。

“而你，就没她们那么好命了。”见我默然不语，她又故作轻松地，用玩笑般的语气说，“我可不会放你走。如果我被关在这里一辈子，那你也要在这里陪我一辈子！”

这一语如阳春熏风，吹得我心中和暖之意如涟漪漾开。我朝她拱手长揖，道：“臣领旨谢恩。”

出降之后，公主需要我陪伴的时候也比以前多了许多。在宫中时，她每日要定省父母，承欢膝下，自己也有很多女伴，例如后妃们的养女，以及秋和那样，与她年龄相差不太大的年轻嫔御，与她们的交往也足以填满她闺中的闲暇时间。而现在，她身为公主宅中最尊贵的女主人，不必承担侍奉舅姑的义务，何况自春桃之事后，杨氏越发看她不顺眼，处处回避着她，除了例常问安和家宴，并不主动前来与她叙谈，驸马的兄弟皆各有宅第，妯娌们也不常往来，所以公主相当寂寞，除了练习箜篌，便借清玩雅趣之事消磨时间，而此时一般都会要求我从旁做伴。

起初对环境的陌生感觉逐渐消失，我们渐渐适应了这种全新的生活，在很少有人打扰的情况下弹琴吹笛、弈棋斗茶，或者吟诗填词，偶尔我也会指点她写字作画。她现在对翰墨丹青表现得远比儿时有耐心，不再胡乱画上两笔就想往外跑，为完成一幅满意的作品，她可以在书房里练上一整天。我讶异于她的变化，问她：“公主以前不是说练习书画太浪费时间，通常是老夫子所为么？”

她回答说：“正如你所见，我时间很多，而且，人也老了。”

虽未同宿，李玮倒也经常来看公主，但两人很少有话说，就连进膳时李玮也只能找到一点可有可无的问题来问公主，例如某道菜是否合公主口味之类。公主通常是随口敷衍，不过她所说的每一句话李玮都能用心记住。有次公主不过是提了句江南的醉蟹味道不错，但宫中已无存货，第二天公主的餐桌上便有了一盘江南醉蟹，也不知李玮是从何处寻来。

为求取悦公主，他表现出了无限诚意，但有时会弄巧成拙。

某日公主情绪不佳，闭于阁中不愿出门，李玮入内问安时小心翼翼地建议她去花园散心，公主懒洋洋地应道：“这园子就那么点大，每个角落都走遍了，有什么好看的？”

李玮想想，道：“前日我去宜春苑，见附近有一大片荒地，比咱们这园子大三倍有余。回头我去打听打听，看这地是谁的，索性买了来，再建一个有亭台楼榭的大花园，以供公主游乐。”

公主道：“罢了，当初修这公主宅都大费工时呢，若园子再大上三倍，买地和建房子都要花许多钱，劳民伤财的，还是省省吧。”

“不妨事。”李玮立即应道，“我不缺这个钱。”

或许他是无心，但这话我听着尚觉刺耳，更遑论公主。公主微蹙着眉头凝视他半晌，最后漠然回了一句：“好，你自己看着办吧。”

李玮似乎并未意识到他令公主不快的原因所在，继续以他最不欠缺的财力频频为公主献礼。见公主常习翰墨，很快又送来一批文房用具：玛瑙砚、牙管笔、金砚匣和玉镇纸。

“真是恨不得连墨都用金银来做。”看着这堆熠熠生辉的礼品，公主不无鄙夷地说。

不久之后，李玮又送了一块名墨给公主，虽然不是金银做的，但同样未摆脱弄巧成拙的命运。

冬至那天，天子照例要受百官朝贺，京中所有有官衔的官员都要穿戴簪缨朝服入宫参加朝会，庄重如大礼祭祀，这个仪式称为“排冬仗”。排冬仗结束后，皇帝会宴请群臣，并赏赐新衣礼品。

驸马都尉李玮亦入宫参加了朝会，其后的宴会刚罢，他便兴冲冲地赶了回来出席家宴，一进门即取出一段廷珪墨双手呈给公主：“公主，这是官家今日赏赐的。上次我便想寻一段古墨给公主，但没找到合适的，如今恰好补上。”

歙州李廷珪是南唐制墨名家，其墨能削木，坠沟中经月不坏，且有异香，一向为士大夫所推崇，而且由李廷珪亲自制造的李墨已越来越少，宫中所存也不多，故世人莫不以获赐廷珪墨为荣。现在李玮奉上的这段呈双脊龙样，上有“廷珪”二字，确是李廷珪当年进贡的珍品。

公主接过看了看，不置可否，但问李玮：“爹爹赐你的就是这段？”

“那倒不是。”李玮如实作答，“官家赐我的原本是另一段，从上面刻着的名字来看，那墨工也姓李，叫‘李超’，大概是李廷珪的后人吧……”

“哦。”公主不动声色地再问他，“那你怎么又拿了廷珪墨回来？”

“后来我发现身边学士们获赐的都是廷珪墨，可能廷珪墨存世不多，官家一向礼眷文士，所以赐给学士们。”李玮解释道，“我向邻座的蔡君谟蔡学士借他的廷珪墨来观赏，他大概看出我喜欢，便主动提出跟我交换……”

公主不由得冷笑："于是你用李超墨换了廷珪墨？"

李玮点头，不忘称赞蔡襄："蔡学士竟肯割爱，真是慷慨。当然，我不能白领了他这人情，日后会再备些礼送给他。"

公主无话可说，将廷珪墨搁在桌上，推回李玮面前，然后起身，默默离去。

她的反应自然不是李玮所预料到的，这令他茫然失措，站起目送公主远去后才转头看我，惴惴不安地问："梁先生，我是不是说错了什么？"

我思忖再二，最后还是决定告诉他真相："都尉，李超是李廷珪的父亲。"

李玮愕然，呆若木鸡。而一直旁观的杨夫人此时对这古墨亦有了兴趣，开口问我："梁先生，那这墨是李超制的贵还是他儿子制的贵？"

我回答："世人喜爱收藏古墨，制墨世家的精品，年代愈久远，存世量愈稀少，便会愈贵重。"

杨夫人顿时火冒三丈，一戳她儿子额头，斥道："你这败家子，竟拿个好东西去换了个便宜货！这般不会做生意，再多十倍的家底也会被你败光，难怪公主看不上你！"

【捌】书画

每年正旦前，帝后会赐新年礼品予宗室戚里，这年岁末，公主早早嘱咐我，务必做好准备，在外选购一些宫中没有的清玩雅趣之物以备还礼。

杨夫人知道此事后过来对公主说："公主驸马的礼品是作一份子送进宫的，不如便交给驸马去采办。尚公主之后，他还没什么机会向官家、娘娘略表孝心，现在他亲自去备上一份厚礼，也是应该的。"

公主道："怀吉昔日在宫中常侍帝后，很清楚他们的喜好，礼品由他来采办更合适。"

杨夫人不悦，道："驸马是官家女婿，难道选择礼品的眼光会不如下人？往年国舅宅的礼品他也备过好几次，没见官家不喜欢。"

见公主幡然变色，我立即先开口道："国舅夫人言之有理，礼品由驸马亲自采办，足可见公主驸马孝心，官家见了会更喜欢。"

梁都监也在旁附议称善，力劝公主接纳杨夫人建议，公主最后只好勉强答应。

李玮的态度倒是远比其母谦和。出门采购之前，先来征求我的意见，问买什么样的礼品比较合适。

我告诉他："宫中不缺奇珍异宝，帝后平日尚俭，也不爱奢华器物，但都很喜欢翰墨丹青。都尉若能进呈几幅书画精品，他们必会欣然接受。”

李玮依言而行，十数日后，带回了六幅书画，交给我与公主过目。

我展开一一看了，然后默默递与公主，公主先看其中售价最高的一幅王羲之尺牍，玩味须臾，忽然眉头轻颦，侧目扫了扫李玮。

李玮一惊，惶惶然转顾我，像是在问我：“这字有何不妥么？”

我向他友善地微笑，道：“都尉辛苦了，早些回去歇息吧。余下的杂事不妨交给怀吉来做。”

待他走后，公主抛下手中尺牍，颇有怒色：“这傻兔子又当了一回冤大头，花重金买了幅摹本回来。”

那时白茂先亦伺候在侧，闻言拾起尺牍仔细端详，然后请教公主：“公主因何确定是摹本？”

公主道：“王右军少年时写字多用紫纸，中年以后多用麻纸，又用张永义制纸，而这幅尺牍虽精心做旧过，仍可看出是竹纸涂蜡。国朝以来士人才以竹纸写字，晋人尺牍用竹纸，必是赝品。”

语罢，她又问我：“其余那几卷，可也有伪作？”

我从李玮送来的书画中拣出两卷交予公主。

公主先看一幅归于张萱名下的宫苑仕女图，琢磨片刻，觉出了其中破绽。

“这女子穿的裙子从质感和花纹上看，是荷池缬绢，这是国朝才有的布料。”她指着画中人说。

我颔首，又一指画上一内臣模样的人，道：“张萱是唐代玄宗朝时人，那时内臣戴的是圜头宫样巾子，而这画中人头上却戴漆纱缠裹的幞头，这是唐末才出现的样式。”

白茂先亦轻轻走近，看了看这幅画，道：“梁先生跟我提起过张萱，说他画女子尤喜以朱色晕染其耳根，而且他擅画婴儿，既得童稚形貌，又有活泼神采。而这幅画中这两个特点都没有，侍女所抱的婴儿面目老成，只像是把成人的面目缩小了……”

我略一顾他，他立即垂首噤声，公主见了对我道：“小白又没说错，你何必阻止他说下去？这画确是后人托名伪作的，连小白都能看出来，可叹李玮还懵懂不知。”

她叹息摆首，又展开另一幅据说是五代著名山水画家李成所绘的《读碑窠石图》，这次沉吟良久，仍未发现可疑之处，于是问我：“此图置境幽娄，气韵潇洒，笔势颖脱，画树石先勾后染，清澹明润，饶有韵致，的确是李成笔法。绢本设色，亦无异常之处。你又是从哪里看出是伪作呢？”

我答道："此画仿制者比诸前两位，显然敬业多了，摹本惟妙惟肖，连刻画图记名字，都几可乱真。但也正因为摹者敬业，所以他遵守了制造赝品高手的一项原则：在摹本中故意留下一点破绽，以供识者分辨。这图中的破绽在碑石之上。原作残碑侧面有一行隐约可见的细微字迹'王晓人物，李成树石'，这是李成的题款，说明画中人物是邀其友人王晓所绘。而如今这幅画中却无这行字，因此臣断定是摹本。"

"那你又如何得知原本上有那行字？"公主追问。

我告诉她此间缘故："几年前裴承制从民间访求得此画原本，已藏入秘阁，臣亦曾见过。"

公主搁下图卷，举目凝思，意极惆怅。须臾，又是一声叹息："李玮坐拥金山，见识却不如你们这些内臣，重金购得六幅书画，竟有一半是伪作。想想后半生必须与他系于一处，顿觉活着也无甚趣味。"

我默然，最后这样开导她："但驸马待公主很真诚，人是极好的。"

她淡淡笑笑，换了个话题："怀吉，看来还须烦劳你外出，去寻些能入眼的书画献给爹爹和嬢嬢了。"

我欠身领命，她又露出一丝忧虑之色，道："只是如今所剩时间不多了，你此前又很少在坊间行走，知道应在哪里寻访么？"

我应道："公主无须多虑，臣知道该去何处。"

【玖】雅集

次日我带白茂先离开公主宅，直往崔白居处。

此时崔白已成誉满京师的画家，颇受士大夫赏识，常与文人墨客过从雅集，他的居所也从昔日那狭窄陋巷搬到了相国寺附近的风景佳胜处。

我按路人的指示找到崔宅，叩门数下后，门嘎地开了，一个十余岁的小孩自内探首出来，眼睛滴溜溜地打量着我，却不说话。

"元瑜，来客是谁？"我听见里面传来崔白的声音。

于是我朝那孩子自报姓名，请他代为传报。

那孩子点点头，跑了回去，少顷，崔白亲自迎了出来，满面笑容地对我长揖，口中连声道："许久不见，怀吉别来无恙？"

寒暄之后，他引我入内，我记挂着购画之事，一壁走，一壁跟崔白简单叙述了缘由，问他可愿选几幅新作给我进呈帝后。他听了笑道："我原是为画院所弃之人，岂敢再进呈涂鸦之作以供御赏？不过说来也巧，我正与两位好友在园中饮茶赏画，相与切磋，他们画艺倒都不俗，亦有新作在此，你且去看看，若有合适的，便请他们取几幅给你吧。”

正想再问他这二位友人是谁，却见曲廊一转，他已引我进至后院园中。

这后院面积不大，但中植松桧梧竹，内设小桥流水，清旷雅静，人行于其间，如处画中。

小桥边有一座竹子建成的亭阁，崔白的友人皆在其中，一位年逾半百，戴高装巾子，着交领襕衫，正反系袍袖，提笔在案上图卷中点画；另一位年龄与崔白相仿，三十多岁，头戴高士巾，身穿大袖直裰，此刻坐在茶炉边，似在等汤瓶声响，以注汤点茶。

崔白带我进去，先将我介绍予二人，他们皆过来见礼。我问崔白两位先生该如何称呼，他却笑而不答，只说：“你且看两位先生大作。”

我移步至案边，先看适才作画的先生未完成的作品。他画的是一株牡丹，花朵不以墨笔描写，只以丹粉点染而成，娇艳鲜妍，而无笔墨骨气，大异于画院盛行的黄氏画法双钩填彩。

于是我有了答案：“没骨画花鸟，绰有祖风，又出新意，先生必是金陵徐氏长孙崇嗣先生。”

金陵徐氏是指南唐花鸟画家徐熙，崔白一向喜爱他的野逸画风。徐熙子孙亦都雅擅丹青，其中长孙崇嗣以“没骨法”画花卉，将其祖遗风与黄氏富贵气相结合，于国朝画坛是创新之举。

我所料未差，那位先生含笑欠身：“惭愧，不才正是徐崇嗣。”

崔白又让我看一侧壁上所悬的几幅山水画，说那是另一位先生所作。我逐一端详，但见他笔致巧赡，稍取李成之法，画四时山水，远近、浅深、风雨、明晦、朝暮景象各异，峰峦秀起、云烟变灭，晻霭之间千态万状，布置笔法颇有独到之处。

我略一思索，也大致猜到：“先生笔下四时山景各尽其妙，春山淡冶而如笑，夏山苍翠而如滴，秋山明净而如妆，冬山惨淡而如睡，如此笔力，非河阳郭熙不可得。”

我没猜错。郭熙双目大睁，很是诧异：“我乃一介布衣，久居外郡，又不似徐先生出身世家，美名远播于天下，中贵人却又如何得知鄙人姓名？”

我含笑道：“十年前，子西便已向我称赞过先生笔意精绝了，近年画院故友亦不时向我提及，先生大作，此前我也有幸欣赏过。”

这日余下的时光，便在三位画家热情款待下度过。阁外水石潺湲，风竹相吞，室内炉烟方袅，帘卷墨香，我们点茶评画，言谈甚欢，连小白与那叫元瑜的孩子都一见如故，两人坐在小河水边，元瑜一手执着树枝，不时在地上比画，教小白画树上寒鸦。

其间我说出来意，徐、郭二位先生当即各取了几幅新作，慷慨相赠，我自不肯受此大礼，命小白取出银钱给他们，他们推辞几番，见我坚持，才略略收下一些。

“子西真不肯赐我一幅新作么？”我问崔白。

他笑了笑，唤过元瑜，低声嘱咐了几句，那孩子旋即跑开，像是去取什么了。

这孩子真机灵。我看着他背影微笑，再问崔白：“这是令郎？”

崔白大笑，道：“元瑜姓吴，是我的弟子。”

然后，他笑意稍减，补充道：“我尚未娶妻。”

我垂目无言，带着礼貌的和悦表情默然听徐崇嗣与郭熙笑说崔白眼界过高，天下好女子成百上千，竟无一人能获他青睐，迎娶入门。

须臾，元瑜携一卷画轴进来，双手呈给我。我展开看，见画的是秋江景致，一只芦雁独立于蒹葭衰草水岸边，抬首眺望远处，意态寂寥。

黄昏时，我向崔白等人告辞，他们极力挽留，说难得如此投缘，不如少留一宿，今宵四人把酒畅谈，明日再归亦不迟。

这时有暮鼓声从附近的相国寺中传来，我想起一事，心念微动，遂颔首答应。

次日清晨，我甫至公主宅门前，便见张承照与嘉庆子双双迎出，口中都道：“谢天谢地，你可回来了！”

我讶异问道：“你们一直在这里等我？出了什么事？”

张承照一面为我牵马，一面说：“你走后，驸马约了几个朋友在园子里的击丸场打球，那场边原是公主的妆楼，公主听见声响，便走到栏杆边看了看。驸马的朋友中有一人大概猜到楼上帘后的身影是公主，存了轻薄之心，便故意发力，把球击到了公主身边一卷竹帘上。公主大怒，立即命几个小黄门下去把驸马的朋友全部赶走。驸马呆立在场内好半天，倒没多说什么，不过国舅夫人听说这事可不乐意了，赶过来指着那几个小黄门大骂，污言秽语的，嗓门又大，公主听了气得掉泪，我本想再带几个人下去回国舅夫人几句，却被梁都监喝住，让我别再生事。我只好听命，但这样一来，公主的气就没法出呀。她后来坐在楼上生了一天的闷气，偏偏你又没回来，她等到半夜，又担心你出事，派了许多人出去找，自己越等越急，忍不住又哭了起来……”

我立即加快了步伐，问：“公主现在何处？”

嘉庆子道：“在寝阁厅中，一夜没合眼，现在还在等着先生呢。”

见到公主时，她的确是憔悴不堪的模样，双目红肿如桃，皮肤暗哑无光，头应还是昨日梳的，现已有好几缕散发垂了下来。

发现我进来，她眸光闪了闪，下意识地起身，但脸色旋即一沉，向我斥道：“外面既有逍遥处，你还回来做什么？”再顾左右，吩咐道，“把他大棒打出去！”

周围内臣侍女都暗地偷笑，并无一人上前逐我出去。

我含笑上前，把手中托着的一个纸包递至她眼前。她恼怒地侧首，但应是闻到了其中散发的香味，犹豫一下，终究还是问了我：“这是什么？”

“相国寺烧朱院那个大和尚卖的炙猪肉。”

她果然好奇，低目看了看。我一边解开包装一边解释：“我购画之处就在相国寺旁。议妥这事后天色已晚，我想起昔日公主提过烧朱院的炙猪肉，便想等到天亮，买一块新鲜的给公主，遂应友人相邀，留宿一晚。今日天还没亮我就去了烧朱院，等着烤好第一块，便买下给公主带回来。”

她立即问了一个她关心的问题：“你见到那大和尚了么？他长什么样？”

“很可惜，没有。”我叹叹气，“他生意做大了，人的架子也大了，现在的猪肉都交给徒弟烤，自己轻易不见客。”

“哦……”这答案令她怅然若失。

我趁机递给她一小块竹签穿好的炙猪肉，她亦接过，仔细看看，又嗅了嗅，似乎准备品尝，那神情看得我不禁笑起来，她才回过神，意识到自己原本是在生气的，于是又羞又恼地把那块猪肉掷于地上，“呸”了一声，复又坐下扭头不看我。

四周响起零零碎碎的轻笑声。公主怒道：“笑什么笑？都给我退下！”

众人衔笑答应，行礼后相继退出，只有嘉庆子未走远，还在门外伺候。

见室内只剩我与公主二人，我才搁下炙猪肉，认真向她告罪：“此番臣在外留宿，未先求得公主许可，其罪一；擅离职守，未及维护公主，其罪二；逾夜未归，令公主担忧，其罪三。臣确已知罪，可向公主保证，以后不会再发生这样的事，还望公主恕罪。”

我等了等，见公主一动不动的，并无应答的意思，于是又道：“公主既不肯宽恕臣，请容臣暂且告退，待安置好所购书画，再除冠跣足，过来向公主长跪请罪。”

言讫，我退后数步，再转身欲出门，先前沉默的公主却忽然疾步冲来，于我身后搂住了我腰。

我不由得一颤，步履停滞。门外的嘉庆子听见声音，回眸一顾，也是被吓了一跳的样子，红着脸转首避开。

“我不是生你的气。”公主紧紧搂着我，将一侧脸颊贴在我背上，低声道，“我是怕再也见不到你了……你外出的这天，我在这里真是度日如年。倘若你离我而去，我宁愿下一刻就此死去。”

我默然僵立着，暂时未做任何回应。她的悲伤像夏季不期而遇的雨，再度打湿了我的心情。一抹莫可名状的伤感与她的泪水一起，循着我衣衫纹理，逐渐洇入我心间。

第九章 谁堪共展鸳鸯锦

【壹】芦雁

整理礼品的最后一刻，我犹豫了，目光在崔白那卷《芦雁图》上游移许久，终于还是把它拣了出来，没有与其余书画一起呈交御览。

秋和与崔白之事今上或许无从知晓，但皇后心中有数，这幅画中之意，她必一览即知，而秋和身份今非昔比，崔白余情被皇后知道，总是不好的。

这批礼物得到了帝后的赞赏。公主与驸马入宫贺岁时，今上特意提到这些书画，含笑问李玮：“公主宅献上的书画，都是你选的么？”

李玮颔首称是，今上与中宫相视而笑，目露嘉许之色，道：“都挺好。徐崇嗣画没骨花功力日益精进，郭熙的四时山水也令人耳目一新。”

李玮并不知我调换他所呈书画之事，听今上如此说，便愣了愣。

而皇后亦于此时对他道：“想来都尉对翰墨丹青甚有心得，如今所择皆是精品。徐崇嗣成名已久，宫中他的作品倒也有几幅，而那郭熙的画往日甚少见，颇有新意，都尉是从何处寻来？”

李玮惘然不能语，我立即朝皇后欠身，代他答道：“都尉见过河阳郭熙画作，常赞他善画山水寒林，近日听说他移居京师，便命臣去寻访，因此购得他新作。”

“都尉博涉广闻，不以画者声名决取舍，知选今人山水，可谓眼光独到，非常人能及。”皇后笑赞李玮，又转而问我，“那郭熙性情如何？”

我说：“温和谦逊，待人接物彬彬有礼。”

皇后遂向今上建议道：“郭熙山水并不输诸位画院待诏，运笔立意，犹有过人之处，不如召入画院，让他于其中继续历练，假以时日，必有大成。”

今上颔首称善，唤来勾当翰林图画院的都知，将此事交代下去。

从宫中回来后，李玮几次三番欲言又止，犹豫了一天，终于在次日晚膳之后将此事提出来问我：“徐崇嗣与郭熙的画，是先生添入礼单中的么？”

我承认，和言对他道：“丹青图画，不必事事崇古。若论佛道、人物、仕女、牛马，的确近不及古，但若论山水、林石、花竹、禽鱼，则古不及近，国朝画者胜前人良多，徐、郭二人便属其中佼佼者。选他们的作品，亦能惬圣意。”

他迟疑着，又问：“那我所选那些，先生也献上去了么？”

我稍加斟酌，还是如实相告：“王羲之、张萱、李成的尚在宅中，其余几幅一并送入宫了。”

李玮讶异问：“先生为何将那几位名家的留下？莫非官家会不喜欢么？”

一时之间，我未想到该如何委婉地回答这问题，既让他意识到其中问题，又不至于令他难堪，便沉默了片刻，偏偏杨夫人又于此时插嘴，说出了她的猜测：“莫不是公主喜欢，所以留下来了？”

公主闻言嗤笑一声，冷面侧首，懒得理她。

她这表情立即引发了家姑的不满，杨夫人也随之冷笑，借我发挥，道：“若不是公主喜欢，那一定是梁先生喜欢，所以自己留下了？用几幅便宜的字画换我儿子花大价钱买回来的古董，还能让官家和皇后称赞，梁先生好本事，以后好生教教驸马，让他也学学做这样一本万利的生意！”

公主勃然大怒，横眉一扫李玮母子，直言斥道：“怀吉不说此中真相，是为顾全驸马面子，之前若非他换下那几幅书画，驸马在我父母面前更会颜面尽失。你们以小人之心度君子之腹，还如此恶言相向，真是不知好歹！”

“真相？还能有什么真相？”杨夫人随即扬声反驳，“有人截下驸马献给官家的宝贝，难道这事会有假？”

“这事不假，但承你贵言，此中倒真有假。”公主转顾在厅中侍立的白茂先，命道，“小白，你跟驸马和国舅夫人说说假在何处。”

小白踟蹰着，不敢立即开口。李玮似已渐渐意识到其中状况，遂试探着问小白：“我那几幅字画是假的么？”

小白低首，等于默认了。在公主要求下，他终于开始轻声讲述那些书画的破绽，李玮默默听着，面色青白，头也越垂越低，再不发一言。

而杨夫人在听到小白说《读碑窠石图》的原作经裴湘访求，现存于秘阁时，又有了话说：“你们怎知道他裴承制买的就是真的，我儿子买的就是假的？画上的花样儿都是一般，难道他买的多几个字就可断定是真的了？”

公主忍无可忍，拂袖而起，对我道：“怀吉，我们走。”

从此以后李玮变得更沉默，极少与以前那些富室豪门子弟来往，他把精力几乎都花在了学习品鉴书画上，常常整日整夜地把自己关在书房里看藏品和相关书籍，偶尔出门，也多半是去买名家作品。

有一天，他来找我，很礼貌地问我是否有崔白的画作，他想看看。

如今我身边所藏的，只有那幅《芦雁图》。我并未取出给他看，但说：“我这里并无崔白作品，不过我与他相识多年，若都尉有意，不妨改日与我一同去他家中拜访，届时自会欣赏到他画作若干。”

我未告诉任何人《芦雁图》之事，包括公主。我想崔白选这画给我，或许是希望有一日秋和能看到。此中心意，我也希望秋和能知晓，只是她现在身份特殊，再为她传递这类物件，令我颇费思量，倒不仅仅是顾忌宫规。

这一思量，便是大半年。嘉祐三年八月，我终于下定决心，借苗贤妃生日，公主入宫祝贺之机，把画带至秋和面前。

那日公主给母亲贺寿，此前已经帝后许可，可在宫中留宿一日。我随她同往，便携了画入宫。

秋和似有恙在身，精神不振，寿宴之前早早向苗娘子说了祝词，奉上贺礼，便告辞回自己阁分。

我旋即携画出来，一路送她至她居处，她亦盛情邀我少留片刻，饮茶叙谈。见彼时阁中皆是她亲信之人，我才取出《芦雁图》，双手呈上，道：“我有一故友，雅善花鸟，近日赠我此画，我见此画颇有意趣，又记得董娘子很喜欢花竹翎毛，故带来转呈娘子，望娘子笑纳。”

秋和接过，展开一看，春水般柔和的眼波微微一滞，显然已明白所有情由。

她凝视此画，怔忡着默不作声，良久后才垂下两睫，蔽去暗暗浮升出的一层水光，依旧卷好画轴，交回我手中，浅笑道：“我学识粗浅，原不懂品赏书画，这画给我，是浪费了。怀吉还是带回去吧，自己留着，或者交还那位先生，都好。”

我有些意外，但也不是太惊讶，于是接过画轴，颔首答应。

此后我们又闲聊片刻，说的却都是彼此近况琐事，并无一句提及崔白。

当我告辞时，她起身欲送我，许是动作太过迅速，她有些眩晕，晃了一晃。

我与她身边侍女忙两厢搀住。见她容色萧索，气色欠佳，我便关切地问她可是贵体违和，是否要召太医过来请脉。

她带着温和笑意看我，却无端令我觉得她目意苍凉，好似这短短数刻光阴，已让她那美好年华于这年轻躯体中遽然老去。

“怀吉。”她依然保持着那恍惚笑容，右手抚上自己小腹，轻声道，“我应该是……有身孕了。”

【贰】喜讯

数名太医会诊请脉后，齐齐向今上道贺：闻喜县君有娠。

我难以尽述今上当时的反应，只能说，这无疑是十几年来最令他喜悦的一件事。

他先是长吁了一口气，像是肩上千斤重担忽然卸去了一半，然后，才乍惊乍喜开颜笑，目光越过面前百十位在帘外等候消息，现在正朝他行礼贺喜的宫眷，找到几位前后两省的都知，用颤抖着的声音说：“快去准备太庙祭礼……再去清点内藏库的金帛、器皿、什物，以备将来赐予……去中书门下看看相公还在么……今日值宿的学士是谁？”

这次后宫有喜，在大内禁中、朝野内外都得到了空前的重视与关注。四十九岁的皇帝在等待十几年后，终于又有了获得后嗣的希望，于是催他早日选宗室立皇子的大臣们皆偃旗息鼓，一个个联翩上表称贺。龙颜大悦之下，今上翌日即宣布，将大兴土木，把真宗皇帝做开封府尹时办理公务所用的廨舍改建成“潜龙宫”，以供皇子将来所用。

秋和的阁中一下子热闹起来，除了每日会来看她几次的皇帝，其余宫眷，无论平日是否与她亲厚，总是络绎不绝地来探望。公主也因此在宫中多留了两日，与母亲选择孩子诞生时要送的生色帕袱绣纹花样，并兴致勃勃地准备亲自为秋和绣花。

“如果你为我生个小妹妹，将来我就亲自给她做花裙子穿。”公主笑对秋和说。

结果被苗贤妃的纨扇拍了一下。“胡说！董娘子要给你生的是小弟弟。”苗娘子道，转顾秋和，又颇感慨地，说了句语重心长的话，“妹妹，你若能生个皇子，那就一步登天了……”

秋和只是淡笑低首，并不接话。

我随公主出宫之前，又去看了看秋和，正好遇见今上自她阁中出来，嘴角含笑，满面春风。进去一看，厅中遍陈金玉器物，丝帛绸缎，真是琳琅满目。

而秋和，却隐于纱幕之后，暗自拭泪。

我小心翼翼地问她为何不乐，她勉强对我笑笑，道：“怀吉，祝福我好么？请上天让我生个皇子。”

我当即颔首：“当然，我会为你祈福。”

“我……很害怕。”她恻然垂目，低声对我说出她的忧虑，“我怕令官家失望……他现在这么开心，但如果我生的不是男孩，将来他一定会很伤心吧……”

虽然无法说出多少宽慰她的话，但我可以想象到她的感受。几名太医都表示，从脉象上看，秋和很可能怀的是男胎，众宫眷也都说她有宜男相，今上更是几乎已认定她会生儿子，每次下令都是让人为“皇子”的诞生做准备，既像是说给大臣听，也像是说给自己听。只是，若天不遂人愿，如今有多期待，将来就有多失望了。身为嫔御，秋和也算是个异类，不喜欢争宠和追逐名利地位，别的娘子担心不能生下皇子多半是为自己前程考虑，而她则只是单纯地害怕令她的丈夫伤心，尽管她对他的感情也许不能称之为爱情。

所以，当一月后，宫中又传出安定郡君周氏有娠的喜讯时，我想秋和应该会感觉到轻松一些。当我再见到她时，她的确气色大好，笑容比初时明快了许多。

两位娘子先后有喜，生下皇子的可能性大增，今上越发高兴，连续在宫中设了几次御筵，大臣命妇、宗室宫眷也都相继入宫道贺。

一次内宴后，帝后留下公主与国舅夫人，在内殿叙谈。因在场的都是相熟的亲眷，话题也不甚拘谨，俞充仪遂笑问公主：“公主下降已逾一年，不知何时才让官家喜上加喜，抱个外孙？”

公主不怿，蹙眉不语，俞充仪还道她是害羞，便依然带笑转而对国舅夫人道：“听说城外玉仙观的送子圣母甚是灵验，何不让都尉带公主前去进香求嗣？说不准明年这时候国舅夫人就能抱着孙子入宫来了。”

适才听俞充仪对公主那样说，杨夫人面色本就十分难看，此时再闻此言，立时露出一丝冷笑，回俞充仪道：“哪里的送子娘娘这么灵验，可以让手指头都没碰过的夫妻生出孩子来？”

这话一出，满座宫眷愕然相顾，俞充仪也愣住，没再开口。

杨夫人心病一被勾起，便忍不住说了下去：“抱孙子入宫？我倒也想，但那孙子又不是驸马一人能生出来的。夫妻卧房相隔三千里，能生出孩子倒怪了！那送子娘娘再灵验，人家根本不愿意生，又有什么用……”

苗贤妃见势不妙，忙出言岔开这话题：“人家国舅夫人早就有孙子了。前几日驸马的大嫂还带她家几个哥儿入宫来着，我看那大哥也有十几岁了，不知可补了什么官？”

这成功地转移了杨夫人的注意力，她迅速把重点转为替长孙求官：“前几日我还在跟大嫂说呢，没事少带孩子出来，那孩子十好几岁的人了，出门难免要遇见些贵人，总是白身布衣的也不像话，说是皇亲国戚，岂不给官家丢脸……”

这日的聚会以今上答应为驸马的长兄李璋之子加官告终，随后国舅夫人先回公主宅，皇后留下公主，召入柔仪殿内室，并让苗贤妃、俞充仪同往，大概要细问公主闺闱之事。

这一年来，皇后与苗贤妃并非没问过公主夫妻间之事，但公主一味沉默不答，再问梁都监，他亦推辞说不便过问此事，建议她们问韩氏，而韩氏一心袒护公主，素日也看不惯李玮朴陋之状，故也未曾告知她们真相，只是支支吾吾地说一切都好，将这问题搪塞过去。

因此，如今杨夫人透露的讯息在她们意料之外，召公主入内室密谈，明显是要对她加以劝导。

我随公主同往柔仪殿，但未入内室，只立于厅中等待。隔得远了，几位后妃在说什么我并不能听清楚，但觉她们细语不断，想来应是在轮番劝公主接受驸马。

就这样等了半个多时辰。起初公主一言不发，后来终于开口说话时，是用一种提高了音调的、愤慨的声音：“不，你们又不是我，怎么可能理解我的心情？爹爹就算不是皇帝，也是个温雅俊秀的文士，所以你们根本无法想象我面对一个平庸鄙陋的丈夫时的心情……他什么都没有，只有满身铜臭，拿着爹爹赐的钱任意挥霍，结交轻佻浮浅的狐朋狗友，想附庸风雅而又不得要领，上次想买书画献给爹爹和孃孃，却买了一堆赝品回来，最后呈上来的徐崇嗣和郭熙的画作，还是怀吉去寻来的……如果你们的夫君是这样一个人，你们也可以做到心无芥蒂地与他共处一室么？”

见她如此激动，我略感惊讶，不由得朝内室方向移了几步。

此后是一阵沉默，三位后妃都没再说话。公主稍微平静了些，继续说，语气不似先前那么咄咄逼人，但声音仍很清晰：“爹爹把我嫁给他，是要光耀章懿太后门楣，那么我一进他家门，这个目的便达到了，李家又多了一层皇亲身份，李玮也可以一辈子顶着驸马都尉的头衔安享尊荣。我不是男子，不必承担延续宗室血脉的责任，而我也不限制李玮纳妾，他想有多少女人，生多少孩子都可以，他的后嗣也不会因我而绝。将来如果他的姬妾生下孩子，我也能做到视若己出，请爹爹为他们加官晋爵……这还不够么？你们为何一定要我与他……”

苗贤妃压低声音，又殷殷切切地跟她说了些什么，公主仍不接纳，只如此应答：“你是说幸福么，姐姐？我们是不一样的。你们的幸福，或许是获夫君眷顾，能多与他相处，而我现在所能祈求的幸福，就只能是那个讨厌的人离我远一点，让我可以平静地生活了。”

公主以斩钉截铁的这几句话结束了这日密谈，此后几位后妃又劝过她几次，皆无功而返。今上也颇感忧虑，召梁都监与韩氏询问过，却也无计可施，只好让梁都监向驸马转达他的意思：公主尚须开导，驸马务必耐心等待，切勿触怒公主。

另外，今上同时也表明：驸马可以纳妾。

杨夫人听闻这消息，立即又开始张罗着要为驸马纳妾，并高调宣称这是奉旨行事，不料李玮并不配合，对母亲寻来的美女，他一味推却，连看的兴趣都没有。

杨夫人不悦，不免又骂骂咧咧，对公主有诸多意见。韩氏听得生气，经公主同意，便请梁都监去劝驸马早日纳妾。梁都监亦去了，不久后带来的仍是驸马拒绝的消息：“我劝了他许久，他只是低头不语，最后只说了一句：‘如果我纳妾，那我与公主，永远都只能是这样了吧？’”

【叁】生香

嘉祐四年的夏天来得早，才入四月已很炎热，穿着轻罗衣衫行动几步都会透出薄薄一层汗来。

公主晚间常去庭中纳凉，这日又命人移了碧纱橱立在荼蘼架旁，中陈藤编轻榻，榻上铺设小山屏、水纹绿簟和定窑白瓷孩儿枕，然后自己取下冠子，松松绾了个小盘髻，以一支碧玉簪绾住，躺在轻榻上与侍女闲聊。觉得无趣，又唤小黄门取来双陆[1]棋盘，移至榻前，让侍女在对面坐了，自己依旧侧躺着，轻摇纨

① 双陆：古代博弈游戏，棋盘长方形，盘面上刻线，从左到右分出十二道格，黑黄或黑白棋子各十五枚，棋子也叫“马”，尖顶平底，形状类似捣衣杵，高约四五厘米。骰子两只，游戏者二人，掷骰行棋，各自从己方的内格出发，先将己方棋子全部走入对方内格者获胜。

扇，与侍女对弈。

在博弈类游戏中，这是她最擅长的一种，她有一搭没一搭地摇着扇子，下得漫不经心，而对手已接连败下阵来，溃不成军。

在笑靥儿和韵果儿相继告负后，坐在公主对面的人换成了嘉庆子。她的技艺原本也不错，但应对之下还是显得较为吃力，思考的时间也越来越长，而公主始终保持着轻松闲适状态，下完一步，便往往会悠然侧身躺回去，好整以暇地卧看银河繁星，而头上碧玉簪则随着她转侧的动作，不时轻磕白瓷枕，发出一滴滴清脆响声。

终于嘉庆子招架不住，向我投来求援的目光，轻声唤我："梁先生……"

我对她笑笑，继续以银匙剔亮沉香屑宫烛上的焰火，加上镂花琉璃罩，然后走到她身后看了看，再拈起她面前的一枚黑色马子，选择一个方向，按刚才她骰子掷出的点数，代她走了一步。

这未引起公主特别警惕，她仍不经意地应对着，与我往来两三回，才渐渐觉出形势有变。她放弃了适才悠闲的卧姿，坐起来细看棋局，又行了两步，见难以挽回起初的优势，才不满地埋怨："观棋不语真君子。"

嘉庆子顿时笑出声来："公主既不愿意梁先生指点我下棋，刚才为何不说？"

公主瞪她一眼，道："死丫头，你道我怕他么？"

"嗯，不怕不怕，公主自然什么都不怕！"嘉庆子笑着站起来，拉我坐下，"这棋就换先生下吧。可不许故意让着谁，我们姐妹三人要一雪前耻，就全靠先生了。"

我笑而不语，见公主有不悦状，遂建议道："这棋你们刚才也下得差不多了，就算平局吧，我们另开一局。"

公主顺势把棋盘一抹，再道："既是你来下，我们须先定个彩头。"

我微笑问："那公主想要什么彩头呢？"

"你输了，就画一幅山水图卷给我。"公主说，很严肃地，继续把话说完，"我输了，我就允许你画一幅山水图卷给我。"

我不禁又笑："原来公主想换枕屏上的画。"

她现在的轻榻床头立着一个用来挡风的小枕屏，上面的山水画，原是我一幅画作《烟水远峦图》，她看见后问我要了去，不想却是拿去裁剪装裱成了枕边画屏，从此后她再问我要画我一概拒绝，如今她列出这霸王条款，必是觉得枕屏上的画该换了。

嘉庆子听了亦掩口笑："梁先生的画送去秘阁珍藏都够格了，拿来做屏风，确实是浪费。”

“你懂什么？送秘阁的就很稀罕么？”公主立即反驳，“也不看看，每年送入秘阁的书画有多少，而能被我选来做屏风的才几幅！”

十多年的朝夕相处已让我深刻意识到，跟这个小姑娘永远是没道理可讲的。经过一番讨价还价，最后我提出，如果我输了，就画一幅山水图给她，但如果输的人是她，她就要把小山屏还给我。

她勉强答应，百般不情愿地，好像已经吃了个大亏。

随后的双陆棋局她全力以赴，我也凝神应对，于紧密防守中暗蕴攻势，没有给她太多机会。一炷香后，我的棋子已有大半走入对方内格，获胜在望。

她开始坐立不安，时而转顾花架，时而仰首望天，但每次目光都还是会被我敲击棋子的声音引回棋盘，她不自觉地嘟着嘴，眉头也皱了起来。

在我下出关键的一着后，她冥思苦想仍寻不到化解之法，眼看就要输掉这一局。这时笑靥儿抱了只小猫过来，含笑在我们身边观战，公主看着那只小猫，眸光一亮，然后笑吟吟地对我道：“怀吉，今天的织女星怎么不见了呢？”

我随即举目去看，在发现星相并无异状的同时也明白了她的目的，而眼角余光也扫到她正指着棋盘，在拼命地给笑靥儿使眼色。

笑靥儿会意，手一松，把怀中小猫抛到了棋盘上。小猫扑腾两下，棋盘中双色马子四散，东倒西歪，完全看不出原先的阵势。

“哎呀，这该死的猫儿！”公主一边作势轻拍小猫，一边瞄着那被搅乱的棋局，得意地窃笑。

“真可惜，好好一局棋却不能下完。”她故意叹息。

我亦在心底笑，倒未形之于色。“哦，无妨。”我告诉她，“臣记得刚才的布局，将棋子一一摆回便是。”

于是，在她目瞪口呆地注视下，我逐一提子，不疾不徐地将双色马子都摆回了被搅乱之前的位置。

她苦无良策，只好耍赖。伸手把我刚才摆的一枚马子移到另一处：“这枚明明是在这里的……”

我摆首，又去移过来：“是在这里，臣不会欺瞒公主。”

“不对不对！”她摁住我的手，硬生生夺回马子，搁在她希望的位置。

我一时兴起，也跟她争夺，她尖叫着笑起来，索性伸出双手去棋盘上乱抓一气，我欲制止她，但这一伸手，却引出了个暧昧的结果——我握住了棋盘上她的手。

她的手指纤长细白，指甲有桃花的色泽，那温柔的触感令我心微微一颤，不由得抬眼去看她。

彼时她穿着红底牡丹纹绫抹胸长裙，外披一件名唤“轻容”的绛色无花薄纱褙子，是江南轻庸纱制成，轻如烟雾，肩颈手臂的轮廓也可清晰地从中透出。褙子未系带，她两襟微敞，露出锁骨周围的一片肌肤，光洁无瑕，宛若凝脂。

我的目光不敢在此多作流连，继续向上飘去，探向她眉眼盈盈处。

而她唇角衔笑，也在凝视我，四目相触，我看见沉香宫烛的灯花在她眸中绽出一朵绚丽光焰，然后，她的两颊竟悄然泛出了一层霞光般的红晕，像是灯花的温度在蔓延。

“哦，都说了，应该是这样的。”她先摆脱这短暂一刻的两厢失神，推开我的手，按她的意图去摆棋子。

炉烟轻袅，画屏微凉，我直身坐好，不再争辩，看她引袖回眸，看她语笑嫣然，暗品这红颜袖底香，俯首甘领她给我种下的蛊。

神思飘浮，如在梦中，直到听见侍女们一声仓促的呼唤：“都尉！”

我讶然回首，见李玮手握一卷轴，沉默地立于花墙门边。

【肆】皇女

我起立，朝李玮欠身施礼，李玮对此并无反应，目光越过我看向公主。而公主笑容早已敛去，微蹙着眉头漠然视他，很明显地暗示他的来临不受欢迎。

“有事么？”公主问他，语气冷淡。

李玮垂下眼帘，我注意到他握卷轴的手在微微收紧，但他终于还是没说出与此有关的话，最后这样回答公主的问题：“没有……我只是，路过这里……”

公主连面上敷衍的客气话也懒得说，直接下了逐客令：“既无事，就早些回去歇息吧。”

李玮并未即去，在原地僵立片刻，然后默默地对公主一揖道别，才转身离去。

见他身影消失，公主吁了口气，再看我时，又是笑逐颜开的模样：“来，来，我们继续下棋！”

李玮应是专程来找公主的，我想。

这一年来他研习书画略有所成，我也把他介绍给了崔白，他不时会去找崔白请教绘画问题，偶尔京中画家雅集聚会，他也会去旁听——据崔白说，在这些聚会中李玮甚少说话，往往只是坐于一隅，静默地听众人高谈阔论——如今，他或许是买了一幅不错的书画，又或者，是自己画了一幅画，有意请公主指教，但公主拒人于千里之外的态度令他把这初衷生生泯去了。

这让我对他颇有歉意，尤其是想到当他看到我握着公主的手时，不知是何心情。

翌日我去找他，当时他正独处于书房中，我叩门入内，见他坐在书案边，瞥了我一眼，又移开视线，仍一言不发。

本欲对昨日与公主对弈之事稍加解释，但话到嘴边，却又犹豫了。斟酌再三，我还是按下没提，只问他："昨晚我见都尉手中有一卷轴，可是新近购得的书画名作么？不知可否送去请公主共赏？"

他淡淡应以二字："不是。"然后又是一阵沉默。

我移目四顾，发现前夜他所携的那卷轴此刻正搁于他的书案上，遂走过去，轻轻取过欲展开。

他对我一直以来也颇尊重，常问我一些书画问题，甚至偶尔会给我看他的作品，请我提一点意见，所以我取他的卷轴来看，这一举动做得较为自然，我亦未自觉有不妥之处。

但刚展开少许，那画即被他一把夺过。他两手一扯，画应声撕裂，他继续激烈地撕扯数下，将画完全毁坏，再连画带轴，一并投入了纸篓中。

从这过程中可以窥见的零碎画面上看，这原是一幅墨竹图。墨竹是公主常画的题材，而李玮撕毁的这幅墨迹尚新，应是他自己新近的作品。

李玮脸已涨红，微微喘着气，向我流露了他少见的怒意，然而他还是没有直接向我宣泄他的不满，甚至始终把目光转向别处，不曾与我对视。

我不是个会说话的人，一时也难以找到可以令他平息怒火的言辞，只好安静地垂目而立，却无意中发现纸篓中除了他刚才所毁的画，还有许多废纸，上面所画的，也都是形态各异的墨竹。

他应是反复画了许久，才挑出一幅稍微满意些的，昨夜特意送去，想请公主过目的吧。

我越发怅惘，只觉事态发展非我所能预料和掌控，处于其间，真是进退两难。

此后那短暂的一瞬显得很漫长，我与李玮都没再出声，各处一方，保持着静止的姿势，看窗棂上的光影随着日头在云端隐没而明晦交替。

最后化解此间尴尬的，是禁中前来报讯的御药院内侍。在宅中侍者带领下，他一路疾步进来，对我们说："今日清晨，闻喜县君诞下一位公主。"

所有人都知道今上必然是失望的，但他却尽量未让这种失望表露出来。当公主与我入宫见到他时，他正亲自抱着九公主，带笑细看，目中爱怜无限。

“徽柔。”他热情地唤公主过来看他的小女儿，“你九妹妹跟你小时候真有几分相似呢。”

为生皇子而准备的那些礼仪程式也未因公主而改变。大宋皇帝有儿女出生，会赐大臣礼品银钱，称“包子”钱，而此次九公主诞生，今上宣布公主诞庆三日，赐予臣下的包子钱之丰厚远远超过以往，是以金银、犀角、象牙、玉石、琥珀、玳瑁、檀香等名贵质材制成，还铸金银为花果，宰相、词臣、台谏皆受此赐。

今上对秋和更是恩遇未衰，一日要去看她几次，频频表示对九公主的喜爱，然而秋和反倒是更难过了，常背着人落泪，以致我每次看到她时，她都是双目红肿的样子。

她的心情，今上也是可以感知的，甚至私下对公主说：“你常进宫来与秋和说说话，告诉她，爹爹和你都很喜欢这个妹妹。”

为了进一步证明他对这个新生女儿的重视，他甚至决定像生皇子时那样，大赦天下，疏决在京系囚，杂犯死罪以下递降一等，徒以下释之，以此恩泽为九公主祈福。

而且，去年得知秋和有孕后，今上已曾下令减降囚犯刑罚，这是再次施恩。知制诰刘敞虽非言官，却还是忍不住为此进言：“疏决在京系囚，虽恩出一时，但外界皆云因皇女诞生，故施此庆泽……一年中大赦两次，罪囚蒙恩，好人喑哑，前世明君贤臣，已详论过此举弊端，臣愿朝廷戒之。又闻多作名贵包子钱赐予臣下，臣谓无益之费，无名之赏，殆无甚于此，夸示奢丽，有违训俭之道。陛下当明审政令，深执恭俭，以答上天之贶，建无疆之基。不宜行姑息之恩，以损政体，出浮冗之费，以堕俭德。”

刘敞的谏言并未改变今上的决定，不过一月后，当安定郡君生下十公主时，今上没有再施同样的恩泽。

当然对秋和本人，他更未忘记封赏。近年来他欲广皇嗣，精选了十名年轻女子充实后宫，称为“十阁”，秋和、安定郡君和清河郡君皆在其中。十阁各备宫人、内侍、提举官，用度供给都很优裕，但她们封号都只是郡君、县君，多年来未曾迁升。

一日苗贤妃与公主去看望秋和，彼时十阁中好几位娘子也在，待今上进来，苗娘子问他可想好迁秋和什么名位，他微笑道：“适才已吩咐下去，让词臣写敕书，迁秋和为美人。”

秋和一听即挣扎着起身下拜，道：“妾出于微寒，获陛下眷顾，诞下公主，已是大幸。况陛下珍爱九公主，既予厚赐，又疏决系囚为她祈福，臣妾母女已蒙恩太过，若陛下再迁妾位分，使妾越次为美人，对妾而言，恐怕倒是折福之举。陛下美意，妾感激涕零，但万万不敢领受，伏望陛下收回成命。”

【伍】十阁

今上扶起秋和，道：“你在我身边多年，品低秩微，但一向恭谨淑慎有德行，何况如今又育有公主，迁升进秩，理所当然，不必推辞。”

秋和又道：“妾福薄，仅生一女，既未曾诞下皇嗣，又岂敢居功进秩？美人位居四品，品秩既高，当使有才德者任之。妾身处十阁之列，一切用度无有不足，实不敢再僭越跃升至此。”

今上想想，对她说：“你若觉陡然跃升至美人不妥，那我便先迁你为贵人如何？贵人位处内命妇[①]第五品，依次升迁，也不会惹人非议。”

秋和摆首，似还欲推辞，旁观的十阁娘子倒都一个个发话了，劝她接受升迁，其中彭城县君刘氏更半开玩笑地，把话说得很明白：“姐姐，我们姐妹服侍官家多年，却都还只是些没品阶的御侍，平日参加个内宴，都没正经位置。如今姐姐命好，先诞下公主，姐妹们都很高兴，指望着沾一些姐姐和小公主的光。姐姐高升了，我们好歹也能跟在后面讨个才人、贵人来做做。但姐姐若坚持推却，生了公主都不肯升迁，那我们这些没福的也只好随姐姐继续没名没位地混下去，也不知何年何月才有出头之日了。”

她说的确也是实情。后宫嫔御升迁，必须经中书同意，若生下公主的秋和未获进秩，其余娘子要想越过她高升必会被中书驳回。

秋和因此语意一滞，便未再固辞。于是今上将她迁为贵人，同时也为其父亲加官，封为内殿崇班。

安定郡君生下十公主后，今上也循例令其进秩，因她原来的封号比秋和高一阶，故依序封赏，迁她为美人。

---

① 大宋内命妇分五品：

一、贵妃，淑妃，德妃，贤妃；

二、大仪，贵仪，淑仪，淑容，顺仪，顺容，婉仪，婉容，昭仪，昭容，昭媛，修仪，修容，修媛，充仪，充容，充媛；

三、婕妤；

四、美人；

五、才人，贵人。

在九公主的满月内宴上，其余十阁娘子再提“沾光”升迁之事，今上摇头道：“国朝嫔御进秩，若非因儿女推恩，便须有贤行。如今你们自请迁官，既无典故，朝廷必不批准。”

彭城县君便笑道：“官家是皇帝、圣人，出口为敕，但凡有官家一句话，皇命一出，谁敢违背不从？”

今上亦笑，道：“你不信？好，姑且一试。”遂转顾身边的任守忠，“相公们还在中书么？”

任守忠躬身答道：“尚在中书议事。”

今上颔首，命道：“且取笔墨来，我写下词头，你遣人交给富相公。”

待内臣奉上笔墨，今上挥毫写好词头，让人送至中书门下。少顷，内侍回来，双手交还词头：“富相公说，十阁娘子中唯董贵人、周美人诞下公主，其余娘子迁拜无名，中书不敢领命降敕。”

十阁娘子面面相觑，今上大笑，道：“如何？这下该信了吧？”

苗贤妃亦笑对诸娘子说：“你们年轻，不知道个中关节。官家性情好，惯坏了朝中官儿，现如今他们一个个脾气大着呢，尤其是中书的相公们，从当年杜相公起，官家要迁个人，十有八九都会被他们驳回。”

彭城县君仍不死心，潋滟眼波朝今上身上一转，嗔道：“皇帝诏令未必总要经由中书发布施行吧？不是还有内降手诏一说么？若官家御笔亲书，为我等进官，待到领月俸时，我们便拿着御宝去领，不也可行么？”

今上笑而叹息，正欲解释什么，却被公主止住。公主一壁朝他使眼色一壁微笑着故意劝他：“爹爹，朝中官员升迁还有岁月酬劳一说呢。刘娘子她们侍奉你这么多年，的确也该迁上一迁了。你便御笔亲书，为她们转官，让她们交付有司增禄，又有何妨？”

今上会意，顺势答应，让人取来笔墨彩笺，先问彭城县君：“刘娘子欲转何官？”

彭城县君喜不自禁，立即应道：“董姐姐只为贵人，妾也不敢僭居五品之上，官家迁妾为才人便是了。”

今上一笑，果真援笔写道：“以御侍彭城县君刘氏为才人。”

彭城县君忙笑而谢恩，欢欢喜喜地接过御宝，看了又看。其余未获进秩的十阁娘子随即一拥而上，都围着今上要御宝，今上也答应，一一写了给她们。只有清河郡君独处原位，并未随众讨手诏。

皇后见状，含笑问清河郡君：“张娘子何不请官家降御笔？”

清河郡君欠身道：“郡君俸禄，妾用之已有余，再多也是无用，又何必再请转官增禄？”

转眼即到宫人领月俸之时。那日公主去探望秋和，见天日清美，便邀她同往后苑赏花。今上散朝后也过来，与二女相对闲谈。须臾，忽见以彭城县君为首的年轻娘子们相继赶来，一个个手握御宝，蹙眉嘟嘴，都有不悦之色。

“官家。”彭城县君一扬手诏，向今上诉苦，“适才妾让人拿御宝给发俸禄的官儿看，要他给妾才人的月钱，不料他竟断然拒绝，说不是中书降敕，他不敢遵用，只能退回。”

其余娘子也叽叽喳喳地讲述各自遭遇，大体与彭城县君相同，都是出御笔乞增禄被拒。见今上并不惊讶恼火，彭城县君越发生气，半嗔半怒地一把将手诏撕为两半，且还掷于地上踩了两脚，愤愤道：“原来使不得！”

诸娘子纷纷效仿，也都各毁所得御笔，彩笺碎片撒了一地。

今上仍不愠不怒，哈哈大笑道：“我早说无故迁官朝廷不会答应，你们皆不信，非得如此才死心。这事还没完呢，你们且等着看，不出三日，必有言官会上疏论此事。”

果然如此。两日后，同知谏院范师道上疏说：“窃闻诸阁女御以周、董育公主，御宝白制，并为才人，不自中书出诰，而掖庭觊觎迁拜者甚多。周、董之迁可矣，女御何名而迁乎？才人品秩既高，古有定员，唐制止七人而已，祖宗朝宫闱给侍不过二三百，居五品之列者无几。若使诸阁皆迁，则不复更有员数矣，外人不能详知，止谓陛下于宠幸太过，恩泽不节尔。夫妇人女子与小人之性同，宠幸太过，则渎慢之心生，恩泽不节，则无厌之怨起，御之不可不以其道也。且用度太烦，需索太广，一才人之俸，月直中户百家之赋，岁时赐予不在焉。况诰命之出，不自有司，岂盛时之事也耶……”

“宠幸太过，则渎慢之心生，恩泽不节，则无厌之怨起”，这句话看来是隐有所指的，而彭城县君的表现也引起了御史台的特别关注。不久后，御史中丞韩绛查出彭城县君曾通宫外请谒之人为奸，密告今上，今上遂严查十阁宫人，选出其他不谨、骄恣者，与彭城县君一起逐出宫，贬为女道士，或勒令她们削发为尼。而清河郡君，在经皇后提议，中书赞同后，今上将她迁为才人。

这起事件也让后宫中人再次见识到了台谏的威力，苗贤妃在感叹一番十阁宫人的遭遇后暗地里告诫公主：“这台谏是官家的第二双眼睛，说句大不敬的话，有时简直像是他的爹，揪出错处了，他们就抓住不放，一定要他按他们的意思去处理。他们管得又挺宽，国事和皇帝家事都要插手指点，所以，他们也会是悬在你头上的剑，你出居在外须事事小心，别落得他们有话说，别让那把剑坠下来。”

【陆】上元

每年年关前后总是最忙碌的时候，我要负责公主宅礼品的收取选送以及大内禁中、宗室戚里之间的往来应酬事务，直要忙到上元节后。嘉祐五年正月十八日，诸事礼毕，公主亦自禁中归来，我才抽出一天时间，前去拜访崔白等京中故友。

晚上回到宅中，照例去公主处问安，却见她房门紧闭，虽有灯光，但里面寂静无声。

我轻叩几下门，听见嘉庆子的声音自内传出："公主已安歇了，有事明日再来禀报。"

此时晚膳刚过，照理说公主不会这么早睡，我便在门外应了一声："是我。"

门倏地开了，出现在我面前的是嘉庆子，而房中并不见公主身影。

嘉庆子请我进去，关上门才低声说："公主一直想出门去街上观灯，今日天黑后换上我的衣裳，戴上帷帽，让张承照悄悄带她出去了。"

我蹙了蹙眉，但倒未感太意外。每年从正旦到上元，彻晓华灯照凤城，京师游人如织，最是一派升平景象。公主多年来一直想亲自去御街感受这灯市盛况，如今虽出居宫外，但有梁都监监督，她并不能随性而为，擅离公主宅。她求过梁都监多次，总被他以宫规不允驳回，她亦曾求我私下带她去，我同样不答应，因此，她一定是见我今日不在宅中，才借机易装，让张承照带她出门。

"她去哪里观灯？"我问嘉庆子。

她倒也不隐瞒，答道："张承照跟她说东华门外景明坊有一家叫白矾楼的酒楼，里面的饮食果子味道最好，楼有好几层，在楼上观灯也方便。公主今日未进晚膳，此时多半会去那里。"

我谢过她，立即出门，跃马扬鞭，朝景明坊赶去。

白矾楼是东京最著名的酒楼，珠帘绣额，灯烛晃耀，无论风雨寒暑，白昼通夜，向来是都中贵人常去的燕集之所。到达之后，我勒马上楼，遍寻三层皆不见公主。无奈之下我走到最高层的露台处，凭栏远眺。

今日是上元张灯的最后一天，大道两侧灯火愈盛，有寻常的罗绡纱灯，有画着山水人物、花竹翎毛的五色琉璃灯，有如清冰玉壶一般的福州白玉灯，更有高达数丈，用机关活动的山棚彩灯。诸商家各出新意，竞相张挂陈列于楼前，而街上玉树明金，车水马龙，亦不乏前来观灯的贵家仕女，朱轮画毂，雕鞍玉勒，车中帘帷垂香囊，马前侍儿提香球，车驰过，香烟如云，数里不绝。

越过这五夜香尘，我望向西南方宣德楼前彩灯下的大乐场。那里编棘为垣，中间有艺人演百戏，场外游人围观，包括不少自宝马香车中走出的仕女。

此刻在场内表演的是两位壮实的女子相扑士，如相扑的男子那样，她们穿着短袖衫子，袒露出大片胸脯，在围观者的喝彩声中踢、捽、扛、抵，相互缠斗。少顷，胜负已分，胜者绕场一圈以谢观众，观众也纷纷取出财物赏给她。很快地，获胜的相扑士双手已捧满了赏钱头面，正欲走回场中，忽又有女子出列唤住她。

出声的女子随即跟上几步，先搁了一串钱在相扑士怀中，然后又拿了一支火杨梅①，巧笑盈盈地插在她的发髻之上。

那女子戴着帏帽，帽檐垂着长长的白纱，在高楼上望去也相当醒目。我定睛一看，辨出她穿的正是嘉庆子的衣裙，于是当即转身下楼，又再乘马朝她所处之地驰去。

相扑之后，大乐场内开始燃放烟花焰火，一簇簇火树银花在夜空中绽开，千百点火星花瓣旋即如雨飘落。公主将帽前面纱掀于脑后，仰首感受周遭玉壶光转，待我驰至她身边，她似有感应一般悠悠侧首，不惊不恼，于这陆离光影中含笑看我："怀吉，你来了。"

我上前欠身行礼，因顾忌周围行人，亦不好开口唤她，只轻轻引她离开人群，再瞪了瞪紧跟过来的张承照。

张承照很有眼色，不待我出言责备已朝我长揖："正主儿来了，小的功成身退，这就告辞。"

语罢，一溜烟地跑了。

我亦懒得管他，低声对公主道："我们回去吧，再晚，被梁都监发现就不好了。"

公主恍若未闻，但笑道："怀吉，我饿了。"

我告诉她："宅中备有佳肴若干。"

"我想尝尝白矾楼的饮食果子。"

"我们先回去，稍后我遣人来买。"

"我还想继续观灯。"

"宅中亦有许多花灯。"

"可是我想坐在白矾楼上，一边吃那里的饮食果子一边看楼下的灯火。"

我无语。

---

① 火杨梅：以熟枣捣炭丸为弹，再一颗颗串在铁枝上点着火，形状颜色若杨梅，都人插于头上为饰。

她又叹了叹气："如果现在跟你回去，不知何年才能再见到这里的人间烟火。"

她那黯然神伤的样子又让我心软下来，决定再纵容她一次。

我牵回她脑后的面纱，蔽住她容颜，然后带她朝白矾楼走去。

走到楼前，将要进门时，她却放缓了步履，频频回顾。我回首看她瞩目之处，见街边蹲着一个卖闹蛾、雪柳、玉梅、菩提叶、灯球①等上元头面的小女孩。这些饰物插在一个草扎杆子上，被那小女孩有气无力地搭在肩上，而那孩子衣着单薄，脸上和手上满是冻裂的红痕，像是疲惫不堪、饥寒交迫的样子，目光呆滞，在夜风中微微发颤。

"她似乎很冷，为什么不回家？"公主问我。

我回答说："因为她的东西没卖完吧。"

那女孩的饰物品种虽多，但用料不好，做工也不够精致，在周围卖同类商品的小贩中并无优势，估计一时半刻是不可能卖完的。

听了我这话，公主径直朝那女孩走去，问她："把你这些东西全卖给我吧，要多少钱？"

那小姑娘双眼圆瞪，难以置信地看着公主，好一会儿才结结巴巴地报了个价。

公主立即朝我伸出手："怀吉，拿钱来。"

我微笑着取出盛钱的锦囊，倒出银钱，准备如数付给那女孩，而公主不待我数完，已连钱带锦囊夺手抢过，一把塞给小姑娘，笑道："都给你了，快回家吧。"

那小姑娘喜不自禁，站起来朝公主福了又福，不住道谢。公主温和地对她笑，见她头上绾了双髻，却无丝毫饰物，便反手拔下自己发髻后插着的龙纹玉掌梳，亲手插在小姑娘的头上。

那姑娘感激之情无以言表，呆立了半晌后，含泪把整个插满饰品的杆子都递给我。

我笑道："不必给我了，你仍旧带回去吧。"

---

① 闹蛾：以丝绸或乌金纸剪成蝴蝶、草虫等形状的头花首饰。

玉梅：假花首饰，通常以绢、纸制作。

雪柳：捻金线制成的丝缕状饰物。

菩提叶：以绢、纸剪成菩提叶形的首饰。

灯球：也称灯球灯笼，大如枣栗，如珠茸之状。

以上，包括前文的火杨梅，皆宋代上元节游人士女簇戴在冠子上的饰品。

她却不答应，坚持把杆子推到我怀里，又再三谢过公主，才徐徐退去。

而现在，我瞧着手中的杆子，倒甚是犯愁，笑对公主说："如果我拿着这一堆东西，酒楼的侍者必不会让我进去。"

公主笑着从杆子上选了几样饰物，一簇簇插在我的幞头上，然后摘下自己的帷帽，让我挑了几簇闹蛾雪柳插在她的发髻上，但还是剩下很多。公主盯着看了一会儿，又摘下一些，见有仕女经过便过去送给她们，那些女子虽感惊讶，但最后都含笑收下，未过许久，所有饰物便这样散发干净了。

"好了。"公主取过那光秃秃的杆子，往街角一推，拍拍手道，"我们可以进去了。"

我又想起了另一件事，便未移步，只问她："去哪里？"

她诧异地看我，一定觉得我未免太过健忘："白矾楼呀。"

"嗯，可是现在有个问题。"我提醒她，"你还有钱么？"

"啊？"她愕然答道，"刚才我把所有的钱都给相扑士了……"

"你呢？"她反问我。

我朝她挑挑眉，亮出两袖清风："我的钱，不是被你抢光了么？"

她赧然低首，须臾，又抬眼看我，满怀希望地问："除了钱，酒楼还收不收别的东西？我还有首饰。"

"还是回去吧。"我拉她朝外走，"人家不开当铺。"

她无奈，只好跟我走，但一步一回头地看身后白矾楼，依依不舍的模样。

但尚未走到车马停泊之处，便闻有人唤我们："前面的郎君、小娘子，请稍稍留步。"

我们止步回顾，见追过来的是一位侍女装扮的姑娘。她疾步走至我们面前，敛衽为礼，然后道："我家夫人在白矾楼上看见二位善举，很是敬佩，有意请二位上楼饮茶，不知郎君与小娘子可否赏脸？"

我尚在犹豫，公主已对她笑开："如此，多谢了。烦请姑娘带我们上去。"

那侍女带我们直上二楼，引入一个整洁雅致的房间，其中所陈，从家具到杯盏皆一品器物，而房间分两重，各设桌椅，中间有珠帘隔开，一位年轻的夫人坐于里间，见我们入内，便起身，很礼貌地朝我们施礼。

适才听那侍女态度恭谨地称她为夫人，且她又处于这白矾楼的上品雅座中，我原本猜这夫人应是位中年以上的贵妇，却没想到她如此年轻，看上去不过二十出头，跟公主年龄相仿。

虽隔着珠帘，但仍可窥见她的容颜。她脸形稍圆，肌肤微丰，双目是漂亮的杏眼，笑起来又呈月牙状，观之可亲。她穿着一身柳色大袖衣，颜色素净，很衬她白皙的肤色。衣裳色彩并不张扬，而衣料上乘，应是蜀锦，衣缘领抹上绣的四合如意纹非常精致，头上铺翠冠子后插的是白角犀梳，由此可见她身份不凡，必是出自官宦之家。

我与公主亦向她施礼，她随即请我们在帘外坐下，客气地问候几句，然后又问我们想点什么菜，公主说只想品尝一些应季的饮食果子，于是夫人低声嘱咐侍女。侍女出去传话，少顷，有人进来布菜，一碟碟地呈上橄榄、绿橘、永嘉柑、花羞栗子、干缕木瓜、菖蒲咸酸等果子，以及绿豆粉制成的蝌蚪羹、糯米做的圆子盐豉及杂肉盐豉汤，果然都是应季的上元节饮食。

这些饮食的做法与宫中之物略有不同，公主也未多推辞，与我净手之后坐下来，很高兴地准备品尝。我便像多年以来习惯的那样，先以手背触碗沿，为她试羹汤温度，觉得烫了，便取过一柄扇子扇风降温，然后又盛出少许试过咸淡，未感不妥，才将原来的碗送至她面前。待公主略尝了一两个圆子，饮完一碗蝌蚪羹，我又随手剥了个绿橘，以匙点了点桌上吴盐，在橘瓤上抹匀了，再递给公主。

那夫人一直在帘内旁观，这时候忍不住叹息，对公主道："这位姐姐，你的夫君对你真是体贴入微呢。"

我在公主宅平居之时未必总穿公服，今日所着的也是件寻常的文士白襕，故她看不出我内臣身份，以为我是公主夫君，才有此感慨。

我大窘，又不好解释，只得低头不语。而公主也不像是急于分辩，反倒笑笑地应道："他一向如此……姐姐的夫君对姐姐一定也是这样的吧？"

"他？"那夫人嗤之以鼻，颇带怨气地道，"若他对我有这一半好，我也不会一个人孤零零地在这里独坐了。"

"姐姐是独自出来的？"公主讶异道，"我还以为，你是在这里等夫君过来一同饮酒观灯。"

那夫人颦眉道："别提了。今日他惹我生气，我一怒之下冲出去，其实走出家门的速度又不快，他居然都没有追上来……所以我索性上了车来这里，派了个人去给一位闺中姐妹传信，请她过来跟我说说话，但等了许久她都未到，幸而遇见姐姐，不然我关在这房间里，闷都要闷死了。"

【柒】阿荻

这夫人暗咬银牙，轻嗔薄怒，提起丈夫时，是十分幽怨的样子，却看得公主笑起来："姐姐一定很喜欢你的夫君。"

夫人“哼”了一声：“喜欢什么呀！当初年幼无知，爹娘说他好，就糊里糊涂地嫁过去了，现在想起来，真是后悔。”

“那你嫁之前见过他没有？”公主问。

夫人颔首，垂目想了想，忽然有一抹羞涩笑意微微绽现，但她很快抿了抿唇，掩饰过去。

公主旋即笑道：“姐姐的夫君一定容貌俊美，学问也不错。”着意打量了一下夫人装扮，她又作论断，“官在四品以上。”

夫人奇道：“姐姐如何……”话音未落，已觉不妥，赧然咽下那显而易见的“知道”二字。

公主便告诉她：“姐姐提起做女儿时见到他的情景面露喜色，自然是他的容貌令你满意。如今举世推崇读书人，如果他学问不好，你爹娘多半不会觉得他好，也就不会一定要你嫁给他。而姐姐虽然装扮素雅，但周身所用无一不是精品，请恕妹妹无礼直言，若姐夫是位新晋的绿衣郎，恐怕俸禄不足以为姐姐买蜀锦白角梳。何况姐夫现居京城，必已外放还阙，应该是为官多年的了。而姐姐的侍女称姐姐为夫人，说明姐姐很可能已获诰封，故我大胆猜测，姐夫官阶应在四品以上。”

夫人讶然自帘内走出，牵起公主双手仔细端详，道：“你既懂这些，必非凡俗之人，一定是出自公卿之家吧？”

“这些事，在皇城住上几年，自然也就知道了。”公主浅笑，并不明着回答她的问题，拉夫人在身边坐下，又道，“姐姐周身气派，出身一定很好，且又觅得如意郎君，真是令人羡慕呢。”

那夫人却摆首，不满地说：“哪里如意了？若是如意，哪还会生这许多闲气？”

公主笑问：“能嫁给自己喜欢的人，还不如意么？”

夫人红着脸否认：“谁说我喜欢他了？”

公主笑意消散，怅然叹道：“若你不喜欢他，连看他一眼都是不愿意的，哪里还有心思跟他生闲气？”

这话听得那夫人怔怔地沉默片刻，然后侧首看看我，又对公主微笑了：“你说羡慕我？我还羡慕你呢！你夫君容止温雅，眉宇间有书卷气，将来一定也是位曳朱腰金的人物，而且……当他凝视你时，你留神看他的眼睛，那么专注，好似天地万物就只剩你一个了。”

她当着我面，如此直接地这样说，简直令我手足无措，无地自容。我尴尬地微微侧身坐好，脸转朝窗外，避开她与公主随后对我的探视。

此刻我头颈灼热，想必脸红到脖子根了，这让那夫人看得轻笑出声，又低低地跟公主说了些什么，公主亦不禁轻声笑，但很快止住，换了个话题：“今日观灯，姐姐怎不戴些闹蛾雪柳菩提叶？”

夫人道：“既跟家中某人置气，哪还有心情戴这些？”

公主笑道：“我看姐姐现在心情渐好，若不嫌弃我头上的花样儿粗陋，我便送一些给姐姐戴如何？”

夫人欣然接受，笑着道好。于是公主立即摘下头上的几簇闹蛾雪柳，逐一插在夫人的冠子上。夫人见她发髻上没了装饰的梳子，也慷慨地取下一把白角梳给她插上。两人互为对方装饰，笑语不断，看上去倒像是相识多年的闺中密友。

而这时，又闻楼下有犊车驶近。少顷，一名侍女上楼来禀报说：“张夫人到了。”

夫人立即起身，走至门边相迎。我猜那位张夫人应该就是这年轻夫人在等的姐妹，于是也与公主双双站起，静待她进来。

入内的夫人年纪要大许多，三十多岁光景，衣着素净，全身上下并无一点堪称珍宝的首饰，然而仪态端雅，柔和娴静，应该也是出自诗书世家。

她缓缓移步进来，还牵着一个约莫五六岁的小孩子。

房中的夫人一见她即上前施礼，称她“张姐姐”。而张夫人亦随之还礼，口中轻唤“若竹”，想来应是那年轻夫人的闺名。

此后若竹为我们略作介绍，说张夫人是她金兰姐妹，又对张夫人说公主是她新结识的朋友，我是公主夫君，但身份名字她既不知便也未多说。

我们两厢施礼。张夫人端详着公主，忽然微笑道：“这位小娘子甚是面善，倒像在哪里见过。”

我暗觉不妙。看这夫人容止气度和年龄，显然是可以常入宫参加宴集的命妇，即便不是能坐在宫眷近处的宰执夫人，但远远地见过公主也是极有可能的。

而公主倒并不慌张，浅笑着从容应道：“是么？许多人都这样说。我想，如果不是我的容貌与哪位贵夫人相似，便是我长了一张路人脸，因此大家见了都觉得以前见过。”

闻者皆笑，也就不深究这个问题，若竹遂请我们在厅中入座。

坐下后二位夫人仍在寒暄，公主的目光倒被那小孩子吸引了去，低声对我说：“这孩子真可爱，长得比仲明还好看。”

那垂髫小孩眉眼精致，眼神灵动，肤色粉粉嫩嫩的，有几绺头发混合着彩色丝带结了数条细细的小辫，跟其余散发垂至肩下，是女孩的发式，还抿着小嘴含笑看若竹，也是女孩的神态，但却穿着一身男孩的衣裤。

后来若竹也注意到这孩子，对张夫人道：“这孩子简直像玉琢的人儿，是姐姐家的么？”

“我倒也想要这么个孩子，可惜没这福分。”张夫人亦笑，又解释道，“这是知制诰庞澹学士的女儿阿荻。庞学士与你姐夫是多年的好友，我又与他家萧夫人自幼相识，今日他们携子女来我家中做客，我接到你的信后不便立即离开，因此迁延了一些时候。你姐夫与庞学士坐而论道，阿荻跑到他们身边听。你姐夫那人你是知道的，一见她穿了男孩子的衣服便觉碍眼，皱着眉头看，欲言又止的样子。我担心他又说出什么不中听的话，忙告了个罪，带上阿荻找了个借口出门，对她母亲说顺便带她看看花灯，一会儿再送回去，所以她跟着我来了。”

若竹抚抚阿荻的头发，笑对她说：“大人坐而论道你也感兴趣，能听懂么？”

阿荻低眉但笑不语，而张夫人则从旁应道：“你别小看她，她现在虽只五岁，但庞学士一向把她当男孩儿教导，四书五经已会背不少了呢。”

若竹越发好奇，又问阿荻：“那今日他们谈论的是什么？”

阿荻抬起头，瞬了瞬目，嘴角翘出个明亮笑容：“司马伯伯说，相扑的女子衣服穿得太少，羞，羞，不成体统，要请官家不许她们再在街上表演了。”

【捌】茫然

阿荻声音稚嫩柔软，意态天真地说出这句话，令公主与若竹都忍俊不禁地笑起来。

若竹随即道：“这种游戏，自然要穿得灵便些才好活动，难道要她们穿上大袖长袍，裹得严严实实地去摔摔打打么？”

公主亦笑道：“这是每年上元百戏表演都会有的节目，官家驾临宣德门观灯时都爱看，也没听说他觉得那些妇人衣着有何不妥。”

适才阿荻“司马伯伯”四字一出口，我便猜想这位先生可能是曾与我有一面之缘的司马光学士，因他贤名远播，世人皆知他品德高尚重礼法，听张夫人与阿荻的叙述，倒与他性情相符，何况在我印象中，如今在京官员里，姓司马的也只他一人。而这个猜测在张夫人随后的话语中也得到了证实。

“唉，就是因为官家未觉有何不妥，君实才有诸多意见。”张夫人无奈地笑笑。君实正是司马光的字。

张夫人又解释道：“他对庞学士说，宣德门乃国家之象魏，是用来悬示法令，体现国家尊严的。而上元观灯之时，上有天子之尊，下有万民之众，后妃侍旁，命妇纵观，让那些妇人半裸着在宣德门前游戏，怎能隆礼法、示四方？以后一定要上疏论列此事，请官家务必禁演这节目。”

公主不以为然：“我倒觉得这节目挺好，女子可以像男子一样竞技，不似以往，只能浓妆艳抹地摆弄丝竹管弦，或做歌姬舞女以娱人。这类活动，穿少一点无伤大雅，再说，在宣德门前百戏中袒露胳膊胸脯的男子多了，却为何女人们多露一寸肌肤都不行？”

若竹笑道：“幸亏你不认识我这姐夫，要当着他面说这话，不知他会怎样骂你呢。”

公主有不悦之色，还欲反驳，我立即暗扯她衣袖，制止她，公主也就没再多说，但问阿荻：“那你爹爹同意司马伯伯的意见么？”

阿荻摇摇头，微笑道：“司马伯伯要我爹爹跟他一起劝官家，我爹爹只是笑笑，没答应，然后司马伯伯不高兴，看见我，更生气……”

公主与若竹相顾莞尔，张夫人亦笑着叹息，移开了这话题：“咱们别管这书呆子了。若竹，还是说说你吧。怎么发了这么大的火，一个人跑到这里来？”

若竹迟疑着，没有立即回答。我想她大概是顾忌到我们，不好向姐妹述说家中事，遂轻声对公主说：“时辰不早，我们也该告辞了。”

公主“嗯”了一声，语气却是大不乐意的，也未立即站起来。若竹大概也看出公主对她的事大感兴趣，想了想，最后一拉公主的手，道：“姐姐别走。难得与姐姐如此投缘，我便把今日的委屈说与姐姐听吧。”又转顾我，道，“这位郎君也不妨听听，将来可别犯我那夫君的错误。”

命侍女撤去残羹，煮水点茶，若竹侧朝张夫人，开始讲述：“因我爹爹的关系，我夫君原是不便做京官的，也补外了几年，但最近官家却不顾我爹爹的反对，将他召了回来，让他进翰苑，做了学士。我觉得挺奇怪，回来问爹爹原因，他却不肯跟我说。直到昨天，我随母亲去外公家贺岁，与他家那一群姐姐妹妹、舅母表嫂闲聊，她们才告诉我说，欧阳内翰这两年兼知开封府，翰苑的事就管得少了，何况他去年又在忙着弹劾包拯，官家觉得翰苑缺人，于是就急着把我夫君召了回来。”

她说的欧阳修弹劾包拯之事去年闹得挺大，我亦有耳闻。起因是权御史中丞包拯率御史台官员相继弹劾三司使张方平，说他不称职，最后导致张方平被撤职。今上随后宣布由宋祁接任三司使，包拯又说不好，转而弹劾宋祁，逼今上让宋祁补外。于是今上倒乐了：你觉这人不行，那人不妥，不如就让你自己去做吧！大笔一挥，写下词头：以权御史中丞包拯为权三司使。

皇命既出，欧阳修大怒，立即上疏弹劾包拯，洋洋上千言，说包拯“天姿峭直，然素少学问”“蹊田夺牛，岂得无过”“言人之过似激讦，逐人之位似倾陷……今拯并逐二臣，自居其位，使将来奸佞者得以为说，而惑乱主听；今后言事者不为人信，而无以自明”……奏疏一上，包拯亦感不安，避于家中不受任命。但任欧阳修如何劝说，今上都不改成命，再三坚持，包拯才走马上任了。

国朝奉行避亲籍制度，一般来说，宰执重臣的亲属不能再身居要职，甚至不能同时做京官。包拯弹劾宋祁的理由之一就是其兄宋庠方执政，故他不可再任三司使。而听若竹言下之意，似乎她的父亲也是朝廷重臣，因此她的夫君不便做京官，遂补外几年。只是我最近较少打听翰苑之事，也不知哪位外郡官员最近被召回，做了内翰。

“原来姐姐的夫君是内翰，我果然没猜错！”公主得意地拊掌笑。

翰林学士官阶为正三品，公主此前对若竹夫君品阶的论断的确没错。

张夫人闻言笑：“她这夫君可了不得，及第十年便做了内翰的，国朝以来也没几人。”

“哦？”公主好奇地追问，“那他是……”

“他只是承蒙圣上加恩，捡了个便宜。”若竹轻描淡写地说，也不急于提及丈夫的姓名，继续说她家的事，“后来外公家的女眷们就在讨论欧阳内翰和包拯孰是孰非，大多都觉得包拯弹劾宋祁其实没错，除了应避宋庠执政之嫌外，宋祁也确实像包拯说的那样，喜欢游宴，奢侈过度，而三司使主管国家财政，是不应该由这样的人出任。然后，她们开始讲朝中流传的小宋的故事，其中一则颇有趣：小宋姬妾甚多，他知成都府时，有一天设宴于锦江边，酒喝了一半忽然觉得风太大，有点冷，便派人回家去取件半臂来给他穿。结果那家仆回到府中刚说了这事，那一群莺莺燕燕立即奔回房中，各自取了一件半臂塞给他。家仆全都送了去，小宋一看，傻眼了——共有十几件呢！他茫然看半天，觉得选谁的都不好，都会有厚此薄彼的感觉，于是竟不敢取来穿，最后强忍寒意而归。”

她说至这里，公主举袂掩口，开始暗笑，张夫人与我亦随之解颐。若竹见了，又道：“好笑吧？我也觉得挺有趣，所以今日回到家中，就跟某人说了这事。他听到小宋茫然看半臂时，也哈哈大笑，笑得可开心了。于是我讲完后就顺势问他：‘如果你的原配夫人和我姐姐都还在，我们三人各自给你做了一件冬衣，一起送给你，那你穿谁的？’这下，他顿时也‘茫然’了，想了半晌，才回答：‘我都穿上吧，反正今年冬天挺冷的。’我可不会让他这样蒙混过去，就追着问：‘那你先穿谁的？把谁的穿在最里面？’他支支吾吾地不肯说，我反复再问，他才嘀咕着说：‘总有个先来后到吧，按娶你们的顺序来……’”

张夫人笑问："你就是为这个生气？"

若竹蹙眉道："那时我听了是不大高兴，但这还不是最气人的呢……我不动声色地再问他：'如果我们三人分别待在自己房里，然后三个房间都着火了，那你先去救谁？'他望望天，又看看地，磨蹭许久才说：'你让我先救你王姐姐和若兰吧，她们身体都不好……我保证一救完她们就来救你。'"

公主再也忍不住，咯咯地笑出声来，张夫人含笑摆首："他也真是耿直，即便这样想，这最后一句，也不应直说呀。"

若竹咬牙切齿，恨恨地说："我倒吸一口凉气，好不容易压下怒火，继续好声好气地跟他说：'可是火很大，如果你不先来救我，我就要被烧死了呀。'结果，你们猜他怎样回答？"

我们皆笑而摇头，表示猜不着。于是她公布答案："他说：'不会的，你没病没痛的，跑得又快，估计屋子刚一冒烟你就已经跑出去了，都不用我救。'"

【玖】夫妻

她表情生动，绘声绘色地学着夫君当时那诚恳的神态说出这话，立时又让厅中爆发出一片笑声，连侍立在她身后的两名侍女都顾不上礼节，以袖掩口，笑得花枝乱颤。

若竹自己倒没笑，愤愤不平地又说："我当时气得差点想放火。后来转念一想，好啊，你不是说我跑得快么？那我就跑给你看！于是二话不说，拂袖而去。刚开始，本来以为他会追来，走得是很快，还在想，如果他跑来抓住我胳膊，我一定要重重地甩脱……过了一会儿没见他追来，我觉着挺奇怪的，就放慢了步伐，但还是没听见他的脚步声，就回头看了看，没想到根本没见他人影！哼，说不定他还以为快到进膳时间，我是去让人准备饭菜了吧。我顿时怒了，马上让人备车，就到这里来了。"

"嗯，妹夫确实不对。他年纪也不小了，怎么都不知道多让着你，哄着你一些，让你无端生这些闲气。"张夫人笑着叹道，又拉起若竹的手，轻拍着说，"不过，说真的，妹妹你也有不是之处。平白无故的，问他这种问题做什么？你想要他怎样答呀？说先救别人，你自然是不满意，但若他说先救你，而置故人于不顾，如此喜新厌旧，无情无义，你听了又会高兴么？"

若竹嘟嘴道："话虽如此说，但我就是想知道我在他心里是何地位嘛！"叹了口气，她又怅然说，"有时候，我真觉得自己生错了时候。要是早生十几年，在他尚未娶妻之前遇见他，然后嫁给他做原配夫人，两个人再举案齐眉地一起生活到现在，就像姐姐你和姐夫一样，毫无隔阂，无忧无虑，那不是什么事都没有了么？”

听到提及自己，张夫人的笑容倒淡了些去，推心置腹地对若竹说：“我与你姐夫也并不是如你所想的那样，毫无隔阂，无忧无虑……虽说他只有我一个妻子，一直以来也未纳妾，但我未曾为他生过一男半女。今年他都四十二岁了，我也再不年轻，所以也越发忧虑，总觉得愧对于他，倒恨不得他能尽快纳妾，让一个别的女子一起服侍他，为他延续血脉。”

若竹问：“那姐夫愿意纳妾么？”

“若愿意，我现在还会这么犯愁么？”张夫人苦笑道，“有一次，我都为他选好一位貌美的小娘子了。某日让这小娘子装扮停当，去君实书房里伺候。谁知她进去后君实看都不看她一眼，只是一心读书。那小娘子欲引起他注意，便随手取过一册书，出声问他：‘学士，这是什么书？’君实瞥了瞥书，然后对她一拱手，正色回答：‘这是《尚书》。’此后又继续看书，不再理她。那小娘子无奈，只得退出，告诉我此事。那时我想，也许是因为我在家中，君实有顾虑，所以不好亲近她。过了几天，我便借口去亲友家中赏花，早早地出了门。那小娘子靓妆华服地去书院给君实供茶，岂料君实见了她竟怫然不悦，斥她说：‘这下人！今日院君不在宅中，你出来到这里做什么？’”

若竹闻言笑，又劝慰张夫人道：“子嗣之事，既然姐夫都未有强求之意，姐姐又何必介怀？何况听说他已收族人之子为嗣了。姐夫不愿纳妾，足见对姐姐情深义重，真是令人艳羡。若我要为某人纳妾，他一定求之不得。前两日他陪我出去观灯，竟一味盯着灯影上长脖子的美人儿看，可见也是个好色之徒，将来我还不知道要因此受多少气呢！”

张夫人讶异道：“他看个灯影儿你也有意见？未免太多心了吧？他身为朝廷大臣，还肯陪妻室出门观灯，已经很不错了，你还有诸多怨言，岂非身在福中不知福么？”

公主听后问张夫人：“莫非司马学士从不陪夫人观灯？”

“可不是么！”一提此事，张夫人眉间也有了几分怨怼之色，“每次过大节，他都不会陪我出门游玩。有一年也是上元节，我想出去观灯，跟他说，他就问我：‘家中也点了灯，何必出去看？’我就解释说：‘我还想看看街上游人。’他听了便瞪我一眼，道：‘莫非我不是人，是鬼么？’”

这话刚一出口，众人又都随之笑开。张夫人再问若竹：“你瞧瞧，若可以任你选择，你是愿意重新挑一个像君实这样的呆木头，还是继续与妹夫过下去？”

若竹想想，虽是不语，但低头不住地笑，答案是显而易见的了。

张夫人又轻声叹息，道：“世上哪有一切都完美无缺的夫妻呢？有很多夫妇，在别人眼里看来都是很好的，举案齐眉，恩恩爱爱，和和美美，但个中隐情，也就只能是冷暖自知了。但是，难道仅仅因为婚姻中略有不足之处就不过下去了么？你就算是养一株芍药，也要耐心地每日照料，才能开出喜人的花呢。有些夫妻互存怨气，自觉与对方过不下去，可能就是缺乏这点浇水除虫的耐心……你那夫君，才华盖世，模样、性情又好，世间少有，因此令尊才会如此钟爱这个女婿，在你姐姐过世后又把你嫁给他。世间男女千千万万，能结为夫妻，是你们两人难得的缘分，自当珍惜才是。何况这两年来，他对你也可以说是悉心呵护，无微不至了，你还有何大不满呢？纵有些小事令你不快，也不妨多担待一些，大度一点也就过了。若经常为一言半语动气，时间长了，会大伤感情的。”

若竹垂首听着，也不反驳，良久后才开口，却不是说自己的事，而是笑指公主与我，道：“世上未必没有完美无缺的夫妻吧？我看他们就很好，眼中只有彼此，相处又那么融洽。”

公主听见，立即反对：“才不呢，我们也有问题——有时候我让他帮我做点小事他都不肯，还要我央求他！”

张夫人便问：“是不是你要他做的事不是太好，才让郎君如此为难？”

若竹则说：“但是，如果你坚持，到最后他还是会答应你的吧？”

公主讶然问：“你们怎么知道？”

若竹与张夫人都笑了，皆转而顾我。我垂目低首，继续微笑着保持沉默，而心里，有一阴云般的念头一闪而过：“其实，我们最大的问题是，我们根本不是夫妻，而且，这一生都不可能结为夫妻。”

但我彼时的黯淡心情倒没有持续多久，后来楼下传来一阵马嘶声，打断了我思绪。

张夫人起身到窗边探视，然后含笑侧首，对若竹道：“实话说吧，今日我收到你的信，见你写得那么严重，什么‘遇人不淑’之类的话都说出来了，很是惊讶，又不知详情，所以先去你家中问过妹夫。他告诉我，当时原是跟你说笑，没想到你竟会当真，你跑出去时，他一时也没反应过来，所以才没追出去。后来我跟他约好，我先来见你，他随后过来接你回家。现在，他已至楼下，你且消消气，跟他回去吧。”

公主与我旋即到窗边观看，果然见楼下有一文士倚马而立，披着一袭带风帽的斗篷状大袖毛衫，风帽将脸遮去了大半，令人无法看清楚他面容，但仍可感觉到他身形秀逸，文质彬彬。

若竹踟蹰，但还是移步至窗边略顾了顾。那文士窥见她身影，立即轻声唤她："娘子，夜已深，我们回家吧。"

他显然是顾忌周围之人，所以不敢高声呼唤。

若竹听了，唇角一挑，回身牵过阿荻，俯首在她耳边说了几句话。阿荻点点头，手指圆凳要侍女帮她搬到窗边，然后她爬上去，踩着凳子，肘撑在窗沿上，看楼下文士，然后，用她清亮的声音对他道："冯叔叔，婶婶要我问你，你是谁呀？"

这小女孩语音澄澈，又很坦然地以足够大的音量说出这古怪的话，听起来很有趣，想必能充分引起酒楼内外的人注意。

那文士一定颇为尴尬，但思忖一下后，还是低低地说了些什么。

阿荻摇摇头，又很清晰地问他："什么？……听不见！"

那文士像是做了次深呼吸，两肩一垂，大概是豁出去了，仰首，风帽随之滑落，露出了一副我与公主都记得的俊美容颜。

"在下江夏冯京。"他朗声应道，目光朝阿荻身后探去，追寻若竹的身影。

酒楼上上下下顿时响起一片"噼啪咣当"推窗开户的声音，无数个头从楼中伸出，目光热烈地落在冯京身上，路上行人也停下脚步，纷纷好奇地盯着他看，对他指指点点，甚至还有许多热情的游人仕女或酒客从四面八方围聚过来，冲着他连声唤"冯状元""冯学士"或"冯内翰"。

冯京也无暇顾及若竹了，骑在马上，尴尬地向唤他的人颔首示意，左右赔笑，状甚难堪。

而若竹，侧身隐于窗棂之后，搂着阿荻，已笑弯了腰。

【拾】春寒

在听若竹讲述她家中之事时，我对她的身份已有所猜测，现在答案揭晓，大致与我的想法相去不远：她是宰相富弼次女，晏殊的外孙女。富弼当年先将长女若兰嫁给冯京，若兰因病去世后，富弼又把若竹许给冯京为继室。如今都下有人咏冯京："三魁天下之儒，两娶相家之女。"指的便是此事。公主当年在宫中宴集上见到的冯京夫人是若兰，而若竹与冯京成婚应是在他补外期间，因此今日之前她与公主未曾谋面，彼此都不认识。

公主的反应我自然不会忽略。从她听到阿荻唤"冯叔叔"起，她脸上的笑容便有些僵硬了，待到冯京自陈身份，她目中的喜色像夜空中开到荼蘼的烟花，绽放之后虚弱无力地坠落飘散，转瞬之间便已化作轻烟，归于沉寂。

但是，她还是保持着微笑，斜倚在窗棂一侧看若竹，安宁的目光像水一样抚过若竹喜悦的眼角眉梢，从中找不到一些不愉快情绪的影子，例如妒忌与恼怒，她只是安静地旁观着这个与她同龄的女子的幸福，仿佛是在欣赏一幅与己无关的精美画作。

当冯京上来时，公主已戴上了帷帽，向若竹告辞。若竹依依不舍地拉着她的手，问她姓名，说希望以后可以经常见到她。公主微笑说："若有缘，日后自会相见。"

语罢，她转身离去。在经过冯京身边时，她轻轻褰起了帷帽面纱一角，似笑非笑地看了看他。冯京窥见她容颜，不由得一怔，但很快恢复常态，浅含笑意朝她微微欠身。

多么熟悉的情景，好似又回到了当年金明池畔，豆蔻年华的公主邂逅新登科的绿衣郎，宝马香车中她盈盈一笑，俏丽的容颜与初萌的少女情怀在纱幕后面若隐若现。如今重逢，却不知冯京仅仅是觉得她似曾相识，还是清楚记起了他春风得意马蹄疾时遇见的少女，钿车纤手卷帘望，眉学春山样。

面纱垂下，她目不斜视地移步出外，没有一次回顾。直到远离了那个房间，她才停下来，手抚楼梯旁的朱色阑干，轻声问我："现在离皇祐元年有多久了？"

我回答："十一年。"

她沉默，然后低叹："这么长……像是做了一场梦。"

摇摇头，似要摆脱这残梦痕迹，她重现笑容，抬头准备继续走。然而，此时眼前乍现的一幕景象始料未及，又给了她一次重击。

她的对面，酒楼中庭的另一侧出现了几名华衣靓妆的女眷，应是在楼上观灯结束，她们三三两两笑语闲谈着，款款走到那一侧的楼梯边。其中有一位年轻少妇，行动似有所不便，走得比别人缓慢，而陪伴在她身边的是位长身玉立的男子，小心翼翼地搀扶着她，不时含笑在她耳边说着什么，眼中有毫不掩饰的关怀与爱恋。

那少妇下楼时，特意以手护着腹部，仔细看看足下的台阶，才谨慎地探出第一步，这使观者可以很容易地留意到她微凸的腹部。而那男子更加尽心地从旁保护，她的一次轻微颤动都会牵出他紧张的表情。

这个温情脉脉的场景，却把公主冻结在原地。步履停滞，笑颜凋零，她尚未来得及落泪，我已听见她心碎的声音。

那是曹评。

他与公主的距离曾是那样地近，他只要抬头直视，就可以触到她幽凉的眼波。但是他没有，他无暇他顾，此刻他目中的女人似乎已填满了他眼前的世界。

说他是在搀扶她，不如说他是把她捧在手心里。毫无疑问，这个正在为他孕育着新生命的妻子，被他视若无价的珍宝。

公主暂时没有继续前行，而是转而走向二楼的露台，无言地立于阑干后，看着曹评与那少妇双双走出白矾楼。

他扶她上车，然后自己乘马，行于她车前。一别经年，他依然是我们记忆中五陵年少的模样，骏马骤轻尘，香袖半笼鞭。公主默然伫立，目送他远去，看他归路飘袂卷暮烟。

待曹评身影消失，她仍没有离去的意思，于夜风中凝望车马远去的方向，直到若竹忽然出现，在她身后笑道："咦，你还在这里？"

"哦，我在这里，吹吹风。"公主转身，仓促地应道。看看若竹，她反问："你怎么到这里来了？"

若竹笑指露台上的乐伎，道："我听见这里有人在唱我七舅舅的词，所以出来看看。"

演奏丝竹管弦的乐伎有八九人，其间有位严妆歌姬怀抱琵琶，一壁闲拨一壁曼声低吟浅唱，唱的是晏殊第七子晏几道的一阕《鹧鸪天》。公主凝神听，此时歌姬已唱至下半阕："终易散，且长闲，莫教离恨损朱颜。谁堪共展鸳鸯锦，同过西楼此夜寒。"

我为她驾驭来时的车，带她回公主宅。车轮碾过曹家车马留下的痕迹，然后换了个方向，朝远处驶去。双方车辙蔓延成偶然相交的弧线，在瞬间的交错之后依旧按自己的轨迹延伸，可能很难再有重合的一天，我想，就像她与曹评，乃至冯京的命运。

回去的路上，除了沉默外，公主没有任何异常状况，但四更时，在寝阁中服侍她的嘉庆子敲开了我的门。

"公主刚才醒来，在床上悄悄地哭呢。"她告诉我，"我们听见了，忙去问她原因，她却又不肯说，只是不住地哭。先生快去看看吧。"

我立即过去。进到她寝阁中，见几位贴身侍女与韩氏都围聚在她床前，纷纷出言劝慰，而公主恍若未闻，拥被坐在床头，埋首于两膝上，轻声抽泣着。

韩氏见我进来，起身拉我至帷幔外，低声问："公主昨夜出去，可是看见了什么？"

我与公主出去的事，嘉庆子应该都告诉她了。于是我简单地答："看见了曹评。"

她顿悟，连连叹息："真是冤孽……"

然后，她带侍女们出去，之前嘱咐我：“上次是你劝好她的，现在也多开导开导她吧。如今这里，也就你的话她能听进去了。”

待她们出门后，我走至公主床前，轻声唤她。略等片刻，她终于抬起一双泪眼看我，呜咽着说：“入睡前，云娘跟我说，今晚月色好，趁着元宵最后一天，不妨许个愿。我便在心里许愿说，我希望一觉醒来，发现自己还只八九岁，唯一的烦恼是背不完爹爹交给我的诗文，最大的问题是怎样说服你为我代笔写文章……”

可是，刚才她醒来，发现她还是被困在这里，再也回不去了……我把叹息留在心底，默默在她身边坐下，想了想，对她说：“总有些东西是不会变的，无论你是八九岁，十八九岁，还是八九十岁。”

“什么？”她含泪问我。

“例如，我的衣袖，你的影子，和……”我没有说下去，但向她伸出了手。

她霎时明白了，亦轻轻挨近，依偎入我怀中。

和我可以给她的温度。

我无法改变她的命运，但至少可以向她承诺，在她流泪的时候奉上我的衣袖，在她疼痛的时候吹拂她的伤口，在她感觉到寒冷的时候给她所有我所能给她的温度。

阁中金鸭香冷，纱幕微垂，玉钩半褰凤凰帷。我们都没有再说话，就这样彼此相拥着，听更漏暗度，看兰烬凋落，任帘外双烛融成泪，暗了榻前画屏美人蕉，直到露冷月残，星斗微茫，幽蓝清光映纱窗。

这段安宁的光阴终结于拂晓时分。迭沓的脚步声由远而近，夹杂着嘉庆子的声音：“国舅夫人，公主尚未晨起，请在堂中稍候片刻……”

我当即放开公主，阔步走至帷幕外，而杨夫人刚好推门进来，四目相撞，都有一惊。

她皱起了眉头，狐疑的目光上下打量我之后移到了兀自轻摆着的帘幕上，犹豫一下之后，她疾步过去，猛地掀开。

公主坐在床沿，惊讶地转头看杨氏。

彼时她眉翠薄，宿妆残，鬓云低垂，金钗横斜，啼眼泪痕犹可见。

而且，很不妙地，她尚在做着披衣的动作。

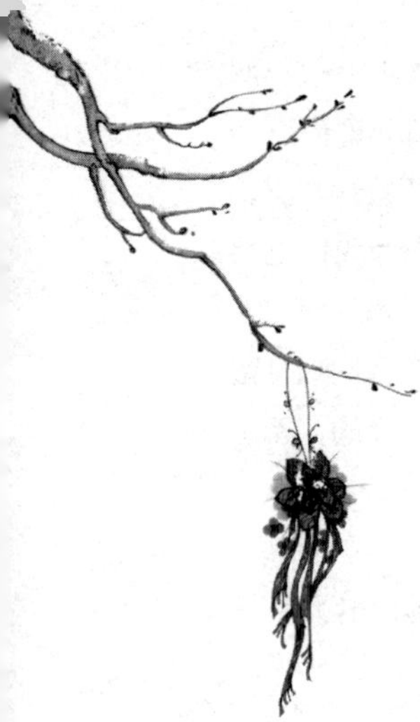

第十章 酒阑空得两眉愁

【壹】家姑

勾起一个交织着愤怒与嘲讽的冷笑，杨夫人又徐徐回视我，道：“梁先生服侍公主真是上心，不仅白天形影不离，连晚上也跟到公主闺房来伺候。难怪偌大个宅子，公主只瞧得上先生你一人，这种心思和本事，原不是人人都有的！”

嘉庆子跟在她后面进来，此时忙为我辩解：“梁先生并非每晚都在这里，昨夜是公主不大好，所以我才请他过来。”

杨夫人嗤笑：“我听看门的院子说，昨天公主和梁先生悄悄出去，在外玩了一整夜，将近三更才归。后来不知公主又怎么不好了，特意请梁先生到闺房里来。想是梁先生医术高明，有独门秘方，又舍不得让别人看见自己疗法，所以把一干丫头内侍都请到外面去守着，谁都不让进……”

公主见她语意不堪，不由得大怒，道：“你是我什么人？我传宣一个祗应人都要先行上报经你批准，再请你过来看着？”

杨夫人顿时也动了气，索性直接顶撞公主：“我是什么人？是你夫君的娘，你的家姑，和你的母亲是一样的！怎么，新妇把不相干的人叫进闺房过夜，家姑问一声都不行？”

公主气得发颤，几步走至她面前，斥道：“什么家姑？公主哪有家姑？哪来的疯妇敢与我父母平起平坐！”转首看门外，公主又扬声问，“张承照！张承照在哪里？”

张承照立即在门外响亮地应了一声，随即入内，不待公主吩咐，已衔笑对杨夫人道：“国舅夫人，这事怪我，没想到你年纪大了，有些事若不经常提醒你可能就记不住。今后我一定每天都跟你说一遍：公主下降，驸马家例降昭穆一等，也就是说，除了驸马，你们全家的辈分都得降一辈……”

“哪来的糊涂规矩！”杨夫人打断他，直视公主，怒道，“你们皇家规矩多，但能大过天理人伦？皇帝女儿出了嫁也是人家媳妇，没见过天底下有媳妇爬到家姑头上不认她做娘的！你就算是回宫告诉你父母，他们一定也会要你孝顺我这家姑。家姑管教儿媳有错么？官家朝堂上都是些懂大道理的读书人，今日之事我倒想让他们评评理，看看到底是谁不懂规矩乱了辈分！”

张承照口中“啧啧”，只是摇头，唤了声“国舅夫人”，似还想说些什么，但公主根本没耐心再听，对他喝道：“你还跟她废什么话？她擅闯公主寝阁，出言诋毁，无礼至极，直接把她轰出去便是！”

张承照答应，依旧笑笑地靠近杨夫人，一边说“夫人请”，一边伸手想挟持她出去。杨氏恼怒地挣脱，两人正在拉扯，忽见韩氏手托了个药碗匆匆进来。

看见此间形状，韩氏忙道：“承照，休得无礼！”

张承照遂停手站住。韩氏故意瞪他，斥道：“我才走开些许时候，你竟闹成这样，如此惊扰国舅夫人，回头我告诉梁都监，揭掉你一层皮！”

张承照赔笑，连连颔首称是，也再不多说话。

韩氏又走到杨夫人身边，告罪道：“昨晚公主吃了几个冷圆子，半夜说胃疼，还疼得掉眼泪。丫头们都着了慌，又稀里糊涂的，连个药都不知道在哪里找，所以我让嘉庆子请怀吉过来瞧瞧。还是怀吉冷静，三言两语就把抓药的、煎药的、内外照应的全安排好了，还和我一起在房中守着公主。刚才药煎好了，但公主嫌太烫，所以我端药碗出去用冰水凉了凉。没想到才出去这么一会儿，承照那混小子就惹得夫人生气，确实该打，夫人放心，我一定会让梁都监教训他。”

杨夫人冷笑着，问韩氏：“公主既有恙，左右要留够使唤的人才是，怎么屋里就只有一两个人伺候着？何况，冰药碗那种小事也要烦劳郡君你亲自去做？”

韩氏作为公主乳母，在公主出降之后亦获推恩，封为昌黎郡君。此时听杨氏质疑，她也不慌张，从容应道：“别看公主带来这满宅子的祗应人，其实中用的没几个。那些丫头都笨手笨脚的，起初见公主捂着肚子说疼，一个个想也没想就上去帮她揉肚子，结果弄得公主更疼了。看得我生气，所以干脆让她们都出去，有需要她们跑腿的时候再叫她们。这药等了半天才煎好，我也是怕她们粗枝大叶地把药汁洒了，或是弄些水进去，才不敢让她们端出去，只好自己动手了。”

杨夫人撇撇嘴，应是不大相信，但韩氏态度和善，始终和颜悦色地跟她说话，她便也没再发作，不过取过了韩氏手中的药碗，直直送到公主面前，道：“既如此，公主就快喝了这药吧。有病，还是早些治好。”

公主有些犹豫，但韩氏在杨夫人身后向她瞬了瞬目，做了个喝的动作，公主便接过碗，一饮而尽。

见公主喝完，杨夫人容色略为松动，也就敷衍着解释了几句：“我也是听人说公主半夜请梁先生过来，不知出了什么大事，所以天一亮就赶来探望公主。如今看来，公主面色不错，中气也足，应无大碍，那我也放心了。”顿了顿，又加重语气道，“不过，无论昼夜，公主身边总应该多留几个丫头服侍才是。梁先生管的宅子里的事务本来就多，以后这种事就不必麻烦他亲自过来料理了。公主有郡君在身边，还担心什么呢？”

最后这两句，她是盯着我说的。我向她欠身，应道：“谢国舅夫人体谅。”

她保持着那抹别有意味的笑容，冷冷地斜睨我，带有明显的警告意味，良久后才向公主告辞，公主不应，她也不多话，掉头便走了。

待她走出阁门，我立即问韩氏：“公主喝的是什么药？”

她低声道：“放心，是开胃健脾的，不会伤公主身体。这几日我胃口不好，所以煎了搁在房中。刚才听见国舅夫人在这里大呼小叫，便端了一碗出来，编个缘故让她无话可说。”

我向她道谢，想对与公主独处时的情形稍加说明，但又不知该如何开口，踯躅半天后，倒是她先说话，笑道：“我是看着你们长大的，你们之间是怎样难道我会不清楚？也就她那样的市井俗妇才会往龌龊处想。现在你只须考虑如何向梁都监解释公主外出的事便好。”

她随即又朝公主走去，拉她坐下，好言抚慰。而公主愤愤的，越回想越有气，忍不住又以袖拭泪，而此刻偏偏有小黄门进来传报：“驸马听说公主欠安，在阁门外求见。”

这“驸马”二字又点燃了公主满腔怒火，当即回复道：“轰出去，谁有工夫见他！”

小黄门愕然，不知是否该听命，我便对他道：“你去跟驸马说，公主凤体违和，现已睡下，请驸马晚些时候再来探望。”

【贰】闺阁

黄昏时，李玮又来看公主，公主在往绣帏中取出的金鸭香炉里换夕薰，虽让他进来了，却不曾正眼瞧他，李玮恭谨地向她问安，也只是一旁的韩氏在代公主回答，而公主垂着眼帘冷着脸，一味沉默着做着自己的事。

她闲闲地以火箸拨了拨炉中香灰，让嘉庆子搛来一枚烧红的清泉香饼，在炉中搁好了，她轻抹一层香灰覆上，用火箸点出几个气孔，探手于上方试了试，觉得火候合适，才置上云母隔片，然后拈起银雕香匙，准备往内加香料。

这一系列动作公主做得流畅而优雅，她手又生得极美，肤色莹润如玉，手指纤长，起伏行动间像两朵悠悠飘舞的辛夷花。李玮怔怔地看着，一时竟忘记了继续与韩氏叙谈。

后来公主大概也注意到了他的失神，眼波短暂地拂过他脸上时不由得呈出了一点冷淡微光，她旋即转顾我，以银匙指香盒，巧笑倩兮：“怀吉，你说今晚我用什么香好？是花浸沉香，还是木犀降真香？”

这是个暧昧的问题。金鸭香炉搁在香闺屏帏中，她所问的那两种香品往往也被人称作“帐中香”。

她是故意的。

果然李玮的双眸像霎时燃尽的香饼，目中唯余死灰一片。他没有出声，但置于两膝上的双手缓缓抓紧那块衣裾，手背上的青筋也凸显了出来。

我不想与公主合谋实施这次报复，于是毕恭毕敬地朝她欠身，说了个善意的谎言：“这些香品，臣都未曾闻过，无法为公主提供好建议。公主还是问几位姑娘吧。”

公主抿唇一笑，也不再问别人，径直取了一匙木犀降真香添上。

李玮坐立不安，勉强再与韩氏说了两句话后便起身告辞。我欲送他出门，他冷冷地止住我：“不敢有劳梁先生。”然后加快步伐，迅速走了出去。

从此后他来公主处的次数减少了许多，越发潜心研究书画，不惜重金购买藏品，日夜在书斋中画墨竹，有时外出，也不外乎是与书画名家或收藏者来往，或是去宜春苑旁，他买下的那片地里监工——看起来，他确实想建一座美轮美奂的大园林。

公主很满意驸马开始疏远她的现状，也找到了个新乐趣——不停地为我添置新衣裳，寻找最精致的吴绫蜀锦轻越罗，让人裁成东京城中最时兴的文人儒生宽袍缓带的样式，命我在宅中终日穿着，而内臣的服饰倒被她下了禁令，若非入宫，便不许我穿。

有次她去相国寺进香时也让我穿着这样的文士衫袍随她去，而那时相国寺刚换了新住持，并不认得我们，出门相迎时一见我从公主车辇旁下马，立即过来施礼，连称我为“都尉”，公主与周围侍从内人闻言皆笑，却都不说破，最后还是我向住持说明了自己身份，他听后大窘，忙向我和公主告罪，而公主毫无愠色，倒像是很喜欢这种误会。

杨夫人自然看不惯，常冷言冷语，公主也我行我素，坚持按她的心意让我着装。而我所能做的也就是尽量与公主保持一点距离，再不与她独处，就算白天在书斋内吟诗作画，也大大开着门，且让至少两名侍女侍候在侧。

杨夫人一定安插了人来刺探我与公主的相处状况，也没找到什么大把柄，但她始终对公主心存不满，每逢有宗室戚里家的女眷登门拜访，她总是会向她们抱怨公主不尊重驸马，又对她无礼，全无新妇的样子。亦有人把这些话传给我听，令我有些担心：若杨氏这些怨言传到士大夫耳中，恐怕他们会说公主“骄恣”了。

嘉祐五年正月，今上封皇第九女为福安公主，第十女为庆寿公主。自去年董、周二位娘子先后生公主后，今上对她们有专宠之势，她们再次相继怀孕，三月间，董贵人秋和又为今上诞下了第十一女。

虽然又失去一次获得皇嗣的希望，但今上对秋和母女仍厚加赏赐，且欲进秋和为美人，秋和力辞，在今上坚持下，她最后说：“如果陛下一定要加恩，那就把给予我的恩典转赐给我父亲吧。”于是今上从其所请，为秋和父亲赠官一级。

十一公主出生三天后，公主与杨夫人入宫相贺。那时皇后在秋和阁中，亲自抱了十一公主，满心爱怜地轻轻抚拍着，以很宠溺的语气唤这个尚未命名的女孩为“主主”。公主见了这个小妹妹亦很喜欢，在旁边逗她玩了一会儿尚感不足，又硬生生从皇后怀中把十一公主抢过去，自己抱了，到秋和身边笑说：“九妹妹生得像爹爹，十一妹就跟你像一个模子里铸出来的。”

秋和只是安静地笑，轻声应道：“刚生出来的孩子都皱巴巴的，能看出什么呢……若是像我，倒不好了……”

皇后见公主与妹妹玩得兴起，便让杨夫人与她出去在厅中叙话。我怕杨夫人在皇后面前数落公主，就跟着出去，侍立在一旁。

皇后对杨夫人略作问候之后，又询问公主与驸马相处近况。杨夫人立即唉声叹气：“还是老样子，只怕官家将来抱上第十个皇子时，也未必能见到一个外孙呢！都怪我那儿子老实巴交的，不会说好话，也不会挑好衣裳穿，让公主见了只觉碍眼。”言罢有意无意地瞟了我一眼，淡笑道，“我还在劝驸马呢，有空多去跟梁先生讨教讨教，请梁先生教教他如何说话做事、穿衣戴帽，也让公主一见他就会笑。”

皇后听出她弦外之音，便看了看我。我当即朝她欠身以应，再对杨夫人道：“怀吉惶恐。驸马容止庄重，衣饰合度，岂是怀吉可以妄加议论的。”

杨夫人“呵呵”一笑，道：“梁先生太谦虚了。你模样生得好，衣裳也光鲜，什么书画呀，诗词呀，没有不会的，驸马就算拍死几匹千里马也及不上你啊。”说完这话，她转向皇后，又道，“梁先生会的东西多，想必有一些绝技是别人没有的，公主很喜欢，常请他到阁中切磋。梁先生服侍公主也尽心，从早到晚，成日相随左右，说句玩笑话，不知道的人看见他们这情形，都对他们指指点点，倒以为梁先生是驸马呢！”

她说是“玩笑”，但此刻目意阴冷，并无一点玩笑的意味。皇后自然全明白，略一沉吟，她抬目，微微对杨夫人笑了：“果然国舅夫人是见过大世面的贵人，不与那些乞儿一般见识，听到一些狂言妄语，笑笑也就过了。记得当年我带了乳母入宫，乳母见宫中内臣可以任意出入闺阁，乃至伺候娘子们梳洗更衣、左右扶掖，不由得大惊失色，说这些事岂是男子可以做的。章惠太后听见了，便教训她说：‘内臣中官并非男子，与豪室之家所用的侍女无大异处，唯力气头脑都强过一般女子，更好使唤罢了。他们自幼净身，又在宫中受过严格调教，德行无亏，全无秽乱宫廷的可能，出入闺阁又有何不可？你们只当他们是女孩儿看待便是，别一惊一乍，否则，知道的，会说你是严礼义，守大防，不知道的，只怕倒会笑话你小家子气，使唤不惯这种天家祗应人。’我乳母听了很是惭愧，以后也就习以为常了。想必宫外见过内臣的人不多，偶然看到怀吉，还把他当男子呢，所以才有些不三不四的话传进国舅夫人耳中。好在国舅夫人往来禁中二十年，见识原与宫眷一样，其中情形自然清楚，不会拿这种闲话上心，没来由地生些闷气。有如此明事理的家姑，实乃公主大幸。”

【叁】夺鞭

这些年来，杨夫人对小家出身这点是颇介意的，此刻听了皇后一番话，也就未再多说什么，只尴尬地笑着，颔首受教。

皇后又道：“官家向来对公主爱如掌珠，这二十多年来，连重话都未曾说过她几句，也养成了她吃软不吃硬的性子。因此，若她有不是之处，也请国舅夫人耐心劝导。与驸马之事，还望驸马与国舅夫人多担待些，再给她些时间，日常往来，多加关爱，让她慢慢感觉到驸马与家姑的善意。我与国舅夫人一样，也希望公主早日与驸马诞下麟儿，让我们有含饴弄孙之乐，但此事也急不来，总须公主自己愿意，切勿让她有被逼迫的感觉，否则，若将来事与愿违，闹得难以收拾，就不好了。”

杨夫人唯唯诺诺地答应了，随后也不忘表示自己平时如何对公主关爱入微，皇后顺势赞她，照例又赐了些财物给她。杨氏顿时欢喜起来，连连道谢。皇后再命人送她至苗贤妃处叙话，然后对我说：“怀吉，我阁中有几幅画，不知可是唐人真迹，你去帮我看看吧。”

我答应，遂跟她回到柔仪殿。进入皇后阁，她屏退众人，才对我道：“适才我对国舅夫人说的那些话，你别放在心上。那时要立即堵住她口，必须那样说，不然当着那么多宫人，还不知她会说出多少难听的话来。”

我颔首：“臣明白，娘娘如此说，对臣与公主都好……”

何况，她并没有说错。我垂目，缓缓深吸气，悄然压下终于从心中蔓延至鼻端的一缕酸涩之意。

“但是，怀吉。”皇后柔和地看着我，用一种如对子弟般的语气跟我说，“话虽如此，你与公主日后相处也须时时留意，适当保持些距离，以免落人口实，生出许多不必要的是非。”

顿了顿，她微微加重语气道：“你毕竟是个男孩子。”

乍听此言，我不知是喜是悲。从可以“当女孩儿看待”，到“毕竟是个男孩子”，我模糊的性别为这两种诠释提供了瞬间转换的可能，虽然这两种说法都出自皇后的善意。

我点点头，勉强笑了笑。

短暂的沉默后，皇后又道：“曲则全，洼则盈，少则得，多则惑。这道理，想必你会懂。持而盈之，不若细水长流。现在太接近，倒容易埋下生分的祸端。而且，你是个聪明孩子，应该知道，总有些禁忌，是永远不可碰触的；有些错误，只要犯一次，就会万劫不复。”

我自然能感觉到她语意所指，而她随后也进一步点明：“夜间不要再去公主阁中。有时面对公主的接近，你也应该学会退避和拒绝。”

我谨遵皇后教诲，晚膳时辰一过便再不入公主寝阁，公主夏日晚间纳凉，我也再不陪她。她渐渐注意到这点，颇有意见，问我原因，我只推说宅中事务繁重，夜晚安静，易于处理。她有时晚上来我居处找我，我也不许小白为她开门，她因此恼怒生气，我便想法找各种各样的借口敷衍过去。后来她被迫接受了我这决定，不再强求我在夜间陪她，但不让我白天擅离她视线范围内，也限制我外出，尽可能地增加与我相处的时间。

七月中周美人分娩，又是一位公主。三日内送过了早已备好的礼品后，我又要开始准备十二公主的满月礼。我选择了些织物、瓷器、小孩子可用的首饰样式，命人去采购，但购回的器物不尽如人意，于是我决定亲自出门再选一些。

要去的地方有好几处，大概要花一整天的时间，为免公主阻拦，我没告诉她，私下让人备马，准备悄悄出去。但她还是很快得到消息，立即追到大门边。

那时我已上了马，只是还未挥鞭启行。她怒气冲冲地奔来，扬手夺下我手中的马鞭，任身边的小黄门怎么劝说都不还给我。

我笑着下马，对她长揖，和言请她赐回马鞭，她嘟着嘴，双手紧握马鞭两端，愤愤地转身不理我，我又含笑转至她面向的那边，再次作揖请求，她又决然扭头朝另一侧，就是不肯给我。那娇嗔的模样惹得旁观的内臣侍女都笑了起来，她也全不在意。

我想了想，手指尚在等待的那匹骏马，朝小白做了个手势。小白会意，过去一勒马辔，马立即发出一声嘶鸣，小白旋即扬声对公主道："梁先生走了！"

公主一愣，转头去看。我趁她走神之际猛地自她手中抽出马鞭，在众人大笑声中疾步走开，准备上马，不想公主此时竟然"哇"的一声哭了出来。

那种孩子气的哭法在她长大之后已经极少见了，我一时无措，匆匆赶回后又是作揖又是道歉，最终承诺今日不出门后她才渐渐止住哭泣，在我的陪伴下，一边以纤手匀泪，一边缓缓回到阁中。

她沉默了许久，任我怎样哄她都不开口，后来，当我为她切一枚今秋新出的橙子时，她坐在我身边，才幽幽地说了一句话："如果你出去，一定会天黑了才回来，那我这一天都见不到你了。"

我的眼眶温热，托起橙子的指尖在轻颤，心中的防御工事又哗啦啦地倒塌一片，我听到激流决堤的声音，好容易才按捺住拥抱她的冲动。最后我刻意忽略了对她的回应，只是朝她笑了笑，然后在一片破好的橙子上抹了点盐，递到她面前。

公主夺鞭之事迅速传到了驸马母子耳中，不消半日，张承照已为我带回了关于他们的消息："听说这事，驸马阴沉着脸不说话，而他娘气得直指着他骂：'老娘不知上辈子造了什么孽，竟生下你这么个不成器的东西，娶个媳妇都不敢碰，还任由她……'"

说到这里，张承照迟疑着，咽下了后面的话。

“说完。”我命令他。

“嗯，如果你要听，我就说了，不过，这可全是她说的，我一个字都没加呀！”张承照先声明，随后，才压低声音，把这句话说完，“……还任由她对着一个不男不女的家伙……发浪……”

他小心地窥探着我的表情，见我未露怒色，才又继续说：“她还说，驸马就是没出息，若早些让公主见识到什么才是真男人，就不会受这些污糟气了。”

【肆】女冠

为免公主生气，我对宅中内臣侍女下了禁令，不许他们把杨氏的话转述给公主听，以后我再见驸马母子，也只当对此一无所知，不露半点情绪，他们虽对我冷淡，但当面倒也不会把话说得这样难听，随后的几天也就貌似平静地过了。

后来杨夫人派人跟我说，国舅去世到今年是十周年，她想找几个道士，在宅中为国舅打醮做道场。我自然没意见，回过公主后拨了一笔款给她，请她自己安排。

两天后她请的道士进到宅中住下，张承照去看了看，回来咋舌道：“不得了！你猜她请的是什么道士？……领头的，是三个风骚的女冠！一个叫玉清，头上戴的白玉莲花冠后面插着一把钿篦，快有一尺长，上面镶满了金银珠贝，眉心又贴着绿油油的翡翠花钿，勾栏里的行首用的头面都没这么花哨；一个叫逐云，身上的道袍做成开襟褙子的样式，不系带，里面的抹胸穿得那叫一个低，胸脯上的沟儿都能看到；还有一个叫扶月，道袍样式倒是没什么问题，但竟是用纱縠做的，下身穿的鹅黄画袴都清楚地透了出来！”

韩氏这时正在向我告假，要回家去筹备儿子的婚事，在旁边听了张承照的话便道：“现在走家串户的女冠，十有八九是暗娼，穿戴成这样也不出奇。”

张承照摆首道：“但是，姑奶奶，她们可是国舅夫人找来为国舅做道场的呀！看见的人都在暗笑，说原不知国舅夫人如此贤惠，竟特意让九泉之下的国舅爷享这等艳福。”

韩氏想想，问：“这几个女冠，莫不是国舅夫人借打醮之名找来，送去服侍驸马的？”

张承照连连点头：“我猜也是这样。驸马平日不怎么近女色，所以国舅夫人找了这些骚货来调教他。”

我听他讲得粗俗，不由得瞥了他一眼，他立即自己扬手轻批脸颊一下，然后又趋上前来，赔笑请示：“让她们出入公主宅，实在是有碍观瞻，不如我带几个人，把她们赶出去？”

我思忖后道："不必。人既是国舅夫人请来的，你若硬赶她们出去，徒伤和气而已。何况公主也不反对驸马亲近别的女子，打醮也就几天，随她们去吧。"

但打醮结束后这些女冠仍未离去，还是住在宅中，整日莺声燕语、吹拉弹唱地嬉笑取乐，引观者侧目。梁都监也看不顺眼，委婉地问杨夫人让她们何时离去，杨夫人则说，再过两天是驸马生日，让她们为驸马贺寿之后再走亦不迟。

到了驸马生日那天，公主出于礼貌，出席了晚间家中的寿宴，但行过三盏酒，向驸马说过吉祥话后便告辞欲离去，此时那名叫玉清的女冠起身，过来向公主施礼道："我们姐妹在公主宅中叨唠这几日，都未曾向公主请安，原准备了几支曲子，想在寿宴上献与公主听的，还望公主赏脸，少留片刻，听完再走吧。"

公主迟疑着，一时未应，杨夫人便在一侧笑道："她们为向公主献艺，都练习好几日了，公主纵没兴趣，就算是看我母子这点薄面，也请赏她们这个脸吧。"

她既这样说，公主不好公然拒绝，便又坐了下来。玉清谢过公主，向逐云、扶月示意，让她们奏乐，然后从自己案上取了个盛酒的影青刻花注子，过来往公主的玛瑙杯中斟酒，道："这酒是我们自己酿的，叫桃源春，与别家不同，公主不妨尝尝。"

那注子制工精美，釉色素雅，从中流出的酒液呈琥珀色，在灯光下流光溢彩，很是好看。公主举杯品了品，微微颔首，应是味道不错。

此时逐云吹笙，扶月弹着琵琶，唱起了一阕《菩萨蛮》："劝君今夜须沉醉，樽前莫话明朝事。珍重主人心，酒深情亦深。须愁春漏短，莫诉金杯满。遇酒且呵呵，人生能几何？"

公主听后不置一词，也不看身边默默凝视她的李玮，只是一哂，仰首饮尽杯中酒。

玉清拊掌叫好，立即又过来再为公主满斟一杯，笑道："刚才那杯算是我敬的，这一杯则是扶月敬公主的，公主若觉她刚才唱得好，便干了这杯吧。"

公主微笑道："你让她再唱一曲，我觉好听，方饮此杯。"

玉清满口答应，让扶月再唱，扶月颔首，与逐云重按笙琶，换了个曲调，曼声唱道："暖日策花骢，亸鞚垂杨陌。芳草惹烟青，落絮随风白。谁家绣毂动香尘，隐映神仙客。狂杀玉鞭郎，咫尺音容隔。"

公主秋水盈盈，凝神倾听，似有所动。听完后轻叹一声，取过那杯酒，仍是很干脆地一饮而尽。

那三位女冠相视而笑，扶月亲自过来向公主行礼道谢。玉清又以逐云的名义再斟一杯，要公主再喝，而逐云换过了琵琶，朝公主笑道："这回我来唱，公主可不许偏心，只饮她们的，独不给我这面子。”

说完，她轻拨丝弦，唱了一阕《思帝乡》：“春日游，杏花吹满头。陌上谁家年少，足风流。妾拟将身嫁与，一生休。纵被无情弃，不能羞！”

公主素日接触的词曲皆由我筛选过，就算是写情爱内容的婉约词，也都是清雅含蓄的，像这样直白言情的曲子她极少听到，此刻她眸子微亮，唇角含笑，像是听出了几分兴致，扶月过来劝酒，她也未推辞，依旧饮尽。

她酒量本就不大，三杯过后，已面泛桃花，我有些担心，轻声唤她，劝她稍作节制，玉清却又笑对我说：“先生无须担心，这酒跟糖水似的，喝下去虽有些暖意，但醉不了人的。”

杨夫人也道：“姑娘们喝的酒，能有多大劲道？倒是两位梁先生，驸马一年才过一次生日，你们现在才喝这么一点，莫不是瞧驸马不上么？”

我与梁都监忙称“不敢”，杨夫人遂命我们身边的侍女多向我们劝酒。

我自饮一杯，仍频频顾公主，希望她勿多饮，公主察觉，微笑着对我摆手：“不妨事，我清醒着呢。”又转而命令玉清，“你们继续唱。”

玉清答应，让逐云过来为公主斟酒，自己过去取了琵琶，边弹边唱：“手里金鹦鹉，胸前绣凤凰。偷眼暗形相。不如从嫁与，作鸳鸯。”

她唱时眼波斜睨向驸马李玮，是含情脉脉的样子，仿佛把他当成了歌中所咏的美少年。公主看得笑起来，问她：“你们是修道的仙姑，但这道也不知是怎么修的，为何也想嫁情郎，做鸳鸯？”

玉清笑着应道：“修道又何妨？桃源深处有阮郎。”

公主颔首，纤手一指李玮，正色道：“嗯，既如此，我就把这位阮郎赏给你了。”

玉清起身做拜谢状：“谢公主恩赐。”

公主举袂笑个不停，连带着满堂侍女都在笑。梁都监年纪大了，看得有些尴尬，适才喝了几杯也有些上头，遂起身告退。杨夫人也随即站起，对公主道：“我也乏了，先回去歇息。你们年轻，难得尽兴，只管多玩一会儿，听她们多唱几曲。”

说完，她深看李玮一眼，似在暗示什么。李玮起身送她，还是沉默着，不发一言。

走到我身边时，杨夫人略停了停，状似关怀地对我说：“梁先生也辛苦一天了，早些回房休息吧。”

我欠身道谢，却未答应。她一挑嘴角，又回视前方，扬长而去。

杨夫人与梁都监一走，玉清表现得更加活跃，俨然摆出宴会女主人的派头，频频命其余女冠和驸马的侍女们向公主的侍从敬酒，公主杯中更是从不落空，每回酒一见底，玉清与逐云、扶月便轮番上前为她斟满。

公主已颇有醉意，我低声劝她回去她亦不听，只连声命几位女冠继续唱曲。她们笑着领命，重拾管弦，演奏了一支《柳枝》，那曲调被她们演绎得温软缠绵，而扶月柔声唱出的词更是听得我暗暗心惊："瑟瑟罗裙金缕腰，黛眉偎破未重描。醉来咬损新花子，拽住仙郎尽放娇。"

听罢此曲，公主扶醉支额低首不语，隐有笑意，也不知是否在琢磨这词意，而张承照倒听得兴致勃勃，还开口问扶月："仙姑唱得很好，但我有一点不明白：这歌中的小娘子自己喝醉了酒，咬损了面花儿，又不关她情郎的事，她却为何要拽住情郎撒娇？"

扶月笑道："面花儿贴在小娘子的脸上，她怎么咬？喝醉酒，咬损面花儿的那位，可未必是她哦……"

若顺她语意去想，联想到的自然是一幕香艳情景。一干未嫁的侍女都羞红了脸，而张承照恍然大悟，大笑着对扶月一拱手道："谢仙姑指教。"

扶月还以一笑，媚眼如丝，又慢弹琵琶，再唱一曲，这回一开口便是香闺中的旖旎景象："玉楼冰簟鸳鸯锦，粉融香汗流山枕。帘外辘轳声，敛眉含笑惊。柳阴烟漠漠，低鬓蝉钗落。须作一生拼，尽君今日欢。"

歌中描述的是男女偷欢之事，我甚觉刺耳，如坐针毡，再唤公主，却见玉清拿了个青瓷粉盒到公主身边，道："适才公主说不知我们怎么修道，现在便请公主看看，我们修道的秘诀，就在其中呢。"

公主垂目看，玉清指着粉盒内部，压低声音，继续向她说着什么。我所坐之处离公主座席有一段距离，我听不见玉清此时的话，也看不见粉盒中物事，而公主醉态可掬，眼神迷离，瞅着那粉盒浅笑，丝毫未听见我在唤她。

随后唱歌的又换了逐云，所咏的依旧是男女情事，而且内容已不是"香艳"二字足可形容的了："相见休言有泪珠，酒阑重得叙欢娱，凤屏鸳枕宿金铺。兰麝细香闻喘息，绮罗纤缕见肌肤，此时还恨薄情无？"

公主听着，又回眸看粉盒，莲脸晕红，气喘微微，斜倚在玉清身上，若感不支。玉清揽着公主，笑看驸马，挑眉道："都尉，你娘子乏了，你也不来扶扶？"

李玮踌躇，但在扶月连声鼓励下还是挨了过来，靠近公主。玉清一笑，把公主推到他怀中。公主迷迷糊糊的，抬目看了看李玮，又懒懒地垂下眼帘，竟也没拒绝他的拥抱。

平常李玮稍微接近公主，她都会立即皱起眉头，更遑论这样的身体接触。现在看来，公主大概是神志不清了。

我旋即起立，扬声唤来嘉庆子、笑靥儿和韵果儿，命她们送公主回寝阁休息。玉清却摆手拒绝她们靠近，笑指公主道："你们看看，公主这样子，一定走不了远路。驸马寝阁就在后面，不如让我们姐妹扶公主过去坐坐，喝点茶，说说话，待公主清醒些，你们再接她回去吧。"

说完也不等侍女们答话，她便去与李玮搀扶起公主，又唤过逐云与扶月，一起簇拥着公主，就往驸马阁方向走去。

我见状快步跟过去，玉清回头见是我，又悠悠笑道："夜已深，梁先生这样随公主登堂入室的，不大好吧？"

我一滞，便停了下来。待她们行了几步，我又命嘉庆子她们追着过去，务必请公主早回寝阁。然后我缓步回到设宴的堂中，见玉清刚才拿给公主看的粉盒还搁在案上，便拾起打开看了看，不料触目所及的竟是一幅难堪的画面：盒中有两个瓷质裸身小人，一男一女，相对而坐，两腿交缠在彼此腰间，正做着交媾的动作。

我心下大惊，目光扫到粉盒旁的影青刻花注子，便又提起，揭开顶盖闻了闻，里面的酒幽香扑鼻，却不是纯粹的酒香，似混有草木药材。我心跳加速，浑身的血液似乎都在朝脑中奔涌，开始意识到，这是一场精心设计的，针对公主的阴谋。

我把注子递给张承照，命他设法查查这酒中加了什么，然后又疾步朝驸马阁走去。

未走几步便遇见了从驸马阁回来的几名侍女。"国舅夫人在驸马阁中。"她们告诉我，"她说那里也有侍女，公主不须我们服侍，便把我们赶了出来。"

"公主呢？"我听见自己此刻暗哑的声音在问。

"那几个女冠把公主扶进驸马卧室了……"笑靥儿怯怯地回答。

我不再多问，大袖一拂，以一种近似奔跑的速度朝驸马阁赶去。

一进驸马阁大门，便见国舅夫人端坐在堂中，似早有所待，她对我呈出一丝冷笑，搁下手中茶盏，徐徐道："梁先生，今儿我不妨把话跟你明说了：驸马今晚要与公主圆房，两人你情我愿，不关你事，你也干涉不了。还是趁早回去歇息吧，明日再过来道喜，我自会让驸马给你备上一份不薄的赏钱。"

【伍】玉体

我耳中轰鸣，我无法呼吸，我不想再听她那翕张的嘴中说出的任何语言。侧身转朝驸马卧室的方向，我开始疾步狂奔。

“拉住他！”杨氏追出门来，命令两侧家仆。

立即有五六个高壮家仆挡住我的去路，又有两人上前，一左一右将我挟持住。

我愤而回首，对杨氏怒道：“公主不愿意，你们不能强迫她！”

“不愿意？”她嗤笑，“刚才的情形可不止一两人看见吧？公主与驸马把酒言欢，然后手拉着手回到驸马阁中安歇，谁说她不愿意了？”

我猛力挣脱那两名家仆的控制，挥袖直指杨氏：“她愿不愿意，你自己清楚。你有没有想到这样做的后果？”

“你是想说，你们日后会入宫向皇帝皇后告我么？”她斜倚在门边，有条不紊地挥动着手里一方手绢，做扇风状，“家姑撮合公主和驸马圆房有什么错？别忘了，官家自己也想早日抱上外孙呢。梁先生若想入宫去编排我和驸马的是非，小心别打错算盘，告状不成，倒让官家问你个离间公主与驸马的大罪……”

“她会死的！”我忍无可忍，朝她厉声悲呼，“你一定想好了如何在官家面前为自己开脱，但对公主，难道全无一点怜悯之心，没有想过她明天清醒后的感受？”

杨氏一愣，没立即应对。

我推开拦路的人，欲继续奔去找公主。杨氏回过神来，又连声指挥家仆截住我。而我急怒攻心，身体每一寸血肉都像蓄满了火药，任何人的触碰都会引起我暴烈的攻击。这种暴力的宣泄是我二十八年的生命中从未出现过的事，无论我面对怎样的挑衅、欺侮和折辱。

我朝企图阻止我前行的每一个人挥拳相向，那么猛烈，像是在用积聚了二十八年的力量。我博命般地攻击着他们，仿佛看见他们正在夺去我生存的空间、呼吸的空气。

进入这个宅子后的一千多个日子里，这些人见过我许多表情，和颜悦色，温和闲淡，或言笑晏晏，但此刻的眉目一定是他们陌生的，更没想到那双执笔的手现在会化作打斗的武器。他们目瞪口呆，反攻为守，到最后甚至放弃招架，我想应是我状若癫狂。

终于，他们丢盔弃甲，纷纷退却。我立即迈步，朝公主所在之处奔去。

到驸马卧室门前时，恰逢那三位女冠从房中出来。刚才的打斗在我右颊上留下了一道伤口，此时渗流出几滴血珠，我停下来，冷冷盯着她们，引袖将血珠抹去。

我彼时的神情大概很可怖，她们惊惶地看着我，一个个举袂掩口，捂住即将冒出的惊呼，连门也顾不得关上，便争先恐后地落荒而逃。

我进入房中，放缓了步履，一点一点，向着床帏的方向靠近。

我不知道会看见什么样的景象，我也努力让自己脑中保持空白，拒绝去做任何猜测与想象。

屏帏间香炉散发的兰麝青烟在红烛光影里飘游，融合了几缕清晰可辨的酒味，让此间靡靡夜色越发显得暧昧而晦暗。我无声地移步，周遭的环境也奇异地安静着，偶尔迸闪出的只是灯花绽放的声音。

是我来晚了么？我忐忑不安地想。转过床帏前的屏风，隔着一重纱幕，答案逐渐呈现在我眼前。

公主醉卧于床上，身上的衣裙已不知被谁褪去，散落在床边地上，此刻她不着丝缕，线条美好的身体如白玉琢成，透着纱幕看过去，好似在焕发着七彩微光。

她双靥酡红，闭目而眠，但又似睡得并不安稳，睫毛不时颤动着，口中也有不清楚的呓语逸出，偶尔会引出丝浅浅笑意。

而李玮就在她身边，半跪在床上，仅着中单，衣襟也是敞开的。他脸色颇红，应是也喝了不少酒，目光流连在公主身上，眼神灼热，却又带几分恍惚醉意。

他的手在抚摸公主……但说抚摸似乎不太确切，他更像是在用手指一点点地轻触，从公主的眉间、脸庞、嘴唇，直触到她的脖颈、胸部，和小腹。每次刚一碰她的皮肤他又会立即缩回手，然后在那种迷恋眼光的凝视下又开始下一次的试探。

我全没料到他会有这样古怪的表现，仿佛他此刻面对的不是一个女人，而是他重金购得的一幅名家字画，他忍不住要用触摸去体会接近与拥有她的感觉，但又怕自己的碰触会玷污了她。

不过他这欣赏艺术品的姿态倒让我松了口气——事情还没到最糟的地步。在李玮开始用嘴唇去碰触公主肌肤之前，我猛地掀开了纱幕，阔步过去，脱下身上的大氅将公主包裹严实，再将她拦腰抱起。

公主有些受惊，在我怀中不安地扭动。我加大力道抱紧她，在她耳边说："公主，我们回家。"她安静了，"嗯"地答应一声，带着甜甜笑容乖乖地依偎在我胸前，任我抱着她前行。

这期间她的眼睛一直没有睁开过。看着她唇际的甜美笑意，我伤口的疼痛却开始蔓延到心里。

在出门前，我回首看了看李玮。他披散着衣服立于屏风边，默默地注视我，当我们目光相触时，他扭过头去，以手心摁灭了一支光焰欢舞的红烛。

我把公主带回她的寝阁中，让侍女们悉心照料，然后找到梁都监，将此事告之。而一个时辰后，张承照回来告诉了我们那壶“桃源春”中的玄机：“我带这酒去找了一位药店老板，他很快验出酒中加了几味催情药，酒量不好的人喝多了也可能会昏迷。”

我们商议后，翌日带酒去找杨夫人。我把酒置于杨氏面前，直言她此举是侮辱公主，无视皇家尊严，为不至恶化公主与驸马母子的关系，我们可以不把下药之事告诉公主和帝后，但请杨氏保证今后不会再有此事发生。

杨夫人大为不满，又说她只是为撮合公主与驸马早日圆房，帝后必不会怪罪。

于是梁都监对她说：“夫人若以这种手段迫使公主与驸马圆房，即便帝后不怪罪，公主也万万无法接受。公主性情刚烈，一旦此事发生，公主极可能会憎恨驸马，将永不原谅他，而且还可能会做出激烈举动，乃至以死表示抗拒。如果公主有事，夫人与驸马又岂能全身而退？”

杨夫人不忿，又道：“公主此前拒绝驸马无非是不了解男女之道，一旦圆房，知道此中妙处，便不会排斥驸马了。”

梁都监道：“我不敢说夫人之言全无道理，但万事无绝对，如此圆房之后，结果便有两种，一种如夫人所说，公主从此接受驸马，和和美美地过下去，那自然最好。但另一种则是公主愤怒，甚至放弃生命以示抗拒。若不幸如此，将来会受到牵连的，恐怕就不仅仅是夫人与驸马了。所以夫人此举无异于豪赌，赌注便是整个李家的安危，是否值得，还请夫人仔细掂量。”

此后几天，杨夫人表现得略为收敛，不再有类似举动，我们逐出那三位女冠她未有意见，对公主也较为客气。公主清醒之后也不再提那天的事，我不知道她记得多少，但猜她大概是对那晚的动情感到羞耻，因此完全避而不提，而我也早就嘱咐了宅中所有内臣侍女，不得向她谈及驸马生日那晚发生的所有事。

但是有一天，她忽然盯着我脸上那道未愈的伤口问：“怀吉，你的脸，是怎么伤到的？”

我对她笑笑，随便找了个理由：“走路不留神，在墙上撞的。”

“怎么撞得这样重？”她伸手轻触伤口，很怜惜地，又问，“在哪面墙上撞的？”

我扬了扬眉，微笑作答：“南墙。”

她展颜笑，直笑得低下了头，深深埋首于肘间。后来我只看到她的双肩在不停地颤，却听不见笑声。后来她再抬首时，我发现她的睫毛上有细碎的水珠。

“这么可笑么？”我若无其事地以指尖拂去她睫毛上的那点湿意，“眼泪都笑出来了。”

“嗯。”她点点头，低眉腼腆地笑，“真可笑。”

【陆】丑闻

韩氏料理完儿子婚事，回到公主宅中，我与梁都监把最近发生的事逐一告诉她，她大感惊讶，直指杨氏大胆，对公主无礼至极，从此后，但凡驸马母子出现在公主面前，她均寸步不离，驸马与杨夫人进呈公主的食物她都会命小黄门先试过。驸马看在眼里，自然颇为尴尬，加上那日之后，公主面对他时脸色尤其难看，犹覆寒霜，完全不理不睬，他自觉没趣，也尽量回避着不见公主。

杨夫人觉出韩氏对自己的提防，也是大不痛快，明里暗里常对韩氏冷嘲热讽。

八月中韩氏为公主整理换季的服玩器物，见去年公主用的定窑孩儿枕搁于柜中没有再用，便取出来对公主道：“我看今年公主榻上换了磁州绿釉刻花枕，这孩儿枕好好的，闲置着很可惜。我儿子刚成亲，公主若不再用孩儿枕，不如便赐给我儿子和新妇吧。我也是想请公主赐他们这个好彩头，让他们来年给我添个胖孙子。”

公主看也没看便答应了：“你喜欢就拿去吧。我闲置的那些衣裳器物你也可以再挑挑，若有你新妇能用的只管拿去，就算我赏她的。”

韩氏喜不自禁，再三谢过公主后便又去挑了些服玩器物，送到公主面前请她过目，并请我做一下记录。公主也只瞥了一眼，对她道：“都不是多贵重的东西，不必记录了，你找两个小黄门，直接送回家吧。”

韩氏又询问般地看看我，我也对她含笑道：“既然公主这样说了，郡君直接带回去便是。”

韩氏连声道谢，我随后命人包装好这些物品，吩咐两个小黄门，在韩氏下次回家时帮她送过去。

她决定次日回家，那天陪公主进过晚膳后才出发，天色已晚，因她家在公主宅后方，她便带了小黄门从后门出去。而出发没多久，其中一个小黄门便匆匆跑回来找我，说：“国舅夫人截住韩郡君，说她私自偷公主宅中的东西回家，正在后门骂她呢。”

我立即赶过去，果然见杨夫人正咄咄逼人地要韩氏出示公主赐物的凭据，韩氏气苦，红着眼睛反复辩解说公主面赐，并无凭据，杨氏不听，坚决不许侍从放行。

我上前将公主赏赐的过程向杨夫人讲述了一遍，她只是冷笑："我就知道郡君会搬来你这大救兵。韩郡君与梁先生情同母子，这些年来，谁出了事都会为对方遮掩，今日自然也不会例外。"

我和言道："夫人若不相信怀吉所言，不妨亲自去问公主，看赐物之事是否属实。"

"公主？只要你梁先生在公主面前说一句话，死的都能变成活的，没发生过的事，公主当然也会觉得是发生过的了。"她靠近我，在我耳边一字一字地道，"你说我在她的酒里下了药，我倒想知道，你给她灌了什么迷魂汤，或者，种了什么蛊。"

我漠然直视前方，置若罔闻。她没有再纠缠器物的事，但冷面扫视着我们，带有示威的意味，片刻之后才转身离开。

我感觉到，她一定派人暗中监视着我们，欲寻出错处借题发挥。于是，我也多次告诫公主身边的侍从侍女务必处处小心，切勿生事，但不久后，一桩我最不愿意见到的事还是发生了。

一日，我正在梁都监那里与他议事，忽见杨夫人带了几名家仆进来，而其中两名家仆还押着一位衣冠不整的侍女，我定睛一看，发现竟是笑靥儿。

梁都监也颇惊讶，立即问杨夫人："夫人这是为何？是笑靥儿冒犯了你么？"

杨夫人自己走到主座前款款坐下，这才开口："都监别误会，公主的人，我哪敢动她分毫？适才我路过张承照住处，不巧看见笑靥儿正从里面出来，就是这副样子，边走边系裙带。那粉面含春的模样真是美呀，我算是大开眼界了，所以就请了她过来，让两位梁先生都看看，一同欣赏欣赏。"

她明显是指笑靥儿与张承照有不才之事，而笑靥儿也未反驳喊冤，只是低头嘤嘤地哭。我大感不妙，与梁都监相视一眼，见他也是神色凝重。

"此中或有误会，夫人可问过他们两人？"梁都监斟酌着，先这样问。

杨夫人一瞥笑靥儿，回答说："我也怕有误会，所以特意进去找张承照，想问问他，看他们刚才是在下棋呢，还是在投壶呢。不料才推门进去，那小子看见是我，立即抓了件衣服拔腿就跑，还光着两个膀子，鞋都穿反了，现在也不知上哪里躲着了。不过，却在床上留下了点东西，我让人带了来，请二位过目。"

言罢她侧首示意，立即有家仆上前，解开一个布袋，哗啦啦地将其中物事倒在我们面前的案上。我们粗略看了看，见其中有几幅春宫图，两三个类似玉清给公主看的那种瓷粉盒，一瓶小药丸，瓶身上也绘有秘戏图，其中最触目惊心的是，一个木制的男性器官。

张承照一向轻佻，常与侍女们调笑，而笑靥儿平日也不大稳重，两人做出这等假凤虚凰的事倒也不出奇，何况笑靥儿如今这神情，等于是默认了。

我感到羞耻，也因此事觉得恼怒，脸上像是倏地着了火，开始发烫。杨夫人看着，又勾起了她那抹无温度的刻薄笑意，故意问我："梁先生，依你之见，此事该如何处理？"

我说："稍后我会把张承照找来，问明缘由，若此事属实，自会处罚他们。"

她却不满意，乜斜着眼睛瞅我："那若他一天找不回来，你便一天不处罚？这丑事他们肯定做下了，人证物证俱在，就算张承照过来也赖不掉。如何处罚还请两位先生当机立断，趁早决定，免得拖久了，怕是有人会多加猜测，生出些不必要的流言。"

梁都监便问她："那夫人准备如何处罚他们？"

杨夫人一指笑靥儿，道："先脱了这小贱人上衣，抽二三十鞭，再捆好手脚，让她跪在院中示众三日，张承照找回来，也一样处治。三日后再将这事报呈宫里，是杀是剐，任凭官家做主。"

笑靥儿一听，立即放声大哭，边哭边哀求我与梁都监救命。我闻之恻然，便对杨夫人说："此事尚未查清，再说他们两人皆是宫中之人，案情须先报呈帝后，再请他们遣入内内侍省的都知前来处理，在此之前，不宜擅自对他们施以刑罚。"

她却不依不饶："寻常人家的男女若有通奸之事，都会被抓起来游街呢，何况是宫里的人。这秽乱宫廷是天大的罪，当然更应该严惩示众……"紧盯着我，她加重语气，特意强调后面的话，"杀一儆百。"

我摆首，仍好言相劝："未经审理便为他们定罪，且如此处罚，必会使此事彰灼于中外，徒惹物议。夫人容我先找到张承照，查清事情经过，若真有此事，我自会请后省介入审理，按宫规为他们量刑定罪。"

她呵呵一笑："梁先生如今也怕人议论这等丑事了？竟如此维护他们。"笑容渐渐敛去后，她对我侧目而视，道，"前日驸马说个词给我听，我觉着挺有趣，但今天又把那词的意思忘了，现在想拿来请教先生，请先生再给我解释解释。"

稍作停顿后，她说出那个词："兔死狐悲。"

后来那一瞬，我保持着沉默，但却听门边有人作答："我不知道什么是兔死狐悲，只知道有人狐假虎威。"

是公主的声音，她缓缓入内，身后还跟着张承照和韩氏。

【柒】对饮

公主径直走到杨夫人面前，半垂目，冷冷看犹保持着坐姿的杨氏：“你所在之处，是我的公主宅；你指责的人，是我的奴仆。你虽是驸马的母亲，却不是我的家姑，对这宅中上上下下的人来说，不过是一过客，却又是借了谁的胆子，敢欺负我的人？”

杨夫人瞥了瞥她，又漠然将眼光移开，微微仰首道：“是不是家姑，天下自有公论，我如今不与你计较，现在单说这宅中丑事。寻常人看见案发，还有检举揭发一说呢，而这事就发生在我眼皮底下，我岂有不管之理？说出来，可不是要欺负谁，而是为帮公主端正这宅中风气。否则，若这等事沿袭成风，宅中这些下人，管他男的女的不男不女的，都往一个房里钻，传出去，人家恐怕会说公主管教不严，乃至有更难听的说法也未可知。”

这时张承照忽趋近两步，微瞠双目做不解状，对杨夫人说：“国舅夫人，你要检举揭发，那去抓那些确实犯了大错的人呀。刚才我不过是在房中偷懒，睡了个午觉，值得你这么兴师动众地让人冲进我房间把我揪出来么？”

“睡午觉？”杨夫人嗤地笑出声，一指笑靥儿道，“你会享艳福，睡个午觉也要拉个如花似玉的小娘子陪你，莫非我反倒说不得了？”

“这是从何说起？”张承照连连摇头，又转而对厅中旁观的人说，“本来我一个人在房中睡得好好的，国舅夫人忽然带人闯了进来，再把笑靥儿使劲往房里拖，几个人拼命拉扯她的衣裳，又说要把我们一起锁在房里面，还咣咣当当地把一堆东西倒在我床上。我被吓得半死，也不知我们怎么得罪了夫人，被夫人这样处治。眼见着门快被锁上了，才回过神来，心想，被她如此构陷，我自己倒算不得什么，顶多赔上一条小命，但此事被人借题发挥，影响到公主清誉就不好了。于是，我奋起反抗，以一敌十，终于突破重围，冲出了房间。如今随公主来到这里，是想告知大家真相，也免笑靥儿蒙受不白之冤……”说至这里，他又面朝笑靥儿，问她，“笑靥儿妹妹，你说是不是这样？”

笑靥儿此时大概也明白他的意思了，止住哭泣，忙不迭地点头。

杨夫人看得恼怒，啐了笑靥儿一口，斥道：“你这小贱人，装什么无辜？若是没犯事，适才怎么不喊冤？”

张承照立即替笑靥儿解释：“当时笑靥儿已经被夫人你打得七荤八素了，我走后，或许你又跟她说了些什么，令她不敢喊冤呢？”

笑靥儿会意，一壁颔首一壁低声道："国舅夫人说，若我敢喊冤，日后就割下我的舌头……"

"杀千刀的小蹄子，敢在这里随你的野汉子胡乱编派老娘！"杨夫人大怒，拍案道，"你们在房中干不要脸的龌龊事，宅中有十来个人看见了，众目睽睽之下，难道你们还想抵赖不成？"

公主闻言冷笑，问杨夫人："众目睽睽？却不知看见他们犯事的人是哪些？"

杨夫人挥袖一指她带来的家仆："就是他们，他们都看见了！"

公主也不答话，移步至书架旁，从上面取了个官汝窑天青釉三足洗，猛地掷于地上，三足洗应声碎裂。公主指着一地碎片，问张承照："承照，这三足洗是谁摔碎的呀？"

张承照向她躬了躬身，扬声答道："回公主话，是国舅夫人摔碎的。"

公主淡淡一笑，又问："她是怎么摔碎的？"

张承照道："国舅夫人污蔑臣与笑靥儿，还欲诋毁公主，公主便反驳她，有理有据的，说得她哑口无言。最后她找不到话说，心中又愤懑，便随手抓了这个三足洗掷向公主，幸好公主躲闪及时，才未被她打中，而这三足洗便被砸到地上，摔碎了！"

说完，他还环顾厅中公主带来的小黄门："你们说，是不是这样？"

那些小黄门平时也大多受过杨夫人的气，此时见张承照如此问，都强忍笑意彼此相视，后来有一人先答说"是"，其余人立即响应，也纷纷称是。

公主遂朝杨夫人一扬下颔，道："看，你做的这事也有十多人看见了，也是众目睽睽之下呢。"

杨夫人怒极，拂袖而起，直斥公主："为包庇犯事的下人，竟昧着良心公然构陷家姑，天下哪有你这样的新妇！"

公主的怒意本就如浸油的柴火，经她这一撩拨，火苗便蹿了上来。"良心？你跟我说良心？"她横眉冷对杨氏，目中泛出了泪光，"你若有半点良心，会想到给我下药？把这种下三烂的手段用在新妇身上，天下哪有你这样的家姑！"

这话一出，厅中顿时一片静默，连杨氏也闭口不再多言，在公主盛气迫视下，她略显局促地垂下了眼帘。

下药之事，应该是张承照刚才告诉公主的，为激起公主的愤怒，以促使她与杨氏对抗，全力维护他。念及这点，我转顾张承照，他一触及我目光，马上心虚地低首回避，看来我所料不差。

再看韩氏，她也有些不自然，侧首避过我询问的眼神。张承照对杨氏的揭发，应该也得到了她的肯定。当然韩氏对杨氏心存不满，我可以理解，但这样一来，公主对杨氏连表面上的客气都做不到了，以后又该如何与她在同一屋檐下生活？

何况，知道了下药之事，对公主本身，更是一次严重的打击。我在心里黯然叹息。

公主徐缓而沉重地呼吸着，竭力抑制着此刻异常的情绪，好一会儿后，才压下哽咽之意，对杨氏说出了她最后的决定：“今日之事，我暂且不与你计较，但若你揪住我的内臣侍女不放，胆敢对外人说他们半点是非，我便立即入宫，把你给我下药的事告诉爹爹和嬢嬢，若他们不处罚你，我誓不罢休！”

听了公主的话，杨夫人难堪地沉默着，后来也只是在出门前朝公主重重地一甩衣袖，表达最后的怒意。看起来是公主胜利了，但她殊无喜色，待杨氏带来的人全部离开后，她让其余闲杂人等退下，然后一指张承照和笑靥儿，对梁都监说：“这两人犯了错，请都监训斥他们，想个惩治的法子，只是别被外人知道，落得他人嚼舌根。”

梁都监欠身答应，而公主也丝毫不听张承照喊冤，静静地转而顾我，目中两泊泪水终于夺眶而出。

晚膳时，公主命人取酒来，一个人闷闷地饮了不少，后来韩氏将酒壶夺去，她才停止不饮，起身回寝阁，说倦了，想早些歇息。但是，当我晚间回到自己居处，正在批阅宅中文件时，忽闻有人叩门，让小白去看，他迅速跑回，禀道：“是公主，带着嘉庆子，站在门外。”

我看了看漏壶，已时过二更。于是我掩卷起身，走至院门边，对门外的公主道：“公主，时辰不早了，还是回去安歇吧。”

那扇未开的门后传来她轻柔的声音：“我睡不着，想跟你说说话。”

我像以往那样拒绝：“有话明日再说也是一样的。”

门外一阵沉默。片刻后，我试探着唤她，也未闻回音，我想她应该是走了，便回到房中继续翻阅文书。但后来叩门声又起，还伴随着嘉庆子的声音：“梁先生，公主坐在门外不肯回去。”

我立即赶去，将门打开，见公主当真坐在门外一侧的地上，埋首在两膝上，身子蜷缩成小小一团。听见我开门，她微微侧首看我，嘴角牵出个疲惫笑意：“怀吉，我好冷。”

这是秋夜，风露渗骨，她穿得又少，连斗篷都未披一件。我看得心疼，立即让嘉庆子扶她进我房中。

她在房中坐下，一时又无话，过了半晌才问我：“你这里有酒么？”

有，但是我不想给她。“你今日已经饮许多了。”我和言跟她说。

她郁郁地摆首：“哥哥，我冷。”

我默然，终于还是妥协，命小白去取一壶酒。

他很快取来，还带了两个杯盏，搁在我与公主面前。在注碗中加热水温好了注子中的酒，他又为我们斟满，才退至一边。

公主举杯，先饮了一半。我唤过嘉庆子，低声嘱咐她，让她去厨房为公主煎一碗解酒汤。嘉庆子答应，立即出去，而小白也随她出去，在外关好了门。

“为什么要解酒汤呢？”听见我对嘉庆子说的话，公主以指尖转着酒杯浅笑，“都说酒能解忧，如果解了酒，忧不是又回来了么？”

我对她微笑说：“世间哪有可以解忧的酒呢？以酒浇愁，不过是借这一醉，暂时忘却自己的烦恼罢了。”

“能忘却烦恼，也不错呀。”公主叹道，“我有很多想忘掉的东西。”

她仰首饮尽杯中所剩的那一半酒，然后道：“希望这一杯，可以让我忘掉跟李玮和他的母亲有关的所有事。”

见我无语，她星眸半睐，看着我笑问：“你呢？你一定也有想忘却的事吧？”

“我，也有的……”我沉吟着，托起面前那盏酒，一饮而尽，“这一杯，就让我忘记幼时那些不愉快的记忆吧。”

“是什么呢？”她问。

有很多，例如父亲早逝，母亲改嫁，以及我入宫……那深深刻在我记忆中，永远无法磨灭的疼痛……

这些都是难以启齿的事，我恻然不答，而她也不追问，自己找了个答案：“哦，你说过，你家很穷……”

我勉强对她笑笑，让她以为是默认。

“每个人都有穷的地方，小时候我以为不能出去玩就是我贫穷之处，后来才发现，我还有更穷的……跟若竹那样的女子比，我才是穷到家了。”她黯然说，又自斟一杯，一口饮下，“愿这杯让我抹去冯京和曹评给我留下的记忆……如果没见过他们，我也不会知道我原来是这样穷吧？”

说完，她又给我注满杯中酒，催我再说：“你还想忘掉什么？”

我思忖良久，默默饮完那杯酒，还是告诉了她：“我还想忘记身为内臣这件事，和这个身份带给我的遗憾。”

“嗯。”她点点头，做理解状，“如果你不是内臣，就可以参加贡举，中状元，做大官了。”

不仅如此。如果不是身为内臣，也许，我可以尝试着去抢你过来了吧？我苦涩地想，无论是从曹评手里，还是李玮身边。

当然，这话是说不出口的，而她也很快开始思考下一个问题：“我还想忘记什么……唉，让我忘记我是公主这件事吧，这样就一劳永逸了，因为我所有的烦恼，都是公主的身份带来的。”

她又为此满饮一杯，之后仍沉浸在这个设想里。“如果不做公主，那我做什么呢……”她目光飘至那仰莲形的注碗上，忽然有了主意，“就让我做一株荷花吧，年年生在秋江上，看孤帆远影，看云卷云舒，自由自在，这样多好。”

我按她语意想去，脑中有一幅美丽的画面呈现，不由得唇角上扬。她见了又连声道：“先别笑，说说你自己，你想做什么？”

目光温柔地抚过她眼角眉梢，我含笑道：“若你是荷花，那我就做你花叶底下的波浪，这样我们便可以岁岁年年，随风逐雨长来往。[①]”

她拊掌道好，旋即又有点害羞，埋首在案上窃笑，须臾，抬目看我，晶亮的眸子一睨那壶酒，道：“快斟上，继续喝，继续说，说你想忘记的事。”

我依言斟酒饮下，这回却久久不语。她再追问，我便对她道：“除了以上两件，我暂时也没有什么很想忘记的大事了，如果一定要说，就换成一个愿望吧。”

她没意见，又问我此刻的愿望是什么。我无言地再饮一杯，才趁着两分逐渐浮升上来的醉意告诉她：“我希望，无论我们怎样裁剪自己的记忆，都还是能出现在彼此生命里。”

这句话令她笑容凝结。怔怔地看我许久后，她轻轻挨近我，抚摸着我脸上尚未淡去的伤痕，忽然直身仰首，搂住我脖子，以她那温暖柔软的双唇印在我的伤痕上。

“我记得的。”她一点一点地轻吻着那道伤痕，用一种近乎呢喃的声音说，“我记得跟你在一起发生的每一件事……我会记得你的笑容，你的忧伤，你对我说的每一句话，和，你因我留下的每一道伤痕……”

她的声音越来越小，终至湮灭不见，她略略低首，但额头还是与我面颊相触，让我可以感觉到她的皮肤，她的温度，以及她此时流下的泪。

她的一滴清泪滑落在我右颊上，缓缓蔓延至我唇角。我抿了抿唇，让它消融

---

① 欧阳修《渔家傲》曰：“愿妾身为红菡萏，年年生在秋江上。重愿郎为花底浪，无隔障，随风逐雨长来往。”

在我口中。

“我的泪，是什么味道？”她问我。

而我未及回答，她已再度拥住了我，之前亲吻我伤痕的檀口这次触到了我的双唇。我惊愕之下一时无措，还只是木然坐着，而她似欲自己寻求刚才那个问题的答案，小巧的舌尖已探入我口中，轻挑我牙关，像是准备在我唇齿间觅回那滴消失的泪。

【捌】风暴

夜色流觞，软玉温香，我被动地接受这新奇的体验，于一种类似眩惑的感觉中开始试探着回应她，却又那么犹豫，终究没忘记，如此品取她赐予我的亲密，是我不该领受的欢愉。

于是她停下来，稍稍缩身退后，偷眼看我，微微含笑。

此时灯花瑟瑟跳跃着，被撩动的光影以涟漪的姿态漾过她眉眼，染红她双靥，她赧然低首，是十分羞怯的模样。“对不起……”她轻声说，像做了恶作剧的孩子，在向被打扰的人认错：真的好抱歉。

这寥寥三字，像上元夜点燃焰火的导火线，让所有积存于心的关于尊卑礼义、道德伦理的教诲轰然炸裂，我一手猛地揽住她的腰，另一手挽回她半坠的堕马髻，将她引回我怀中，然后低首侵袭她吻过我的樱唇。一切完成于电光石火的一瞬，以致她猝不及防之下发出的惊呼还未出口便已淹没于我们相触的唇舌中，化作她咽喉间一个沉闷的音节。

起初的惊讶逐渐消散，她开始在我怀中战栗，但显然不是出于恐惧。她左手环着我的腰，右手扶上我肩头，抓紧了我那里的衣襟。我们闭着眼，感觉着彼此乱了节奏的心跳，和流转于口舌间的缠绵。

周围的一切像被水墨晕开，我们沦陷于一个模糊的空间，耳中传来空茫的嗡嗡声，仿佛隔绝了空气，我们相拥着在碧湖水中回旋，一点点下沉，但又触不到底，有水的浮力在托着我们向上漂移。

我与她就这样紧紧相拥，像两条溺水的鱼，在逼仄的空间里相濡以沫，借对方的生气避免窒息。

“怀吉……”良久后，她才艰难地摆脱这次深吻，仍然依偎在我怀中，但含羞敛眉，不敢看我，只埋首在我胸前，轻轻喘着气，梦呓般地唤我的名字。

我搂着她，一壁调整着呼吸，一壁低声在她耳边应道：“是，我在这里。”

她安心地微笑着，合目在我怀里小憩，而我凝视着透窗而入，铺了一地的莹洁月光，倚着两分微醺之意，一时忘却身处何境，仿佛真的觉得自己是个普通士子，而她是那段为我添香的红袖，心中只有淡淡喜悦：霜华满地，庭外应是薄烟笼月，一派秋夜美景，而佳人在侧，今夕亦无玉蟾清冷桂花孤之憾。

我浅笑着望向那皎皎明月光拂过的窗棂，心想庭中植有三五株桂树，少顷让小白多开几格窗，将那月桂清芬引入室中。

但这不经意的转首，却令我惊讶莫名——窗棂之上，除了几缕婆娑树影，还现出了一个人的轮廓，绾着发髻，显然不是小白，而身形也不像嘉庆子那样的年轻女子。

我立即放开公主，站起来，扬声问："谁在门外？"

门被人从外一推，哗地洞开。那人迈步进来，站定在我们面前，铁青的面上两道冰冷目光直刺我眸心。

"梁先生，事到如今，你还有什么话说？"她睥睨着我，以威慑的语气说，没有太多诧异的表情，倒有打破迷局的快意，像是一切尽在她意料中，而她经过一场持久战，终于找到了给对方致命一击的武器。

怎么会是她？杨夫人，驸马的母亲。我举目往外看，见庭中还立着她的两个侍女，而另有两名家仆站在院门边，双双架住小白，且掩住了他的口。我不及细想，已从这情景中闻到了风暴的气息。

公主看见杨氏，先有一怔，旋即怒色顿现："你在这里偷窥？"

"怎么，看不得么？"杨氏冷笑，"你们既有胆做出这等丑事，还怕人看？"

公主拍案而起："放肆！你嘴里不干不净地说什么！"

"是我说的话不干净还是你们做的事不干净？"杨氏直视公主，公然挑衅，"公主可否明示这庭中的下人，你与梁先生刚才在这屋里做了什么？"

公主气结，双目莹然，一时未说出话。杨氏越发气盛，瞥我一眼，再回首朝院门方向高喊："二哥，你给我过来！"

她是在唤李玮。李玮是李国舅次子，故杨氏私下唤他"二哥"。

听她这话中意思，似乎李玮正在院门之外。果然，稍待片刻，随着忽然卷起的一阵落木风，李玮慢吞吞地自门外挪步进来，也不知此前是未敢随他母亲入内偷窥，还是已看到我与公主的情形，方才远远避开。而今他低垂着头走到庭中，却不再接近我们所处之地，紧抿着嘴，一直不看我们，不知是因为恼怒，感到羞耻，还是骤然面对此事之下暂时无所适从。

"把他押下去，明日请官家治罪。"杨氏指着我，命令李玮。

李玮抬起头，冷淡的目光扫了扫我，再掠向公主。而公主早已朝他扬起了下颔："你敢？"

觉察到儿子在公主威胁的言语下表露出的犹豫，杨氏火冒三丈，厉声呵斥他："你还磨蹭什么？等着人家把乌龟壳按到你脸上当招牌？"

这话顿时激起了李玮情绪，他胸口明显起伏着，脸也开始涨红，回头看身后的家仆，然后朝我的方向一摆首，示意他们上前捕我。

未待家仆上前，公主已扬声喝道："想死的只管过来！"

面对宅中奴仆，她向来说一不二，家仆有顾忌，便未敢动手。而公主怒视杨氏，又道："你若敢动怀吉一分一毫，我就……"

"你就入宫告诉官家，说我们欺负你，给你下药？"杨氏拔高音量，堵回公主的话，然后衔着她那一丝永远旋不进目中的冰冷笑意，对公主道，"你以为，官家会觉得，这是天大的罪过？从把你嫁到我李家的那时起，他就盼着你们圆房呢！家姑调教调教新妇，有什么错？等你跟驸马圆了房，就会明白，这选男人可跟吃白切鸡不一样，不能不要公鸡要阉鸡！"

她这句话像一柄飞来的利刃，扎得我可以听见心底血流的声音。我不知公主此时做何感想，但见她睁大眼睛瞪着杨氏，而摁在案上的手正在用力地向内收缩，指甲在桌面上划出了细微的声音。

转瞬间涌起的一堆乌云蔽住了天际明月，一阵紧似一阵的秋风混合着泥土的味道，庭中光影变得如我此刻心情一般晦暗，而杨氏心满意足地将我的表情尽收眼底，随即又继续催促李玮："让他们快动手呀！再不管教这无法无天的东西，满院被骗的猫儿狗儿都要跑到树上去叫春了……"

后来回应她的，不是李玮的答复，而是一个迅速飞来的瓷器撞击她额头的声音——"砰"，有些沉闷。那飞来物旋即坠下，"啪"的一声，四分五裂，这次声音很清脆。

那是公主掷出的酒杯。

杨氏硬生生挨了这一击，似有短暂的晕眩，未做及时反应，只愣愣地盯着公主，直到额头上的血流下，她以手摸来看了，才"啊"地叫出来，一手捂着伤口，一手指着公主怒骂："你这贱人……"

公主再不多话，直接冲至她面前，一拳击歪了她下巴，此后犹不解气，在杨氏目眩耳鸣立足不稳时又左右开弓，给了她两三耳光。

此举太过迅速，又大出所有人意料，起初的一瞬无人有劝阻的举动，后来我回过神来，立即过去隔在公主与杨氏之间，一面抓住公主尚在挥动的手，一面以身做屏障，为公主挡住杨氏的反击。

公主不听我劝解，用尽全力挣脱我的掌控，又朝杨氏冲过去，但这一次，她撞到了李玮身上。

李玮张开双臂箍紧她，不让她有接近杨氏的可能，而他此际目中也泛着泪光，激动的情绪让他变得有点结巴，反反复复地问公主一个问题："为什么，你，你要打，我妈妈？为什么……"

公主哪会有心思回答，只是在他怀中拼命地挣扎着，像一条被抛到岸上的鱼。挣扎许久都未摆脱李玮，公主怒极，又开始挥舞双手劈头劈脸地打他。

杨氏气急攻心之下已坐在了地上，重重吐出一口带血的唾沫后，面对儿子，拍着地面又是哭又是骂："老娘怎么生下你这个窝囊的儿子，娶个新妇七出之条都犯全了，你还这么纵容她，任凭她和个连男人都不是的奸夫爬到你头上作威作福，你竟然哼都不敢哼一声，现在可好，她连你娘都敢打了……不知老娘是造了什么孽哟……要早知是这样，当年生块烧猪肉都好过生你……"

这一声"烧猪肉"话音刚落，公主又有一掌批到了李玮左颊上，声音极响，可见出手之重。所有人的目光都聚在了李玮那浮起指印的脸上，李玮愣怔着看公主，眼圈逐渐红了。在公主即将开始新的攻击之前，他猛地扬起右手，向公主的脸挥下，也给了她一记响亮的耳光。

【玖】宫门

此前喧闹的世界立即安静下来，李玮垂下手，公主也只是徐徐捂住被打的那一侧脸颊，没有再动，杨氏停止哭骂，旁观的人更是大气也不敢出。

从出生到如今，公主从未领受过任何体罚，就算是她的父亲，大宋至高无上的皇帝，在最恼火的时候，也不过是对她稍加呵斥而已，从不会舍得打她一下。被人批颊这样的事，对她来说，一定想都未曾想过，所以她全然怔住，一时找不到合适的表情来应对这奇耻大辱。

须臾，杨氏磔磔的干笑声响起："好，好儿子……"她边笑边说。

李玮并不因母亲的夸赞而喜悦，起初那一瞬的愤怒退去后，他凝视公主的眼神显得有些惶恐，交织着一些焦虑和忧伤，他嘴唇颤动着，似乎想解释什么，但终于还是没能说出来。

公主苍白着脸，转身面朝我，还如原先那样轻声唤我："怀吉。"

之前那些恶毒的攻击，刺耳的咒骂都无法如这声呼唤一样，令我痛彻心扉。我再也不顾众人眼光，上前一步，拉她入怀，轻抚她背，低声道："没事了……我带你回去……"

我维持着温和的表情，心里却只想放声哭泣，无比愤恨自己的无力，让她陷入如此难堪的境地，代我承受这种空前的折辱和痛苦，而此时我所能做的，只是给她这点微不足道的安慰。

“回哪里？”她很平静地问。

“公主寝阁。”

她抬起头，盯着我眼眸，清晰地表达她的意愿：“我要回家。”

“回家？”讶异之下我不敢确定她语意所指。

她颔首，继续点明：“我要回宫。”

现在回宫？我蹙眉看了看户外那酽酽夜色，对她道：“公主，现在宫城诸门已经关闭。”

“我要回宫。”我的话，她恍若未闻，斩钉截铁地重复道。

就在我们对答时，天际电光一闪，转瞬间已有闷雷滚过，沉沉地开始洒落一层冷雨。

“公主，下雨了，不如待明日天亮再……”我这样劝她。但未及说完，她一手推开了我，转身即朝雨中奔去。

我大惊，立即扯下衣架上一袭外氅，追了出去。在庭中追到她时，她已泣不成声，我拉住她手腕，引她回转身来，错落的电光映亮她素颜，但见其上尽是水痕，分不清哪些是雨，哪些是泪。

“带我出去！”她紧抓住我一双手臂，浴着夜雨幽风，凄声对我道，“怀吉，我要出去，我要回家，我不想被困在这里！”

她在我面前痛哭，悲伤得像看不到明天。而这个“困”字，是一个隐秘的咒语，在我多年的宫廷生涯里，常听人提起，此刻公主以如此绝望的神情说出，越发激起了我心底一波悸动。

我残存的理智承受不起她泪滴的重量。宫规是什么？律法又如何？刹那间这一切都显得无足轻重了，我可以将它们与我的生命一起抛诸脑后，只要能给她一点呼吸的空间。

“好，公主，我们回宫。”我对她说，展开外氅，披在她身上，尽量把她裹得严严实实，然后搂住她肩，让她隐于我庇护之下，为她蔽去一半风雨，就这样带着她匆匆赶往宫车停泊处。

当我们的宫车驶出宅门后，李玮冒雨踉踉跄跄地追来。

“公主，公主……”他奔跑着，朝车行的方向伸出手，失魂落魄地连声呼唤。

他是害怕了，想劝止公主入宫么？我回首看，犹豫之下放缓了车速。

“快走！”公主哭着催促，不肯对李玮稍加顾眄，一双泪眼也没有弱化倔强的神情，“再多留一瞬，我会死在这里！”

我旋即挥鞭，让犊车拉开了与李玮的距离。他眼见难以追上，两膝一软，跪倒在积水的地上，竟也像一个孩子般号啕痛哭。

“为什么会成这样？”他望着车轮激起的两卷水花失声泣道，“我尽力了，为什么你却不肯略看一眼？”

西华门前，我向守门的禁卫说明她的身份：“兖国公主。”

他们惊讶不已，不敢相信这个狂叩宫门的“疯妇”会是皇帝的那位著名的爱女，犹疑的眼光睃巡于我们脸上，最终发话让我们在此等候，再回到城门下，扬声向城楼上的监门使臣讲述了此间情况。

监门使臣是内侍省中官，远远地仔细端详我们片刻，终于确定我所言不虚，在楼上施礼向公主告罪，随即迅速进入宫城内，向今上报讯。

数刻之后，我看到了一个此生从未见过的奇异景象——宫门夜开。

金钉朱漆的皇城宫门沉重而徐缓地自内开启，在大门内外拉出几朵交错变幻的扇形光影，门前禁卫高举火炬分列两行，门后内臣手提宫灯，所有人都屏息静气，令门轴发出的嘎嘎声格外清晰。

宫门大开后，公主缓步入内。这是第一次，公主踏着火光灯影出入宫城。

门后捧着一排镀金铜钥匙的监门使臣立即率众向公主躬身行礼，那些匆忙赶来的内臣仿佛尚在梦中，行礼的节奏并不整齐——以如此简易仓促的形式迎公主中夜入宫，对他们来说，也是第一次。

选择西华门，是因为这是离禁中最近的宫门。但要抵达今上所在的福宁殿尚有几道宫门与殿阁要经过：平拱门、皇仪门、垂拱门、垂拱殿……所有宫门前都立着这样一个匆忙赶来开门的监门使臣，看见非时入宫，且没有鱼符、没有墨敕的公主，他们都难以把面上的惊诧神色掩饰得不露痕迹。

公主并不理睬他们，扬首快步穿过一道道宫门。而我们经过后，那些宫门又迅速在我们身后关闭，传来哗啦啦上锁的声音。这略显惊惶的声音令我忽然想起幼年初入宫时所受的教育：监门使臣若不依式律放人出入，轻者徒流，重者处绞……

当公主步入福宁殿时，今夜已云收雨歇，但我却毫不乐观地预感到，这禁门通往的可能是个风雷交加的雨季。

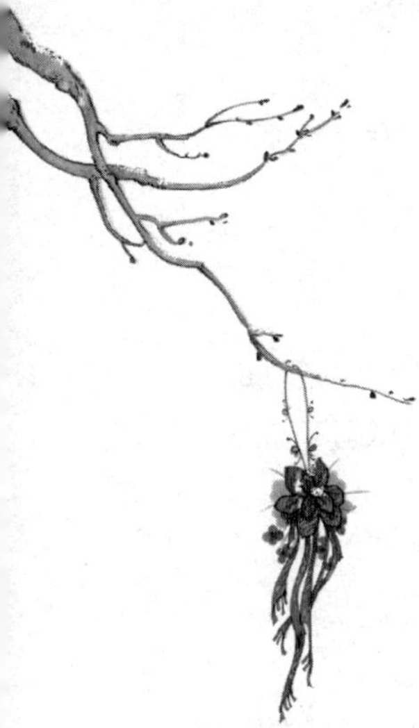

第十一章 西宫南内多秋草

【壹】紫藤

福宁殿中，公主才欲下拜已被今上挽住，又是关切又是忧虑，他连连追问公主之前发生何事，而公主只是悲泣，不久后皇后与苗贤妃相继赶到，拥着她再三抚慰，公主才开始哭着倾诉，从下降之初受到的委屈说起，直说到杨氏下药，以及今夜辱骂我们之事。当然她的叙述有所保留，将我们情事略去不谈，对饮一节也轻描淡写地说是在受驸马母子欺负之下与我“喝了一杯酒，说了两句话”，杨氏偷窥后便肆意辱骂，寻衅打闹，李玮闻讯过来亦相助母亲打了她。

于是苗贤妃一听便怒了，搂着女儿，再不掩饰多年以来因这门婚事郁结的怨气，边抹泪边恨恨地道：“我好端端娇弱弱尊贵无比的一个女儿，放着那么多天下才俊没挑，巴巴地下降到李家光耀他们家门楣，他们不好生侍奉着也就罢了，为何竟使出这么多龌龊手段折磨她？还下药，这种老鸨对付雏儿的勾当也亏那国舅夫人做得出来！倒不知她家当年开的是纸钱铺子还是妓馆！”

她说这番话时面朝皇后，但应该主要是说给今上听的。今上原本很忌讳别人提李家当年凿纸钱谋生一事，大概此刻也觉杨氏所为过分，竟也没向苗贤妃流露不满之意，只是垂首蹙眉，不时叹息。

“还有那李玮，长得又丑又傻，呆瓜一样的人物，若非官家开恩赐福，他再修十八辈子也休想沾到公主一点裙角边。如今借公主跃了龙门，当上驸马都尉了，居然敢拿脸色给公主看，公主不愿与他同寝，他就对公主又打又骂的，是把公主当侍婢呢还是当舞儿歌姬呢？”苗贤妃数落着李玮，自己也气得悲从心起，声音渐趋哽咽，最后索性双臂紧搂着公主大哭，“我的儿，这几年来也不知你在公主宅过的是什么日子，难得你竟默默忍受这许久，一定是不想让你爹爹担心吧……”

公主闻之也大放悲声，与母亲抱头痛哭。今上状甚无奈，听苗贤妃这样说又有些尴尬，讷讷地试图劝解：“或者，此中有些误会，驸马当不至此……”

“什么误会？”爱女心切的苗贤妃也不像平日那样严守尊卑之分，当即拉公主侧身给今上看，抢白道，“女儿脸上的指印还在呢，能有什么误会？”

她这自然是夸张的说法，公主现在的脸只是有些红，哪里还能看出指印。但今上也不反驳，一径沉默着，忧心忡忡地注视着依偎在母亲怀里哭泣的公主，徐徐伸手似想抚慰她，但犹豫之下又缩手回来，撑在膝上，沉沉地叹了口气。

而此时，皇后默然起身，向我递了个眼色，示意我跟她出去。

我随她来到大殿西庑，她让其余侍者退下，然后问我：“公主说与你饮酒说话，国舅夫人偷窥。那么你们当时说的是什么？除了饮酒，还有何举动？”

我良久不语，半晌后才如此回答：“无他，只是剪烛临风，闲话西窗。”

“闲话西窗？”皇后蹙了蹙眉，深表怀疑，“只是这样？国舅夫人此前并非没见过你们独处，但这回偏偏这般气恼，以致出言辱骂，一定是看见的景象不同寻常。”

我一向不善于撒谎，何况是在皇后面前。因此，现在能做的，也只能是保持沉默了。

她以冷静目光观察着我，又一次令我觉得自己无处遁形。

“你们……有亲密举动？”她试探着问。

我低首，面颊灼热。

皇后幡然拂袖，怒道：“我当初告诫过你，要你不要与公主太过接近，你竟全不放在心上！”

我跪下，以这恭谨的姿势表示甘领一切斥责与惩罚，但还是一言不发。

皇后一顾身旁的一个越窑褐彩云纹五足炉，道：“你们的主仆之情，如同一块旃檀，如果搁在香炉里的隔片上，可以碧烟杳杳，终日不绝。但你们就像玩火的孩子，一定要取它出来当柴火烧了，不但暴殄天物，更容易引来噬人的烈焰，烧到自己身上！”

我垂目受教，待她说完，低声应以三字：“臣知错。”

“现在知错，已然晚了。”皇后叹道，“公主行事率性，想做什么便做了，不会瞻前顾后。可你一向懂事，待人接物很稳重，是知道分寸的呀！今晚之事，想必是公主心情郁结之下主动与你亲近，但你为何不退却回避，以至闹到如此地步？”

她这时对我说话的语气并不含太多怒意，倒有恨铁不成钢的无奈，仿佛我确实是她犯了错的孩子。我沉吟片刻后，终于决定对她敞开心扉：“娘娘，公主与你不一样。娘娘是一株挺拔秀颀的木棉，可以独立生长，在舒展的枝干上开出美丽的花。但公主却是一株紫藤，条蔓纤结，无法独自成活，需要与树连理，让花穗开在云树枝头。当她在找不到她认为可依托寄生的乔木之时，暂时把臣当成了缘木而上的支架……臣知道这样不妥，但实在无勇气拒绝她的攀缘。”

皇后叹叹气，十分感慨地看着我：“但是，怀吉，她是紫藤，你却并不是乔木，本来就无法承受她的攀缘……你恬淡明净，如果用草木来形容，就应该是杜若或萱草那样的草本植物吧？生在水边谷中，吟风饮露，清净无为。这样独善其身便好，与藤蔓纠缠，不但于她无益，还会危及自己的生命。”

我凝思须臾，郑重朝她伏拜，然后道：“皇后教诲，臣能听明白。但，臣还是愿意以千万个日子独处面对的流水远春，来换取她无助时一日的依附。”

感觉到她讶异的目光，我勉强勾了勾唇角：“其实，臣的愿望，也就是做一株乔木。”

翌日晨，宫门开启后，李玮入宫，除去冠服，跣足伏拜于福宁殿前，向今上请罪。彼时公主已随母亲回到仪凤阁，而今上将上早朝，便催促他平身，说稍后再论此事，而李玮一直惶恐地跪着不肯起来，低首反复说自己侍主不周，罪无可贷，请今上责罚。今上最后很恼火，对他直言：“你快起来，否则引来众人围观，你与公主的家务事就会闹得朝野皆知，到时，就不仅仅是你们两人的事了。”

李玮这才起身，待今上前去视朝后，又来到苗贤妃阁分前，要向公主请罪。

此前李玮在福宁殿前的情形已有内臣入苗贤妃位报讯，听说他又过来，公主怒而不见，且不许母亲召见他，于是苗贤妃未让他进到阁中。李玮在阁外呆立许久后，有皇后阁内侍来，将他请去柔仪殿见皇后。

随后梁都监与韩氏率嘉庆子、白茂先等公主宅侍女相继赶到，匆匆见过公主后，亦都被召入柔仪殿，接受皇后问询。

将近午时，今上回到后宫，亦直入柔仪殿，且将苗贤妃召了过去。

苗贤妃这一去便是许久，公主等得有些忐忑，不安地问我："李玮不会跟我爹娘胡说什么吧？"

我朝她浅笑着摇了摇头，让她宽心，但私下展望我们将来，自己也觉前途茫茫，雾锁楼台一般看不到光亮。

李玮多半不会在帝后面前主动提及我与公主之事，但皇后既已察觉，必会暗中追问梁都监与韩氏等人，前因后果，一定瞒不过她。今上现在可能也知情了，那我与公主，只怕很难寻回以前那种安宁的状态。

后来，苗贤妃先回到阁中，神色果然凝重许多，屏退祗应人后，便低声问我和公主是否有不适当举止。我缄默不语，而公主自然明白她意思，立即激烈地否认，不肯听母亲再就此多说一句。苗贤妃无奈，只好说："现在我也不想追究下去，只盼这事能尽快消停，别再闹大了。无论你们之间是怎样，别人问起，都一定要统一口径，不要承认任何事，切勿露半点口风，让人抓住了做把柄。"

少顷，有皇帝身边近侍过来，宣召我入福宁殿面圣。我正欲领命，公主却拉住我，对那近侍道："你去跟官家说，公主有事让怀吉做，不许他离开。若官家要问话，请过来问公主也是一样的。"

近侍愕然，但还是答应了，离开仪凤阁去向今上复命。一待他出门，苗贤妃便责怪公主任性，竟公然违抗今上命令。而公主倔强地摆首，道："我不能放怀吉走。如果他一人去见爹爹，不知爹爹会怎样责罚他。"

晚间今上亲自来仪凤阁，与苗贤妃母女聊了些无关紧要的事，劝公主原谅驸马，夫妻日后好生相处之类，对我的态度无大异状，只是偶尔掠过我的目光有些冷肃。末了，他起身回寝殿，似不经意般，对我这样说："怀吉，我殿中有几幅不错的书画，你随我去取了带给公主看看。"

我答应，准备随他出门，而公主立即上前，对今上道："爹爹要赐女儿书画，随便遣个小黄门送过来便是，何必让怀吉过去取？"

此时的她像只刺猬一样格外警觉，任何关于我的事都会令她瞬间竖起身上的刺。今上看着她那戒备的眼神，大不痛快，忍不住斥道："没错，我就是要让怀吉过去，问他几句话。你这样紧张，如此防备，被人看见，真是成何体统！"

公主移步挡住我，盯着父亲，镇静地回答："我不要体统，我只要怀吉平安。如果你们认定我们有错，便会让他承担所有罪责。怀吉一无所有，如果不在我身边，谁来保护他？”

这话令今上久久无言，不知是气恼、感慨，抑或是联想起了什么，他目中渐渐浮出一层水色微光。最后他黯然离去，临走前抛下一句话：“希望此事别被言官留意到……你们自求多福吧。”

但次日我即意识到他这个愿望注定会落空。

一大早，邓都知便送来一张朝报，这份颁行于朝野诸司的报纸最醒目的位置上赫然写着：“兖国公主中夜叩皇城门，监门使臣辄便通奏，开门纳之，直彻禁中。”

【贰】台谏

下次今上再出现在苗贤妃母女面前，是愁眉不展的样子。苗贤妃轻声问他原因，他探手入袖中取出厚厚一沓劄子，抛到我与公主面前的案上。

我匆匆翻看一下，见台谏所论内容全是公主非时入宫、宫门夜开一事。上疏者皆是当世著名言官，包括殿中侍御史吕诲、左正言王陶，以及外放之后又被今上召回，且委以重任的知谏院唐介。

他们在劄子中引经据典，大谈谨严宫禁、杜绝非常的重要性，以及历代君王对守卫失职者的处罚方式，例如汉光武帝出猎夜还，上东门候郅恽拒不为其开门，光武帝后来从中东门入，但次日却赏了郅恽而贬中东门候；魏武帝曹操之子、临淄侯曹植擅开司马门昼出，曹操大怒，诛杀了负责宫门警卫的公车令……

其间今上侧目一瞥，见我正在看王陶的劄子，便命我道：“念最后一段给公主听听。”

我颔首遵命，念道：“然则公主夜归，未辨真伪，辄便通奏，开门纳之，直彻禁中，略无讥防，其所历皇城、宫殿内外监门使臣，请并送劾开封府。”

公主听了蹙眉道：“门是我叩开的，言官不满，直接骂我好了，为何要问监门使臣的罪？”

今上叹道：“你以为他们不想骂你？他们其实连你爹爹也想骂呢。那宫门，若非我下令，谁人敢夜开？台谏只是有所顾忌，不便明着数落我们，才拿监门使臣说事。处罚了他们，也就等于打了我们的脸，给了我们一次警告。”

公主似有歉意，低头不语，好一会儿才又抬起头来问父亲：“爹爹，那你会处罚那些监门使臣么？”

今上摇摇头，明确作答：“不会。他们是奉皇命行事。我的错误，不能让他们承担。”

于是，他顶住了台谏官员们的第一轮攻击，不处罚任何监门使臣。接下来的一月中，仍不断有言官上疏论列此事，他一概置之不理。

公主在宫中住了下来，并无回公主宅的意思，苗贤妃也乐得母女相聚，天天守在仪凤阁中陪女儿，倒是皇后出宫往公主宅看过杨夫人一次，回来说：“她向我哭诉挨公主打之事，好在伤势不重，我加以抚慰后，她也勉强承诺今后不跟外人提起。但公主宅侍者不少，难免人多嘴杂，公主久居宫中，日子长了，只怕更会引起言官注意，若他们追究此事，论及公主细行就不好了。公主稍留两天，还是跟驸马回去吧，日后彼此体谅些，有话也好好说，伤和气的事切勿再做了。”

但公主并不答应，声明只要李玮及其母亲尚在公主宅，她便坚决不回去。帝后劝了数次，均未改变她主意。李玮后来又入宫几次求见公主，公主不但不见还会有激烈反应，不是失声痛哭就是怒而掷物，每每要苗贤妃把她搂在怀中好言劝慰才能安静下来。

苗贤妃为此忧虑不已，有次趁公主午后小憩时忍不住对俞充仪抱怨：“如此夫妻，不如离绝算了！”

俞充仪思忖着道：“他们是官家全力撮合的，就此离绝终究不太好，官家也不会答应。不过，若公主与驸马分开个一年半载，让两人冷静冷静，仔细想想日后相处之道，倒是个可行的法子。”

苗贤妃唉声叹气：“现在官家和皇后都在劝公主回去与驸马和好呢，公主只怕在我身边都待不长，又哪里能与驸马分开那么长时间？”

彼时都知任守忠奉了今上之命，在仪凤阁中探看公主情形，听苗贤妃如此说，便趋上前来道：“要公主与驸马分开一年半载倒并非难事。若苗娘子果有此意，臣即刻前往公主宅，找驸马说说，让他自请离开京师。”

苗贤妃诧异道：“你能说动他离京？”

任守忠笑笑，欠身道：“苗娘子静候佳音便是。”

任守忠随即迅速前往公主宅。也不知他对李玮说了些什么，翌日，李玮果然上疏自劾，列举了一些事例，说自己奉主无状，恳请今上责罚，给予外任。

在苗贤妃极力赞成及任守忠从旁劝导之下，今上从李玮所请，决定降他为和州防御使，命其离京外任。

今上宣布降李玮官的诏令那天，苗贤妃早早地遣了内侍守在朝堂之外，一待今上散朝便将他请了回来，欲问他详情。但结果在她意料之外——今上递给她那卷未能颁行的降官制书，道：“在司马光引导下，堂上御史台和谏院官员一起进言，坚持要我收回了皇命。”

那时公主尚在内室弹箜篌，不知今上到来，苗贤妃也未让人请她出来见父亲，先急切地压低声音追问今上，他便向我们讲述了事情经过：“我让内臣在朝堂上宣读了李玮的降官制书，台谏先是一阵沉默，然后陆续有两三人站出来，又问我公主非时入宫，宫门夜开，可曾处罚了监门使臣。我便说使臣奉命行事，并无罪过，朕不欲追究。他们便继续进言，出列的人也越来越多，都要我处罚监门者。我始终不允，正在两厢对峙时，坐在殿角执笔记录的同修起居注司马光忽然掷笔而起，阔步走到殿中，环视着众台谏官说：‘监门使臣失职，是该处罚，但重点并不在此，而在于兖国公主罔顾宫禁之严、非时入宫的缘由，你们为何不直言？’”

苗贤妃听得心惊，瞠目道：“他把话题引到了公主身上？”

今上颔首，苦笑道：“他在殿上慷慨陈词，矛头直指徽柔，说她一向不孝顺家姑，不尊重驸马，骄恣之名闻于朝野内外。听说在此番入宫之前，公主还曾与家姑打闹，以致殴伤杨氏，不但全无愧疚之意，反而夜叩宫门，入诉禁中，完全无视宫禁周卫、君父安危，若此而不禁，其后必将为常……”

说到这里，他着意看我一眼，才继续道：“司马光还说：‘公主夜叩宫门后，外人喧哗，咸有异议，皆称公主宅内臣数多，且有不自谨者，公主与夫家不协，或为内臣离间所致，陛下不可不为之深虑。如今非但要处罚公主所历皇城宫殿内外监门使臣，而且公主宅所有祗应使臣朝廷都应取勘，重行责降，以肃禁卫之事及皇室家风。公主失德，而李玮事公主素谨，并无大过，如今是非分明，若降罚李玮而维护公主，于情于理都有失公允，皇帝偏私如此，将何以示率天下？’”

我垂目不语，苗贤妃也是好一阵无言，末了才问出一句：“这司马光如此无礼，官家也不骂骂他么？”

今上一哂：“我怎么骂？骂他什么？他说的是朝臣公认的事实，听起来句句在理，我也无从反驳……而且，他话音刚落，便有言官附和，最后每个台谏官都出列为李玮说话，直到我同意收回降官的命令，他们才暂时闭上了嘴。”

【叁】放逐

经台谏力争，今上次日宣布，李玮免降官，只罚铜三十斤，留京师。公主闻讯不乐，越发坚持不回公主宅，而此时的她尚未意识到，更严重的后果将接踵而至。

司马光当头棒喝后，言官们都把公主一事的焦点从夜叩宫门转移到了公主宅中状况及内臣问题上。先是谏官吴及弹劾任守忠"陵轹"，即欺蔑驸马都尉李玮，吓得任守忠不敢就公主之事再多发一言，然后，其余言官继续细论"公主宅内臣数多，且有不自谨者"。御史台听闻风声，开始调查张承照与笑靥儿一事，随即将证据若干私下呈交于皇帝御前，今上遂下令将张承照贬守皇陵服杂役，又把笑靥儿送往了瑶华宫。而都监梁全一不待台谏弹劾，自己便先行向今上请罪，称自己督导失职，以致公主与夫家不协，张承照之事失察在先，处理不善于后，实有负主上重托，万不敢再居高位食厚禄，恳请皇帝降责。今上亦顺势处罚了他，削去其兖国公主宅都监之职，在都城外另选一设有内侍差遣的远小偏僻处，命他前去监当。

梁都监为人和厚，这些年来尊重公主驸马，又善待宅中祗应人，原无过错，此番全是为我们所累。我对他满怀歉意，闻讯后立即找到他，向他下拜致歉。而他挽起我，淡淡笑笑，道："我早知公主与驸马的情形，却未能善加规劝，出了事，也是一味隐瞒庇护，确实未起到都监的作用。如今受罚，并不冤枉……倒是你，以前的事我多说无益，现在只望你能好好想想以后该怎样做……这把火已经烧起来，你所能做的也只有设法逃生了。"

我明白他的意思。如果这是一场火灾，那我无异于纵火者之一，今上不会当作一切都未发生过地放过我，何况，无论张承照还是梁全一，都不会是言官攻击的真正目标，他们的矛头迟早会对准我。

事实的确如此。随后两日宫内开始流传台谏对我的弹词，虽然没明着指出我的名字。

他们说，公主宅勾当内臣职务虽重要，但以往给予其礼遇过甚，使其非但不与家臣同列，还与驸马平起平坐，乃至奴婢视之亦如主人……他们还说，如此重任竟让未及而立之年的内侍担当，实在有欠考虑，而如今这勾当内臣年轻，又言行不谨，颇有轻佻之处，例如在公主宅中不着内臣服饰，在外人面前以都尉自居，甚至离间驸马与公主，以致其夫妇失和……

目睹张、梁二人相继离开后，公主显然也意识到了我面临的危险，她变得空前紧张，整日守在我身边，几乎到了寸步不离的地步，尤其是今上过来时，她那么戒备地盯着他，仿佛他是手握大刀向我走来的刽子手。

后来她竟然不眠不休，因为担心有人会在她睡眠的时候把我带走。今上听说公主整整两日未合眼后，终于忍不住又来看她，而公主见他时说的第一句话便是："爹爹，你是来抓怀吉走的么？"

今上默然，须臾，摇了摇头。公主很是怀疑地注视他，忽然双睫一颤，落下泪来："爹爹，你会伤害怀吉么？"

今上叹道："你把我当年的话全忘了么？不要对某些人太好，如果你想保护他。"

公主移步至父亲面前，屈膝跪下，仰首含泪看他，拉着他袖子恳求道："女儿知错了，女儿会改，只要爹爹放过怀吉……如果爹爹答应不伤害他，那我愿意回公主宅，无论李玮母子说什么，我都再也不与他们争执了。"

今上低目看女儿，微蹙的眉头锁着一千声叹息。怜惜地拨了拨公主额前几缕散发，他温言道："好，爹爹答应你，决不伤害怀吉，你且放宽心。"

"真的？"公主半信半疑地问。

"那是自然，爹爹何曾骗过你？"今上道，又微笑劝她，"两天没睡，你气色不大好，快去歇息吧。"

公主拜谢，徐徐起立，但看起来仍有些不放心，迟疑地站在原地，久久不去。

今上便又转顾我，道："怀吉，你也去收拾一下，明日随公主回公主宅。"

说这话时，他是和颜悦色的，甚至还对我微笑。我欠身答应，苗贤妃顿时笑逐颜开，亲自过来搀扶公主，道："没事了，没事了。姐姐早跟你说过你爹爹宅心仁厚，不会怪罪怀吉，你还不相信，现在知道了吧？快进去睡睡，你这两日没合眼，脸色蜡黄蜡黄的，连头发都快没光泽了……"

公主被母亲搀扶着引入寝阁，步履徐缓，一步一回头，走到门边时略停了停，回眸着意观察我们，见我们均无异状才肯继续前行。

公主走后，今上挥手让众人退下，唯独留下了我。待室内只剩我与他二人时，他对我说了句掷地有声的话："我可以不伤害你，但我不能不处罚你。"

这是我能猜到的结果。我没有惊讶，也没有跪下求他从轻发落，只是低首，应以最简单的一个字："是。"

"我必须处罚你，给台谏一个交代，否则，不久后御史台可能会再拿出一堆证据质疑公主的品性操行。"今上说。

我迟疑一下，还是低声说明："公主与臣，是清白的。"

今上牵出一点冷淡笑意："没有张承照那样的事便是清白么？你与他，也就是五十步与一百步之分罢了。"

我垂目，无言以对。他亦许久无话，过了好一阵方又开口，宣布了对我的处罚结果："明日我会下令，把你逐出京师，配西京洒扫班。"

西京洒扫班隶属内侍省，设有"洒扫院子"一职，专用以安置责降宦官，是在西京洛阳大内服差役，位遇卑下。而西京大内基本上是沿用隋唐宫城，国朝皇帝很少去，年久失修，在那里供职的一般都是失宠的宫人或犯了事的内侍。对入内内侍省的宦者来说，去那里已无异于严重的放逐。

然而今上这样决定，显然已经是手下留情。若按台谏的意见，恐怕不会让我活下来。

我向今上跪下，拜谢如仪。

“其实，无论台谏是否留意到你，我都会处罚你。”他保持着漠然神情，又道，“你不是愚笨之人，这一点，从公主夜叩宫门的那一天，你就应该会想到吧？”

我沉默着，点了点头。

“如果你足够聪明，大可在台谏尚未指责你之前先行请罪，找个侍主失职之类的理由，辞去勾当公主宅之职，自请远离公主，受的处罚便会轻些，或许，还能留在东京。你却未这样做，莫非心存侥幸，以为公主可以庇护你么？”他问我。

我恻然一笑，断断续续地说：“不是。从夜叩宫门的那一天……也许还更早，臣便明白，迟早有一天，臣会为自己所为付出沉重代价，将不得不离开公主……如果公主见不到臣，她会很难过吧……既然离别终究是要到来的，那就让它尽量来得晚一点……所以，臣不愿先行请罪，希望多守护公主一些时日，直到被勒停放逐的那一天……至于罪罚轻重、放逐地远近都不重要了，反正不在公主身边，哪里都是一样的。”

听了我的回答，今上以一种耐人寻味的复杂眼神上下打量着我，须臾，忽然提及张先生：“你是张茂则的学生，我曾以为，你跟他很相似，如今看来，你从他那里学到的，不过是皮毛而已。”

我欠身道：“臣一向愚钝。”

今上凝视着我，起初的冷肃神情如冰水消融一般开始变得缓和：“那么，你应该庆幸你的愚钝。如果你学足了茂则十成十，又做出如今的事，那我一定会杀了你。”顿了顿，他却又摆首一叹，“不过，若你真修炼到茂则的程度，又岂会让事态发展到如今这地步？”

我并不接话，只听他继续说：“但也正因为你与他并不相似，我对你才有这一分顾惜……步步为营、明哲保身固然没错，但人生始终如此，也很乏味吧？”

见我许久未出声，他又这样问我：“离开京师之前，你还有什么愿望么？”最后对我呈出的微笑不无善意。

我举手加额，朝他郑重下拜行大礼，然后道："臣只希望，不要让公主看着臣离去。"

翌日，公主很早便起身，很安静地等待侍女收拾行装回公主宅。我依旧按她的意思，穿上一身文士衣服，让小黄门们也为我整理衣物文具，仿佛真要随行回去。

我一一查问宅中宫人今日所司事务细节，力求一切做得尽善尽美，连公主车辇内悬挂的银香球也亲自逐一摸过，看焚香的温度是否合适。

当朝鼓之声从垂拱殿传来时，我正执着香箸，调整一个烟气过重的香球里的香品。听见那沉沉鼓声，我不由得一滞，想起了放逐我的皇命即将在朝堂上宣布，手中的香箸便一点点低了下来。

"怀吉！"公主忽然在我身后唤。我手一颤，所搛的香品掉下来，落在我托着香球的左手手腕上，有些烫，我忙缩回手，香球随即迅速垂落，几层机关在摇摆中相触，发出一串细碎的银铃声，就像公主此时的笑声。

"你在想什么？心不在焉的。"她以扇掩口，笑着问我。今上特许苗贤妃今日送她回去，有母亲在身边，公主看上去心情还不错。

"哦，臣只是想，车中的香球颜色暗了，回去该换下来擦洗。"我面不改色地回答。

她仍明亮地笑着，又跟我说了几句话。我含笑做倾听状，但她说的内容却未入耳，看着她神采飞扬的模样，心中有一声低叹："多么美丽的笑颜，可惜我再也看不见了。"

护送公主回宅的依然是皇城司的人，但今日随行的内侍尤其多，因为其中一半人另有任务——行至中途时押我离开，送出城外。

我还如往常那样，策马随行于公主车旁。出了宣德门，沿着朱雀街行至相国寺附近时，引导皇城司内侍的都知邓保吉向我递了个眼色，我会意，旋即悄然勒马掉头，准备离开。

公主却于此时蓦然褰帘，惶惶然唤我："怀吉，你要去哪里？"

我停下来，看着路边前去相国寺进香的三五行人，找到了个借口，于是转身应道："公主，臣想去相国寺，为公主买点炙猪肉。"

她疑惑地观察着我，而我仍保持着无懈可击的微笑，令她无迹可寻。少顷，她也笑了："那炙猪肉确实味道不错，但你要买也不必亲自去吧？随便叫个小黄门去也是一样的。"

我浅笑道："不一样。猪浑身上下那么多肉，他们不知道哪个部位好吃，不会选。"

这话听得公主不禁咯咯地笑开来，也终于答应："那好，你去吧。不过天色不好，像是要下雨了，你得快去快回，早些赶上我。"

我自然应承。她眨了眨眼，又道："我不吃肥肉，要净瘦的。"

我含笑道："炙猪肉还是半肥瘦的好，带些油脂口感更佳。"

"不要！"她坚决地摇头，"吃了肥肉会胖。"

周围的人闻声皆笑起来，倒弄得公主有些不好意思，赧然嗔道："笑什么笑什么？还不快走！"

她手一垂，容颜隐于帘后，车辇复又启行。

我倚马而立，目送她远去，然后转身对留在我身边，等待押我出城的邓都知说："怀吉有一不情之请，望都知应允。"

"说吧。"邓都知道，看我的眼神颇有怜悯之意。

"都知可否再给我一点时间，让我去相国寺买点东西，待我出城后，都知再带去公主宅，交给公主？"

他应该能猜到是什么，亦有一叹："好，我陪你去。"

到烧朱院门前时，邓都知率皇城司诸内侍停下，在外等候，让我一人进去。

这日守在院中做生意的不是大和尚惠明，也不是我曾见过的他的徒弟，而是一位体格健壮的妇人。一见我走近，她立即站起身，很热情地招呼："郎君是要买炙猪肉吧？现在恰好有一匹刚烤好的，还烫手着呢！"

我入内挑选，一边查看一边随口问她："惠明大师不在店中么？"

"别提那个老不死的！"那妇人左手叉腰，右手摇着一把大蒲扇，恨恨地道，"他昨日中午喝了一坛老酒，就在床上挺尸，直到现在还没起来！"

我惊讶于她的语气，转念之间才想起来，以前听说过惠明娶了个老婆，京中士人戏称其为"梵嫂"，想必就是面前这位妇人了。

于是我朝她拱手："娘子便是梵嫂吧？适才不知，失敬失敬。"

她大手一挥："嗨！什么梵嫂！那都是你们读书人叫着玩的，说实话，我才不想做那酒肉和尚的浑家呢！跟着他过，早晚会被他气死！"

话虽如此说，她提起惠明时目中仍有温暖的亮色闪过，那神情似曾相识，有如若竹抱怨冯京的模样。

我应以一笑，不再继续这个话题，只指着一块选好的炙猪肉，要她切净瘦的部分。

“郎君要净瘦肉，一定是你娘子嘱咐的吧？”梵嫂边切边问。

我没有多说什么，只颔首称是。

梵嫂笑了：“郎君对娘子这般体贴，她一定生得很美吧？”

我微笑着，想起公主的眉目，心中和暖，如沐春日阳光：“是的，我的娘子，是世间最美的女子。”

从烧朱院出来，我把炙猪肉交给邓都知，随即上马，头也不回地朝城外驰去。那么迅速，令皇城司内侍一度以为我要逃跑。他们一个个跃马追来，而我并不稍作解释，一径鞭马狂奔，直到奔到城外的一个山丘上，才勒马停伫。

“公主现在……怎样了？”

想着这个问题，我怆然回首，一双潮湿的眼迎上漫天飘散的雨丝风片，眺望远处被覆于淡墨色烟云下的天家城阙，向这座深锁着我所爱之人的城池做最后的道别。

【肆】斗茶

西宫南内多秋草，落叶满阶红不扫。这种诗歌描绘的凄凉，直到我进入西京大内，才深切领略到。

洛阳乃自古帝王都，也是国朝陪都，泉甘土沃，风和气舒，清明盛丽。承汉唐衣冠遗俗，国朝士大夫亦偏爱此地，常在此居家治园池，筑台榭，植草木，以为岁时游观之好。因此洛阳城中士大夫园林相望，花木繁盛，誉满天下。

但皇帝驾幸洛阳的机会并没有士大夫们多，往往只是在朝谒诸帝陵寝的时候才顺道前往，少留短短两三日，因此西京宫城受到的重视程度远不如东京大内。隋唐延续至今的宫室已有不少残损，国朝皇帝也无意大修，管理维护大内的官员使臣大多用拆东墙补西墙的方法修葺，常拆旧房两间修为一间新房，到如今宫城规模已大大缩小，不复前朝盛景。

断壁残垣多了，这里也成了荒草昏鸦繁衍的乐土。我到达之时正值黄昏，一位弯腰驼背的老内侍引我至我将栖身长居的宫院，推开院门先就听见一阵鸟儿扑啦啦扇翅膀的声音，那些被惊动的黑羽鸦雀相继飞上叶落殆尽的枝头，看着我们踏着厚厚一层枯叶入内，它们又很快恢复了淡定的神情，冷傲地扭过头去，用它们那单调得理直气壮的“嘎嘎”声朝着西风鸣唱。

在我聆听这鸦鸣之声时，老内侍摸出一把钥匙，哆哆嗦嗦地打开了一间宫室门上的锁。推门之后他先挥动拂尘，扫去梁上悬下的蛛丝，才示意我进去，说：

“就是这里了。”

我花了三天时间把这里清理成一个可以居住的地方。又过了几天，一位新结识的洒扫班内侍到我这里来，一见这情形便笑了：“这么干净，还按东京的习惯打理呢，你一定是还想着要回去。”

后来我才注意到，这里的内侍跟东京的也大不一样，颓废而懒散，自己的居处和所司的宫院都杂乱无章，而他们也欠缺清理的动力，就算干活，也只是在有都监在场之时才摆动两下扫帚。

“扫那么干净干吗呢？反正天高皇帝远，官家又看不见。”他们说。

他们基本都是犯过事的宦者，已不再冀望能回东京，无人关注的人生也像宫城一般，随着岁月流逝日趋荒芜，似乎活着的意义就只是抛开扫帚，眯着眼睛，躺在有阳光的庭院里偷懒。

我没有把太多时间用在和他们闲聊上，虽然他们对我以往的经历很感兴趣。在他们看来，我大概是沉默寡言的，终日只知持着扫帚清扫那些永远扫不干净的院落，就像我现在的职务所要求的那样。

嘉祐六年元月中的某一天，我如往常那样在大殿前扫地，忽有人走近，一角青衫映入我眼帘。

我抬起头，怕扬起的尘灰沾染了他衣裳，正想向他告罪，但这一举目，看清他面容，一时竟愕然。

他温和地微笑着，唤我的名字：“怀吉。”

我又惊又喜，手一松，扫帚倒地，我朝他深深一揖：“张先生。”

张茂则如今的具体职务是永兴路兵马钤辖，在京兆府长安掌禁旅驻屯、守御、训练之政令。他告诉我，此番是作为永兴路进奏使臣，还阙贺岁毕，依旧回长安，途经西京，知道我现在在这里，便来看看我。

我请他入我居处，想出门备些酒菜，却被他止住：“我一向不饮酒，更不喜荤腥之物。我这里刚巧带有一饼今年皇后所赐的小龙团，今日相逢，不若以茶代酒如何？”

我知他平素一无所喜，唯爱饮茶，也就答应，立即寻出茶具，以待煮水点茶。

张先生从携带的行李中取出小龙团茶，又自取一套茶具，银制的汤瓶及茶碾、茶匙，配以鹅溪画绢茶罗及建安黑釉兔毫茶盏，皆世人推崇的极品点茶器皿。

“这些也是皇后赐的？”我指着茶具问他。

他摆首，道：“这是官家赐的。”

我感到意外，旋即含笑道："想必先生回京指日可待。"

他只应以一笑："还早。"

他不再多说，我也不继续追问，接下来的一刻只沉默着看他刮去小龙团茶上的膏油，用一张干净的纸包裹了捶碎，然后取出适量置于那舟形银茶碾上，开始用其中独轮细细碾磨。

龙凤团茶是建州凤凰山北苑贡茶，茶饼上印有龙、凤纹样，大龙、凤团茶一斤一饼，这种小龙团茶是蔡襄任福建路转运使时选北苑茶之精细者所制，一斤十饼，而一年所贡也不过十斤。茶色乳白，这一碾开，玉尘飞舞，茶香四溢，尚未入口已觉沁人心脾。

张先生见我看得目不转睛，便浅笑问我："你如今点茶技艺如何？"

我低首道："难望先生项背。"

他一顾剩余未用的茶饼碎块，道："你也来，咱们斗试一番。"

我一时兴起，亦未推辞，也取了些茶块碾磨，随后我们二人各自在茶炉上煮水候汤，准备斗茶。

候汤之时我们均以茶罗把碾好的茶末细细筛过，少顷，听得汤瓶声响如松风桧雨，便提起汤瓶一一熁盏，再抄入茶末，注少许热水调至极匀，令茶膏状如融胶，才又提瓶，我执一把竹制的茶筅，张先生则持一柄银匙，各自在注汤的同时往自己盏中环回击拂。

我们动作相似，每个环节完成的时间也相去不远。其间我几度偷眼观察张先生举动，而他则一直垂目做自己的事，并不曾顾我一次。

茶叶本可生浮沫，建茶中又和有少许米粉，击拂之下乳雾汹涌，溢盏而起，浮起一叠白色沫饽乳花，周回凝而不动，这在茶艺中称为"咬盏"。而斗茶的胜负就在于乳花咬盏的时间长短，同时击拂之后稍待片刻，谁的盏中乳花先行消散，露出水痕，便算输了。

我们几乎同时停止了击拂的动作，搁下手中茶具，把茶盏正置于盏托上，并列于一处，静候斗试结果。

我用的茶盏是一个敞口小圈足的影青莲花纹盏，胎薄质润，盛着乳花盈溢的白茶，如荷叶捧素雪，而张先生用的兔毫盏胎体厚实，乍看朴实无华，但细观之下，可见茶盏黑青色釉底上分布着呈放射状的银白色流纹，纤细如银兔毫，精妙不可言传，而茶盏与茶色相衬，一黑一白，更能焕发茶色。

初时，我们盏中乳花之状相仿佛，但稍待须臾，便可看出影青盏中的乳花仍是薄了一些，且消融速度略快，细小的泡沫不断破碎，一层层消退下去，终于先露出了中间一圈水痕。而兔毫盏中乳花咬盏依旧，未有一点水色现出。

我旋即欠身，微笑道："惭愧，怀吉输先生一水。"

张先生亦含笑看我，问："我们这次用的茶和水都一样，你知道自己输在哪里么？"

我想了想，摇头道："请先生赐教。"

张先生遂逐一道来："首先，你罗茶时不够细致，筛的次数不如我多，而点茶用的茶末须绝细才能入汤轻泛，使乳花吸尽茶末茶汤；其次，你熁盏时注汤不够，未令茶盏热透，便会影响茶末上浮，发立耐久；再次，你熁盏后便急于调膏注汤，导致点茶之水过熟，过熟则茶沉，应先稍待片刻，等瓶中水沸停止后再开始点茶；而且，你注汤偏多，以致茶少汤多，云脚易散，如此斗茶，注汤至盏中四分即可；最后，你击拂时手势过猛，欲速则不达，应环注盏畔，让热水沿着盏壁流入盏中，起初搅动茶膏时也不要太急，徐徐搅动，渐加击拂，指绕腕旋，上下透彻，才能使茶汤色泽渐开，乳花珠玑磊落，久立不散。"

我大为叹服，赧然道谢，他又微微一笑，似漫不经心地说了一句："一个大的过失，总是由一连串的小失误构成的。"

我低目细品他的话，良久后才又问他："先生点茶之时未曾看我，怎知我罗茶不细，熁盏不够，击拂过猛？"

"这些事，未必总要盯着你才知。"他说，"看看结果，其中过程也就一目了然。"

【伍】萝萝

我听出他弦外之音，有一种难言的尴尬，他也只是静静注视我，别无他言。待印香烬落，茶盏生凉，我方才开口："我的事，先生都听说了？"

他回答："听说一些，不多。"

我斟酌半晌，终究还是按捺不住，直言问他："公主如今怎样？还好么？"

"我只在宫中待了三天，公主在她宅子中，我并未见到。不过，她的情形，应该是好不了吧。"张先生说，从容讲述他知道的事实，"据说你走后，官家又把公主宅中那些有品阶的内臣都逐出去了，并下令省员更制，自今勿置都监，别选一位四十岁以上的内臣和一位五十岁以上的三班院使臣在公主宅中勾当，其余伺候公主的小黄门，年龄须在十五岁以下。后来，殿中侍御史吕诲又进言说，兖国公主乳母、昌黎郡君韩氏曾怂恿公主奏请官家升她侄婿于润的官，又曾将公主宅中服玩器物盗归私家，请官家追查此事。于是官家下诏降于润官职，且削去了韩氏郡封，不许她再服侍公主。"

我惊问：“连韩郡君都不在公主身边了？”

张先生颔首：“现在公主宅中的内臣，不是老的就是小的，而且大部分她以前都不认得。留在她身边的旧人，恐怕就两三位侍女。”他着意看看此刻我的神情，又道：“当初你犯错时，想必已料到自己如今处境，甚至还将生死置之度外，然而，对公主可能面临的境况，你大概未曾想得周全吧？”

我侧首避开他的直视，移目看别处，然而鼻中酸楚，眼角湿润，面前景象也如水波般摇漾，根本无法看清楚。

“怀吉。”张先生再唤我的名字，声音温和而冷静，“我再问你，你知道自己错在哪里么？”

我艰难地咽下喉中那抹堵塞般的疼痛，按言官们给我定的罪名低声答道：“我言行轻佻不自谨，罔顾尊卑，以下犯上……”

“你越界了。”不待我说完，张先生已直接向我做出了他的诊断，“尊卑、上下，姑且不论，单说我们的身份，就跟常人不一样，我们根本没有资格，去追寻一般男人拥有的东西。”

见我沉默不语，他又问道：“你有没有想过，如果此番不被言官留意到，你与公主将如何发展？”

我沉吟许久，还是选择了摇头。

张先生继续道：“情爱之事如醇酒，容易使人上瘾，不知餍足。你们踏出了一步，难免会有更多的尝试，到最后，你与言官指责的那种卑劣宦者有何不同？”

我低首受教，并无话说。他顿了顿，又说了句我始料未及的话：“何况，让你心仪的人看见你残缺的身体，你还有何尊严可言？”

他的语调始终不温不火，平静得像秋日止水，但这话却带着犀利锋芒，直抵我心最脆弱处。我悚然抬目视他，见他凝视着我的双目中有怜悯的意味，少顷半低眼帘，一点微光闪过，他叹了叹气，微露出一丝难得一见的感伤：“从我们净身的那一刻起，我们便已与情爱绝缘。我们一生或许会拥有很多身份，但永远都不可能真正成为哪个女子的丈夫或哪个孩子的父亲，而女子的幸福，往往是从婚姻与家庭中得来，所以，我们要给任何女子幸福，都是不可能的……我们原本已一无所有，如果你珍视某个人，就离她远一点，不要妨碍她与夫君的生活，也尽可能地，让自己保留一点残存的尊严。”

我黯然思量着，最后勉强一笑：“先生无须多虑。我已被贬逐至此，此生不会再与任何女子有瓜葛。”

张先生默然，托起茶盏啜饮一口，又道：“我独爱饮茶，因此物不令人醉，但微觉清思，不似醇酒虽美，却催人肝肠。而且，日有春夏秋冬，天有阴晴圆缺，点茶时看着乳花从浮生到破灭，也像经历了一场生成、持住、衰败、消散的过程……世间万物都是这样的吧，周而复始，一切皆有定数，不必太强求。前事消散的时候，亦不必太难过，不如调整心绪，从容面对以后的日子，或许另一种清明洁净的生涯又将开始了。”

张先生走后，很长一段时间内，我仍未能如他所言，调整心绪，获得平静与安宁。思考他的话和思念公主交织在一起，成了我生活中不可或缺的内容。

我移植了一株紫藤到我院中。在以前的十多年里，我像呵护一株花木一样照顾着公主，而如今，我又像照顾公主一样呵护着这株紫藤，尽我所能把它侍弄得繁茂葱郁，不让一片叶脉露出萎黄之色，不让一根枝蔓沾染虫迹，连叶面的灰尘我都会觉得碍眼，总是小心翼翼地拂去。如果说西京的生活尚有乐趣，那便是从伺花之时获得的。

仲春时节，我的紫藤结出了串串花穗，垂挂枝头，灿若云霞，其中常有莺啼鹂鸣，宛如李太白诗意："密叶隐歌鸟，香风流美人。"

我甚爱此花，不让旁人碰触，为此不惜与人冷面相对。但，也有例外的时候。

一日黄昏，我干完活后回到居处，坐在室内小憩，习惯性地透窗探望院中紫藤，却无意中发现藤蔓抖动，似有人在拉扯。

我立即疾步出去，见一个幼小的女孩正踩在石块上面，一手拉着紫藤枝蔓，一手尽量向上伸，显然是想摘花。

我扬声喝止，她吓了一跳，脚一滑，竟从石块上摔了下来。

她顿时哭了起来，我忙过去扶起她，见她完全是个孩子，又一脉楚楚可怜的模样，起初的怒意顷刻散去，心也软了，于是好言抚慰，又摘了几串花穗给她，迁延许久，她才略略止住了哭泣。

她双颊粉嫩，眼睛清亮，细看之下与幼年的公主倒有两分相似。我觉得亲切，微笑着问她："你叫什么名字？"

她仍有些怯怯地打量着我，好半天后才指着院门外一棵松树上的女萝，轻声回答："萝萝。"

她的衣饰谈不上精致，但也不算太差，应该不是小宫女。我猜测着她的身份，遂又问她："你的妈妈是谁？"

她答道："沈司饰。"

沈司饰是一位被贬到西京大内的女官。据说她当年为今上掌巾栉之事，性格开朗，健谈爱笑。那时今上还只是位十几岁的少年，尚未大婚，有次沈司饰给今上梳头，两人说笑着拉扯嬉戏，不巧被章献太后撞见，太后便以狐媚惑主的罪名将她贬逐到此地。而她从此后性情大异，变得少言寡语，不苟言笑，任何时候看上去都是一副拒人于千里之外的样子。

那么这个萝萝，应该是沈司饰的养女了。我心中感慨，也对她多了几分怜惜之意，捻捻她头上的发带，再问她："萝萝，你几岁了？"

她说："五岁，明天就五岁了。"

"明天是你的生日？"

她点了点头。

我决定送她一个生日礼物。回到室内寻到一把小刀，我又出来在院内找了截胳膊粗的树枝，坐下来埋头削了一会儿，木屑飞散，一个圆头娃娃渐渐现了出来。

大致削好，我把木娃娃递给萝萝，她惊喜地接过，反复细看，爱不释手。

我想了想，又觉得娃娃略显粗陋，便又拿了回来，准备给她刻些头饰衣物。这涉及娃娃的身份定位，于是我又问萝萝："你长大后的愿望是什么？"

宫中的女子通常都有个职位，我是准备等她说出想做什么，再给木娃娃配上相应的服饰，但这小姑娘却给出了个完全在我意料之外的答案。

"生个小娃娃！"她不假思索地回答。

我一愣，旋即感到脸火辣辣的，开始发烫。

"呃，我是说，你长大后最想做什么。"回过神来后，我尝试着跟她解释。

"生小娃娃呀。"她不改初衷，"最好生两个，一个男孩，一个女孩。"

我尽量朝她笑，虽然自己也感觉到了笑容的僵硬："你以后是想当司饰、司药，还是尚服、尚仪……"

我还在想是否多列出几个女官职位供她选择，她已不耐烦地用明净的声音再次作答："我想当妈妈。"

我彻底无语。沉默片刻后，我重又引刀，在木娃娃身上刻出了她怀抱婴儿襁褓的纹样。萝萝很高兴，接过把玩一会儿，然后欢天喜地地跑开了。

【陆】还阙

嘉祐六年闰八月，都知邓保吉从东京来，向我传了一道密旨：即日还阙入宫供职。

我颇感意外，没料到被贬逐仅仅一年后，便会蒙此大赦。当看到邓都知神色肃穆地宣我一人入偏殿时，我还以为他带来的是赐死的诏命。

“是……公主为我进言么？”接旨之后，我低声问向我说“恭喜”的邓都知。

邓都知叹道：“公主为你做的事，岂是‘进言’二字可概之……发现你离京后，她进宫恳求官家召你回来，哭得几欲晕厥，但官家只温言抚慰，始终不答应。于是公主终日啼哭，无论在宫中还是公主宅，面对每一个试图劝解她的人，都只会愤怒地说一句话：‘还我怀吉！’她在宅中欲自缢已不是一次两次，吓得苗贤妃忙又请官家把她召到宫里来住，终日守在她身边，不敢擅离一刻。这一年来，她几乎没有开心的时候，除了哭泣、哀求、怒骂，就只是发呆和昏睡。今年七月中，董贵人生下十三公主。有一天，兖国公主去看这个小妹妹，抱着十三公主玩，才有一点笑容露出。那时十一公主也在董娘子身边，乳母喂她喝粥，她摇头不喝，口中连声说‘芋头’，大概是想吃芋泥糕，而兖国公主一听便怔怔地出神，好半天没动弹。苗娘子见她有异状，马上让人把十三公主抱走，兖国公主也任他们抱走妹妹，自己默默往外走。苗娘子跟着她出去，带她去后苑散心。公主一直很安静，但走到一口井边时，忽然一下子跳了进去，周围人谁也没能拉住……”

仿佛生生受了一次重击，我胸中气血腾涌，声音也在发颤：“公主……出事了？”

幸而，我很快见到了邓都知摆首。“好在内侍们反应还算快，迅速把她救了出来。”他说，“苗娘子抱着她哭得死去活来，而公主一言不发，目光也无神采，像个木头人一样，直到官家赶来，她才开口说话，说的却还是那句——‘还我怀吉！’”

我微垂首，在静默的状态下暗暗发力咬舌，让此间的疼痛抑止和消减另一处的感觉，直至品出血液腥甜的味道。

“苗娘子听了这话越发难过，下拜恳求官家召你回来。官家连连叹气，十分为难。抚慰苗娘子母女后，他又去看董娘子，告诉董娘子，他准备进她为婕妤。董娘子三年内生育三次，最后生十三公主时又难产，身体十分虚弱，一直缠绵病榻。听了官家这话后，她却立即起身，跪在官家面前，力辞晋位之事，问官家可否把这次赏赐转为一个承诺，帮她实现一个愿望的承诺。官家问她的愿望是什么，她回答说，希望官家能赦你之罪，召你回来见公主。”

秋和……她自己也是有心愿的，却把每次实现心愿的机会都用于成全别人。我对她的感激无以复加，但面对邓都知的叙述，我还是保持了沉默，因找不到任何合适的语言，可以表达她的善良带给我的触动。

“听了董娘子的话，官家仍然没表态，但想必是动了召你回来的念头的。而最后让他下定决心的，是另一个人。这个人，你一定猜不到是谁。”邓都知又道。

我抬头，朝他投去询问的目光，他亦不卖关子，直接说出了答案："是驸马李玮。"

在我讶异的注视下，他继续说："听说公主投井之事后，李都尉入宫求见官家，跪在官家面前叩头。官家还以为他又是来请罪，不耐烦地说：'这事与你不相干，你回去吧。'李都尉却支支吾吾地说有一事想请官家答应，官家问是什么，他说：'请把梁先生召回来。'"

讲至这里，邓都知停下来，看着我，似乎在等我说些什么。而我完全失语，与他两厢无话，许久后，才问了一句："他说请求召我回去的原因了么？"

邓都知道："没有。官家也问他，但他没解释原因，只是不停地叩头，反复恳请官家召你回去。"

我与邓都知马不停蹄，迅速赶回东京。到东京城门附近时天色已晚，邓都知原本还道关闭城门时辰已过，只怕我们今日进不了城了，走到城门前才发现，门依旧大开，并未关闭。邓都知大感诧异，询问守门兵卫，兵卫回答："十三公主今日出殡，官家下令说要留着宫门及城门，等送殡的人回来才关。"

十三公主夭折了？我转顾邓都知，他点点头，低声道："十三公主出生后情况一直不妙，我离京时她已病危。"

算一下日子，这位小公主在世间仅仅生存了两个月。我心下黯然，不敢猜想秋和会如何伤心。

邓都知领我入城，在监门使臣查询我身份时，他掩饰说："这是西京还阙奏事的内臣。"

待入到城中，他才悄悄告诉我："你此番回京，官家不欲人知，尤其是台谏，所以派我去传密旨，也叮嘱我，这一路上不要向人说起你的身份，否则，台谏知道你回来，必定又有话说。"

我垂下眼帘，想起了台谏之前对我的指责。邓都知默然行了片刻，忽又转头跟我说："你大概还未听说吧？今年六月中，官家接受诸臣建议，迁司马光为起居舍人，同知谏院……司马光短短两月间，已上了十几二十多个劄子，成了进言最多的现任谏官。"

【柒】朱朱

入宫之后，我首先见到的人是皇后。

"我们让你回来，并不等于让你回到公主身边，像一切都没发生过那样，依旧让你做公主宅的勾当内臣。”她开门见山地说，“你且留在宫中，在公主入省禁中时你们可以见上一面，让她知道你平安无恙，但也仅此而已，以前那样的相处，是不能再有了。”

我低首，缄默不语，接受她冷凝目光的审视，好半天后，听见她叹了叹气：“你们都不会控制自己的性子，那么，我们只有改变你们的相处方式。”

我举手加额，拜谢如仪：“臣谢官家与娘娘圣裁。”

她又道：“你也不能再回苗娘子阁中，回头让邓都知给你另寻个居处，日后做什么，待我再想想，但为免引起台谏注意，品阶高的职位也是不能再得了。”

这倒并不是我很关心的。“那么，公主……”我迟疑着，只想问何时能见到公主。

皇后自然明了，答道：“官家已向公主承诺会召你回来，让她回公主宅中去了，至于何时让你们见面，我们会再商议。”

我再次道谢。她随后命邓都知带我出去。在我退至门边将欲转身时，她又唤住了我，吩咐道：“这次你能回来，秋和也出了不少力。明天你先去看看她。”

当我见到秋和时，为她的模样暗暗吃了一惊。一年不见，她已可用形容枯槁来描述，额上勒着一道乌绫抹子斜倚在病榻上，未施脂粉的脸上连嘴唇都是青白的，单薄得像个纸糊的人儿，完全没有刚生过孩子的妇人的丰腴。而且，她眼周有浓重的深色，一双原本十分清澈美丽的眸子黯淡无光，仿若干涸的泉眼，大概是睡眠不好，且常常垂泪所致。

这日京兆郡君高氏入宫问安，亦来探望秋和。我入内拜谢秋和时，两人正相对闲话家常。看见我，秋和显得很惊喜，勉力支撑着坐起来，连声唤身边侍女请我坐，又命她阁分的提举官赵继宠为我布茶，完全没把我当卑贱的内臣，倒像是招待一名远道而来的贵客。

这令我有些不安，欠身连连道谢，却不敢按她的意思，在她面前坐下。秋和再促我坐，最后京兆郡君也含笑相劝：“我们都与梁先生相识多年，且又不是在大庭广众之下，先生无须如此客套，还是坐下慢慢叙谈吧。”

我这才坐下，与她们相对寒暄，有京兆郡君在场，我们谈的也大抵不过是西京生活与旅途见闻，语意轻松得仿佛我只是奉命去西京补外一年而已，她们都没涉及我遭贬逐的来龙去脉，也没一句提及公主。

少顷，有幼儿啼声从外面传来，然后一位乳母抱了个两岁多的小女孩入内，对秋和道：“娘子，十一公主又醒了。”

那女孩就是秋和的第二个女儿，皇十一女永寿公主了。我立即起身，向永寿公主施礼。秋和笑道："她还是个不懂事的小孩子，何必这么多礼。"一壁笑着，一壁从乳母怀中把永寿公主抱过来，微笑着轻声对她说，"朱朱，你昨晚醒了好几回，天亮才睡着，怎么又醒了，莫非知道有贵客来么？"

她笑而指我，永寿公主闻声转头打量我。她的肤质得到了秋和的遗传，使她看起来晶莹剔透，如同和田玉精雕细琢成的小人儿，一双酷似秋和的美目犹带泪痕，见我在看她，她又立即埋首往母亲怀里躲，那娇怯怯的模样真是令人忍不住心生怜惜。

我离京之时今上尚未给她取闺名，宫中人都顺着皇后的叫法称她"主主"，现在秋和唤她"朱朱"，想必这便是永寿公主的名字了。

"十一公主的闺名很好听。"我含笑道。

"是么？"秋和与京兆郡君相视而笑，然后又向我说明，"说起来，这名字还是京兆郡君家的四哥取的呢。"

这"四哥"指的是京兆郡君与十三团练的第四子仲恪。京兆郡君旋即微笑对我道："我家那小子没大没小，不知尊卑，这样胡乱唤姑姑，好在官家与董娘子宽宏大量，不与他计较。"

见我有些不解，秋和便细细解释："去年初冬时十一公主病得很重，京兆郡君带着几位哥儿姐儿来看她，仲恪听见皇后唤公主作'主主'，一时听岔了，就很高兴地指着自己穿的猪头鞋不住地唤'猪猪，猪猪'。说来也怪，本来十一公主一直在昏睡，听见他这样唤便睁开了眼睛，后来病也渐渐好了。官家很高兴，就说寻常百姓家习惯给孩子取个贱名，以求好养活，看来是有道理的，不如就叫十一公主'猪猪'吧。皇后听了笑说，猪猪这名字虽然听起来很亲切，但用来当女孩子闺名毕竟不太好，不如还用这音，但换一个字，改成朱红的朱，还这样唤，但写出来又是吉利的字，就两全其美了。官家欣然接纳，从此后我们便叫十一公主'朱朱'了，而官家也特许仲恪唤朱朱的名字……"

她话音未落，即有一位五六岁[①]的男孩似踏着风火轮一般从外面冲进来，脑袋上的头发剃去了大半，仅留额头上一小撮，穿着一身丝质衣裤，内着齐膝长襦，外罩一件长袖短衫，两袖鼓鼓的，袖口又被他反手捏住，使袖子看起来很像两个大袋子，也不知其中藏了什么东西。

京兆郡君一见便斥道："四哥，你莽莽撞撞的，瞎跑什么呢！别惊到了董娘子和十一公主。"

仲恪奔到秋和与永寿公主面前止步，侧首对母亲说："先前我去跟菀姐姐

① 注：本书中人物年龄均以虚岁计。

玩，见她刚蒸好了一匣子香料，说是在帐中用的，闻了可以睡得很好。不是说朱朱最近晚上老是惊醒么？我就请菀姐姐点了一炉，让我薰了满满两袖子，给朱朱带来。怕时间长了香会溜走，所以我才要跑快一点呀！”

他说的“菀姐姐”是指皇后几年前收养的养女，真宗朝参知政事冯拯的孙女冯菀儿。这姑娘兰心蕙质，平时也跟秋和一样，喜欢调制脂粉香料。

仲恪解释完，也不再听母亲嗔怪，朝着永寿公主散开了袖口，且两臂不停地大挥大舞，力图使公主尽可能多地闻到他带来的香。

那香味有沉香的清雅，却又另带一种水果的甜香，闻起来确实令人心神安恬，颇感愉悦。

“嗯，这香味不错，是用鹅梨汁和沉香蒸的。”秋和很快分辨出，笑对仲恪道，“四哥，谢谢你。”

仲恪摇摇头：“不用谢，只要朱朱喜欢就好。”然后又很关切地问永寿公主，“好闻么？”

永寿公主抿嘴笑了笑，似乎明白他意思，点了点头。

“那你想睡觉了么？”仲恪两眼圆睁，急于确认这香料的奇效。

室内的大人都笑了起来。京兆郡君一拍他光溜溜的后脑勺，笑道：“才闻一下就想让人家睡着，你道这是迷魂药呢！”

仲恪抚抚母亲所拍之处，亦不好意思地笑了。随后又伸手去掏腰带上系的锦囊，摸出一对白玉雕成的玉猪，塞到永寿公主怀中，道：“这是爹爹给我的，送给你了。”

这对玉猪看起来应是西汉古物，集圆雕、阴刻、浅浮雕为一体，圆滚滚的，十分肥硕，尾巴上卷贴在臀上，四肢屈伸，做奔跑状，表情生动，憨态可掬。

永寿公主嘴角含笑，不住抚摸玉猪，看上去也很喜欢。

京兆郡君打量着仲恪，忽然问他：“你缨络上的虎头锁片呢？”

我们闻声看去，果然发现仲恪脖子上的缨络下面空空如也，所坠之物不见了。

“哦，我摘下来搁在菀姐姐那里了。”仲恪说，又指着永寿公主手中的玉猪道，“朱朱是猪猪呀，猪是怕虎的，所以我不能戴着虎头锁片来见她。”

听了这话，秋和只是笑，京兆郡君则又把仲恪的手打下，斥道：“跟你说过多少次了，不能这样胡乱唤十一姑！”

仲恪不悦道：“十一姑本来就叫猪猪嘛，翁翁许我这样唤她的。”说罢，又朝着永寿公主连声唤道，“猪猪猪猪猪猪……”

永寿公主困惑地看看他，又看看那对玉猪，像是忽然意识到了什么，一把将玉猪推开，有些生气地嘟起了嘴。

这情景看得大家忍俊不禁，仲恪也随之开口笑，不想他身后却有一女童清楚地冲着他唤了一声：“毛毛！”

仲恪转身一看，朝那三岁女童施了一礼：“九姑姑。”

那是皇九女福安公主。她所唤的“毛毛”是仲恪的绰号，其中典故我知道：仲恪两岁多时入宫见帝后，那时他头发很多，被分成若干方块，每个方块上的头发都揪起来扎成了个小球。今上见了笑道：“这发式不好，像长了满头包。”于是命人剪去，改了现在这一撮毛的发式。而当时仲恪不愿意剪发，十三团练让人趁他熟睡时将头发剃掉。仲恪醒来时一摸，发现自己脑袋光溜溜的，又见面前一地碎发，立即悲从心起，拾起一撮头发就开始哭：“我的毛……”因为那时候他还没学会“头发”这个词。从此后，宫中的人就给他取了“毛毛”的绰号，偶尔看见他也会逗他，故意对他说：“我的毛……”

也不知是谁告诉福安公主这事，此刻她看着仲恪，又笑嘻嘻地重复唤了一声：“毛毛！”

仲恪赧然，很尴尬，却又不好说九姑姑什么，只得瞪眼望屋梁，浑身不自在。而永寿公主很快发现了这个称呼对他的影响，亦尝试着唤他“毛毛”。仲恪吃惊地看她，随即很生气地说：“猪猪你不能这样叫我！”

永寿公主却越发开心，又兴致勃勃地接连唤道：“毛毛，毛毛，毛毛……”

仲恪不忿，又冲着永寿公主叫“猪猪”，永寿公主继续以“毛毛”对抗，两个小孩就以这种简单的方式斗嘴，看得周遭大人几乎都笑弯了腰。

秋和也在笑，而且那喜悦显然是发自内心的。女儿的影像有若破晓的晨曦，又点亮了沉寂于她目中的心火，令她瞬间容光焕发，与我今日初见她时的模样判若两人。

“这两个女儿，是上天赐给我的最珍贵的礼物。”京兆郡君带着仲恪走后，面对我所提的“近来好么”的问题，秋和把两位公主都抱到身边，这样跟我说，“有一阵子，我也很迷茫，好像一切都事与愿违，不知道自己活在这世上的意义是什么，直到我生了我的女儿。有她们在，我才有了快乐。或许，我之所以来到这世上，又被上天这样安排，就是为了给她们生命吧。如此一想，我终于心安了，觉得此前的失意和悲哀都可以看开了。上天毕竟待我不薄，让我拥有这两个可爱的女儿，我很高兴做她们的母亲。”

【捌】浮萍

又过数日，今上才召我觐见。仅仅相隔一年，他竟像老了一轮。当我入内时，他正支肘于案上不住抚额，花白胡须稀疏的影子扫过面前厚厚一沓劄子，在烛光映衬下，他脸上皱纹深重，有如刀工錾刻的痕迹。

听见我请安，他略略抬目扫了我一眼，然后直接说：“重阳那天，公主会进宫来，你们在皇后阁中见上一面吧。”

他面无表情，声音也听不出什么情绪，但与其说淡漠，不如说是一种近乎心力交瘁的疲惫。

我伏首再拜后对他说：“臣谢官家恩典，但，重阳那天，臣能与公主远远相望一眼已足矣，无须再在皇后阁中相见。”

这是我这几日深思之后的结果，一定也是今上不会想到的。这令他有些诧异，沉吟须臾，他问我：“你是怕与公主见面会太动感情，还是怕在皇后旁观之下会尴尬？”

我摆首，这样回答他：“臣怕看见公主的眼泪。”

今上无语，最后挥了挥手：“你退去吧。”

我拜谢，徐徐退出。迈步出门时，很清楚地听见了身后传来的一声叹息。

邓都知送我离开福宁殿，快出院门时，我想起问他：“今后我做什么，官家明示了么？”

“没有。”邓都知说，“他现在哪有心思考虑这事……”

见左右无人，他才又压低声音告诉我：“这两日司马光又连续进言论三件事，一是十三公主出殡那天留城门及宫门至深夜，他说宫禁不严，坏了规矩，写了好几百字，把整个夜开宫门应有的兵卫仪仗和程式都复述了一遍；又说今岁以来，屡见灾异，民多菜色，正是皇帝侧身克己之时，而近日宫中燕饮太多，劳民伤财，何况酒又是伤性败德之物，官家应悉罢燕饮，安神养气，别多饮酒及食厚味腊毒之物，另外，还劝官家说，‘后宫妃嫔进见有时’，皆不宜数御以伤太和……”

我想起了秋和，便又问邓都知：“官家近来频频召见十阁娘子么？”

邓都知叹道：“这两三年，能称得上频频召见的，其实也只有董娘子和周娘子……官家的心病，所有人都知道，但偏偏三年中竟连续生了五个公主。群臣都在劝他选宗室为嗣，这不，司马光论的第三事，说的就是这个。”

的确，与储君之事相比，对我的安置简直是微乎其微的一个小问题了，今上根本无暇去想，虽然，在过去的一年中，公主的悲伤必定也是加快他苍老速度的重要因素。

此后帝后还是没给我安排新职位，我想他们的意思大概是我什么都不用做，只要隐身于这宫中，不被言官发现就好。重阳那天，也没有人告诉我该怎样见公主，似乎大家根本就忘记了这事。我也不知道公主是否已入宫，又会出现在何处。无所事事之下，我见后苑勾当官在指挥小黄门划着扁舟入瑶津池，清除池中过多的浮萍，便自己请命去助他们完成这一工作。

我分得了一叶舟，举棹划入池心，再提网一点点抹去波上略显泛滥的那片绿色。大部分时间里我做得相当专注，直到我的舟漂到一垂杨掩映处，才蓦然想起，这是当年初见公主与曹评泛舟的地方。

如果那时与公主定下婚约的是曹评，那现在一切都会不一样了吧。我惘然想，琴瑟在御，莫不静好，他们说不定也会像十三团练与高姑娘那样，早已儿女绕膝，共享天伦了……

就如印证我想法一般，我身后渐渐传来一阵小儿女说笑之声。我侧首一顾，见一艘精致画船从烟波荡漾处漂来，在我面前不远处停下，船中有许多女眷及孩子，逐一细辨，我认出皇后、京兆郡君，以及十三团练的几名子女，冯菀儿也在其中，而坐在她身边的女子，就是与我阔别一年的兖国公主。

公主的鬓边簪着一朵粉红色的桃花菊，但在这丰饶艳色映衬下，她自己却枯瘦得像一片秋日的树叶。此刻她正低眉坐着，与冯菀儿一起，依都城重阳风俗，把彩缯剪成茱萸、菊花、木芙蓉的图案，以备赠予亲朋。

她徐缓地做着此事，暂时没有发现我的存在。倒是皇后，在与京兆郡君闲谈间隙，目光有意无意地掠到了我身上。

或许，这就是她依照我的建议，给我们安排的见面方式吧。我朝她欠身，然后轻轻引棹，把自己的舟引入了柳荫更深处。

毕竟隔得不算远，我仍可观察到画船中动静。这时仲恪把一个透明的琉璃瓶用细长的红缯系住，悬在一根细木棒上，然后垂入水中，做钓鱼状。仲明看见了，便问他："你用的瓶子，可是菀姐姐盛大食蔷薇水的琉璃瓶？"

仲恪回首做了个鬼脸，却不答话。冯菀儿见状，搁下手中剪刀起身探视，仲针立即跟上，两步走到仲恪身边，挥手一拉，把瓶子猛地提了起来。冯菀儿定睛一看，脱口说道："哎呀，真是我的蔷薇水瓶子呢！"

仲针便冷下脸来，朝弟弟威慑地喝了一声："仲恪！"

仲恪嘻嘻笑着，并不害怕，转头对冯菀儿道："菀姐姐，我见你的蔷薇水用完了才取这瓶子来玩的。"

冯菀儿笑道："胡说，明明还有一半。"

仲明听见便上前一步，对冯菀儿道："四哥还是小孩子，不懂事，菀姐姐你别生气，一会儿我回家取一瓶还给你。"

未待冯菀儿回答，仲针已朝仲明摇头："你别一味纵容他，否则下次他还胡乱取别人的东西来折腾。"然后他又瞪了仲恪一眼，扯下琉璃瓶，举起手中的木棒作势要打仲恪。

仲恪哈哈笑着跑到公主身边，使劲往她背后躲，边躲边乞求："姑姑救我！"

这情景逗得公主终于笑起来。她起身，挡住仲针，道："不过是半瓶蔷薇水，多大个事呢，你若想要，我现在就可以赔给你们。"

仲针打量着公主，奇道："现在？姑姑带了蔷薇水来？"

公主微笑不答，自拈了块红缯剪了数下，然后展示给众人看："像不像蔷薇？"旋即拾起被仲针抛在甲板上的琉璃瓶，把剪好的红缯投入瓶中，晃了两下，又道，"蔷薇入水，这水不就是蔷薇水了？"

公主把琉璃瓶递给冯菀儿，冯菀儿接过，还一福道谢。众人皆笑，仲恪更拍掌笑赞："姑姑真聪明！"

公主一刮他鼻子："不过，你也该收敛一点。若下次再捅出这样的娄子，姑姑可不会再为你善后了。"

这样说着，她自己也忍不住笑起来。她看仲恪的样子，俨然是一位年轻母亲的神情。

她似乎一直都是很喜欢小孩的，跟孩子们在一起的时候，她的心情都会好些。当年她那么厌恶张贵妃，但对八公主仍是很关爱。而近年来对那几个异母妹妹，也都是疼爱有加，或许她跟萝萝一样，是有种期待做母亲的天性吧。

我在柳枝影里看着她微笑，可这个念头却让我心里隐隐作痛。

而这时，仲恪告诉了公主私取琉璃瓶的原因："朱朱不能跟我们出来玩，我想用这瓶子钓几条小鱼带回去给她。"

公主一点他额头："真是傻孩子！这瓶口这么小，又没鱼饵，你怎钓得起鱼？"

仲恪一时也无语。东张西望一周，他忽然发现了我的舟，便指着我惊喜地唤道："你过来，把你船上的小网兜给我！"

公主亦随之看过来，很快地，她的笑容凝结，目光直直地锁定在我半露于垂杨下的身影上，情不自禁地朝船舷边移了两步。

在仲恪持续招呼声中，我缓缓划动木棹，引舟靠近画船。除了不知内情的仲恪，画船上所有人亦都沉默了，一时天地间只剩风声水声刺棹声，和仲恪欢快的笑语声。

那么一段短短的距离，我却划了很长的时间。我缓慢而艰难地接近她，看着梦中萦系的熟悉面容，却不知是喜是悲。

她双唇在轻颤，像是想笑又笑不出来。后来，她紧挨着船舷弯下腰，向前伸出手，一双水光漾动的眸子满含期待地凝视着我，似乎在准备接引我上船。

终于，我离她只有一步之遥，只要一伸手，就可以触及她微微颤抖着的指尖，而她唇角上扬，在这貌似短暂的等待中，一抹纯净的笑容如雪莲花开。

伸手，伸手，我心底仿佛有人在念这样的咒语。但，最后我做的却是，举棹一抵画船的船舷，将我们之间的距离拉开，然后摇桨推开池中波澜，在她眼睁睁的注视下，逃离了这片有她存在的空间。

第十二章

瓦砾明珠一例抛

【壹】焚心

我以为会听到她的哭声，但是竟没有，我身后的她比池中涟漪还沉默，我所能感知的只是她执着的目光，一直锲而不舍地追随着我。在转入一弯水道前，我终究忍不住有一回顾，见她仍怔怔地面朝我的方向，但眼中神色似香火燃过，唯余一片灰暗冷烬。

我躲到一个隐蔽的角落，直到宫门关闭、夜幕降临后才出来，前往邓都知的居处找他，问公主今日的情形。

邓都知道：“泛舟回来后公主并没哭闹，只是许久未说话，拜别官家回宅子之前才开口问官家：‘是爹爹不许怀吉跟我回去么？’官家沉默着不回答，皇后便在旁边好言相劝，说了一番你如今不便再回公主宅的道理，公主也没有反驳，很安静地回宅中了。苗娘子不放心，让看着公主长大的提举官王务滋跟公主回去，再好好劝慰公主。现在他们已出宫多时，想来也不会有事，等务滋回来，你再问他吧。”

王务滋回来得比我预想的早了许多。他应该是在宫门开启的那一刻就冲了进来，那急促奔走掀起了殿阁间的忙乱气氛，沉寂已久的后宫又浮生出一片嘈杂声，涌入了我封闭的小窗。

我本就一夜未眠，听见外面喧嚣即起身开门去看，正撞上匆匆从福宁殿方向赶来的王务滋。

“官家让你快去公主宅。”他一把抓住我，喘着气说，“快！公主、公主在放火烧宅子，模样癫狂，谁也拦不住！”

我立即朝外狂奔，在宫门前跃上小黄门备好的马，向久违的公主宅驰去。

尚未靠近，便见公主宅方向浓烟滚滚，火光冲天。我扬鞭策马直驰到公主妆楼前，那里早已聚满奴仆婢女，一些人端着水，大缸小盆地都往烈焰飞舞的楼上泼，还有一些在往楼上跑，和此前已在那里的人一起，试图接近立于阑干中间的公主。

看这火势应该是延续许久了，妆楼一侧已烧了个大半，公主就站在火光边缘，披散着一头乌发，手持一支原本用来逗弄猫儿狗儿的沉香麈尾，那麈尾一端原系着一段孔雀羽毛，现在已消失不见，取而代之的，是一朵跳跃在沉香枝头的橙红色光焰。

我下马，三步并作两步上楼去，见公主正挥动着沉香枝指向试图靠近她的人。

“还我怀吉！”她一字一字，不疾不徐地对每一个人说。肆虐的火光为她苍白的脸镀上了一层胭脂色，她飘扬的长发和丝质衣袂有与烈焰相触的趋势，而她浑然不顾，面朝众人，却眸光涣散，视若无睹，只知道把燃烧着的沉香枝当作可以倚仗的武器，直指面前所有假想的敌人，固执地重复着她唯一的要求：“还我怀吉！”

只要有人稍微向前移步，她便振臂一挥沉香枝，让火焰绽放出更艳丽的花，而令人惊惧的是，她身披的大袖衣裙左侧有一泊油渍，散发着植物芬芳，应是她刻意泼洒的竹荷头油。只要有一点星火落在那片油渍上，她便会被烈焰吞没。这便是众人迟疑着，难以制服她的原因。

我奋力拨开人群，让自己现身于她面前。

“公主。”我努力微笑着，保持平和的表情，让自己呈现出她最熟悉的状态。

她不由得一愣，转而看我，目光却显得有几分呆滞，仿佛未曾认出我来。

“公主……”我继续浅笑着，徐徐向前走，试探着朝她伸出了手。

她蹙着眉，像在思考我是真是假，而握沉香枝的手也不知不觉地垂了下来。

我迅速上前，抓住她的手，一把夺下沉香枝，远远抛开。她受了一惊，下意识地开始挣扎和胡乱拍打我。

我一面拥她入怀中箍紧，一面在她耳边轻声说："是我，是我，公主，我是怀吉……"

她逐渐安静下来，又开始打量我，"怀吉？"她喃喃念着我的名字，仍很不确定地，"怀吉……你回来了？"

"对。"我给她肯定的答案，"我回来了。"

"你还会走么？"她忽然抓紧我双臂，热烈地注视我，又可怜兮兮地问，"你会不理我么？"

我犹豫，但最终还是摆首："不会。我会一直陪着你。"

她释然地笑了，环搂着我的腰，埋首在我胸前，像以前那样在我的拥抱中寻找安宁。我顺势托抱起她，快步下了楼，把她带到一处远离火场的楼阁。

在我怀中，她如婴孩般乖巧，安然享受着我的温度，到了阁中也不肯让我放她下来，用不甚清晰的思维与我进行了几句主题跳跃的对话，然后在精疲力竭的状况下沉沉睡去。

"公主是三更后点火的。"待我放下公主后，跟过来照拂她的嘉庆子告诉我，"那时我们都睡着了，等闻到烟味儿，火已经不小了。我们赶快把公主拉出着火的房间，她却提起头油泼在自己身上，说什么也不肯下楼，谁也不理，只要见你。王先生见势不妙，立即入宫报讯……幸亏官家让梁先生回来了，否则，后果不堪设想。"

我略略苦笑，没有应对。片刻后，忽然想起了李玮："驸马呢？起火之时，他在哪里？"

嘉庆子道："他就在驸马阁中，听说起火就赶来了，刚才也在楼上想劝公主下来，先生没看见么？"

我愕然。回想适才情景，我注意力全系于公主身上，竟全没留意到李玮在场。

那么，我怀抱公主离开，前后经过，他也是亲眼瞧见的了。我沉默着看窗外幽篁，无端忆起当年被他撕碎的那一卷墨竹图。

我不说话，嘉庆子亦无语。长久的静默使人有些尴尬，于是我另寻话题："国舅夫人……"

我是想问杨夫人对这事的反应，而嘉庆子尚未开口，韵果儿便从外奔来，带来的正是杨氏的消息。

“刚才国舅夫人忽然跑上公主妆楼去，进了一个着火的房间，怎么也不肯下来！”韵果儿一脸惊惶地说。

我亦有一惊，立即出门，折回那幢仍在燃烧的楼台，疾步走着，再问跟上来的韵果儿：“国舅夫人为何上去？驸马没拦住她么？”

韵果儿道：“她原本是在楼下观望的，见先生进来，她脸色便不对了，后来先生带公主离开，她更不高兴，刚开始还只是恨恨地抹泪，大概越想越生气，就索性跑上楼去，竟是要自焚的架势。驸马忙过去拦她拉她恳求她，但国舅夫人铁了心，就是不下来……”

当我回到楼前时，那楼已烧得摇摇欲坠，随时都可能会塌下来。不少人见我赶来，都过来阻止：“楼上危险，先生别上去了，在这里等待便是，我们已有人在上面……”

我仰首一看，见里面人影晃动，进进出出的却也只是几位奴仆，驸马和杨夫人都还在室内，未曾露面。

我没有再等，推开面前的人，还是飞快上楼，冲进了李玮母子所在的房间。

房中一片狼藉，全是扫落的杂物。一个大花瓶被砸得四分五裂，而杨夫人则手持一块锋利瓷片，像刚才的公主那样不允许任何人靠近。

现场几位奴仆的手上身上都有瓷片划破的血痕，想是与杨夫人拉扯所致，故现在都不再接近她，只退于门边待命。

李玮无计可施，跪倒在母亲面前，“咚咚”地磕着头，含泪连声劝：“妈妈，快出去，快出去……”

杨夫人全无听他相劝的意思，一手紧抓屏风立柱，一手捏着花瓶碎片指向儿子，在越来越浓的烟雾中咳嗽着，却还不住地扬声痛骂：“你这个不争气的东西，不知老娘前生犯了什么事，生下你这个夙世冤孽讨债鬼……老娘为你操了大半辈子的心，你却还是烂泥扶不上墙，连做人夫君都不会，在新妇面前过得像孙子一样……老娘还出去干什么？继续看你新妇闹腾？看你像绿毛乌龟一样憋屈？今日老娘就死在这里算了，眼不见心不烦，由得她闹翻天去……待回头喝了孟婆汤，忘记有你这样一个儿子，她那样一个媳妇，倒是真的快活了……”

最后这一句，她说得悲从心起，眼泪滑落，不禁呜咽起来，但侧目一见我，立时又怒火大炽，朝我骂道：“你这不男不女的东西，都被割一刀了还不清静，像庙里的贼秃驴一样惦记着偷人老婆！还打不死，赶不走，现在又跑回来，是想向老娘示威，还是想看老娘笑话……好吧，老娘今日就遂了你心愿，死在这里，阴魂再缠着你，看你能逍遥到几时！”

言毕，她扬手挥下，便欲拿瓷片割脉。李玮似已呆住，一时并无反应。我猛地抢过去，在杨夫人瓷片刚触及手腕之时拉开了她用力的手。

杨氏越发愤怒，挣脱我的掌控，挥舞着瓷片劈头劈面地朝我划来。我没有退后，只侧了侧身，让她的武器落到了我左臂和背上。

瓷片锋芒倏地划破了我几层衣裳，其下的肌肤随之一道道裂开，血奔涌而出，在我素色衣袖上晕染出刺目的艳红。

杨夫人看着，有一瞬的愣怔，疯狂的攻击也暂时停了下来。

我趁机转身，一手稳住她肩，另一手屈肘，以迅雷之势猛击她太阳穴，令她在回神之前便已晕厥。

李玮高声唤着“妈妈”上前来搂住母亲，又带着几分怒意紧锁眉头看我，道：“你，你……”

“都尉，现在，可以带国舅夫人出去了。”我按住左臂上流血的伤口，对他说。

【贰】破茧

一个时辰后，我又见到了杨夫人。她躺在自己阁中的榻上，茫然盯着屋梁发呆，听到我进来，她扭头直勾勾地看我，一双干涸的泪眼红得像要滴出血来。

我留意到她散乱的头发比一年前白了许多，状如灰白枯草，一点光泽也没有，而眼袋凸显，皱纹深陷，虽还未至花甲之年，却已老态龙钟。

她身边的李玮耷拉着头立在榻前，如同霜打雪压后的植物，全无神采生气，见我入内，也只侧头抬起眼帘淡淡瞥我一眼，便又默然将收回的目光投在足下的地上。

这一年来，仿佛每人都生活在冬天。我黯然低目，上前向杨夫人请安。

包扎好伤口后，我过来向她的侍女打听她的情形，后来她醒转，不知出于何种考虑，竟让人传我入内见她。

“你来干什么？”她狠狠地盯着我，咄咄逼人地问，“是来看我何时咽气么？”

我未做任何解释。在一阵漫长的沉默后，是李玮开口，低声对母亲道：“妈妈，如果他希望你有何不妥，刚才就不会上楼……”

杨夫人横眉斥道：“难道他救我竟会是好心？”继而侧目视我，厉声道，“你是怕我死了官家和大臣们不会放过你吧？若非这样，你那么恨我，怕是恨不得我被烧得骨头都不剩，好让你和公主乐得长相厮守，风流快活！”

我摆首，道：“不，我不恨夫人，也不恨任何人……刚才为何会上楼，我也说不好，不过我想，当时无论谁在楼上不下来，我都会上去的，不管那人是不是国舅夫人。”

杨夫人一怔，复又露出讥讽笑意：“天底下的好人都让你梁先生一人做了，你宅心仁厚，有菩萨心肠，倒是我阴狠歹毒，对你非但不知成全，反倒还步步紧逼，做足了恶人，你竟会不恨我？”

我又摇头，应道：“我确实是罪不容恕。如果我有幸有一儿半女，又遇到如今这样的事，我也会痛恨那个不知天高地厚的侍臣吧……夫人有恨我的原因，我却没有恨夫人的资格，何况……”我顿了顿，移目看一旁几上的茶盏，再道，“当年我初次送礼至国舅宅，国舅夫人请我饮的茶的滋味，我至今仍记得。”

杨夫人无语，审视我良久后，忽又哽咽起来，面对我时竖起的锋芒逐渐敛去，她断断续续的哭诉少了怒意，残余的只是无尽的悲伤与怨气：“好端端的，谁会愿意板着面孔硬起心肠做恶人……现在你们都说我脾气不好，待人凶恶，但若不是我凶一点恶一些，国舅爷当年早就被东京城里那帮纸钱老板和街头无赖恶霸踩在脚底下欺负死了……大过年的老板不给他工钱，是我半夜跑去拍老板家的门，指着老板鼻子骂，帮他把工钱讨回来。后来他自立门户了，好不容易存了笔钱，准备送去我家做聘礼，却被无赖抢了去，又是我提了菜刀找无赖拼命，才把钱夺了回来……”

手指李玮，她又泣道：“这孩子和他爹一样老实巴交的，逆来顺受，吃了亏也不会声张，真是打落牙齿和血吞，看得我真着急……我知道他不会说话，木头人一样，公主不喜欢，好吧，我忍了，大不了把公主当仙女一样供着就是了。但公主毕竟进了我家门，说起来全天下人都知道她是我家媳妇，如今与你有这等事，你让驸马脸往哪里搁？你倒是可以终日躲在宅中不出门，但驸马可是要经常出去见人的呀！他从来不与人争什么，规规矩矩地过日子，做了半辈子老好人，却为何要受这等折辱，遭这样的罪啊……”

她越说越激动，最后大放悲声，掩面而泣，而我一直垂目听着，并不多发一言。她哭了一会儿，忽然撑坐起来，又对我说：“梁先生，我知道你不是那种坏心眼的人。当初刚见到你时我是真的喜欢你这孩子，模样好，又懂事，知书达礼的。与公主之事，也不全是你的错，或许，只是一时糊涂……你能不能好好跟公主说，你们日后疏远些，不要再生事了，让我们这一家子人安安生生地过下去？”

面对她满含期待的目光，我不知该如何作答，蹙着眉头，只觉眼前状况像一团死结，找不出一丝可以抽身的线。

而杨夫人把我的沉默理解成了拒绝，立即又哭起来，且猛地正面转朝我，在榻上跪下，甩着一头花白的头发，拼命向我磕头，边哭边道：“求求你，梁先生，答应我，不要再招惹公主了，否则，你们让我儿怎么活……”

我与李玮及周围侍女皆大惊，忙上前阻止，而杨夫人挣扎着，坚持做着磕头的动作，哭声与恳求声交织在一起，听得人心下凄凉，感觉到她心底蔓延出的绝望的味道。

离开她寝阁许久，她那嘶哑的哭声仍萦绕于耳中，挥之不去。我守着沉睡的公主，出了半晌神，后来嘉庆子从外面来，告诉了我杨夫人新下的命令：“国舅夫人刚才召集了宅中奴仆侍女，说不许把先生今日来宅中的事透露出去，谁敢对外人多嚼一下舌根，就割了他的舌头。”

我思忖再三，站起整装，然后快步出去，欲在公主醒来之前回宫，但在宅门边，我遇见了身着公服，正引马而出，准备入宫见驾的李玮。

“先生还是留在宅中吧。”他看出我的意图，对我道，“公主醒来后若不见先生，恐怕又会难过。”

他如此直言，令我有些诧异，而他没有流露太多情绪，只是在我注视下缓缓转过了头去。

“宅中的事，我会向官家解释。”他说。

我回到公主身边，依旧守着她，直到她睁开眼睛。

她打量了我好一阵，又用手细细触摸过我眉目，才敢确认我的存在。

“怀吉，真的是你。”她喜悦地叹气，“我还以为只是做了个梦。”

她并没有急着追问我别后景况，而是像以往那样与我闲聊着最家常的话题，好似那一年的分离压根就不存在，她表现得亦很正常，全无昨夜的癫狂迷乱之状，除了偶尔神思略显恍惚。

“我的竹荷头油呢？”在韵果儿为她梳头时，她发现头油不是常用的，便这样问。

韵果儿抿嘴一笑，心直口快地说：“昨晚公主自己打泼了，如今却不记得了？”

公主愣了愣，然后像是想起了什么，低下双睫，颇有羞赧之色。

“我不是故意放火的。”后来周遭无旁人时，她悄悄告诉我，“我半夜醒来，蜡烛灭了，伸手不见五指。我起床，跌跌撞撞地想出去，但又晕晕的，只觉得四面都是墙壁，怎么也找不到门。我怕被关在这里，就从帐中取出薰炉，拨开找香饼做火种去点蜡烛，但蜡烛怎么也点不亮，我就去吹香饼，却把火星吹到了纱幕上，烧起来了……不知为什么，看见那火越燃越大，我竟然很高兴……把这些墙都烧掉，我是不是就可以看见你了？”

我涩涩地笑了笑，不正面与她讨论这个话题：“公主千金之躯，宜自珍重，以后切勿轻易碰触火种。”

她恍若未闻，又自顾自地说：“后来她们都来拉我，我倒不想走了，心想就这样被烧死也挺好的，摆脱这个躯壳，我的魂魄就可以飘去见你了吧……”

我眼角潮湿，不敢直视她双眸，而转首眺望那兀自在冒青烟的妆楼，却又听见她一声幽幽叹息：“我只是，想见你。”

午后李玮从宫中回来，与他同行的还有王务滋和苗贤妃。苗贤妃一见公主就一把搂住，左右细看，唤着“我的儿”，哭得肝肠寸断，公主亦随之落泪，母女哭作一团。李玮站在一侧木然地看，而王务滋则把我拉至旁边厢房，低声告诉我，经李玮请求，今上允许我暂时留在公主宅，陪伴公主。

这本应是喜讯，但我听了却没有任何愉快的反应，只是点了点头，似乎在表示领命而已，是被动地接受了这个安排。

王务滋有些意外，但也没有探究原因，又继续说：“除此之外，驸马又向官家提了另一个请求。”

“什么？”我问。

“纳妾。”王务滋回答说，“他请官家允许他近期纳妾。”

【叁】七郎

寻常人纳妾，不是为色，便是为求子嗣，但这显然不是李玮的目的，至少不是主要目的。他如今提出这要求，是表现对公主的放弃吧，我这样猜，而王务滋随后也告诉我：“官家问他是否有意中人了，他说没有，然后加了一句：‘若官家恩准，臣便去找。’”

今上自然答应了他的请求，这是可想而知的，很快地我也看出，原来苗贤妃此行还不仅仅是为安慰公主。

在与公主哭过一场后，苗贤妃拭净泪痕，把嘉庆子和韵果儿召入一间内室密谈。须臾，三人出来，苗贤妃握着韵果儿的手言笑晏晏，十分亲热，而嘉庆子低头走在她们身后，一声不吭。

苗贤妃带了韵果儿去见杨夫人，且命李玮随行。待她们身影消失，我才低声问嘉庆子苗娘子跟她们说了什么。嘉庆子红着脸，吞吞吐吐地，好半天才说了个大概。原来苗贤妃听说李玮想纳妾，担心杨夫人给他找个粗野俗妇，又让公主受气，便欲寻一个知根知底的直接配给李玮。思前想后，觉得嘉庆子、韵果儿与公主自幼一起长大，感情非他人可比，近年公主陪嫁的侍女不是嫁人就是回家，笑靥儿又被逐了出去，难得这两位不离不弃，一直留在公主身边，可见是有情有义的，人也稳重妥当，所以力劝她们嫁与李玮做妾，如此，既了结了纳妾一事，又可让她们继续陪伴公主。

密谈之后，嘉庆子婉言谢绝，而韵果儿终于点头答应。

想必杨夫人与李玮也接受了这个结果，苗贤妃再回到公主阁中时神情轻松，像放下了心头大石。在离开公主宅回宫之前，她也斟酌着词句，小心翼翼地把纳妾之事告诉了公主。公主并无不快，只是很惊讶，唤来韵果儿，对她道："婚姻之事非同小可，你可别为我随便嫁给不如意的人。刚才不知道姐姐怎么跟你说的，你若有半点不乐意，现在便摇摇头，我自会为你做主，再跟驸马母子解释，让他们另择人选。"

韵果儿轻声道："公主多虑了，我是自愿的。这几年我没听从家人的劝告嫁人，除了有高不成低不就的原因，也是怕仅仅凭媒人那三寸不烂之舌就稀里糊涂地嫁给个陌生人，要是不巧那人品性差，贪杯滥赌和好色但凡沾上一样，我以后的日子就难过了。前两年苗娘子曾说要请官家把我们姐妹赐给某个大官儿做妾，我也推却了，因为大户人家姬妾众多，此中情形更是不好说，若他家夫人不容人，进门后岂不处境堪忧……而在公主面前，我自然不会担心这点，再说驸马，这几年来天天见着，我也知道他的为人品行是极好的，待下人很宽厚，将来一定不会亏待妾室……我愿意一辈子留在公主宅服侍公主和驸马，不过，若是公主觉得不妥，便是韵果儿厚颜唐突了，请公主权当没这事……"

反复追问韵果儿，确定她是自愿的之后，公主也答应了此事，与苗贤妃各自赏赐她许多财物，又吩咐宅中勾当官为她准备一份丰厚的嫁妆，再择吉日行礼，让驸马正式给她侧室的名分。

初时我也担心韵果儿是受苗贤妃所迫才如此说，便请嘉庆子私下再问她心意，韵果儿仍说是自愿的，又道："我与公主不同。公主是金枝玉叶，自然希望嫁个十全十美的夫君，有才有貌，能与她吟诗填词，弹琴作画。而我出身低微，也没有什么才艺，最大的心愿便是嫁个能善待自己的夫君，相貌才学都是其次的，最重要是心好。驸马是个好人，而且还是个贵人。这世上，像他这样实诚的贵人肯定不多了，我还有什么不乐意的呢？"

吉日选定在十月中。离纳妾之日不足一月，而李玮殊无喜色，看见韵果儿时也和以前一样，并无特别关注。在韵果儿积极绣嫁衣的同时，他把更多的精力投入到书画收藏和品鉴中去，终日泡在书斋，看起来，那堆积如山的卷轴倒比韵果儿更像他的宠姬。

他每天也还会来探望公主，但只要见我在场，话说不了两句便匆匆告退，像是怕打扰了我们。那异常卑微的姿态总令我感到愧疚和不安。

在经历一场格外艰难的考量与抉择后，某个深夜，我叩开了他的阁门，对他说：“都尉，纳妾之事，可以缓一缓么？”

九月底，李玮在宜春苑附近修筑的园林完工，他立即请公主前往小住。为造这座园子，他花了数年时间，而效果确也不错，园中花木相映，佳景不绝，极尽一时之盛，中植奇葩异卉若干，许多是从远处运来，京中人大多叫不出名字，公主赏花之时随口询问了一两株花木之名，李玮亦很上心，随后便命人选了若干蓝田玉牌，雕刻上花名，挂在每一种花木的枝头，让公主一览即知。

但这又是一桩吃力不讨好的事。公主看了只是冷笑：“听说晏殊曾取笑李庆孙写的富贵诗，‘轴装曲谱金书字，树记名花玉篆牌’，说：‘此乃乞儿相。余每言富贵不言金玉锦绣，唯说气象。’如今可好，有人倒把乞儿诗里的玉篆牌当真挂到园子里来了。”

这话她是私下说的，我嘱咐听见的人别传出去，因此李玮浑然不晓，有时他会向我打听公主对园子的意见，我也说一切都好，不过委婉地劝他把玉牌撤了去。

园子里各处的匾额皆空着，李玮的意思是请公主赐名，而公主全无这等心思，让我命名，我自然不会做这种越俎代庖之事，便建议李玮另请当今名士俊彦为匾额题名。李玮也肯接纳我的建议，又问请谁比较好，我想了想，道：“请欧阳内翰吧。他才高八斗，字也写得好，世人皆称其为‘真学士’，何况他多年来草拟过许多关于公主的诏令，公主与驸马的婚仪也是他拟定的，说起来，也是难得的缘分。”

李玮深以为然，决定请欧阳修来园中游览题名，又说之前园子的设计征求过崔白的意见，不如那日一并宴请致谢。

两日后，欧阳修与崔白如约而至，随欧阳修同来的还有位年轻文士，儒雅清俊，看样子年岁不会超过三十。

李玮与我前去迎接宾客，见那位文士面生，李玮便请欧阳修介绍，欧阳修呵呵笑道：“先前我正欲出门，忽见这位贵客亲临寒舍，不由得喜出望外，想留他畅谈，但又不敢爽都尉之约，为求两全其美，便不顾他反对，强拉他同来，还望都尉勿怪罪。”

那文士风度翩翩，秀逸不群，况又得欧阳修如此尊重，李玮自然能看出他绝非凡俗之辈，便又朝那文士施礼，客气地问其名姓。欧阳修欲代为回答，那文士却止住他，自已道：“我出身寒微，做的又只是个无法光宗耀祖的些末微官，不敢说出名姓有辱贵人清听。我在家排行第七，友人常称我七郎，若都尉不弃，便也这样称呼吧。”

他语气并不失礼，但神情冷淡，看李玮的目光有一种可以感知的倨傲意味，想来他此行的确是极其勉强，大违他意愿。

寒暄过后，李玮将他们迎入园中，与之前到来的崔白一起游览，请他们欣赏品评各处美景，欧阳修亦欣然挥毫，为各处亭台楼榭命名题字。

闻说欧阳内翰与崔白同来做客，公主很感兴趣，遣人过来跟李玮说，想请他们去她所在的中阁赴宴，届时他们在厅中饮食闲话，而她则在一侧垂帘坐，只听他们言谈，自己不会露面。

李玮犹豫了一下，但还是同意了。晚宴时，众人齐往中阁，一一入席后，但闻公主环佩玎珰，她轻移莲步从另一道门进至厅中，端然坐在了垂下的珠帘后。

【肆】夜宴

大概因公主在侧，众男宾略显拘谨，不似先前在园中时任意说笑、畅所欲言，相互祝酒也格外客气，公主在帘中又一言不发，冷场的状况便不时发生，大家只好装作凝神看乐伎歌舞，想必两厢都会觉得有些无趣，于是，我提议宾主行玉烛酒令为乐，立即获得了众人响应。崔白数了数在座之人，笑道：“行酒令人越多越好玩，我们这里男宾只五人，还要选出一位做玉烛录事，人便少了些，不如公主也参加吧。公主不必从帘中出来，需要抽取玉烛时请玉烛录事传递便是。”

李玮面有难色，偷眼望向珠帘后，而那里鬓影微晃，有钗环轻碰声及女子窃窃私语声传出，少顷，嘉庆子从帘中走出，对崔白道：“公主说行酒令亦无不可。既如此，玉烛录事便请梁先生做了吧。”

玉烛是指一种行酒令的酒筹器，状如签筒，中有若干酒令筹，由选出来的“玉烛录事”管理，宾主行令时把酒令筹送至摇骰子点出的抽筹者面前任其抽取，再根据上面所刻的语句决定谁饮酒、饮多少，以及一些奖惩娱乐方式。在这种私家宴集上，玉烛录事通常由擅长酒令和通晓音律的男宾担任，此刻又要肩负进入帘内与公主联系的任务，因此公主指定由我来做。

我起身领命，旋即接过侍女送来的一套《论语》玉烛，将骰子盒送至李玮面前，请他先摇。李玮摇了摇，掀开一看是四点，顺着序数去，抽筹的应是欧阳修。那玉烛中的酒令筹有数十根，皆为长条形，有弧形柄，银质鎏金，正面刻有楷书令辞，上半句为《论语》中词句，下半句是行令内容。欧阳修在我呈上的玉烛筒中掣了一签，我接过朗声念出：“子在齐韶三月不知肉味，上主人五分。”

欧阳修遂向李玮微笑举盏，李玮亦当即托起酒盏，饮了五分。此后欧阳修接过骰子欲继续摇，却见七郎摆手，道：“公主也是这里的主人，内翰缘何只敬都尉不敬公主？”

欧阳修大笑：“说得有理，是我疏忽了。”于是举盏起身向公主祝酒。

珠帘后的侍女为公主斟满了酒，公主将要饮时，酒盏却被嘉庆子截去。嘉庆子随即现身于帘外，对众人说：“公主微恙初愈，又一向不善饮酒，不如令由公主来行，但这酒由我代公主饮吧。”

公主如今身体确实很孱弱，我本也不想让她多饮，便顺水推舟地道好，李玮附和，众人亦不好反对，欧阳修敬公主的那五分酒便由嘉庆子代饮了。

接下来欧阳修摇骰子，这回数到公主，公主掣签一看，却是：“有朋自远方来不亦乐乎，上客五分。”她忍不住笑起来，也没有压低声音便道，“这一签真应景呢！”于是命我宣读，再让嘉庆子敬众宾客五分。

众人立即起身，朝公主躬身后饮足五分，而嘉庆子也陪他们又饮了一回。

随后的情形比较古怪，除了我被七郎抽到一回“问一知十，劝玉烛录事五分”之外，其余几轮的饮酒者几乎都是主人，那些签皆是“劝主人五分”“上主人十分”之类。有一次崔白抽到了“君子不重则不威，劝官高者十分”，便劝欧阳修饮酒，欧阳修却说自己哪有公主尊贵，在帝女面前，臣子岂敢称官高，遂推辞不饮，让崔白转而劝公主。最后少不得又是嘉庆子代公主饮了这盏。

嘉庆子自己酒量本不大，这次宴席上所用的酒盏又是白瓷螺杯，容量不小，几杯下肚后她已面泛桃花，颇有醉意。崔白留意到，几度顾她，目露怜惜神色。后来又轮到他掣签，他看了一眼，也不待交予我宣读便迅速把签投回签筒，自己扬声道：“己所不欲勿施于人，放！”但邻座的欧阳修却摆首笑道：“崔先生抽到的不是这支签吧。”然后伸手把刚才崔白投进去的签又掣出来，向众人展示，“应是这支。这支签头上有小伤，刚才我抽到过，所以记得。”

我接过一看，果然又是那支“子在齐韶三月不知肉味，上主人五分”。其余旁观者得悉，也都笑了起来，连称当场作弊，该罚。七郎含笑顾崔白，道：“原来子西兄亦是怜香惜玉之人。”

崔白笑而不答，只对我说：“好，如何责罚，请玉烛录事下令，但刚才那支签上的话还是别作数了。”

我立即接受他的建议，微笑道：“那便请子西为宾主献艺侑酒，不拘歌曲戏法，有趣就好。”

崔白颔首，站起来从大袖中取出一个什物，对众人道：“我也猜到今日宴集少不得要行令，所以带来这个，以博诸位一笑。”

他慢拨丝缕，将那物事垂展开来。那是一个木制彩绘的小小傀儡，大袖襕衫，作书生打扮，每个关节皆可活动，头部与手足皆有丝线悬系，另一端线头系于上方手柄上，崔白双手起伏，引动手柄，下面的木偶也就随之手舞足蹈，动作很是灵活。

在表演之前，崔白先问我：“怀吉，可否为我奏一曲《调笑》转踏？”

我答应，命人取来笛子，立于一侧，引笛至唇边，开始为他伴奏。

崔白走到大厅正中，一壁提线牵动傀儡，一壁随着笛声唱道：“楼阁玲珑五云起，美人娟娟隔秋水。江天一望楚天长，满怀明月人千里……”

木傀儡展袖曼舞，姿态灵动，仿佛是个有生命的人，看得大家不禁屏息凝眸，都专注地听崔白在这柔和中透着几分凄凉之意的乐曲中轻吟低唱：“千里，楚江水，明月楼高愁独倚。井梧宫殿生秋意，望断巫山十二。雪肌花貌参差是，朱阁五云仙子。”

听得最专注的是嘉庆子，崔白唱完，大家击节喝彩时她仍没回过神来，还怔怔地盯着傀儡看，直到公主连唤她三声，她才如梦初醒，忙进到帘内问公主有何吩咐。

公主让嘉庆子去取崔白的木傀儡给她看，崔白欣然呈上，公主端详后赞叹道：“我看寻常木傀儡都是头大身子小，难得崔先生这个比例适当，跟真人一样。”

崔白应道：“我平日也常画道释人物，因此对人的身形骨骼会略为留意。这个傀儡原是闲时做来解闷的，不知不觉还按真人比例做，倒失去寻常偶人的可爱趣怪之态了。公主若喜欢，只管留下，下回我再琢磨琢磨，做个更好的给公主。”

公主高兴地收下木傀儡，又让嘉庆子敬崔白一杯酒，崔白微笑欠身道：“公主美意，崔白自然不敢推辞，当饮足十分，但这位姑娘今日已饮太多酒，不若用蕉叶盏换了她的白螺杯，让她浅浅饮一分也就是了。”

蕉叶盏是酒器中容量最小者。公主从其所请，命人换了嘉庆子的白螺杯。嘉庆子浅饮一口后很感激地看崔白，正撞上他含笑的目光，她立时局促起来，本已满面晕红的脸又蒙上一层绯色。

此后众人推杯换盏，再行酒令。其间有一位名叫小苹的歌姬抱了琵琶进来奏曲侑酒，立即引来七郎的关注，小苹弹奏期间，他的目光便锁定在她身上，未尝移开过。小苹转侧间偶然见到他，亦面露异色，似乎两人是认得的。

小苹一曲奏罢，七郎索性召她至自己身边，两人低声细语，小苹说至动情处不禁垂泪，而七郎立即引袖为她点拭，凝视着她，目意温柔，竟似把周围人等全当透明了。

后来李玮抽到一签：“吾未见好德如好色者，与女子多语者十分。”我甫念出此辞，厅中便爆发出一阵笑声，众人都把满含戏谑之意的目光投向了七郎。

七郎亦不辩解，一手揽过面前斟满的酒盏，仰首一口饮尽。男宾们笑而道好，嘉庆子却出来传了公主的指示：“好色不是好事，只饮酒还不够，当罚。”

事不关己的人自然纷纷附和，而七郎也爽快答应，直接对我说：“该如何处罚，但请录事明言。”

我微笑道：“适才崔子西唱了首曲子，郎君不如随我奏的曲调即兴填词，也唱一阕助兴吧。”

七郎应承，我便又举玉笛，开始吹奏一阕《鹧鸪天》。七郎凝神听曲子，我刚奏完一叠，他已胸有成竹，随着我重复的曲调清声唱道：“彩袖殷勤捧玉钟，当年拚却醉颜红。舞低杨柳楼心月，歌尽桃花扇底风。从别后，忆相逢，几回魂梦与君同。今宵剩把银釭照，犹恐相逢是梦中。”[①]

【伍】离恨

听了此曲，公主悚然动容，在众人交口称赞七郎才情时，她悄悄起身，轻轻款款地走至珠帘后，略略褰帘，看了看那位淡然把酒的俊秀书生。

重新入座后，她把我唤来，低声问我七郎身份，我把所知的告诉她，即七郎自己所说的那寥寥数语。公主听后摆首，道：“所谓出身寒微，不过是此人自谦之词。能写出‘舞低杨柳楼心月，歌尽桃花扇底风’，必公卿家子无疑。”

我细品此句，亦赞同公主观点。于楼台水榭上看乐舞翩翩，通宵达旦，直到月沉星隐，其间歌姬引扇轻歌，划出温柔清风，长夜迢迢，最后美人唱得乏力，气息微微，竟连那薄如蝉翼的桃花扇也舞不动了……这便是晏殊所指的富贵气象吧。若七郎真是贫家子，焉能有此经历?

“而且，他文思妙敏，是真才子。”公主叹道，“公卿子弟中，整日整夜地看美女歌舞的酒囊饭袋也挺多的，可他们就写不出这样的佳句。”

此后我们在小苹的琵琶声中继续行令，把酒言欢，不觉已至中夜，欧阳修听到户外更漏声，忽然惊觉站起，向众人告辞，说明晨还要上早朝，现在必须回家了。

---

① 注：本节中玉烛形制内容是根据江苏丹徒丁卯桥窖藏出土文物描写，签上部分词句与《论语》原文不尽相同，例如“子在齐韶”一句（原文为“子在齐闻韶，三月不知肉味”），酒令筹上原话如此。

李玮当即起身挽留，其余男宾也纷纷上前拉他坐下，说难得有缘相聚，今日还是尽兴才好。欧阳修颇犹豫，最后公主让嘉庆子传话道："园子中客房倒还有几间干净的，内翰但请多饮几杯，晚了就去客房歇息，一会儿都尉遣人去内翰家中取来公服朝笏，明日内翰直接从这里去上朝也是一样的。"

李玮马上唤来两位小黄门，让他们去欧阳修家中取公服朝笏。小黄门伶俐地答应，迅速出了门。欧阳修见状也不再坚持，留下落座，再度向诸人举杯。

我想起七郎也是有官衔的，便走到他身边和言询问是否也需要派人去他家中取上朝所需物事，他略一笑，道："不必。我品阶低微，原无资格像内翰那样上殿面君。"

这日宴罢之前，欧阳修建议说："玉烛录事为我等执事，辛苦一夜而自己却无行令之乐，最后这一签便请他来抽吧。"

众人皆称善，于是我在玉烛筒中自取了一签，其上注曰："与朋友交言而有信，请人伴十分。"

我环顾诸位男宾，最后举盏朝李玮欠身："这一盏酒，怀吉斗胆，请都尉同饮。"

李玮与我相视，彼此心照不宣。他亦默默把酒，与我相对饮尽。

酒肴撤去之后公主见大家仍有余兴，遂建议宾客赋诗填词以为乐，欧阳修与七郎皆答应，崔白则道："诗词非我所长，更不敢在内翰面前弄大斧，这一节，请容我旁观吧。"

公主回应道："崔先生过谦了。今日听你《调笑》集句，已知你文采非常。但若先生不愿作游戏文字，我也不便强人所难。素闻先生临素不用朽炭，落笔运思即成，不如今日即兴勾勒一幅花竹翎毛，亦无须全部完成，只让我等见识到先生笔力即可。"

崔白谦辞，但在公主再三邀请下终于答应作画。于是公主让人备好笔墨，以供他们各展才艺。

欧阳修提笔之前问公主可要限定体裁题目韵脚，公主道："赋诗还是填词，你们不妨自己决定，也无须限韵，我只说一个主题，你们依自己心意作来便是。"

欧阳修与七郎颔首同意，又问公主主题。公主想了想，道："就描述离恨吧。"旋即转顾崔白，"崔先生作画也请切此题。"

诸人领命，各自沉吟构思。后来欧阳修见小苹仍含羞带颦地站在七郎身后，不时与他耳语，不由得莞尔，很快提笔，写下了一阕《渔家傲》："妾解清歌并巧笑，郎多才俊兼年少。何事抛儿行远道？无音耗，江头又绿王孙草。昔日采花呈窈窕，玉容长笑花枝老。今日采花添懊恼，伤怀抱，玉容不及花枝好。”

写罢，他还径直把词笺送至小苹面前，拱手请她演唱。小苹一看，顿时羞红了脸，七郎倒神情坦然，对她道：“既是内翰相邀，你便唱吧。”

小苹只得答应，抱了琵琶，轻拨丝弦，开始启口唱。在她歌声中，七郎也略微解释了两人前缘：“她曾是我好友陈君宠家中的歌姬。我年少时常与君宠相从宴饮，便见过她多次。后来出去做了几年外官，回来时听说她已被卖给别人……没想到今日竟有缘重逢于驸马园中。”

说至这里，他叹了叹气，援笔疾书，却是一阕《临江仙》：“梦后楼台高锁，酒醒帘幕低垂。去年春恨却来时。落花人独立，微雨燕双飞。记得小苹初见，两重心字罗衣。琵琶弦上说相思。当时明月在，曾照彩云归。”

写完搁笔，他徐徐饮了一口侍女奉上的茶，再顾仍在唱欧阳修词的小苹，目意惆怅。

一盏茶的工夫后，崔白称草图完成，请众人观看。除了公主，宾主都围聚过去，欣赏他的画作。

那是一幅墨笔勾勒的竹鸥图，一只白鸥在荒坡水边迎着寒风涉水奔跑，右边有三株墨竹，竹叶与水滨上的秋草一样，都被风吹得倾于一侧，可见风势之劲，而白鸥眼睛圆睁，长喙张开，有惊愕忧惧之状。

“此画意境萧条淡泊，野逸中见荒寒，可见子西趣远之心在于宽闲之野，寂寞之乡。”欧阳修观后感叹，又道，“不过，公主所定主题为离恨，单看这画，似乎不够切题……”

嘉庆子此刻也在宾主身后踮着脚尖看崔白的画，听了欧阳修的评语忍不住脱口辩道：“怎么说不够切题呢？难道非要画上两只鸟儿，各自分飞，才叫‘离恨’么？”

众人听见，都笑而顾她，嘉庆子惊觉自己失礼，忙红着脸向欧阳修请罪，欧阳修却和颜对她说：“姑娘高见，但说无妨。”

在他鼓励下，嘉庆子踟蹰着，陆续说了自己的看法：“风吹得这样猛，但这只白鸥还是要逆风而行跑回去，一定是那边有它的伴侣。又或者，风波险恶，棒打鸳鸯，它们本来就是被狂风吹散的。逆风而行很艰难，但它还是记挂着它的伴侣，极力尝试跑回伴侣身边，那忧心忡忡的模样，不就是离恨的表现么？”

这话听得我心有所动，而公主也立即让人传画给她看，看后幽幽一叹，对崔白多有褒奖。其余人也盛赞崔白，崔白摆手，转身对嘉庆子长揖道：“我本是信笔涂鸦，全仗姑娘妙论，为拙作增色不少。”

嘉庆子低首轻声道：“哪里。先生大作，我以前在公主身边也见过一些，十分钦佩先生才思功力，还恨自己口拙，不能形容万一呢。”

崔白微笑道：“公主自幼通览秘阁书画，姑娘耳濡目染，必也见过许多珍品。崔某不学无术，作画也是毫无章法，连画院都将我扫地出门，这些涂鸦之作，本难登大雅之堂，更不堪受姑娘谬赞。”

嘉庆子摇摇头，道：“未必要符合画院规矩才是好画吧。院体花鸟虽设色明艳，大有富贵气，但看上去却呆板得很，花儿鸟儿都像是乖乖地待在某处摆好姿势以备画师们描绘的。而先生的画就不是这样，例如这幅竹鸥图，无论是禽鸟花竹，都大有动势，呼之欲出，就像是神仙手一指，让流动的景象定格了。而且，看了这个画面，还能让人联想到之前之后发生的事。先生的画中是有故事的。”

这一席话令崔白有些惊愕，讶然凝视嘉庆子良久，直看得她惴惴不安起来，很忐忑地对他道：“我没有学过画，都是胡说的呀。若有说错之处，还望先生海涵……”

崔白这才转眸，与我相视一笑。见嘉庆子兀自在紧张地观察我们的表情，我遂含笑安慰她：“你说得很好，确实是这样的。”

【陆】嫁衣

曲终人散时已近四更，七郎与崔白相继告辞，而我则送欧阳修至客房稍事盥洗，以待趋朝。路上我问他七郎身份，他告诉我：“七郎便是晏元献公家的七公子，名几道，字叔原。”

我这才明白，原来他便是晏殊的幼子，若竹的七舅舅，大名鼎鼎的晏七公子晏几道。他出身相门，词风婉妙，与父齐名，难怪如此清狂不羁，傲视权贵。

次日我把此事跟公主说了，她讶异之余亦很感慨，走至露台边，抚着阑干出神，我想她是想起了去年在白矾楼听见的小晏的词：“谁堪共展鸳鸯锦，同过西楼此夜寒。”

“让李玮去打听他住在哪里，然后把小苹送到他家去吧。”公主后来吩咐。

这日午后，任守忠忽然从宫中来，神情严肃地问李玮昨日是否邀欧阳修到家中饮宴。李玮承认，很担心地问他出了何事。任守忠嘿嘿一笑：“国朝外戚有宾客之禁，不得与士人相亲，何况是结交朝廷重臣。这些，难道都尉不知道么？”

李玮当即愣住，一时无语，我遂代为解释：“都尉并没有与朝中官员来往，只是驸马园子新近建成，这次便请欧阳学士来题几幅匾额，不过偶尔为之，下不为例。”

任守忠反诘道：“若要请他题几个字，只须请官家直接降旨，让他在翰苑写好了呈上来便是，一定要请到家里来么？何况都尉还与他通宵达旦地饮酒作乐，其中所说的话题，未必只是题字吧？”

我说：“只是行了些酒令而已，绝无他言。”

任守忠冷笑道：“有没有说别的，台谏跟你想的可未必一样。再说了，驸马都尉请朝臣到家中做客本就坏了规矩，不管你们跟他议论的是国事还是家事，都是犯忌之事。这下欧阳修可又要栽个大跟头了，官家也让老奴来跟都尉提个醒，以后可要好自为之。”

听至最后一句，我与李玮都是大惊。李玮忙问任守忠：“欧阳内翰会因此受累么？”

任守忠道：“他也是明知故犯，咎由自取。今日他很早便去上朝，是翰苑官员中第一个入宫的，跟往常大不一样。宫中人见了都觉得奇怪，议论了几句，台官听说了便去查，很快查出他昨日赴都尉宴集，玩了个通宵，是直接从驸马园子起身来上朝的。官家知道后，不待台谏正式弹劾便发下词头，让他出知同州，正式的诏令会在明日宣布。”

任守忠走后，我向李玮告罪，因邀请欧阳修是我的主意，却未料到给他们引来这样的祸事。李玮摆首道：“不关你事。能与欧阳内翰把酒言欢，于我是一大幸事，何况公主也很欢迎他……昨天她那开心的模样，真是很久没见过了……不过，连累欧阳内翰至此，该如何是好？”

公主得知这事后，立即入宫见父亲，请求他收回成命，但今上拒绝，说此番不追究，此后外戚必纷纷效仿，与士人相与交结，坏了祖宗家法。公主无计可施，郁郁地回来，一夜愁眉不展。

好在以当今宰相韩琦为首的宰执都很欣赏欧阳修，有维护之意，次日词头送至中书门下时，被执政押下不发，然后几位宰执进言挽留欧阳修，说他现在正在修《唐书》，须留于京中随时查阅资料，与三馆秘阁修书者交流，实不宜居于外郡做此事。最后今上勉强答应，收回令其补外的词头。

消息传来，公主才松了口气，双手合十感谢天地，须臾，又无奈地笑了笑：“真可惜呀，那种才士云集的夜宴以后是不能再见到了。”

李玮听见这话，有意设法弥补她的遗憾。十月初，他向今上上疏，说国朝太宗皇帝的女婿柴宗庆曾获许可与士人往来，故现在请求援例解除这种宾客之禁。今上下诏回答说，日后接纳宾客之前，须先行上报宾客名单，获得批准后才可在家宴客。

这其实是种较为委婉的拒绝。如果驸马上报的名单中有欧阳修那样的名士名字，当然是不会被批准的，今上允许李玮接见的，终究不过是些无关痛痒的闲人。那日驸马园中的名士夜宴，的确不会再有了。

当公主告诉小苹，将把她送到晏几道家中时，小苹喜出望外，连连拜谢，又哭又笑，惹得公主也落了泪。小苹大惊，忙问公主为何不乐，公主拭去泪痕微笑道："我不是难过，是在为你高兴呢。"

随后她又与我商量，说看得出崔白与嘉庆子彼此都有好感，不如撮合他们，让嘉庆子嫁与崔白为妻。我也认为这是个好主意，遂前去拜访崔白，向他透露了公主的意思。

崔白承认嘉庆子确实给他留下了很好的印象："起初留意到她，是因为她代公主饮酒，那满面红晕的样子很像当年的董姑娘，何况她面泛桃花也跟董姑娘一样，是源于那么单纯善良的动机。后来听她论我的画作更令我意外，她没有特意学过绘画，却能看懂我的作品，世间所谓的知音，也不过如此吧。"

他正式请了媒人前往公主宅向嘉庆子提亲，公主立即答应，又找人合了他们的八字，以决定他们的婚期。

测字结果是十一月中有一个大吉大利的日子，若错过此日，这样的黄道吉日就要等到次年四月才有了。

四月。听到这个月份我与崔白都有些不自在。当年若非决定等到四月天子圣节，也许崔白早就娶了秋和了吧？

未免又夜长梦多，我建议公主将嘉庆子的婚期定在十一月。当然我没向她细说原因，只称崔白与嘉庆子年龄都不小了，国朝男子三十、女子二十仍未婚便属婚姻失时，他们各自都超了几岁，过了年又长一岁，说出去不太好听。

公主也同意，只是颇有些惆怅："这么快……那么，她只能陪我一个月了，我身边的人又少了一个……"

我没有接话。她勉强笑笑，握住我一只手："幸好，你还在我身边，是不会离开我的。"

我心里有冰裂般的疼痛，但还是维持着微笑，跟她提起别的事，然后在她分神之时，让手不着痕迹地从她手中滑出。

嘉庆子仍属宫中内人，婚嫁之事须报至宫中申请后才可行。自然不会有人拂公主之意，嘉庆子的婚事很快得到批准，但这婚事定得很仓促，离婚期又只有一月，苗贤妃大感意外，召我回宫，细问我崔白身家背景。我一一说明后她才放心，道："嘉庆子也是我看着长大的，跟我半个女儿一样，这次出嫁我不会亏待她，也会给她备一份嫁妆，不比给韵果儿的差。"随后便唤来王务滋，命他取来阁中账本及财物清单，要自己选些添进嘉庆子的嫁妆里去。

她一边选着，一边问我崔白性情喜好，以此决定备什么礼物。就在我们闲聊之际，却听门外宦者传报，说董贵人来阁中了。

我们都出门相迎。秋和气色仍不好，走起路来也步履飘浮，像是风一吹就会倒。苗贤妃一见秋和便双手挽住，嗔怪道："妹妹脸色还是这么苍白，怎不留在阁中好生将养？若要与我说话，派个人来叫我过去便是，何须劳动大驾亲自过来！"

秋和微笑道："我现在好些了，想自己走动走动。天天躺在床上，闷都闷死了。"

苗贤妃作势掩她的口，一迭声道："呸呸呸！好端端的，别说那样不吉利的字眼！"

秋和只是笑，看见我，又很高兴地与我寒暄，并问公主近况。

待进到厅中坐下，她看见苗贤妃适才没有收起的账本，便笑问苗贤妃为何自己算账，苗贤妃便提起了嘉庆子要出嫁之事。我暗暗叫苦，很担心会引出崔白的名字，而事实也的确这样顺势发展了。

秋和问嘉庆子未来的夫君是什么人，苗贤妃立即回答："是个京中有名的画师，濠梁人，虽然比嘉庆子大了十几岁，但人据说还不错，模样性情都挺好，画得一手好花鸟，如今也有些身家了……"

秋和的笑意开始滞涩。默默听了许久后，她终于问苗贤妃："这位画师的名字是……"

"崔白。"苗贤妃回答，反问她，"你听说过么？"

秋和瞬了瞬目，适才僵硬的唇角又扬起一个柔和的弧度："有些耳熟，但想不起在哪里听过了。"

苗贤妃浑然不觉她这些细微的表情驿动，笑道："一定是听官家或皇后提到过。崔白这么有名，他们一定跟你说过。"

秋和离开时，我主动送她出去，默默陪她走了一段，想对崔白的婚事稍作解释。很艰难地刚开了口，说出个"崔"字，她便即刻阻止我说下去。

"怀吉，没关系的，我都明白。"她那么温柔地微笑着，仿佛需要安慰的那个人是我，"你跟我回去，带个礼物给嘉庆子……把礼物搁在苗娘子给她的嫁妆中就好，不必说是我送的。"

到她阁中后，她屏退宫人，然后进入内室，在其中找了许久，然后取出一个锦盒递给我。我打开一看，发现是一件鲜艳的红褙子，缂丝织锦，织理之美，宛若天成。霞帔遍绣如意云纹宝相花，绣工精绝，粲然夺目。

那是都中新娘所穿嫁衣的样式，工细至此，显然是秋和亲手制成。

“嘉庆子下个月就要出嫁了，想必来不及细细绣嫁衣，不如就把这件送给她吧。”秋和说，还是浅笑着，但低眉垂首，没有让我看见她彼时的目光，“只是这件衣裳做了好些年了，也不知跟坊间的比，花样有没有过时。”

【柒】鸳帷

我出宫回去时天色已晚，宫门即将关闭，此时绝大多数官员皆已离宫，路上行人稀少，只有位着四品服色的文臣骑着匹瘦马在我之前出了宫门。

京中官员散朝回家，常有家奴守在宫门外等待，见主人出来便上去迎接，然后前呼后拥地回府。四品官阶已不低，但门外迎接那位文臣的只有一个五十开外的男仆，待他出宫门后便快步过去为主人牵马，口中唤他“秀才”。

但凡有一官半职者往往都喜欢听人以官衔称呼自己，更有许多人会故意用高一阶的官衔来称呼位尊者，以求取悦其人。而这位老仆却称自己做四品官的主人为“秀才”，除了能看出他已服侍主人多年外，也可想到他的主人必定谦和而毫不虚荣，故许家仆仍以其出仕之前的称呼称之。

我引马行于在他们身后，沿着朱雀大街走了很长一段，这让我有充分的时间观察那官员的背影。他一定作风简素而不重享乐，他的马具陈旧，乃至有破损之处，马也又老又瘦，只是缓行而非奔驰，便已累得一步三喘，最后竟然四足一屈，跪在了地上。

事发突然，马上的官员猝不及防，从马背上摔了下来。家仆大惊，忙大力搀扶，我也立即下马奔去，与那仆人协力，把那官员扶起来。

他体格瘦削，四十多岁模样，站稳后马上转身朝我一揖：“多谢多谢！”

然后，他抬起头，对我友好地微笑。而这一照面，我目光触及一副留存于记忆深处的面孔，震惊之下，我竟暂时忘记了向他还礼。

虽然事隔十多年，比诸年轻时的容颜，他脸上多了一层岁月的痕迹，但并没有妨碍我将他认出，这个我年少时的恩人，后来引导言官给予我严厉指责的士大夫——司马光。

而他似乎没有立即认出我来，仍在对我和蔼地笑。毕竟一别十数年，我已经从当初那个细瘦的少年变成了一个三十岁的成年人。

“我跟秀才说过多少次了，那马有肺病，该卖了换一匹好的，你不听，还一直骑着。看，现在出事了吧？”家仆一边给他拍着衣服上沾染的灰尘一边抱怨，

“这马万万不能再骑了，我回头就去找个马贩子来，把马卖了。秀才要是再不肯，我就告诉夫人今天这事……”

司马光笑着摇摇头，道：“唉，好吧，你要卖马我也不拦你了，只是有一点，你卖马之前一定要跟买家说清楚，这马有肺病。”

家仆叹道：“要是明说了，谁会愿意买呢？”

司马光道：“卖不出去就算了，大不了养在家里，直到它寿终正寝。总之，与人交往一定要诚信，欺骗他人的事万万不能做。”

家仆连连叹气，也不再说什么，对着马又拍又拉，才促马重新站了起来。我见那马病弱成这样，已不便再骑，便牵了自己的马过去，请他骑这马。

家仆很惊喜，先就道谢，而司马光却不肯接受，说：“中贵人现在从宫中出来，必定是有公务在身，要去远处，我岂能将你的马借去而让你步行。”

我摇头道：“我是在贵戚宅中做事，今日并不出行。”

“中贵人是在哪里高就？可否告诉我尊姓大名？”司马光旋即问，又开始含笑打量我。

我语塞，难以回答他的问题。在我长久沉默之下，他亦有些疑惑，笑意淡去，开始皱着眉头观察我面容。

“你我以前可曾见过？”大概是感觉到了什么，他这样问我。

我可以有别的选择，例如说个谎搪塞过去，但我终于没有这样做。我低眉长揖，真诚地向他行礼致意，然后对他说：“玉爵弗挥，典礼虽闻于往记；彩云易散，过差宜恕于斯人。”

他屏息而立，周围那仿佛凝固了的空气让我感觉到他目中的热度散去，最后，他重重一拂袖，在旋动的气流如一记锐利的耳光掠上我脸颊的同时，他蓦然转身，阔步离开了此地。

这日晚间，公主派人传我去见她，说有些重要的事要与我商量，关于嘉庆子的婚事。

我犹豫了一下。现在我虽每日守着她，却也一直与她保持着距离，晚膳之后绝不在她寝阁中停留，亲吻之类的接触再没有过，现在去不去让我颇费思量。

今天之前，这样的邀请我一定不会接受，但忆及日间的事，我忽然有了新的决定，于是领命起身，赴她之约。

公主在驸马园中的寝阁建于竹林深处，建筑的主要材料也都是竹子。现在已入冬，室内本应很冷，但因建造时用了崔白的设计，在房间地上凿地治炉，炭火埋于其下，有通道导烟，其上覆以云石花梨双层地板，又在房间中用梅花纸帐隔出一间暖阁，因此里面温暖如春，且全无火炉烟气。

我入内，见公主坐在暖阁内的矮榻上，面前搁着一个直径约二尺许的银丝结条熏笼，熏笼中置有一越窑青白釉香鸭，炉中焚香，香鸭托座下的承盘中蓄有热水。水雾与香烟相融以薰衣，可沾衣不去，留香弥久，而彼时公主正斜倚熏笼，展开大袖覆于银丝上，任香雾氤氲其间。

她一手抚着熏笼，一手支颐，若有所思。见我进来，她星眸闪亮，立即支身朝我笑道："怀吉，快过来！"

待我上前行礼后，她挥手让所有侍女退下。这令我有些不安，退后一步，欠身问她："公主召臣来，是要商量嘉庆子的婚事？"

"不是。"她干脆地回答，"她的婚事都安排好了，没什么好商量的了。"

我蹙了蹙眉："那公主为何……"

她嘴角微扬，得意地笑："如果不这样说，你一定不会过来。"

我无奈问："那公主此时召臣过来，又是为何？"

"就是想跟你说说话。"她说，然后笑着向我招手，指了指身边矮榻空余之处，"来，坐这里。"

我摆首谢绝："臣不能与公主同席。"

她索性跳下矮榻，过来强拉我去榻上坐下，然后佯装生气："我说可以就可以！"

我垂下眼帘，既不说话也不看她。

她又恢复了和悦表情，微笑着挨着我坐下，在我耳边道："我今天新调出了一种合香，是用苏合香加郁金、都梁两种香制成的，试了许多次，反复调整比例才调出最好的味道，你快闻闻看好不好。"

她吹气如兰，与私语相伴的游丝般的气息拂过我耳际，我开始有一些细微的战栗。而不待我回答，她便抬手靠近我，让我去闻她袖底的香味。

那香气蕴藉丰美，又温柔旖旎得近乎暧昧，令我很怀疑这是否是那三种香料所能达到的功效。

透过她袖口，可以看见其中烟云般柔软的中衣小袖，而在她手势起伏之下，那段小袖如水褪去，露出了她一段手肘，光洁莹润仿若玉琢的如意，且又带着温暖的香气。

我神思恍惚，心在不安分地跳动，几欲就此拥住她，以唇触及她袖底肌肤，探寻那旖旎温香深层的奥秘。

而我的怔忡应在她意料之中。她依旧笑着，晃动的眼波流光潋滟，低下香袖，不再追问我合香的效果，她徐徐拥住了我，粉颈微垂，一侧面颊轻贴在我胸前，闭上眼睛，像以前那样，去倾听我心跳的声音。

佳人赠我苏合香，何以要之翠鸳鸯……我渐渐品出苦涩的味道，艰难地在这悄然升温的香帷中寻回理智，保持着起初的姿态，并不去碰触她。此刻的清醒把之前牵引出的万千情丝都化作了穿心利剑，她笑意盈盈，安然依附于我怀中，却不知道我心里已血流成河。

在觉察出我的僵硬后，她困惑地睁开眼，端详我须臾，忽又嫣然巧笑，抬起一只纤手，手指做着攀爬的姿势，从我胸前开始，沿着衣襟攀到肩上，再划过我的脖子和下巴，最后指头落在我唇上，在那里徐徐缓缓，轻柔地抚摸。

她目色迷离，芳唇轻启，半含羞怯的笑容中隐藏着不必言传的指令，但是这一次我却不再伏首听命。

陡然推开她，我在她仓皇回眸下疾步退后，调整呼吸收敛心神，然后向她欠身，和言道："公主，臣不事香道已久，不敢对公主香品随意置评。近日闻说驸马购得一些上等真腊水沉片，公主不如请他过来，一同蒸制品鉴。"

公主错愕地凝视我良久，目中渐渐浮起一丝怒气。

"你提起李玮做什么？"她直问我，"这事与他何干！"

见我不作声，她越发恼怒，愤然再道："为何你最近如此奇怪，经常向我提起李玮，为他说好话，要我常见他？而你，则成天躲着我，以至我要见你都得找个借口骗你过来！"

我尽量用平静的语调跟她解释："驸马与公主是夫妻，自然应该经常相聚，而臣只是公主家奴，若公主无杂事吩咐臣去做，便请公主容许臣躲在别处偷偷懒吧。"

"你为何说这种话？我怎样待你，你很清楚，何必如此折辱自己？"公主气苦，声音有些哽咽。抑了抑此时情绪，她又问："是爹爹和嬢嬢要你离我远一些的吧？劝我待见李玮，也是他们教你做的？"

我摇摇头。

"那么，是李玮和他母亲逼你？"公主再问，这个猜测又激起了她的怒火，"见奈何不了我，他们就从你下手，逼你离开我？"

"不。"我当即否认，"我回来后，他们都对我很好，从未逼迫。"

"没有逼迫，那就是你被他们收买了？"她含恨冷笑，"难怪那日夜宴上你竟然选李玮同饮，'与朋友交言而有信'，他给你灌了什么迷魂汤，要你向他做出了怎样的承诺？"

我只是摆首。要解释那晚与李玮的长谈内容是很困难的事，何况那一定是现在的公主无法理解和接受的。

公主萦泪紧盯我，等不到我清晰的答案，她又得出了自己的结论：“我明白了，当初李玮向爹爹请求召你回来，而条件就是，你要疏远我，离开我。”

我再次否认：“公主切勿怪罪都尉，一切与他无关，是我自觉卑微低贱，不敢领受公主错爱。”

“真的是这样么？”公主半垂目，两滴清泪随之滑落，她以泣音轻声说，“在那座封闭的皇城里，我是公主，你是内臣。但是在我的心里，你何曾低我一等……你是我的兄长，我的老师，我的朋友，我在如今这无趣的生活里唯一可以依靠的人。你知道为何在你被逐的日子里我绝望得快疯掉么？因为你的离开让我意识到，原来我婚后所有的快乐都来自你的赐予。”

被我禁锢的情感在陪着她哭泣，我怆然侧首，不去面对她的泪眼，怕好不容易筑起的防线再度决堤。

她以手掩口强抑悲泣之声，但单薄的双肩仍在不住轻颤。片刻后，她稍止泪意，又静静地注视着我，再道：“那么你呢？我还记得，你曾经说过，你很怕有一天会看不见我，因为我会带走你所有的快乐。既然如此，你为何还要躲着我，把一个我厌恶的男人推给我？”

我缄默不答。她继续追问：“为什么你不愿再与我好好相处？为什么我们不能像过去一样，亲密无间地生活？”

我长久的沉默没有换来她的放弃，她带着对峙般的坚持耐心地等待我的回答。我避无可避，而且，也明白将不再有可以拖延的时间，于是，我终于转身，一步一步走到她面前，迎上她灼灼目光，与她相视片刻后微微低首，让额头与她的相触。

“公主。”在这亲密无间的距离中，我轻轻地，用耳语般的声音对她说，“好，现在，让我告诉你为什么。”

【捌】落红

她啼眼宛若幽兰露，我闭目，沿着她泪痕蔓延的方向往下寻去，直到触到她柔软的双唇。

她不由得一颤，双手受惊般地抵在我胸前，我及时搂住她腰，略微着力，便于一瞬间半强制地消除了她欲拉开的距离。

我的吻在她朱唇之间游移，感觉到的依然是我记忆中那少女清美的气息，如她薰衣的芬芳一样温润，又甘甜如安息香，带着糖果的味道。

她的怒意与矜持在我的拥抱中渐渐消融，启口欲说什么，却被我以吻封缄，引导她重温我们久违的缠绵。

我刻意纵火，她也不介意做只扑火的蛾。她呼吸渐趋急促，与我的接触也不再被动，亲吻我，拥紧我，伸出的手臂像女萝缠绕着我，这一系列的动作进行得快速而激烈，令我们的影子在晃动的烛光下看起来像搏斗。

她紧搂着我脖子，有一刻简直令我喘不过气来，于是我捉住她的手按下，但触及她手腕，我心念一动，又开始了另一种暧昧的尝试。

我的手顺着她的手腕向她袖中延伸，探入她中衣小袖中，一寸寸地滑过刚才诱惑过我的那片肌肤，最后停留在她手肘上方，在那里辗转流连。那是她从未被异性碰触过的禁地，她羞红了脸，不自觉地向后缩，侧身想避开我的进一步取索，但转侧之间，她所披的云锦大袖衣自肩头滑落至肘间，而我抽手抓住一扯，整件衣服便离她而去。

我手一扬，大袖衣如云飘去，落在矮榻旁巨型宫烛的琉璃灯罩上，室内的光线顿时暗了一层，又染上云锦绚丽的暖色，气氛越发变得香艳迷离。她循着云锦飘落的方向望去，然后讶然回眸看我，尚未有所反应我已又朝她俯身过去。梅花纸帐上影落成双，又相叠合一。

香囊暗解，罗带轻分，我继续对她进行着温柔的侵袭，而她带着孩子般的好奇心和报复欲，也悄然解开了我革带上的玉扣。那腰间衣帛的忽然松弛使我浑身一凛，但迅速镇静下来，我没有阻止她的动作，而是顺势解开了自己的袍服，抛在地上。

我们把亲吻和解衣的动作交织进这酽酽夜色、靡靡香气里，本应存在于公主与内臣之间的礼义也离我们而去，随着被我们散落的衣裳化作遍地狼藉。在我们都仅剩一层单衣的时候，我们相拥着跌落在榻上，公主灼热的双手从我衣襟下探入，自我腰际抚过，按住我的背，那么用力，像是指尖上即将长出根须，透过我肌肤，禁锢住我那颗律动失常的心。我低首吻过她修长美好的脖颈，把最后的爱抚印在了她锁骨之下，那比玉臂更隐秘的温软雪肤间。

这令她又开始瑟瑟发颤，拥我的手臂也缩了回去。她紧闭双目，不敢看我，萦泪的睫毛不时轻颤，但唇边有隐约的笑意，对我可能进行的未知的举动，她看起来有些惶惑，却也并不会抗拒。

摇红烛影下的她多么美丽，如果我是正常男子，这一场情爱游戏本该是多么美好的人生之喜，而含情带笑的她并不知道，如今这对我来说，却是一出在足踩刀锋般的疼痛中演绎的戏。

我看着她的笑靥，悄然退后，敞开的最后一层单衣亦在这行动中褪去。

在琉璃灯前站直，我轻声唤她："公主……"

她微笑着朝我转身。在她睁眼看我之际，我决然掀开了覆在琉璃罩上的大袖衣，此前被封锁的明亮光线迫不及待地盈满暖阁，也照亮了我不着丝缕的、赤裸的身体。

她不习惯这陡然加剧的光亮，蹙眉瞬了瞬目才又睁开。在不解地对我相视一眼后，她的目光移到了我身上，愣愣地盯着我腰下那个残缺而萎缩的丑陋器官看了须臾，她似乎才忽然意识到这是什么，这结果显然惊吓了她，她不禁低呼一声，迅速闭目侧身向内，不敢再看。

我竭力牵引出一丝笑意，徐徐前行靠近她："公主，你不再看看么？这就是你想要的答案。"

她紧合眼睑，好似生怕漏过一缕光灼伤她的眼。脸上露出痛苦的表情，她尽量向内壁挨去，把自己埋进琉璃灯火触不到的阴影下。适才我们的动作打翻了熏笼中的香鸭与托盘，香烬遇水熄灭，兀自有白色烟雾滋滋地逸出，而溢出的热水则在榻上缓缓漫延着，触到公主足踝，她惊觉缩回，更努力地把自己蜷成一团倚在角落里，像一只躲避冬寒的小动物。

我把手中的大袖衣展开覆在她身上，默然伫立半晌，然后屈膝跪在她榻前。"公主。"我看着她遗我的背影，轻声说，"正如你所说，这一生中，我们除了公主与内臣，或许还可以有一些别的关系，例如朋友、兄妹、师徒……如果容我僭越的话。但是，有一种永远不可能存在于我们之间，那便是夫妇，或者，爱侣。这是我入宫之时便已注定的事，我残缺的身体使我无法成为任何女人的丈夫或情人，既不能与她们共效于飞，也不能令她们生儿育女，延续生命。把感情寄托在我这样的人身上，就如爱一件器物，一卷书画，也许可以获得暂时的心灵慰藉，却不能得到真实的俗世温暖。你是我一生所见最美好的女子，应该拥有完美无缺的人生，做女儿时受父母钟爱，嫁作人妻得夫君呵护，将来更应儿孙绕膝，长享天伦之乐。而这，恰恰是我不能给你的。"

我略停了停，而公主并无意与我讨论这个话题，仍是低首蜷缩在大袖衣中，我看不见她表情，只能觉出她的肩在微微颤动。

她伤心至极时便是这样，半句话都不想说。就我而言，最难受的时候倒像是已经过去了，现在反而可以很平静地继续对她说出心底话："我们的事，本来就是一个错误。国朝俊彦如云，公主遇见的许多人，例如冯京、曹评、苏轼、晏几道、崔白，都出类拔萃，各具风采。与他们相较，我实在渺小如尘埃，不过是比他们多了些与公主相处的机会，才蒙公主另眼相待。若非身处困境，公主原也不会与我有何瓜葛，何况，我已算不上是男人，连爱公主的资格都没有。驸马虽然不是公主理想的夫君，但他能给予公主由衷的尊敬和关爱。对一个已为人妻的女子来说，还有什么比丈夫的关爱更重要呢？这场婚姻虽然不令人愉快，但若公主愿意，便可以在驸马的呵护和养育儿女的过程中获得安宁与平静，就像……”

就像秋和那样。话到嘴边，才想起公主并不知秋和之事，便又咽了下去，换了说法：“就像许多因父母之命、媒妁之言成婚的女子一样。而执着于我们现在的相聚，结果可能并不美妙，越亲密，越空虚；越放纵，越痛苦……大抵便是如此吧。”

公主沉默着，但还是有零碎的泣音从咬紧的唇中逸出，手悄然抓紧大袖衣，令那衣裳外面渐渐旋出了菊花状的褶皱。

我深呼吸，压下伸手抚慰她的意图，又道：“我不是张承照，也不能把公主变成笑靥儿，我所能让公主看到的丑陋仅限于我的身体。在夫君相伴下，公主疏远和淡忘平凡的我应该不是太难的事。说不定，当公主耐心与驸马生活几年，感觉到真正的男女之情，有了自己的儿女之后，再忆起我们的故事，甚至会为此感到羞耻，恨不得把这段记忆一笔勾销。”

说完，我不等她回答，自己拾起衣物一一穿戴整齐，寻回臣子的礼节，举手加额朝她行大礼，然后毕恭毕敬地低首向后退去。

在我转身后，公主霍然坐起，凄声唤我“怀吉”，我滞了滞，但终于没有回首以应，在她注视下复又启步，离开了她和暖如春的香闺。

这夜无法安眠，我索性不睡，独坐在自己房间中以茶代酒，一盏盏地饮。

其间想起很多事，例如怎样离开公主宅，以后的去向，要如何嘱咐宅中侍者照料公主等，自然，仍不免牵挂着公主，猜想她现在的状况。不料，却等来了个意外的结果。

三更初过，嘉庆子跑来狂拍我的门，待我开门后，她睁大眼睛盯着我，喘着气说：“公……公主，把驸马……召到寝阁去了……”

我一怔，问她：“公主是把驸马召去责骂么？”

嘉庆子摇摇头，看我的眼神交织着未散的惊讶和对我的怜悯：“她让驸马留宿于她阁中。”

我没有按照嘉庆子的建议前去探视和劝阻。送走她后，我回到房中坐下，继续默默地饮茶。

张先生说，茶可令人微觉清思，而不会催人肝肠。我想他是错了，茶，也是可以把人饮醉的。

次日，我在一阵清浅小寐后醒来，头重脚轻，神思飘浮，但还是记起昨夜之事，便硬撑着出门，欲去公主阁向她道贺。

在那竹林院落之前，我遇见自内出来的李玮。他脸色晦暗，神情颓废，并无一丝喜色。见了我，也只是冷冷一瞥，未待我开口他便已匆匆离开，步伐快得像逃离。

那么，或许，这次也跟他们新婚之夜一样，什么都没发生。我这样想着，情不自禁地，竟有一瞬的释然。

但进到阁中，又立即感觉到气氛有异。公主不在厅中，只有嘉庆子韵果儿等侍女在窃窃私语。见我进来，她们立即噤声，嘉庆子更把手中一件物事蔽于袖中。

我朝公主暖阁处张望，仍不见她身影，遂问嘉庆子："公主尚未晨起？"

嘉庆子称是，低眉不与我对视。

我转顾韵果儿，她也侧首避开，不欲与我目光相触。

我环顾周围其余侍女，亦无人多发一言。踟蹰须臾，我终于选了个问题间接地问嘉庆子："今日驸马为何不乐？"

她也犹豫了很久才拉我至一隅，低声回答："昨夜公主召驸马来，他很吃惊，简直不敢踏入公主暖阁，是公主再三相请他才进去的……今日起身后，驸马本来心情不错，兴致勃勃地邀公主去赏梅花，但公主却把这个抛在地上……"

她引手入袖，把起初隐藏的东西取出递给我。

那是一段白绫。我接过，以微颤的手指艰难地展开，看见了意料之中的，如落梅花瓣般的几点血迹。

嘉庆子观察着我的表情，大概是没觉出太多异状才又继续告诉我："然后，公主对驸马说：'这就是你一直想要的吧？现在，你可以出去了。以后永远别再靠近我。'"

第十三章 角声吹落梅花月

【壹】阴霾

青丝凌乱地堆于枕际，她侧身向内躺着，锦被只覆至她肘部，露出半个着白色中单的背影，这样看上去越发显得她瘦骨嶙峋，像墨笔画的人儿一般单薄而不真实。

我轻轻走至她榻前，无声无息，她却似有感应，徐徐转过身来。

她眼睑浮肿，皮肤暗哑无光，是一夜未眠的样子。看见我，她并不惊讶，平静地注视着我，干涩的唇动了动，牵出一个殊无喜色的微笑：“恭喜我吧，怀吉，我终于领受了你们所说的‘男女之情’。”

我屏息而立，试图说恭喜，也努力朝她笑，可是我发不出声音，也觉察到自己面部僵硬，如果在笑，一定不比哭好看。

“那么，你想不想知道我的感受呢？”她问我，还是轻柔和缓的语调，仿佛这话题只是涉及书画的品评。

我微微侧首，表达我对这问题的回避。她的视线却漠然追随着我，带着一种置身事外般异乎寻常的冷静，她吐出一个字：“痛。”

在我的沉默中，她衔着起初那勉强的笑容转头望上方，一个人说下去：“这也是与李玮的婚姻给我的所有感觉……你们都说，这样可以令我的人生圆满，可是我感受到的却是比割脉断腕还要深重的疼痛……”说到这里，她又回眸看我，声音低柔如耳语，“怀吉，我也是残缺的了。”

我再也无法克制，两滴泪夺眶而出，跪倒在她榻前，所有理智与礼仪维系了二十多年的坚硬外壳被她一语击破，我完全崩溃，无力再掩饰什么，失声恸哭，任原本层层包裹着的脆弱的心彻底暴露于她眼底。

哪怕是孩童时，我也从来没有流过这么多的泪，无论我受到怎样的压迫与欺凌。但这一刻，那些泪如决堤之水奔涌而下，我无法控制，也不想控制，就这样任这种温热的液体随着我的悲泣冲刷我的耻辱，宣泄我的伤痛。

我低首而泣，看不见公主彼时的表情，而她也一直沉默着，既未哭泣，也未曾对我说任何抚慰的话。少顷，她支身坐起来，又朝我俯身，伸出双臂把我拥入怀中，像母亲拥抱孩子那样，把一侧脸颊贴在我额头上。

保持着这温柔的姿势，她轻声说：“都过去了，我们还在一起。”

我向自己的情感妥协，不再去想怎样离开她，虽然我知道这是不可避免，迟早会发生的事。

我们还如以前一样，她画墨竹时我随侍点评，她弹箜篌时我吹笛试音，下雨了为她撑伞，起风了为她披衣……似乎一切都未改变，但是，我们都自觉地不去尝试在夜间相处，也都小心翼翼地回避着肌肤的碰触，更不去提我们之间发生过的那些跟伤痛有关的隐事，怕那里的记忆像未愈的伤口，轻轻一碰就会流出血来。

公主与驸马圆房次日，据说国舅夫人是很高兴的，准备入宫向帝后报喜，但李玮大发雷霆，激烈反对母亲将此事告知宫中人。他那盛怒的样子杨夫人从未见过，吃惊之下也被他唬住了，就未去通报此事。后来又来旁敲侧击地劝公主再次接纳驸马，公主均冷面相对，杨夫人只好悻悻地回去，恐怕此后也格外留意我与公主的情况，见我们亦能守礼，便未再生事，只重提纳妾之事，让驸马纳韵果儿，李玮也从命，很快将韵果儿收房。

纳妾后李玮除了偶尔与韵果儿同宿，其余生活一切如常，还是潜心研究书画，韵果儿虽过上了锦衣玉食奴仆随侍的生活，但也并无多少新嫁娘的喜色，不过对公主倒也依旧是毕恭毕敬，侍奉主母的礼数一点不少。公主宅中众人就这样表面维持着平静的模样，却各自心事重重地暂时过下去了。

到了十一月，嘉庆子如期与崔白完婚。离开公主宅之前，嘉庆子跪在公主面前，哭得肝肠寸断。公主含笑安慰她："大喜的日子，别弄得像生离死别一样。你出嫁后还能经常回来看我的，咱们又不是再也见不到了。"

其余侍女也纷纷劝慰，好一会儿后嘉庆子才止住哭泣。公主让人给嘉庆子补好妆，又拉住她手左右细看，想了想，左手往右手手腕处一拨，把一个戴了好些年的羊脂白玉镯子沿着她们牵着的手推到了嘉庆子手腕上。

嘉庆子一惊，推辞不已，急着要还公主玉镯，公主按住她手，道："给你的嫁妆都是让别人准备的财物，我一直想着要送你个礼品，却总也找不到好的。这个镯子好歹我戴过几年，如今你带去，平日看着，就跟我还在你身边一样。"

嘉庆子这才收下，再次含泪拜谢，公主双手挽起她，仔细端详了半晌，最后颇感慨地一叹："说起来，我从小到大身边的女子，几乎没有一个是过得开心的。而你嫁了如意郎君，总会跟我们不一样吧……客气的话不必再说，只要你跟崔白好好地生活下去，就是谢我了。"

吉时将至，嘉庆子必须出门了。她最后拜别公主，一步步朝外走去。公主情不自禁地起身走到庭中送她，在嘉庆子将要出阁门时，公主忽然又开口唤了她一声。

嘉庆子止步，回首探询："公主？"

公主和暖的目光抚过那相随多年的侍女的眼角眉梢，她微笑着，和言表达最后的嘱咐："如果你想感谢我，就一定要幸福。"

待嘉庆子出了门，她才转身回房，抑制了多时的泪旋即溢出，滑落在那位新娘看不见的身后。

嘉庆子出嫁后，公主更显落寞，对我的依赖也越来越深，她需要我形影不离地相伴，就算我暂时离开一瞬，她的目光也会追随着我，面上带着怅然若失的神情。

只要是白天，我都尽量守在她身边，答应她所有的要求，不让她因我的缘故有一丝不愉快。我珍惜着我们之间每一刻的相处，因为明白这种貌似平静的时光就像琉璃盏一样，随时都有被打碎的可能，尤其，在我遇见司马光之后。

我原本以为，在我们相遇的第二天，他就会请今上下令把我逐出公主宅，再流放到某个远小偏僻处，而我竟还是有了这一月的安宁，私下想起来，倒很有几分诧异。不过，也很快得知了个中原因。

这月公主带我入省禁中，在福宁殿向今上请安时，今上斟酌着词句，向公主提起准备把我调回宫内的事："天章阁的勾当内臣老了，在申请致仕休养。我看前后两省的内臣，不是身兼数职不好调任，就是不学无术，当不得这管理御制文书的官。想来想去，怀吉倒是个合适人选……"

他甫提及此，公主即睁目以对，直接问："爹爹是想把怀吉调离女儿身边么？"

今上颇为尴尬，踟蹰着说："并非如此……确实是找不到合适的人……"

"爹爹找不到，就让女儿来找。"公主即刻道，"既通文墨又有闲的内臣，女儿倒也知道几个，可以列出名单，任爹爹选用。"

今上默然，良久不应。一旁的皇后见状，叹了叹气，跟公主明说了："徽柔，事已至此，我们也不好再瞒你。早在一月前，同知谏院司马光便知道了怀吉回来的事，上疏请你爹爹不改前命贬逐他。你爹爹押下不理，他便又同杨畋、龚鼎臣等言官接连论列，都请求贬逐怀吉。你爹爹一直未表态，司马光昨日又再上疏，这一次措辞尤为激烈，而且，还提到了你……"

皇后顿了顿，转顾今上，目中有请示之意。今上明白她意思，便唤过任守忠，低声吩咐了两句，任守忠随即走向书案，取出一个劄子，然后过来，把劄子给了公主。

公主展开扫了几眼，大有怒意，将劄子掷于地上，愤愤道："这司马光如此出言不逊，狂妄无礼，爹爹竟不责罚他？"

帝后相视一眼，都未说话。我拾起劄子，先展开确认司马光的署名，再从头浏览了内文。

司马光开篇先说之前论列未蒙允纳之事，继而矛头直指公主与今上："臣闻父之爱子，教以义方，弗纳于邪。公主生于深宫，年齿幼稚，不更傅姆之严，未知失得之理。臣谓陛下宜导之以德，约之以礼，择淑慎长年之人，使侍左右，朝夕教谕，纳诸善道，其有恃恩任意、非法邀求，当少加裁抑，不可尽从，然后慈爱之道，于斯尽矣。"

他既直言抨击公主恃恩任性不明事理，又暗暗批评了今上教导无方，对女儿过于迁就。在下文中，他再提我此前被贬逐之事，用了更严厉的语句，说我"罪恶山积，当伏重诛"，而"陛下宽赦，斥之外方。中外之人，议论方息，今仅数月，复令召还。道路籍籍，口语可畏，殆非所以成公主肃雍之美，彰陛下义方之训也"。

在劄子文末，他重申了自己的态度与要求："臣实愤悒，为陛下惜之。伏望圣慈察臣愚忠，追止前命，无使四方指目，以为过举，亏损圣德，非细故也。"

【贰】依恋

我把劄子交还给任守忠，再起立整装，无言地拜谢今上。若依照司马光的意思，我大概应该被凌迟处死，而今上并未从言官所请，想出的处理方法还是擢我为天章阁勾当官，这是他爱屋及乌之下对我天大的恩赐，虽然这样做的目的也是为使我与公主分离。

公主快步过来，阻止我谢恩的动作。“不可！”她蹙眉对我摇头，显然把我对今上的感激理解为接受他的安排。回身面对父亲，她道：“这些言官终日不管正事，只顾盯着宫眷闺阁，细论这等琐事，当真无聊至极。爹爹不必理他们，让他们嚼几天舌根，等他们自觉无趣，这事也就过了。若爹爹这次也顺了他们意，他们势必更嚣张，下次还不知会拿什么芝麻绿豆大的事还折腾爹爹呢！”

今上摆首道：“我原本也想拖着不理，等他们自己偃旗息鼓，但结果他们却越发来劲，步步紧逼……因为怀吉是内臣，你又是帝女，身份不同寻常，言官们便援引祖宗家法中防范宦者的种种道理来劝我不可让你们继续相处……”

公主闻之冷笑：“宫中的内臣多了，伺候的又都是身份特殊的宫眷，难道他们也都要援引祖宗家法把所有宦者都逐出宫去？”

今上重重一叹：“宫中内臣虽多，却没有像你们那样徒惹物议！”

公主一怔，转眸顾我，不由得双颊微红，默然垂下了眼帘。

皇后看在眼里，此时便缓步过来，牵公主手，引到自己身边坐下，再温言对她说：“言官们其实并不一定真要怀吉性命，只是见他回来，又回到公主宅做事，他们觉得以前谏言未被接纳，圣上还宠着你，按你的心意行事，便尤为气愤，怕此例一开，官家以后难纳忠言，而众内臣也会因此气焰大炽，生出更大的事端。因此，他们这回是铁了心要分开你们。若官家不给个说法，他们势必会不依不饶，追究下去。如今你爹爹想出这个法子，让怀吉回宫在藏书阁做事，既表示接纳了言官的意见，又保得怀吉周全，可说两全其美……”

“可是，那跟把怀吉流放到西京有什么不一样？”公主打断皇后的话，道，“他离开了我，且不在后宫做事，我们就不能再相见……无论我们之间相隔的是几座城池还是一道墙壁，结果都是一样的——我见不到他了！”

皇后无语，而今上思忖着，又出言宽慰她：“你们未必不能再相见。你回宫之时也许有机会遇见他，再或者，年节庆典时……”

“年节庆典时，隔着千山万水，重重人海，远远地对望一眼？”公主即刻反问，冷冷地拭去眼角泛出的一点泪光，她凝视着父亲，又道，“就算言官不逼迫，爹爹一定也想分开我与怀吉。像你设想的这样让我们慢慢疏远，是你深思熟虑后决定选用的策略。”

今上顿时大怒，拂袖扫落几上的杯盏，直斥公主道：“为了一个内臣，你竟然不顾身份，屡次做下失态的事，将父母的处境、夫君的尊严、宗室的声誉和自己的名节完全抛诸脑后！司马光指责你‘不更傅姆之严，未知失得之理’，如今看来真是一点也不错！现在全天下人都在等着听你的丑闻，看你的笑话，而你竟然还不知悔改，不懂避忌，一意孤行，挑战言官公论，不明事理至此，真是辜负了从小所学的贤媛明训！”

一语及此今上怒意仍不减，挥臂直指我，又对公主说：“看看你甘冒天下大不韪一心维护的这个人，他只是一个内臣，一个宦者，一个不能称之为男人的人！驸马那样爱敬你，你却对他不屑一顾，而这样依恋这个人，不觉得可笑么？”

这一席话听得公主两目莹莹，她以手掩住颤抖的双唇，艰难地控制住彼时情绪，好半天才抬起头来直视今上，轻声道：“你说驸马爱敬我，但是他爱的是我这个人么？不，他爱的是公主，他可以爱任何一个公主，就像爱那根镶金缀玉的击丸球棒和晋人尺牍、唐人丹青一样。他苦练击丸和收藏书画，原不是有发自本心的兴趣，而是因为这是皇族宗室及士大夫们的清玩雅好。他对我百般讨好，希望做我真正的夫君，也并非源自对赵徽柔本身的感情，而是因为我来自九重宫阙，而这里寄托了他的向往。就如池沼里的青蛙仰望上空的飞鸟，他渴望过我们的生活，变得与我们一样。如果我不是公主，对他而言，恐怕就只会是个傲慢、蛮横和冷漠的女子，他岂会仍对我保有现在的爱敬？”

听着她的诉说，今上面上怒色开始消退，取而代之的是沉默之余露出的一丝迷惘。

公主再看看我，声音多了些呜咽意味：“而怀吉，他对我的照料和呵护，并不仅仅是遵从本职要求。我们初见时，他并不知道我是公主，但已经决定冒着被你宠妃迫害的危险而维护我。我不管在你们眼中他是什么人，我只知道，这十几年来，他陪着我长大，指导我读书写字，陪我学习音律，与我一起焚香点茶，又一起作画填词……他并不仅仅是服侍我的内臣，倒更像是我的兄长、师父和朋友。我们是这样心意相通，以至我只看他一眼，他便知道我想传递的意思……他希望我快乐，但也不会无原则地讨好我。他甚至会小小地嘲笑和激怒我，但那只是为督促我做应做的事……在他面前，我可以抛弃公主的外壳，还原为一个寻常的小女子。李玮看我的目光总是瑟缩的，仰视的，而怀吉则不，当他凝视我的时候我可以感觉到，他看见的并不是公主，而是一个他珍视的女子。”

此时今上双唇微启，似有话要说，但公主抢在他之前又开了口，向他提起一个尖锐的问题：“爹爹，在你几十年的生涯中有没有遇见一个这样的女子，爱你敬你只是因为你是你，而并非因为你是皇帝？”

今上彻底失语，目光掠向皇后，与皇后相视的双眸闪过一点微光，他又侧过了头去。

而皇后倒显得颇为镇定，见今上不语，便接过话头劝公主道："怀吉服侍公主的心意，我们自然都明白。公主信赖怀吉，希望可以保护他，我们亦能理解。只是外间俗人不知，见你们相处融洽，便易胡乱生疑，若你继续与怀吉这样相处，太过接近，未免更落人口实……"

公主一哂："外人怎么说，我不管。我只知道我不能让怀吉离开，否则我再也找不到如他这样的人。"

皇后蹙了蹙眉头，但终于没反驳公主，保持着安静的姿态，听她说了下去："他能读懂我所有的喜怒哀乐，也与我一同经历过悲欢离合。孃孃，你知不知道，他是这样的人：在你快乐无忧时，他默默退后，甘于做你背后的影子，但当你处于逆境，悲伤无助时，他又会向你伸出援手，使你免于沉溺……他是除了父亲母亲之外天下对我最好的人，就算全天下人都舍我而去，他都仍会守护着我。而且他全心待我，我永远不会担心他背叛我，伤害我，为别的女子疏远我。"

皇后凤目微睁，有所动容，但也只是稍纵即逝的一瞬而已，她很快恢复了端雅神情，半垂眼睫，若有所思，亦不再多言。

公主和缓了容色，温柔顾我，须臾，又面朝今上，徐徐道："爹爹说我依恋怀吉，是的，我承认，我确实依恋他，就像暴风雨依恋乡间屋顶，旅人依恋天际远山。面对你给我安排的命运我曾几次想一死了之，而之所以还能活着，是因为每次回首看身后，都能看见他在那里……对我来说最值得恐惧的不是死亡，而是漫长地活着，却再也见不到他。"

【叁】中阁

公主的话卓有成效，此后帝后暂不再提调我离开之事。我想公主比我曾经以为的要聪慧得多，她有意无意地触及帝后坚固防线之后的隐痛，使他们感同身受，也让自己欲传递的心意可以顺利抵达父母内心深处。在儿时天真娇憨和现在言行无忌的外表下，其实她一直睁着心里那双慧眼，安静地观察着身边的人情冷暖、世事变迁。

只要她愿意，她应该也可以妥善处理一切关系，让自己不至于沦入困境，不过，她也一直都是骄傲的，骄傲得不肯对违背心意的事稍作俯就。但这不是一个允许女子纵恣胸臆的时代，哪怕公主也不例外，遵循不负我心的原则，总是会不可避免地头破血流。即便我每日小心翼翼地守护着她，还是没能使她免于伤害。

虽然今上决定让我继续留在公主身边，但不见得是他放弃了修复驸马与公主夫妻关系的努力，何况还有一众言官在密切关注着公主闺阁之事，逼迫着他寻求解决方法。

此后一月中，今上频频召杨夫人、李玮、韵果儿和现在管勾公主宅的入内都知史志聪入宫商议，我猜他应是想与他们找出个令公主接纳驸马的法子，让她将来自然而然地疏远我。这个猜测后来被证明大致不错，但他们采用的方案却不是我事先可以想到的。

一日深夜，我毫无理由地陡然惊醒，起身在床头坐了片刻，心仍狂跳不已，而就在心神不宁之时，一声凄厉的女子尖叫声从公主所居的中阁方向传来。

夜深人静，那叫声显得格外清晰而刺耳，交织着极度的恐惧和愤怒，那女子又接连尖叫了数声，声音听起来极为凄惨。

我辨出那是公主的声音，顿时如罹雷殛，惶恐而焦虑，浑身不自禁地颤抖起来。一把抓过衣裳披上，我跌跌撞撞地找到出门的路，迅速朝中阁奔去。

中阁早已是灯火通明，十数名侍女和小黄门围聚在公主卧室内外，跑来跑去，手忙脚乱的，有的口中唤“公主”或“都尉”，有的招呼同伴做事，有的不知道看见什么，也在惊声尖叫，现场人声鼎沸，一片混乱。

见我过来，他们才稍稍噤声，也自觉地让道，请我入内。

公主披散着头发，恨恨地怒视前方，手握一支玉簪，簪子尖端朝外，是被她用作了武器，而那尖头上赫然有鲜红的血迹。

我循着她目光看去，发现她注目的焦点是李玮。李玮怔怔地站在她正前方，脖颈和肩头已有多处被簪子戳伤的痕迹，还有血不断溢出。

他们都衣冠不整。

若不是有四名侍女竭力阻拦，公主一定还会扑过去狠狠地刺李玮，她被怒火灼红的眼睛也像是即将流出血来。

我有点明白此时的状况，但不及细想，三两步抢至公主身边，去夺她手中的玉簪。

公主仍处于狂怒之中，拼命反抗，大概根本没意识到接近她的人是我，又挥舞着簪子来刺我。我一边招架一边连声唤她，终于她有所反应，动作放缓，我才把那根染血的簪子从她手中抽了出来。

“怀吉。”她拉住我袖子，睁着红红的眼睛一指李玮，“杀了他！”

我转身半搂着她，也借机挡住她直视李玮的目光，轻拍她背温言安抚，再越过公主向她身后的两名侍女递了个眼色。侍女会意，绕到李玮身边，扶着他出了门去。

公主神志仍不十分清醒，口中喃喃地只是说：“杀了他，杀了他……”在我抚慰下她怒气才渐渐平息，但旋即悲从心起，埋首在我怀中，像个受尽了委屈的孩子一样放声哭泣。

我为她披上衣服，陪她坐了许久，直到她哭得累了，渐有睡意。见她双睫低垂，是在打盹的样子，我便唤了侍女过来，要她们扶公主入帷歇息。但侍女才走近，公主即惊醒，她惶惶然站起，又猛地推开侍女，激烈地说她不要在这里睡，然后自己往外奔去。我跟着去追她，见她只是在胡乱奔跑，完全没有一个明晰的方向，于是迅速上前，拉她回到中阁厅中，她便在厅中止步，说什么也不肯再入卧室。

我只得让她留在厅中，她也强睁双眼，坚持不肯睡觉，我便吩咐侍女服侍她梳洗，自己起身，准备出外回避，她却又惊慌地连声唤我，很忧虑地问我："怀吉，你要去哪里？"

她的模样看得我心里难受，于是重又在她身边坐下，对她微笑道："臣哪儿也不去，只是坐久了，所以站起来舒展一下手足。"

天亮后，史志聪及杨夫人先后来探望，公主都拒而不见。少顷，任守忠从宫中来，说有官家赐公主与驸马的礼物。礼物一一呈上，却是崭新的鸳鸯锦、合欢被，婚礼上撒帐用的金钱彩果之类。

"官家说，驸马与公主是夫妻，原不必分阁而居，昨日已晓谕驸马搬到中阁来。今日特赐礼品，是表喜贺之意。"任守忠笑对公主说。

看来他尚不知夜里发生的事。我担心地观察公主，而公主飘浮的目光徐徐扫过面前那一对金银锦绣，暂时没有什么特别的反应。但当李玮的身影出现在阁门边时，她顿时呼吸急促起来，蹙着两眉一抬手，她举起一个盛满金钱彩果的盘子就朝李玮劈头劈脸地砸了过去。

"滚！不要靠近我！"她怒斥李玮，又失控地抓起身边所有拿得动的东西向李玮砸去，不住重复着"不要靠近我"，而新涌出的泪又开始沿着脸颊滑落。

任守忠看得呆若木鸡，是我制止了公主对李玮的下一轮攻击，而李玮身后也有人站出来，挡在了呆立不动的李玮面前。

那是崔白，嘉庆子也旋即现身，走进厅内，微笑着轻唤："公主。"

这是他们婚后三朝拜门之后的首次来访，看来李玮这时原本是引他们来见公主的。

看见了亲近的侍女，公主情绪稍稍平复，在嘉庆子的搀扶下落座，但神情仍恍惚，怒火未熄的眼睛还在望向李玮那边。

任守忠快步出门，拉着李玮从公主的视线中逃离开去。

嘉庆子亦很懂事，含笑对公主嘘寒问暖，只字不提刚才的事。公主偶尔开口问她新婚生活，她也说一切都好，跟公主说起一些生活中的趣事，还取出一个着彩衣的悬丝傀儡给公主看，笑道："我见公主喜欢木傀儡，便又请崔郎做了一个。上次公主留下的那个是书生，这回是个美人，正好配成一对呢。"

公主接过看看，唇边浮出一点浅淡笑意，提着手柄让木傀儡动了几下，再问我："怀吉，这个傀儡好不好？"

我亦对她笑，说"好"。她却摇了摇头，道："我想要个不一样的。"

嘉庆子立即赔笑道："公主想要什么样的只管告诉崔郎，他一定会给公主做出来。"

公主微微颔首，对崔白笑了笑。

其间我没有与崔白多说话，而他也一直沉默着，很专注地观察着这一场风暴之后略显狼狈的我们。

嘉庆子陪了公主许久，趁崔白去拜会李玮时，我亦随他起身，送他出了中阁门。

目送崔白走远后，我并未立即折返回中阁，而是朝杨夫人居处走去。

我想，昨夜的事，必定又是她出的主意。

但行至中途，有人在身后唤我，回首一看，是已成为驸马侧室的韵果儿。

她缓缓走到我面前，挡住了我去路，向我发问："梁先生要去哪里？"

我直言："去找国舅夫人，有些事，我想问问她。"

"是昨晚都尉与公主的事吧？"韵果儿道，"先生别去了，此事与国舅夫人没什么关系。"

我锁着眉头向她投去询问的一瞥。而她平静地迎上我的目光，淡淡道："是我劝都尉昨晚入中阁的。"

【肆】妾室

她和缓的语调有异乎寻常的冷漠，令我仿佛是在听做完笔录的文吏向判官陈述一段公案："官家最近常召国舅夫人和我去商议公主的事，听说公主曾与都尉同寝，便要我们在公主面前多说都尉好话，让公主以后继续与都尉做真夫妻。但是我们都知道，公主厌恶都尉，看他的眼神就像在看一块发霉的炊饼，谁的美言都不会使公主回心转意。所以，我就建议官家索性下令让都尉搬到中阁去，夫妻独处一夜，胜过旁人说十车好话……"

"你明知公主厌恶都尉，还让官家下这种明显违背她心意的命令？"我看着韵果儿波澜不兴的表情，暗自讶异这熟悉的眉眼何时变得如此面目可憎。

“恕我直言，梁先生你博涉多闻，但一些关于女人的事，未必是你都知道的。”说完这句，大概是为免令我太尴尬，她移目注视中阁重檐粉墙，才又道，“许多夫妻间的闲气都是在深夜的闺房中化解，以前云娘也曾跟我们说，夫妻是‘床头打架床尾和’。鱼水之欢是弥补夫妻裂痕的良方，如果公主跟都尉同床共枕几次，对都尉的态度一定会有所改善。”

她谈论着这私密话题，但态度如此坦然，倒令我显得有几分局促。好一会儿我才开口：“公主第一次请都尉留宿，结果你我都看到了，她与都尉的距离非但没有拉近，还越来越远了。你又为何出此下策，让都尉激怒公主？”

韵果儿道：“女人的第一次，除了痛，还能有什么感觉呢？但以后就不一样了。都尉也说公主不会接纳他，我劝他对公主强硬一点，他很惊讶，说这样公主可能会恨他，我就跟他说：‘反正公主已经很恨你了。就当是下一次赌注吧，赢了从此公主会与你好好过下去，输了也不会有更坏的结果，顶多不过是公主继续恨你。’”

我冷眼看她：“现在你看到更坏的结果了。”

“都尉优柔寡断，还是做不到适当的强硬，昨夜入中阁后犹犹豫豫，倒惊醒了公主，让她大闹起来。”她回眸直视我，道，“公主如今这样，先生你也难辞其咎。你把她保护得太好，不肯让她受一点点伤害，可是有些疼痛是生命中必须经历的，就像若要学会走路，摔跤是不可避免的一样。如果她出降之初就与都尉同宿，事态应该就不会像现在这样不可收拾了。”

我不由得心惊，如观察一个陌生人那般打量着她。我认识她十几年，竟没有发现她有这样清醒的头脑和敏锐的洞察力。她已按自己的心意把握住了她的命运，而现在我需要思考的是她对公主的态度，在共事一夫的情况下她如此设计是真的要修复公主与驸马的关系，还是要用伤害公主的方式造成他们夫妻间的彻底决裂。

此后两天公主情绪仍然很不稳定，但凡看见李玮，甚至只要听见李玮的名字都会发怒，哭骂、掷物、发狂似的奔走都可能发生。有次无意中看见今上这次赐给她与李玮的一个绘有鸳鸯戏水图案的瓷枕，便举起摔碎，然后拾起一块瓷片就朝自己脖颈刺去，幸好我彼时就在她身边，及时阻挡，才没有造成惨剧。

而且，她从此拒绝在中阁卧室睡觉，只肯坐在厅中，昼夜不眠。我劝她入内安歇，她坚决地摇头：“有贼会进来的。”我说已经嘱咐众侍女好好守护，不会再发生任何意外，她仍不答应，“不能相信她们。”

那些侍女其实也挺无辜。那一晚韵果儿在公主入睡后带李玮入中阁，宣布今上让李玮搬来与公主同寝的命令，侍女们不敢违抗，便让李玮进了公主卧室，不料此事不谐，也连累她们失去了公主的信任。

仅仅两日，公主已憔悴得不成人样。史志聪不敢隐瞒，只好入宫把公主宅发生的事告诉了帝后及苗贤妃，苗贤妃立即派王务滋来接公主入宫住了几天。苗贤妃看见女儿惨状，心疼之余怒气难消，便撒在史志聪身上，向今上控诉他监管公主宅失职，致使公主受驸马及其妾室欺负，今上遂把史志聪免职，连带着把他原来入内都知的官阶也削去了。

在今上反复承诺再不让李玮与公主同寝一室之后，公主才勉强答应回公主宅。随我们一起回到宅中的是王务滋，在苗贤妃举荐下，他成了公主宅新的管勾内臣。

苗贤妃选他去公主宅原因有二：首先，他在苗贤妃阁中多年，看着公主长大，既了解公主又对公主很忠诚；其次，他头脑灵活，对待下属很有手段，用苗贤妃的话说是“既不是梁全一那样的老好人，也不是史志聪那样只知道奉承官家的马屁精”。

王务滋一上任便给了韵果儿一个下马威——重重的一耳光扇在前来迎接的韵果儿脸上，他瞪着她厉声斥道：“贱婢，下次再理不清你这几根花花肠子，仔细我拿把剪刀给你剪了去！”

然后，在杨夫人、李玮等人瞠目结舌的注视下，他又恢复了和悦神情，几乎是和蔼可亲地笑着对韵果儿拱手：“韵姑娘恕罪，刚才那句话是苗娘子要我转述给你听的，老奴不得已而为之，得罪了。”

韵果儿红着眼睛捂着面颊，冷冷地别过脸去。

王务滋保持着那亲切的笑容，以很礼貌的方式宣布了对韵果儿的处罚：“我看韵姑娘气色不佳，应是连日操劳所致，不如现在便回房歇息，此后一月，宅中诸事无须再管，只安心静养便好。我也会派人在姑娘房前伺候，绝不让闲杂人等入内打扰姑娘。”

语罢他微微一侧首，立即便有两名小黄门上前，左右挟持着韵果儿，带她回房软禁起来。从此公主宅中侍女人人自危，见了王务滋便像老鼠见了猫似的，退缩低首，大气也不敢出。在他面前，连一贯嚣张的杨夫人也收敛了许多，对他说话客客气气，乃至轻声细语，全不见以往气焰。

在宅中住下后，王务滋格外留意李玮的举动，派了很多人监视他，李玮从清晨起身到夜晚就寝之间的状况，事无巨细，都会有人跑来向王务滋报告。我看在眼里，不免觉得过分，便私下对他说：“先生保护公主自然尽心，只是关注驸马动静至此，岂非太过？”

王务滋叹道："你与我共事多年，与公主又是这般情形，我也不必瞒你。此番苗贤妃让我前来，原是有所嘱托。她明白公主痛恨驸马，二人之间绝无和好的可能，因此命我留心观察驸马行为，若有一丝不妥，例如对公主不敬或口出怨言，都要上报官家，以便日后请求官家允许公主与驸马两厢离绝，让公主回宫长居。"

我不知道他的意图李玮有没有感觉到，反正李玮以后的表现实在无懈可击，每日早晚过来向公主请安，知道公主不想见他，便遥拜于阁门外，随即默默离去，绝不惊扰公主。他待公主恭谨，对王务滋也尊重，有时面对王务滋刻意的挑衅也无一句怨言。而且在韵果儿被软禁的情况下他也没有让任何侍女侍寝，使王务滋连说他"好色"的借口都找不到。

韵果儿也是有气性的，在被禁足后她开始绝食，不久即气息奄奄，而王务滋也没有放她出来的意思，无论李玮和杨夫人如何恳求。后来，是我去打开韵果儿的房门，把她扶了出来，送她到杨夫人那里。

杨夫人很吃惊："梁先生放她出来，是王先生许可的么？"

我摇头，说："没关系，我会向他解释。"

我准备离开时，韵果儿忽然开口请我留步，然后低声问："你也认为，我是要害公主么？"

我想了想，实话实说："我不确定。"

"那你还要救我？"韵果儿问。

我说："我不能眼睁睁地看着一个人在我面前死去。"

她恻然一笑："你一直都是这样……"

瞬了瞬干涩的眼，她抹去多余的情绪，又寻回了平静的语气："我要设法让公主接受她的夫君，如果不行，那让她怀孕，生下一个自己的孩子也是好的，她那么喜欢小孩，这样一来，她以后的生活就有了寄托，她也就有了活下去的理由——在你离开后。"

半晌沉默后，她又略略勾起了唇角："不要这么惊讶地盯着我。你一定也能想到，你与公主，迟早是会被人拆散的。"

【伍】裸戏

嘉祐七年正月十八日，今上照例御宣德门观灯，召后妃、公主、诸臣及命妇随行。此前谏官司马光、杨畋等人进言说去年诸州多罹水旱，鳏寡孤独，流离道路，希望今上减少游幸，罢上元观灯，以悯恤下民，安养圣神。但今上仍决定不罢灯会。登上宣德门后，他一顾左右从臣，说出一个理由："正是因为去年发生了许多不愉快的事，所以朕才想借此佳节，与历经苦难的万民同乐，而并不是为满足朕一人的游观之兴。"

在今上眼中，公主显然也是"历经苦难的万民"之一。观灯间隙，他频频转顾女儿，问她可否喜欢足下这片灯火楼台，公主总是浅笑着说喜欢，但投向火树银花的目光散漫无神，在长期心情郁结之下，这儿时最喜欢的游观项目已激不起她多大兴致。

观灯之时城楼下依旧有诸色艺人各进技艺，在两名女子相扑士表演时，公主难得地倾身垂视，表示了特别的关注。

那些女相扑士还是短袖无领，袒露大片胸脯的装束，令我想起前年上元听阿荻和张夫人提起司马光对这一点表示愤慨之事。如今上元百戏仍有这种表演，也不知是他当年没有进谏还是今上听了置之不理。

相扑结束，观者纷纷喝彩，今上下令赐女相扑士银绢若干，而司马学士从百官席位出列，走到今上面前，躬身长揖，一脸严肃地奏道："陛下，宣德门乃国家之象魏……"

"今上有天子之尊，下有万民之众，后妃侍旁，命妇纵观，而使妇人裸戏于前，殆非所以隆礼法示四方也。"今上未待他说完便正色续道，旋即失笑，摆摆首，又对司马光道，"卿每年都这样说，朕都会背了。只是上元节女子相扑是传统百戏之一，东京臣民观此表演已成风俗，每次比试，观者如堵，相扑士装束百姓也已习以为常，并不觉有何不妥，卿又何必强令罢去呢？"

司马光正色道："子曰：'非礼勿视。'女子袒露肌肤，乃寡廉鲜耻之举，而观者直视，有违圣人明训，实属无礼。大宋受命于天，太祖、太宗常告诫臣下，天下之祸生于无礼也。无礼，则坏法度、败风俗，久之天下荡然，臣民莫知礼义为何物，势必天下大乱，世祚不永，败亡相属，生民涂炭。今若不禁这女子裸戏，国中淫靡之风日盛，恐将招致恶果，陛下不可不防呀！"

今上做出认真倾听的姿势，但表情却是漫不经心的。待司马光说完，他微笑着，给了他一个并不明确的答复："卿的意思，朕已明白。请卿先回列继续欣赏百戏，此事我们来日再议。"

司马光却不肯就此罢休，又上前两步，提高声调对今上道："陛下，此事已拖两年，岂可再次延而不决？陛下决策，当以事理为先，不为非礼，不为非义，宣布善化，销铄恶俗，如此才能长治久安，使天下臣服，万民归心。"一语及此，他整装再拜，跪倒在今上面前，"臣斗胆，恳请陛下即刻下旨，颁发法令，严加禁约，使今后妇人不得于街市以此聚众为戏。"

今上不悦，微微蹙眉，但一时也未出言回绝。司马光等待片刻后又再次伏拜，以响彻城楼殿阁的声音重申了自己的请求。

今上仍不语，其余众人也不敢开口，在这微妙的气氛下，连教坊乐工也停止了奏乐，宣德楼上鸦雀无声，只有楼下庶民的游乐嬉闹声还在绵绵不断地传来。

忽然，公主朝司马光的方向移动了几步，隔着一重珠帘，她对跪在地上的司马光说了话："司马学士，你劝谏之时常提祖宗家法，想必对太祖、太宗皇帝的教诲都是很信服的了。"

她这一插言，四座之人均转首看公主。宫眷在帘后直接与臣子对话是不符礼制的事，何况又是目前常有异动的公主在问屡次指责她的司马光。

今上挥挥手背，示意公主退后，但公主并未从命，目光仍然定定地落在司马光身上。今上犹豫，但终于没有阻止。

司马光亦很惊讶，侧首望向公主所处方位，疑惑地凝视那珠帘后隐约的身影须臾，他还是回应了："当然，太祖、太宗睿智神武，躬勤万机，人主英明，群臣慑服。"

公主又道："既如此，对妇人相扑一事，太宗皇帝已有明训，司马学士为何却又不理？"

司马光愕然："太宗皇帝何曾论及妇人相扑？"

公主从容答道："当年太宗皇帝上元观灯，冯拯亦曾说女子露乳有伤风化，请他对女子相扑下禁令。太宗皇帝便问冯拯：'适才那两位女子比试，最后是谁取胜？'冯拯答不上来，太宗皇帝便笑了：'今日我看了一场精彩的相扑比赛，而卿看到的却只是裸戏女子露出的双乳。'现在我也想问司马学士，刚才那两位相扑士中，最后获胜的是哪位？"

司马光思索着，却未能说出答案，周遭开始有压抑过的嗤笑声陆续发出，令这位不久前还言辞振振的学士略显尴尬。

公主微微一笑，继续说："太宗皇帝又对冯拯说：'所见即所思。心性无染，本身圆成，只要保持清净心性，那么那些虚幻皮相又岂会引起淫邪之念？卿忧心至此，是把天下万民全看作淫邪小人了。'如今司马学士力求禁绝妇人相扑，莫不是也对大宋臣民全没信心，抑或是质疑圣上对子民的教化成效？"

这不是容易正面回答的问题。司马光语塞，好一会儿才又说话，却也并非反驳公主，而是问："太宗皇帝此事，可有明文记载？"

"自然有。"公主即刻应道，"就在《太宗实录》里，司马学士难道没有见过么？"

司马光诚实地回答："我看过《太宗实录》，但不记得有此事。"

公主一哂："那学士就回去查查《太宗实录》吧。"

司马光默然，少顷，他转朝今上，伏拜告退。今上颇有喜色，颔首答应，在司马光站起时，也许是出于对士大夫的尊重，他多说了一句："小女无状，还望卿勿以为意。"

这让司马光立即意识到了公主的身份。他步履一滞，又恢复了此前精神，目光炯炯地朝公主方向刺去。今上微惊，忙又连声促他归位。司马光伫立片刻，最终选择了隐忍，蓦地转身，阔步回到从臣之列。

公主的表现赢得了珠帘后的宫眷一致赞扬。她最近情绪失常，面对李玮时状若癫狂，宫中甚至有谣传说她疯了，而今日她对司马光说话，声音听起来虽显虚弱，但所言内容却条理清晰，能看出她思维缜密，与前些日子判若两人。

宫眷们纷纷上前夸赞公主出言击退司马光之事，皇后亦对她微笑，但也不忘问她："刚才徽柔说太宗与冯拯一事《太宗实录》上有记载，却不知是在哪一卷？"

公主摆手笑道："这事是我杜撰来骗司马光的。《太宗实录》有成百上千卷，等他回去慢慢翻完，这年早就过了，咱们该看的相扑也都看完了。"

公主如今体弱，待不到百戏演毕已体乏无力，拜别父母后便先行下楼，回宫安歇。我一路跟随，走至楼下，忽见有一着钗冠霞帔的外命妇快步趋近，在她身后轻轻唤了声："公主。"

公主讶然转身，打量着唤她的人。

那女子很年轻，冠上有花钗七株，身穿七等翟衣，看起来应是三品官的夫人。她在檐下花灯的陆离光影里对我们友好地笑着，仿佛遇见了久违的故人。

而我们也很快认出了她——冯京的夫人富若竹。她看我们的眼神带有朋友般的热度，必然已经确定了我们就是当年在白矾楼中结识的人。

"富姐姐。"公主微笑着，没有被若竹的突然接近吓到，也没有要避忌的意思，很坦然地这样与她打招呼，等于是向她承认了自己的身份。

若竹很高兴，兴冲冲地向前两步挨近公主，对公主说："公主请恕若竹冒昧……我只是想告诉公主，我也喜欢看女子相扑。"

她是三品命妇，席位离宫眷不是太远，可能此前窥见公主身影，又听见她对司马光说的话，声音与印象中相符，故此敢前来相认。

听了她的话，公主不由得解颐，与她相视而笑。而若竹旋即把一块白色丝巾递到公主手中，低声道："我那司马姐夫是块顽固不化的愚木头，我从小就想捉弄他，可是一直都没机会。不过我知道他年轻时填过一首词，现在说出来简直没人相信是他写的，他如今也很后悔，一听别人提这词就又恼又羞，恨不得找个地缝钻进去。公主不妨记下来，下次他再说什么礼啊义啊那些闷死人的大道理，公主就拿这词去羞他！”

我与公主之事早已成为士大夫之间流传的话题，司马光对我们的指责若竹肯定亦有所闻。从她最后一句话里我感觉到别样意味，于是移目看了看她，而若竹也于彼时抬头，我们视线相触，她对我淡淡笑开，柔和的目光毫不掩饰地向我表达着她的理解和同情。

此时的公主在展开看若竹给她的丝巾，我目光越过公主肩头望去，见上面写着一阕《西江月》，字迹殷红，散发着蔷薇花瓣般的清香，应是若竹临时用随身携带的胭脂膏子写的：“宝髻松松挽就，铅华淡淡妆成。青烟翠雾罩轻盈，飞絮游丝无定。相见争如不见，有情何似无情。笙歌散后酒初醒，深院月斜人静。”

【陆】卮酒

公主那样反击司马光，在旁人看来固然是痛快，却不能说是一个明智的行为。等司马光查阅完《太宗实录》，他对公主的不良印象势必会得到新的补充：目无君上，无所畏惮。一个女子擅自杜撰君父祖先言行，对重孝义讲礼法的他来说绝对是无法容忍的。

我多次劝公主不要再与司马学士针锋相对，更不能拿出若竹给她的词来刺激他，公主不置可否，但那词被她收了起来，没有多看。上元之后她精神一直欠佳，又不想回公主宅，苗贤妃便请今上留她在宫中住了下来。在宫中她也只是终日病恹恹地躺着，话很少，在一月以内，她没有再提起跟司马光有关的话题。

今上也没再向我们透露任何言官的谏言，但我猜司马光等人一定就公主的言行跟今上提出了新的意见，因为我每次见到今上时，他的神情都很沉郁，看公主的眼神是忧心忡忡的，那模样简直可用愁苦来形容。

他愁眉不展，还有另一原因，也是司马光等言官频频上疏要他考虑的事——立储。三年之内连生五位公主对他应是不小的打击。嘉祐六年宰相富弼因丁母忧而辞官免职，临行前他上表今上，意指天不眷顾今上，以致其无子为嗣，力劝他选宗室为储，说“陛下昔诞育豫王，若天意与陛下，则今已成立矣。近闻一年中诞四公主，若天意与陛下，则其中有皇子也。上天之意如是矣，陛下合当悟之。”

今上虽然仍坚持不立储，但如今年事既高，他对求子一事看起来也不甚热心了，平日除了找皇后与苗贤妃叙话，便是与秋和相守一处。秋和病痛缠身，早已骨瘦如柴，不复昔日玉容，据她阁中侍女向苗贤妃透露，今上也未必是要她侍寝，大多时候只是与她默默相对，或在她身边闭目安歇。

今上的愁苦也影响到秋和。有次我去探望她，见她啼眼未晞，分明刚刚哭过。见我入内，她立即含笑以迎，刻意掩饰刚才的泪痕。我们闲谈时，十一公主午睡醒来，开始哭泣，秋和忙去哄她，我趁此时询问阁中提举官赵继宠秋和落泪的原因。赵继宠说，今日官家上早朝回来，先在秋和这里坐了坐，却也不说话，怔怔地出了半天神。秋和很小心地问他为何不乐，他看着她，长长地叹了口气，说："秋和，为什么咱们生的不是儿子？"

我立即理解了秋和的感受。今上那样说或许只是单纯地感叹命运不济，但秋和必会因此自责，再添一心结，往后的日子更是忧多于喜了。

"怀吉，我有一个好消息要告诉你。"秋和抱着十一公主回到我面前坐下，微笑道，"我担心官家听从言官建议，又把你和公主分开，昨天就跟他说起这事，然后他向我承诺，这一次，言官左右不了他，他绝对不会再把你逐出京城了。"

我没有特别惊喜，只是由衷地向秋和道谢。为我与公主的事，她不知又花了多少心思，费了多少口舌去劝说今上。

"你不高兴么？"秋和觉得我神情有异，渐渐敛去笑容，但很快又向我呈出带点鼓励意味的愉悦之色，"别担心，没事了，以后你们会过着平安喜乐的生活，没人能分开你们。"

我亦朝她笑了笑，表示接受她善意的祝福，却没告诉她，在这个我们无法逃离的空间里，我们的生活不会再有平安喜乐，只有或长或短，暂时的安宁——和她一样。

长居宫中一月，令公主渐渐习惯了这刻意寻求的单身生活，也刻意忘却了她还有个宫外的丈夫，所以，当李玮来接她回去时，仿佛往日的恐惧又袭上心头，她发出了一声惊叫，一壁后退一壁让周围的人把李玮赶出去。

苗贤妃忙让王务滋把李玮请出阁去。翌日，在升平楼上的家宴中，今上向公主提起李玮的来意："都尉是说，过两日便是花朝节，他那园子中春花都开了，添了些京中少有的品种，想来比别处的好，公主一向喜欢奇花异草，不妨回去看看……他现在就在楼下，你若答应，我便让他上来，你们说说话，今晚让他在宫中安歇，明日你们一同回去……"

公主一言不发地霍然站起，径直冲向楼阁中的朱漆柱子，一头撞在柱上。

事发突然，没有人能及时拉住她。好在那是木柱，不像石柱那样坚硬，而公主体弱力乏，撞击的力道不足以致命，饶是如此，她仍被撞得额裂血涌，立时晕倒在地。

当公主在贤妃阁中醒来时，首先看到的人除了我和贤妃，还有她的父亲。而李玮，在她撞柱之后，已被悲痛不已的苗贤妃怒斥着赶出宫去了。

公主睁开眼，在迷迷糊糊地看看周遭环境后，她对今上说了第一句话："我不要见他。"

今上引袖拭了拭眼角，黯然问她："爹爹为你安排的这桩婚事，真的让你这样痛苦么？"

公主飘浮的眼波在今上的脸上迂回，寻找着父亲的眼睛，半晌后，她徐徐对今上说："我可以奉旨嫁他，却无法奉旨爱他。"

她在今上凝滞的目光下艰难地转首向内，合上的双眼中有泪珠滴落："对不起，爹爹。"

今上无言起身，拖着沉重的步伐离开了女儿的病房。

公主有发热现象，我与苗贤妃不敢擅离，一直守在公主身边，夜间贤妃就睡在公主房中，而我则坐在隔壁厅中闭目小寐。午夜过后公主忽然惊醒，哭喊着叫"姐姐"和"怀吉"。我们立即赶到她床前，苗贤妃一把搂住她，轻拍着她连声安抚，公主才渐渐安静下来。

"姐姐，我还是在宫中么？"她抽泣着问母亲。

苗贤妃给了她肯定的答案，她依偎着母亲，开始诉说刚才的梦境："我好像看见李玮又进来了……他掀开我的被子，那双恶心的手在我身上游移……"

未能说下去，她已泣不成声。苗贤妃紧拥着她，又是连声劝慰，但自己的眼泪也忍不住扑簌簌地落了下来。

公主哭了一会儿，又凄声道："我不要再跟他在一起……哪怕只是想到他张着嘴喘着气触摸我身体的样子，我就已经恨不得马上死去！"

"不会的！"苗贤妃的下颔从女儿肩头抬起，脸庞转朝光源方向，一双泪眼中有两簇冰冷的火焰在随着烛光跳跃，"姐姐就算拼却这条性命也要保护你，不会再给那孽障欺负你的机会。"

在公主卧病期间，苗贤妃开始了拯救她的计划。先是哭求今上对公主与李玮赐予离绝，让公主另适他人，但愁白了头发的今上只是唉声叹气："国朝开国以来，公主都是从一而终，从未有过离绝夫婿再改嫁的。"

苗贤妃与她的好姐妹俞充仪商议，充仪的想法跟她差不多："自公主受伤后，官家的态度明显有所松动，并没有一味袒护李玮。现在他应是怕无故赐予离绝会落人口实，让言官又嚼舌根，但若是驸马有过，这离绝一事他也就有理由拿去跟言官说了。"

她们反复细问我和王务滋李玮平时可有错处，我没有说李玮一句坏话，而王务滋也表示李玮一向谨慎，根本无把柄可抓——而诸如闯入公主闺阁这种事是不能当作罪证告诉言官的。

随后两日，苗、俞二位娘子还是频频与王务滋商量公主的事，想寻求一个解决问题的办法，而我没有再参加她们的讨论，只是终日陪着公主。

在看不见明天的情况下，我只能把握住今天。看着公主昏睡的模样，我经常会想，不知道第二天太阳升起的时候，我还在不在她身边。

花朝节那天，二位娘子午后与王务滋密议一番，然后前往福宁殿见今上，许久都未归来。我服侍公主进膳服药，又看着她闭目睡去，才离开她的房间，走到阁门外眺望福宁殿方向，猜想着二位娘子可能向今上提出的建议。

后来福宁殿中有人过来，却不是苗贤妃或俞充仪，而是随侍今上的都知邓保吉。

“公主呢？”他行色匆匆，一见我便这样问，语气中有一种非同寻常的焦虑。

“公主服药后在阁中歇息。”我回答，旋即问他，“都知有事要见公主？”

他有些犹豫，但还是很快告诉了我此中缘故：“今日苗娘子与俞娘子去见官家，对官家说，公主与驸马决裂如此，是绝无可能和好了，再让公主与驸马共处同一屋檐下，她一定会再次寻死，而国朝公主又无与夫婿离异的先例，要让公主摆脱眼下状况，便只能让李玮消失了。”

我一惊：“她们是什么意思？”

邓都知叹道：“官家也是你这样的反应。然后王务滋上前，说：‘只要官家下旨，务滋可用卮酒了结此事。’”

他指的是赐毒酒给李玮，再对外宣称李玮暴病而亡。这是历代宫廷屡见不鲜的一种杀人手段。

“官家没有答应吧？”我问邓都知，想起他刚才焦虑的表情，我其实对这点并无把握。

邓都知说：“官家瞪了王务滋半天，但没有立即表态。苗娘子便向官家跪拜，声泪俱下地要他在女儿和李玮之间选择，看是要谁活下去。俞娘子也随她跪下恳求，还说起许多公主小时候的事，描述公主那时天真活泼的模样，听得官家眼圈都红了。最后他长叹一声，也不说什么，朝着柔仪殿的方向去了，大概是去找皇后商议。两位娘子也跟着赶去，现在他们正在柔仪殿，也不知有了抉择没有。”

我明白了他此行的目的：“所以都知来找公主，是想请她前去阻止，救下驸马？”

邓都知点点头：“我思前想后，觉得皇后不会认为驸马可杀，但若两位娘子执意请旨，官家首肯，皇后难以劝说，那便只有公主能让他们回心转意了……驸马是老实人，虽然木讷了点，不讨公主喜欢，但人是挺好的，若因此便丢了性命，那也太冤了！”

我相信公主会如邓都知猜想的那样，虽然厌恶李玮，但不会认为其罪当诛，如果知道父母因为她的缘故对李玮起了杀心，应该会阻止他们的——但那是在公主清醒和有判断力的情况下。而今她头部受了重创，高热之下正在昏昏沉沉地睡着，就算即刻唤醒她，我也不敢保证她能立即明白现在的状况而赶去救李玮。

我迅速做了决定，快步朝柔仪殿赶去，希望可以尽我所能，劝说他们放弃这个残酷的方案。但我还未到柔仪殿门前，便已远远望见苗贤妃与俞充仪相继出来，而王务滋并不在她们身后。

我心下一凛，僵立在原地。苗贤妃看见我，很是诧异，走到我身边开口问：“怀吉，你来这里做什么？”

我勉强笑笑，没有回答这个问题，却反问她：“王先生去哪里了？”

“他去李驸马园。”苗贤妃面无表情地回答，“今日是花朝节，按例官家是要向宗室戚里赐酒的……”

我没有听她说完，转身阔步朝宫门方向奔去。

【柒】心意

我见到李玮时，崔白跟他在一起。

园中翠荫蓊郁，花满香径，方几石案置于锦石桥边，案上陈有古器瑶琴、书画数卷，钿花木椅边炉烟袅袅，又有幅巾青衣的崔白处于其间，俨然是一副文人墨客雅集景象，想必是李玮借佳节之机请崔白前来赏花切磋的。

韵果儿与嘉庆子分别立于他们之侧，而出现在这幅画面中的还有携御酒而来的王务滋及数名内臣。

一位小黄门端着注子酒盏已送至李玮面前，而他行礼之后含笑托起酒盏，还在说谢恩的话。

我快步过去，目视酒盏，扬声道：“都尉，不可！”

他一愣，托酒盏的手便低了低。

王务滋看见我，眉头皱了起来：“怀吉！”

我未理睬，走到李玮身边，明确地告诉他：“这酒不能饮。”

李玮愕然下顾，凝视盏中玉液，面色一点点黯了下去。

王务滋顿时大有愠色，瞪着我斥道：“怀吉，你胡说什么！这是官家和皇后特赐都尉的御酒，他焉能不饮？”

然后，他又对李玮微笑欠身：“都尉，这第一盏还请现在饮了，让老奴可以及时回宫交差。”

李玮看看他，又看看御酒，一时未答。而旁观的韵果儿已看出端倪，焦急地插言阻止：“都尉，这酒万万不能喝！”

嘉庆子与崔白相视一眼，一定也明白了此中异处，双双上前唤李玮，对他摇了摇头。

李玮对他们的呼唤与暗示没有太大反应，还是垂目看酒盏。那散发着浓郁甘香的酒液在金色日光下微微漾着波光，使我留意到那是李玮的手在轻颤。

须臾，他托起酒盏，有引向唇边的意思，我不及多想，立即挥袖拂落酒盏。

酒盏坠地，应声碎裂，酒水四溅。王务滋大怒，指示左右要将我押下，李玮却在此时对他躬身长揖，道：“我有几句话要跟梁先生说，还望王先生通融。”

他的姿态这般谦恭，王务滋自然不好拒绝，遂点了点头。

李玮转而顾我，和言示意我跟他走：“怀吉，来。”

我没有忽略他对我称呼的变化。以前他都是称我“梁先生”，跟公主宅中的内臣侍女一样，在他身份高于我的情况下，这样的称呼听起来客气而疏远。唤我的名字，这是多年来的第一次。

他引我到石案边，选出一卷画轴双手呈给我，道：“烦劳怀吉将这幅画转交给公主。”

我接过，展开看了看。那是一幅绢本水墨画，画的是一所竹林掩映的重门深院，门前芳草如茵，院后小径蜿蜒至云烟深处，屋舍厅中画屏之前坐着一位身姿绰约的美人，身后有侍女在为她理妆，而美人旁边另有一位宽袍缓带体态微丰的男子，以闲适自然的姿势坐着，正面朝美人，含笑打量着她。

竹枝高直刚劲，而双钩竹叶却描绘得极细致，千簇万丛，各尽其态，这是李玮墨竹的特点，这画显然出自他笔下。院落他是照着园中公主居处画的，画中人物身形也与公主、韵果儿及他自己的特征相符，但这样的画面在他们婚姻生活中从来未出现过，应是他平日心里憧憬的情景。

他是个沉默而不善与人交流的人，作画时也经常把自己锁在房中，不许人入内旁观，他的作品让我见到的都不多，也许是怕我觉察出他流传于笔端的心意。但这一次，他却借这个方式，向我公开了多年来他独守于心的不能言说的秘密。

“其实，她身边的人，应该是你。”他指着画上男子对我说，“有一天我路过公主阁，见你坐在她身边看她理妆，就是这个样子。”

我的目光由画卷移至他面上，心里有万千感慨，却不知该从何说起。而他此刻与我相对，神情有大异于从前的冷静和从容，带着一点友善笑意，又道：“我曾经恨过你，觉得你鸠占鹊巢，夺去了我在公主身边和心里应有的位置，也让我沦为天下人的笑柄。当你离开时，我见公主那么痛苦才意识到，她想寻觅的是与她性情生活都能契合的伴侣，你与她青梅竹马地长大，你们彼此了解，心意相通，而对她来说，我只是个愚鲁的陌生人，未获她许可，便突兀地闯入了她的生活。”

所以他决定为我说话。想起回京之事，我黯然道：“都尉为怀吉在官家面前求情，怀吉却一直未当面致谢，实在无礼至极。”

李玮摇头：“不必谢我。我那时不是为了帮你，而是不想看着公主因此自寻短见。”

我说：“当时物议喧哗，无论如何，都尉能做此决定极为不易，怀吉所承的情，岂是一个谢字可以相抵。”

“我知道请你回来我会颜面尽失，但是，我的颜面跟公主的生命比起来是微不足道的。”李玮道，随后，又苦涩地笑笑，“可惜，我还是没有自知之明，总是心存侥幸，以为我们婚姻的困境可以用时间和我的努力来改变……我尝试一切办法，自己想到的和别人建议的都去尝试，即便面对她一次又一次的冷眼黑面，我也还是不死心。后来，我都不明白自己在坚持什么，而结果也是一次比一次糟，到如今，又害惨了她。”

我很难找到合适的言辞，也怕一说就错，因此只是保持缄默，倾听他的诉说。

“跟你比起来，我是惭愧的，无论是对书画还是对她。”他喟然长叹，“欣赏、珍视而不时刻想着如何拥有，这才是爱人爱物的真谛吧。”

助我把画轴卷好，他郑重地把画交到我手中，以最后的嘱咐结束了这番恳谈：“请把画交给公主，告诉她，如果来生有缘再见，希望我不再是陡然撞入她领域的陌生人。”

然后，他迈步走到兀自端着注子侍立着的小黄门面前，提起注子揭开壶盖，扬手仰面，决然饮下了其中剩余的酒。

【捌】正家

韵果儿一声惊呼，扑到李玮面前想夺去他手中的注子，但待她夺下时，酒早已被李玮饮尽。李玮引袖拭去适才泼溅到脸上的些许酒水，长长吐了口气，如释重负的样子，然后便木然站着，目光漫无目的地投向天际云深处，任旁边人怎么呼唤都无反应。

韵果儿虚脱般地跪倒在他身边，嘉庆子忙上前扶她，她便双手拥着嘉庆子放声痛哭，嘉庆子安慰着她，但自己也忍不住落下了泪，其余家奴婢女看见也都纷纷跪下，掩面哀泣。

崔白随我过去搀扶李玮，关切地唤他，见他不答，也不免眼角湿润，面露忧戚之色。

杨夫人有恙在身，此前大概是在自己房中歇息，这时园中哭声震天，惊动了她，她拄着拐杖踉踉跄跄地出来，抓住个侍女问了问，知道李玮饮了王务滋带来的御酒，立即明白了此中原因，顿时老泪横纵，先是抱着李玮唤了几声“我的儿呀”，旋即又勃然大怒，操起拐杖就去打王务滋，哭喊道：“你们杀了我儿，老娘跟你们拼了！”

小黄门们忙七手八脚地拉住她，她挣扎着，又是哭又是骂，王务滋后退两步，稳住刚才躲避她杖击时碰歪的幞头，这才冷冷笑了。

“哭什么！”他环顾众人，扬声道，“这酒没毒！”

听者惊愕，哭声稍止。王务滋又继续道：“都尉喝下的是皇后亲手酿的美酒，名叫‘瀛玉’，何曾有半点鸩毒！”然后，他缓步踱到李玮面前，含笑道，“都尉，这酒味道不错吧？皇后的酒轻易不给旁人的，连官家去讨她都未必给呢。”

李玮怔怔地看着他，少顷，深呼吸两三次，大概是没觉出体内有异状，于是侧首对杨夫人和韵果儿说：“我没事。”

杨夫人拉着他左右端详，确认他并无不妥，这才放下心来，双手合十，拜谢上苍。韵果儿也破涕为笑，拖着嘉庆子的手赧然退到李玮身后去。崔白看着李玮，也释然笑了。

李玮回过神来，立即朝王务滋作揖，说适才母亲对他多有冒犯，请他谅解。而王务滋不置可否地笑笑，未多加理睬，转身唤我：“怀吉，我们走。”

回宫路上，他狠狠责备了我的莽撞行为，追问我为何怀疑酒中有毒。我自然不会供出邓都知，只说他与两位娘子在阁中商议时我无意听到一二句。他便叹道：“你既已听见，我也不瞒你了。本来苗娘子确实是想请官家赐驸马鸩酒的，但官家难以决定，便去与皇后商量。皇后听了说：‘陛下当年是念章懿太后顾复之恩，觉得无从相报，才想到荣宠舅家，让李玮尚公主，如今却又为何会起这样的念头？若杀了李玮，将来朝庙谒陵，如何面对章懿太后在天之灵？’任守忠当时在帝后身边，也插嘴说：‘皇后之言确有道理。何况，若驸马暴病而亡，只怕世人皆会生疑，言官们也会闹得更厉害了。’官家听后便放弃了赐鸩酒的想法，皇后随即命人取来瀛玉酒，让我带去赐给驸马，并对他多加抚慰，让他耐心等公主回去。我带了酒去，正跟驸马说着话呢，你就慌慌张张地跑来了……”

回到宫中后，我与王务滋把此事经过告诉了帝后及苗贤妃，我也把李玮让我转呈公主的画给他们看了，今上甚感慨，面有愧色，皇后沉吟不语，而苗贤妃提起李玮时那种愤懑表情也消退了许多，凝视着李玮的画，只是摇头连声叹道：“唉，冤孽，真是冤孽……”

公主景况仍不佳，清醒的时候很少，我也不敢立即呈画给她看，怕她又有激烈反应，便暂时把画收起来，想等合适的时机再交给她。

我本以为我会受到处罚，因擅作主张跑去驸马园报讯之事，但结果跟我想的大不一样。

翌日，都知邓保吉和任守忠双双前来向我报喜，说今上刚才传宣他们及入内内侍省押班，告诉他们已罢去王务滋勾当公主宅之职，将让我随公主回公主宅，依旧做勾当内臣，命他们安排好一切相关事务。

按惯例我该入福宁殿谢恩，但我入内后是向今上请辞，说我是受到过贬逐的罪臣，不应当再任此要职，还是让王先生留下吧。而今上摆首，道：“王务滋行事狠辣，不择手段，险些陷我于不义，让他留在公主宅，他势必会继续挑拨离间，生出更多事端。而你之前虽犯过错，但好在一直保有一颗纯良的心，在如今这般状况下都还知道顾惜驸马性命，所以，我愿意相信你，相信你以后在守护公主的同时，也会尊重驸马，并两厢劝解，促使他们夫妇言归于好……”顿了顿，他加重语气问我，“你会不负我嘱托的，是么？”

我缄默不语，良久，才叩首伏拜：“臣领旨……”

谢恩的话尚未说出，殿外忽传来一阵轻微的喧嚣声，似有人在争论些什么。我与今上都举目朝殿外望去，见一内侍匆匆赶来，对今上禀道：“同知谏院司马光在外请求官家赐对。”

今上蹙眉不悦：“跟他说，早朝已罢，谏官非时不得入对，有事等明日殿上再议。”

内侍道：“臣已说过，但他不肯离去，坚持说此事不能拖，一定要今日面君进言。”

今上问：“他将议何事？”

内侍偷眼看了看我，轻声道：“他说，是官家让梁先生回兖国公主宅，依旧勾当的事。”

内侍话音未落，便听司马光在殿外高声道：“臣司马光有要事面君，恳请皇帝陛下赐对！”稍待须臾，不见今上答复，他又再重复，反复说的都是这句。

今上抚额，似头疼不已。司马光继续不停歇地请求，一声高过一声。终于，今上朝我指指一侧帷幔，示意我回避到其后，然后对内侍说：“宣他进来。”

司马光阔步入内，行礼如仪，然后开门见山地提起了我的事：“臣先曾上言，说前管勾兖国公主宅内臣梁怀吉过恶至大，乞不召还，但未蒙陛下允纳。不想今日臣等竟然听说陛下传宣入内内侍省都知及押班，令梁怀吉赴公主宅，依旧勾当。消息传出，外议喧哗，无不骇异。”

今上苦笑道：“你们倒似长了顺风耳，消息十分灵通。”

司马光躬身道：“关心陛下家国之事，是臣等本分，臣等不敢懈怠。”

高举朝笏，他开始引经据典地劝说皇帝：“臣听说，太宗皇帝时，做兖王宫翊善的是姚坦，但凡兖王有过失，姚坦必进谏言，请兖王改正。兖王及左右侍从因此都很忌惮他。后来，那些侍从教唆兖王谎称有疾，踰月不朝见君父。太宗很担忧，便召兖王乳母入宫，问兖王起居状。乳母说：‘大王本来没病，只是姚坦管束太严，大王举动不得自由，所以郁郁成疾。’太宗听后大怒，说：‘朕选端士为兖王僚属，是欲教他为善。而今他既不能纳用规谏，又诈疾欲朕逐去正人义士以求自便，朕岂能纵容他！兖王年少，想不出这种诡计，一定是你们教他的。’于是太宗命人把兖王乳母拖到后园打了数十杖，又召来姚坦，好言慰勉。太宗如此做，难道是不爱其子么？正是因为爱重其子，才要严厉待他，纳之于善。若纵其所欲，不忍谴责，其实无异于害了他。如今兖国公主受内臣离间，与驸马不谐，陛下宜效法太宗，训导公主，严惩罪臣，方能使公主自知悔悟，安谐其家。”

今上道：“兖王是太宗之子，若行为不端，可能妨碍国家社稷，自然应当严加训导。而公主虽是朕之爱女，却也不过是一介女流，纵有过失，亦不过是小女儿心性所至，不算什么大事，朕私下自会加以规诫。卿以亲王之事作比，未免失当。”

“无论亲王公主，皆为天子之子，一举一动都为天下人瞩目，他们的行为将来都是要写进国史，为后人观瞻的！”司马光反驳道，很快地，他又想起了另一个例子，“齐国献穆大长公主，是太宗皇帝之女，真宗皇帝之妹，陛下之姑，于天下可谓至贵矣。然而献穆公主仁孝谦恭，有如寒族，奉驸马李氏宗亲也备尽妇道，爱重其夫，无妬忌之行。至今天下人提起有妇德者，莫不以献穆公主为首。献穆公主不会不知其身之贵，却贵而不骄，所以能保其福禄，其贤名亦可流传千古。臣窃以为，陛下教导公主，宜以太宗皇帝为法；公主事夫以礼，宜以献穆公主为法。如此，陛下良好家风必将流于四方，而陛下与公主之美誉亦会传于后世。而今陛下曲徇公主之意，不以礼法约束，以致其无所畏惮，触情任性，甚至动辄以性命要挟君父，又憎贱其夫，不执妇道。若陛下一味纵容，将何以在国中推行仁孝礼义之风，做后世表率？”

他慷慨激昂地说完这一番话，今上仍默然不语，于是司马光上前数步，在今上近处下拜，又严肃地提出了自己的请求：“国君与寻常人不同，行事将为天下典范，故家道尚严，不可专用恩治。臣伏望陛下斥逐梁怀吉，让他复归以前贬窜之处。若公主左右之人欲使陛下召还梁怀吉，那便是想教导公主为不善，也应悉数治罪，全放逐出去，而别择柔和谨慎者以补其缺。”

今上仍以一贯拖延的套话应之：“卿的意思，朕已很明白了，所言之事，朕必会三思。卿请先回去，我们明日殿上再议。”

司马光却并不松口，秉笏再拜，一定要今上立即做决定：“陛下，臣闻重新任命梁怀吉做公主宅勾当内臣，是今日的事。陛下若肯纳臣忠谏，应趁此刻敕令未发之际，召回入内内侍省都知和押班，收回任命的口谕，否则圣旨一旦颁布，势必激起朝廷内外更多议论，届时朝堂之上免不了又是一场廷诤。”

今上不怿，语气带了几分火气：“为朕家中这点小事就上殿廷诤，岂非小题大做？”

司马光朗声道：“天子之家无小事，家事即国事。陛下若不能正家，将何以治国平天下？”

这话说得今上无言以对，司马光又放缓语调，继续劝道：“陛下应当机立断，若明日上殿议此事，大庭广众之下，言者论及公主细行便不好了。”

这确实是个会令今上有所顾忌的情况。他为此思量许久，终于无奈地向司马光妥协，唤内侍召来后省都知和押班，宣布复我为兖国公主宅勾当内臣之事还须斟酌，暂且押下。

司马光闻言当即下拜，称“陛下英明”，旋即又说出了这日最后的谏言：“还望陛下戒勅公主，以法者天下之公器，公主屡违诏命，不遵规矩，虽其为天子之子，陛下亦不可偏私。陛下应严加规诫，令其率循善道。如此方能使公主永保福禄，不失善名。不然，人言可畏，国家尊严，公主清誉，必将毁于一旦。”

第十四章

长烟落日孤城闭

【壹】舐犊

今上与我一样，能感觉到司马光阻止我复职之事只是第一步，他肯定会继续请求今上再次将我逐出京城。为此今上在仪凤阁中与苗贤妃私语许久，大概与她商量如何将我调离公主身边，但最后苗贤妃非常反对，蓦地站起凄声道：“不能再让怀吉离开了！现在的他就像是公主的麻药，有他在公主还能有些安静的时候，如果他不在了，公主会痛死的呀！”

或许今上也认同这个观点，他沉默下来，不再提此事。

苗贤妃又愤愤道：“那司马光真是个刺儿头，老盯着公主的事不放，步步紧逼，简直让人气都喘不过来。官家不如把他外放，越远越好，省得他又再生事端害了咱们女儿！”

今上长叹：“司马光忠良正直，德行无亏，哪里寻得出一丝错处！无故将他外放，势必朝野哗然，会掀起更大的风波。”

苗贤妃泫然道：“那官家日后处理公主的事，仍须处处看他的脸色么？”

今上想想，道：“我把他调离谏院吧。不在其位，他的话也许会少一点。”

于是，他下旨将司马光升为知制诰。知制诰与翰林学士统称“两制”，分管外制、内制，为皇帝草拟诏令，职位清贵，又易于向上晋升，馆阁之士莫不以致身两制为荣。而且，仅从俸禄上看，知制诰的钱粮也比谏官多得多，因此，世人都以为司马光会欣然接受任命，却不料司马光接连上表推辞，称自己才疏学浅，文采不足，不能胜任词臣之职，恳请圣上留他在谏院，让他继续做言官。

起初今上还道司马光这是升职前的例行谦辞，不改旨意，促他上任，而司马光居然又连续五六次上表，态度坚决，反复重申诏令文章非其所长，不敢领旨。最后今上把他那厚厚一摞辞呈给苗贤妃看，两人面面相觑，无计可施。

今上终日愁眉不展，只有在清醒时的公主面前才会露出一点温柔的微笑。他凝视公主的模样终于让我领会到什么是“舐犊情深”——他的目光像一只柔软的手，总在尝试抚平女儿无形的伤口。

除了考虑我的事，他们也很担心李玮会询问公主的归期，他们也不知在这样的状况下，公主与李玮的婚姻该如何维系。而李玮忽然主动提出了一个解决方案：他上疏自劾，说自己奉主不周，罪无可恕，恳请今上将他外放。

苗贤妃大喜，力劝今上允其所请，今上考虑后也答应了，宣布以驸马都尉李玮知卫州，其母杨氏归李玮兄长李璋处，兖国公主入居禁中，公主宅内臣随其回宫，其余诸色祗应人皆散遣之。

如此一来，公主实际便与李玮分居了，虽未离绝，但可使公主暂时从她厌恶的婚姻中摆脱出来。

在今上做此决定之后，苗贤妃悄悄把这消息告诉了公主，公主茫然盯着母亲，听她说了好几遍才似听懂了其中意思。斜倚衾枕，她褪色的朱唇弯出上弦月的弧度，却意态清苦。

我能想到言官不会平静地接受今上的决定，但他们反应之激烈在我意料之外。

今上让人在殿上宣读这个诏令之时，我原本在仪凤阁中与公主及嘉庆子闲聊。经我建议，苗贤妃把嘉庆子召入宫来陪公主两天。嘉庆子带来几卷崔白的画和他做的一些有趣的小玩意儿，在公主面前一一铺陈开来，请公主赏玩。其中有个锦盒她却没有打开，瞟了我一眼，似有顾忌，而公主径直接了过去，略略开启盒盖看了看便搁在身边，也不像是准备给我看。我想也许是女孩儿闺中物事，便没有多问，只与她们一起欣赏别的物品。

少顷，有内侍从今上视朝的垂拱殿过来，对我道：“官家请梁先生即刻上殿。”

我不免错愕，怎么也未想到皇帝会在视朝之际宣我上殿。

公主听见，立即很关切地问：“爹爹让怀吉去做什么？”

内侍踟蹰道：“臣也不知……适才官家在跟一些谏官台官讨论驸马补外的事，那些官儿提到了梁先生，所以官家命臣来传宣梁先生……”

公主十分不安，起身靠近我，拉紧了我的袖子。

我给她一个安慰的微笑，轻轻把衣袖从她手中抽出，和言道：“没事的，我去去就来。”

我阔步朝外走，走到阁门处忍不住回头，见公主跟上几步，扶着廊柱目送我，蹙眉凝眸，意极凄惶。

我到垂拱殿时，见殿中已有多人出列，有谏官有台官，有的站着有的跪下，都秉笏低首，神色凝重，看来进行的又是一场台谏联合的廷诤。而御座中的今上侧首朝一旁，耳郭赤红，双手紧握御座扶手，手背上青筋凸现，是愤怒至极时才会有的样子。

我进到大殿正中，未及下拜，今上已霍然回首，挥袖一指我，扬声对众人说：“你们好好看看，这就是你们逼朕去杀的人！从他的眼中，你们可能看出一丝奸佞邪气？从他的身上，你们可能感知到一点祸国殃民的气息？”

“陛下！”立即有人上前回应，我不必移目，只听声音已知他是司马光，“忠奸岂可以外表分辨？人心之所以叵测，也因奸佞之人可能会有温良的皮相。”

“那么你们再仔细看他。”今上道，“所谓日久见人心。他此前曾在前省服役多年，你们多是馆阁出身，或多或少会有过与他接触的机会，近年朝会庆典，也可能见过他。请你们仔细想想，你们所见的他，可曾犯过一点错？你们说他‘罪恶山积，当伏重诛’，那就请你们列出他的具体罪状，只要有切实证据，哪怕只是一桩，朕都会依照你们所说的，将他诛杀！”

群臣语塞，眼光都在我身上睃巡着，但均未开口回应今上，连司马光暂时都找不到反驳的话。须臾，有个穿绿袍，台官模样的人出列，秉笏躬身道：“陛下说梁怀吉无罪，但此前他又以罪贬谪至西京，若怀吉无过，岂会至此？陛下曾亲自颁布放逐他的诏令，而今又称其无罪，岂非自相矛盾？”

这话令今上难以驳斥。他斜睨着眼，开始打量面前这位三十多岁的低品阶台官，问：“你是何人？”

台官欠身道："臣是监察御使里行傅尧俞。"

见今上无语，傅尧俞又道："驸马都尉李玮知卫州，事出仓遽，惊骇物听。闻者都说李玮素行循谨，不闻有过，却不知陛下为何忽然将他斥逐居外。而梁怀吉本以罪谪，却又非时召还，朝廷事体，乖戾莫过于此。李玮夫妇之事，原不为外人所知，如何处理，应由陛下父女自己决定，贱臣本不当开说，但如今驸马无过而被谴，内臣有罪而得还，闻者惊诧之余都在猜测其中原因。臣相信公主自幼蒙陛下悉心教导，娴雅淑慎，不会有失礼之举，但万口籍籍，传相讥议，浮谤滋生，在所难免。故臣恳请陛下保全公主姻缘，不使驸马补外，至于梁怀吉，即便不加诛杀，也应依旧放逐，如此方可清除流言，公主清誉亦不致受损。"

此言一出，即有多名言官附议，都要求留下李玮而放逐我。今上摆首，道："公主是朕的女儿，朕比你们中任何一人都要关心她的名节。如果怀吉真的做过有损公主清誉的事，朕会毫不犹豫地杀了他。怀吉之于公主，亦师亦友，岂如你们想的那般不堪。何况，他又是内臣……他与一卷书画、一束鲜花、一炉香烟并无不同，不过是公主不愉快生活中所能找到的一点慰藉……"

提到公主的不愉快生活，他的目光越发黯淡了，低眉凝思须臾，他又抬头直视众臣，说了几句令所有人惊讶的话："兖国公主的婚事，是朕所下的一着昏诏。朕曾经以为这是个最佳选择，既可报答章懿太后之恩，又可让你们都满意，但没想到，却害苦了朕的女儿……既然事与愿违，结果如此，那朕也只能设法弥补这个错误……"

他坦承自己为公主安排的婚事是昏诏已足以令人惊异，而其后竟又说如此许婚是为了"让你们都满意"，显然暗指公主的婚事涉及朝廷政事，他选李玮这样一个在朝中全无根基的人，也是为协调朝中千丝万缕纠缠不清的党派利益。直言至此，难怪殿中官员都睁大了眼睛，不顾君臣礼仪，一个个都去窥看今上表情。

而最先回神应对的还是傅尧俞。在今上意欲进一步说出弥补错误的决定时，他截住了今上话头："陛下何曾有错！陛下选李玮尚主，完全是为了赐殊荣予舅家，以报章懿太后顾复之恩。当时天下闻之，皆争相传颂，无不感叹陛下仁孝，并劝儿曹效仿，国人莫不以孝义为先，此风至今犹存，可见陛下抉择之英明。因此，陛下更应不改初衷，不使李玮危疑，以全初宠；不使怀吉侥幸，以严后戒。何况，陛下几位小女依次成长，举动必以兖国公主为榜样，陛下不可不在意。臣望陛下精选宫嫔，以道理磨切公主，让她收敛性情，安于其家。如此，陛下对章懿太后之孝心增广，而朝中坊间对公主的浮谤也将平息。"

说完，他对今上顿首再拜：“臣肺腑之言，望陛下三思；区区之心，冀陛下加察。”

【贰】幻舞

“区区之心……”今上重复着傅尧俞这话，恻然道，“那么你们可否也体谅一下朕的心情呢？朕的女儿无意求生，朕每次上朝都会担心，午时回到禁中，是否还能再见到她。”

他屏息坐正，抹去了声音中的苍凉之意，先浅笑着问傅尧俞：“卿有女儿么？”

傅尧俞迟疑，但还是回答了：“臣有二子，并无女儿。”

今上又转而看司马光：“司马卿家呢？”

这问题令司马光稍显不安，有惆怅之色自他眼中一闪而过，但他旋即又肃穆如故，欠身作答：“臣无亲生子女，但膝下有一族人之子为嗣。”

今上再环顾殿中所有台谏官，徐徐道：“如果你们做过父亲，就应该能设想朕如今的感受吧？兖国公主是朕的女儿，在此前十几年的光阴中，她曾是朕唯一的骨血。她在朕眼中，远比所谓的‘掌上明珠’珍贵，江山都是身外物，何况那些如同过眼云烟的金银珠宝。而公主，却与朕血脉相通，是朕生命的一部分。她受伤之时，看到她那气息奄奄，命悬一际的模样，朕真的很怕失去她。如果她不在了，朕失去的不仅仅是一个公主，还有一段断裂的生命。见她如此痛苦，朕也能感到摧心损肝般的疼痛，更令朕难受的是，她的痛苦是朕这个父亲一手造成的……如果你们也有儿女，眼见着他们因你们的错误陷入困境，你们又会是何等心情？公主的余生大概已与喜乐无缘了，所以，朕现在也恳请你们，给朕一个亡羊补牢的机会，让朕略做补救，让她至少得到些许安宁。”

这一席话尽显父母之心，听得大多数官员哑口无言，目中的锐气也敛去不少。傅尧俞也沉默着，只是秉笏低首肃立，但与此同时，亦有另一人趋身向前，摆出了进言的架势。

司马光。

“陛下怜惜女儿，其情可感，但臣也想请问陛下，可曾想过李国舅夫人的感受？”司马光道，继而慨然陈词，“她是驸马的母亲，也有一颗父母之心。当初承蒙陛下赐婚，想必国舅夫人也满心欢喜，期待新妇进门，早日安享儿孙之福。却不料公主与驸马不谐，欺侮家姑，宠信内臣，以致外议籍籍，无不怪愕。国舅夫人面对如此景况，心中悲苦可想而知。如今陛下又因公主之故贬逐驸马，使李氏母子离析，家事流落，大小忧愁，殆不聊生。这等结果，岂是陛下决意与李氏联姻之初衷？陛下为求女儿顺意，却又可全不顾国舅夫人爱子之心，强令其骨肉分离么？陛下钟爱公主，杨氏亦爱其子，虽上下有别，尊卑有差，但舐犊之情都是一样的，陛下岂可以他人之痛来疗公主之伤？章懿太后忌日就在二月中，陛下阅太后奁中故物，再想想太后平生之居处，独能无雨露之感、凄怆之心么？陛下追念章懿太后，使李玮尚主，是欲申固姻戚，富贵其家，以报母恩。而今令李玮母子落得如此结果，陛下面对章懿太后在天之灵，能不惭愧？再欠李氏的这一笔人情，又该如何偿还？”

他确实是个擅长做言官的人，这一连串追问语气依次递增，辅以扬臂振袖的手势，使他在皇帝面前全无颓势，倒像个教训学生的夫子，所说的话听起来又句句在理，今上面露难色，垂下了眼帘，缄口不语。

略停了停，不见今上回答，司马光又建议道：“臣愚以为，陛下宜留李玮在京师。公主宅祗应人等，未曾有过者皆可留在宅中，家具什物也都安堵不移，以待公主经陛下义理晓谕后回心转意，率德遵礼，复归本宅。不然，公主必无复归李氏之志。”一语及此，他又侧首看我，目中多了一分冷肃之光，“而梁怀吉，若陛下决意宽仁待之，也可饶其不死，但务必远加窜逐，贬放于外，终其一生，不可召还。”

其余台谏官频频点头，都请今上采纳司马光建议。傅尧俞亦附议，再对今上道：“陛下钟爱公主是人之常情，但钟爱不能等同于溺爱。因溺爱而容许公主不遵礼义、不守法度，终将害了公主。何况，公主恃爱薄其夫，陛下斥逐李玮而召还隶臣，是悖礼之举，已为四方笑，若不依司马学士之言补救，日后陛下将何以教诲其余幼女？”

而今上经过一番思量后镇静地抬起了头，开口对众臣说：“很抱歉，我还是不能按你们的意见去做。如果再给我的女儿这样的打击，她会死的。”

我察觉到了他语气的改变。皇帝在朝堂上自称用“我”而不用“朕”，如果不是刻意为之，用以表达与众臣推心置腹的态度，便是他情不自禁，用普通人的口吻说话而不自觉。

“我十五岁大婚，到二十九岁才迎来了兖国公主这第一个女儿，其中足足等待了十四年。”今上说，还是用那种平常人的语气缓缓道来，“为了迎接她的到来，我忐忑不安地等了三天三夜，几乎不曾合眼。她出生的那晚，我立在苗娘子生产的馆舍外等待，风露蚀骨，我着了凉。但是，看到我的第一个孩子这么美丽这么可爱，我实在是很快乐，三天不睡觉也快乐，着凉也快乐。那天晚上，头一次见到她，她睁开眼睛，哭得惊天动地，我居然跟着落泪了。”

说到“落泪”，他的语调有异。我垂目而立，没有窥探他的表情，但仿佛看见了他含泪的眼，也可以感觉到他现在是如何感伤地忆及当年的喜极而泣，通过他微颤的话音。

这微微的变调只是一瞬间的事，今上调整好情绪，又继续说：“在等待她出生的那段时间，我每天都在想，除了把她带到这个世上，我还能为她做些什么。当我第一次抱起她的时候，我看着她的眼睛，在心里暗暗发誓，我会珍爱她一生一世，让她拥有幸福无忧的人生。自从跟她有了那个漫长的约定开始，我便时刻提醒自己要对她好，为让她平安喜乐地成长和生活，我会做我力所能及的所有事情。而我的悲哀是，我给了她最大的承诺，却是我无法保证可以实现的承诺……她与李玮的婚事，我曾以为会让所有人都满意，是最佳选择，但结果却让她如此不快乐。我当年那错误的决定已经令她丧失了快乐和健康，我便不能一错再错，按你们的意思，留下她的丈夫，逐出她信任的侍从，继续困她在这场婚姻里，也任她的生命消磨在连一丝慰藉也无的惨淡人生里。”

最后，他深呼吸，换回了皇帝的语气，很坚定地再次表明了自己的态度：“朕很感谢众卿家对兖国公主家事的关注，但朕不会收回之前的旨意。李玮仍旧知卫州，朕也不会再将梁怀吉放逐出去。对章懿太后和李氏一家朕自然是有愧的，也会尽量设法补偿。众卿嘲笑朕也好，指责朕也罢，朕都不会介意，只请你们容许朕这个父亲，为了保全女儿的性命，如此自私一回。”

今上话已至此，众台谏官亦无更多意见，何况今上那番话说得颇动情，其间诸臣相互转顾，有唏嘘之状。原本出列在殿中与今上僵持的官员逐渐开始归位，连傅尧俞都默默地退回了原来所立之处，只有司马光一人非但不退回，反而迎面趋近，直视今上。

“陛下！”他朗声唤今上，语调沉稳，暗蕴威仪，“世人皆称陛下为‘官家’，是取‘三皇官天下，五帝家天下’之意。皇帝以天下为家，天下万民无不是陛下儿女。陛下岂可独爱公主而将其余子民抛诸脑后？如今众议纷纭，烦渎圣听，皆因公主纵恣胸臆，无所畏惮，数违君父之命，宠信内臣，凌蔑夫家。女子婚姻从来都由父母决定，女子自当遵命，既嫁从夫，岂有因嫌弃夫君而哭闹要求离异之理？何况公主身份与众不同，又有宦者从旁蛊惑，公主今日既可以性命要挟陛下插手其家事，明日便可依样要挟陛下许其干涉国事。谨防宫闱之变是祖宗家法重中之重，汉唐教训，陛下不可不引以为戒。再者，天地纲常不容淆乱。今李玮因公主而遭斥逐，是妇得以胜夫。妇若得以胜夫，则子可以胜父，臣可以胜君。其源一开，其流势必不可塞，上行下效，风俗败坏，陛下又将如何以安天下国家？”

然后，他搢笏于腰间，屈膝跪地，拱双手于地，头也缓缓点地，手在膝前，头在手后，向今上行最庄重的稽首礼，再道："臣伏望陛下秉公处理公主之事。若李玮蒙斥出外不可改变，公主也应受到处罚，爵邑请受，不可全无贬损，如此，陛下方能以至公之道示天下。至于梁怀吉，万不能再姑息，至少要贬逐于外，才可使流言平息。公主无受阉宦教唆之虞，陛下亦可防大患于未然。"

听他说完，今上并无改变主意的迹象，只是挥了挥手："今日之事就议到这里，卿退下吧。"

司马光毫不领命，又再次下拜，扬声请求："臣肺腑忠言，请陛下三思！"

今上冷了面色，缄口不答。

司马光反复请求数次，仍未等到回音，最后他直直跪立着，伸手摘下了头上的漆纱幞头。

今上冷笑："卿想辞官么？"

司马光摆首，肃然道："陛下，臣当初十年寒窗，求的不是腰金曳紫，出人头地，而是期望可以辅佐一位贤明的君主，以使天下归心，河清海晏，时和岁丰。而今臣无能，无力说服陛下摒却一己私爱，示天下至公之道，将来势必会令陛下蒙上不明事理，罔顾道义的骂名。臣无法尽责，亦无地自容，只能殉职谢罪了。"

今上听出他意思，又惊又怒："你想碎首进谏？"

他蓦然站起，但急怒之下气血攻心，一按胸口，脸上露出痛苦的表情，又重重落坐在椅中。

这时司马光已把幞头端端正正地搁在面前地上，站了起来，目光直视左前方的殿柱……

这不过是电光石火的一瞬，殿中众人，包括我，都不及反应，惊愕之下只是盯着司马光，尚未意识到应采取何种行动阻止他。而这时，殿外传来一个女子声音："司马学士。"

在此刻一片静默的环境中，这声呼唤显得尤为清晰，众人立即举目去看，司马光诧异之下亦停下即将迈开的步伐，回首望向殿外。

我与众人一样，讶异地发现那是公主。

她里面穿的还是卧病时所着的白绫中单，外披一件大袖褙子，淡绿绛丝，外罩一层薄如烟雾的青色纱衣。长发披于脑后未绾起，她素面朝天，尚无着妆痕迹，像是梳妆之时跑出来的。

她脸上带着一片残余的泪痕，应是不久前流过许多泪，但此刻又全无哀戚之色，冷冷淡淡的双眸凝视着司马光，她一步步走近，唇边勾出讥诮笑意。

走到司马光面前时，她徐徐抬起此前一直垂着的右手，如水衣袖自腕上褪去，一个一尺高的悬丝木傀儡从她大袖之中露了出来。

那傀儡看起来是女子模样，亦穿着跟公主衣裳色彩相似的绿纱衣裙，头上戴着花冠，脸部覆有一个面具，粉面朱唇倒晕眉，是化得很精致的女儿妆。

面对困惑不解地观察着她的司马光，公主幽幽一笑，提起傀儡，双手把持引动悬丝，让傀儡手舞足蹈。她自己也轻摆衣袖，袅袅移步，身姿优雅，宛若舞蹈。与此同时，她轻启双唇，开始唱一阕词："宝髻松松挽就，铅华淡淡妆成。青烟翠雾罩轻盈，飞絮游丝无定……"

听着歌词，司马光面色大变，锁着眉头紧盯公主，既恼怒又尴尬。

按词意推测，这《西江月》上阕写的应是个穿绿色轻衣的妙龄女子，踏着笙歌翩翩曼舞，公主此举模仿的正是这景象。

联系公主尚未唱出的下阕想来，词中女子应该不会是司马光的夫人，如果实有其人，很可能是一位歌姬舞伎，那么，司马学士年轻时，也曾有过一段事关风月的温柔情怀了。

想来众臣也知道此词来历，开始交头接耳，窃窃私语，甚至有人微露笑容，戏谑的目光投向了司马光。

公主仍衔着那抹冷淡笑意，一边操纵傀儡，一边以游丝般虚弱的声音继续吟唱："相见争如不见，有情何似无情……"

唱至"无情"时，可能是公主有意为之，傀儡先有一次低头，再猛地抬起，花冠和面具都因此摆脱，傀儡露出的真容令许多旁观者发出了一声惊呼——凹目露齿，那头部竟是个木头雕成的骷髅头！

绿袖微扬，青丝飘拂，公主轻颦浅笑，牵引悬丝，从容歌舞，而那傀儡舞动的幅度越发增大，青烟翠雾般的一层层舞衣亦随之渐渐散开，悄然自傀儡身上滑落，袒呈于众人目光之下的，不出我所料，是一排排肋骨……

这个悬丝傀儡原本就是做成一具骷髅的样子，比例与人体完全相同，只是缩小了些。原来这就是她要崔白做的"不一样"的木傀儡，怪不得嘉庆子刚才不敢给我看。

"笙歌散后酒初醒，深院月斜人静……"公主的歌声在宽阔寂静的大殿中回旋，一曲唱罢，她又重按曲调，再次唱过。

她双眸微蒙，舞步飘移，与她操纵的骷髅一起舞动。而她面色苍白，双目凹陷，宽大的衣裙下只余一把瘦骨，看起来也跟她手下的木傀儡差不了太多。

众人就这样看她带着漫不经心的微笑且歌且舞，没有人出言阻止，一个个只是圆睁两目注视着她，带着惊骇表情，霎眼如见美艳鬼。

而司马光看着在这诡异气氛中呈现的骷髅之舞，目中的凌厉神色逐渐随之化去。凝神再听公主细弱的歌声，他最后发出一声叹息，默默垂下了起初高昂的头颅。

【叁】无逸

清歌未绝，与两侧金狻猊吐出的青烟一起萦绕于殿间。公主旁若无人地舞动傀儡，广袖飘萧，纤弱身姿如垂杨风袅。而周围的人仿若被这两重红颜枯骨施了定身术，都保持着纹丝不动的状态，中蛊般地聆听着她这一阕冰冷婉约词，看她艳冶轻盈，春山淡远，旋身回眸，任一缕瑞脑烟飞过她素白梨花面。

御座上的皇帝几度引袖掩面，还曾颤声唤公主："徽柔……"但公主恍若未闻，一径舞下去，后来打断她的是今上左右近侍的一声惊呼："官家！"

公主舞步滞涩，垂下双袖，怔怔地望向父亲所处的方向。而今上身体侧向一边，头无力地低垂着，像是已然晕厥过去。

公主手一松，骷髅傀儡委顿于地，她匆匆奔至今上面前，握起他的手连声唤"爹爹"。

而不见今上回答。我快步上前，与其余内侍一起扶起他。但见他双目紧闭，眉头呈紧锁的状态，而眼角有泪水滑过的痕迹。

回到禁中，太医诊断后说今上这是连日忧愁，思虑过多所致。他这几年龙体并不十分康宁，公主不幸的婚姻与立储之事一样，是给予他重负的两桩心病，而最近公主频频出事，压在他心上的石头一点点累积，终于令他濒临崩溃。

公主坚持要守在父亲身边，虽然她自己也虚弱不堪。而后今上苏醒，见了她第一句便是："你怎么在这里？快回去歇息。"

他还是以和颜悦色的表情对她，并对大殿上的情形只字不提，只是反复催她回去将养休息。最后公主含泪离开，我随她出去，走到门边时忍不住回首，见今上一直在目送女儿，此前对她呈出的笑意尚未隐去，而眼中却有莫可名状的忧伤。

两天后是先帝真宗忌日，今上虽然圣躬欠安，但仍强撑着主持仪式祭典，接受群臣进慰。晚间一切仪式结束后，他独自前往收藏真宗御书的天章阁，命阁中内侍出去，把自己一人锁在供奉真宗御容的天章阁影殿内。

须臾，影殿中传来一阵恸哭声，哀戚无比，闻者皆动容，几名内侍奔入后宫报讯，苗贤妃与公主听见，立即双双赶往天章阁。

以前二十多年中，我多次见过今上落泪，但这样的放声恸哭却是闻所未闻的。若不是悲苦难言已达极点，身为一国之尊的他绝不可能如此失态。

公主听见父亲的哭声，忧虑之下越发着急，亲自上前双手拍影殿门，扬声唤父亲，但里面并无回音，传出的依然是今上哀泣之声。

“爹爹，是女儿的事让你难过么？你是在生女儿的气么？”公主惶然问。

还是无人回答。

公主无措之下跪倒在影殿门前，泪如泉涌。父女俩一人在内，一人在外，各怀心事，却都是一样地悲伤。苗贤妃的劝慰没有起到应有的作用，反而令公主更加难受，一边抽泣着一边朝殿中叩首，她用哀求的语调反反复复地唤：“爹爹，爹爹……”

“让他独自待一会儿吧。”皇后缓步走到公主身边，对她说，“你爹爹抑郁已久，现在能哭出来倒是好的。”

公主泪眼看皇后，转身欲行礼，皇后止住她动作，俯身以丝巾拭去她脸上泪痕，再和言问她：“徽柔，我可以跟你说说话么？”

公主颔首，呜咽道：“孃孃有何教诲？”

皇后牵着她手拉她起身，对苗贤妃说带公主去阁楼之上说话，侍从不必跟随，贤妃答应，让公主侍从都留下，我亦随之止步，但皇后却回首顾我，说：“怀吉，你也来。”

公主随皇后上了楼，仍在担心父亲景况，又走到阑干边，忧心忡忡地向下探视。皇后见状跟过去，对她说：“不必担心，你爹爹不会有事。他是称职的皇帝，知道自己负担的责任，自会保重的。”

公主黯然低首。皇后又携她手，引她到阁中坐下，端详她须臾，再轻声问她：“徽柔，你知道你这名字的意思么？”

公主点点头，说：“爹爹告诉过我，元德充美曰徽，至顺法坤曰柔，《尚书·无逸》亦有云：‘徽柔懿恭，怀保小民。’”

今上向公主解释徽柔之意时我也在，关于“柔”的解释今上还曾说过另一重意思——顺德丽贞。看来公主是为避“贞”字之讳而没提这点。

“是这样。”皇后又问，“那你是否知道当年你爹爹为何给你取这个名字？”

公主道：“这两个字都有很好的意思，爹爹是用来表达对女儿的祝福吧。”

皇后向她呈出一点柔和笑意：“不仅如此。这是对你的祝福，但也包括了对你的期望。”

“期望？”公主蹙眉，有些迷惑。

皇后颔首，道：“元德充美，至顺法坤，他希望你既有硕人之姿，更有王姬邦媛必不可少的肃雍之美，最重要的是，还要拥有一颗善良仁慈的心，以温和谦恭的姿态对待天下子民，善加恩惠，泽被四方。”说到这里，她着意看看默不作声的公主，再道，“这也是大宋臣民对天子妻女的要求。”

公主摇头道：“孃孃那样的肃雍之美，我一辈子也学不会。我也不想做王姬邦媛，像一个普通仕宦家的女儿那样平平凡凡地活着就很好，再或者，做一个农家女都不错，没有人整天盯着你，观察你一举一动是否符合肃雍之美，那生活就会轻松得多吧？”

“她们的生活未必像你想得那么简单。”皇后一叹，“每个要在这世上生存的人都必须承担一定的责任。农家女从小就要跟着母亲采桑养蚕，饲养家畜，再穷一些的，甚至要随父兄下地耕种；普通人家的姑娘可能要学会织布裁衣，操持家务的技艺是必不可少的；仕宦家的女儿除了女红针凿，还要学习诗书礼仪，孝经女则，以备将来做士大夫家的女主人，相夫教子之余还要管理一个家族的事务……无论是谁，从降生的那一刻起，就面临着不同的身份带给他们的不同的责任，而世上也不会有不必承担任何责任却还能无拘无束地生活的人。”

公主开始明白了：“孃孃是想说，摆出元德充美，至顺法坤的姿态，做有肃雍之美的王姬邦媛，就是我的责任。”

皇后淡淡一笑：“那些寒门士子，在寒窗苦读，憧憬书中黄金屋时常会勉励自己：没有白白经历的磨难和痛苦；而对我们这样，已经身处黄金屋的人来说，需要经常提醒自己的则是：没有白白领受的荣华与喜乐。”

“那我的代价就是按大臣们说的那样，与怀吉分开，继续和李玮生活下去？”公主呼吸渐趋急促，适才掩去的泪光又泛了出来，“可是那些荣华富贵是我想要的么？我一生下来就是公主了，我没有选择！如果有选择的余地，我不会希望生在皇家。”

“所有人都没有选择。”皇后旋即答道，语调温和，但凝视公主的眼神透着她惯有的理智与冷静，“出身是我们无法决定和改变的，我们能做的只是接受现状，去适应我们的身份，去尽到我们的责任。天家女子，一生衣食用度，无不极天下之养，受万民供奉。而臣民对我们的要求便是，我们拥有女子应有的一切美德，未嫁时做孝顺的女儿，出嫁后做贤惠的妻子，诞下子女，又化身为慈爱的母亲……我们对他们来说并不是寻常女子，而是画中的美人，书上的贤媛，庙里的菩萨，一些可供他们让妻女效仿的神像。保持完美的形象，做国朝女子的典范，便是我们泽被天下的方式。所以，你不可以露出血肉之躯的真相跌入凡尘，否则他们会惊诧，忧虑，甚至愤怒，步步紧逼，一定要请你退回到神龛上去。”

公主泫然，只是摆首：“我不要做他们的泥塑菩萨，我也不要他们的供奉，我什么都不要，我可以箪食瓢饮居于陋巷，只要他们不干涉我的生活……”

皇后眼波一横，略微提高了声调：“可是你已经受了他们二十多年的奉养！”

公主一怔，敛眉垂泪，无言以对。

皇后缓和了容色，又温言道："身居高位者，只享受尊荣富贵而不顾及所处地位给予他的责任，是可耻的，必将为世人所唾弃。你的身份高贵，享有得天独厚的福泽，自当懂得珍惜。你的爹爹就是个惜福之人，珍视自己的身份，更明白肩负的责任。他会克制自己的欲望，去俯就臣民的要求，宽仁恭俭，礼贤下士，即位至今数十年，而百姓终不闻兵戈之声……徽柔懿恭，怀保小民，他是做到了。那么徽柔你呢？你可否体谅一下他的慈父之心，为了不负他和天下万民的期望，做一点适当的牺牲？"

说最后一句话时，皇后的目光有意无意地掠过了我的脸，公主顿时很不安："孃孃也要我与怀吉分开？"

"如果你坚持，你爹爹会保护你们的。"皇后说，其实她只是在陈述事实，但听起来却比朝堂上任何一个言官的谏言更有打动人心的力量，"他是要保护你，为你抵挡言官的唇枪舌剑，和他们以道德大义、祖宗家法为武器掀起的攻势。但可想而知，只要你和怀吉还在一起，言官就不会偃旗息鼓，但凡你们有何风吹草动，这回的廷诤便会重现，让你爹爹面对他们一次又一次的责难与攻击。这会让他很痛苦，就像今日一样。但他还是会保护你，因为你是他最珍视的女儿，他爱你甚至超过爱他的生命。"

公主泪流满面，为了避开皇后的注视，她捂住口，侧过了身去，但双肩仍在止不住地颤抖，使她掩饰悲伤的举动收效甚微。

皇后叹了叹气，又对公主道："当初晋封你为兖国公主时，你爹爹曾亲自援笔，在学士拟好的制书上给你加了一句：'聪悟之姿，匪繇于外奖；徽柔之性，乃蹈于自然。'……"

似一言未尽，但她也没再继续说，只是转顾我，吩咐道："怀吉，照顾好公主。"然后自己先起身离开，朝楼下今上所处的影殿走去。

我移步靠近公主，轻声唤她。她遽然转身，双手搂住了我的腰，把满是泪痕的脸埋于我怀中。

"怀吉，我该怎么办？"她沉闷的哭声听起来如此绝望，"我们都被困在这里了！"

【肆】蓼莪

我拥着她双肩，逐渐加大力道，仿佛想拉她脱离一个无边的旋涡，但自己心底却也是一片空茫。仰视上方，我看不到任何光亮和希望。

最后我选择回到这个摆脱不了的空间，松开手，低下身子，半跪在她面前，让她能平视着我，然后，对她说：“皇后的话，请公主三思。”

她含泪凝视我双眸：“你也觉得他们说的是对的？你也要离开我？”

我避而不答，另寻了话头：“公主当年不喜欢张贵妃，是因为她身居高位就在宫内滥用权力，为所欲为，自恃得宠便对官家软硬皆施，为自己和家人谋利求封赏，却没有天子夫人应有的德行。如今公主若坚持留臣在身边，在天下人看来，公主此举必定也与张贵妃所为一样，是失德的行为。”

公主恼怒道：“为何拿我与她比？这是不同的……”

“在旁人眼中并无不同。”我向她解释，“没有人目睹和关心公主家事的起因和经过，他们只看到了结果，而他们看到的结果是公主不愿与驸马继续生活，坚持要留我这个有离间公主驸马之嫌的内臣在身边，为此几度自尽，胁迫官家答应……”

“不是这样！”公主激烈地否认，阻止我说下去。

我压抑住心中起伏的情绪，冷静地看着她，向她说明必须面对的现实：“那些在议论和评判这件事的人，都是遥远的旁观者，他们都不可能接近我们，探寻事情的来龙去脉，他们所能感知的，只有最后的结果。这个结果被他们断章取义，可能是很片面的，但他们不会有兴趣和耐心去像公主的母亲那样了解其中真相，而立即就被这片面的结果激怒了，因为公主的一切衣食用度皆靠天下人供奉，公主的一袭华服，一炉沉香，公主宅的每一块砖瓦，都用到了他们的税钱，他们当然希望自己奉养的公主是拥有完美德行的国邦贤媛，而非一个不守妇道的悍妻，更非一个宠信内臣，忤逆君父的恶女……而这个愿望，本身是合理而正当的。”

公主泣道：“为了满足他们的愿望，我们就要任由他们冤枉？我必须按他们的意思，去做一个泥塑的磨喝乐？”

我只应以一笑，苦笑。不这样，又能如何？公主与内臣的感情，任何不认识我们的人听了都会觉得荒谬而可笑吧。他们看到的，只是一个厌弃丈夫、要挟父亲的公主，以及一个挑拨离间的内臣，他们甚至会联想到一些肮脏的东西，但绝不会尝试去理解，更遑论同情。

“爹爹，爹爹明白的……”公主嘤嘤地哭着，提到了她的父亲，但声音却显得虚弱而无底气。

我黯然道：“是的，他明白，他也会努力保护你，但是他的保护会令大臣们更加愤怒，因为每当君王流露出对某个人非同寻常的宠爱时，总会引起臣子的特别警惕。当这种情况出现在公主身上，他们一定会联想到太平、安乐之祸。皇帝越维护公主，大臣便会越反对，就如皇后所说的，官家会一次次地陷入如今这样的痛苦之中。”

公主无语，只是低首饮泣，好半天才又问我：“你要我怎样做？”

我一手握着她柔荑，一手牵出中单衣袖，像以前那样轻轻拭去她面上的泪痕，待她看起来略微平静些了才问她：“那日官家叙述公主出生时的情形，想必公主在殿外都听见了吧？”

公主颔首，双睫旋即垂下，又有两滴泪珠滑过了刚才被我拭净的面颊。

我再次引袖为她抹去那湿润的痕迹，又道：“我听见官家那样说时，真是很羡慕公主呢……我幼年丧父，母亲改适他人，自那以后，我再也没见过她……”

“你长大后有出宫的机会，可以去找她呀！”公主说。

“我后来也曾打听到她住处，每年都会派人送银钱给她，但自己没去见她，因为她与后来的夫君又生了几个孩子，她见了我会尴尬吧，何况……”我对公主勉强笑了笑，“我想，没有人会愿意看到自己的儿子做了宦者……”

公主反手握住我的手，安慰般地轻唤：“怀吉……”

我瞬了瞬目，蔽去眼中潮湿之意，又对公主道：“父兮生我，母兮鞠我。拊我畜我，长我育我。顾我复我，出入腹我。欲报之德，昊天罔极……我这二十多年中，常常会为无法报答父母顾复之恩而感到遗憾，因为我连在他们身边尽孝的机会都未曾有过。公主能在父母身边长大，本来就是难得的福分了，何况他们都如此珍爱公主……官家常提及章懿太后恩典，而官家对公主的顾复之恩，公主亦不会漠视吧？”

公主垂首拭泪而不答。我凝视着她，诚恳地劝道：“如那首《蓼莪》所说，这世上有两个人，我们从出生之时起，对他们就有所亏欠，那便是我们的父母。他们生养我们，抚慰我们，庇护我们，不厌其烦地照顾我们，无时无刻不牵挂着我们，对我们的恩德如青天一样浩瀚无际，是我们终其一生都难以报答的。而官家，是我见过的最好的父亲，他为公主可以倾尽所有，愿意舍弃的不仅仅是财富，还有他最重视的帝王的尊严和原则。他对公主的关爱可使一切相形见绌，包括我能给予公主的这点微不足道的温情。面对这样的父亲，公主如何还能一意孤行，让他继续为保护我们而付出健康，乃至生命的代价？”

我没有说下去，因她已经泣不成声。她的坚持逐渐被泪水瓦解，消融在那无边的悲伤里，身子一点点滑落于地，散开的衣袂掩住一把瘦骨，像一朵凋零的花，随时会被雨打风吹去。

这一夜的悲泣又使公主病势加重，昏沉沉地在床上躺了两日，清醒之后她既不愿进食也不愿服药，只是倚于床头怔怔地出神。

后来今上亲临仪凤阁来看她，虽然他也心神恍惚，步履蹒跚。

他让人呈膳食给公主，公主只瞥了一眼便厌恶地转过头去，毫无食欲的样子。

“是没胃口么？”今上微笑着问公主。

公主点点头。

今上目中笑意加深，变戏法似的从袖中取出一个东西，递至公主面前：“看看这是什么。”

公主低目一看，立时睁大了眼睛，讶然回视父亲。

那是一碟酿梅。

“我听说你不想进食，便带了这个来。酿梅是开胃的，你小时候最爱吃了……但现在只许吃两颗，然后吃点饭菜，服了药，爹爹再把剩下的给你……”

公主默默听着，顷刻间已泪流满面。未待今上说完，她陡然掀开被子下了床，跪倒在他面前。

“爹爹。”她仰面看一脸惊讶的父亲，一字一字无比清晰地说，“我可以和怀吉分开。”

【伍】结发

对我的处置，是在一种温和的气氛中讨论决定的。今上再度表明不会逐我出京，只是调到前省，且重提擢我为天章阁勾当官之事，我婉言谢绝，说：“内臣进秩向来有固定程式，须依序而来。臣品阶不足，不能当此重任，若陛下加恩擢升，台谏必有论列。”

今上便问我：“那你想做什么呢？”

我说：“臣当年是从画院调入后省的，如今请陛下允许臣回到那里去。亦无须让臣领何官职，臣若能在画院做一个普通的内侍黄门，每日整理一下画师图稿，便于愿足矣。”

这事便这样决定了。我这起初的公主宅勾当官被调为前省画院内侍黄门，连降数阶，又远离后宫，在外人看来也无异于受到了严厉惩罚，故此这旨意宣布后台谏亦能接受，不再提将我贬逐之事。

这期间李玮已离京前往卫州，也许是出自他的授意，其兄李璋上言请求今上允许李玮与公主离异：“玮愚矣，不足以承天恩。乞赐离绝。”

帝后试探着再问公主意见，我也取出李玮的画向公主叙述了李玮饮御酒前后的情形，公主看了看画，命人收好，但还是摇头：“我知道他是好人，但偏偏不适合我。我们就像两根被绑缚在车子两边的辕木，看似可以一起走过千山万水，却永远都不会有遇合的一天。”

于是，嘉祐七年三月壬子，今上宣布李玮落驸马都尉，降为建州观察使。与此同时，为示公允，他亦降兖国公主为沂国公主，按司马光的意思，损其爵邑俸禄。

国朝公主的封号跟命妇的名号相似，国名不同，爵邑请受亦不同，沂国远不如兖国，不过，这种处罚对公主来说几乎没什么影响，就现时的她而言，最不重要的就是名位钱财了。

今上对李氏心存歉意，虽李玮落驸马都尉，但今上待其恩礼不衰，且赐黄金二百两，命人传话予他：“凡人富贵，亦未必要做公主夫婿。”

一切尘埃落定，我也到了必须跟公主道别的时候。我离开公主阁的前一晚，公主苦苦恳求苗贤妃允许我再陪伴她一夜，让我们二人独处，最后说说话。

见苗贤妃很犹豫，公主幽幽一笑，目意苍凉：“姐姐，一待明日天亮，我与怀吉此生便不会再见了。”

我们此前约好了，一旦分别，以后便不会设法相见，哪怕在节庆典礼时都不会再见，这既是为了遵守向今上许下的承诺，也是为避免相见后的情难自禁。

听女儿这样说，苗贤妃也忍不住红了眼圈，遂颔首答应了她的要求。

这夜银河泻影，玉宇无尘。我与公主并肩坐在廊中阶前，檐下风铃淅沥，香阶乱红堆积，起风时她瑟瑟地有娇怯之状，我展袖护她，她亦轻靠在我胸前，我们就这样彼此依偎着，看夜深香霭散空庭，看月明如水浸楼台，良久无语，唯听漏声迢递。

彼时桃李凋零，梅妆已残，但有一丛海棠正红艳艳地开在中庭槐影里，短墙边的荼蘼架亦缀满白色繁花，微风过处，清香不绝。

公主看得有些兴致，取下头上漆纱冠子，走到庭中摘下花来往冠子上插。我亦随她过去，为她选取鲜艳花朵，任她装饰冠子。不一会儿，她的冠子上已插满红红白白的海棠和荼蘼。

“像不像新娘的花冠子？”她微笑着托起冠子问我。

那冠子花团锦簇的，如红缬染轻纱，确实有几分像婚礼上用的花冠，于是我含笑朝她点了点头。

她双眸晶亮，忽然提了个建议：“现在我戴上它，与你拜堂好不好？”

我大为震惊，看着她无言以对。

“我听嘉庆子说起她与崔白的婚礼，很有趣呢，跟我下降时的仪式不一样。”她说，带着憧憬的神色。她的婚仪是欧阳修等学士根据周礼制订的，颇循古制，的确跟坊间百姓的婚礼大有不同。

“我也想有个她那样的婚礼……当初嫁给李玮的是公主，现在与怀吉拜堂的是徽柔……”她两睫低垂，有些羞涩地轻声问，“怀吉，你愿意么？”

我最终答应了她。之前苗贤妃按公主的要求已屏退了所有侍从，现在公主阁中只有我与她二人。何况，即便有人看见也无妨。现在还有更坏的结果么？就算是死，对我来说也不具威胁性了。

于是她欢欢喜喜地戴上花冠，又到房中找来一幅彩缎，绾了个同心结，让我与她各执一端，搭于手上，她倒行着徐徐牵我入寝阁。

“这叫‘牵巾’。”她告诉我。

然后，我们在房中对拜，再就床相对而坐。我按她的指示拨出一绺头发剪下，她亦做了同样的事，随即将我们的头发用丝带绾在一起，也做同心结状。我观察着她动作，忽然意识到，这是“合髻”之礼，民间亦称“结发”，是百姓婚礼上很重要的仪式。公主当年下降，欧阳修说合髻之礼“不知用何经义，固不足为后世法”，于是公主与李玮的婚礼上便少了此节。

公主又让我取来两个银酒盏，用彩带连结了，再与我互饮一盏，这便是俗称的“交杯酒”了。饮完后她告诉我，我们要把酒盏和花冠子一起掷于床下，然后看酒盏仰合，若一仰一合，就是“大吉”。

我依言而行，与她一同掷出酒盏和花冠子。她很关心结果，促我下床去看酒盏，我查看之后却发现不尽如人意，酒盏都是口朝下覆于地面的。

“怎样？”见我无语，她蹙着眉头很紧张地问。

“很好，一仰一合。”我微笑对她说。与此同时，我悄然伸手到床下，把一个酒盏倒转，使盏口向上。

她仍不放心，自己下床来查看，果真见到一仰一合的情况才松了口气，开心地笑。

少了宾客祝贺的环节，此后便是“掩帐”了。我们默默共展鸳鸯锦，然后心照不宣地和衣并卧于床上，两人之间保持着半尺左右的距离，暂时都没去碰触对方。

沉默半晌后，她问我：“怀吉，现在是什么时辰了？”

“应该过三更了。”我回答，又道，“公主早些睡吧。”

“我不睡。”她黯然叹息，“我怕醒来的时候你已经不在我身边。”

【陆】空衫

这淡淡一语听得我心中凄郁，侧首去看她，见她目中有微波一现，漾动在烛红光影里。

我们相处的时间所剩无多，我不希望最后的结局是执手相看泪眼，于是，我对她微笑："公主，以后我也会守护在你身边。"

她回眸凝视我，显得有些迷惘。

"我还会陪伴着你。"我告诉她，"当你赏月时，我就在这宫廷的某个角落，与你沐着同样的月光；当你游园时，我会站在拂过你的清风触得到的宫墙外，可以闻到从你身侧飘过的花香；当你练习箜篌时，我还是处于离你不远的地方，或许也取出了笛子，在吹奏和你一样的乐曲……虽然不能像以前那般如影随形……"

"影子在公主脚下，怀吉在公主心里。"公主忽然接过话头，提起了这句儿时的戏言，这令我心襟一荡，怔忡着忘记了原本想说的话。

她侧身微微挨近我，轻声说："后宫与集英殿之间只隔着一道宫墙，宫苑内长着一株很高的桃花树，枝叶伸出了墙头。以后每年的立春、花朝、寒食、端午、七夕、重阳、立冬，我都会亲手用彩缯剪成花胜，挂在那株桃花树上。每逢那些节日，你就去集英殿外看看，看见花胜，就当见到了我。"

我颔首说好。感觉到她语意忧伤，身体在轻轻发颤，便握住了她一只手，借此将无言的安慰与我的温度一起传递给她。

她与我相依须臾，又问："怀吉，你说，人会有来生么？"

我答道："应该有吧。人死了，也许就像睡着了一样，等醒来时就换了个躯体和身份，可以开始全新的生活。"

"那么，下辈子，你一定要找到我。"她给我下了这温柔的命令，想了想，又道，"下一世，我肯定不会是公主了，就做一个寻常人家荆钗布裙的女子吧……你呢，多半会是个穿白襕的书生……有一天，我挽着篮子采桑去，你手持丝鞭，骑着名马，从我采桑的陌上经过，拾到了我遗落的花钿……"

她憧憬着彼时情景，嘴角不由得逸出了笑意。我亦随之笑，却也不忘提醒她："如果你是荆钗布裙的采桑女，一定不会有闲钱去买花钿。"

"这样呀……"她烦恼地蹙起了眉头，对这诗词里常描绘的情景不便实现深表失望。思前想后，她还是不准备放弃原来设计的情节，提出了个解决方案："我可以早起晚归，多采点桑叶，多挣点钱，就能买花钿了。"

我心念一动，存心去逗她："那你一定要努力，几天几夜都不能睡，多采点桑叶，挣多点钱，才够买两盒花钿……"

她很不解："为什么要买两盒？"

"你贴一盒在自己脸上，再撒一盒在我即将经过的路上。"我正色解释道，"因为你着急嫁给我，只有这样才能确保我拾到你'遗落'的花钿……哎哟……"

有这声“哎哟”，是因为她狠狠掐了我一把。

“谁想嫁给你了？”她不忿地反问。

我笑而应道：“哦，原来刚才我是在做梦，梦见有人问我愿不愿意跟她拜堂……”

她又羞又恼，不轻不重地踹了我一脚，然后转身背对我，还刻意拉开了距离，佯装生气不理我。

我这才抑住笑意，轻唤了她两声，她纹丝不动，于是我靠近她，在她耳边温言说：“好吧，我承认，是我着急想娶你，所以整天骑着马在你身后晃悠……还举着一把大扇子，对着你拼命扇风……”

她果然很诧异，忍不住开了口：“为什么要扇风？”

“为了要你的花钿尽快掉下来。”

她哧地笑出声来，终于肯转身回来面对我：“如果你下辈子还这样贫嘴，惹我生气，我就天天罚你跪砖头。”

我故意叹道：“有这么惨的么？我这一世这样过也就罢了，却难道下辈子还要受你奴役？”

大概是担心刚才的话伤及我自尊，她立即补救：“我是说你惹我生气我才这样对你呀，如果你好好的，谁会折磨你呢？”

见我并不表态，她又向我描述了一个美好前景：“我会对你很好的……你读书时，我会为你点一炉香；你写字时，我会为你磨一泊墨；你作画时，我会为你调好所有的颜料……有时候你累了，想活动活动筋骨，或舞剑，或投壶，我就在旁边为你弹箜篌……”

想着那情景，我不禁笑：“吵死了。”

她瞪了我一眼：“真是对牛弹琴！”

兴致并未因此消减，她又仰望上方，含笑憧憬：“清明寒食，我们一起出去游春赏花；七夕中秋，我们又可以一起坐在屋前檐下品月观星……这样的时候，你一定会想作诗，那么我就……”

我不待她说完，即刻接话道：“你就在旁边吃芋头。”

她坐起来，双手举起一只锦绣枕头，朝我劈头劈面地乱砸一气，怒道：“我是说我就与你唱和！”

我本想继续调侃她，但已笑得无力再说。她瞪了我半晌，到最后唇角一扬，那怒色终于挂不住，一下子消散无踪，她又在我身边躺下，抱着我一只胳膊，把脸埋在我衣袖中，亦笑个不停。

听着她一连串轻快的笑声，我的笑容逐渐消散在她目光没有触及的空间里。

这些天来，我见她流了太多的泪，现在很庆幸我们还能有这样一段欢愉的时光，希望我最后留给她的是我的明亮笑颜，而那些无法泯灭的悲哀和伤痛，就让它们暂时沉淀在心底，在我离开她之前，绝对不能让她在我眸中看见。

在她抬眼看我时，我会再次对她笑，尽量让她忘记，伯劳飞燕各西东，就在天明之后。

她后来也一直在笑，直到有了倦意，才迷迷糊糊地在我怀中睡去。

我拥着她，却未合目而眠。待到月隐星移，炷尽沉烟，我悄无声息地起身，想就此离去，却发现一段衣袖被公主枕于颊下，不好抽出。

我欲托起她的头，再移开衣袖，但又想到她最近精神欠佳，睡觉极易惊醒，这样碰触，多半会令她醒来。于是，我一手停留在原来的位置，另一手解开衣带，先抽出这只手，小心翼翼地缩身脱离这件宽衫，最后才让不动的手从被公主枕住的袖子中一点点滑出来。

如此一来，我可以脱身离开了，而公主依然枕着那段衣袖兀自沉睡。

我在她床前伫立良久，默默注视着她，想把她此时的样子铭刻到心里去。

少顷，漏声又响，四更天了，我必须离去。

缓缓俯身，我在她额头上印下一个轻柔的吻。她似有感觉，睫毛微微颤了颤，但终于没有醒来。手无意识地抚上那件空衫的胸襟，她又侧身朝那里挨去，仿佛还在依偎着我。

枕着留有我余温的空衫，唇际笑意轻扬，她熟睡中的神情像婴孩般恬淡安宁。

这是她此生给我留下的最后印象。

这一年，她二十五岁。

【柒】淑妃

我回到翰林图画院，作为一位普通的内侍黄门，做着与少年时相似的工作，每日默默整理画稿，为画师们处理杂务，一切似乎没什么不同，除了知道我经历的人偶尔会在我身后指指戳戳。

自回归前省之后，我一直没再见到今上，但嘉祐七年八月，他忽然亲自来画院找我，像是信步走来的，身边只带了两名近侍。

他召我入一间僻静画室，屏退侍从，命我关好门，才开口问我：“你与崔白是好友吧？”

我颔首称是，然后，他徐徐从袖中取出一卷文书递给我，一言不发。

我接过展开一看，不由得大惊——那是当年我代崔白传给秋和的草帖子，议亲所用，上面序有崔白三代名讳及他的生辰八字。

“董娘子现在病得很重，卧床不起，一个内人帮她整理奁盒，在最深处发现了这草帖子。”今上面无表情地说。

我立即跪下，叩首道：“董娘子与崔白虽曾有婚约，但那是在她服侍官家之前，此后他们绝无来往，请官家明鉴，勿降罪于他们。”

今上看着我，淡淡问：“这草帖子，是你送进宫来的吧？”

我承认，低首道：“臣自知此举有悖宫规，罪无可恕，请官家责罚，唯愿官家宽恕董娘子与崔白，勿追究此事。”

言罢我向他行稽首礼，伏拜于地。

他叹了叹气，道：“你平身吧。我今日来这里，只是想求证这事，不是为追究谁的罪责。”

他从我手里收回帖子，自己又看看，忽然问我：“这帖子是什么时候给她的？”

我如实作答：“庆历七年岁末。”

“庆历七年岁末……”今上若有所思。大概是想起了其后发生的宫乱之事，他眼神甚惆怅，其间的因果于他来说也不难明了了。

“难怪，这么多年来，她一直不快活……”他喃喃低语，随后让我取来火折子，点燃草帖子，默然看它化为灰烬，再起身朝外走去。

见他步履蹒跚，我上前相扶，他亦未拒绝，在我搀扶下走到了画院西庑附近，却听见前方不远处有人喧哗，像在争论什么。

说话的人是两位卫士。相随的近侍欲上前提醒他们官家驾到，今上却先摆手止住，自己往前逼近两步，隐身于廊柱后，听卫士说下去。

卫士甲说：“人生贵贱在命。命里有时终须有，命里无时莫强求，此乃至理名言，不可不信。”

卫士乙则道：“这话不对。天下人贵贱是由官家决定。你今日为宰相，明日官家一道圣旨下来，就可把你贬削为平民匹夫；今日你富可敌国，明日官家一不高兴就可能会把你抄家没籍。所以说官家是天下至尊，有这生杀予夺的权力。”

二人继续争论，谁也说服不了谁，直争得面红耳赤。今上看在眼里，也不现身评判，而是折回画室，命我取来笔墨信函，手书御批：“先到者保奏给事，有劳推恩。”一式两份，分别封入信函，然后唤来两名卫士，先命乙携一信函送往内东门司。等了片刻，估计乙将至半道了，再才命甲带另一信函相继而去。

今上留在画院中等待。若按他的安排，应该是乙先到，经内东门司确认后会获推恩补官，但少顷内东门司派人来回禀，却是保奏甲推恩。今上讶异，问其中原因，得到的答案是乙跑得太快，半道上扭伤了脚，结果被甲赶超，所以先到的是甲。

今上听后久久不语，最后喟然长叹：“果然是命！”

第二天，他便命翰林学士王珪草诏，正式立养子赵宗实为皇子，赐皇子名为“曙”。据说王珪曾问他可否再等等，看后宫嫔御能否生下皇子，今上黯然道：“若天使朕有子，那豫王就不会夭折了。”

发现草帖子后，今上非但没有怪罪秋和，还于九月中把她升为充媛。皇子既立，今上依制亲赴近郊明堂，祭祀斋戒。而这期间秋和病情恶化，没等到今上回宫便已薨逝。弥留之际，她恳求皇后勿遣人把自己病危的消息告诉今上，说：“妾不幸即死，无福继续服侍官家与皇后。官家连日为国事操劳，又在宿斋之中，请勿再告诉官家此事，以免令他烦忧难过，损及心神。”

皇后泫然从之，未将噩耗传往斋宫。

今上回宫，见秋和已香消玉殒，返魂无术，顿时大悲，亲为其辍朝挂服，恸哭于灵前。临奠之时今上即宣布追赠秋和为婉仪，过了两日，今上凄恻悲戚之情愈增，又加赠秋和为淑妃，还特迁了她父亲及其弟侄四人的官，并让秋和阁中的提举官赵继宠勾当天章阁。傅尧俞为此连续上疏三四次，说赵继宠资历不足，不能担此重任，但今上一概置之不理。

或许今上仍觉这并不足以表达他对秋和的亏欠，他又命臣下为秋和定谥，这是前所未有的事，国朝只有皇后才有谥号，妃嫔向来无此待遇，而且今上同时还宣布要为秋和行淑妃册礼，下葬之日给予她有军功者才能享有的卤簿仪仗。

自温成之后，他还没有对哪位嫔御的离去表达过如此深重的悲伤，这又引起了司马光的注意。他上言力谏今上罢议董淑妃谥号及册礼之事，其葬日不给卤簿，凡丧事所须，悉从减损，不必尽一品之礼，“以明陛下薄于女宠而厚于元元也”。

今上没有立即允纳司马光谏言，于是宫城内外议论纷纷，都在猜测这回君臣谁将妥协。而听说后来打破僵局的是皇后，她劝今上道：“淑妃温柔和厚，生性淡泊，与世无争。在她生前，陛下曾多次想令其进秩，她皆力辞不受，也是因仰慕陛下圣德，故一心秉承陛下恭俭寡欲之风。而今陛下加恩至此，淑妃贤德，自然当之无愧，但陛下恩宠过盛，却非她所愿。册礼之事，淑妃若在世，必会再度坚辞，而谥号卤簿，淑妃泉下有知，更难心安。”

今上忆及秋和平生行为，亦同意皇后观点，这才按下册礼谥号卤簿之事不提。

经历公主一事，今上已心力交瘁，老了一轮。现在秋和病故，对他又是一次沉重的打击，越发摧毁了他的健康，何况，从立皇子之时起，他似乎就对人生不抱什么希望了。身体每况愈下，他人也一天天消沉下去，有次我在集英殿外远远看见他，发现他枯瘦憔悴，须发花白，身形完全是个老头模样了，而其实他这时也不过才五十三岁。

这年十一月，宫中传出李玮复为驸马都尉的消息。据说这是今上在病榻上向公主提出来的，他始终希望女儿回心转意，仍做李家媳妇。而公主也答应在名义上与李玮复合，但要求继续留在宫中，不回公主宅与李玮同居。

我可以猜到她的想法。她早已不冀望还能与什么人有姻缘之分，那么让李玮恢复驸马名位也不是难以接受的事，只要他那丈夫的身份继续停留在名义上。

于是今上随即下旨，晋封沂国公主为岐国公主；建州观察使、知卫州李玮改安州观察使，复为驸马都尉。

嘉祐八年三月辛未晦，今上崩于福宁殿。

这天日间，宫内人并没觉得他有何不妥，虽然有疾在身，但他饮食起居尚平宁。夜间睡下不久后，他遽然起身，呼唤左右取药，且连声催促近侍速召皇后来。

据福宁殿内的侍者说，皇后到殿中时，今上已虚脱无力，连话都说不出，看见皇后，他流下泪来，用手指了指自己的心。

皇后忙召医官诊视，投药、灼艾等急救方法都试过了，仍回天乏术。皇后无措，最后只得坐于他床头，半拥着他，低声在他耳边说着一些别人无法听清的话。

时至丙夜，今上在皇后含泪凝视下松开了她的手，与世长辞。

在医官确认今上晏驾后，殿中内臣欲开宫门召辅臣，皇后这时拭净泪痕，站起来，厉声喝止："此际宫门岂可夜开！且密谕辅臣黎明入禁中。"

然后，她又唤来侍奉今上饮食起居的内臣，不动声色地吩咐道："官家夜间要饮粥，你快去御厨取来。"

环顾殿中，她发现医官此刻已离开，当即命人再去召他进来，然后让几名内臣守着医官，不许其擅出福宁殿半步。

后来她引导十三团练赵曙即位之事更成了朝廷内外流传的传奇。

皇帝暴崩后，皇后秘不发丧，只密召赵曙入禁中。次日，她命宣辅臣至福宁殿见驾。宰相韩琦等人至福宁殿下，叩帘欲进，内侍方才告诉他们："皇后在此。"

韩琦止步肃立，皇后于帘后泣而告之官家上仙之事，众臣随即伏地哭拜。而皇后稍抑悲声，问韩琦道："如今该如何是好，相公？众人皆知，官家无子。"

韩琦应道："皇后不可出此言，皇子在东宫，何不便宣入？"

皇后道："他只是宗室，又没有太子名分，立了他，日后会否有人争？"

韩琦斩钉截铁地回答："皇子是大行皇帝下诏所立，也是唯一嗣子，他人能有何异议！"

得到这个答案，皇后唇角微扬，示意侍从卷帘，这才对韩琦直言："皇子已在此。"

帘幕卷起，韩琦等人惊讶地发现皇子赵曙已立于皇后身侧，皇后神情淡定，而皇子一脸忧惧。

在辅臣一致拥护下，赵曙即位为帝，尊皇后曹氏为皇太后。

赵曙体弱多病，一向又敏感多思，陡然当此重任，一时难以承受如此重负，患上心疾，常于禁中号呼狂走，不能视朝。辅臣商议后请皇太后垂帘听政。于是，在皇帝抱恙期间，皇太后御内东门小殿，面对满朝重臣，端然坐在了帘后。

大行皇帝庙号定为"仁宗"。嘉祐八年十月甲午，仁宗皇帝下葬于永昭陵。

那日宫中内臣送葬者众，我亦在其中，待回到宣德门前时天色已晚，宫门将闭，却见一位内侍从宫中匆匆赶来，对守门使臣说："皇太后先前吩咐，这门暂且多留片刻，等张先生回来。"

我听后不禁出言问那内侍："你说的张先生，可是张平甫先生么？"

内侍回答："当然是他。今日皇太后下旨，升他为内侍省押班。前几日已派人去召他了，算好是今日回来，所以吩咐留门等他。"

话音才落，便闻门外传来一阵马蹄声，我回首望去，见一全身缟素之人正策马驰来，身材颀长，眉目清和，正是我们刚才提到的张先生。

他在宣德门前下马，宫门内外的内侍辨出是他，立即蜂拥而上，有请安的，有牵马的，有为他掸灰拂尘的，一个个皆争相献媚示好。而他平静如常，只是朝他们很礼貌地略一笑，然后抬首举目，大步流星地向柔仪殿方向走去。

夕阳西下，为鳞次栉比的碧瓦粉墙镀上了金色的光。我隐于宫墙下的阴影中，目送张先生走进覆于这九重宫阙之间的流霞金辉里，渐渐意识到，对皇城中的宦者来说，这是张茂则时代的开始。

【捌】时代

皇太后曹氏听政十三个月后撤帘还政，皇帝赵曙开始视朝。

在太后垂帘期间，入内都知任守忠常在太后面前说皇帝不是，而一旦皇帝亲政，他又在其面前换了副谄媚的嘴脸，编造事迹诋毁太后，意指太后不欲还政，乃至有废立之心，令皇帝心存芥蒂，甚至停止每日定省，公开流露对太后的不满。

朝中重臣见两宫不睦，都频频上言，两厢劝解，而司马光在劝解之余更写下洋洋千余言弹劾任守忠，列出他结党营私、收受贿赂、欺凌同列、贪污财物、编造谣言、离间两宫等十条具体罪状，要求皇帝将其处斩。在他引导下，吕诲等言官连续进言，前后上疏十数章，交章劾之，终于迫使皇帝下令将任守忠贬黜出京，蕲州安置。

任守忠虽然被逐，皇帝与太后的关系却未修复。赵曙待太后冷淡，又把仁宗留下的四名幼女迁出原来的宫室，让自己的女儿住进去。此举令司马光痛心疾首，怒发冲冠，上疏直指皇帝忘恩负义，说："臣请以小喻大。设有闾里之民，家有一妻数女，及有十亩之田，一金之产，老而无子，养同宗之子以为后，其人既没，其子得田产而有之，遂疏母弃妹，使之愁愤怨叹，则邻里乡党之人谓其子为何如人哉？以匹夫而为此，犹见贬于乡里，况以天子之尊，为四海所瞻仰哉！此陛下所以失人心之始也。"

此后赵曙略有惭色，在皇后高氏及欧阳修等辅臣斡旋下，才重新开始定省太后。

在冷对太后的同时，赵曙也对自己的亲生父母流露出尊崇眷顾之意。赵曙生父汝南郡王赵允让薨后被追封为濮王，赵曙即位次年下诏命群臣议崇奉濮王典礼。宰相韩琦、参知政事欧阳修等主张皇帝称濮王为皇考，因为"出继之子于所继、所生父母皆称父母"，而台官吕诲、范纯仁、吕大防及谏官司马光等则力主称仁宗为皇考，濮王为皇伯，说"国无二君，家无二尊"，若皇帝称濮王为父，将置仁宗于何地？

台谏派与宰执派互不相让，长篇累牍地上疏辩论，令这一场争论延续了近两年，史称"濮议"。治平三年，皇太后发出手书，允许皇帝称濮王为父，尊濮王为濮安懿皇，其三位夫人并称后。赵曙旋即颁布手诏，说："称亲之礼，谨尊慈训。"台谏请罢诏命，赵曙置之不理，最后把吕诲、吕大防、范纯仁三人贬放于外。

这场争论中，朝中臣子更倾向于台谏派，宰执派常被目为奸佞小人，尤其是在辩论中引经据典，为皇帝称亲提供重要理论依据的欧阳修。

赵曙多病，在位不足四年即驾崩，庙号"英宗"。此后登基的是其二十岁的长子，现已改名为赵顼的大皇子仲针。

在赵顼即位不久后，因"濮议"一事与欧阳修结怨的政敌便展开了对他的攻击。先是欧阳修夫人薛氏的从弟薛宗孺与欧阳修有私怨，在朝中散布谣言，说他与其长媳、吴充之女私通，御史彭思忠、蒋之奇遂借此飞语弹劾欧阳修。但他们拿出的证据却是软弱无力的。吴氏小字“春燕”，他们便找出了欧阳修的几首词，说里面既有“春”又有“燕”，是暗藏吴氏之名。皇帝赵顼在此事上很坚定地支持欧阳修，甚至当面怒斥蒋之奇，说：“你们大事不议，却爱抉人闺门之私！”随后将弹劾欧阳修的台官一个个逐出朝堂，但仍有台官继续论欧阳修“私媳”之事，而欧阳修也心灰意冷地自请补外，皇帝不许，他便一再上疏恳求。

治平四年三月间，我送画院画师完成的英宗御容图卷去秘阁供奉，偶遇从宝文阁出来的欧阳修。多年不见，他仍一眼便认出了我，很友善地唤我：“梁先生。”

一直以来，他对我与公主都怀有一种长辈般的关爱之情，在我们受到言官猛烈抨击的时候，他都没有随众指责过我们哪怕一次。如今听见他招呼，我心中一暖，立即向他施礼，寒暄道：“久不相见，相公安否？”

参知政事是副相，平时众人亦尊称其为“相公”。但欧阳修一听却摇头，微笑道：“从今日起，我不再是参政了，先生不可再称我‘相公’。”

我讶然脱口道：“这却从何说起？”

欧阳修道：“今上已接受我辞呈，免去我参政之职，命我出知亳州。明日我便要离京了，所以适才去宝文阁，拜别仁宗皇帝。”

宝文阁内藏仁宗御书，亦供奉有其御容，仁宗朝臣子离京通常都会前来拜别。

欧阳修的事被台官闹得沸沸扬扬，我是知道的，此刻听他这样说，不免深感遗憾，道：“台官所言之事，今上已辨查其诬，贬黜构陷之人，相公为何仍要求去？”

欧阳修没有细说原因，仅应以寥寥一语：“我只是觉得累了。”

我闻之感慨，又联想到当年言官说他“盗甥”一事，遂叹道：“相公一生性直不避众怨，惜为言者所累。”

欧阳修听了展颜一笑，道：“我年少时曾请僧人相面，僧人说我‘耳白于面，名满天下；唇不着齿，无事得谤’，如今看来，这话倒是应验了。”

我听后仔细打量他，果然发现他耳朵比面部要白，“唇不着齿”外表倒看不出，不知是何意，我亦不好开口去问他，便只是微笑。

与我相对而笑须臾，他又敛去了笑容，对我正色道：“我这一生确实受‘风闻言事’所累，两次名誉受损，也弄得身心皆疲，苦不堪言，然而，我还是很庆幸，我的仕宦生涯是在这个言路开明的时代度过的。”

我一怔，开始品味他的话，而他继续说了下去：“台谏言事有效，上可防止国君滥用皇权，宰执独断专行，下可监察百官，肃清风纪，令奸佞腐败之徒无处藏身，不致政事败坏。而言者强调身居高位者的品行道德，乃至不容其有一点瑕疵，动辄上言论列，其实也是政治清明的表现，尽管在两派相争中，不矜细行，常被对方用作构陷定罪的借口。国朝台谏之中，固然也有利用职权以报私怨、伐除异己的小人，但更多的却是不畏权贵、不图私利、刚正敢言的君子。有他们在，夏竦那样的权臣不能一手遮天，温成那样的女宠没有祸国的机会，张尧佐那样的外戚难以借后宫之势鸡犬升天，而任守忠那样的奸佞内臣更无法弄权干政……风闻言事自然有其弊端，但总好过言路堵塞。若有朝一日，台谏形同虚设，国君恣意，为所欲为，以致女宠、近侍、外戚皆可典机密、干涉朝政，又或朝廷重臣独揽大权，不避亲嫌，以致一门尽为显官，驺仆亦至金紫，道德沦丧，风俗败坏，而言者又畏惧强权，既无法独立言事，又不敢指责身居高位者的过失，百姓纵有意见，亦不能明说，只能把对其供奉之人的不满化作满腹讥议，私下流传……那么，大宋也到了气数将尽的时候。”

此时他肃然回首，望望身后的宝文阁，目露感怀留恋之意，然后再道：“好在我遇到的君主仰惧天变，俯畏人言，严于律己，又并不乏辨识力，知人善任，礼贤下士，从谏如流，国家言路开明，所有人都受到言者监督，无人可肆意妄为、独断专行……所以，我很庆幸生在这个堪称海晏河清的时代……”

说到这里他略略停顿，着意看了看我，才又道：“虽然我们都曾被时代误伤。”

【玖】桃夭

无论是仁宗在世的最后一年，还是在英宗治下，公主皆随母亲居住，尽管宫外的公主宅内还有一位她名义上的夫君。但这种情况在赵顼即位后有了变化。

赵顼是公主钟爱的侄子，从小便与她相处融洽。即位后不久，他便把公主晋封为楚国大长公主，给予她的爵邑为当朝皇女之最。他对公主的态度令苗娘子忽然怀有了新的希望，几次找人代为劝说，想请皇帝允许他这位大姑姑与姑父离异，改嫁他人。但赵顼并不答应，当面正告公主母女：“仁祖当年复李玮驸马都尉之名，便是希望姑姑能继续做李家媳妇，尊人伦之妇顺，广天下之孝思，彰邦媛之贤，以仪我皇室。姑姑事仁祖纯孝，故愿遵父命，与李玮再续前缘，以笃外家之爱，如今岂可因仁祖上仙，便不顾遗训，而有改适他人之心？若姑姑执意如此，顼不敢阻止，但请姑姑三思，姑姑与姑父不谐，已使仁祖有遗恨，若再离绝李氏，仁祖泉下有知，又该如何痛心？”

公主默然，并不反驳，而赵顼又提出了一个要求：“姑姑既与李玮有夫妇之名，长居宫中总有不便，外人得知，亦有讥议。不如仍回公主宅居住，琴瑟相调，方为两宜。”

在他的极力劝说下，公主终于同意，按他的意思，回到了公主宅。而赵顼也随后宣布废除“尚主之家，例降昭穆一等”的规定，并正式下诏，要求以后公主下降都要行舅姑礼，如寻常人家新妇那般侍奉舅姑。

据说，在公主将要上车回本宅之时，赵顼曾向她欠身致歉，说：“对不起，姑姑。可是所有皇室中人都一样，既不能放纵自己的欲望，也不能回避自己的责任。”

有好事者把经过原原本本地告诉了我，一边说一边窥探我的表情，而我沉默地听着，面上波澜不兴，心里也没有他们期待的情绪驿动。因为我知道，对公主来说，结局早已注定。公主的花期已在她二十五岁时结束，凋零的花瓣栖身何处，其实已并不重要。

可想而知，她在公主宅与李玮过的是绝对“相敬如宾”的生活，他们彼此都受伤太重，破裂的关系他们也不会再尝试修复，能各自保持安静的状态便好。有一次我听一位画师说起他在李玮园中看见李家小公子，细问之下我得知，那是韵果儿所出，而公主并没有自己的孩子，当然，很可能永远都不会有。

每逢节庆，我都会去集英殿的宫墙下，看公主为我裁剪的花胜。她也从不失约，当天黎明即把花胜挂上桃花树梢，待我等到集英殿院门开启，进到院中的时候，那些越过墙头的彩缯花片早已迎着清风在枝头飞舞，像一群寻香的蝴蝶。

年复一年，都是如此。她回公主宅长居之后都没有放弃这个习惯，总会在节日前一天入宫，依旧于黎明时分挂上花胜。

有一年七夕，她不知为何来得晚了，我等到将近午时才见桃花枝头有花胜挂出，是挑在一根竹枝之上，伸到桃花树上挂好。

是公主亲自挂的么？我快步靠近宫墙，隐隐听见里面传来的环佩声。

我呆立在原地，看着那竹枝高低起伏，使一片片彩缯裁成的花朵绽放在花期已过的桃花树梢，久久难以移步。

“梁先生！”忽然有人从对面的秘阁处跑来，扬声唤我。

他的声音很大，我尚未收回的目光觉察到花树上方的竹枝颤了颤，然后带着枝头的花胜倒了下去。

来人已跑到我身边，我仓促地转身面对他，发现他是许久不见的白茂先。

他当年在公主夜叩宫门之后也遭到了处罚，被贬往前省书院做小黄门。后来英宗即位，几位年轻公主入禁中居住，缺少内臣服侍，小白便又被调到后省做事。

小白现在已长成了一位俊秀的青年，穿着内侍高品的公服，手中捧着一些卷轴，神采飞扬。

“不错，进阶了。”我含笑对他说。

他谦恭地朝我欠身，微笑道：“全仗先生教导。”

我与他寒暄几句，看看他手中的卷轴，又随口问：“这是什么？”

“公主在学飞白，要我来宝文阁取仁宗皇帝御书给她临摹。”小白回答。

公主？我有些讶异，但旋即明白了，他指的是他现在服侍的某位长公主，因他是在英宗朝入侍那位长主，所以现在还保留着原来的习惯，称她为公主——与我一样，他口中的公主就是指他心里眼里的公主一人。

“公主的飞白已经练得很好了，太皇太后也经常教她，说她很有灵气呢……”小白继续描述他的公主的情形，目中闪烁着从心底浮升而出的喜悦。

我惘然地看他，有一些不安的感觉。

他浑然不觉，又独自与我说了半天，仍忘了跟我解释那位公主是谁，仿佛认为这是普天之下的人都会知道的事。

最后他终于意识到时间问题：“哦，公主还在等我呢，我得走了。先生多保重！”

不待我回答，他便乐呵呵地捧着仁宗御书跑开了。我上前数步，本想唤住他，为他与公主的相处方式稍作提醒，但他已迅速消失在院门外。我默然止步，也想到或许我的劝诫不会起到任何作用。当年皇后与张先生何尝未提醒过我，但一切还是如此发生，无法逃避的是宿命的渊薮。[①]

回首再观桃花枝头，已不见竹枝探出。我本以为公主已离开，但伫立之下，却又听见越墙的微风送过一声若有若无的叹息。

我缓步上前，双手抚上深院粉墙，面朝她可能存在的方向。

也许她就在这面墙的后面；

也许她也正以手抚墙，探寻我所在的方向；

也许就在这一刻，我们手心相对，而彼此目光却在这红墙屏障两侧交错而过……

起风了，她会冷么？我伸出了手，她还能感觉到些许温度么？

---

① 注：白茂先于熙宁元年被贬逐出京城，此后言官上疏，重提四十岁以下内臣不得入闺阁之事。

……

我怆然仰面，望向浩渺天际。

秋水长空有彤云缥缈，今晚应可见烟霄微月，星河皎皎。但少的是金风玉露，多的是银汉迢迢，又有谁能伴在她身边，与她同品这银烛秋光，共渡那天阶微凉？

自那日以后，花胜挂出的时间越来越晚，我有不祥的预感，留意打听，才得知公主已有顽疾在身，常常胸口疼痛，体虚乏力，偶尔还会有晕厥现象。

每到节庆之时，她还是坚持回宫来挂花胜，我还是早早去等待，虽然可能会等到很晚，但无论如何，总能等到。

但，熙宁三年花朝节这天，我从黎明时分直等到将近黄昏时仍未见花胜出现在树梢，只有那满树的桃花，正对着春风开得喧嚣。

她一定是回了宫的，我还听人说，昨日最后进入宫城的是她的车辇。

而为何花胜始终不见？

我眼睛牢牢盯紧桃花枝头，那上方每一次的花枝摇曳都令我心跳加速，而事实证明，那只是春风开的一场又一场玩笑。

夜幕降临时，我终于等到了结果，墙头升起的不是彩色的花胜，而是刺目的白幡，层层叠叠的，像即将迎面盖下的白色巨浪。

一阵哀戚哭声从后宫传来，不久后宫中殿门开启，许多内臣奔走相告：楚国大长公主薨……

她死于我们分离后的第八年，熙宁三年的春天。

皇帝赵顼命人把她灵柩送回公主宅，然后亲幸其第临奠，哭之甚哀。

他追封公主为秦国大长公主，并命辅臣为她议谥，最后他亲自选定了“庄孝”二字，因为“主事仁祖孝”。

另外，他还把李玮贬到了陈州，公布于众的罪名是“奉主无状”。

【拾】双喜

熙宁三年，崔白再次步入阔别已久的翰林图画院，而这次，他的身份是图画院艺学。

此前皇帝赵顼要寻画师为垂拱殿屏风画一幅《夹竹海棠鹤图》，又嫌画院诸人画风呆板，流于程式，欲觅笔法有新意者执笔，太皇太后曹氏便向他推荐崔白，赞其画风不俗，于是赵顼召崔白入宫，与另外几位著名画师艾宣、丁贶、葛守昌共画这巨幅屏风。

完成之后，崔白所作部分为诸人之冠，皇帝龙颜大悦，当即下旨将崔白补为图画院艺学。而崔白一向洒脱疏逸，不想受画院约束，再三力辞求去，最后皇帝恩许其不必每日在画院供职，“非御前有旨，毋与其事”，崔白这才勉强接受，做了这画院高官。

如今的年轻天子与两位先帝不同，充满蓬勃朝气，从即位之初起便立志革新，以富国强兵，后来任王安石为相，大刀阔斧地变法度、易风俗，而画院格局也在他变革计划之内。故此，崔白如鱼得水，改变了近百年来画院较艺以黄筌父子笔法为程式的状况，令大宋画院进入了一个生机勃勃的全新时代。

自我回归画院后便几乎没有出宫的机会，在崔白重入画院之前我们未曾相见，久别重逢，我们格外欣喜，独处叙谈一番后，崔白取出了一卷画轴，双手递给我，道：“当年离开画院时我曾向怀吉承诺，要送你一幅画。这么多年来，我画过许多，但都没有觉得很满意、不辱君子清赏的。几年前总算画成一幅，稍可一观，如今便赠予怀吉，望贤弟笑纳。”

我谢过他，接过一看，见画的是郊野一隅，山坡上立有秋树竹枝几株、衰草数丛，一双山喜鹊斜飞入画面上方，雌鸟已立于残树枯枝上，在对着左下方一只蹲着的野兔鸣叫，而雄鸟尾随着它，正展翅飞来。

这是幅我前所未见的佳作，运用了多种技法：山喜鹊、竹叶、秋草是双钩填彩，笔法工谨细腻，而荆棘和部分树叶叶脉用的却是没骨法，晕染写意，不用墨笔立骨。树干笔意粗放，土坡线条是用淡墨纵情挥毫而成。那野兔皮毛更是一绝，并没有轮廓边线，也很难用某种特定的技法来形容，毛是一笔笔画出的，与真实皮毛一样，层次分明，长短不一，既有柔密细软的内层绒毛，也有粗直挺健的外层长毛，一根根描画细致至极，仿佛一伸手便可体会到那一片温软细密的触感。整幅画可说是集国朝众家之长，笔意粗细共存，却又能和谐相融，令人叹为观止。

然而，最令我惊讶的，是他对画中鸟兽神情的描绘。那只雌鸟体态玲珑，但俯身向下，对着野兔张翅示威时鸟喙大张，眼睛圆睁，表情愤怒至极，竟透着几分凄厉。它身后的雄鸟曳着长长的白色尾羽，身形漂亮，表情不像雌鸟那么愤怒，看上去有些惊讶，亦有点迷惘，虽在朝雌鸟飞去，但不像是要和它一起与野兔对抗，似乎还未想好下一步该怎么做。而那有着丰厚皮毛的野兔正回首仰望，愣怔着看朝它怒斥的雌鸟，右前爪不知所措地抬起，像是进退两难，不知如何是好。

我观察着画中景象，隐隐猜到崔白画中深意，而他也指着雌鸟从旁解释：“山喜鹊性机灵，喜群聚，有卫护自己所处领域的习性。若有外来者闯入，它们便会激烈地对其鸣叫示威。而这只野兔可能是经过山间时误入这一对山喜鹊的领域，雌鸟不满，所以愤怒地要逐它出去……”

我点点头，衔一抹浅淡笑意，最后把目光锁定在画面右侧的树干上，那里有崔白落款：“嘉祐辛丑年崔白笔。”

我把这幅《双喜图》悬挂在房中，常常沉默地凝视着，一看就是半晌，而那些前尘往事也随之浮现于脑海，明晰得如同只隔了一宿清梦。

数月之后，我决定把这幅画送入秘阁收藏，既是为了不再触摸那些旧日伤痕，也因为它太过精美，美得不像是我可以保留住的东西。

我这一生的阅历印满了各种各样美的痕迹：我见过辉煌的皇城，雅致的书画，精巧的玩物，以及这清明时代的美人如玉、江山如画……可是，他们都不属于我，我特殊的身份决定了我只能是这些美好事物的旁观者，我习惯去见证他们的存在，却不会试图去拥有。

送《双喜图》入秘阁那天是熙宁四年的花朝节，宫中人大多随帝后去宜春苑赏花了，殿宇之间空荡荡的，稀见人影。

走到集英殿外时，我侧首朝院中与后宫相连的宫墙处望了望。这是长年来形成的习惯，虽然刚一转头我便已想起，公主不在了，桃花枝头的花胜已有一年未见。

但这一回眸，结果全然在我意料之外——墙头的花树上有花胜，已挂上四五片，还有一根竹枝正颤巍巍地向上伸着，要把一片蝶形彩缯挂上去。

那一瞬我耳中轰鸣，完全僵立在原地，直视着那片挂上枝头的彩缯，身体不由自主地轻颤着，胸中痛得难以呼吸。

终于，多年来的禁忌被我彻底抛开，我迈步绕开宫墙，以惊人的速度穿过一重重有人或无人把守的殿门，朝后宫跑去。

只是一墙之隔的距离，真的绕过去却像是翻越了千山万水。直奔至精疲力竭、气喘吁吁，我才进到了阔别九年的后宫，看见了那株红墙后桃花树之下的景象。

一位十六七岁的少年负手立于桃花树前，着红梅色圆领窄袖襕衫，身姿挺拔，面容俊美，此刻正注视着面前的女孩，目中尽是和暖笑意。

而那女孩背对着我，身形看上去甚娇小，还梳着少女双鬟，应是十二三岁光景。她穿着柳色衣裙，正举着竹枝往桃花树上挂花胜，娇怯怯的，行动亦如弱柳扶风。

这次她的目标是花枝最高处，但她个头小，够了好几回都无法如愿将花胜挂上枝头。那少年看了笑道："我来帮你挂吧。"

女孩回首道："不要。苗娘子说，大姐姐每次都是自己亲手挂的。"

她这一转头，让我看见了一张酷似秋和的脸。刹那间我曾以为时光倒流，我又回到了多年以前，在仪凤阁中偶遇秋和的那一刻。一样的明眸皓齿，一样的语调轻软，只是这个女孩还要小些，比当年的秋和多了两分娇憨。

又听她提苗娘子和"大姐姐"，我旋即明白，她便是秋和的女儿朱朱，仁宗的十一公主，现在的封号是邠国大长公主。与她同母的九公主已于治平四年夭折。

再打量那少年似曾相识的眉目，我亦推测出他是当年的仲恪，现在已改名为赵頵的英宗四皇子。不久前，今上刚晋封他为嘉王。

见朱朱这样回答，赵頵一哂："谁让你那么矮！不要我出手我便回去，明年花朝节再来，你一定还在这里，够来够去还是够不着。"

他语气随意，全然不像是对姑姑说话，两人相处的样子倒似兄妹一般。

朱朱听了他这话竟也不生气，侧首想了想，忽然对他招了招手："过来。"

赵頵问："干什么？"

朱朱指了指足下地面："你过来给我垫垫脚。"

赵頵摆首道："让亲王做这等事，真是岂有此理！我不去。"

朱朱嘟起嘴，佯装恼怒："我是你姑姑！"

赵頵笑道："什么姑姑，明明是猪猪。"

话虽如此说，他却还是朝朱朱走了过去，俯身弯腰，果真让朱朱去踩他的背。

朱朱一手扶着墙，另一持竹枝的手摁着赵頵的肩，小心翼翼地踏上他背部，然后晃悠悠地站起来，又把花胜朝最高的枝头挂去，一边挂一边说："你要是不听我的话，我就告诉王姑娘和庞姑娘'我的毛'的事……"

赵頵伏在地上应道："她们跟我有何相干？"

朱朱道："不相干么？那为什么上次太后特意召她们入宫赏花？"

赵頵答道："她是要为二哥选新夫人，可不关我的事。"

朱朱又问："不关你事，那你那天巴巴地跑去找她们说什么话？"

赵頵唇角一挑，勾出一抹狡黠笑意："我是跟她们说，下次不妨跟邠国大长公主去玉津园看射弓，那里除了珍禽异兽、外邦使臣，还有很多值得看的人，例如曹……"

他话未说完朱朱已是大惊，脚一滑，从赵頵背上跌落，连人带竹枝一齐摔倒在地上。

赵顼忙翻身起来伸手去扶她，我默默地在一棵槐树后看了许久，此刻也疾步过去，与赵顼一起把朱朱搀了起来。

赵顼与朱朱打量着我，都有些诧异。

我感觉到自己现身得突兀，当即行礼致歉，请大长公主恕我唐突，然后低首告退，缓步退至宫院门边。

当我转身时，朱朱开口唤住了我："老人家，请等等。"

她对我的称呼令我有一瞬的失神——老人家？

这年我四十岁，已经成她眼中的老人了么？

似回答这个问题一般，我垂目窥见了地面上自己的影子，弯腰驼背，确实如耄耋老者。

朱朱走到我面前，递给我一卷画轴："这是你刚才扶我时从袖子里掉出来的。"

我双手接过，躬身谢她。她怜悯地看着我，忽然退下手腕上的玉镯，又唤来赵顼，扯下他腰悬的玉佩，然后全塞在我手中。

我怔怔地，不知该做何反应。而赵顼大概以为我是有顾虑，便对我鼓励地微笑："收下吧，这是大长公主赏你的。"

我没有多话，只是颔首，恭谨地道谢，把玉镯和玉佩收入怀中，又再次告退。

将要出门时，我回头再看了看那一双年轻美丽的孩子，他们又在那里说笑着挂花胜，头上金阳摇漾，周围晴丝袅绕，彩缯与桃花对舞春风，时见落英飘零如雨。

我默然垂首，捧着《双喜图》一步步走出这春意盎然的深院，芳菲正盛的桃源。有内侍赶来，关闭了我身后的门，将这一片缱绻红尘锁于我遗失的空间，而我也没有回顾，只是继续前行，漠然踏上目标未定的归途。

渐行渐远，适才少年的笑语已自耳畔隐去，而远处有教坊乐声隐约传来，是三五位女子清按宫商，在唱一首凄婉的歌：

"相误，桃源路，万里苍苍烟水暮。留君不住君须去，秋月春风闲度。桃花零乱如红雨，人面不知何处。"

2008年11月27日完稿于广州

番外篇 沈郎归

【壹】投毒

香橼子看见沈遘的时候，他正在西湖边的书院中小憩。

这日沈遘旧友王安石自京中来，途经杭州，他召集杭州文人雅士与安石接风，请他们在书院内吟咏唱和，自己却偷闲来到湖畔花厅中，斜躺于藤榻上，面朝厅外十里风荷，枕着一席诗书闭目眠。天地间莲叶田田，烟波画船，歌诗联翩，似与他无关。睫毛的阴影，微翘的唇角，显露着他对此间风物主人般熟稔之下的轻慢。

他有美好的眉目，却与香橼子记忆中金明池畔榜眼郎的模样若即若离。她提着食盒进来，悄然驻足凝视良久，才开口唤他“沈知州”。

他徐徐睁眼看她，一丝淡淡的疑惑稍纵即逝，隐于眸中，他迤迤然起身，一展广袖坐直，眉宇间有若在公堂之上的镇静与从容。

香橼子施礼道：“奴家陈氏，名引香。暮云姐已归家筹备婚事，厨房执事说以后知州饮食果子便由奴家接掌。今日天热，奴家做了冰雪甘草汤和生淹水木瓜给知州送来，还望知州尝尝，稍解暑气。”

言罢打开食盒，将冷饮甜品一一取出奉上。沈遘接过，两种都闻了闻，问道：“这两日我饮食用水似与往日不同，略含香气，都是你做的？”

香橼子答道：“是。奴家用竹叶、稻叶、樟树叶或橘子叶淘净晾干翻炒，加水煮开，晾凉后滤净水入瓦罐，吊至深井中冷透，再用来制饮品是最清爽不过的了，很利于消暑。”

“这是东京熟水的制法吧？”沈遘又问，“姑娘是开封府人？”

“不，奴家祖籍杭州。”香橼子立即否认，略一踟蹰，又稍加解释，“只是在东京住过几年。”

沈遘笑笑，不再追问，径直取了一碗冰雪甘草汤，在她注视下饮尽。

“你给我喝的是什么？”一月后，沈遘问香橼子，冷肃的神情，苍白的脸，目中有寒光掠过。

香橼子冷冷一笑：“冰雪甘草汤、雪泡豆儿水、凉水荔枝膏、冰雪冷元子……都是知州爱吃的应季冷饮。”

“用的都是那有香草味的东京熟水？”沈遘语调轻缓，须臾猛地挥袖一拂，桌上水注子啷当落地。

“近日我整日头晕目眩，精神不振，甚至四肢乏力，频频呕吐。看了几位医师都找不出病因，幸而遇见一位高僧，观我面色便问是否饮食有异。我这才想起你那熟水，取来给高僧看，他验出其中除了你说的竹叶、稻叶、樟树叶、橘子叶，还有几味草药，配在一起便是阴毒的药物，长期服用，会中毒身亡。你每日在我饮用水中小剂量添加此物，是欲神不知鬼不觉地置我于死地吧？”

香橼子沉默不语。沈遘又道：“你隐姓埋名，潜入知州官邸，做厨中侍女大半年才获得如今下毒的机会，可谓处心积虑。而我与你素无冤仇，你这般害我，是受何人指使？”略一停顿，见她依然不答，不由得唇角微勾，直唤她真名，“香橼子！”

这名字令她悚然一惊，迅速举目看他。

她的反应在他意料之中。注视她的眸光似一把利刃，直刺到她心里去：“我知道你姓袁，曾是兖国公主的侍女，公主给你取名叫香橼子。”

她下意识追问：“你何时知道的？”

他一哂：“你犯了这么大的事，我当然会把你查得清清楚楚。”

那么，他还是记不得她的……香橼子松了口气，旋即却有一丝惆怅无法遏止地浮上心头。

她恢复了镇静神情，亦不畏惧地直视他眼睛："知州既已查清我底细，又何必再问我原因。我家破人亡，沦落至这般田地，皆拜知州所赐，知州岂会不知？"

沈遘屏息坐直，说出了他的答案："是为任康敖？"

沈遘出身于钱塘沈氏，自吴越国起，至国朝大宋，沈氏皆有人入朝为官，可谓世代簪缨之家。沈遘年少时循荫补制度做了个名为"郊社斋郎"的小官。但国朝推崇读书人，满朝朱紫，多数是科举出身的书生，非进士出身不能得美职，靠荫补出仕的人前途有限，且常被进士出身的同僚讥笑。因此，皇祐元年，二十二岁的沈遘放弃官职，锁厅而去，参加贡举。

殿试之后，试官与皇帝选定的进士第一人原本是沈遘，却有大臣指出，沈遘以前做过荫补的官，根据惯例，"已官者不得先多士"，不能点他做状元，于是，皇帝钦点冯京为状元，沈遘成了当年的榜眼。

此后沈遘先是通判江宁府，期满回京，参加入馆阁的召试，他选择试策论，写了篇《本治论》。皇帝阅后大为赞赏，道："近来献文者动辄写诗赋，却不如此文实在可用。"沈遘遂顺利进入馆阁，除集贤校理，不久后又像状元冯京那样，得以修起居注，又迁知制诰。怎奈后来父亲沈扶犯了点事，他便自求补外，先知越州，后徙杭州。

一日沈遘召杭州官吏春宴望湖楼。此时杭州民众无不知钱塘沈郎大名，听说他设宴于楼上，凡往来乘骑者，到望湖楼前都会下马步行而过，以示敬意。唯有一位士人例外，骑着一匹高头大马，大剌剌地骤辔扬鞭从望湖楼前走过。

沈遘在楼上看见，问此人身份，有人答说："是名士任康敖，善吟咏，有才名，所作《薄媚》曾在城中传唱一时，世人皆知。因此心气甚高，自觉下一科的状元就是他了，故而常有狂妄之举。"

沈遘当即拍案，命将任康敖抓住押于楼下，且让人取来笔墨，当场写下判词："今日相逢沈紫微，休吟薄媚与崔徽。蟾宫此去三千里，且作风尘一布衣。"

写罢掷笔，命兵卒将任康敖推出去，于楼下就地处决。

"你杀的，不仅仅是任康敖。"香橼子道，"我蒙兖国公主恩典，得以归家侍奉双亲。父母带我回故乡杭州，一是为安享晚年，一是为一心愿：杭州人杰地灵，望能在此为我觅一位才士为夫婿，将来封妻荫子，光耀门楣。"

沈遘嗤笑：“最后他们找到的是任康敖。”

“是。”香橼子怒目瞪沈遘，切齿道，“那天任康敖刚到我家下了聘礼，一时愉悦，走至望湖楼忘记下马，虽然轻狂，但何至于死？”

沈遘淡然道：“且不论他是否该杀，你先把此后之事说完。”

忆及当年事，香橼子心中一恸，不由得落下泪来：“任康敖死后，他家人悲痛之余受小人挑拨，觉得是我八字克夫，为他招来杀身之祸，便召集族人到我家大闹，索回聘礼，打砸一番，还指名骂我克夫。我父亲原有心悸之症，受此惊吓冤枉，当天病发，弃我母女而去。我母亲思念父亲，又见我背负克夫罪名再无人提亲，于是终日悲泣，不出半年也郁郁而亡。”

沈遘了然：“所以你将这一切都归咎于我。”

“不是么？”香橼子冷道，“沈知州如此草菅人命，罔顾大宋律法，胡乱判决，导致两户人家遭此大祸，难道不该为此付出代价？”

“你外公曾是杭州名医，想必你此后钻研他留下的药典，找到了那慢性毒药的配方。”沈遘说出自己的推测，香橼子不置可否，沈遘又问，“但你既做过兖国公主侍女，想必有通天的本事，何不返京向公主和今上告我。如此私下毒手，却不怕事败丢了性命么？”

“父母不在，我已了无生趣，活着已是苟且偷生，岂会顾惜这条性命？”香橼子道，“何况，公主和官家为家事所困，已心力交瘁，我怎可再以此事相求？如今事败，要杀要剐悉听尊便，我领受便是。”

“死很容易，我不会那样便宜你。”沈遘微微一笑，“会有更适合你的惩罚，你要不要活着看看？”

【贰】弦微

沈遘并未对香橼子做任何责罚，反而令她做侍女，终日随侍在侧，只是不再吃她做的饮食。香橼子猜不到他有何打算，而再要算计他却也是没机会也没把握，只要他清亮的双眸朝她一转，她便觉得自己成了个透明人，整副心肠尽入他眼底。

沈遘习惯晨起处理公事，到中午事毕，便出门与宾旧往来，从容燕笑。自从停服有毒之水后，他像是迅速恢复了健康，看上去总是神采奕奕、精力充沛的样子。

一日午后，沈遘带香橼子来到一处粉墙黛瓦的小院。刚至门前，便听其中有丝竹之声传出，进入院中，见一女子背对他们，主弹琵琶且唱曲，身旁有乐伎相和，对面则有数名舞姬扬袖作舞，听那歌者唱至“翛然一榻枕书卧，直到日斜骑马归”，众舞姬咯咯地笑了起来，舞姿也歪歪斜斜不成样子。

旁观的沈遘亦不禁笑了，扬声问：“这词谁写的？似乎大有深意。”

众人忙上前施礼。唱歌的女子放下琵琶敛衽道：“这词是王安石学士在知州回府后写的，旁观者都说有趣，特意誊录了送来，要我谱曲日后唱给知州听。奴家斗胆，今日在此排练，还望知州恕罪。”

她声音轻软温柔，十分悦耳，身姿也苗条曼妙，却蒙着一块深色面纱，把眼睛以下的面容遮得严严实实。

香橼子留意细看，见这女子露出的双目晶莹，顾盼间秋水潋滟，颇有风情，仅看这半面已知必是位大美人，可惜两眉间有一道凸起的疤痕，且色素沉着，虽已用脂粉和面花尽量掩饰，还是能被一眼看出，由此可推测，她双颊上一定也有类似伤痕，才以面纱遮掩。

“你若知罪，还会听人唆摆编这曲来讥笑我？”沈遘笑道。

那女子低首解释，意态温婉：“知州，王学士这词并非讥讽呢。意指知州闲时跃马扬鞭，与友人过从燕集，其间枕书小憩，黄昏引马归家，待到清晨却又能神采飞扬，落笔如风雨，连判数百纸，惩恶扬善。所以此词明贬暗褒，实为盛赞知州有魏晋风度，乃真名士。”

沈遘拊掌道：“阮娘子才是真行首。寻遍杭州城再也找不出第二朵你这般聪慧伶俐的解语花。”旋即命阮娘子带众乐伎舞姬继续排练，自己坐在一旁饶有兴味地看至日暮，才和香橼子回去。

“她脸上的伤……”香橼子踟蹰良久，终于忍不住问沈遘。一个歌喉容姿皆美，又如此善解人意的女子，不知遇何等变故，竟遭致毁容之灾。

“她叫阮弦微，曾是杭州城中最有身价的名妓。”沈遘道，“当年她与一位士人相恋，那人薄有才名，性情却暴戾至极。弦微难以忍受，疏远那人，意欲断绝关系。结果那人用利刃在她脸上连割数刀，并用墨汁涂抹，将她彻底毁容。弦微将此事诉之州府，前任知州却以‘惜才’为由不追究行凶者刑责。此后弦微门前冷落，被迫当街卖唱为生。一次卖唱中途因容貌之事遭到路人奚落，她在街头痛哭，我那日上任，碰巧遇见，问明缘由之后稍加安置，见她歌舞技艺出众，便让她来如今的乐坊做了行首，教导乐伎。”

细思此事及沈遘提及那士人时暗含不屑的语调，香橼子渐感不安，心里有了一个隐约的猜测，再将询问的目光投向沈遘。

沈遘坦然与她对视：“不错，那人就是任康敖。”

香橼子以前一直以为沈遘杀任康敖是有妒才的私心，未承想有阮弦微毁容案这一缘由。此事以前未有人向她提过，或是媒妁及亲友中的知情者刻意隐瞒。每每思及此处，香橼子愤懑之余也略感庆幸：未婚夫暴戾至此，若无沈遘这一变故，自己当真嫁给他，日后不惬他意，沦为第二个阮弦微亦未可知。

对沈遘的心结由此稍解，渐渐地开始觉出他的优点来。例如他虽不常看书，记忆力却比常人好许多，写文章引经据典，长于议论。他不爱填艳词，但作的诗则清俊流逸，不染俗韵。他吏事精敏，断案如神，且对杭州百姓怀有一颗父母心：若贫民之家死了人无钱安葬，他便给以公钱；孤女无嫁妆不能成婚，他也会同样接济；若有倡优收良家女为养女，他知道后会立即命人把孩子夺回来交还给其父母……

既对他印象改观，香橼子服侍他也比以前认真，添香加衣，点茶伴读都颇用心。有次沈遘秉烛夜读，香橼子在侧陪伴，终感困倦，头一点一点地打瞌睡，忽闻沈遘唤了一声她的名字，她陡然惊觉，抬眼见沈遘正在看她，顿时大窘，红着脸站起，问：“知州有何吩咐？”

“嗯，我渴了。”沈遘微笑着，轻声道，“可以为我做一碗雪泡豆儿水么？”

这是她投毒事发后他首次提出要她做饮食。她怔怔地站立了半晌才回过神来，强抑住上涌的泪意，低首道：“现在夜深，喝雪泡豆儿水太凉，易伤脾胃。绿豆汤厨房有，我为知州加些百合，热一碗来吧。”

此后香橼子重新料理沈遘饮食。她原在宫中学过厨艺，做的菜已比寻常厨师精致美味，如今更为上心，四处寻名厨菜谱钻研，变了法儿做给沈遘吃，可以一两月不重样。而沈遘也再不疑心，她给什么便吃什么，从不试毒，菜合口味总不忘夸赞两句，此时二人往往相视而笑，彼此目光都有类似家人的温情。

【叁】判决

他们第一次争执源于沈遘的某个判决。

沈遘姿容俊美，却性情刚毅，明于吏治，锐于惩恶，对待罪犯绝不姑息，一概从严惩处，有“玉面阎罗”之称。在杭州他大袖一展，独当一面，判决不依据大宋律法定轻重，罪犯案情稍有不善，他便将其刺配为卒。他知杭州短短两年，受刺者便达数百人。

一日沈遘在官邸写判词，香橼子磨墨时瞥了几眼，发现判词提到罪犯年仅十一，而沈遘的判决竟然是‘处斩’，不由得一惊，问沈遘：“这孩子才十一岁，尚不懂事，就算犯了大错也不应以成人刑罚施于他身上，不若请人严加监管，善以教导，让他悔过自新。”

沈遘嗤之以鼻：“十一岁很小么？我十一岁时什么道理都懂了。这小孩父母年前生一幼子，他见父母对幼弟百般呵护，对他关爱稍减，便心生嫉恨，趁父母不在时痛殴弟弟，最终用石头将弟弟砸死，这种恶行是可以用‘错误’来轻描淡写的么？小小年纪已这般狠毒，若待成年，不知会如何凶残，不如现在就处决，不给他祸国殃民的机会。”

香橼子道：“若成人犯下如此重罪，确实按律当诛，但这孩子年幼，对是非善恶尚无足够辨识力，就如一块可塑的泥，之前被人捏歪了，焉知将来不会被好工匠重塑成良品？”

沈遘只是摆首：“你长于深宫，身边都是妇人阉宦，难怪话中全是妇人之仁。”

见他对自己视如至亲的宫中故人不敬，语气有凌蔑之意，香橼子不禁恼怒，冷笑道：“官家也是长于深宫，身边都是你所说的‘妇人阉宦’，他待人和蔼温厚，常教导我们待人要宽容，以德报怨……这也是妇人之仁？且知州判决，理应依据皇帝颁布的律法，却不知如今处决小童，是依据哪条律法？”

沈遘有片刻的沉默，然后道：“皇帝对子民胸怀大爱，我重典法制，正是为了肃清宵小恶贼，让治下之人，均配得上他的大爱。”

话虽如此，他还是重新提笔，把处斩一语改成了刺配。旋即一叹：“以德报怨虽好，却总有许多坏掉的人心，永远也体会不到你予他的德。”

香橼子仍觉刺配过重，又争道：“在他脸上刺字，岂非以后让所有人都知道他犯过重罪？他还这么小……”

“这一次，你没有讨价还价的余地。”沈遘打断她，“有一种人，生性冷酷，视人命如蝼蚁，嗜血滥杀，且无所畏惧，不会愧疚，难以教化。那个小孩，杀害弟弟后竟能与人谈笑自若，饮食如常，言行镇静，殊无人性。在他脸上刺字，就是要让所有遇见的人都知道他的危险，不要因他年纪小就失去防备之心，让他再次作恶。”

香橼子万万没料到，下次被沈遘做出刺配判决的人，竟与她有关。

任康敖的几位亲眷找到她，对她连连下拜，先是自己批颊痛悔当年大闹袁家之事，然后说沈知州日前下令拘捕了她们多位家人，有男有女，今日判词公布，全是刺配。不知为何重判至此，她们听说香橼子如今是知州跟前红人，所以前来相求，望香橼子多加通融，请知州从轻判罚。

香橼子去问沈遘，沈遘淡然道：“他们中的主犯近日散布流言，毁人清誉，逼死一位守节的寡妇。我查办此案，顺带连你家那桩案子一起办了，就多拘了几个人。”

“又全是刺配？”香橼子道，“他们毕竟没有提着刀子去杀人，严惩其中主犯即可。现在牵连这么多人，且处罚过重，会惹人非议，我也于心不安。”

沈遘忽地笑了：“我当初也没提着刀子去杀你家人，你却想杀我。”

香橼子一时语塞，想起往事，又羞又恼，沈遘偏还靠近她，在她烧红的耳根边低声问：“若我死了，你会心安么？”

香橼子疾走几步远离他，咬牙回首道：“以前的事，我不想再提。我对知州而言，只是一过客，如今恩怨两讫，愿知州以后的任何判决，都不再与我有关。”

【肆】玉簪

经此二事，香橼子与沈遘不再如往日亲近，虽仍每日相对，却寡言少语，颇有生分之意。

在与沈遘相处最融洽时，香橼子曾想过此后半生都与他相伴，不再离开，而今这般情形，再念及前途，只觉天地茫茫，不知该往何处栖身。

西湖以西的灵隐寺香火鼎盛，相传求签许愿最是灵验。某日有府中侍女相邀，香橼子亦有意求签解惑，便随她同去。

求签之前同伴笑问她欲求何事，香橼子摆首不答，同伴打趣道：“不说我也知道，一定是姻缘。”

两人嗔怨笑闹间，同伴却忽然指着香橼子发际惊问：“你的玉簪子怎么不见了？”

香橼子伸手一摸，果然玉簪已不知去向。

“路上我还见过呢，一定是刚才落的，咱们仔细找找，应该能找到。”同伴劝慰道。

二人遍寻殿内均未见簪子。少顷听闻殿外人声喧哗，似有骚乱，二人匆忙出去观望，但见一个衣衫破旧的少年被两名家丁模样的壮士押着，跪在一位三十岁左右的文士面前。这人香橼子颇觉面善，须臾想起，是西溪主簿周源，既是沈遘的下属亦是他同乡，两人过从甚密，香橼子亦曾在宴集中见过。

家丁正在斥责那少年，说他有眼不识泰山，竟连主簿的玉佩都敢偷。少年所偷赃物已被搜出呈于主簿面前，其中有玉佩，也有香橼子的玉簪。玉佩细白油润，是上好的羊脂玉雕成，就连宫中也未多见。

那少年十四五岁光景，骨瘦如柴，垂首不敢见人，全身瑟瑟发抖，应是恐惧至极。

家丁请示周源，是否将他押往州府。少年一听即大哭求饶："请主簿高抬贵手，饶小人一次，小人再也不敢了……"

言罢挣脱家丁掌控，朝周源砰砰地叩头，说只因母亲病重，无钱治疗，才一时糊涂偷人什物。以后愿给主簿做牛做马皆可，只求别送他去州府。

香橼子与同伴相顾，眼中均有笑意，知道他是怕由沈遘判罚，不死也得脱层皮。

"你窃取他人财物，本应受罚，"此时周源开口道，"但念你有几分孝心，这次姑且作罢，把偷窃的财物送归失主，便回去照顾你母亲吧。"

少年大喜，又连磕几个头，一骨碌地爬起，先双手奉还主簿玉佩，再拾起玉簪，环顾周围众人，发现香橼子，忙跑至她面前又是鞠躬又是道歉地奉上簪子。

香橼子却摆首道："簪子送你吧，好歹换几个钱，给你母亲治病。"

少年一愣，旋即朝香橼子下跪，拜谢她恩德。

香橼子催他速归家照顾母亲，他连声答应，转身再拜主簿，然后准备离开，周源却又唤住了他，取了些钱递给他，且嘱他去哪家医馆报周源之名寻哪位医师去为母亲看病。少年感动不已，再次泣谢主簿。主簿亲自送他出去，又谆谆教导几句方才止步。

待少年身影远去，周源回首，正撞上香橼子探视的目光，他像是认出了她，微笑着欠身一揖。

香橼子亦敛衽还礼，但觉此人真好风度，今日之事若换沈遘，一定不信少年是为救母，依他行事作风，不知又该是怎样一场风雨。

半月后有自称城西首饰铺撷云坊使女的女子来找香橼子，说香橼子上次定制的簪子已造好，如约送来。香橼子并未在撷云坊订过首饰，传话欲回绝，那人却道大概香橼子忘记了，首饰一见即知。香橼子便许她进来。那女子四顾无人，遂打开锦盒给香橼子看："这是娘子半月前在灵隐寺遇见的先生依照娘子那支旧簪的样式定制的，望娘子笑纳。"

那果然是香橼子赠予灵隐寺窃物少年簪子的形制，但材质已换成了与周源玉佩相似的上等羊脂玉，价值百倍于香橼子之前那支。

香橼子心知此物必为周源所赠，立即扣上锦盒命使女退回，那使女却道："我只是受命送货，定制人地址我并不知，要退也不知该退往哪里。娘子既认识他，便请娘子自己退给他吧。"

言毕搁下锦盒，飞快离去。

香橼子默然，一时不知该如何处置，亦不解周源为何赠簪。须臾再度打开盒子，见里面藏有一素笺，录着一行小字：“许是前生错过，相逢莫问因果。斜簪云鬓，漫绾青丝，闲挑胭脂，皆可。”

【伍】遣嫁

书斋灯下，沈遘审阅下月获赠公钱筹备嫁妆的孤女名单，忽侧首问侍立的香橼子：“香橼子，你今年多大了？”

香橼子颇感尴尬，好一会儿才答：“二十三。”

沈遘温和地对她微笑：“那我把你列入这名单？除了公钱，我再为你备一些嫁妆……”

他温柔的建议似利剑般切割着她不设防的心，香橼子好想把自己扔进窗外秋天的雨夜，这样便不必强忍那两泊几欲奔流的泪。

“我，嫁给谁？”半晌后，她木然道。

“我以为，你有意中人。”沈遘依然保持着那抹浅淡笑意，说，“例如，送你簪子那位。”

他竟然知道了赠簪之事，或许，这就是他要遣嫁她的原因？

香橼子冷冷地牵出唇边的弧度：“他的确是个不错的人。”

“他有夫人，你嫁过去只能为侧室。”

“我不介意。”

“那我明天请他过来商议，择一吉日……”

“不必择日，若他同意，我明日就随他回去。”

他没有挽留她，次日果然召周源来，说明香橼子之事。周源大惊，百般推辞，沈遘执意坚持，让人备轿子连同细软若干送香橼子入周源宅第。

周源见事已至此，只好将香橼子接入自己在西湖边的别墅，一处叠山理水、花木葳蕤的园林。香橼子信步走走，但见湖石精巧，间有飞瀑，曲院连回廊，大有移步换景之妙。最美是园中临湖湾畔，眼前万顷碧波，近看千叶芙蕖，远观白堤垂柳，人往岸边一站，顿觉整个西湖都是自家的了。

周源再见香橼子，两人都有些不自在，两厢问候之后便无他话。香橼子怕他留宿，先暗示他身体不适，周源立即心领神会，说今夜宿于前院，不扰娘子休养，便匆匆告辞了。

晚膳时周源命侍女送来满桌珍馐，其中有一盘竟是当季湖蟹，个大膏肥，蒸得红艳艳的，煞是好看。但沈遘知杭州之初就曾颁布法令，为培育西湖水产，三年禁捕湖中鱼鳖，螃蟹也在之列。香橼子忆及此事颇疑惑，问侍女为何有此物，侍女说："这些螃蟹是自己爬进咱们园子篱笆里的，主簿说它们自投罗网，是天赐的，可以捉来吃。"

言罢侍女劝香橼子品尝，香橼子婉言谢绝，推说自己吃不得这些寒凉之物，让她撤下，还给周源。

翌日，周源依礼带香橼子回州府拜谢沈遘。沈遘远远迎出，言笑晏晏地朝周源一拱手，问："昨夜吃的螃蟹可美味么？"

香橼子早知沈遘有若干耳目，为他打探巷陌消息，是以相关案情他纤悉即知，很快就能做出判决。却未承想他情报之广有至于此，连周源在自己家中偷吃螃蟹都能迅速知晓，难怪玉簪之事瞒不过他。

而周源赠玉簪一直令香橼子费解。他"许是前生错过"一语貌似对她有意，但入园这几日她在周源言谈举止中感觉不到爱慕之情。再经沈遘点破食蟹之事后，周源更如惊弓之鸟，对香橼子只是锦衣玉食地供着，却不再见她。

他一定以为是她告密的吧，香橼子想。却也并不在乎，事实上她很满意他疏远她的现状。只是想起沈遘，难免觉得烦恼。这个人几度左右了她的命运，令她纷繁困扰，有怨有怒，却再也恨不起来。

闲时香橼子和侍女聊天，得知周源除在钱塘老家的夫人外还有五位妾室，分别住在他西溪、龙井、萧山、满觉陇、凤凰山的宅子中，"但娘子天仙般人才，主簿显然更喜欢，所以让娘子住在最美的西湖园子里。"侍女不忘恭维香橼子。

香橼子略笑笑，没有应对，心想周源只是小小的从九品主簿，为何竟能在这些风光绝佳之处均置下宅第。

一日周源二娘子发帖相邀，说请众姐妹去她西溪园子里赏菊。香橼子应邀前往，园子门前下轿，见另一娘子乘着牛车也刚到。车停后驾车的小厮麻利地跳下，跪地躬身请那周身珠玉的娘子踩着他的背下车。

香橼子但觉那小厮像是哪里见过，仔细一看，辨出竟是那日灵隐寺偷她簪子的少年。而那少年与她打一照面，立即转身低首，远远避开。

香橼子越发疑惑，着意问侍女那娘子和小厮是谁。侍女道："是满觉陇的五娘子，那小厮是服侍她的李禄儿。"

"李禄儿是新近找来的么？"香橼子问。

“不是。”侍女说，“他是主簿纳五娘子时买来的，算起来有三年了。”

香橼子把盛着玉簪的锦盒推到沈遘面前：“所以，周源设计了灵隐寺‘巧遇’，送我这个，是为了贿赂我吧？”

沈遘笑而不语，少顷才道：“当你有些权力的时候会发现，你和身边人经历的‘巧遇’会越来越多，而各种贵重礼物也会以各种意想不到的途径送到你手里。”

香橼子点点头：“他本意是想买通我做他眼线，跟他说你的动向。却不料你一眼识破，顺势把我送到他家中，令他措手不及，进退两难。”

“他无异于自掘坟墓。”沈遘道，“想必你这些日子的见闻，又可为他的贪腐补充新罪状了吧？”

香橼子不答。他开启锦盒取素笺，念出上面的字：“许是前生错过，相逢莫问因果。斜簪云鬓，漫绾青丝，闲挑胭脂，皆可。”

不屑地笑笑，他提笔在那素笺上续道：“原是今生犯错，相逢才有因果。琢簪美玉，品蟹西湖，藏娇金屋，呵呵。”

【陆】真相

不久后周源贪腐事发，被查处严办。香橼子早已离开他西湖小园，却也不愿再回知州府邸，请求回父母故居居住。沈遘挽留，见她执意如此，亦只好准她所请，放她归家。

香橼子拒绝了沈遘的财物赠予，守着自己家中几亩薄田，针黹女红度日，再不听人议婚，心如止水地生活着。直到一日，乐坊行首阮弦微叩开了她的门。

“沈知州病重，想见见你。”

香橼子一惊，忙问是什么病。阮弦微道：“他近日主持杭州凿井工程，引西湖水入城，方便百姓。日夜不休，最终病倒。还跟上次一样，头晕目眩，胸闷呕吐。药饵无效，他便又把以前为他看病的高僧文捷大师请来。大师说，上次余毒未清，将如附骨之疽，待他操劳过甚时便会发作。”

香橼子追问文捷大师可有良方诊治，阮弦微摇摇头：“他说此毒药理精妙，他也化解不了。”

香橼子思忖须臾，对阮弦微说：“我会继续研读药典，遍寻名医，若觅到能给知州治病的良药，便烦劳阮娘子给他送去。”

“姑娘何不亲自送去？”阮弦微问。

香橼子道：“回去无非再做他的棋子，总是被他掌控在手中。”

“你还在介意周源之事？”阮弦微叹道，“以沈知州的睿智，若无十分把握让你全身而退，怎会送你到周源家中？”

香橼子不语，阮弦微又道：“你的倔强，周源的多疑，他都心知肚明，知道你不会受损，才出此招。而你若不亲自看看周源家中情形，异日查处周源，恐怕难免疑心是沈知州挟私报复。”

这话香橼子想来亦觉有理，未加辩驳。阮弦微再劝她回知州府，她仍摆首：“知州吏事精敏，锄治奸蠹卓有成效，我自是钦佩。但他手段过于冷硬，有时难免牵连无辜，连我家也因此蒙难……每每想起当年事，总觉与他之间有屏障，难以逾越。”

“你家之事，知州跟我说过……”阮弦微徐徐伸手到香橼子眼前，褪袖子至手臂处，让她看上面阡陌纵横的伤痕。

“跟任康敖在一起的时候，他打骂我是常态。毁容之前我的手足身体被他鞭笞、刀割、火烧已经很多次，现在你看到的只是很少的一部分。打骂我之后，他往往又会抱着我痛哭悔悟，说再也不这样了。于是我都容忍了，一次次地告诉自己，这是最后一次，只要我原谅他，他会好起来的。但是，最后……”

阮弦微揭开面纱。香橼子看见了一张可怖至极的曾经的美女的脸，有些陈年刀疤像咧开的嘴，呈现着诡异的笑容，有些带着缝合的痕迹，却留下黑褐的色泽，像多足的蜈蚣。左右交织，几乎面无完肤。

“当年知州杀了他，我念及旧情，也曾为他落泪。知州告诉我，此人屡教不改，是无心向善了，更可怕的是还有才气。现在他还未得志，就已经为非作歹至此，倘若异日出仕为官，便如虎生翼，难以控制了。如今若不除之，将来必为民患……你在公主身边长大，目光所及，无不美好，以前难知人间疾苦。知州却生于关系盘根错节的大家族，从小就面对各种争斗，所以看人很准。他的原配夫人当年莫名其妙亡于钱塘家中，也不知是被家人还是仇人所害，于是他看待事物习惯先从坏处想……他亦自知这些年锐于惩恶，树敌过多，因此适度地疏远你，其实也是保护你。”

“你说知州手段冷硬，容易牵连无辜。但仔细想想，受牵连的人，当真无辜么？”阮弦微最后道，“真正无辜的良善之辈，哪怕误伤了他，他也不过一笑而过……对你，就是这样。”

【柒】同车

香橼子仍未回去看沈遘。以前是心存芥蒂，如今想起往事，倒是内疚更多。

她亦如承诺那般，终日钻研要药典，寻访名医，尝试配一剂剂的解毒药，每每自己先尝过，确保不会伤身，才请人给沈遘送去。

一日煎好一剂新药，捧起欲试饮，身后却有人伸手夺过药碗，道："当自己是神农么？在这里勇尝百草。"

她回首看清来人，一时不辨悲喜，泪先滚落而出。

沈遘引袖为她拭泪，她哽咽着问："你怎么来了？"

"有两件事。首先是来告诉你，你煎的药太难喝了，别送了，再喝我不保证能活到明年春天。"

"那你的病好了么？"

"无大碍，觉得难受时就找来难决词状，连判数百纸，气色立马好转。"

她破涕为笑："第二件事呢？"

"通知你收拾行李，随我赴京上任。"

她睁大眼睛："你高升了？"

他笑道："今上下旨，命我知开封府，加龙图阁学士。"

她连称"恭喜"，忽又想起自己，赧然道："但是，我为何要随你同去？"

"你毒害我之事尚未了结。"沈遘正色道，"带你在身边，若有不妥，可随时抓起来治罪。"顿了顿，又道，"还有，记不记得，很多年前你曾给我下过咒语，将我束缚住了？"

"咒语？"香橼子愕然。

他微笑，目光落在她脸上似春风拂面："皇祐元年，金明池上路……"

呀，他竟然记得！香橼子又羞又喜，双手捂住了脸，不敢再看他。

皇祐元年，是他进士及第那年。皇帝赐闻喜宴，榜眼沈遘和其余绿衣郎沿金明池畔的大道去琼林苑，恰逢皇后与公主车驾，香橼子亦在车队之中，与众宫女一起窥帘看新科进士，且耳语点评。

当时大多宫女目光都被状元冯京吸引，皇后也赐花冯京。香橼子坐的车较靠后，褰帘看不到状元，不由得着急，干脆将头从车窗中探出，头上的绢花却被窗棂碰落了。

这时有一个悦耳的男声从身侧不远处传来，带着香橼子熟悉的江南口音："那位姑娘的绢花掉了，请帮她拾起来吧。"

香橼子转首回顾，看见了着榜眼冠戴的沈遘，弱冠少年，风姿殊秀，正以目示意侍从花落之处。

她喜悦地盯着他上下打量，他亦朝她欠身微笑。

"香橼子，到我这边来，这里可以看到状元。"同车的嘉庆子让她与她换位，从另一侧看冯京。

“不，你快看这边。”香橼子急急地拉嘉庆子，“看榜眼郎，榜眼郎是我家的！”

她原意是榜眼乃江南人，是她同乡，但匆匆说出的话显然有歧义，惹得周遭女伴一阵大笑，她害羞地拍打嘉庆子，倒没留意他是否听见，是何表情。

长大后与沈遘重逢，两人均未提此事，她只道他忘记了，却不料他此刻说出，令她猝不及防。

“我记得的。当年你才十岁左右吧？可在杭州我一见就认出你了。你那句话这些年来我时不时也会想起。”沈遘轻拥她入怀，“这是将我们后半生维系在一起的咒语。”

沈遘启程赴京那天，杭州城百姓夹道送行，一壁称颂沈知州惠民德政，一壁掩泪挽留，沈遘不断回礼拜别，迁延再三才得登车。

“你对待百姓真是好呢，温和得就像杭州的春天。”与他同车的香橼子说。

“嗯，面对奸猾之徒，是不是冷酷如冬天？”沈遘问。

香橼子拊掌笑：“对！是寒冬腊月还不生火的杭州冬天。”眨眨眼睛，她继续延伸，“对朋友呢，就像天高云淡、平湖秋月的秋天了。”

“君子之交。”沈遘点点头，“那么杭州的酷暑又是对谁呢？”他又笑问，“那种闷死人的热度，是对娘子么？”

“非也非也。”香橼子猛摇头，“唯有你对吏治、断案的热爱，才能与杭州酷暑相比拟！”

两人一齐笑。这时忽又闻后方传来一阵呼声，是一群少妇齐声唤“沈知州”，多数手中还抱着一两岁的孩子，跟在车后快步追赶。

香橼子褰帘，瞧着这不寻常的景象蹙起了眉头。

“不是你想的那样。”沈遘镇定地解释。

香橼子脸微红：“我想什么了？”

沈遘朗声笑，命车停下，下来面对那些少妇。

众女纷纷上前拜谢：“多谢沈知州为我等孤女置嫁妆、择良人，才使我等终身有靠，儿女绕膝。今日特带孩子来拜谢知州，祝知州平步青云，寿考绵鸿，百子千孙，永享福泽。”

沈知州长揖回礼，众女又携孩子再三拜谢，待沈遘上车后仍亦步亦趋跟着，良久不散。

沈遘笑对香橼子：“现在明白了吧？”

香橼子啐道："我又没有误会，你无须解释。"

"必须解释，否则某人又要暗自纠结，甚至默默消失。"沈遘道。

"你怕我离开？"香橼子悄然抑住浮升上来的笑意。

"嗯，的确担心。"沈遘做沉吟状，"……这年头，要找一个做菜合我口味的人，挺难的。"

"原来你只把我当厨娘！"香橼子伸手猛捶他几下，而他只是笑，并不躲闪。

香橼子看着他明亮的笑颜，又想起了皇祐元年那一幕：弱冠之年的绿衣郎信步琼林苑，倚马金明池，她窥帘看见，笑对嘉庆子说："这榜眼郎是我家的！"

……

她轻轻拥住沈遘手臂，将逐渐绽开的笑容当作此刻最大的秘密，深埋进他温暖的衣袖中。

《沈郎归》完

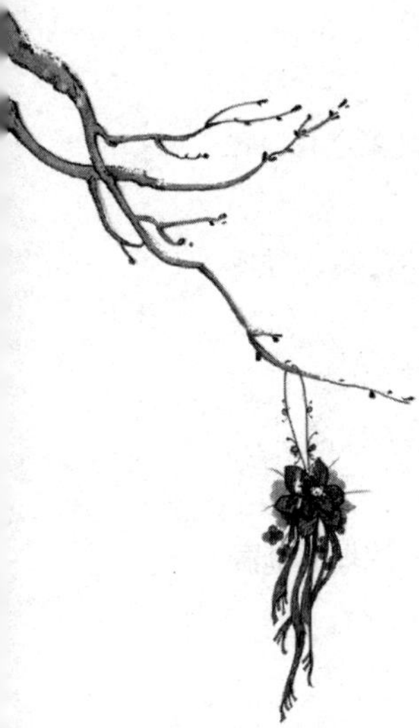

番外篇

醉花阴

【壹】新娘

隔着一重红绡纱幕，他看见她坐在妆台前，十七八女儿，长裙曳地，背对着他，正伸手去摘头上的珠翠团冠。

所着的红素罗大袖衣右侧袖口因此滑落至手肘处，她露出一段戴着细缕金素钏的皓腕。那钏儿约有八九只，每一只都很纤细，随着她取发簪的动作悠悠地晃，发出细细碎碎的清亮响声，而她引臂的姿势异常柔软优美，纤长的手指轻点头上珠翠，仿若天鹅回颈梳羽。

终于摘下那隆重的头冠，透过面前铜镜，她看见他身影，于是回眸，静静地注视着他。

纱幕把她身边龙凤香烛的焰影晕开，使之焕发出七彩的光，映亮了她已洗却铅华的素颜。她目若寒星，下颌微扬，没有盛大发饰的拥簇，光洁的脖颈显得格外细长美好。这种回顾的姿态亦强调了她清晰的五官侧面，清绝秀雅，未及走近，仿佛已可闻见她袖底发际飘散的芝兰芬芳。

后来他回想平生所见的新娘，其实她并非最美的那个，偏偏这一回首，那足以堪破世道人心的清澈眼波在他身上一旋，便成了他毕生难以忘却的记忆。

他完全没料到所见的景象会是这样。片刻之前，他先是听见表哥一声惊呼，然后看见那位新郎自洞房中狂奔而出，逾墙逃走[①]，因此他本以为，房中端坐的，若非妖魔鬼怪，至少也是个无盐嫫母。

彼时他十一岁，父亲去世，母亲的表姐把他们接到京师小住，多赠财物，有接济之意。其间表哥李植娶亲，母亲因他尚处于行服期，不便观礼，便让他在后院回避了一日。晚间新人入洞房，宾客大多散去后，他才敢出来，在园中月下透透气。

然后，便听见了不远处表哥的惊叫。

这真是件怪异的事。他按捺不住好奇心，悄悄移步朝新房内探去，边走边想，表哥出身于官宦世家，现在是宫中侍禁，见过世面，亦有胆识，却不知这新娘有何等异状，竟令他惊吓至此。

但竟然是这样。

那优雅的新娘端详他须臾，随即起身，款款朝他走来，一褰纱幕，毫无阻隔地出现在他面前。

“小弟弟，你也是李家的公子么？”她很温和地问，看他的眼神是极友善的。

他摇头，垂目看她黄罗销金裙上绣着的瑞云芝草，说：“我姓冯。”

“那么，”她微笑着，很礼貌地询问，“你可以带我出去么，冯小弟？”

“你要去哪里？”他问。

“回家。”她明确作答，解释道，“先前有盖头遮面，我不识路。你带我至门边就好。”

她是要逃回娘家么？他想，于是迟疑着问：“是后门么？”

“哦，不。”她笑而摆首，“是大门。”

新郎逾墙逃走，新娘要公开地从大门回娘家，大概没有人想到这场婚事会是这般结果吧？他前一日还亲眼看着家中长辈热火朝天地筹备婚礼，且听见李植父母在向母亲憧憬将来含饴弄孙的情景。

隐隐觉得向表哥的新娘指引回娘家的路有些不妥，可是，当目光触上她那双剪水双眸，他便觉得她一切要求都是合理的。

---

① 注：京兆李植，字化光，观察使士衡之孙。自少年好道，不乐婚宦。初，为侍禁，约婚慈圣。既娶，迎入门，见鬼神千万在其前。植惊走，逾墙避之。后时即还父母家。

——《默记》

带她至正厅堂前时，遇见了李植的父母及喜宴上几位未散的宾客。她不紧不迫，从容举手加额，拜别这对仅做了半日的舅姑，道："阿翁，阿姑，李郎自云少年好道，不乐婚宦，希望退婚，现已舍新妇而去。新妇不敢有碍李郎修道，就此归家侍奉父母，望翁姑应允谅解。"

言讫，她不待舅姑回答即已平身，裙裾一旋，在满座惊愕目光注视下朝正门走去。

他快行数步，跟着她出门。

此刻门外已停着一辆都中仕女常乘的牛车，驭车的是位翩翩少年，肤白貌美，头发是奇异的绀青色，表情恬淡宁和。见到新娘，少年双目微微一亮，当即下车前来相扶。

而车上有人褰帘，一位俏丽的小姑娘探首出来，十五六光景，眉眼盈盈，顾盼神飞。

"曹姐姐！"她带笑唤新娘，连连招手示意新娘上车。

新娘答应了一声，却未立即过去。伸手于袖中，她取下一只金钏，再递给身边的孩子："给你的，冯小弟。"

他摆首，略略退后："我不要。"

她并不收回手中的礼品："可是你帮了我，我想谢谢你。"

他想想，道："那么，你记住我的名字吧。"

"好。"她浅笑应承，和言道，"敢问公子尊讳？"

"我姓冯名京。"他回答，还稍微提高了声音，"京畿的京。"

"嗯，幸会。"见他答得如此认真，她不由得莞尔，而在他凝视她笑颜时，她悄然拉过他一只手，把那金钏套上他手腕，然后轻移莲步，在那少年扶持下上车，适才被小姑娘褰开的帘幕复又垂下，少年御车扬鞭，牛车启行，渐渐远去。

此刻府中有人追出来，凝望她车后烟尘，欲言又止，唯有叹息："这般性情……毕竟是将门虎女。"

他听说过，新娘系出名门，是大宋开国元勋曹彬的孙女。

在周遭一片叹息声中，他垂下衣袖，蔽住了手腕上的金钏。

指尖回探，他悄无声息地轻触着那一圈陌生的金属品——那里似乎还残存着她手中余温——竟有点庆幸她今晚没有成为表哥的新娘。

【贰】幽影

画船载绮罗，春水碧于天，冯京穿着州学生的白襕春衫，步履轻缓地走过暖风十里江南路。

有一小小的白色球状物自旁边绣楼上坠下，不轻不重地打在他幞头上。他凝眸看，发现是一枚这季节少见的、早熟的荔枝，被精心地剥去了果壳，滚落在地上，兀自闪动着晶莹水色。

举目朝上方望去，见楼上栏杆后倚着一位螓首娥眉的美人，四目相触，她盈盈一笑，引纨扇蔽面，略略退了开去。

面前小桥流水，耳畔弦管笙歌，他这才想到，今日路过的又是一径章台路。他亦不躲避，微挑眉角，朝那秦楼楚馆中的行首呈出了一抹温情款款的笑容。

这时他年方弱冠，暂别居于江夏的母亲，游学余杭。在这被文人墨客反复讴歌的烟雨江南，诗书孔孟不会是生活的全部，除了郡亭枕上看潮头，更有吴娃双舞醉芙蓉，若不随同舍去薄游里巷，访云寻雨，倒会落得为人耻笑。似这般神女有心，含情掷果的事亦常有发生，他也是从那些足可满载而归的水果中意识到，原来自己有副得天独厚的好皮相。

情爱之事上，他也算是略有天赋，很快学会用眼神做俘虏芳心的利器，也明白什么样的微笑才是恰到好处，威力无穷。因此，在这风月情场，倒是频频告捷，与他有过巫山之约的烟花女子不算多，但每位皆是个中翘楚。

他是个靠领州县学钱粮度日的学生，平日尚须卖些字画贴补用度，因此那些名妓不肯收他银钱，只请他为她们作诗填词为谢。

如今这位“铜雀春”的行首乔韵奴也是这样，先就与他声明，只求诗一首为缠头之资。但枕席之间，他随身携带的金钏被她窥见，她拈起仔细打量，笑道：“冯郎这个金钏就赐予奴家吧。”

他当即从她手里夺回，直言道：“不可！”

乔韵奴一怔，复又笑开：“奴家只是想取个冯郎身边物，留作念想，却不知那是个多贵重的宝贝，冯郎这般重视，不愿与人。”

他把幞头上镶的碧玉摘下，递与乔韵奴：“姐姐若不弃，就留下这个吧。”

那也是他身上最值钱的东西。乔韵奴接过看看，笑道：“冯郎这生意可做亏了。那金钏虽好，但分量太轻，没这块玉贵重。”

他淡淡一笑：“原是因那金钏轻了，才不肯给姐姐的。”

从“铜雀春”出来，莫可名状地觉得烦闷。冯京上了一水边酒楼，单点一壶酒，临窗独酌。

不自觉地，他取出那只金钏，像往常那样，一手持了，轻轻抚摩。

一别数年，不知这金钏的主人后来做了谁家新妇。他怅然想，以另一手斟酒、举杯、饮尽、再斟，一杯复一杯，浑然不知长日将尽。

很快有人注意到他，窃窃私语："那就是乔行首看上的穷小子……"

忽有一人冷笑，扬声说："果然是个吃软饭的小白脸！"

冯京侧目一睨，见说这话的是一名着公服的胥吏。听这几人语意，想必是欲接近乔韵奴而不得的了。遂懒得搭理，他再斟满杯中酒，继续独饮。

那人却无意放过他，盯着他手中的金钏，又高声道："还好意思拿着女人首饰炫耀，也不知是从哪个粉头手里骗来……"

话音未落，只听"嘭"的一声闷响，胥吏脸上已挨了一下重击，直直地仰面倒下。

胥吏撑坐起来，见冯京立于他面前，冷面视他，那双对男子来说太过美丽的眼睛中闪过一道肃杀之光。

胥吏不寒而栗，舌头也变得不太利索："快、快把他，拿、拿下！"

这一拳的代价是十天的自由。冯京被拘捕入县衙牢狱中，十天后才获释放。

回到寓居的径山寺，管事的僧人前来告之："近日寺中不便再留人住宿，还请冯秀才尽快收拾行李，明天便搬出去吧。"

他一蹙眉："是我给的香火钱不足么？"

僧人摆手，连说不是，却又不肯解释原因。冯京想找几文钱给他，希望略为通融，怎奈囊中空空，所有银钱已被狱卒搜刮干净。

此后一日，僧人屡次前来催促。冯京无奈之下只好收拾行李，准备离开此地。临行前看看这居住数月的冷清斗室，不免感叹世态炎凉，竟至无处栖身，遂提笔，在寺壁上题诗一首："韩信栖迟项羽穷，手提长剑喝秋风。吁嗟天下苍生眼，不识男儿未济中。"

在县城里奔波一整天，才找到个肯收留他的同学生员，寻得一陋室借宿。

不想数日后，那曾拘他入狱的胥吏竟来学馆找他，客气地称他"冯秀才"，略显尴尬地说县令有请。

他颇感讶异，但亦应邀前往。

余杭县令请他入席，把酒言欢，嘘寒问暖，甚是殷勤。席间县令听他谈吐，越发赞叹，乃至半真半假地笑道："苟富贵，毋相忘。"

冯京觉出此中必有内情，遂着意试探，而县令亦于酒酣之余道出实情："京中有贵人来，去径山寺烧香还愿，见了你题在墙上的诗，向僧人询问你的情况，然后说：'这冯秀才如今虽然甚贫穷，但观他所留诗，可知其胸中自有丘壑，他日必贵显。’”

冯京问贵人是谁，县令却又警觉，支吾遮掩过去，并不回答。

宴罢县令说已为他另寻了一处妥当住所，明日即可入住，且赠钱数缗，差人好生送他回去。

这钱冯京倒是很快派上了用场。借着贿赂下山购买什物的相熟僧人，他打听到，那到寺中烧香的贵人是位京中来的贵夫人，这几日宿于寺中，但具体身份，那僧人也说不知。

见他流露好奇神色，僧人道：“你可别想去看！那夫人不知什么来头，一到寺中，县令就派了许多卒子前去把守，把寺围了个圈，闲杂人等根本无法入内。”

冯京笑笑，又把一缗钱推至僧人面前。

他换得了一身僧袍，又戴了个僧帽，扮作寺中和尚，于晚间混入径山寺中。

那夫人身份想必真是非同寻常，门外守卫森严，门内亦在她可能经过的路上设了帷幕，寺中普通僧众皆不得入内。

冯京入寺时，那夫人在正殿中行祝祷之礼，他避至帷幕后墙边一隅。仪式结束，夫人起身，他迅速上前，靠近那蔽住她所行道路的帷幕。

夫人徐徐向前走，幕中明灯高悬，将她的影子清晰地映在了那层防人探视的布帛上。

他在光线晦暗的帷幕外，随她影子缓缓移动，亦步亦趋。

帷幕上呈现的，是她侧面的身影：五官轮廓秀美，头发高绾，以一样式简洁的冠子束着，露出的脖颈细长美好，她下颔微扬，从容移步，姿态高雅……

眼前所见身影与他深处记忆渐趋吻合，他但觉双耳轰鸣，甚难呼吸，意识好似也在随着跳跃的焰火轻飘飘地晃。

隔着这层薄薄的帷幕，她继续前行，他继续跟随，举步无声，心跳的节奏却开始加速，他甚至有些害怕幕中之人会听见这出自他胸中的不安的声音。

他的心终至狂跳，在仍萦绕于院内的诵经声和木鱼声中。他好几次想一把扯下帷幕，确认心底的猜测，但还是强忍下来，最后，当她走至两道帷幕接驳处，他才以微微颤抖着的手指掀起布帛一边，目光朝内探去。

那些所有若隐若现、难以言说的期盼与情愫，随着这一瞥尘埃落定。他垂手跪倒于她看不见的帷幕之后，在光影流转间，寂寂无声地流着泪微笑。

果然是她。

他闭上了眼睛，心里却豁然开朗——纵然被天下苍生漠视、轻慢又何妨？只要她知道他，懂得他，那被他供奉于心中明镜台上的永远的新娘。

【叁】梦泽

大袖迎风，巾带飞扬，冯京气喘未已，却不稍作停歇，沿着水岸疾奔，追上远处那艘飘向水云间的龙舟画船，是他模糊的目标。

从僧人那里得知她乘舟北上的时间，本以为自己可以淡然处之，他特意于那时邀了两位好友，寻了一酒醇景美处，对饮行令，吟诗作词，原是笑语不断，醺醺然斜倚危栏，似乎忘却了与她有关之事。偏偏这时有歌伎从旁弹起了琵琶，曼声唱道："吴山青，越山青，两岸青山相对迎，谁知离别情？君泪盈，妾泪盈，罗带同心结未成，江边潮已平。"

江边潮已平。

他笑容凝结，他心绪紊乱，怀中的金钏温度似陡然升高，炙灼着他心脏近处。

那个世间最懂得他的女子就要再次离开他了。此番一别，横亘于他们之间的漫漫光阴，会否又是一个十年？又或者，他将再也见不到她？

他蓦地站起，未向朋友解释一字，便向船行处奔去。

她所乘的楼船已然起航，他便循着船前行的方向在岸边狂奔。所欲何为？他扶醉而行，未及多想，只是竭力跑着，以最快的速度缩短与她之间的距离。

后裾拂过岸上沅芷醴兰，布履触及水中参差荇菜，拨开重重蒹葭芦荻，任凭衣衫为白露浸润，他甚至涉水而行，溯洄从之，她却依然渐行渐远，慢慢漂往水中央。

看着那一痕画船载着她和这年他所感知的明亮春景，一齐消失在烟波尽处，他终于颓然倒地，躺在荻草柳花深处，迷惘地看了看在他眼底褪色的碧宇青天，筋疲力尽地沉沉睡去。

再次稍有知觉时，已蛙声一片，月上柳梢。有人提了灯笼靠近他，以灯映亮他的脸。

冯京蹙了蹙眉，用手略作遮挡，微微睁开惺忪睡眼，依稀辨出处于自己面前的是一女子身影。

是她么？他模糊地想，欲再看清楚些，但灯光刺眼，且体内残醉阵阵袭来，昏昏沉沉的，连抬起眼睑都成了困难的事。

白露沾衣，寒意彻骨。他觉得冷，继而隐隐约约地品出了此间的荒凉与孤寂，不由得伸手向那光源处，像是欲抓住那团橙黄的暖色。

那女子此刻正俯身仔细打量他，靠得颇近，以致他可以感觉到她的气息触及他脸庞，是一种清甜的少女香。

他伸出的手抓住了她提灯笼的手腕，她的皮肤光滑细腻，且有他需要的暖意。他顿时发力一拉，那女子一声惊叫，灯笼落地熄灭，她跌倒在他怀中。

他紧搂着她，既像是借她取暖，又像是想把她锁于怀中。她拼命反抗，挣扎得好似一只陷入捕兽夹的鹿。这激烈的举动和他腹中残存的醇酒一起，奇异地激起了他的欲望。他体肤燥热，血脉贲张，侧身将她压倒，她并不屈服，用尽全力想推开他起来，便这样两厢纠缠着滚落在荻花丛中，惊飞了两三只栖息于近处的鸥鹭。

鸟儿扑簌簌展翅而飞的声音令那女子有一瞬的愣怔，而此刻冯京已搂住了她的头颈纤腰，低首在她的脸上眨了眨眼，让睫毛轻柔地在她面颊上来回拂过。

她如罹电殛，浑身一颤，停止了所有动作，束手就擒。

他的唇滑过她光洁的脸，品取她丰润双唇上的女儿香，再一路吻至她肩颈处。轻轻含住那里的一片肌肤，唇齿厮磨，他合上的眼睛仿佛看见了七色光，红绡纱幕后，有女子淡淡回眸，天鹅般优雅的姿态，袖底发际散发着芝兰芬芳。

【肆】沅沅

她似乎有十七八岁，但也可能是十五六岁。

她身段匀称，姿态一如长成少女般美好，但眼睛却一清如水，神情举止犹带孩子气，又好似不比豆蔻年华的小女子大多少。

她肤质细腻，但并不白皙，应是常在外行走，被阳光镀上了一层近似蜜糖的颜色。

她的肌肤密实光滑，唯手心粗糙，生着厚厚的茧，可能常干重活。

她有一头乌黑的长发，但很随意地胡乱绾了两个鬟，现在看上去毛毛糙糙的，有好几缕发丝散落下来了。

她穿的衣裳很粗陋，质地厚重，颜色暗旧，并不太合身，大概是用别人的旧衣改裁的。

她没有穿鞋，光着脚坐在地上，连脚踝也露出来了，那里的皮肤有几处蚊虫叮咬过的痕迹。

她显然是个贫家女，但这好像并不妨碍她快乐地生活。此刻她手持着几支抽了穗的芦苇，正忽左忽右地挥打周围的蚊蝇，口中还轻轻地哼唱着歌谣。

貌似昨夜的事也没影响到她的好心情。如果她是个如青楼女子一样的人，这自然不足为奇，可是……她此前分明还是处子之身。

这也是令清醒之后的冯京倍感尴尬和愧疚的原因。所以他虽早已醒来，却还是没有立即坐起与她说话，还保持着安睡的姿势，眼睛只略睁开条缝，借着逐渐明亮开来的晨光悄悄打量这个被他冒犯的姑娘。

她似乎，好像，并未因此厌恶他。因为她挥赶的蚊蝇，有一大半是他身边的。

一只细小的蚊虫落在他下颔上，她那芦苇拂尘立即杀到，芦穗从他鼻端掠过，冯京忍不住打了个喷嚏。

不得不睁开眼，即撞上她闪亮的眸光。

“你醒了？”她俯身问，大大的眼睛里甚至有喜悦之意。

他只好坐起，低首，好半天不敢看她。沉默良久，才道：“请问姑娘芳名。”

“嗯？”她愕然，并没有回答。

于是他换了种说法：“你叫什么名字？”

“哦。”她明白了，笑着回答，“我姓王，名字叫元元。”

“怎么写呢？”他很礼貌地欠身请教。

“写？”她瞠目，惊讶地盯着他，好似听见了一个不可思议的问题，然后笑出声来，“不知道！我一个字也不会写。”

“那么，”他再问，“你的家人为什么会给你取这个名字呢？”

她很快地给出了答案：“因为我爹喜欢元宝——虽然他从来没摸到过一锭真的。”

如此说来，她的名字是“元元”了。冯京思忖着，拾起一根树枝，在地上写下了这两个字。

那姑娘看着，问他：“我的名字就是这样写么？”

他没有立即回答，举目看面前烟云碧水，随即又在每个字左侧加了三点水。

“沅沅。”他轻声念着，对她道，“以后你的名字就这样写吧。”

她很高兴地以手指轻轻碰触那湿润土地上的字迹，一笔一笔地顺着笔画学。然后也问他的名字，他告诉她，也写了，她便继续学，带着微笑，口中念念有词：“冯……京……京……”

仅就相貌而言，她算不上美人，但这天真烂漫的神态却极可爱。冯京默不作声地看着，心下越发懊恼。

“对不起。”他垂目，诚恳地道歉。

她一愣，旋即意识到他所指的事，停下手中动作，脸也不禁红了。

他思量许久，终于下了决心，取出怀中金钏递给她：“这个给你。”

他想对她稍作补偿，而这是他目前所有最珍贵的东西。

她迟疑着，没有伸手接过：“你是要给我钱么？”

“不。”他当即否认，想了想，说，“这是给你的礼物。”

她这才欣然收下，把金钏戴在了手腕上。

他一时又无言，茫然四顾，见近处水边泊着一叶扁舟，便问沅沅：“你是乘船来的么？家住这附近？”

“是呀，我家就在二里外的莲花坞。”她说，像是忽然想起了什么，又继续说，“对了，昨天我打渔回来，在上游遇见一艘好大的船，有两层，上面好多仙女一样的姐姐……有人叫住我，问我是不是往这个方向来，我说是，一位夫人就从舱中出来，命人取了些钱给我，说在船上看见有位秀才追着船跑了许久，现在离县城已远，恐怕回去不太方便，让我顺道载他回学馆。我就沿途寻找，天黑了才发现你躺在这里……你是她说的那位秀才么？”

冯京不语，目光长久地停留在沅沅如今戴着的金钏上，半晌后才黯然移开，答道：“不是。”

“哦……”沅沅点点头，忽又一拍手站起来，笑道，“不管是不是，你也该回去了吧？来，坐我的船，我载你。”

上船后她拒绝了他的帮助，引棹划桨姿势纯熟，载着他朝城里渡去。

她身姿并不高大粗蛮，但刺棹穿芦荻，意态轻松闲适。他坐在船头，踟蹰半晌，终于忍不住问她：“昨晚……你为何不推开我？”

“推了呀！”她睁着一双黑白分明的眼睛，说出此间事实，“本来我一直在推……”

他赧然低首，差点一头扎进身侧清流碧渊。

掩饰性地轻咳两声，他又低声问：“我是说，最后……”

如果她坚持抗拒，他亦不可能用强。

这个问题令她颇费思量。轻蹙着眉头望天须臾，她还是没找到答案，后来只迷惘地说：“我也不知道……”

“你以后会来看我么？”离别时，沅沅这样问。

他不敢给她承诺，仅淡淡笑了笑。

她亦很乖巧，默默转身离去，没有再问。

数日后，冯京收拾行囊，离开了余杭，回到江夏的母亲身边。

他没有在江夏找到期盼的平静。无论面对书本还是闭上眼睛，余杭的一切都好似历历在目，时而是帷幕后的影子，时而是水岸边的沅沅。他开始薄游里巷，纵饮不羁，却仍难以抹去那反复掠过心头的一幕幕影像。

母亲因此常忧心忡忡地看着他，不时摇头叹息。

“京哥儿该寻个媳妇了。”邻居的婶子见状了然地笑，对冯夫人说。

此后多日，冯家的主要宾客便是说亲的媒人。最后冯京不堪其烦，向母亲请求再度出行。

“这次你想去哪里呢？”冯夫人问。

冯京也屡次问过自己这个问题，像是不由自主地，他最终选择的目的地还是余杭。

去莲花坞找沅沅，原本只是想看她一眼。

但一开始，从他问到的本地人眼神和口吻里，便觉出一点异处。

“王沅沅？”他们通常是重复着他所说的名字，然后上下打量着他，露出一丝暧昧的笑意，才向他指出沅沅的居处。

当他看见沅沅时，她正抡了根船桨，从她家茅草房中冲出来，恶狠狠地追打两名贼眉鼠眼的男子。

她追上了一个跑得慢的，“啪”的一声，船桨结结实实地击在那人腿上。

她把船桨往地上重重一顿，手腕上的金钏随着这动作晃动，在阳光下熠熠生辉。“再敢找上门来说些不干不净的话，老娘见一个打一双！”她倒竖着眉头，扬声宣布。

被打之人连声呻吟，一瘸一拐地继续跑，一边跑着，却还不忘回头骂她：“肚子里怀着不知道爹是谁的野种，还有脸装三贞九烈！”

冯京讶然，着意看沅沅腹部，才发现那里确实微微隆起，她应是有身孕了。

沅沅闻言也不予争辩，探二指入口，响亮地吹了个口哨，立即有条黑犬从屋后奔出。沅沅一指前方那人，命道：“咬他！”

黑犬应声追去，那人一声惨叫，抱头疾奔。

沅沅得意地笑笑，提着船桨准备回屋，岂料这一转身，整个人便全然愣住，僵立在原地，无法再移步。

冯京立于她面前，微笑着唤她：“沅沅。”

她没有答应。默默地看他片刻，一只手局促地抚上了凸显的腹部。

他留意到，小心翼翼地问：“我的？”

她犹豫了许久，终于点了点头。

他敛容肃立，好一阵没再说话。她两眉微蹙，一会儿低头看他足尖，一会儿又不安地掠他一眼，可怜兮兮的，像是在问：“你不相信？”

“令尊……”他终于又再开口，才说出此二字，立即又改了口，“你爹爹，在家么？”

“他出门打渔去了。”沅沅回答。

“哦……可以告诉我他的名字么？”

“王阿六。”

“那你翁翁叫什么？”

“王有财。”

“你公公呢？”

“王富贵……你问这么清楚干什么？”沅沅警觉地反问，“他们欠你钱了么？”

“嗯，不是……这叫‘问名’，提亲之初，理应叙三代名讳。”冯京解释，对她呈出温柔笑意，“沅沅，我想娶你。”

她难以置信地瞪着他，须臾，忽然放声痛哭。

从来没有这般大的姑娘在他面前像孩子一样地哭泣。他慌得手足无措，忙牵她回到屋里，好言劝慰许久，她才略略止住。

然后，她什么话也没说，只是睁大那双犹带泪痕的眼睛热烈地看他。

“为何这样看我？”他微笑问她，“我脸上有元宝么？”

“没有。”她认认真真地回答，“可是，你比元宝好看多了。”

【伍】新妇

冯夫人最后勉强允许沅沅进门，完全是看在她腹中孩子的分上。迎亲之前，她一想起沅沅低贱的家世就摇头叹息，不时抹泪，而过门后的沅沅也每每有惊人之举：一大清早就不见人影，临近中午时回来，捧着一盆在河边洗完的衣服；赤足在院中跑来跑去扫地晾衣服，渴了便奔到井边吊起一桶水仰面就喝；为捉一只逃跑的鸡可以爬到屋顶上去……

冯夫人为此委婉地劝她，她却浑然不晓有何不妥，例如劝她穿鞋，她爽朗地一摆手：“没事，地不凉！”劝她别喝生水，她则说：“煮过的水没那么甜，就别浪费柴火了。”

后来冯夫人搬出小孩来耐心跟她解释，说这样做对孩子不好，她才一一改了。

此外她还有许多坏习惯，诸如喝汤太大声，偶尔说粗话之类，常让冯氏母子看得面面相觑，无言以对。

不过，她有个最大的优点：她真诚地爱着她的丈夫和婆母，并且不吝于表达。

为了让冯京和冯夫人觉得开心，她愿意为他们做任何事，虽然往往做过了头：为冯京磨墨会让墨汁飞溅到他脸上，为婆母捏肩捶背会疼得冯夫人暗暗朝儿子使眼色，示意他让沅沅停止……

“沅沅是个好孩子。”后来冯夫人私下跟冯京说，叹叹气，“虽然有一些坏毛病，但，你慢慢教她，让她改过来就是了。”

冯京很高兴母亲终于肯接纳沅沅，逐步去教沅沅改正以前的习惯，而她也确实在认真地学，不过，总有一些内容是屡教不改的，比如她对他的称呼。

大概因为冯京一开始告诉她的就是他的大名，她后来对他便直呼其名，无论有人没人，见了他都会立即欢欢喜喜地唤：“京！”

“你不应该这样称呼我，”冯京也曾向她说明，“妻子不能直呼其夫之名。你称我‘夫君’‘郎君’，或我的字‘当世’都可以，就是别再叫我‘京’了。”

“当世？”她仿佛听见了一个大笑话，立即哈哈地笑起来，那乐不可支的样子看得冯京也生平第一次对自己的字有所怀疑，反复琢磨其中是否真有可笑之处。

而她的理由只是：“你这小名太难听了。”

经冯京强烈要求，她终于答应不再当众称他为“京”，但后来事实证明，在这一点上，她相当健忘。

有一日冯京请两位州学同舍到家中做客，之前嘱咐沅沅好好做两个菜，她猛点头，乐呵呵地准备去了。而当天酒菜之丰盛也大出冯京意料，鸡鸭鱼肉都有，彼时他们家境不算好，冯京暗自诧异，不知沅沅怎么有足够的钱买来这些，但因同舍在场，也不便去问她，邀二人入席，把酒叙谈。

酒过三巡，沅沅忽然挺着大肚子从内室冲了出来，捧着一盘螃蟹喜滋滋地摆在桌上，朗声笑对冯京说：“京，这是我刚做好的，快请你的朋友尝尝！”

二位同舍惊讶地看着她，一时也不知该做何反应。沅沅见他们不立即动箸，便自己抓了两只螃蟹，往二人碗里各放一只，笑道：“吃吧，别客气！”

虽然很有捶地的冲动，冯京却还是努力让自己不动声色，朝两位目瞪口呆的同舍略笑笑，道：“拙荆厨艺粗浅，让二位兄台见笑了。”

同舍也忙赔笑，礼貌地称赞：“嫂夫人手烹佳肴美味非常，我辈今日得以品尝，真乃三生有幸。”

冯京只求沅沅快些退去，便对她说：“母亲这几日胃口不好，还请娘子入内陪伴，相从照料。”

沅沅应道：“阿姑晚饭吃得早，现在已回房歇息去了。”

“哦……”冯京思量着，又道，“娘子劳累一天了，也请早些回房安歇吧。”

“不累不累。”沅沅摇头，连声表示她对招待客人之事很有兴致，“你朋友难得来做客，我哪能躲在房中偷懒呢……再说，我就怕闲着，整天坐着躺着，反而会腰酸背痛。”

冯京心下无语凝咽，亦不好对她公开表示不满，只得由她去，自己举杯祝酒，将话题引开，唯望同舍不要太注意他这位夫人。

但是，沅沅的表现实在很难不令人注意到她。生怕客人吃不饱，她不停地穿梭于客厅和厨房之间，为他们加菜添饭。见客人碗中米饭快没了，不待他们有表示便自己跑去添给他们。客人忙起身道谢，她很高兴，也越发殷勤了，索性捧了一大钵米饭在怀中，见谁碗中略少一些，便随手挖一大勺直直地盖到他们碗里。

那两位同舍原是文弱书生，哪里吃得下这许多，到最后都像是跟沅沅打攻守战，在沅沅“虎视眈眈”下以手遮挡着饭碗，且不敢走神，唯恐一不小心，手略移开就会又被她盖满一勺。

好容易挨到饭局结束，二位同舍落荒而逃后，冯京才斟酌着词句，竭力劝沅沅以后不要在家中有男客时露面。

沅沅大为不解：“为什么？我爹的朋友来家中做客，我妈就是这样招待他们的。”

冯京估计跟她说那些男女大防和礼节仪制之类的大道理她也不会懂，便找了个简单的理由：“我不喜欢你被别的男人看见。”

“哈哈，你真小气！”她大笑起来，“怕什么呀，反正他们看到得不到！”

冯京彻底放弃，抹着额头上的汗坐下，暗暗叹息。

面对着一桌残羹冷炙，他忽然想到起初的疑问，遂拿来问沅沅：“你今日怎能买到这么多肉食？是娘给了你许多钱了么？”

她摇头，笑道：“你猜。”

冯京想想，还是没答案：“猜不着。”

沅沅笑得更开心了，得意地朝他伸出两手，在他眼前不住地晃。

他顿时留意到，她手腕上空空的，平日从不离身的金钏不见了。

他一把抓住她素日戴金钏的手腕，问：“你把金钏卖了？”

她愣了愣，然后又笑了：“是呀，卖了不少钱呢……”

他脑中轰鸣，一时间说不出任何话来，但觉身体微颤，全身的血液似乎在逐渐冷去。

他紧捏沅沅的手腕，无意识地加大着力度，直到她大声呼痛，他才愤而撒手，拂袖离开，将自己锁在书房内，任凭沅沅怎样敲门恳求都不开。

这是沅沅首次见他发脾气，连声呼门而不见他回应之下开始哭泣，一壁哭着一壁扶着门滑倒在地，惊动了已睡下的冯夫人。她披衣而起，过来查看。须臾，冯夫人发出一声惊叫，大力拍门，唤道："快开门！沅沅不好了！"

门哗地大开，冯京脸色煞白，迅速弯腰抱起了地上的沅沅。

她有早产的迹象。幸而救治及时，冯氏母子请来大夫稳婆，一番忙乱之后，胎儿好歹是保住了。

待众人退去后，冯京坐在沅沅床前，黯然向她道歉："对不起，今日之事，是我不对……"

沅沅摆首，含泪伸手到枕下摸索，少顷，摸出了那个冯京熟悉的金钏，给他看。

"我没有卖……"她轻声说，"我是跟你说笑的……早晨我去江边捉螃蟹了，捉了很多，卖了一些，用那些钱买的鱼肉……因为要干活，怕丢了金钏，所以没有戴……"

冯京有泪盈眶，轻轻拥她入怀，郑重在她耳边承诺："沅沅，以后我会好好待你，不会再让你过得这样辛苦。"

而她在他怀中满足地闭上眼，微笑道："我不辛苦……只要你让我在你身边。"

【陆】陶朱

"要保大人还是孩子？"

沅沅分娩时，稳婆把这个残酷的问题摆到了冯京面前。

沅沅胎位不正，腹中胎儿脚朝下，导致她难产，已经拖了一天一夜，她在房中惨叫着晕倒好几回了，孩子还是没生出来。

冯夫人以哀求的目光看稳婆，问："不能都保住么？"

稳婆无奈地摇头："如果可以，谁还会问你们这种问题。"

"保大人。"冯京肃然说，没有过多犹豫。

转朝此时开始啜泣的母亲，他斩钉截铁地，又说了一句："一定要让沅沅活下来。"

这事便如此决定，沅沅保住了性命，但她孕育的儿子却没了。

失去孩子，沅沅比任何人都要伤心，而且她生育过程中失血过多，身体损伤太大，也严重地摧毁了她的健康。从那时起，她便缠绵于病榻，形容枯槁，日渐消瘦，也经常哭泣，浑不见往日活泼灵动、笑靥常现的模样。

为了给沅沅治病和进补，冯家用完本来就不多的积蓄，沅沅的身体却并不见起色。一筹莫展之下，冯京去拜访一位经商的从叔父，希望向他借些钱暂渡难关。

彼时那位叔父刚从江西采购金橘回来，听说沅沅之事，亦慷慨解囊，借了不少钱给冯京，并取出许多金橘，让他带回去给沅沅品尝，说："这江西的金橘味儿好，今年连官家最宠爱的张美人都特意派人从京中赶过去买。我这一批，就是在向张美人供货的那家果园买的。"

"张美人？"冯京有一疑问，"听说东京瓦肆繁盛，天下四时土宜应有尽有，难道竟无这金橘，尚须张美人特意派人从京中赶去江西购买？"

叔父答道："这金橘虽好，但京城中人却不认得，并不常吃，宫中也没把这果子列为江西供奉之物。而张美人幼年在家便爱吃，现在惦记着，京中又没有，所以才派人大老远地跑去采购。"

冯京略一沉吟，再对叔父道："侄儿有一建议，叔父或可参考：叔父尽快再往江西，用可动用的所有钱再买一批金橘，然后运往东京，在那里销售，异日盈利，将不止一二倍。"

叔父犹疑："京中之人一向不识金橘，往年也有人在那里卖过，无不亏本。况且从江夏去江西，再赶往京师，路途遥远，运费昂贵，贤侄的建议，岂非太冒险？"

冯京淡淡一笑，道："叔父不妨一试，运费只管摊进售价中去，将来若亏了本，回来唯京是问。"

叔父思量再三，终于决定依他建议试一次。不久后回来，特意备了重礼喜气洋洋地去冯京家中道谢："贤侄良策果然奏效。我运了金橘去京中，挂上江西金橘的招牌后，不到两日便被抢购一空。我一打听，原来张美人派人去江西买这果子之事已经传开，京城人都好奇，正想找金橘品尝呢，可巧我的货便运到了。我见买的人多，便把售价调高三四倍，竟然还是供不应求，正应了你那句话，盈利不止一二倍。"

冯京微笑道："侄儿素日听说，京中之人，无不视宫中取索为一时风尚，越是官家亲近之人，趣味玩好越是容易被人效仿。张美人既得宠，自然一言一行都颇受人关注，她若喜欢什么，宫外人知道了必然会跟风采购，那售价自然没有不涨的，所以侄儿才敢劝叔父做这金橘生意。”

叔父大赞冯京有见识，且知恩图报，除了礼物外还取出一笔钱相赠。冯京推辞，叔父坚持请他收下，对他说：“这钱也不是白给你的。叔叔还指望贤侄能继续出谋划策，与叔叔一起做生意呢。这点钱也算是给你的一笔本金。贤侄读书多，有远见，若花点心思去经商，岂有不发财的？”

在目前收入微薄，难以养家的情况下，这确实像是个不错的出路。略为考虑之后，冯京接受了叔父的建议，暂时搁下书本，开始与他一起经商。而效果很好，他相当聪明，会分析所得信息，致身商界游刃有余，堪称长袖善舞，未过数月家中财政景况已大为改善。

于是他请来名医为沅沅诊治，亦不惜花重金为她求药调理，为分散沅沅的注意力，不让她继续沉湎于丧子之痛的记忆里，他亲自教她记账，管理财务。他的这些努力终于开始见效，沅沅身体渐好，也对理财有了兴趣，脸上笑容也越来越多了。

半年后，当年曾与他把酒言欢的余杭县令任期满，改知鄂州另一县，途经江夏，冯京得讯后前往码头相迎，并设宴为其接风。其间冯京提及往日事，试探着问当初京中来的夫人身份，想必事过境迁，县令亦不再有顾虑，遂坦然相告：“那时来的，是天子之妻，本朝国母，皇后曹氏。”

皇后？冯京惊讶莫名。脑中一幅幅影像如书页般翻过：红绡纱幕后着红素罗大袖衣的新娘引臂拔簪；素颜女子在绀发少年的扶持下上车，端然坐着，帘幕垂下，隔断他目光的探视；径山寺内的夫人莲步轻移，下颌微扬，发髻高绾，脖颈弧线美好，在帷幕上投下的影子如云飘过……那些都是她么，皇后曹氏？

虽然知道当今皇后姓曹，也隐约听说过皇后是曹彬的孙女，但曹彬儿子有数人，孙女想必亦不少，他万万没料到曾与表哥举行过婚礼的那位曹氏女公子会获选入宫，受册为后。

“她入宫前曾在径山寺许过愿，因此后来特意去还愿。皇后此行不欲兴师动众，一路扰民，故未列仪仗，只秘密通知沿途地方官接驾护卫。”县令解释说，打量着轻袍缓带的冯京，忽又叹道，“当年下官很是羡慕冯兄，笔下诗作隽迈豪放，获国母赏识，何其幸也！中宫阅冯兄大作后即断言冯兄胸中有丘壑，他日必贵显。冯兄如今虽鲜衣怒马，坐享醇酒玉食，但恕下官直言，商贾毕竟属杂流，若冯兄甘于做一世陶朱公，岂非与中宫判词相较甚远？”

之前的好心情就此散去。回到家后，冯京郁郁不乐地入书房闷坐片刻，忽然想重寻几本久违的经书来读，但一顾书架，触目所及皆是账本，翻来翻去，竟怎么也找不到他想看的书。

此时沅沅闻声而至，臂中还抱着把算盘，微笑问他：“你在找什么？”

“我那几本《大学》《中庸》呢？”冯京手指书架问。

沅沅想了想，掉头跑回卧室，须臾，拿了几册皱皱巴巴、满是污痕的书递给他：“是这些么？”

冯京接过，眉头一蹙：“怎么变成这样了？”

“我见书架上账本没地搁了，这些书你又许久不看，就拿去垫箱子底……”沅沅说，见冯京脸色不对，忙又道，“地上有些潮，所以变皱了，不过没关系，明天我就拿去晒干压平！”

冯京重重吸了口气，把书抛在桌上，坐下，漠然道：“罢了。我也没说要看。”

沅沅“哦”了一声，再偷眼观察他，很小心地问：“我可以留在这里算账么？”

他默然，但最后还是颔首同意。于是沅沅愉快地在他身边坐下，开始噼里啪啦地拨算盘。

他侧首看着这位与自己朝夕相处的妻子，竟无法觉察到往昔的亲近感，两人并肩而坐，之间却好似隔着千山万水，烛红影里，她唇角的微笑显得空前地遥远而陌生。

“我心中所思，她大概永世都不会明白。”冯京默默对自己说，这个念头无可抑止地令他觉得悲伤。

当然他那无形的泪只流向心里，并未形之于色，而沅沅算账间隙转头看他时也只发现了他的失神。

“你这样呆呆地看着我做什么？”她笑问。

他依然凝视着她，问：“沅沅，你认识我么？”

她眨了眨眼，颇为不解，但还是认真作答：“当然认得……你就算化成灰，我也能把你认出来。”

他恻然笑笑，轻轻把她拉到怀中拥着，再不说话。

【柒】许愿

次年，曾到冯京家中做客的那两位州学同舍通过了在州府举行的解试，准备赴京参加省试，即礼部贡院锁试。冯京再次邀请他们至家中，设宴为其饯行。

宴中冯京把酒预祝同舍科场告捷、平步青云，同舍连声道谢，之后，其中一人注视冯京，甚是感慨：“当世才华盖世，远胜我等，若当初一同参加解试，只怕解元头衔亦唾手可得，如今我们三人相伴进京，岂不快哉！”

冯京摆首道：“舍下书本尘封已久。何况，自隋唐至国朝皆有规定，工商不得入仕，京不敢再奢求应举。二位兄台已于解试中脱颖而出，释褐在望，将来曳紫腰金，亦指日可待，却不以结交工商杂类为耻，仍与京联席共饮，京已深感荣幸，感激不尽。”

同舍听了忙劝道：“当世何出此言？你我从来都是一般人，你虽做过一两笔生意，却也不必把自己归入工商杂类。当世还年轻，若现在开始停止经商，继续读书，下次再参加贡举，亦未为晚矣。”

另一位同舍也相与附和，道：“国朝取士不问家世，虽说工商不得入仕，但太宗皇帝曾下诏令：‘如工商杂类人内有奇才异行、卓然不群者，亦许解送。’当世行商时日甚短，且有奇才，即便有人强将你归入工商杂类，你也可借此条例应举。不妨重返州学，潜心读书，以待下届贡举。”

今上即位后，往往每四年才开一科场，下一届，也应是四年后了。冯京默然想，四年，足以发生和改变许多事……沅沅也应该会再生一两个孩子了吧，她与孩子，是否都会健健康康、衣食无忧、平安喜乐？

于是，他抬目，淡淡对同舍一笑：“京安于现状，无意应举。”

同舍相顾无言，唯有叹息。须臾，一人又道：“如今当世披锦衣、食馔玉，家有娇妻，便把当年我们在州学中指点江山，纵论韬略，立誓治国平天下的豪言壮志抛在脑后了么？”

冯京搁下杯中酒，平静地迎上同舍质问的目光，道：“如果连妻儿都养不活，又岂能奢谈治国平天下？”

此次沅沅接受了冯京建议，并未露面，只与婆母在内室布菜，让婢女端出来。其间冯夫人数次走至门帘之后，听到了一些冯京与同舍的对话。

夜间，冯夫人唤儿子至书房，取出一册他幼年所读的《诗》，翻到最后一页，递与冯京：“这行字是你爹爹当年亲笔写的，你可还记得？”

冯京接过，看见父亲熟悉的字迹：“将仕郎守将作监丞通判荆南军府事借绯冯京。”

当年他看不懂这官衔，问父亲，父亲便拍着他肩微笑道：“我儿将来若考中状元，皇帝多半会给你这官做。”

话犹在耳，透过这行字，更好似又触到了父亲殷切的目光。冯京合上书页，黯然垂目。

“你父亲此生最大的遗憾，便是未能中举入仕。”冯夫人缓缓道，“他早年也跟你如今一样四处行商，受人冷眼，后来才因进纳米粟补了个左侍禁的小官虚衔，好歹算是脱离杂流之列了。所以，他一直要你好生读书，将来举进士、中状元，堂堂正正地做大官，光耀门楣。不想现在兜兜转转，你竟又走上他当年的老路了……”

一语未尽，冯夫人声已哽咽，泪落不已。

冯京朝母亲跪下，肃然道：“儿子有负父母厚望，实属不孝。但父亲当年亦曾教导孩儿，好男儿要守信义、有担当，圣人亦将修身、齐家列于治国、平天下之前。如今母亲年事渐高，沅沅之病尚未痊愈，京岂可弃母亲妻子于不顾，只求功名，不思养家？”

听他这样说，冯夫人亦难反驳，最后摆首叹道：“我虽已有一把年纪，所幸倒还没病没灾，平日用度不大，也能随你清贫度日。不过沅沅如今身体不好，倒是常须进补……或者，我们现在让她好好调理，过个一年半载，待她大好了，你再重新准备应举？”

想着那漫漫四年，冯京没有顺势答应，只应道：“将来的事，将来再说吧。”

这一语又听得冯夫人伤心，掩泪道：“若你晚几年再娶亲，当不至于为家室所累，困于其间，不得遂志。”

默思须臾，冯京再度开口，对母亲说：“沅沅之事，是我的错。我当年放浪率性，铸下此大错。但若不娶她，更是寡情薄幸，有失道义，无异于错上加错。错误既已铸成，便要勇于承担。起初是我害了她，而今我愿意许她安稳的生活，以此来弥补曾经犯下的过失。所以，现在这样的结果，我亦甘心领受。”

母亲离开后，冯京仍留于书房，枯坐良久，这并无异处的夜晚似也变得格外漫长，他选择了一个消磨时光的方式：一手提酒，一手执笔，痛饮清酒，奋笔疾书。

终至酩酊大醉。在伏案而眠之前，他拂袖扫落面前那一堆带字的纸。纸张纷纷扬扬旋舞飘落，每一张上都写着同样的诗句：“韩信栖迟项羽穷，手提长剑喝秋风……”

半夜悠悠醒转，见身上披有大氅，而散落于地的纸张已被拾起，整整齐齐地叠放在案上。

是沅沅来过了么？他迷迷糊糊地想，但很快自己否决了这个念头：如果她来了，一定会叽叽喳喳地吵醒他，催促他回房睡觉。

也许，是婢女所为吧。他懒得再求证，觉出夜间幽寒，头也隐隐作痛，他便起身，拖着沉重步伐回到卧室。

沅沅躺在床上，侧身向内，是沉睡的模样。他和衣寂寂无声地在她身边躺下，无意惊动她。

她今日倒是很安静。在陷入深眠之前，他曾这样想。

而这之后，沅沅一天比一天安静，话越来越少，虽然面上仍常带笑容，但也只是礼貌的微笑，以前那种朗朗笑声日渐稀少。

连拨算珠的声音也没有以前欢快。冯京暗自诧异，终于忍不住问她：“沅沅，你有心事么？”

她笑了笑：“没有呀。”

他端详着她：“你气色不大好。”

她想想，道：“可能病没全好吧……没事，总有一天会好的。”

上次难产确实给她留下了不少后遗症，她至今未痊愈，常腹痛腰酸，葵水也不正常。他继续为她延医问药，但收效甚微，而且，她还不太配合治疗，有一天，他竟发现她把要服的药悄悄倒掉。

他又气又急，过去质问她为何不服药，她对他微笑，轻声道：“药太苦了。”

后来，她越来越厌恶服药，索性公然拒绝，就算强迫她喝下，她也会很快呕出来。

如此一来，她的病越来越重，终于到了卧床不起的地步。

一日，冯京来到沅沅病榻前，见昏睡着的她枯瘦憔悴，唯面色病态地酡红，像一朵即将于夜间凋零的芙蓉，不禁悲从心起，落下泪来。

沅沅于此刻醒来，伸手徐徐抹去他的泪，她浅笑着说：“京，带我出去走走吧。”

他建议等她身体稍好些再出去，她却坚持现在就走，于是他问：“你想去哪里呢？”

她说：“有山有水就好，哪里都行。”

他带她去黄鹤楼，抱着她上到最顶层，让她看晴川历历汉阳树，芳草萋萋鹦鹉洲。

她半躺半坐，依偎着他，面含微笑，观孤帆远影，日暮烟波，不时仰首告诉他眼前景色与家乡之异同，直到暝色四合，月华满川。

她沉默下来，凝视着月亮，目中却无神采，软绵绵的身体虚弱无比，仿佛所带的生气正被夜风吹散。

冯京心中酸涩，一手拥着她，一手为她拢了拢盖在她身上的大氅，微笑着在她耳边说：“沅沅，据说月明之夜，在黄鹤楼上可以看见仙人。今晚月色好，你仔细看看周围，也许也能见到仙人呢。”

沅沅茫然侧首看他：“真的么？”

他点点头，道：“是真的。据说一位守门的老卒子曾见过。那天晚上月色也是这样好，照得黄鹤楼前景象清澄。那位老卒半夜肚子饿了，睡不着觉，辗转反复间，忽然听见外面有人谈笑风生，他便起来探视，结果发现外面有三人，身披羽衣，足着木屐，走在石板路上，清脆的木屐声在周围山间引出了阵阵回音……”

沅沅瞬了瞬目，问：“他们是什么人？”

冯京答道：“不是人，也不是鬼，他们是神仙。”

“那后来呢？”沅沅又问。

冯京道：“后来，他们走到山边，面对石壁，伸手叩了三下，然后石壁像门一样豁然洞开，他们便如一缕轻烟那样飞入门中，消失在山中了。”

沅沅环顾面前青山，追问：“是哪片石壁呢？”

冯京笑道：“不知道……你且留意看着，兴许仙人又会在楼前现身。”

沅沅却又迷惘地问：“看见仙人，又该怎样呢？”

冯京建议道：“你请他们实现你的一个愿望吧。”[①]

“好主意！”沅沅双目一亮，继而表露得陇望蜀之意，“但一个愿望不太够……三个好不好？”

冯京故做沉吟状，然后笑道：“应该可以吧。他们有三人，一人帮你实现一个心愿应该不太难。”

“还有你。”沅沅亦笑道，“你也要许三个愿，请他们帮你实现。”

冯京扬眉道：“嗯……我当然没意见，只是不知道人家仙人是否觉得麻烦。”

“不麻烦不麻烦！”沅沅立即道，脸转朝外，像是对着山间隐身的仙人说，“仙人当然对谁都一样，帮人实现心愿，决不偏心，见者有份！”

冯京忍不住笑起来：“那你想许什么愿呢？”

沅沅反问：“不是要见到仙人才能说么？”

冯京道：“你这样多话，仙人肯定被吓得不敢现身了。不过他们一定藏在山中看着你，只要你在这里许愿，他们都能知道的。”

---

① 注：若干年后，冯京又把羽衣仙人的故事告诉了一位名叫苏轼的年轻人，但隐去许愿一节，所以苏轼后来在他的诗《李公择求黄鹤楼诗，因记旧所闻于冯当世者》中记录的是另一版本。

沅沅似乎也相信了，握住他的手，认真地说：“那我们现在一起闭眼，各许三个愿，请仙人为我们实现。”

见她那么有兴致，冯京自然不会拂她的意，便颔首答应。于是二人同时闭目许愿，少顷，冯京睁眼，见沅沅也正在转顾他，遂相视一笑。

“你许的愿中，有跟我相关的么？”沅沅关切地问。

“有。”冯京回答说，“第一个就是为你许的……我希望你尽快好起来，从此健康快乐地生活，长命百岁。”

沅沅恬然笑了，双臂搂紧他腰，似想进一步缩短与他的距离，然后轻声告诉他：“我的一个心愿是：生，和你住在一起；死，和你葬在一起；生生世世，永远都和你在一起。”

冯京颇动容，低首吻了吻她额头，低声道：“好，仙人听见了。”

“你的第二个心愿是什么？”沅沅又问。

冯京略为踟蹰，但还是告诉了她：“我想，以后若有机会，为国为民做一点事。”

“那我的第二个愿望应该能派上用场。”沅沅微笑着说出她第二个愿望，“我希望你日后中状元，做大官……那样的话，你便可以为国为民做大事了吧？”

冯京双目微热，待鼻中酸楚之意散去，才道：“谢谢你，沅沅。”

沅沅接着问了最后的问题：“那第三个愿望呢？”

这一次，冯京望着月下波光粼粼的水面，良久不语。

沅沅亦不追问，依旧含笑道：“那我们都保留着第三个愿望，暂时不说吧，想必仙人已经知道，会帮我们实现的。”

然后，她埋首于冯京怀中，倦惫地闭上了眼睛。

她许愿时的好精神是回光返照。回到家中后病势如山倒，次日医师宣布无药可救，请冯京准备料理后事。

临终之时，沅沅凝视守于病榻前的丈夫，用微弱的声音对他说：“许愿时，我还是忘了嘱咐仙人，下辈子我们再相遇时，不要让我成为你的错误。”

原来她听见了。冯京恍然醒悟，这才是她不欲求生的根源。

他默然抓紧她身边的被褥，心痛得无以复加。

“不要哭啊，京……”她无力地伸出手，想帮他拭泪，但怎么也触不到他。

冯京自己抹去夺眶而出的泪水，一把握住沅沅的手。

她的手指微微动，触摸着他手背的皮肤，仍然保持着笑容，她又说：“没有我，你也许会过得更好……我们祈求过仙人……”

她停下来，温柔地看着他，忽然问："你能猜到我的第三个愿望是什么么？"

不待他回答，她又略显得意地笑了，断断续续地说："你一定猜不到的……第三个愿望，我也想代你许，但又不知道你除了中状元，还想要什么……后来，我想到了一个办法……我对仙人说，我的第三个愿望，就是希望京实现他所有的心愿。"

冯京大恸，一时说不出话来，引她手至唇边，亲吻着，泪亦再度滑落。

"我聪明吧？"沅沅轻声道。

冯京勉强微笑着，好不容易才开口道："我许的第一个愿，就是要你好起来……没错，一定会实现的。"

沅沅微微摆首，道："你许这个愿时，仙人一定走开了，没听见。"但她很快又露出了笑意，"不过，第二、第三个他们一定都听见了，你的愿望，总有一天会成真的。"

冯京低首不语，怕与她对视，会让她感染到他的悲伤。

她的目光移至手腕上戴着的金钏上，提了个要求："这个金钏，可以与我陪葬么？"

冯京一愣，有一瞬的迟疑，但还是颔首，道："这本来就是你的，你当然可以一直戴着。"

沅沅却浅笑着抽手回来，自己褪下金钏，递给冯京："刚才是逗你玩的，这根本不是我的东西，我才不要呢……"

冯京讶异，暂时未解她是何意，然后，沅沅问了他一个问题："你的第三个愿望，跟这金钏有关吧？"

冯京握紧适才接过的金钏，无言以对。而沅沅也无意等他回答，侧首向内，说出她此生最后一句话："金钏的主人，是在那条船上吧？"

说这话时，她仍保持着浅淡的笑容，但转侧之间，有一滴泪珠滑过鼻梁，坠落隐没于她身下衾枕纤维内。

【捌】莺飞

一团红绸彩线精心扎成的绣球悠悠坠下，自东京金明池前街道一侧的楼上，豪家贵邸所设的彩幕帷幔之后，碰落了楼前马上，新科状元冯京皂纱重戴上的簪戴宫花。

冯京轻勒青骢马，止步转顾……黄衫加绿袍，回首风袖飘。

彩幕后影影绰绰的几位女子身影似蓦然被风吹乱，局促零散地略略退去，随之而起的，却又是一阵轻快喜悦的清脆笑声。

他唇角微扬，亦不再顾，待争夺他簪戴宫花的路边行人被呵道者摒开后，他以乌靴轻触马腹，引马继续前行。

这是皇祐元年，冯京三元及第，辉煌的成绩与无瑕的容颜，使他成了闻喜宴上最炫目的绿衣郎。

于他有意的女方，常以掷物的方式引起他的回眸，掷的可能是水果、纨扇，也可能是饰物、绣球，自他三魁天下之后，更有豪门富室，掷以赤裸裸的财势，例如张尧佐家一般。

对这些意识暧昧的飞来赠品，他不会投桃报李，一概拒而不纳，及第之后收下的女子礼物，便只有唱名那天，中宫在太清楼上所赐的龙凤团茶饼角子。

但那日，她隐于楼上彩幕珠帘后，他并未看见她，连赏赐的话，都是内臣传达的。后来，他拾起楼上一位小姑娘误坠的扇子，细细玩赏，薄露笑意——这柄纨扇曾经她御览，便愈显可爱。

亦想过下次与她相遇时，该与她说些什么。但当他骑马过金明池前路，迎面瞧见中宫仪仗凤舆时，他猝不及防，浑然忘却所有设想的话，只下马低首，觐见如仪，像个初见夫子的学童般，等她问一句，再答一句。

见他没了簪戴宫花，她让内人将车舆檐下的牡丹花摘一朵下来，给他簪上。那是千叶左花，色紫叶密而齐如截，后来他向人打听，知道此花名为“平头紫”。

紫，是士大夫喜爱的颜色，因为曳紫腰金，是大多数人的梦想。

她这随手相赠的小小礼物显得大方而得体，应是对他的一种祝福。他再拜谢恩，恭送她起驾，再无一言。但其实，他很想问她，是否认出面前这位状元郎，是曾为她引路的少年，和余杭城外，追着她楼船跑的秀才。

以后，可有机会再问她？他的手指轻轻抚过重戴上“平头紫”湿润的花瓣，感受着上面清凉的触感。

好像每次见她，她都会送些礼物给他。他忽然忆起，初见时，她赠他金钏；唱名时，她赠他龙凤团茶；而今，是赠他“平头紫”……那么，余杭那次呢？

沅沅。他心微微一颤，黯然神伤，如今回想，他与沅沅的相遇，也可算是受她所赐。

他提笔，给尚在江夏的母亲写信报讯，亦给叔父写了一封，委托他在家乡寻一片足够大的墓地，留待将来他与妻子合葬。

母亲的回信很快传来，她在表达喜悦之余不忘提醒他：若有中意的闺秀淑女，不妨早日缔结婚约，迎娶过门。

何谓“中意”？他淡淡想，及第以来，每日上门向他提亲者倒是络绎不绝，想招他为婿的既有名门望族，亦有当朝权贵，而如今婚姻于他，绝非成家立室那么简单了，每位议婚对象的身后都有一个盘根错节的政治背景，娶了谁，就等于娶了她家族的立场，他必须慎重选择。

当然，从拒绝张家提亲那时起，他心中便有了个清晰的方向。

这年中，皇帝下诏为状元授官：以进士第一人冯京为将仕郎，守将作监丞，通判荆南军府事，推恩借绯。

大宋官员三品以上服紫，五品以上服绯，以下服绿，若以岁月资历计，是入仕着绿，满二十年换赐绯，又满二十年再换赐紫。虽未及年，而其所任职不宜着绯绿，或皇帝推恩特赐者，即谓之“借紫”“借绯”。冯京初授的官职只是从六品，以状元身份获赐绯衣，亦属借绯。

竟与父亲当年在书后写下的那行字一点不差。冯京暗自讶异：将仕郎与守将作监丞的确是国朝状元初授的阶官名，推恩借绯也是惯例，但具体到通判荆南军府事，就不是常人可以预料的了。

冯京领命走马上任，数月后还阙述职，听见都中同僚正在议论知制诰胡宿拒绝为复内臣杨怀敏入内副都知之职草制的事。

杨怀敏是张贵妃心腹，因庆历八年逆贼入宫之事遭到贬黜，出任高阳关钤辖，后来入宫奏事，张贵妃从旁怂恿，皇帝有了复其原职之意，遂命胡宿草制。

文官左右谏议大夫以上、武官观察使以上除授制诰，及立皇太子、后妃、封亲王、拜宰相、枢密使、三师、三公、使相、节度使之类的大诏令，是由翰林学士起草，称“内制”，而知制诰负责起草的“外制”主要内容是一般官员或外命妇的任免、诰封，通常是皇帝先将诏令词头送中书审核，再由中书传给知制诰草制。

关于杨怀敏官复原职的旨意中书已经许可，但词头送至当制的知制诰胡宿手中时，他却断然拒绝草制，说：“杨怀敏当年管勾皇城司，宿卫不谨，导致逆徒窃入宫闱，又未生擒贼人，当时便有议者说他欲灭奸人之口，而陛下不忍加诛，止黜于外，已是格外开恩，而今岂可复其原职？何况按旧制，内臣都知、副都知以过罢去者，不许再除。如今中书送到词头，臣不敢草制，还是封还给陛下吧。”

于是词头便被他依旧封还给皇帝了。

“今上问胡宿之罪了么？”冯京问同僚。

得到的答案是：“没有。今上以此事问文相公：‘前代有此故事否？’文相公回答说：‘唐给事中袁高不草卢杞制书，近来富弼亦曾封还词头。’今上听了顿时便想通了，收回成命，仍然让杨怀敏补外。”

富弼？冯京目色一亮。这位目前在青州救灾的富侍郎前几年随范仲淹推行新政、主持更张，贤名遍传天下，冯京在州学中亦早有耳闻，只是尚不知他还有过封还词头的故事。

同僚笑说：“国朝以来，敢于回绝内降词头的原本只有宰相，例如杜衍杜相公，说今上推恩太频，到后来皇帝下传给他的迁官赐封之类的词头，他十有八九会封还于上。以至后来再有人求官讨赏，今上就会对他们说：‘不是我不给你们，是那白胡子老儿不许。’但知制诰远不如宰相位尊，本来若有词头下达，是不敢不奉命草制的，而富弼是国朝第一个公然缴还词头的知制诰。”

见冯京颇感兴趣，他便继续讲述了此事经过：今上当年立后，本属意于蜀人王蒙正之女，但章献太后觉得此女妖艳太甚，对少主不利，便命他立了郭后，而让自己义兄刘美之子刘从德娶了王氏。刘从德不久后病卒，而今上对王氏念念不忘，便封她为遂国夫人，让她出入内庭，亦有流言称，王氏曾得幸于上。后来王蒙正私通其父婢妾事发，被除名流放，王氏亦获谴夺封，罢朝谒，今上曾明文诏命其日后不得入内。但庆历元年，王氏竟又频频被今上召见，出入如故，中宫曹后不怿，但因王氏并非内命妇，又得今上维护，亦不便加以管束。谏官张方平上疏论列，今上也置之不理，后来欲复王氏遂国之封，命富弼草制，而富弼当即缴还词头，态度坚定，决不草制。今上得知后亦感惭愧，遂取消了封命。

冯京听了微微一笑：“庆历年间多君子。”

冯京跃马往青州，正值莺飞草长，春深时节。

问明知州府邸所在，他依言寻去，过了一脉流水小桥，面前现出一壁黛瓦粉墙，内锁重楼飞檐。

想来此墙之后应是花园，莺啼婉转，风携暗香，围墙上方现出几丛碧树冠叶，而墙头上则垂着数枝从园中蔓生出来的荼蘼花。

墙内传来女眷笑语，唤人推动园中秋千。

他引马稍稍退后，倚于桥头，斜傍垂杨，在金色阳光下微眯着眼，漫视秋千扬起的方向。

也许围墙太短，抑或秋千架立得太高，当秋千飞至最高处，上面的女子身影越过粉墙，惊鸿一现。

那女子年约十七八岁，秀眉凤目，螓首蝉鬓，脖子的弧度纤长美好，随着秋千摇摆，她衣袂飘飞，雅态轻盈。

秋千第二次荡起时，她亦注意到他，讶异地侧首看。他略一笑，从容引袖，轻轻抹去了飞上他额头的一点杨花。

她借过墙秋千看了他三次，然后便停下来，墙内响起几名女子低语声，应是她在跟同伴提起他。

须臾，墙头荼蘼花枝动，上方先是露出两个小鬟髻，和垂髫少女齐刷刷的刘海，然后，一张十二三岁小女孩的脸映入他眸心。

相较适才看见的女子，她脸形稍圆，肤色细白，眼睛大而清亮，触及他目光时，她嘴角的笑靥尚未隐去，那纯净明亮的天真意态令他觉得似曾相识。

小女孩双手摁住墙头，睁大双目打量他，从他的面容眉目、衣冠巾带，直看到丝鞭骏马、玉勒雕鞍。

他的目光落在她的十个指头上。她未染蔻丹，指甲呈干净的粉红色，他觉得可爱，不由得对她笑了笑。

这一笑惊动了她。好似忽然想起什么，她倏地转首后顾，对墙内的人说："姐姐，把扇子递给我。"

有人奉上纨扇，她接过，然后严肃地回扇障面，蔽住了眼睛以下的部分，一双美目却还是好奇地观察着他。

他笑意加深，开口问她："请问姑娘，知州府邸大门应该往哪边走？"

"你为何要来知州府邸？"扇子后传来她犹带稚气的声音。

他回答："我想拜谒富侍郎。"

"你找我爹爹做什么？"小姑娘立即追问，不待他回答，盯着他黪墨色凉衫衣袖下露出的一痕绯罗袍，她又补充了一个她更想了解的问题，"你是谁呀？"

他骑着白马，立于草薰南陌，烟霏丝柳的背景中，朝她微微欠身，含笑道："在下江夏冯京。"①

《醉花阴》完

---

① 注：据苏轼《富郑公神道碑》记载："（富弼）女四人。长适保宁军节度使、北京留守冯京，卒，又以其次继室，封安化郡夫人。"冯京原配夫人姓王，但本文中沅沅的故事纯属虚构。冯京与夫人过世后，其后人遵其遗训，将他与原配夫人王氏及两位富夫人合葬于一墓中。